LE MIROIR DE CASSANDRE

Bernard Werber

LE MIROIR
DE CASSANDRE

ROMAN

Albin Michel

À tous les visionnaires
passés, présents et à venir.

À la mémoire de mon grand-père, Isidore.

« On peut faire des prévisions sur tout, sauf sur l'avenir. »

LAO TSEU.

« Au Pays des Aveugles les borgnes ne sont pas sourds. »

ANONYME.

« Et l'ange appuie son doigt sur la lèvre du fœtus juste avant qu'il naisse et murmure : "Oublie toutes tes vies précédentes pour que leur souvenir ne te gêne pas dans cette vie-ci." C'est ce qui donne la gouttière au-dessus des lèvres du nouveau-né. »

LA KABBALE.

IL SERA UNE FOIS

1.

« Peut-on voir le futur ? »

2.

Le jeune homme franchit la porte de fer.

Il s'avance lentement et se tient debout sur le bord du sommet de la tour Montparnasse. Sous lui 210 mètres de vide. Il fait nuit, les étoiles palpitent, les bourrasques sont froides et très bruyantes à cette altitude. Il se penche. En bas, au-delà des ténèbres, les voitures circulent comme des colonnes d'insectes lumineux et impatients.

Vertige glacé.

Sur le cadran de sa montre à gousset, s'inscrit « Probabilité de mourir dans les 5 secondes : 63 %. »

La sueur coule sur son front et dégouline dans son dos. Il déglutit, respire à fond, souffle par à-coups. Il s'incline davantage, puis, après une courte hésitation, s'élance dans l'air.

Ses cheveux mi-longs lui fouettent le visage.

À chaque étage franchi de l'immense tour parisienne le pourcentage sur le cadran de sa montre à gousset augmente, « Probabilité de mourir dans les 5 secondes : 69 %. »

Les lignes des baies vitrées défilent.

72 %.

Durant sa chute, il distingue, de manière fugace, les regards hébétés de gens derrière leurs vitres qui l'observent foncer droit vers le sol.

83 %.

Il croise un pigeon qui remonte en sens inverse pour rejoindre son nid.

Alors qu'il n'est qu'à quelques dizaines de mètres du sol, le chiffre inscrit sur le cadran de sa montre passe d'un coup de 89 % à 31 %.

À cet instant, sa chute est brusquement amortie par un gros camion bâché contenant de la mousse de polystyrène pour bâtiment. L'imposant véhicule ayant grillé un feu rouge se trouve là exactement au moment où l'homme va toucher le sol.

Indemne et un peu sonné, il n'a pas le temps de se relever que déjà le chiffre sur le cadran remonte subitement « Probabilité de mourir dans les 5 secondes : 98 %. »

Alors il entend le long hululement des freins du camion-citerne qui, surgi sur le côté droit du carrefour ne parvient pas à s'arrêter. Comme au ralenti il percute l'autre camion, dans un grondement de tôles martyrisées.

Ce deuxième camion contient un liquide inflammable. Tout explose dans un feu d'artifice dévastateur.

3.

« Et maintenant, que va-t-il se passer ? »

4.

– Voilà une question intéressante, n'est-ce pas ? Que va-t-il se passer dans les secondes, dans la minute, dans l'heure, le jour, le siècle qui viennent ? Je vous le demande à vous, tout spécialement, mademoiselle, vous qui prétendez savoir quel est l'avenir.

Il affiche un large sourire.

– De tout temps les hommes ont tenté de prévoir ce qui allait leur arriver. Ils ont observé le vol des cigognes, examiné les entrailles des poulets, scruté les étoiles, que sais-je encore. Mais jamais ils ne sont parvenus à décrypter leur futur. Et vous, vous croyez « voir » certains événements avant qu'ils ne se produisent ? C'est bien cela ?

Il croise et décroise ses longs doigts manucurés.

– Bien. Réfléchissons. Pour identifier votre « différence » essayons tout d'abord de vous comprendre. D'où ma seconde question : Savez-vous qui vous êtes vraiment ? Oui, vous. Ne tournez pas la tête, je parle bien de vous et de personne d'autre. Allez, répondez. Qui êtes-vous ?

Un léger frisson court dans le dos de la jeune fille. Elle songe, au plus profond d'elle-même :

Ah ça, si seulement je pouvais le savoir...

Il se penche vers elle :

– Vous ne « voulez » pas ou vous ne « pouvez » pas répondre ? Dans ce cas je vais peut-être vous aider. Vous l'ignorez encore mais votre vie est fondée sur un grand secret. Je vais vous livrer un premier indice. Connaissez-vous la signification réelle de ce mot qui vous caractérise ? Connaissez-vous le sens profond de votre prénom ?

Il articule lentement et fait rouler le mot dans sa bouche :

– CA-SSAN-DRE. Vous vous prénommez Cassandre, ce nom ne vous évoque rien ?

Elle le contemple et le trouve insignifiant. Ses cheveux argentés, coupés en brosse, ses yeux bleu tungstène, le nez droit, la chevalière qui trône à son annulaire, tout chez lui respire la vacuité et l'autosuffisance.

Lui l'observe et la trouve très belle. Ses longs cheveux noirs ondulent jusqu'à ses hanches, et dans le regard de ses yeux gris clair, s'ouvrent une intensité et une profondeur presque dérangeantes. Il songe que tout chez elle respire la grâce et la puissance de la féminité.

– Ahhh, l'importance du prénom, insiste-t-il en détournant les yeux. Quelle motivation conduit les parents à coller telle étiquette

15

plutôt qu'une autre sur une larve humaine, sachant que l'être ainsi affublé devra la conserver jusqu'à sa mort ? Un prénom est comme une programmation secrète inscrite au plus profond de nous. Moi, par exemple, je me prénomme Philippe. On m'a signalé que vous nourrissiez une passion particulière pour l'étymologie, vous n'êtes donc pas sans savoir qu'en grec « philo » signifie : qui aime, et « hippo » : les chevaux. « Qui aime les chevaux. » C'est mon cas. J'aime les chevaux. Je joue aux courses et même je gagne souvent. Quant à ma sœur, elle se prénomme Véronique. Littéralement : « vero » vrai, et « iconos » : image. « Vraie image. » Eh bien elle est devenue photographe, plutôt douée d'ailleurs.

Il semble ravi de sa démonstration.

– Mais le prénom peut aussi être la première pomme empoisonnée offerte par les parents. Comme ils sont cruels ceux qui baptisent leur progéniture : Charles-Henri, Immaculée, Lourdes, Gertrude ou Ferdinand.

Il joue avec ses longs doigts.

– Je connaissais un type dont le nom de famille était Einstein. Plutôt valorisant, vous en conviendrez, eh bien ses parents l'ont prénommé Frank. « Frank Einstein. » Il aurait pu être un génie, et le voilà programmé pour devenir un monstre.

Il émet un rire grêle, qui s'arrête net.

– Et toi, Cassandre, tu es un génie ou un monstre ?

Le directeur de l'école est brusquement passé du vouvoiement au tutoiement. Elle soutient son regard sans ciller de ses yeux gris devenus immenses.

– Plutôt un monstre si j'en crois le rapport de la surveillante de nuit.

Il extirpe deux feuillets agrafés dans un dossier, et lit lentement :

– « À minuit, la pensionnaire Cassandre Katzenberg a poussé un hurlement qui a réveillé toute la chambrée de l'aile ouest. Puis elle a évoqué un attentat terroriste qui selon elle devait se produire dans les jours à venir. Et comme l'une de ses camarades, qui souhaitait dormir, a essayé de la faire taire, Cassandre l'a sauvagement griffée au visage. » Suit le rapport d'infirmerie : « La

16

pensionnaire Violaine Duparc souffre d'une blessure telle qu'un début d'hémorragie s'est déclaré. Les plaies sur la joue et le cou ont nécessité vingt points de suture et laisseront probablement des cicatrices indélébiles. »

L'homme claque les feuillets sur son bureau.

– Tu l'as pratiquement défigurée, Cassandre-le-monstre. Quelle explication peux-tu donner à ce comportement de bête féroce ?

La jeune fille examine ses ongles encore empourprés par le sang coagulé. Elle songe :

Il ne faut pas me chercher. Cette imbécile de Violaine se moquait du futur, je lui ai donné une leçon adaptée à son manque de perspective. Je n'ai pas fait que lui ouvrir la peau des joues, je lui ai ouvert l'esprit. Elle devrait me dire merci.

Le directeur s'approche d'elle.

– Tu ne réponds toujours pas ? Dans ce cas, moi j'ai peut-être un début d'explication : « Le pouvoir des mots. » Et tout spécialement celui de ce fameux prénom qui est le tien.

Il fait les cent pas dans la pièce, les mains croisées derrière le dos.

– Donc, si tu le souhaites, je vais te raconter l'histoire de ton homonyme célèbre : l'antique Cassandre. Le veux-tu ?

Non. Je m'en fous.

– Tu verras, c'est troublant et cela explique peut-être quelques-uns des évènements qui se sont déroulés cette nuit.

Il la fixe. Elle brave son regard.

– Je vois. Tout compte fait nous serons plus à l'aise chez moi, dans ma bibliothèque personnelle. J'y ai toute la documentation nécessaire.

Un mauvais frisson parcourt son dos, mais elle ne bronche pas. Il se penche vers elle, et murmure à son oreille :

– Et puis j'ai un cadeau-surprise pour toi.

5.

Il ne faut pas que j'aille chez lui, je le sens.

6.

La maison du directeur est un petit pavillon adjacent à l'école. Ses murs de briques ocre sont recouverts de lierre grimpant et coiffés d'un toit en ardoise. Sur la boîte aux lettres des caractères penchés indiquent : *PHILIPPE PAPADAKIS, DIRECTEUR*.

Un jardin et une allée de gravillons agrémentent l'entrée.

L'intérieur est de style ancien : meubles d'antiquaire, tableaux représentant des chevaux au galop, rideaux sombres, tapis élimés à la couleur indistincte.

Cela sent le camphre.

La maison d'un vieux célibataire où aucune présence féminine n'est venue faire la cuisine, la vaisselle, ou s'occuper du linge. Pas même une femme de ménage.

L'homme fouille dans sa bibliothèque remplie d'ouvrages anciens, tandis qu'elle reste debout près de la porte, sans bouger.

Il me fait penser à un acteur américain mais je ne me souviens plus de son nom.

Le directeur trouve enfin un livre intitulé « *La Malédiction de Cassandre* » avec en couverture, une femme en toge blanche sur un trône d'or et tenant un serpent dans la main. Il souffle sur la tranche pour déloger la poussière et feuillette rapidement l'ouvrage, en quête de repères.

– Ça va te passionner.

Ça m'étonnerait.

– Voilà. D'abord : le sens de ton prénom… Cassandre est l'abréviation d'Alexandre. Mais il n'y a qu'une seule Cassandre célèbre. C'était une Princesse de l'Antiquité. L'histoire s'est déroulée aux alentours de 1300 avant Jésus-Christ, il y a plus de 3 000 ans. Cassandre était la fille de Priam, roi de Troie. Sa mère était la grande prêtresse Hécube issue de la tribu des Amazones qui vivait sur les bords de la mer Noire. Selon Homère, Cassandre était la plus belle des filles du roi Priam.

Le directeur la scrute. Elle reste impassible.

18

Bon, ça y est, c'est fini, je peux partir ?

— Un jour, le dieu Apollon est descendu dans le temple dédié à son propre culte. Il a vu Cassandre et a déclaré à sa mère, la reine Hécube : « Cette jeune fille me plaît. Je vais lui offrir un don, le plus extraordinaire de tous, le don de voyance ; elle verra l'avenir. » Apollon a alors passé un doigt sous le menton de la fillette en disant : « Ne me remercie pas maintenant. Quand tu seras plus grande, tu pourras le faire de la manière que je t'indiquerai. »

Joignant le geste à la parole, Papadakis approche le doigt du menton de Cassandre, qui l'esquive d'un coup comme si elle venait de recevoir une décharge électrique.

Je n'aurais pas dû accepter de venir ici.

— Quand Cassandre est devenue adulte, poursuit le directeur sans se soucier de sa réaction, elle a été nommée prêtresse du temple d'Apollon, à Troie. Comme sa mère. Un jour, ainsi qu'il l'avait promis, Apollon est revenu chercher sa récompense : « Maintenant, lui a-t-il dit, il est temps de montrer ta reconnaissance envers ton dieu. » Mais la jeune fille s'est refusée à lui.

Philippe Papadakis secoue la tête, indigné.

— Tu imagines ? Une simple mortelle qui refuse les avances de son dieu. Tu t'en doutes, Apollon n'était pas content. Et il avait raison. D'un côté, il offre un cadeau extraordinaire à une jeune fille, la vision de l'avenir dont rêvent tous les hommes, de l'autre cette dernière ne consent pas à le remercier. Quelle ingrate !

Il attend pour voir si le mot a bien eu l'impact désiré. Il joue avec le chaton de sa bague qui représente une tête de cheval.

Bon, c'est fini ? Je peux rentrer ?

— Mais le dieu de la Beauté est resté magnanime. Il a simplement dit : « Je ne suis pas rancunier. Ce que je t'ai offert, je ne vais pas te le reprendre. Une fois donné c'est donné. Au lieu de te retirer le don que j'ai eu la légèreté de t'offrir sans contrepartie, je vais en ajouter un deuxième : quand tu parleras, personne ne te croira. » Et pour sceller cette malédiction, il lui cracha à l'intérieur de la bouche.

19

Le directeur tourne la page en humectant de salive son index, puis, après avoir rapidement parcouru quelques pages, résume :

– À compter de ce jour, Cassandre eut des visions de l'avenir, mais personne ne voulut la croire.

La jeune fille ne bronche pas. Elle examine la pièce. Face à elle, un calendrier affiche la date : 03 mars.

Bientôt le printemps. Il va faire beau. Je pourrai sortir et respirer l'odeur des arbres, de l'herbe, des fleurs. Entendre le chant des oiseaux. Tout cela me manque, je perds mon temps ici. J'ai besoin d'espace, de nature et de soleil. D'air et de lumière.

Elle se tourne à nouveau vers l'homme dont elle ne perçoit plus les mots.

Ce type ressemble à un acteur américain. Comment s'appelle-t-il déjà ? J'ai son nom au bout de la langue. Un acteur qui a joué dans Klute et dans Mash.

L'autre continue sa démonstration.

– Et toi, tout comme ton antique homonyme tu prétends voir le futur ? Quelle prétention. À moins que ce soit ton « intuition féminine » ?

Elle reçoit son haleine quand il se penche après avoir reposé le livre.

Ah, ça y est : c'est Donald Sutherland. Même la chevalière est raccord. Le menton est à peine plus pointu et le nez plus long. Les doigts moins fins aussi.

Il la fixe intensément dans les yeux.

– Approche, intime-t-il.

Comme elle reste immobile, c'est lui qui s'avance.

Il est à la frontière de ma bulle de protection.

– Ah, oui, j'oubliais le cadeau. Vous les filles vous avez besoin du « petit cadeau ». La fameuse surprise que je t'avais promise. En fait, il n'est pas vraiment de moi.

Le directeur de l'école prend sur une étagère un colis recouvert de papier kraft.

– Probablement envoyé par quelqu'un qui t'aime. Je le garde ici depuis un certain temps. J'avais juste oublié de te le transmettre.

Il ment. Il l'a fait exprès.

Il secoue la petite boîte et elle entend le bruit d'un objet dur qui cogne contre le carton.

– Tu le veux ?

Elle lit à l'envers : « Pour Cassandre. » À la mention EXPÉDITEUR, une simple lettre griffonnée : « d. »

– Alors, on ne dit pas merci ?

Les lèvres de la jeune fille se crispent.

– Dis-moi « merci », ou je ne te le donne pas.

La voix de l'homme est devenue sèche, impérative.

Il s'avance encore.

Il a pénétré ma bulle de protection.

Elle se raidit.

Cette fois elle ne recule pas. Il prend son immobilité pour une acceptation, il cherche à lui saisir la main.

Et toi, Philippe amateur-de-chevaux, connais-tu la mythologie du boxeur américain Mike Tyson ?

Alors elle se jette sur lui et lui mord le lobe inférieur de l'oreille d'un coup de dents. Sa mâchoire émet un claquement. Cassandre secoue la tête pour arracher le morceau de chair puis, après une hésitation, elle le recrache par terre.

Le premier instant de stupeur passé, Philippe Papadakis, les yeux exorbités, tombe à genoux, hurle et protège son oreille qui saigne. La jeune fille a déjà ramassé le petit colis avant de déguerpir et elle court sans se retourner, l'objet serré contre sa poitrine, laissant derrière elle cette maison habitée par un cri de douleur qui n'en finit pas de résonner.

7.

Il n'y a plus d'alternative, désormais. Je ne peux plus demeurer dans cet endroit. Cet homme me répugne. Les autres filles de l'école se méfient de moi depuis que j'ai eu une vision du futur.

21

Il ne faut pas demeurer là où les gens ne vous aiment pas.

Il y aura forcément un prix à payer pour cette fugue mais je suis prête à l'acquitter.

Il faut toujours fuir le monde ancien.

8.

Les nuages s'accumulent, couleur anthracite. Le soir tombe lentement, obscurcissant tout. Au loin, le tonnerre roule. De temps à autre, un éclair frappe l'horizon d'une fluorescence bleue.

Cassandre s'immobilise enfin, hors d'haleine. Il lui faut prendre une décision : au sud, la capitale en effervescence, au nord, la banlieue que le soir apaise.

Elle choisit le nord et se remet à courir jusqu'à ce qu'elle s'estime à distance suffisante de l'école. Elle s'autorise enfin une pause et s'affale sur le banc d'un abri-bus. Les yeux clos, elle attend que son souffle se calme, puis, sous la lueur du réverbère, s'empresse de déchirer le papier kraft du petit paquet. Une boîte apparaît. À l'intérieur, sur un feuillet blanc, une main nerveuse a tracé :

« … Cassandre ouvrit le colis et découvrit l'étrange objet. Elle se demanda ce que c'était. À ce stade, il valait mieux pour elle qu'elle ne le sache pas encore… »

Trois points de suspension avant et trois points de suspension après. Et aucune signature. Sous le papier, dans un écrin de satin mauve, repose quelque chose qui ressemble à une montre dorée avec un bracelet en cuir noir. Sur le cadran est inscrite une simple phrase « Probabilité de mourir dans les 5 secondes : »

En dessous un petit écran à cristaux liquides éteint porte le symbole « %. »

À droite, un petit bouton l'intrigue. Elle appuie.

L'écran s'allume et indique le nombre digital : « 88 », qui correspond à l'activation de tous les affichages à cristaux liquides.

Pas de place pour les minutes ou les secondes. Cet écran ne peut afficher que des nombres de 00 à 99.

Sur le colis lui-même, il y a inscrit en caractères bâtons : « Cassandre KATZENBERG, école des Hirondelles » et l'adresse.

Expéditeur : « d. »

Rien d'autre.

« d »... Serait-il possible que ce soit lui ?

Elle a l'impression que quelqu'un l'observe de loin. Dans le doute, elle préfère ne pas s'attarder dans l'abri-bus. Elle s'éloigne sur le trottoir jusqu'à l'intersection suivante.

Ne pas devenir paranoïaque mais rester vigilante.

Elle fixe sa montre pour voir si son déplacement a entraîné une modification de l'écran mais celui-ci indique toujours « Probabilité de mourir dans les 5 secondes : 88 %. »

Comme elle a les yeux rivés sur sa montre-bracelet, elle traverse la rue sans regarder. Avec un crissement de freins, une grosse moto l'évite de justesse.

– Hé ! regarde devant toi, si tu ne veux pas mourir ! vocifère le motard en lui balançant un geste obscène.

Elle considère que c'est là un excellent avertissement et préfère recouvrir sa montre avec la manche de sa veste pour ne pas être tentée de l'observer.

Au bout d'une demi-heure d'errance elle voit apparaître une autre menace qui l'inquiète beaucoup plus. Au bout de la rue se profile lentement une voiture affichant sur sa carrosserie les six lettres redoutées : POLICE.

Le directeur a donné l'alerte.

Le ciel s'obscurcit encore et il se met soudain à pleuvoir. Cassandre accélère le pas. La voiture roule dans sa direction à vitesse réduite. L'avenue est déserte. Il n'y a ni piéton, ni circulation automobile, juste cette voiture qui approche sous la pluie battante.

Elle court, puis se cache derrière un arbre et attend, griffes et canines prêtes à attaquer.

Elle a retrouvé les armes primitives que tout le monde possède mais que beaucoup répugnent à utiliser.

Elle se sent une femme des cavernes au milieu du monde moderne. Et cette primitivité, loin d'être un handicap, est une force. Même si elle ne la contrôle pas aussi bien qu'elle le voudrait.

Je ne dois plus me poser de questions sur mon passé et ne penser qu'à l'avenir.

La foudre illumine l'horizon et dessine un buisson d'éclairs qui l'éblouissent. La pluie redouble et flagelle le sol bruyamment. La voiture de police glisse, toute proche, et Cassandre n'a que le temps de se tapir derrière un autre platane.

Quand le véhicule arrive à sa hauteur, un homme à la portière braque une torche pour éclairer le trottoir. La jeune fille tourne lentement autour de l'écorce pour rester dans la zone aveugle. Le faisceau de lumière l'effleure sans la toucher.

L'arbre l'a sauvée.

Merci l'Arbre.

La voiture est passée.

La foudre fend à nouveau les nuages dans un vacarme assourdissant. La pluie redouble. Les cheveux de la jeune fille deviennent lourds. Ses vêtements trempés collent à sa peau.

En dehors de cette barrière de fil de fer et de ce qu'elle masque, aucune cachette possible. De l'autre côté de la rue s'étendent des terrains vagues. Juste un trottoir, des arbres et un long grillage qui n'en finit pas. Elle l'examine. Sur les mailles de métal sont collées en plusieurs épaisseurs, des affiches de concerts, des portraits de politiciens ou de vedettes de cirque. Parfois, une pancarte plus grosse et à moitié taguée annonce « DOM », avec en dessous « DÉFENSE D'AFFICHER ». La partie supérieure du grillage est recouverte d'un barbelé où sont accrochés des sacs plastiques flottant comme des guirlandes. Au-delà du treillage, des arbres plantés serrés ne laissent rien voir de ce qui est derrière.

Elle entend un ronronnement de moteur, se retourne et voit les cônes blancs des phares qui se rapprochent, fouillant le brouillard.

Ils reviennent.

Accoudé à la portière, l'homme à la torche scrute les alentours de gauche à droite, avec beaucoup d'attention. Elle repère soudain un accroc dans le grillage. Elle tire sur le métal rouillé, l'écarte, parvient à ouvrir un passage à travers lequel elle plonge et se démène pour libérer son jean qui accroche.

Elle n'a que le temps de rentrer ses pieds et de se blottir derrière les feuillages. Déjà, le faisceau de la torche éclaire la zone où elle se trouvait quelques secondes plus tôt.

Le véhicule la dépasse et poursuit sa route.

Cassandre comprend que, quel que soit ce lieu où elle a basculé, elle doit pour l'instant y rester cachée. Elle attend sans bouger. La voiture de police repasse en sens inverse, encore plus lentement.

Ils savent que je suis dans le coin. Ils ont dû repérer mes traces quelque part.

Mais le faisceau ne détecte pas les mailles tordues dans le grillage. La voiture poursuit sa route.

Ils vont revenir.
Ils finiront par remarquer l'accroc dans la clôture.

Elle n'a donc plus le choix.

Cassandre Katzenberg s'enfonce dans le monde inconnu, de l'autre côté du grillage.

9.

Je sais que j'ai raison. Et tous les autres ont tort.

10.

Son corps traverse la muraille de feuilles denses. Les feuilles la caressent, l'essuient, la peignent.

Après avoir franchi une première haie d'arbres serrés, la jeune fille aux grands yeux gris clair avance au milieu de buissons d'épineux. La pluie a cessé d'un coup et la brume recouvre le sol. Elle marche dans cet épais brouillard au milieu d'un décor étrange qu'elle découvre au fur et à mesure de sa progression.

Cassandre ne parvient pas à oublier la nuit précédente dans l'école des Hirondelles, quand elle a crié, et annoncé l'attentat terroriste.

Pourquoi ils ne m'ont pas écoutée ?
Ils voient mais ils ne regardent pas.
Ils entendent mais ils n'écoutent pas.
Ils savent mais ils ne comprennent pas.

Soudain, la jeune fille détecte un grognement sur son côté droit. Elle distingue deux petits points rouges qui la fixent à travers les vapeurs opaques.

Elle accélère le pas. Le grognement est rejoint par un second, entrecoupé d'un souffle rauque.

Où suis-je ?

Partout des arbres et des plantes hostiles, chardons, ronces, orties. Quand elle se retourne, cinq paires de points rouges sont dardés vers elle. Elle accélère le pas au milieu de la haute végétation qui entrave sa progression. Plusieurs silhouettes de quadrupèdes aux yeux rouges s'élancent maintenant dans son sillage.

Ils se rapprochent.

Elle court, galope aussi vite que sa panique et les obstacles du terrain le lui permettent, pistée par la meute. Son souffle devient douloureux, et soudain les muscles de ses cuisses se tétanisent. Elle trébuche contre une racine et atterrit sur les genoux, à quatre pattes.

Autour d'elle, les yeux rouges ont fait cercle.

Cassandre s'immobilise. La salive ne trouve plus le chemin de sa gorge. Un nuage sombre s'éloigne et la lune révèle le paysage.

Et ses habitants.

Une meute au pelage sale, couvert de cicatrices et de pustules. Pas le moindre collier. Libérés de l'emprise des hommes, les chiens sont redevenus sauvages, semblables à une horde de loups.

Ceux-là ne se nourrissent pas de croquettes ni de pâtées industrielles.

26

Le plus gros des molosses rompt le cercle et avance lentement vers elle. Cassandre distingue la bave sur ses babines, ses crocs luisants. Ses pupilles fixées sur elle.

L'animal se tasse sur ses pattes arrière, prêt à bondir.

Instinctivement son regard se porte sur sa montre « Probabilité de mourir dans les 5 secondes : 88 %. »

Elle voit, comme au ralenti, le chien qui bondit, gueule ouverte, dans un rugissement.

Elle ferme les yeux et se protège le visage de ses bras croisés. La seconde qui suit lui paraît incroyablement longue.

11.

J'espérais quoi ?

Que cette montre offerte par un inconnu m'apporterait une information fiable sur le danger que j'encours ? C'est stupide.

Aucun objet ne peut savoir ce qui m'arrive.

Les machines ne pourront pas nous sauver.

12.

Il ne se passe rien.

Pas de crocs, pas de griffes qui labourent sa chair, pas de mâchoires qui la broient.

Elle baisse lentement les bras, soulève une paupière, puis l'autre. Elle discerne un faisceau lumineux qui éclaire le gros chien gisant dans son sang. Sa tête est traversée de part en part d'une flèche qui a l'air de le laisser songeur. Les autres dogues restent immobiles autour d'elle, comme fascinés par la destruction rapide et silencieuse du chef de leur meute.

Lorsque la torche s'abaisse, elle peut enfin contempler l'homme qui l'a sauvée. C'est un grand barbu aux longs cheveux d'un blond filasse, vêtu d'une tenue de camouflage kaki.

Lui, il n'est pas de la police. On dirait une star de hard rock ou un Viking.

Il brandit encore son arc de la main droite. Au coin de sa bouche un cigare émet une incandescence orange. Ses bras nus, épais comme des cuisses, sont couverts de tatouages. Son ventre, composé de plusieurs bourrelets, lui donne l'aspect d'une barrique.

Il soulève le corps de l'animal. Aussitôt les autres dogues déguerpissent.

— Je n'aime pas les clebs, marmonne-t-il en crachant le jus de son cigare.

Il extirpe la flèche fichée dans le crâne du molosse, l'essuie sur sa cuisse et la range dans son carquois.

— Je n'aime pas les pitchounettes égarées non plus. Qu'est-ce que tu fous là, toi ?

Cassandre écarquille ses immenses yeux gris sans articuler un mot.

— Hé, je te cause ! Si tu cherches un parc d'attractions, tu t'es légèrement gourée, pitchounette. Ici, ce n'est ni Disneyland ni le parc Astérix.

Il enferme la dépouille du chien dans la vaste besace qu'il porte en bandoulière.

— Rentre vite, tes parents vont s'inquiéter. C'est l'heure du dernier film, et demain, c'est l'école. Tu n'as pas intérêt à traîner par ici. C'est dangereux.

La jeune fille aux grands yeux gris clair ne répond pas et reste immobile à le fixer.

L'homme la contemple durant quelques secondes, sans rien dire, puis secoue la tête, le nez vers le ciel. Il se remet à pleuvoir.

— Tu ne dis rien ? OK, j'ai compris. Allez, suis-moi.

Il ajoute, juste pour lui-même :

— Toi, je pressens que tu ne vas m'attirer que des pépins.

13.

En fait, la plupart des gens « pré-sentent » le futur. C'est une certaine forme d'attention. Le problème est juste qu'ils ne croient pas à leurs propres prévisions, donc ils n'en tiennent pas compte.

Et, quand le problème arrive, ils affichent un air surpris comme s'ils ignoraient que cela allait se produire.

14.

Le gros blond barbu et la frêle jeune fille marchent le long de sentiers sinueux et de pistes étroites qui semblent surgir devant eux. Le ciel s'assombrit encore. Cassandre Katzenberg a l'impression d'être dans un labyrinthe géant.

Sa montre indique toujours « Probabilité de mourir dans les 5 secondes : 88 %. »

Elle préfère l'éteindre.

Le faisceau de la torche de son guide dévoile des formes insolites aux allures de titans figés. Révélé par le cercle de lumière, un dinosaure dressé gueule béante s'avère n'être qu'une rame de métro éventrée posée verticalement. Un colosse se révèle formé d'un empilement de carcasses de voitures accidentées. Une libellule géante est un hélicoptère à moitié brisé.

Cassandre se sent soulagée. Le fait d'avoir surmonté toutes ces épreuves lui donne l'impression que l'avenir ne peut que s'améliorer. Et puis ce lieu rempli de millions de stimuli nouveaux la ravit.

Je suis dans une jungle inconnue, à quelques kilomètres à peine au nord de Paris.

Ils traversent des flaques sur des planches, escaladent des murets ou des monticules de formes diverses, sur lesquels les pieds de la jeune fille ont du mal à trouver des appuis stables. Ce drôle d'endroit lui semble beaucoup plus vaste qu'elle ne l'estimait en longeant le grillage.

Enfin une lueur apparaît au loin. C'est un feu de camp.

Tous deux débouchent bientôt dans une vaste clairière circulaire, au centre de laquelle un feu craque en dévorant d'énormes bûches. Trois silhouettes sont assises, dont les flammes font onduler les ombres.

– Tu te fous de ma gueule, Baron ? C'est à cette heure que tu rentres ? s'écrie une femme aux cheveux roux rassemblés en chignon.

Sa robe rouge largement décolletée dévoile des seins opulents. Cassandre remarque qu'elle louche, ce qui lui donne un aspect comique en totale contradiction avec sa voix, dure et stridente.

– Désolé, Duchesse, il y avait du brouillard.

– « Ceux qui échouent trouvent les excuses, ceux qui réussissent trouvent les moyens », ironise la deuxième silhouette qui se révèle être un jeune Asiatique.

– Oh toi, ne commence pas avec tes proverbes à la con ! réplique le Viking.

– N'empêche qu'il t'a bien mouché le Marquis !

Le troisième personnage est un vieil Africain en boubou multicolore. À la lueur des flammes, ses cheveux crépus et gris attrapent des nuances cuivrées. Ses pieds sont enfoncés dans des babouches de cuir vert aux pointes recourbées, trop grandes pour lui.

La femme aux cheveux roux se lève, et fait face à Cassandre.

– Alors, qu'est-ce que t'as ramené de la chasse, Baron ?

Sans répondre, le blond lui tend le cadavre du chien. La femme l'examine, puis relève ses longues mèches rousses.

– Et ça c'est quoi comme gibier ? Une biche ? demande-t-elle en désignant Cassandre du menton.

– Une pitchoune que j'ai trouvée paumée dans le coin des marécages. Elle allait se faire bouffer par les clebs.

– Et alors ? On n'est pas l'Armée du Salut. On s'en fout qu'elle crève !

– Je n'allais pas la laisser.

– Ouais, eh ben maintenant on en fait quoi, de ton Petit Chaperon rouge, monsieur le Baron ?

Cassandre en profite pour examiner l'endroit où elle vient de débarquer. Au-dessus du feu central tourne une broche où est ligoté un lapin calciné. L'Africain verse un peu d'essence pour relancer les flammes.

La femme rousse s'approche de Cassandre et la toise de haut en bas. Elle lui touche la poitrine, elle lui palpe les fesses, elle lui examine les dents.

– Alors t'es qui toi, Cendrillon ?

La jeune fille aux grands yeux gris clair ne bronche pas. La femme se tourne vers les autres.

– Hé, les gars, vous en pensez quoi, de la trouvaille du Baron ?

Le vieux Noir en boubou l'observe de loin, gratte ses cheveux crépus, puis crache par terre.

– J'n'aime pas les Blanches.

Le jeune Asiatique s'approche. C'est un garçon d'une vingtaine d'années tout au plus, au visage rond et plat et au corps musclé. Sa chevelure lisse et noire est traversée d'une mèche bleue légèrement fluorescente. Il porte sous sa veste de cuir un tee-shirt qui clame : « L'enfer était plein, alors je suis revenu. » Il renifle Cassandre, tourne lentement autour d'elle, puis décrète :

– J'n'aime pas les bourgeoises.

Il saisit ses poignets et les retourne.

– Non seulement elle sent le savon, mais en plus elle a les mains propres, annonce-t-il d'un ton narquois.

La femme a un soupir désabusé.

– T'aurais mieux fait de la laisser se faire bouffer par les chiens. J'n'aime pas les gamines.

– Surtout si elles sont plus jeunes et plus belles que toi, hein, Duchesse ? ricane le jeune Asiatique.

Cassandre reste imperturbable.

– Dis donc elle serait pas muette, des fois, ta mioche ? Elle a rien dit depuis qu'elle est arrivée. Je n'aime pas les carpes.

– T'as perdu ta langue ? Ou c'est juste que tu nous snobes ? demande l'Africain.

Le gros Viking abat brusquement son poing sur une caisse de bois.

– Commencez pas à devenir désobligeants envers les visiteurs, sinon elle va penser qu'on est des malpolis qui n'avons pas le sens de l'hospitalité.

31

– Nous, malpolis ? s'offusque la femme rousse. Ah, ça me ferait bien chier qu'on pense ça de moi !

Elle avale de la bière au goulot et rote bruyamment.

– Mais ici on est quand même chez nous. Et précisément on veut pas de touristes, mineurs qui plus est, et qui causent pas ! Voilà Cendrillon, y a rien pour toi ici. Tu peux te casser. Allez ! Ouste ! Dehors !

La jeune fille aux grands yeux gris clair ne bronche pas.

– T'as pas compris ? Fiche le camp, sale petite gosse de riches ! On ne veut pas de gens qui ont les mains propres, ici ! surenchérit le jeune Asiatique.

Le vieux Noir, sans un mot, saisit le chien mort, le pose sur un billot incrusté de sang séché, puis entreprend de lui couper la tête et les pattes à grands coups de tranchoir.

La femme rousse ne décolère pas.

– Qu'est-ce qui t'a pris de ramener cette bourge ici ? T'es dingue, Baron ? Personne doit savoir que nous existons, personne !

– Et alors, il aurait mieux valu que je laisse cette pitchounette se faire bouffer par les clebs ? Je te reconnais bien là, Duchesse, espèce de sans-cœur.

– Tu vois pas la source d'emmerdements que peut représenter cette gosse ?

– Si je puis me permettre, Duchesse : ferme ta grande gueule !

– Si tu m'autorises, Baron : tu m'emmerdes avec tes grands airs moralisateurs.

– Sans vouloir outrepasser les codes de la bienséance, Duchesse, tu n'es qu'une grosse truie variqueuse et je te...

La bouche de Cassandre s'ouvre lentement, ce qui interrompt la dispute. Tous sont attentifs aux premiers mots qu'elle va prononcer.

– ... Je suis où ?

Ils la scrutent, étonnés.

– Ah ! Vous voyez qu'elle parle. C'est juste qu'elle économise ses mots, dit le vieil Africain.

– C'est peut-être son nom « Chui-zou », se moque le jeune homme. Elle est probablement chinoise.

– Comment ça, tu ne sais pas où tu es ? demande la femme rousse.

– Tu n'as pas senti que ça chlingue ? questionne l'Asiatique.

– Normal, il pleut. La pluie couvre temporairement les odeurs, rappelle le vieil Africain. Ça fait un film liquide qui recouvre tout.

– Parce que sinon, on sait où l'on est grâce à la puanteur du coin, ajoute le jeune homme. Nous sommes ici dans un endroit qui pue, mais qui pue, tu ne peux même pas imaginer. Une infection. Une odeur terrible qui t'assaille les narines, comme un bruit assourdissant mais dans le domaine olfactif. Ah, il faut avoir la narine musclée. Cet endroit c'est… c'est le truc qui chlingue le plus au monde.

– Elle a le droit de savoir, murmure son sauveur.

La femme rousse lui jette un regard oblique, Puis, avec un petit mouvement du menton :

– Eh bien, vas-y, Baron, vu que c'est toi qui l'as ramenée. Raconte-lui.

L'animal embroché grésille. De la graisse jaune suinte, doucement, irisée par un rayon de lune qui parvient à percer les nuages.

15.

C'est une jungle.
Et eux, ce sont des sauvages modernes.
Mais avec eux je crois que je vais pouvoir communiquer.

16.

Le Viking barbu écrase machinalement un moustique, ressort un de ses cigares de sa cartouchière et l'allume. Il s'approche du feu, y verse un peu d'essence, et son visage s'illumine à la clarté des flammes renaissantes. Puis il indique à la jeune fille un grand fauteuil crevé d'où pointent des ressorts et l'invite à s'asseoir. Le fauteuil gorgé d'eau de pluie lui trempe aussitôt le dos.

– OK, pitchounette, tu veux savoir, eh bien tu vas savoir. En fait, nous sommes dans un coin qui n'est signalé sur aucune carte, ni aucun guide. Ni nulle part.

– Même sur Google Earth, vu du ciel, c'est juste un terrain vague, complète le jeune Asiatique.

– C'est un coin censé ne pas exister et que tout le monde veut ignorer. Cet endroit porte officiellement le nom de « DOM » ce qui signifie « Dépôt d'Ordures Municipal ».

Des mouches, profitant de l'accalmie du ciel, commencent à tournoyer en huit, se défiant mutuellement dans leurs acrobaties aériennes.

– Il y a sept ans, quand la capitale a connu une nouvelle vague d'expansion démographique, les gens de la Mairie de Paris se sont aperçus que la grande déchetterie municipale, qui datait de plus de quarante ans, n'arrivait plus à gérer la masse croissante d'ordures quotidiennes produites par les cinq millions d'habitants de la capitale intramuros. Ils ont donc décidé de créer un endroit spécialement conçu pour ça, à quelques dizaines de kilomètres au nord de Paris.

– Au sud, ils ont créé la bouche, avec une ville entière vouée à recevoir la nourriture : Rungis. Au nord ils ont créé le trou du cul avec une zone destinée à évacuer les déchets, le « DOM », précise le jeune Asiatique.

– Beaucoup de grandes cités fonctionnent comme cela, rappelle le Viking. Au sud l'approvisionnement. Au nord les déchets.

Le vieil Africain hausse les épaules :

– Et l'on pourrait ajouter : à l'ouest les riches, à l'est les pauvres. Le matin les ouvriers de l'est vont travailler dans les quartiers riches de l'ouest.

– Tous les soirs, les déchets arrivés au sud sont digérés au centre, et terminent leur vie au nord, reprend le Viking en lâchant une bouffée de cigare à l'odeur de foin brûlé. Donc les autorités ont créé « Ordures-land », une déchetterie de luxe, ultra-moderne, qui a coûté très cher, avec un incinérateur capable de brûler très vite les tonnes d'ordures qu'on lui amenait quotidiennement.

34

– Ils ont même surnommé cet incinérateur de dernière génération : Moloch. Comme le dieu carthaginois géant qui brûlait ses enfants dans son ventre rempli de feu, souligne le jeune Asiatique.

Le vieil Africain hoche doucement la tête :

– Les gens n'aiment pas savoir ce qui arrive à leurs déchets. Comme quand ils tirent la chasse des WC, ils se désintéressent de savoir où ça part.

– Moloch… Imagine, pitchoune, une sorte de grande usine bien propre pour gérer tout ce que la ville produit de bien sale. À l'intérieur, partout de l'électronique, de l'inox, des écrans vidéo, des ingénieurs en blouse blanche qui surveillent des écrans, un univers sans bruit et sans odeurs. On aurait pu se croire dans une centrale nucléaire, ou une usine informatique. Ça a coûté la peau des fesses aux contribuables, mais on l'a présenté à l'époque comme le nec plus ultra de l'élimination des déchets des grandes villes.

Il crache par terre.

– À tel point que les maires de toutes les capitales d'Europe venaient voir fonctionner notre petite merveille de…

– … de « trou du cul de luxe », le coupe le jeune Asiatique, satisfait de son expression.

– Ouais, ben cela a quand même marché une dizaine d'années sans problèmes.

Cassandre écoute avec attention.

– Et puis il y a eu l'affaire du « nuage marron. » La cheminée de l'incinérateur d'ordures produisait une colonne de fumée sombre qui s'étalait en hauteur pour former une chape brune au-dessus du quartier. Les gens du coin toussotaient, il y a eu une multiplication de cancers et d'asthmes dans la région. Quand il pleuvait, les gouttes prenaient une couleur rougeâtre.

– Ah ça, c'est le prix du monde moderne, soupire l'homme en boubou, fataliste.

– Tout le monde s'en fichait, vu qu'on était dans une banlieue pauvre, jusqu'à ce qu'un journaliste ait la bonne idée d'écrire un article sur ce sujet et que l'article fasse la couverture de son hebdomadaire, poursuit le Viking. C'était un pur hasard, parce qu'il n'y avait pas d'actualité plus intéressante cette semaine-là.

– Une photo avec un nuage marron à la couleur artificiellement contrastée au-dessus des maisons du coin a suffi à créer l'émotion, se souvient la femme rousse, qui semble, elle aussi, très au courant de l'histoire de leur lieu de vie. Avec un titre simple et racoleur : « LA HONTE ! ».

Le vieil Africain hausse à nouveau les épaules, blasé :

– À croire que ce sont les journalistes qui font exister les problèmes : s'ils n'en parlent pas, ça n'existe pas.

Le barbu blond tire quelques lentes bouffées de son cigare.

– Les écolos ont réagi, suivis par les associations locales, puis nationales, et tout s'est enclenché : pétitions, pressions sur les députés, conférences de presse et tout le tintouin. C'était le carnaval des vierges outragées. « Cachez-moi ce nuage polluant que je ne saurais voir ». Pour finir, le candidat écologiste aux élections régionales a annoncé qu'il en faisait une affaire personnelle et qu'il l'inscrivait en priorité dans son programme : « Bâillonner le monstre Moloch, la méchante usine de recyclage avec son incinérateur fumant qui rend les gens malades. » Du jour au lendemain, notre modèle d'incinérateur que l'Europe entière nous enviait était devenu, par un hasard du calendrier journalistique, l'indignité nationale. Il y avait Tchernobyl, et il y avait son digne successeur le DOM.

Le Viking crache par terre, puis saisit une bouteille de vin en plastique et boit. Après avoir lâché une sorte de brame de cerf en chaleur qui est sa forme personnelle de rot, il fait circuler la bouteille.

– T'as soif, pitchounette ?

La jeune fille regarde la bouteille au goulot recouvert de traces de salive et émet un léger signe de dénégation. Le gros blond rote encore dans les sonorités baryton puis reprend.

– Le candidat écologiste a été élu avec une majorité écrasante. À peine installé, il a ordonné la fermeture du DOM. La fournaise a été éteinte, les cheminées ont cessé de fumer, les portes d'acier ont été cadenassées, sous les applaudissements des foules.

– … qui avaient oublié que, en tant que contribuables, ils avaient eux-mêmes financé cette merveille de technologie ultra-moderne, rappelle l'Asiatique.

– Mais le problème, c'est qu'une ville est comme un être vivant. On ne peut pas lui fermer le trou du cul. Sinon ça constipe. Les gens n'avaient plus le grand incinérateur mais ils continuaient à manger, à jeter des emballages et leurs immondices. Les poubelles étaient évacuées des maisons.

– Le Parisien produit en moyenne 1,4 kilo de déchets quotidiens, intervient de nouveau le jeune homme. Multiplié par le nombre d'habitants, ça fait plus d'un million et demi de tonnes par an.

– … Et dans l'empressement à fermer l'incinérateur, personne n'avait prévu de solution de remplacement, souligne la femme aux cheveux roux.

– Quant aux éboueurs, ils avaient l'habitude d'accomplir leur circuit à heure fixe et de monter au nord vider leur camion dans la gueule de Moloch. Comme personne ne leur avait indiqué d'autres lieux de décharge, ils ont d'instinct déversé leurs ordures dans le grand terrain vague municipal désert, juste à côté de la déchetterie ultra-moderne définitivement close.

– Un peu comme les troupeaux de gnous ont l'habitude d'aller déféquer au même endroit toute leur vie, signale le vieil Africain en empoignant la bouteille de vin.

Le gros blond affiche un air fataliste.

– Il a dû y avoir un premier chauffeur de benne à ordures qui est venu se délester ici. Par instinct grégaire, les autres ont suivi. Les gens de la mairie, n'ayant pas de solution de rechange immédiate, ont laissé faire.

– De toute façon, la fermeture a eu lieu en plein mois d'août et ils étaient tous absents, partis en vacances, rappelle le jeune homme.

– Ça, c'est bien les conneries des politiciens. Ils font n'importe quoi sans réfléchir, pour être populaires et gagner les élections dans le court terme. Après, quand ils s'aperçoivent que cela entraîne des nouveaux problèmes dans le long terme, parfois pires que les premiers, ils préfèrent ne rien faire et laisser pourrir, ricane la femme aux cheveux roux.

— Ce terrain vague municipal servait normalement à l'accueil des gitans en hiver, et personne n'y a trouvé à redire. Pas même les gitans qui, évidemment, n'avaient pas l'habitude de porter plainte à la police ou de s'en prendre aux instances administratives.

— Tu parles, approuve la femme. À la limite, même eux cela les a bien arrangés. Ils ont pu récupérer des trucs dans les ordures.

— Et les déchets se sont accumulés ici. Couche d'ordures après couche d'ordures, le tas s'est mis à grandir, s'élargir.

Le Viking rallume son cigare et lâche deux gros nuages bleutés.

— Ils ne voulaient plus de fumée, alors ils ont eu un gros tas d'ordures qui pue et qui monte. C'est toujours l'un ou l'autre. Saleté gazeuse, saleté liquide ou saleté solide.

Le jeune Asiatique soupire, fataliste :

— « Rien ne meurt, rien ne naît, tout se transforme », disait Lavoisier.

— J'n'aime pas tes citations à l'emporte-pièce, Marquis. Tu m'énerves. Bon, je continue pour la pitchounette. Évidemment personne n'était satisfait de cette situation. La mairie était socialiste, le député était écolo, et les services d'hygiène liés au ministère plutôt de droite. Chaque réunion se transformait en bataille rangée, et chaque fois l'un des trois sortait en claquant la porte et en mettant son veto à l'action des deux autres. Jamais ils ne sont parvenus à s'entendre sur une décision courageuse à prendre pour résoudre ce problème d'évacuation des déchets. En attendant, les éboueurs continuaient de déposer leurs tas de saloperies ici. Et les particuliers se sont mis à faire de même. C'est devenu le cimetière des machines à laver et des carcasses de voitures. Pour les gens du coin c'était pratique, ça évitait d'avoir à payer des services de voirie municipale.

La femme rousse répond à la question que se pose la jeune fille.

– Au début ce n'était pas fermé par des grillages. Mais vu qu'il y avait peu d'habitations aux alentours, le dépotoir s'est mis à grandir comme un cancer. Quand ça a commencé à prendre des proportions visibles de loin, la municipalité a fini par adopter des mesures d'urgence. Ils ont mis des clôtures tout autour pour confiner le problème et empêcher les gens de venir jeter leurs ordures.

– Comme à Palerme, rappelle le jeune Asiatique. Un grand dépotoir dont personne ne savait quoi faire et qui est encore en activité.

– Pareil à Marseille, surenchérit la femme au chignon roux. Que je sache, le grand tas d'ordures de Marignane est toujours une ville de déchets à côté de la cité phocéenne.

– Comme on pouvait s'y attendre, les grillages n'ont rien arrêté. L'habitude était prise. Les gens se sont mis à jeter leurs déchets par-dessus. La municipalité a donc surélevé le grillage. Le manège a continué de plus belle. Donc ils ont ajouté les barbelés.

– Et des arbres, pour qu'on ne voie pas la misère, précise l'Africain.

Le Viking crache par terre.

– Et voilà, plutôt que de les arrêter, les services municipaux ont décidé de laisser faire.

– « La situation nous dépasse, feignons d'en être les instigateurs », disait Talleyrand.

– Ta gueule, Marquis. Tu m'énerves avec tes citations vieillottes à la con.

– J'ai appris le français avec un professeur qui adorait ça. Désolé, Baron, les proverbes et les citations c'est plus fort que moi.

– Eh bien je vais te dire : pour moi c'est de la fainéantise. Vu que tu n'es pas capable d'inventer tes propres raisonnements, Marquis, tu prends la pensée congelée fabriquée par d'autres.

– Tu sais ce qu'elle te dit, ma « pensée congelée », Baron ?

Les deux hommes commencent à se lever.

– Ah, là, là, soupire la femme aux cheveux roux, moi aussi j'en ai une de citation toute prête : « Quand on a des amis comme ça, on n'a plus besoin d'ennemis. »

– Si tu t'y mets toi aussi, Duchesse, je vais être obligé de vous fracasser la gueule à coups de cuillère à soupe ! s'énerve le Viking en empoignant l'ustensile.

Le plus jeune renonce face à la montagne de graisse et de muscles menaçants. Tout le monde se rassoit et le vin recommence à circuler.

À un moment Cassandre a l'impression d'apercevoir un petit renard sortir le bout du museau pour les observer. Elle se dit qu'il doit s'agir d'un chiot.

Non, c'était bien un renard. Il y a des animaux sauvages peu habituels dans cette décharge.

Le Viking consent à se rasseoir et reprend son récit :

– Pour finir, la mairie a décidé de laisser l'entrée Nord ouverte. Les camions y viennent décharger. C'est comme ça que l'endroit est devenu ce grand dépotoir à ciel ouvert. Les déchets s'amoncellent, mais c'est suffisamment grand pour que l'accumulation se fasse en douceur. Presque imperceptiblement. Ils ont juste ajouté une double haie d'arbres encore plus hauts et plus touffus, pour masquer ce qui s'entasse derrière.

La femme aux cheveux roux hausse les épaules.

– C'est comme ça depuis la nuit des temps, on n'arrange rien, on maquille les erreurs, et on finit par s'y habituer et plus y penser.

– Tu en sais quelque chose, Duchesse, côté maquillage qui cache les désastres, ricane le jeune Asiatique.

La femme fait mine de n'avoir rien entendu, mais déjà le barbu blond poursuit son récit.

– Donc il n'y a plus eu de nuage marron. Plus d'article dans les journaux. Du coup, c'est comme si le site n'existait plus. Il reste juste l'odeur qui filtre parfois entre les arbres, mais les habitations sont loin. Et le prix du mètre carré est si bas que personne ne pense à se plaindre.

Le vieil Africain esquisse un geste fataliste.

– Ça dépend dans quel sens souffle le vent. Un jour ça pue sur les HLM dans cette direction. Un jour sur ceux dans la direction inverse. Mais comme l'odeur n'arrivera jamais jusqu'à Paris, tout le monde s'en fout.

Un silence pensif les unit quelques minutes, Cassandre en profite pour poser sa deuxième question :

– … Et vous, vous êtes qui ?

Ils se regardent d'un air complice.

– Nous, on est des déchets humains au milieu des déchets. « Qui se ressemble s'assemble », dit l'Asiatique.

– La société nous a traités en ordures, alors on vit dans les ordures, répond l'Africain.

– Et on y est bien, affirme la femme aux cheveux roux, hein les gars ?

– Ouais, on est des… bannis.

Les autres complètent.

– Des fugitifs.

– Des exilés.

– Des exclus.

Le Viking écrase son cigare.

– On peut lui dire ? demande-t-il en cherchant l'assentiment des trois autres. Nous sommes des gens qui ont chuté. Alors comme des animaux blessés, nous nous cachons ici, parce que ici personne ne pensera jamais à venir nous chercher.

Ce ne sont que des clochards réfugiés dans un dépotoir.

– Plutôt que de fuir au Brésil ou en Australie, on s'est inventé notre territoire lointain… tout près.

– Nous habitons dans le trou du cul du monde et on pourrait nous appeler les hémorroïdes ! s'amuse l'Asiatique.

La métaphore hardie semble ravir les autres, qui hochent la tête en chœur.

– Et vu qu'on est protégés des cons par notre puanteur, on pourrait dire aussi qu'on est des putois.

– Ouais, la puanteur nous protège.

La femme rousse a un geste désabusé pour éloigner le nuage de mouches qui ne cessent de se défier en acrobaties aériennes.

41

– Et c'est pourquoi on cherche à rester discrets et à ne pas nous mettre sur le dos une gamine de bourges qu'on va pas tarder à rechercher, annonce-t-elle en relevant une mèche sur son front. Et plus je réfléchis, plus je me dis qu'il faut que tu déguerpisses vite fait avant de nous attirer des emmerdes.

Cassandre fait mine de ne pas avoir entendu. Profitant de la clarté de la lune montante, elle examine les alentours. Elle distingue maintenant cinq huttes cubiques incrustées dans les amoncellements de déchets.

Au-dessus d'une de ces habitations de fortune est posée une casemate de type militaire d'où dépasse un périscope rouillé d'un sous-marin de la dernière guerre. Sur une autre, des plantes colorées jaillissent de pots en terre. Sur une troisième, auprès de plaques solaires, une petite éolienne tourne en grinçant. Et sur la quatrième, un transat est flanqué d'un parasol. Tout autour, un mur de pneus assez élevé les dissimule. Une grande avenue creusée dans les ordures du côté nord mène directement au foyer central.

Le Viking reprend.

– Voilà trois ans que je suis ici. Mon prénom est Orlando. Mais, comme on s'est tous donné des titres d'aristocrates, tu peux m'appeler Baron. Dans notre tribu je suis le chasseur.

Lui aussi il me fait penser à un acteur américain. Ah, j'y suis. Rod Steiger dans Il était une fois la Révolution, de Sergio Leone. Mais Rod Steiger en blond, avec des cheveux longs et un ventre encore plus proéminent.

– Ouais, on s'est donné des noms d'aristocrates parce qu'on aime ça. Et parce que c'est gratuit, confirme la femme rousse.

Je connais le pouvoir et la prison des mots.

– La bonne femme aux gros nibards et qui parle fort c'est Esméralda, ou la Duchesse, c'est elle qui fait la cuisine et la couture. Et ici la couture c'est important. À part ça, dans notre tribu c'est la cheffe. Parce qu'elle a une grande gueule et qu'elle est colérique. Et que nous ici on aime bien les grandes gueules colériques.

L'intéressée sort une lime à ongle et se lime bruyamment le pouce.

Elle, c'est... Meryl Streep en bien plus grosse et plus vulgaire. Et plus loucheuse.

– Le gamin aux yeux bridés et à la mèche bleue, là, qui n'aime pas les bourgeoises aux mains propres, c'est Kim, dit le Marquis, notre technicien spécialiste en tout. Il nous a installé la radio, la télé et l'informatique. C'est notre bricoleur de génie, réparateur et maître des communications. Il a plein de défauts mais le pire c'est sa manie des proverbes et des citations à la con, si tu veux mon avis.

– « C'est celui qui le dit qui l'est », riposte l'intéressé puis il se racle la gorge bruyamment et crache par terre.

Lui c'est Jacky Chan en jeune et en rocker.

– Et puis le grand Sénégalais flegmatique c'est Fetnat, sur-nommé le Vicomte. C'est aussi notre médecin, psychanalyste, herboriste, cultivateur de plantes bizarres et cueilleur de cham-pignons. Dans notre tribu, c'est le sorcier chamane.

Le vieil Africain salue et offre son sourire qui dévoile une den-tition d'une blancheur lumineuse. Puis il allume une longue pipe et, à son tour, lâche quelques bouffées de fumée odorante mêlées à une senteur de thym.

Lui, ça pourrait être l'acteur Morgan Freeman en plus maigre.

– Nous avons créé un village dans les ordures qui n'est pas qu'un village, c'est un vrai État indépendant au milieu d'un pays bordélique et totalitaire.

– Ici on est vraiment libres, approuve l'Africain. Si tu vois ce que je veux dire.

– Ouais, on peut cracher, on peut péter, on peut parler mal, on peut se battre, on peut pisser où l'on veut, on peut se lever à l'heure qu'on veut, on ne paye pas d'impôts, on peut dire du mal du gouvernement, on peut même, tiens-toi bien, fumer en public !

– Notre village nous l'avons même baptisé.

43

Orlando désigne une pancarte placée à l'entrée ouest du village où est inscrit en grosses lettres baveuses tracées à la main : « RÉDEMPTION ».

– Une idée de la Duchesse à l'éducation très catholique. Elle a dit, je cite de mémoire : « Nous sommes ici car nous avons péché. Ce lieu n'est pas un enfer, mais un purgatoire. Nous sommes ici pour épurer nos vies. Nous sommes dans un lieu de rédemption où nous allons essayer de racheter notre âme. »

Esméralda approuve, et plonge la main dans la profonde vallée de ses seins pour récupérer le crucifix qui s'y était englouti.

– Ce à quoi le Baron a rétorqué : « Peut-être, mais je propose une devise pour aller avec. »

La femme saisit la torche et éclaire sous l'inscription RÉDEMPTION une pancarte à peine plus large où est peint en lettres penchées : « CHACUN SA MERDE. »

– C'est notre phrase fétiche. Notre référence pour tout.

– J'aime pas les devises mais celle-là me semble les résumer toutes, reconnaît le Viking.

– Ensuite est arrivé Fetnat. Il a ajouté le cahier des charges : « 3̸ 4 HABITANTS. ZÉRO CASSE-PIEDS. »

– Le 3 barré c'est parce qu'ensuite est arrivé le Marquis.

– Moi, je voulais qu'on mette une deuxième devise : « Quand on n'a rien à perdre, on a tout à gagner » mais ils ont refusé, regrette le jeune Asiatique à la mèche bleue.

– Si tu dois ne retenir qu'une devise, pitchounette, retiens celle-là : « Chacun sa merde. »

Il crache par terre puis se tourne vers la jeune fille aux grands yeux gris clair et demande :

– Et au fait, toi t'es qui ?

17.

Des maisons troglodytes dans les ordures d'un immense dépotoir. Quelle idée fabuleuse. Ils sont cachés du monde dans l'un des endroits où personne ne pensera à aller les chercher.

Ils parlent bien, quand ils le veulent. Ils ont l'air de connaître beaucoup de choses. Ils ont fait des études. Ce ne sont pas des clochards incultes. Pourquoi sont-ils arrivés ici ? D'un autre côté, pourquoi avoir cet a priori que les pauvres sont forcément des illettrés ou des imbéciles ?

Eux n'ont pas l'air stupides. Ils ont même l'air de posséder une perception décalée qui n'est pas inintéressante. Ils ont dû connaître des accidents de parcours.

Comme moi.

18.

Cassandre Katzenberg ouvre à nouveau lentement la bouche. L'économie de ses mots pousse les autres à une plus grande écoute.

– Je veux… rester ici.

L'assistance prend son temps pour intégrer la portée de cette phrase.

– Voilà autre chose, s'exclame le Marquis.

– Non, désolée. On ne peut pas te garder, Blanche-Neige, répond Esméralda.

– Tes parents vont s'inquiéter, argumente Fetnat.

– Je n'ai plus de parents, signale la jeune fille.

– Alors, je ne sais pas, l'école, l'orphelinat, la pension, quelqu'un va sûrement s'inquiéter de ton absence, poursuit la femme rousse en louchant un peu plus sous le coup de l'émotion.

– Je veux rester ici, répète-t-elle.

– Mais elle est bouchée cette petite conne, on t'a dit non, c'est non ! insiste Esméralda.

– Tu as les mains propres. Les mains sales sont notre signe de reconnaissance, poursuit Kim.

– La saleté nous protège de la saleté, toi avec ta propreté tu es « sans protection », reconnaît Fetnat.

Kim annonce avec dédain.

– Tu es une petite bourgeoise, une gosse de riches. Tout ce qu'on déteste.

– Tu as probablement de gros problèmes. Mais nous en avons aussi. Notre devise est claire : « Chacun sa merde », prononce Esméralda d'un ton sec.

Orlando se met à taper du plat de la main sur un baril.

– Hé ! Hé ! Duchesse, ça ne va pas la tête ! On ne peut pas abandonner cette pitchoune !

Les trois réfléchissent. Finalement, Esméralda saisit la bouteille de vin, boit un coup, rote puis déclare :

– Je propose qu'on vote. Le gouvernement de Rédemption est une démocratie, après tout. Alors laissons la majorité trancher.

Fetnat se tourne vers le jeune Asiatique.

– Marquis ? Pour ou contre le fait que Blanche-Neige reste ici ?

Kim réagit aussitôt.

– Contre, évidemment. Et à bien y réfléchir, je propose aussi qu'on la tue, parce que je suis persuadé qu'à peine dehors elle nous balancera. On n'a qu'à enfouir le cadavre dans la zone des marécages. C'est là qu'elle a failli se faire bouffer par les clebs, pas vrai Baron ? On ne ferait que remettre les choses à leur place.

Le grand Noir hoche la tête, compréhensif, puis se tourne vers la femme au chignon roux.

– Et toi, Duchesse ?

– Contre. Il faut se débarrasser d'elle vite fait. Mais je n'approuve pas l'idée qu'on la tue dans les marécages du sud. Les gosses des gitans vont souvent jouer là-bas. Ils pourraient trouver le corps.

Elle s'approche de la jeune fille et passe la main dans sa longue chevelure ondulée.

Elle a franchi ma bulle de protection mais je ne dois pas réagir.

– Elle est mignonne. Je propose qu'on la vende plutôt aux Albanais.

– C'est noté. Et toi, Baron ?

– Pour. Je suis pour que la pitchounette reste avec nous. Et qu'on ne la tue pas. Et pas question de balancer son corps dans les marécages ou de la vendre aux Albanais, ils l'abîmeraient.

Nous sommes des fugitifs. Nous avons un devoir d'assistance vis-à-vis des autres fugitifs.

– OK, cœur d'artichaut, grince la Duchesse. Je sais pourquoi tu la protèges. Ouais, je le sais.

– Qu'est-ce que tu as l'air de sous-entendre, Duchesse ?

– Fais pas ton innocent, Baron ! On connaît ta vie. Tu as une fille à peine plus âgée que tu peux pas voir. Alors tu veux qu'elle la remplace. L'instinct paternel est…

– Comment oses-tu même évoquer son existence, espèce de grosse morue bigleuse ! Je t'interdis de prononcer son…

Il s'apprête à lui donner un coup de poing mais déjà la femme a reculé et dégainé un rasoir. Les deux se font face, prêts à en découdre.

– Et toi, Vicomte, tu votes quoi ? demande Kim avec calme, pour faire diversion.

Sous les regards interrogateurs, le grand Noir en boubou multicolore rallume sa pipe. Sans se presser.

– Le Baron a raison : Rédemption a un devoir de sanctuaire pour les fugitifs. Ce n'est pas à moi qu'il faut demander si on doit expulser les étrangers, si vous voyez ce que je veux dire. Désolé, Duchesse, je vote pour qu'elle reste.

– Deux voix contre deux. Égalité. C'est le problème dans un système démocratique, avec un nombre pair de votants.

– On revote ! propose Kim.

– Inutile, on n'en sortirait pas. OK, puisque je suis la présidente, la décision me revient : au nom du droit d'hospitalité, et surtout pour faire plaisir à ce grand sentimental de Baron, Cendrillon peut rester avec nous, mais pour un temps limité.

– C'est une bourgeoise ! s'indigne Kim. Elle a les mains propres ! On va quand même pas vivre avec une bourge !

– De toute façon, elle ne pourra jamais s'habituer à notre mode de vie, ne t'inquiète pas, lui répond Fetnat.

Esméralda ne se tourne pas vers Cassandre mais vers Orlando.

– Dis-lui qu'elle peut rester, mais juste trois jours. Après elle devra déguerpir. Elle n'aura qu'à dormir dans la remise, à côté des conserves. Il faudra lui donner une couverture sèche et propre. Tu as ça chez toi, Vicomte ?

– Encore faudra-t-il qu'elle supporte ce qu'elle va découvrir demain…, ricane Kim.

Le visage de la jeune fille exprime l'incompréhension.

– Tu verras, petite, puisque tu veux à tout prix rester ici, tu auras une surprise, demain au réveil, ajoute le jeune homme d'un ton ironique.

Cassandre veut remercier Esméralda mais cette dernière s'est déjà levée pour grignoter un peu du rôti qui tourne toujours sur sa broche.

– Je sens qu'on fait une grosse connerie, murmure Esméralda pour elle-même. Ça, je suis sûre de ne pas me tromper ; garder une gamine mineure avec nous, c'est une grosse, une très grosse connerie.

– Hé, pitchounette, tu ne nous as toujours pas dit comment tu t'appelles ? signale le Viking.

La jeune fille aux grands yeux gris clair les fixe un par un, puis articule lentement :

– … Cassandre.

Kim glousse à nouveau :

– Ça, c'est bien un prénom de bourge à la con.

– T'as faim ? demande Orlando.

Elle refuse d'un signe de tête.

De lourds nuages ont gommé la lune. De grosses gouttes s'étalent sur le sol et claquent dans les flammes. Une nouvelle averse se prépare. Orlando et Fetnat trouvent des vêtements secs pour leur invitée. Ils lui aménagent une chambre de fortune dans la remise aux conserves. Elle s'installe tant bien que mal sur un lit de journaux tassés, posé sur des boîtes de conserves et recouvert d'un drap sale. Elle pose sa tête sur un sac à pommes de terre bourré de chiffons. Autour d'elle, en guise de décor, encore des boîtes de conserves empilées. Certaines sont gonflées, d'autres mouchetées de rouille. La plupart des étiquettes ont disparu.

Cassandre s'étend, épuisée par les émotions de cette étrange journée, et s'enfonce sous la couverture qui sent la poussière. Un moustique qui a échappé à la pluie tournoie bruyamment sous le plafond en bâche plastique.

Ces étranges clochards vont apprendre à m'aimer. Je crois qu'ils m'aiment déjà un peu. Ils sont juste un peu bourrus. Et puis… ce n'est jamais facile d'aimer quelqu'un d'aussi bizarre que moi. Je me mets à leur place.

Le toit grouille de blattes qui font crisser leurs griffes rapides sur la tôle ondulée.

S'il vous plaît, les insectes, laissez-moi tranquille ce soir.

Une pluie nerveuse claque maintenant sur les monceaux d'ordures.

Qu'est-ce qu'il y aura de si gênant demain matin ?

Elle pose la montre sur la caisse qui lui sert de table de chevet, et l'allume. « Probabilité de mourir dans les 5 secondes : 88 %. »

« Expéditeur : d. »
Qu'est-ce qu'a dit le directeur ? Ah oui… « De la part de quelqu'un qui vous aime » ?

Elle éteint la montre. Les chiffres disparaissent.

La jeune fille aux grands yeux gris clair finit par baisser les paupières et s'endormir. Dehors, l'orage gronde dans la nuit noire.

19.

Soleil blanc éclatant. Cassandre rêve qu'elle est dans une grande cité de l'Antiquité inondée de lumière. Le ciel est bleu azur et elle gravit des marches qui mènent à un temple peint de couleurs vives.

Des caryatides et des colonnes corinthiennes ornent l'entrée. Les bas-reliefs sculptés représentent des combattants en tunique qui brandissent des épées et des lances. Leurs muscles saillent dans le marbre.

Cassandre pénètre dans le lieu sacré. Après avoir suivi une longue file de candélabres allumés, elle parvient au pied d'un trône élevé où siège une femme d'une cinquantaine d'années, drapée dans une toge blanche.

Un sourire joue sur son beau visage que le temps n'a pas altéré.

– Je suis Cassandre, déclare-t-elle. Et toi je sais qui tu es. Tu es la « Cassandre des temps futurs ».

La jeune fille reconnaît la prêtresse dessinée sur la couverture du livre de Papadakis. Une dignité royale se dégage de sa personne parée de bijoux incrustés de turquoises. Elle a de longs cheveux auburn tenus par un diadème. Un serpent joue à s'entortiller autour de son bras, comme un bracelet vivant.

– Tu vois le futur et tout le monde s'en fout, n'est-ce pas ?

Elle sourit, compréhensive.

– Suis-moi, lui intime-t-elle en se levant.

– Pourquoi ? demande la jeune fille.

– Pour développer ton intuition féminine, répond la femme avec un clin d'œil.

D'un pas timide, Cassandre lui emboîte le pas, et découvre bientôt un magnifique jardin derrière le temple. Au fond, des milliers de bébés agrippés à un grillage les observent.

– Qui sont-ils ? demande la jeune fille en ralentissant le pas.

– Eux ? Ce sont les nouvelles générations. Ils veulent savoir ce que nous faisons pour apprendre ce qui va leur arriver.

Après avoir dépassé une orangeraie, la femme s'avance avec majesté vers une colline. D'un repli de sa toge elle sort une graine, s'agenouille et la plante dans le sol.

– Regarde bien ce qui va se passer, murmure-t-elle.

Elle claque des doigts et aussitôt jaillit du sol un arbuste qui grandit, n'arrête plus de grandir.

La jeune fille recule, impressionnée, mais la femme lui saisit le bras.

– N'aie pas peur.

L'arbuste devient un arbre au tronc bleu, qui continue de s'épanouir, de s'élever vers les cieux dans un bruit assourdissant de rameaux qui craquent, de branches qui naissent.

L'Arbre Bleu devient immense.

Il est désormais si haut, si large, que ses ramures assombrissent le ciel.

La prêtresse indique alors une porte qui s'ouvre dans l'énorme tronc bleu.

– Suis-moi encore, veux-tu ?

La jeune fille obéit, et découvre, dans la pénombre du tronc, deux labyrinthes. L'un descend, l'autre monte.

– C'est l'Arbre du Temps. Les racines sont le passé, le tronc est le présent, les branches sont le futur, explique l'antique Cassandre. Viens ! Je vais te montrer quelque chose d'intéressant.

Elle la guide dans un dédale de couloirs de bois qui s'enchevêtrent au-dessus d'elles, la fait ressortir au niveau des ramures les plus basses. Là, des branches bleu foncé, prolongées par des branchettes claires aux feuilles blanches, s'étalent près de sa tête.

– Il faut alerter les bébés, lui confie l'antique Cassandre.

Elle lui désigne une feuille où se déroule une scène qu'elle connaît déjà.

Et cette image l'horrifie.

20.

Cassandre se redresse d'un coup et se met à hurler.

Aussitôt Esméralda, Fetnat, Orlando et Kim accourent. Ils la découvrent assise sur son lit, les yeux mi-clos. Des phrases fusent de ses lèvres à toute vitesse et semblent décrire un rêve qu'elle vit en direct.

– Un homme… il a enfilé des vêtements blancs. Il entre dans l'usine en grimpant sur le mur avec une corde. Il sort une carte pour se repérer et contourne les entrepôts. Il s'arrête devant un bâtiment gris. Quatre lettres sont inscrites : « EFAP. » Il arrive dans une pièce où il y a des amoncellements de poudre jaune. Il tousse. L'air est rempli de nuages de poussière. Le toit de la pièce est une immense cheminée.

– Bon, elle a un rêve érotique, ricane Kim pour détendre l'atmosphère.

La jeune fille continue de décrire sa vision en direct.

– L'homme s'assoit et répète en boucle sa prière, il est ivre de sa prière. Il se frappe plusieurs fois le cœur comme pour faire rentrer ses mots dans sa chair, puis il s'arrête d'un coup et regarde sa montre. Le cadran indique 9 h 28. Il continue de frapper sa poitrine de plus en plus fort. Il s'arrête à nouveau. Sa montre indique 9 h 30. Alors il ouvre sa chemise, dessous il porte un gilet bardé de tubes rouges. Une poignée dépasse. Il tire dessus en fermant les yeux.

Cassandre s'arrête, la bouche entrouverte.

– Bon, c'est pas grave, décrète Esméralda. Elle a juste fait un cauchemar, elle est un peu somnambule.

– Il est quand même sacrément précis, son cauchemar, remarque Orlando d'un ton troublé.

– Je sens… j'entends… je vois… je vois… l'explosion, elle déchire l'homme au ralenti et produit une boule de feu. Puis les poussières jaunes s'embrasent. Après la première explosion, la deuxième est beaucoup plus importante.

Plus personne ne parle. Sans ciller, la jeune fille poursuit.

– … Les voitures des alentours sont soulevées. Les gens sont projetés au sol. Toutes les vitres des immeubles voisins sont soufflées, découpées en milliers de lames qui fendent l'air et tranchent, mutilent. Des dizaines de corps gisent dans des flaques de sang, transpercés par les lames de verre…

Cassandre se tient les oreilles et grimace comme si elle entendait la détonation. Elle se fige dans cette position. Plusieurs minutes s'écoulent durant lesquelles personne n'ose intervenir.

– Bon, déclare Esméralda, le cauchemar est fini. Tu vas te recoucher et tout ira bien.

Cassandre rouvre les yeux. Son regard fixe successivement les quatre habitants de Rédemption. Elle saisit la main d'Esméralda et articule posément :

– Vous pouvez les sauver.

Puis elle ajoute, la voix encore engluée dans un sanglot contenu.

— Vous devez les sauver.

Les quatre la fixent, incrédules.

— L'usine EFAP existe vraiment, c'est le centre de pétrochimie dans la banlieue sud-est, annonce Orlando.

— Oui, ben on s'en fout, on se recouche et toi aussi. Allez dors, petite ! rétorque la femme au chignon roux.

— Il va y avoir des victimes. Rien ne s'est encore passé. Ces gens vous pouvez les sauver ! insiste Cassandre.

Le jeune Asiatique secoue la tête.

— Moi j'n'aime pas les « gens ». Et puis ce ne sont pas de simples gens, ce sont des bourges. Je déteste les bourges.

— Moi j'n'aime pas sauver, décrète Fetnat.

— Et moi, grogne Esméralda, j'n'aime pas qu'on me dise ce que j'ai à faire. Surtout quand c'est une morveuse qui me donne des ordres, ça c'est vraiment pas envisageable !

— De toute façon nous ne sortons jamais du dépotoir, poursuit Orlando. Allez rendors-toi, pitchounette, ce n'est qu'un cauchemar.

— Mais vous n'avez pas compris ? Cela va vraiment arriver et vous seuls pouvez l'arrêter ! insiste la jeune fille aux grands yeux gris clair.

— Ouais et alors ? Même si ça arrive vraiment, qu'est-ce qu'on en a à foutre ? répond Esméralda.

— Si vous n'intervenez pas, beaucoup de gens vont mourir. VOUS DEVEZ LES SAUVER ! s'obstine la jeune fille.

Esméralda la saisit par les poignets.

— Hé, Miss casse-pieds, il va falloir qu'on précise les règles du jeu. Les bourges sont nos ennemis. NOS ENNEMIS, tu m'entends ? Ils nous détestent.

Les trois autres renchérissent.

— Nous leur faisons peur, dit Fetnat.

— Nous les dégoûtons, reconnaît Orlando.

— S'ils pouvaient envoyer leurs flics pour nous tabasser et nous faire bouffer par leurs molosses dressés, ils le feraient, reconnaît l'Africain. Mais nous sommes planqués ici, dans notre sanctuaire.

Le regard de Cassandre est toujours aussi perdu.

– Vous devez les sauver, murmure-t-elle, la voix cassée.

– Putain de gosse bornée ! Hé, Cendrillon, t'as pas compris ? Ici tu es dans un dépotoir d'ordures ! Ça autour, ce sont des déchets. Les bruits furtifs que tu entends, ce sont des rats. Même les chiens qui t'ont poursuivie ne sont pas des bichons maltais ou des teckels. Leurs maîtres bourges les ont abandonnés pour partir tranquilles en vacances et ces chiens se sont reproduits entre eux. Les plus faibles sont morts. Les plus forts les ont bouffés.

– Vous devez les sauver, insiste la jeune fille, imperturbable.

– Ça y est, la machine à répétition est lancée. Mais bon sang, elle est bouchée cette mioche. Eh bien, puisqu'il faut mettre les points sur les i, si les bourges doivent crever, ça nous fait plaisir ! Parfaitement. Ça nous ravit. Plus il y a de bourges qui crèvent, plus nous avons l'impression de prendre notre revanche.

– L'avantage quand on est au fond du trou c'est qu'on ne peut plus descendre, et qu'on peut détester tous ceux qui sont au-dessus, ironise Kim.

– Ah ça, quand on a zéro à l'école on ne peut pas craindre d'avoir une plus mauvaise note la fois suivante, reconnaît Orlando.

Esméralda n'a pas fini sa démonstration.

– Nous, on est les méchants, pas les gentils. Les petits gosses dont on voit les côtes aux actualités télé, ça nous rassure, parce que nous on a beau être pauvres, on peut manger tous les jours. Des ordures peut-être mais sans limites. Dieu merci, on a beau être au plus bas, on crèvera jamais de faim. Il y aura toujours des ordures dans ce pays. C'est sûr.

Les autres approuvent à tour de rôle.

– Les morts et les blessés des guerres qu'on voit aux actualités, pareil, hein Baron, ça nous fait marrer, parce que nous dans le dépotoir, on sait que la guerre nous atteindra jamais. Ici nous sommes peinards. Même si un ennemi bombardait le pays, il gaspillerait pas ses munitions sur nous. Et même si un ennemi

54

envahissait le pays, il s'en foutrait du dépotoir, poursuit Esméralda.

— On est des déchets, reconnaît Fetnat, on dégoûte tout le monde. Si tu vois ce que je veux dire.

— Nous ne sortons jamais et nous ne sortirons pas. Et même si les bourges crèvent, on en a rien à fiche. « Chacun sa merde. »

— Vous devez les sauver, répète Cassandre d'une voix moins assurée.

— Allez, bonne nuit, pitchounette. Rendors-toi et laisse-nous dormir.

Ils quittent un à un la remise, la laissant seule avec ses boîtes de conserves gonflées, ses cafards grouillants et ses cauchemars trop précis.

21.

Est-ce une malédiction ?

La Princesse troyenne Cassandre l'a vécue jadis et je la revis à mon tour.

J'aurais tant préféré être ignorante de ce qui va arriver.

J'aurais tant préféré rêver de rien. Comme les autres. Rêver de choses qui n'ont pas de sens. Rêver que je suis en vacances et que je nage dans la mer.

Une mouette passe. Son cri de mouette se transforme en cri de…

22.

… Coq qui lance son chant matinal.

Le gallinacé en retard et un peu enroué s'y reprend à plusieurs fois pour trouver sa tonalité.

Le ciel est dégagé et le soleil déjà assez haut. Cassandre ouvre les yeux d'un coup. La première sensation qu'elle perçoit est extrêmement désagréable.

Comme on l'avait avertie, maintenant que la fine pellicule de pluie ne recouvre plus les objets en putréfaction, ceux-ci libèrent

leur fétidité naturelle. Ce qui lui rappelle la fois où, au pensionnat, quelqu'un avait déposé une boule puante dans ses affaires.

Elle grimace de dégoût, et se met à tousser. Sa toux se transforme en raclement de gorge, puis en quinte déchirante comme
si elle était en proie à une crise d'asthme. Elle cherche de l'air
respirable mais partout s'exhale la même infection. Elle tourne
dans l'unique pièce de sa hutte, trébuche, se met à genoux, se
bouche le nez.

L'odeur est trop puissante, elle agresse ses papilles olfactives
comme si on les aspergeait d'un liquide irritant. Elle sort à la
recherche d'air pur mais ne trouve qu'un remugle encore plus
fort. Désemparée, elle se met à vomir dans un coin du village.
Puis elle se relève, s'essuie la bouche et observe les autres qui sont
déjà levés.

Esméralda, vêtue d'une ample robe noire brodée est affalée
dans son transat. Elle lit un journal de potins sur les stars, une
chope à bière remplie de café à la main. Sur la couverture du
magazine s'étale en grosses lettres : « Entre Kevin Malençon et
Jessica Ledelezir : Rien ne va plus. » On distingue un homme
avec des tatouages serrant dans ses bras une jeune fille maigre,
blonde, au sourire exagéré. En dessous est précisé : « Elle a découvert son passé trouble. »

Fetnat coud la peau du chien tué la veille sur un cadre en bois
pour la faire sécher. Orlando fabrique des empennages pour ses
flèches. Kim tend des fils électriques entre des poteaux, et installe
des haut-parleurs sur des mâts. Il porte un nouveau tee-shirt
« Celui qui est parti de rien pour arriver à rien n'a de merci à
dire à personne. »

Le Viking lève les yeux et salue la jeune fille de la main.

– Ça va, pitchounette ? Bon, désormais tu sais vraiment où tu
es. C'est cette puanteur qui nous protège mais il faut quand même
s'y habituer. Un peu rude la première fois, enfin je veux dire pour
une bourge. Dis-toi juste que tu es dans un village de putois.

Cassandre éprouve encore un haut-le-cœur. Elle se reprend,
puis suffoque à nouveau, se tient la gorge et recommence à
vomir. Cette fois, c'est Fetnat qui prend la parole.

– C'est toi qui as voulu venir ici, gamine. On t'a dit que ce n'était pas fait pour les bourges. Si tu vois ce que je veux dire.

Elle cherche encore de l'air pur et n'en trouve pas. Elle réduit ses inspirations, comme si elle espérait filtrer cette pestilence.

– Dis donc, Blanche-Neige, si tu veux rester toute la journée, il va falloir que tu t'y habitues, sinon fous le camp tout de suite ! tranche Esméralda.

Kim ricane.

– On se demandait si on la gardait ou si on la rejetait, mais c'est l'odeur de Rédemption qui fait le choix à notre place. La puanteur, notre puanteur chérie, la voilà notre protection, bien plus efficace que tous les alignements de béton et tous les barbelés.

Cassandre cherche encore sa respiration.

– Considère ça comme un baptême. Si tu veux être une hémorroïde il faut supporter l'odeur du cul, résume Kim en relevant la mèche bleue qui lui barre le front.

– C'est délicat, Marquis. Dis donc, tu pourrais lui parler un peu meilleur à notre Cendrillon ! Disons plutôt : si tu veux être putois il faut supporter l'odeur de la tanière.

La jeune fille ne les écoute plus. Elle déglutit à petits coups, consciente que là se situe l'enjeu même de son sort parmi ces gens. Elle s'efforce d'apprivoiser de minuscules inspirations, afin d'adapter progressivement ses poumons à l'air âcre. Dans sa gorge, l'arrière-goût de pourriture ne veut pas reculer.

Je veux rester. Je peux tenir.

Les autres se sont rassemblés autour d'elle et l'observent, curieux ou goguenards. Orlando lui tend un mouchoir mouillé qu'elle presse aussitôt contre son nez. Ses yeux rougis sont brûlants, elle se les frotte avec acharnement, avec la sensation de stagner au milieu d'un nuage de bombe lacrymogène.

– Ça pique un peu, hein ? s'informe Orlando. Quand tu t'y seras habituée, tu pourras nous rejoindre pour le petit déjeuner.

Elle reste longtemps seule, à essayer de maîtriser ses sens puis, enfin, s'en va rejoindre les autres autour du feu.

– Assieds-toi là, propose Orlando. Tu veux de la viande ?

Elle contemple, effarée, le corps calciné qui suinte de graisse jaunâtre et réalise soudain que ce qu'elle avait pris pour du lapin était en fait tout autre.

Ils mangent du chat !

Le Viking a suivi son regard.

– Il n'en traîne pas beaucoup par ici. Celui-ci est un minet de bourge, il a dû faire une fugue.

Il lui montre un petit collier en métal où est inscrit : « Jeanne ». Puis il prend une assiette et s'apprête à la servir. Cassandre fait un signe de refus catégorique.

– Dommage, tu rates quelque chose ! C'est comme du lièvre avec beaucoup plus de saveur, signale Fetnat. Peut-être parce qu'ils mangent des souris. La chair a un petit arrière-goût de musaraigne.

Cassandre ferme les yeux, au bord du malaise.

– T'inquiète, la rassure Orlando. Ce chat, ce n'est pas moi qui l'ai tué. Ce sont les chiens sauvages. Moi je l'ai juste ramassé.

– Ici on n'aime pas les chats, ajoute Esméralda. Ce sont des animaux de bourges. Les chats c'est intéressé. Remarque bien : il y a des chiens de clochards mais pas de chats de clochards. Quand un chat voit que son maître n'a plus les moyens de le nourrir, il l'abandonne pour en trouver un autre plus fortuné. Tandis que les chiens, ils sont ce qu'ils sont mais ils restent fidèles à leur maître, même pauvre, jusqu'à la mort.

Tiens, je n'y avais jamais pensé.

– De même tu verras des chiens d'aveugle, mais jamais des chats d'aveugle.

– Ouais, tu parles, si un aveugle s'accrochait à un chat, il l'emmènerait marcher sur les toits ou grimper dans les arbres !

Kim crache par terre.

– Mon prof de français disait : « Quand un chien voit l'homme lui donner à manger, il se dit que l'homme est son dieu. Quand un chat voit l'homme le nourrir, il se dit que l'homme est son serviteur. »

– Encore une de tes citations à la con, Marquis ? s'insurge Orlando.

– Non, juste une constatation, Baron.

Cassandre ne peut quitter des yeux la médaille argentée qui pend au collier de l'animal rôti.

« Jeanne. » Comme Jeanne d'Arc. Encore cette maudite idée que les prénoms sont des programmations pour le reste de notre vie. Ce n'est qu'un hasard si ce pauvre félidé qui finit sa vie sur un bûcher est doté d'un tel prénom. Un pur hasard.

– Tu ne veux pas du chat, mais tu veux peut-être du chien chaud ? Du « hot dog » ? propose poliment Fetnat.

Il lui montre une deuxième broche sur laquelle est empalé le chien débarrassé de sa fourrure. Elle fait un signe de dénégation.

Orlando fouille dans le caddy qui contient quelques provisions à portée de main.

– Vous oubliez que c'est une bourge ! Allez, petite, tu veux du jus d'orange ? Cette bouteille a dépassé la date limite de fraîcheur mais ça m'étonnerait que les microbes aient une montre et un calendrier et attendent minuit pile pour se ruer sur la bouffe. Sinon, il y a aussi des vieux croissants mous sous Cellophane, et de la confiture, si cela t'intéresse.

Il s'empare d'un pot de confiture qu'il ouvre, renifle, avant de le lui présenter. Une fourrure de moisissure verdâtre recouvre la surface rouge. Le Viking d'un coup de cuillère dégage ces protubérances claires pour laisser apparaître la gelée rouge en dessous.

Cassandre goûte, puis recrache les aliments.

Tout a le goût de pourriture dans cet endroit.

Mais elle se reprend, parvient à mâcher des chips un peu molles et du Nutella qu'elle avale en se bouchant les narines. Les autres l'observent, amusés.

– Tu sais quelle heure il est, Blanche-Neige ? demande Esméralda.

Elle désigne une haute pendule normande en chêne sculpté, au cadran orné de chiffres romains.

– Dans 1 minute et 30 secondes, il sera exactement 10 heures.

– C'est quand même l'un des avantages d'être hors du système, on n'a pas besoin de se lever tôt, rappelle Fetnat.

– Pas de rendez-vous. Pas de bureau. Pas de pointeuse. Pas de peur d'être en retard, ajoute Kim.

– Pas d'embouteillage. Pas de patron. Pas de peur d'être licencié.

– Pas de mission, pas d'objectifs à atteindre, ajoute Orlando.

– Nous sommes libres. Nous n'avons de comptes à rendre à personne. La grasse matinée, c'est tous les jours de notre vie, jusqu'au dernier.

En baissant les yeux, Cassandre fait comprendre qu'elle veut se laver.

– Ah non, ici il n'y a pas d'eau courante. Les flaques sont infectées à cause des produits toxiques ou des acides qui traînent. Donc pas de douche ni de bain. Désolé.

– L'eau propre est précieuse, ajoute Fetnat. On la stocke dans une citerne qu'a bricolée Orlando. L'eau de pluie est filtrée par de la roche poreuse. Goutte à goutte. Si tu vois ce que je veux dire.

– Si tu veux une douche tiède, tu remplis une bouteille d'eau filtrée à la citerne, tu la fais chauffer sur le foyer et tu te la fous sur la gueule, conseille Kim. C'est comme ça que faisaient déjà les gens au Moyen Âge. Et ils ont survécu.

Esméralda hoche doucement la tête.

– En Italie, mon grand-père disait : « Si tu veux rester en bonne santé, ne te lave pas. » Et il avait raison. Comme ça tu renforces ton système immunitaire qui s'habitue à combattre les microbes.

La jeune fille écoute avec attention.

– Et pour les toilettes, tu prends du papier journal chez la Duchesse et tu vas te cacher derrière un tas de pneus. Ce qui est le plus doux pour les fesses c'est le *Guetteur Moderne*. Personnellement, j'apprécie surtout de me torcher avec les pages politiques de ce magazine. Elles ont un lissé particulier que n'ont pas les pages culturelles ou celles des sports. Beaucoup plus rêches.

Cassandre, intéressée par cette dernière information, disparaît derrière un mur de pneus, puis revient quelques minutes plus tard.

Orlando se gratte fort. Puis Kim. Puis Fetnat. Puis Esméralda. La grosse femme aux cheveux roux lui explique :

– Se gratter est le premier stade de déchéance. Essaie de tenir sans te gratter le plus longtemps que tu pourras.

Cassandre prend alors conscience que sa peau la démange, les insectes de la nuit l'ont piquée. Mais elle résiste à la tentation de frotter ses ongles longs et pointus sur son épiderme tendre.

Ce serait trop bon.

– Le deuxième stade de déchéance est « se parler tout seul », informe la femme au chignon roux.

– Et il y a le troisième stade, dit Fetnat. Mais cela, elle le découvrira bien à temps.

La pendule normande sonne.

– Dix heures, mets les infos, Marquis.

Kim se dirige vers sa cabane d'où sortent les fils reliés aux baffles, et revient lesté d'un grand écran fendu en diagonale qu'il installe sur des caisses vides. Après quelques réglages, apparaît le générique du Journal.

La voix du journaliste annonce les titres du jour, dans les baffles aux membranes rapiécées :

1 – Politique intérieure : Suite aux rumeurs de faillite de plusieurs banques c'est la crise financière. Personne ne l'a vue venir. Selon les spécialistes, il faut s'attendre à une baisse du pouvoir d'achat et de manière plus large à un appauvrissement général du pays.

2 – Sport : Défaite de l'équipe de football de Paris contre celle de Montpellier. Les dirigeants et l'entraîneur du club n'avaient pas vu venir cette défaite contre un club considéré comme mineur. Il y a un risque de changement de division pour l'équipe de la capitale.

3 – Politique internationale : Visite à Paris du président libyen. Comme on l'avait vu venir, plusieurs manifestations

sont prévues par des associations de défense des droits de l'homme. Elles reprochent au dirigeant les attentats contre des avions civils organisés par ses services secrets et l'emprisonnement d'infirmières bulgares torturées après un procès truqué. Mais le président français a déclaré : « Il faut laisser une chance à ce chef d'État de faire sa rédemption et de revenir dans le concert des nations civilisées. » Le président libyen a, pour sa part, affirmé en conférence de presse : « Je suis venu ici pour entendre des excuses. Des excuses de la part de la France et des pays coloniaux envers toutes les nations qu'ils ont opprimées. »

4 – Météo. Crise climatique avec des tempêtes qui ravagent tout le Sud de la France. Les experts ne l'avaient pas vue venir. Sur le reste de la France, on prévoit des giboulées, c'est-à-dire une alternance imprévisible de soleil et d'orages.

5 – Appel à témoins. La police recherche une jeune mineure disparue, Cassandre Katzenberg, âgée de 17 ans. Elle a été vue pour la dernière fois aux alentours de la banlieue nord de la capitale. Attention, cette jeune fille à tendances paranoïaques est dangereuse. En cas de rencontre, ne pas tenter de la maîtriser mais avertir les autorités.

La photo de Cassandre s'affiche plein écran.

Esméralda se lève.

– C'est Cendrillon ! À présent, on risque d'avoir les poulets sur le dos.

Orlando lui fait face.

– On a dit trois jours, Duchesse, trois jours. On tiendra parole. De toute façon, personne ne pensera à chercher la pitchounette ici. »

– Fermez vos gueules. Voilà le plus important, annonce Fetnat en faisant signe à Kim de monter le son.

6 – Loto. Les chiffres gagnants du jour sont…

Ils les recopient avec soin sur un bout de journal.

– Merde, encore raté, déplore Fetnat.

Puis tous les regards se tournent vers Cassandre.

— Tu vois, tu t'es trompée, Bernardette Soubirous. Pas d'attentat terroriste ce matin, Miss somnambule, ironise Kim.

— Dis donc, maugrée Fetnat, tu ne pourrais pas plutôt nous donner les numéros gagnants du Loto, dans l'ordre ? Ça, ce serait vraiment plus utile, si tu vois ce que je veux dire !

— Allez, sans rancune, petite, conclut Esméralda. Tu avais tout faux. De toute façon, t'aurais jamais pu nous convaincre de sortir du dépotoir. Le seul contact qu'on a avec l'extérieur, c'est les gitans qui nous vendent les tickets de Loto, le tabac et mes précieux journaux. Et le Loto, c'est parce qu'on pense qu'il faut laisser à Dieu une chance de se racheter de toutes les injustices qu'il nous a déjà fait subir.

Fetnat tourne son regard vers l'adolescente.

— Bon, maintenant qu'on a du temps, passons à la suite des présentations : qui es-tu, petite ? Tu nous as dit que tu te prénommais Cassandre, mais tu ne nous as toujours pas expliqué ce que tu faisais ici.

La jeune fille aux grands yeux gris clair remarque à nouveau le renard. Il est assis un peu plus loin et il l'observe.

23.

Se pourrait-il que je me sois trompée ? Ce rêve n'était donc qu'un rêve. Il n'était pas prémonitoire. Pourtant, tous ces détails, je les ai bien vus. Je me rappelle tout, c'était comme si j'y étais.

Les visages de ces gens blessés par l'explosion, je pourrais presque les décrire un par un.

J'aurais averti d'un danger qui n'existait pas ?

En plus je voulais que ces clochards sortent du dépotoir pour les sauver. Ils y seraient allés et il ne se serait rien passé. Cela aurait été encore pire.

J'aurais été ridicule.

Qu'est-ce qu'ils m'ont demandé ?

« Qui es-tu, petite ? »

S'ils savaient...

Si moi-même je le savais...

Il faut que je les rassure un peu. Sinon ils ne me garderont pas longtemps parmi eux. Et j'ai tellement envie de rester ici, loin du système « normal ».

Allez, un petit effort, les mots devraient finir par sortir.

24.

Les autres s'approchent et font cercle autour de Cassandre.

– Je viens de l'école des Hirondelles.

– Où es-tu née ? Que s'est-il passé avant ? demande Fetnat.

Elle s'arrête. Les autres attendent patiemment.

– Avant l'école des Hirondelles ? Il y a eu l'« attentat ».

– Quel attentat, pitchounette ?

Sa gorge se serre. Cette fois, ce ne sont pas des images tirées d'un rêve mais de vrais souvenirs qui affluent dans sa mémoire.

– … Avec mon père et ma mère. Nous étions partis assister à *Nabucco*, l'opéra de Verdi avec un orchestre italien, au pied de la pyramide de Khéops, en Égypte.

– Moi j'n'aime pas l'opéra, la coupe Kim à qui personne n'a rien demandé. J'aime que le rock.

– Ta gueule, Marquis ! intime Orlando. Vas-y continue, pitchounette.

Cassandre, les yeux perdus dans le vague, poursuit :

– … C'était au moment de la montée du chœur des esclaves. La musique devenait de plus en plus ample. Et…

Elle s'arrête et reste en suspens, la bouche ouverte. Puis :

– J'ai eu une soudaine envie de faire pipi. Je me suis levée, j'ai quitté les rangs et j'ai rejoint des toilettes qu'ils avaient installées à quelque distance de là. Quand je suis revenue, j'ai…

Un frisson la secoue.

– Quoi ?

– … j'ai vu l'explosion.

Elle se tait et baisse les yeux. Le groupe de clochards respecte son silence. Elle inspire une grande goulée de cet air nauséabond, puis reprend :

– Ils avaient placé une bombe sous l'estrade.

Elle baisse la tête. Sur son front, brille un vernis de sueur.

– J'ai eu les tympans bloqués. C'était comme si tout d'un coup l'air était aspiré hors de mes poumons.

– Ouais, c'est l'effet du souffle, explique Orlando qui a l'air de bien connaître le phénomène. Et encore, tu as eu de la chance, c'était en plein air…

– Mes oreilles étaient transpercées par des aiguilles, mes poumons me brûlaient et mes jambes sont devenues molles. Il y avait un nuage de feu. La douleur a perforé mon crâne comme si on électrocutait mon cerveau. Je me suis évanouie.

Elle baisse les paupières.

– Après…

Ils attendent.

– Après… peut-être plusieurs minutes plus tard, j'ai repris conscience. Les secours n'étaient pas encore là. Pas d'ambulance. Pas d'infirmiers, pas de police. Juste une grande fumée et des gens qui ouvraient la bouche comme des poissons qui s'asphyxient hors de l'eau. Tout était silencieux et agité. J'étais devenue sourde.

Elle s'interrompt à nouveau et avale sa salive.

– Je me suis mise à quatre pattes et j'ai avancé au milieu des corps et de la fumée. Il y avait une abominable odeur de chair calcinée. Et puis le son est revenu d'un coup. Je n'étais plus sourde et j'ai entendu le vacarme. Les gens qui ouvraient la bouche, en fait, poussaient des cris. Ça hurlait de partout. Ces cris, ces cris… je ne les oublierai jamais.

Cassandre se tait. Lorsqu'elle parle à nouveau, sa voix est devenue neutre, complètement détachée.

– J'ai couru parmi des corps éparpillés. J'ai fini par les retrouver. Mes parents. Ils étaient en plusieurs morceaux. Je ne savais pas quoi faire, alors j'ai réuni les morceaux. J'avais l'impression qu'il fallait faire ça.

– Tiens, comme le mythe d'Osiris, remarque Kim. La fille qui recherche en Égypte les morceaux de son aimé pour les réunir comme un puzzle.

— Ferme-la, Marquis ! Laisse-la causer. Continue, petite, on t'écoute, s'impatiente Orlando.

— Je suis restée à côté des deux dépouilles, à attendre qu'il se passe quelque chose. Les secours ont mis longtemps à venir. Ils m'ont amenée dans un hôpital. Et ils m'ont bourrée de tranquillisants.

Un long moment s'écoule. Les yeux de Cassandre brillent d'une douleur sèche, sans larmes.

— Après, j'ai vu plusieurs assistantes sociales et elles m'ont placée dans l'école des Hirondelles. J'y suis restée quelques années. Mais ça n'allait pas. C'est de là que je me suis enfuie.

Orlando hoche doucement la tête, d'un air entendu.

— Voilà pourquoi la pitchounette rêve d'explosion. Elle a perdu ses parents dans un attentat terroriste. Du coup, elle croit voir des attentats partout. C'est un truc connu, ça s'appelle P.T.S. Post Traumatic Syndrom. On en parlait à la Légion. Des gens choqués durant les guerres revivent en permanence les scènes de trauma dans leurs rêves. Et ils croient que ça se passe vraiment. Les vétérans américains de la guerre du Vietnam ont connu ce truc.

Fetnat tend à Cassandre un bol de thé chaud, qu'elle boit distraitement, à petites gorgées bruyantes.

Orlando redresse sa haute taille.

— Si tu veux, pitchounette, accompagne-moi. Je vais chasser pour le déjeuner, ça te changera les idées.

25.

Maintenant ils savent.

26.

Les montagnes d'ordures forment des plaines, des collines, des vallées, des pics, des falaises de matériaux hétéroclites fumants.

Orlando et Cassandre marchent au milieu de ce décor ahurissant dans ce lieu inconnu si proche du « monde normal » et pourtant si loin. Des chauves-souris semblables à des ptérodactyles nains filent dans le ciel.

Soudain alors qu'ils sont dans un passage étroit l'homme bouscule la jeune fille.

– Attention !

Il la plaque au sol et lui protège la tête.

Dans un bruit de glacier polaire qui craque, un bloc s'est détaché et provoque un éboulis d'ordures ménagères.

Ils sont recouverts par cette avalanche de détritus.

Le Viking se relève et dégage la fille ensevelie sous des jouets.

– Tsss… faut faire gaffe, dit l'homme au ventre proéminent et à la barbe blonde. Il y a des dangers partout ici, pitchoune.

Il s'applique à ôter les détritus de ses longs cheveux.

– J'aime les ordures, mais pas les raisons pour lesquelles elles existent.

Il désigne une pantoufle chauffante, prolongée par son câble électrique.

– Les gens devraient se poser trois questions avant d'acheter quelque chose. 1) est-ce que j'en ai besoin ? 2) est-ce que j'en ai vraiment envie ? 3) est-ce que je peux m'en passer ? Sinon tout ce qu'ils achètent devient des déchets. Regarde ces trucs dans leurs emballages même pas ouverts. Si ce n'est pas une misère. Ça me met en rogne. On excite avec les pubs les pulsions d'achat qui ne correspondent pas à un réel besoin. Est-ce qu'on a besoin de ça ?

Il montre des lingettes pour se laver les mains et des sachets contenant des mouchoirs jetables.

– De mon temps on se mouchait dans du tissu et c'était très bien. Et ça.

Il ramasse un jouet proche d'elle. Un fusil-mitrailleur, un pistolet à eau en plastique pour piscine.

– En plus ce sont les Chinois qui les fabriquent, des enfants chinois exploités et maltraités comme des esclaves dans des usines inhumaines. Pour des jouets qui amuseront nos bambins dix minutes puis qui seront stockés dans un tiroir avant de partir à la poubelle.

Il crache par terre d'agacement.

– Et à cause de ces gadgets inutiles la France augmente sa dette financière globale envers la Chine. Du coup on leur doit du fric. Pour ces merdes de plastoc. Et on ne peut plus les critiquer quand ils envahissent le Tibet, où ils soutiennent ouvertement le Soudan, le Zimbabwe, l'Iran ou la Corée du Nord tenus par des dictateurs sanguinaires qui préparent des bombes atomiques pour nous les foutre sur la gueule. Voilà les grosses conséquences des petits actes irresponsables.

Il va un peu loin. Un pistolet à eau n'est pas la cause de l'avènement de dictateurs.

Le Viking shoote dans un vaisseau spatial miniature bardé de canons.

Soudain une silhouette furtive file au loin. Orlando dégaine son arme, vise, tire et transperce de part en part sa cible en plein élan.

– Je sais ce que tu te dis, pitchoune : « Je n'ai jamais vu des rats aussi gros, on dirait des lapins. » C'est parce qu'ici les rats peuvent se rassasier de bouffe, alors ils peuvent se reproduire et grossir autant qu'ils veulent. Pour eux, c'est le paradis. En dehors du DOM, ils vivent dans le stress des voitures, des chats, des humains, de la mort-aux-rats en granules rouges. Ici pas de stress. Ce sont des rats épanouis. Leurs seules limites, ce sont les autres rats. Ils se battent tout le temps entre eux, pour des territoires, des morceaux de viande avariée, des femelles, des sacs de farine crevés. Il y en a un petit groupe, là-bas. Voyons, essaye d'en toucher un.

Il lui passe son arc, place une flèche. La jeune fille le tend près de ses lèvres, ferme un œil et décoche son trait qui file droit en sifflant pour achever son trajet dans un bruit de chair déchirée.

– Tu l'as eu ! C'était loin, pourtant. Pour un premier tir c'est plutôt réussi. Comment as-tu fait ? Tu as déjà pratiqué le tir à l'arc à l'école ?

– Non, c'est la première fois que j'en tiens un.

– Bravo, pitchounette, tu as une sorte de tir instinctif intéressant.

C'est juste un problème de conscience. Je crée un lien dans mon esprit entre moi et le rat. La flèche ne fait que concrétiser ce lien. Mais je ne peux pas le lui dire, il ne comprendrait pas.

Elle hausse les épaules.

– J'ai eu de la chance, murmure-t-elle en baissant les yeux.

Ils tuent encore une vingtaine de rats que Orlando enfile sur une ficelle comme les perles d'un collier. Puis il noue cet attirail autour de sa taille, ce qui lui procure une jupette de rats dont les queues pendent comme de longues franges épaisses.

Quand ils rentrent au village, Esméralda soupèse les rongeurs d'une main sûre.

– Rends-toi utile, Cendrillon, aide-moi à les dépecer, à les éviscérer, et à les tanner. Tu dois te demander ce qu'on en fait ? Les boyaux de rats, j'en fais du fil à coudre. La chair, on la mange en ragoût. Elle a un goût de lapin. Quant aux peaux, on les file aux gitans. Ensuite ce sont eux qui les vendent. Les plus petites servent à fabriquer des porte-monnaie et des blagues à tabac sur le marché aux puces de Saint-Ouen. Les plus grosses, ils les vendent aux fourreurs pour faire des manteaux qu'ils appellent loutre sibérienne. Mais ça, c'est leur travail.

Cassandre aperçoit de nouveau le renard qui, cette fois, s'approche sans crainte.

– Lui, c'est Yin Yang. On ne le tue pas parce qu'il est comme nous, sauvage, impossible à apprivoiser et il aime les ordures. Ce renard est devenu notre mascotte. Il a une particularité, il ne supporte pas le mot « travail ».

Aussitôt, l'animal dévoile ses canines.

– Ça marche à tous les coups. Tiens, dis-le à ton tour, pour voir.

– Travail ?

Le renard se met à grogner comme si un adversaire lui était apparu.

LE MIROIR DE CASSANDRE

Les mots. La puissance du mot. Le sens profond des mots. Travail vient du latin « trépied », un supplice où l'on accrochait les esclaves par les pieds pour les battre.

— Travail, travail, travail ?

Cette fois, le renard pousse un glapissement brusque, prêt à mordre.

— Yin Yang fait vraiment partie des nôtres. Nous aussi on est allergiques à ce mot que je ne prononcerai plus pour ne pas agacer notre ami.

Tous s'installent autour d'une caisse retournée sur laquelle atterrit la jupette de rats.

— Au travail ! claironne la Duchesse en distribuant les couteaux.

Cassandre, les mains actives, dévisage ses compagnons.

— Et vous ? s'enquiert-elle soudain. C'est quoi votre existence passée ?

Un chœur de murmures, mi-protestation mi-amusement, tourne autour de la table improvisée.

— Bah, admet Fetnat, après tout on peut lui dire... Allez qui commence ?

— Bon, je veux bien ouvrir le bal, annonce Esméralda avec un petit geste modeste. Mon histoire commence un beau matin de juillet quand j'ai été élue miss Plus Beau Bébé de l'hôpital San Mich...

Kim augmente soudain le son de la télévision. Le débit rapide et nerveux du journaliste résonne dans tous les haut-parleurs :

— ... ce matin à 9 h 30, une explosion dans l'usine chimique EFAP. Il s'agit selon les premières observations de la gendarmerie d'un accident industriel dû à la vétusté et au manque d'entretien des entrepôts contenant des produits chimiques sensibles. Le souffle a brisé toutes les vitres des immeubles et renversé les voitures qui circulaient sur les routes alentour. Les premières estimations font état d'une vingtaine de morts et de plusieurs centaines de blessés, mais ce bilan risque de s'alourdir dans les...

27.

Donc, j'avais raison.

28.

Une heure plus tard devant la grande porte d'entrée Nord du dépotoir, Cassandre se tient debout. Elle a enfilé un survêtement de sport rose récupéré par les habitants de Rédemption : chaussures de jogging dépareillées sans lacets, le tout recouvert d'un anorak de ski rouge un peu troué.

Esméralda se place face à elle.

– Ouais, on sait, on t'avait dit trois jours, mais désolée, petit Chaperon rouge, j'ai l'impression que tu portes la poisse.

– Pour moi, de toute façon, ce n'est qu'une coïncidence. J'y crois pas à son truc de la prévision d'attentat. Je suis le seul esprit scientifique cartésien ici et je dis que c'est juste un coup de pot, déclare Kim avec dédain.

Orlando a le regard fuyant.

– La Duchesse a raison. Fiche le camp d'ici, pitchounette, et oublie-nous.

Fetnat crache par terre.

– Comment il faut te le dire, petite ? Tu veux savoir la vérité ? On aurait préféré que tu te sois trompée. Maintenant que ton rêve s'est révélé exact, tu nous fous vraiment les jetons. Si tu vois ce que je veux dire.

– Fous le camp et ne reviens jamais, sinon on te crèvera ! menace le jeune homme à la mèche bleue.

Joignant le geste à la parole, il mime un égorgement avec son pouce. Esméralda s'approche de la jeune fille et déclare :

– Tu vois, Bernadette Soubirous, ton don il serait intéressant s'il y avait des gens qui voulaient savoir par exemple quand les bombes terroristes vont sauter. Mais nous, on s'en fout à un point que tu imagines à peine. Et à mon avis personne veut connaître ce genre d'information.

71

– C'est comme la foudre qui tombe sur quelqu'un. On ne peut rien y faire, alors on attend et on espère que ce ne sera pas pour nous et c'est tout, reconnaît Fetnat.

– Les attentats terroristes, c'est supportable parce que tout le monde pense que ça frappera quelqu'un d'autre. Et que les gens de manière générale n'aiment pas « les autres ».

– Et nous en particulier on déteste les bourges, renchérit Kim. Les bourges sont tous des cons et ils n'ont qu'à crever. Ça ne nous pose pas de problèmes. Bien au contraire.

Cassandre ne répond pas mais hoche la tête comme si désormais tout cela n'avait plus d'importance. Fetnat crache par terre.

– Moi, je suis un sorcier diplômé professionnel et déjà je me rends compte que je fais peur et que tout le monde se méfie de moi. On me tolère parce que mes trucs magiques ne marchent pas à tous les coups. Mais toi, petite, ça s'est passé exactement comme tu l'as dit, avec tous les détails. Tu nous fous la trouille. Je préfère entendre les atrocités après qu'elles se sont passées. Pas avant...

L'Africain crache encore par terre comme pour ponctuer sa phrase. Le soleil qui pointe timidement a réchauffé le sol. Tout autour d'eux des mouches indécises tournoient bruyamment. Elle les observe.

Ce sont les giboulées de mars, alternance de pluie et d'éclaircies. Quand il pleut, on a froid. Et quand il fait beau, on a les mouches et les moustiques.

Une mouche se pose sur son front et elle ne la chasse pas.

– De toute façon, Cendrillon, continue Esméralda, tu seras mieux avec les bourges qu'avec les clochards, hein ? Je te conseille de rentrer dans ton orphelinat ou ton école. Ils seront probablement ravis de te voir de retour, ils devaient se faire du souci.

– Ouais et puis prends-toi un bain, pitchounette, lave-toi les dents et frotte fort, maintenant que tu as fini par la supporter, tu t'y es habituée et tu ne la sens peut-être plus, mais elle est là la puanteur du dépotoir, ajoute Orlando.

– Ouais, ça colle à la peau comme de l'huile. Il faut prendre du savon noir de Marseille, c'est le meilleur, signale doctement Fetnat.

Ils se passent la bouteille de vin en plastique qu'Esméralda a eu la présence d'esprit de glisser dans une poche de sa large robe.

Cassandre a un sourire crispé. Les autres baissent la tête, impatients que cette scène pénible s'achève.

– Allez fous le camp, Cendrillon ! On veut plus te voir, clame Esméralda. Plus tard, bien plus tard, dans vingt ans, quand tu seras mariée, que tu auras un job, des enfants et que tu seras tranquille, tu pourras revenir nous voir, concède Orlando. En souvenir de cette nuit. Pour l'instant, désolé pitchoune, tu n'es qu'une enfant, et on ne peut pas s'occuper de toi.

Kim ricane.

– « Les enfants c'est comme les pets. On ne supporte que les siens. »

– Tu m'énerves avec tes citations automatiques, maugrée Orlando.

– Adieu, petite. Oublie-nous, conclut l'Africain.

Orlando lui tend un sac plastique de supermarché avec à l'intérieur des chips, du Nutella, une Thermos remplie de thé et un couteau pour se défendre au cas où elle ferait de mauvaises rencontres.

Elle renifle le thé et sourit en signe de remerciement.

– Notre devise est claire : « Chacun sa merde », conclut Esméralda.

La jeune fille hoche la tête, pour dire qu'elle comprend. Puis elle se détourne, met un pied devant l'autre et s'éloigne. Un peu plus loin, quand elle est sûre qu'ils ne pourront pas la voir, elle laisse glisser sur ses pupilles un vernis liquide et tiède. Ses yeux si gris deviennent argentés, semblables à des miroirs reflétant le monde.

29.

Ainsi, je ne me suis pas trompée. J'ai vraiment su avant que tout arrive.

30.

Le ciel s'obscurcit. Il s'est remis à pleuvoir et chaque pas devient plus lourd que le précédent.

Au moins l'eau de pluie m'ôte l'odeur collante du dépotoir. La voilà enfin la douche revigorante qui me manquait.

Elle ne cherche pas à s'abriter. Elle marche sur la route qui descend vers le sud et la capitale. En passant devant l'école des Hirondelles, elle a vu le pavillon du directeur et a accéléré le pas, de peur qu'il ne soit à la fenêtre.

Autour d'elle, le paysage de la ville a changé. Elle est entourée de buildings plus denses, d'où jaillissent des antennes paraboliques satellites comme autant de fleurs poussant sur ces immenses cactus de béton.

Après un premier sentiment d'impuissance et d'abandon, la jeune fille se sent étonnamment légère.

Au moins j'ai essayé d'empêcher ce drame.

Cassandre a le sentiment que, désormais, la responsabilité de tous ces morts n'est plus sur elle. Cet attentat fait partie de cette grande poubelle qu'est le Passé, dans laquelle rien n'est récupérable. Les morts sont à la morgue, les blessés à l'hôpital ; tous les drames, toutes les douleurs sont digérés par le temps qui les transforme en souvenirs.

Elle songe aux habitants de Rédemption. Si elle pouvait s'attendre à ce qu'un jour on lui reproche d'être propre. Et si elle pouvait s'attendre à ce qu'on lui en veuille d'avoir prédit le futur.

Le syndrome de Cassandre. La malédiction d'avoir raison trop tôt.
Et donc de n'être écoutée par personne.

Elle passe devant un magasin d'objets touristiques avec des prénoms sur des tasses et des porte-serviettes. En gros caractères sur une pancarte est écrit « Choisir un bon prénom, c'est offrir un passeport pour la réussite. »

Non, cette information stupide transmise par le directeur de l'orphelinat ne peut avoir de sens.

La puissance de programmation du prénom.

Cassandre se souvient d'une émission entendue à la radio sur la maladie d'Alzheimer. La dernière chose dont se rappellent les gens qui ont tout oublié : leur prénom.

Et moi, c'est la première chose dont je me suis souvenue.

Il existe deux sortes d'entités qu'on ne connaît que par leurs prénoms : les clochards et les anges. Quand les clochards sont présentés aux actualités on inscrit « Ferdinand » ou « Albert » suivis des lettres SDF. Et les anges : Gabriel, Raphaël, Michael, etc. Pas de nom de famille.

Même Dieu, après tout, c'est un prénom sans nom de famille.

La jeune fille aux grands yeux gris clair aperçoit sa photo en dernière page d'un journal gratuit distribué dans la rue.

« Cassandre Katzenberg, 17 ans, disparue depuis deux jours. Si vous avez des informations à son sujet, prière d'appeler d'urgence ce numéro gratuit » puis, en caractères plus petits, juste en dessous : « Attention : cette jeune fille ayant développé des tendances paranoïaques, elle peut se montrer dangereuse. En cas de rencontre, ne pas essayer de l'appréhender mais contacter immédiatement la police. »

Cassandre ressort sa montre et se dit que si l'expéditeur « d » est le prénommé « dieu », il a l'air vraiment de se moquer d'elle ou de l'avoir complètement abandonnée. Elle la jette dans une poubelle. Puis après avoir marché une centaine de mètres, saisie d'une intuition…

Comment avait dit le directeur, déjà ?

« … C'est un petit colis. Je pense que c'est quelqu'un qui t'aime qui te l'a envoyé. »

Elle revient sur ses pas, fouille dans les ordures et ressort la montre avec son cadran énigmatique. Celui-ci indique toujours comme pour la narguer « Probabilité de mourir dans les 5 secondes : 88 %. »

Elle marche tout droit, sans but particulier.

Le premier soir, elle profite de la météo devenue clémente pour se laisser enfermer dans un jardin public.

Finalement les bancs, ce sont des lits gratuits.

D'ailleurs elle n'est pas la seule, d'autres SDF sont étendus plus loin, à la belle étoile.

Elle grignote quelques chips, qu'elle commence à rationner en vue des jours suivants.

Il faut penser au futur, songe-t-elle avec ironie.

Elle arrose ce dîner frugal d'une gorgée de thé tiède, en levant le gobelet de la Thermos en signe de toast. Elle se sent seule mais libre.

Merci pour ce festin, Monsieur le Baron.

Puis, en guise d'oreiller, elle entasse quelques journaux gratuits sur le banc et s'endort, le corps secoué d'infimes frissons.

31.

Elle rêve qu'elle est dans un château. Les murs la protègent du froid et le toit de la pluie. Pas d'insectes dans les chambres, pas de rats dans la cave. Elle va dans une salle de bains tout en marbre noir avec des robinets d'or et prend une douche, en faisant gicler l'eau chaude. Elle lave ses longs cheveux avec du shampooing qui sent la lavande, se frotte avec un savon couleur de nacre. L'eau est assombrie par les couches de crasse qui se dissolvent. Puis, quand sa peau a retrouvé son éclatante roseur naturelle elle enfile un peignoir tiède et nettoie les dernières traces sous ses ongles des mains et des pieds avant de les recouvrir de vernis rouge. Avec soin, elle s'enduit le corps d'une crème à l'odeur d'amande douce. Elle se sèche les cheveux et les peigne longuement. Comme on caresse.

Avec délices, elle s'assoit devant une coiffeuse et se maquille les yeux, khôl et mascara. Elle s'enduit les lèvres d'un rouge épais et mime un baiser pour bien répartir l'onctueuse substance. Chacun de ses gestes lui apporte une joie qu'aucun homme ne peut comprendre, ni même envisager.

Se laver. Se préparer. Se faire belle. Se peigner. S'enduire de crème.

Par la fenêtre au loin, elle distingue une ville où, un peu partout, explosent des bombes comme des champignons éphémères de couleur orange jaune et noir. Elle entend des cris en provenance de ces champignons lumineux mais elle n'en a cure.

Elle se brosse les dents et avale le dentifrice mentholé tant ce goût la ravit. Elle s'épile les jambes avec des bandes de cire chaude. Les retirer lui fait un peu mal, mais elle apprécie ce picotement. Ensuite, elle enfile des bas et des escarpins à talon haut, assez semblables à ceux qu'elle avait entrevus sur un tas du dépotoir.

Elle passe un soutien-gorge en soie et se vaporise du parfum à la fleur d'oranger et à la vanille dans le cou. À cet instant, une voix en provenance d'une autre pièce lui parvient :

– Tu es prête, Cassandre ?

Quand la porte s'ouvre, apparaît un jeune homme très beau au sourire chaleureux. Il porte en écusson sur sa poitrine la lettre « d ».

– C'est moi qui t'ai offert cette montre mais je vais t'offrir bien plus.

Il la prend dans ses bras et commence à la…

32.

… recouvrir de bave épaisse.

Elle sent qu'on la lèche. Elle sourit puis, saisie d'un doute, surprise par la longueur de la langue enthousiaste, elle ouvre les yeux. C'est un gros chien poilu, un berger irlandais, tenu en laisse par un homme des services municipaux. Celui-ci tire sur la laisse ; le chien doit renoncer à sa séance de léchage.

L'employé lui signale qu'elle ne doit pas rester sur ce banc. C'est jugé inesthétique pour les autres usagers du parc et risque d'effrayer les enfants.

– De toute façon, c'est interdit, ajoute-t-il.

Cassandre Katzenberg se relève et constate qu'on lui a volé pendant son sommeil son sac à dos contenant toutes ses provisions, la Thermos de thé et le couteau.

Si on ne peut même plus faire confiance aux autres clochards...

Elle erre dans la ville et ramasse le journal gratuit du matin. On y relate l'accident industriel survenu dans l'usine EFAP. Quelques témoins parlent du mystère de la double explosion, mais tous ceux qui évoquent la possibilité d'un acte malveillant sont discrédités. En revanche, on accuse la société de produits chimiques de ne pas avoir modernisé ses installations vétustes, malgré les avertissements des services compétents.

Un ouvrier explique :

– J'en avais discuté avec ma femme il y a quelques jours. Je lui avais dit : c'est tellement mal entretenu qu'il suffirait d'une étincelle dans un circuit électrique pour que tout explose. Elle m'a dit d'en parler à mes supérieurs, je l'ai fait. Mais personne n'a voulu m'écouter.

Les experts dépêchés sur place confirment l'hypothèse de l'étincelle due à un court-circuit. Des avocats annoncent que la société incriminée est prête à verser des indemnités aux victimes, mais elle veut d'abord négocier. Le Premier ministre, pour une fois en accord avec les syndicats, hausse le ton et exige un plan de reclassement pour les ouvriers sinistrés.

Elle compulse les pages du journal gratuit : sa photo demeure en bonne page, mais cette fois frappée de la mention : « Urgent » au-dessus de l'avis de recherche.

C'est le directeur, Philippe Papadakis, qui se donne du mal pour me retrouver. Qu'est-ce que cela peut lui faire, une pensionnaire de plus ou de moins ? Tous les ans des milliers d'enfants font des fugues. Pourquoi s'acharne-t-il sur moi ?

« Paranoïaque » ? Oui, peut-être que je le suis. Sauf que le paranoïaque, c'est celui qui voit des dangers imaginaires. Mais quand on voit des dangers réels, on est quoi ? « Lucide » ? Dans ce cas il aurait dû préciser : « Attention fille lucide. »

Elle parcourt d'autres journaux gratuits sur l'attentat. Tous affirment que c'est un accident industriel. Aucune autre hypothèse n'est envisagée. Une carte de toutes les usines chimiques dangereuses qui pourraient exploser de la même manière dans le pays a même été établie. Le gouvernement parle de renforcer les consignes de surveillance des sites dits sensibles.

Quand elle a fini de lire, elle erre par les rues du quartier Montmartre, dans le nord de Paris. Les passants ne lui prêtent aucune attention. C'est comme si elle était devenue transparente. Personne ne la dérange. Elle se laisse enfermer dans un jardin public et y passe sa seconde nuit un peu plus fraîche, recroquevillée en position fœtale et protégée par une couverture de journaux gratuits empilés comme des tuiles. Elle s'allonge en cherchant son sac à dos puis, se souvenant de sa disparition, songe :

La meilleure manière de ne pas avoir peur d'être volée est de ne rien posséder.

Au réveil elle commence à avoir très faim, alors elle traîne près des poubelles des restaurants fast-foods et récupère quelques frites froides et huileuses ainsi que des nuggets de poulet tout secs, encore dans leur étui protecteur de polystyrène. Mais cette nourriture finit par l'écœurer. Elle descend vers la place de l'Opéra et les poubelles des restaurants, mais se fait chasser. Puis elle se dirige vers les Grands Boulevards et fouille les poubelles des supermarchés où elle déniche des aliments encore emballés, jetés parce qu'ils ont dépassé la date limite. Elle se souvient de la remarque d'Orlando :

« Est-ce que dans la nuit du dernier jour inscrit sur l'étiquette, à minuit pile, les microbes qui ont tous des montres et un calendrier franchissent la ligne de départ et se ruent sur l'aliment ? »

Mais à peine a-t-elle goûté qu'elle recrache la première bouchée, écœurée. Tout est imprégné d'eau de Javel. Lorsqu'elle aperçoit le manutentionnaire qui dépose les ordures, elle lui demande pourquoi il déverse ce produit corrosif sur les aliments.

– Si vous vous empoisonniez en consommant nos produits avariés, c'est nous qui serions légalement responsables, répond simplement l'homme en blouse verte.

Ainsi ils préfèrent rendre incomestible leur nourriture invendable plutôt que la donner aux nécessiteux, par peur de problèmes juridiques...

Au troisième jour Cassandre franchit la première étape de la déchéance : elle se gratte sans la moindre retenue.

Il y a toujours un endroit de son corps qui la démange et donne envie à ses ongles de griffer l'épiderme. Se gratter devient parfois une activité à plein temps. Elle peut passer une heure l'esprit uniquement occupé à gérer les zones les plus urgentes.

Elle déambule sans aucune destination précise. Cela aussi est nouveau pour elle. Avant, quand elle descendait dans la rue, c'était pour aller du point A au point B. La rue était un moyen de se déplacer. Maintenant, sa marche ne vise aucun objectif. Elle tourne autour du point A sans aucun rendez-vous, sans aucun but.

La rue est le point de départ ET le point d'arrivée.

Elle n'est pas la seule à circuler ainsi. Avant, Cassandre ne les voyait pas mais à présent elle les repère partout : les mendiants et les clochards qui tous se grattent et ne vont pas du point A au point B.

Les autres « humains invisibles ».

Ils fouillent les poubelles. Ils traînent des sacs. Ils poussent des caddies débordant de sachets plastiques. Ils vont se nicher sous les portes cochères ou se couchent sur les bouches d'aération. Ils ont le regard fuyant comme s'ils devaient s'excuser d'être encore vivants.

Des fantômes. Maintenant que je suis devenue l'une des leurs, je les vois. Comme ces médiums qui voient les morts.

Elle remarque un clochard affalé près de sa bouteille, qui parle tout seul, le regard perdu dans le vague. Il articule en roulant les yeux et en dardant l'index :

– ... et si tu crois que je vais me laisser faire tu te trompes, mon petit gars, parce que les types comme toi, laisse-moi te dire, ils ne m'impressionnent pas, oh non ! Ça je peux te dire qu'il en faut beaucoup plus ! Beaucoup, beaucoup plus. Et il n'est pas né celui qui m'obligera à fermer ma gueule ! Et si ça te plaît pas c'est pareil ! Alors ne commence pas à frimer, avec tes grands airs, hein ? On voit que tu ne sais pas à qui tu as affaire !

Cassandre l'observe avec inquiétude. Esméralda lui avait appris qu'après le grattage, le stade suivant de la déchéance est : se parler tout seul. Elle frémit à cette idée, observe les autres clochards qui soliloquent.

Pourvu que je ne devienne jamais comme ça.

Cassandre passe sa troisième journée dans le jardin du Luxembourg. Elle fait une toilette de chat dans la fontaine publique, puis traîne dans les rues et explore les poubelles avec plus d'expérience. Elle sait reconnaître désormais les petits sacs qui contiennent les objets immondes, comme les cadavres de hamster, les sacs de couches-culottes, de serviettes hygiéniques ou les sachets d'excréments de chiens ou de chats.

Elle prend l'habitude de renifler avant de manger. C'est un réflexe ancien, oublié, qu'elle redécouvre comme elle s'est réapproprié l'art d'utiliser ses dents et ses ongles comme armes de défense.

Je redeviens vraiment une femme préhistorique au milieu d'une société moderne.

Après avoir reniflé, elle goûte du bout des dents pour détecter le petit goût fermenté avant d'avaler. Avant c'était la lecture des étiquettes qui lui fournissait l'information, maintenant ce sont ses propres récepteurs sensoriels.

La descente se fait lentement, inexorablement, naturellement.

Au quatrième jour, elle ressent des problèmes de digestion mais c'est comme si elle franchissait des caps de résistance à la mauvaise nourriture. Elle comprend que l'on s'habitue à tout, même aux aliments malsains.

Puis, en se promenant dans le 15e arrondissement, près du métro Convention, elle passe devant la vitrine d'une pâtisserie où est exhibé son gâteau préféré : une tarte au citron recouverte d'une plaque de pâte d'amande sur laquelle est inscrit « citron » en chocolat. Une étiquette annonce : 2,50 euros.

Elle ne les a pas. Ce gâteau précis dans cet endroit précis à cet instant précis lui semble la convoitise absolue.

Cassandre Katzenberg entre dans la pâtisserie.

– Je souhaiterais acheter votre gâteau au citron mais je n'ai pas d'argent pour le payer.

La jeune femme derrière la caisse la toise, puis déclare :

– Votre montre.

– Elle ne donne pas l'heure. C'est une montre farce et attrape, répond Cassandre.

– J'aime bien les farces.

– Cette montre est un peu spéciale. C'est un cadeau de quelqu'un qui m'aime, mais que je ne connais pas.

La jeune vendeuse semble intriguée. Cassandre poursuit :

– Cependant, j'ai trop envie de ce gâteau. Tenez !

Elle lui tend la montre sur laquelle est inscrit « Probabilité de mourir dans les 5 secondes : 88 %. » L'autre hésite, surprise par l'inscription.

– Si vous le voulez tant que ça, ce gâteau, je vais vous l'offrir, vous pouvez garder votre montre-jouet. Aujourd'hui, on va dire que c'est gratuit.

La pâtissière lui tend la tarte au citron avec une serviette et une cuillère pour mieux la savourer.

Ainsi il existe quand même des gens généreux. Je ne peux pas tout le temps me méfier de tout le monde, ou je perdrais le bénéfice de ce genre de rencontre.

La vendeuse de la pâtisserie est bien en chair, avec des joues roses et un air doux. Elle sent le lait.

– Je me nomme Charlotte, et vous ?

– Moi non.

Elle attend, puis précise d'une voix neutre :

– … Je ne me nomme pas Charlotte.

La pâtissière hausse les épaules, appose une pancarte FERMÉ sur la vitre de la porte d'entrée, puis lui propose de s'asseoir pour déguster tranquillement.

Cassandre saisit le gâteau en tremblant et l'approche de ses lèvres. Elle ferme les yeux et savoure chaque bouchée neuve et fraîche. Jamais de sa vie elle n'a mangé quelque chose d'aussi délicieux. Elle mâche très lentement. Elle perçoit chaque molécule de crème au citron ; même ses dents en sentent le goût à travers l'émail. Elle fait tourner avec sa langue la pâte dans tous les recoins de sa bouche pour que chaque cellule puisse en profiter.

— Vous aviez sacrément faim, dites donc.

Cassandre ne répond pas, la bouche pleine, les yeux à demi clos d'extase. Le regard de Charlotte se perd au loin.

— Une fois, un type dans un bal m'a invitée à danser et je croyais qu'il allait aller plus loin. Il est bien allé plus loin, mais avec ma meilleure amie. J'étais dégoûtée. Une troisième fille que je ne connaissais pas et qui avait assisté à la scène m'a tendu une assiette avec une grosse part de gâteau. Je m'en souviens. C'était un fraisier avec beaucoup de crème pâtissière. Elle avait dû voir la scène. Elle m'a dit « Mange ! Ça au moins, c'est pas comme les hommes, ça ne te décevra pas. » C'était une révélation. Le plaisir gustatif est le plus simple et le plus puissant de tous les ravissements. Dire que je m'appelle Charlotte. Comme une charlotte aux pommes. Vous y croyez, vous, aux prénoms prémonitoires ?

Cassandre ne se donne pas la peine de répondre. L'autre lâche un grand soupir.

— L'amour, c'est toujours du futur. La personne en face, on croit que c'est son futur mari avec lequel on aura un futur enfant. Même la sexualité c'est du futur. On croit qu'on aura un orgasme. Cela amène toujours des déceptions. Voire des drames. Manger du sucre c'est du présent. Je préfère le présent au futur. Le futur… c'est toujours aléatoire.

Elles se fixent toutes les deux. Cassandre pense :

Elle s'ennuie, elle a besoin de parler.

Personne ne l'aime. Elle m'a offert ce gâteau pour avoir une oreille à qui confier sa vie. En m'offrant le gâteau elle s'est payé une psychothérapie immédiate. Elle pense que je peux la comprendre.

Charlotte sourit.

— Dis donc, Cassandre Katzenberg, tu penses que je ne t'ai pas reconnue ?

L'adolescente aux yeux gris clair a un infime tressaillement.

– Ta photo est sur ma caisse. Mais ne t'inquiète pas, je ne te dénoncerai pas.

Charlotte s'empare d'un paris-brest à la chantilly et au chocolat et explique, la bouche pleine :

– Moi, mon père était alcoolique. Il était très violent et il battait ma mère. Du coup elle s'est enfuie avec moi. Après je ne supportais plus ma mère qui ne faisait que pleurer et se plaindre, alors je me suis enfuie. Tu vois, moi aussi je suis fugueuse. J'ai cherché un temps mon père, mais il a quitté le pays. Je ne l'ai jamais revu. Tout ce dont je me souviens c'est qu'il avait un tatouage sur le ventre. Un aigle avec un serpent dans les serres, juste au-dessus du nombril.

Les deux femmes dégustent des petits choux à la crème pistache.

– Et toi, tes parents ? demande la pâtissière.

– Assassinés.

Étymologiquement le mot vient des Haschischins, ces tueurs perses qui se shootaient en fumant du haschisch pour trouver l'inconscience de massacrer le plus de gens possible en espérant aller au paradis retrouver des vierges.

La pâtissière déglutit puis s'essuie la bouche.

– Désolée. Alors mangeons, régalons-nous ici et maintenant.

Elle saisit une religieuse au café et se prépare à l'engloutir.

– Je peux en avoir une aussi ? demande poliment Cassandre.

– Bien sûr ! De toute façon, tous ceux-là on va les jeter parce que demain ils ne seront plus frais. Alors tu peux y aller.

Assise près de la pâtissière, Cassandre se livre à une vraie fête des sens en dévorant avec elle des tartelettes aux griottes, des croissants aux amandes un peu secs, des flans aux mirabelles. Elles ont toutes les deux la bouche pleine. Charlotte poursuit son idée.

– Tous les soirs, je les mange. Je ne connais rien de meilleur au monde. Le sucre c'est ce qui permet de tout supporter. Moi j'ai parfois des frissons en mangeant de la chantilly, peut-être le sentiment de retrouver ma mère dans cette crème blanche semblable au lait maternel. Et les couleurs et les formes, rien n'est plus créatif et joli qu'un gâteau. C'est de l'art éphémère que l'on introduit dans son corps ! Ça me fend le cœur de les jeter. J'avais jamais essayé de manger les restes à deux, c'est meilleur encore. Je suis contente de les partager avec toi. Tu pourras revenir quand tu voudras.

Cassandre se fige. Elle jette le flan aux mirabelles qu'elle tenait et s'enfuit en courant.

33.

Comme j'ai été stupide !

Cette pâtissière est la pire personne que je pouvais rencontrer. Elle me donne de faux espoirs. Maintenant que j'ai goûté ces délicieux gâteaux, je ne supporterai plus de manger des ordures. Maintenant que j'ai vu son sourire amical, je ne supporterai plus le regard méprisant des passants.

Il vaut mieux que je meure de faim plutôt que je revienne la voir. Il faut que ma bouche oublie cette extase gustative. Il ne s'est rien passé.

34.

Cassandre enfonce deux doigts au fond de sa gorge et essaie de se faire vomir. En vain.

Mes cellules aiment trop le sucre pour écouter mon cerveau.

Elle essaie encore plusieurs fois, puis renonce.

La jeune fille aux grands yeux gris clair récupère dans une poubelle un bonnet, des lunettes et un manteau pour se dissimuler au cas où d'autres personnes auraient vu sa photo. Elle apprécie les poches du manteau qui lui permettront de transporter les aliments qu'elle récupérera dans les poubelles.

Au bout de plusieurs jours d'errance dans la ville, elle s'aperçoit que les gens s'éloignent d'elle comme si elle était atteinte d'une maladie contagieuse. Cette maladie c'est la pauvreté. Et son premier symptôme est la puanteur.

Mon odeur les répugne. Je comprends les Rédemptionais. Bien sûr, quand je demande de sauver ces gens, Kim et Esméralda se moquent de moi et ils ont raison. Tous ces bourges sont aussi mes ennemis.

Cassandre se gratte de plus en plus. Elle n'y prête guère attention, désormais.

Un soir, alors qu'elle essaie de dormir sous un des ponts de la Seine, trois clochards s'avancent d'un air menaçant.

– Je n'ai plus rien. On m'a déjà tout volé, annonce-t-elle aux trois silhouettes patibulaires.

– Si, tu as un corps. Et même qu'on va s'en servir pour bien rigoler, ma jolie.

Tiens, eux aussi pensent voir le futur immédiat.

– Écoutez, messieurs, je n'ai rien contre l'idée que vous vous amusiez un peu, voire « avec » mon corps, je sais que la vie de clochard n'est pas toujours drôle, surtout quand on n'a pas de distractions culturelles.

Ils se regardent, déroutés.

Le pouvoir de la parole.

– Et puis votre vie doit être assez répétitive. Or, c'est bien connu « La routine est le contraire de l'esprit créatif. »

Surtout leur parler sans mépris et avec considération. Ne pas se tromper sur les mots. Chacun a une charge.

– Cependant, malgré ma bonne volonté, ce soir j'ai d'autres occupations qui m'accaparent. En fait cela va peut-être vous paraître ridicule mais je dois sauver des vies.

Essayons la vérité.

Les trois clochards la dévisagent, étonnés par ce discours décalé, mais ne reculent pas. L'un d'eux commence à respirer fort.

Bon, eh bien tant pis, il va falloir utiliser les bonnes vieilles techniques de persuasion adaptées à leur niveau de conscience.

Elle fait mine de se détourner et balance son pied dans l'entrejambe du premier, laboure le visage du second avec ses ongles dressés comme des griffes, mord le troisième, trouve le goût infect et crache, puis s'enfuit, agile comme un renard dérangé par trois ours maladroits.

Les jours suivants, elle constate qu'il n'existe pas la moindre solidarité entre exclus. Pour eux, elle est devenue une proie potentielle. Elle apprend la méfiance, ne jamais s'approcher trop près d'eux, ne jamais dormir tout à fait, rester à distance de ces êtres pour qui la fraternité est une notion de nanti.

Le temps s'assombrit. À nouveau des éclairs, à nouveau la pluie.

Merci pour la douche.

De longs traits liquides la cinglent et l'obligent à se réfugier dans le métro. Elle s'y engouffre juste avant la fermeture d'une heure du matin.

Les sièges sont espacés afin d'empêcher les clochards de s'y coucher, mais elle est trop fatiguée pour aller ailleurs. Elle parvient à s'endormir malgré tout, la tête sur un siège, les fesses dans le vide et les pieds sur un autre siège.

35.

Elle rêve qu'une tarte au citron géante atterrit devant elle. Elle grimpe dessus, assise sur la pâte d'amande. La tarte volante décolle et elle peut voir de haut un grand pays vallonné de gâteaux. Un fleuve de crème rose au grand marnier coule en cascade.

Un pont en flan aux mirabelles relie deux falaises en meringue. Charlotte, à califourchon sur une religieuse au café, vole dans sa direction.

– Tu penses que je ne t'ai pas reconnue ? dit-elle.

Cassandre lève les yeux. Les nuages sont en barbe à papa. L'air embaume le caramel chaud. Puis, soudain, le ciel s'assombrit. Les nuages en barbe à papa noircissent pour se transformer en profiteroles au chocolat tassé. Il pleut du chocolat liquide, qui ruisselle, mais le chocolat noircit puis rougit, et des morceaux de verre coupants tombent en même temps. Elle prend conscience que ce liquide rouge qui la recouvre n'est pas du chocolat mais du sang.

36.

Un martèlement de pieds. Cassandre est réveillée par l'arrivée d'une foule bruyante qui surgit soudain par plusieurs portes béantes. Les gens circulent autour d'elle, préoccupés d'arriver à temps à leur travail. Elle se lève et marche sans but dans les couloirs du métro. Elle a faim.

Je ne peux pas rester sans la moindre pièce. Il me faut au moins cinq euros, sinon je me sens nue.

Jamais elle ne s'était trouvée dans cette situation étrange avant son évasion de l'école des Hirondelles. Pas d'argent. Pas de papiers. Les poches vides. L'estomac vide.

Les gens glissent autour d'elle comme une masse liquide en perpétuel mouvement.

Ils n'ont même pas conscience de leur chance de pouvoir manger tous les jours des plats frais de leur choix. Ils n'apprécient même plus d'avoir de l'argent, un toit, un lieu chaud où dormir... Il faut être privé des choses pour s'apercevoir que c'était un grand privilège de les posséder.

Cassandre se faufile dans les couloirs souterrains. Elle découvre que le métro est le lieu idéal pour la mendicité. Elle s'assoit et tend la main. Une pièce de 50 centimes tombe, lâchée par une main distraite. Un sentiment de soulagement l'envahit et elle émet un « Merci beaucoup, monsieur ! » accompagné d'un salut révérencieux.

Alors, c'est aussi simple que cela ? Il suffit de tendre la main et l'argent tombe ?

Mais une femme en robe de bohémienne lui fait comprendre qu'elle doit déguerpir. Elle se dresse, prête à se battre, quand une autre, derrière elle, exhibe un couteau. Elle n'insiste pas.

Cassandre découvre que la mendicité est un métier, avec ses zones tenues par des professionnels. Chaque territoire est surveillé, comme les araignées surveillent leur toile. Les « bons coins » sont très recherchés parce que les usagers y attendent en foule, sans pouvoir bouger. Elle se met en quête d'un territoire libre mais n'en trouve aucun. Dès qu'elle s'installe quelque part, les autres mendiants la chassent inexorablement.

Cassandre tente alors la technique de mendicité mobile. Elle circule dans les rames de métro. « La charité s'il vous plaît, madame-monsieur. » Les gens font semblant de ne pas l'entendre. Elle tente d'autres phrases « Pour manger » ou « On m'a tout volé. » Quand elle ne mendie pas elle-même, elle regarde comment opèrent les autres mendiants et découvre que c'est tout un art.

Certains récitent des textes trop longs ou racontent leur vie : « Bonjour, mesdames et messieurs, et merci d'avance pour votre attention. J'aurais préféré ne pas vous déranger mais ce sont les circonstances de la vie qui m'ont obligé à venir ici. J'ai tout perdu quand j'ai été licencié de mon travail et que ma femme m'a quitté… »

Pas bon.
Les gens n'aiment pas ceux qui s'expliquent ou qui se plaignent.

Il y a les humoristes : « Je sais que vous n'allez rien me donner mais je passe quand même par habitude, on ne sait jamais. »

Les agressifs : « Normalement ce n'est pas moi qui devrais être là, mais vous. Car moi je méritais mieux. Par contre vous, avec vos têtes d'ânes bâtés, vous mériteriez de crever tous autant que vous êtes. »

Il y a les poètes : « Donnez-moi quelque monnaie et je vous remercierai, donnez-moi quelque argent et je serai content, donnez-moi un simple sourire et je prendrai un navire. »

Il y a les explicatifs : « Tout a commencé quand je me suis fait cambrioler, c'était l'été dernier, alors que nous habitions Marne-la-Vallée. La boîte cachée derrière le linge contenait toutes mes économies. Ils ont tout pris et j'ai tout perdu. »

Les « deuxième degré » : « Je vous garantis que si vous me donnez de l'argent, celui-ci ne sera utilisé que pour ma consommation personnelle d'alcool ou de drogue. Et grâce à vous je ne prendrai que des produits toxiques de qualité. Promis juré ! »

Les « humoristes sûrs d'eux » : « Désolé, je ne prends pas la petite monnaie, je ne prends que les billets. Pas de chèque non plus, on m'a déjà refilé des chèques en bois, je me méfie. »

Cassandre trouve finalement le meilleur texte, le plus sobre et le plus convaincant, le mieux adapté à son personnage : « Pour rentrer chez moi, retrouver mes parents, SVP. »

Ainsi le chaland peut penser qu'elle est une fugueuse repentie, avide de retrouver sa famille. Le scénario étant cohérent, elle obtient un certain succès surtout auprès des personnes âgées ou des parents qui se projettent : si leur enfant fuguait, ce serait bien qu'on lui donne l'argent du retour. La quête se transforme donc en « mendicité d'exorcisme », comme ces gens qui donnent aux associations de recherche contre le cancer pour conjurer le sort.

Quand quelqu'un veut discuter pour en savoir plus sur elle, elle présente le scénario qu'ils attendent.

« J'ai fugué, je regrette, je veux rentrer pour reprendre mes études au lycée. » Et si ça ne suffit pas elle invente une histoire plus compliquée où elle est la malheureuse victime d'un oncle pervers qui abusait d'elle et à qui elle vient d'échapper. Devant le succès de cette dernière histoire, elle prend du plaisir à la développer et à ajouter des détails salaces.

J'invente ma légende personnelle idéale. Être clochard rend mythomane.

Parfois des hommes lui mettent la main aux fesses avec des airs goguenards. Elle s'énerve au début, puis devient indifférente.

Mais les plus dangereux sont les autres mendiants en activité. Ceux-là lui adressent clairement des signes de menace.

Elle se retrouve à se battre, à mordre et griffer une fille qui doit être à peine plus jeune qu'elle mais qui, en voyant son allure si proche de la sienne, a jugé qu'elle était une concurrente déloyale.

Cette fois, Cassandre ne fait pas le poids. L'autre est beaucoup plus hargneuse et beaucoup plus forte. Les deux jeunes filles se battent et roulent sur le quai du métro. Quand Cassandre mord, l'autre la mord en retour, quand elle tire les cheveux l'autre réplique de même. Elle a envie de lui proposer une alliance, une amitié, un échange de tuyaux entre sauvageonnes mais l'autre n'est que colère. Cassandre préfère déguerpir plutôt que tenter une diplomatie hasardeuse.

Quand la pluie cesse, elle remonte en surface où l'air est nettement meilleur, mais le temps a beaucoup fraîchi et elle cherche un moyen de ne pas avoir froid en dormant dehors. Elle observe comment font les autres clochards et finit par occuper les bouches aériennes du métro qui émettent l'air tiède et vicié des couloirs souterrains.

À un moment, elle croise une fille hideuse. Elle se prépare à se battre contre cette concurrente mais la fille n'est autre… qu'elle-même dans le reflet d'un miroir.

Non, ce n'est pas possible, je ne suis pas devenue ça !

Cassandre réalise que depuis plusieurs jours elle n'a pas eu l'occasion de se regarder.

Elle se scrute dans les moindres détails.

Qui suis-je ? Bon sang QUI SUIS-JE VRAIMENT ?

Elle a perdu toute beauté, toute grâce, toute féminité. Elle a le sentiment d'être une fleur qui n'a plus de pétales. Juste une tige épineuse sans charme que fuient les papillons et qui attire les mouches.

Elle s'examine de plus près et remarque ses pores encrassés de points noirs.

Maintenant Kim ne pourra plus me faire de reproches sur « mes mains propres de bourge ».

Dire que j'ai toujours appuyé sur les boutons des toilettes avec les coudes de peur de me souiller les doigts et mis une collerette de papier sur la cuvette pour éviter tout contact.

91

Elle ne s'est pas brossé les dents avec du dentifrice depuis longtemps. Elle a en permanence un goût pâteux dans la bouche. Elle souffle dans sa main, renifle ; sa propre haleine la dégoûte.

Cassandre décide de se doter d'une allure gothique.

« Toute faiblesse assumée devient un choix artistique. » Encore un proverbe qu'aurait détesté Orlando mais que pourrait arborer Kim sur son tee-shirt.

Elle récupère dans une première poubelle des godillots noirs, épais et troués, dont le pied droit a le mérite de ressembler au pied gauche. Au fond d'une deuxième : une veste en cuir noir gaufrée de motifs en forme de crâne. Elle est déchirée mais Cassandre n'en a cure. Elle lui ajoute des pinces, des épingles à nourrice, des clous, des pointes. Elle déniche un fond de maquillage noir et, à l'aide du reflet d'un miroir fêlé, elle s'invente un personnage.

... pour assumer mes faiblesses et les transformer artistiquement mais aussi pour faire peur aux bourgeois.

Elle découvre des gants de cuir noir et en coupe les doigts pour s'en faire des mitaines. Sa panoplie est désormais complète. Elle a retrouvé cet autre réflexe animal : devenir la plus repoussante possible pour faire fuir les prédateurs. La puanteur du putois et l'allure inquiétante du loup sont après tout des stratégies de survie qui ont fait leurs preuves. Elle se contemple ainsi grimée dans un reflet de vitre.

Désormais j'ai une fonction sociale connue : épouvantail.

Puis elle s'examine sous différents angles et finit par trouver à quelle actrice elle ressemble.

Je suis Jennifer Connelly, comme dans Requiem for a Dream, mais en plus jeune et plus gothique.

Forte de son nouveau déguisement, elle visite les supermarchés et prend l'habitude de chaparder sa nourriture. Même les vigiles préfèrent la laisser partir plutôt que de la toucher, risquer d'attraper des poux ou de se faire mordre. Car elle n'hésite pas, dès qu'une menace se profile, à montrer les dents et à grogner.

Comme Yin Yang.

Cassandre débusque dans le recoin d'une impasse sombre une anfractuosité qui lui sert de coffre-fort. Elle dépose là une radio qui marche encore, un carnet et un stylo, un couteau, une bouteille d'eau, un tube d'aspirine, du savon, un rasoir, une lampe de poche, des sachets de chips.

Mon patrimoine.

La jeune fille recouvre le tout avec une brique pour ne pas attirer l'attention. Ce trou avec ses affaires à l'intérieur devient son très petit « chez elle ». Ce ne sont que quelques dizaines de centimètres cubes mais c'est un début de territoire. Elle ne s'en éloigne pas trop.

Un jour de pluie, elle s'aperçoit que l'humidité a mouillé ses chips. Elle décide de tout envelopper dans un sac plastique. Règle numéro cinq du bon clochard : tout envelopper dans du plastique étanche. En attendant, elle mange les chips mouillées.

Je ne laisserai jamais le malheur avoir le dessus, aussi dures...

– que soient les épreuves je ferai face et ils ne pourront pas me...

... Bon sang j'ai parlé !

Elle plaque sa main sur sa bouche pour s'obliger à se taire et prend conscience que jusqu'à « aussi dures » elle a pensé et à partir de « que soient les épreuves » elle a parlé.

Ainsi, elle a franchi la deuxième étape de la déchéance : après le grattage, le soliloque.

Et viendra ensuite le troisième stade. Probablement devenir folle.

Je ne veux pas devenir folle.

Elle cherche les raisons qui pourraient expliquer ce moment de faiblesse.

C'est parce que je n'ai pas de dialogue intelligent avec qui que ce soit, je ne lis pas de livre. Du coup, mon cerveau n'est pas entretenu.

Elle réfléchit.

Pour ne pas devenir folle il faut se nourrir l'esprit. Des livres...
Voilà le seul remède. Vite.

37.

Cassandre Katzenberg franchit l'entrée d'une grande surface culturelle comme si elle pénétrait dans une clinique qui allait la guérir.

Elle contemple les jeux vidéo. Les bandes dessinées. Les films en DVD. Des romans. C'est la pâtisserie du cerveau. C'est cela qui lui manquait le plus ces derniers jours : des friandises pour l'esprit. Elle caresse les empilements d'albums de bandes dessinées. Elle renifle les romans. Elle hume l'odeur du papier, de l'encre, de la cellophane.

Partout son regard est enchanté par les couvertures flamboyantes et les titres évoquant des drames ou des comédies.

Au rayon des jeux vidéo, des enfants potentiellement épileptiques s'acharnent sur des consoles avec des ronds, des carrés, des triangles et des croix. Plus loin, vautrés sur le sol, d'autres enfants tournent les pages de bandes dessinées belges et de manga japonais regorgeant d'images suggestives ou violentes.

Cassandre longe les travées, ce sont les allées d'un jardin magique. Elle passe des romans aux essais, et parmi ces derniers repère la section Biographies historiques. Et bientôt : *La Malédiction de Cassandre.*

Sur la couverture, la même femme que dans ses rêves, en toge blanche, assise sur le trône d'or et le serpent au poignet. Cassandre feuillette l'ouvrage et découvre enfin la suite de la vie de son homonyme. Elle s'assoit sur la moquette nylon, contre le mur, et lit :

« ... Cassandre retrouva alors son frère qu'on croyait perdu, dont le nom était Pâris. Cependant, elle sentit qu'il allait par ses actes irresponsables attirer des problèmes sur leur cité »...

Pâris... Cassandre. Paris est le nom de la ville où je me trouve. Ce n'est pas possible, c'est encore une simple coïncidence.

94

« Le jeune Pâris, suite à une ancienne prédiction, avait été abandonné par son père, le roi Priam, et élevé par un pauvre berger. Mais Pâris devenu adulte retrouva son père et ce dernier l'accepta à la cour. Le roi regretta son abandon et le reconnut comme prince héritier. Pâris était beau et sportif et tous les Troyens l'admiraient. Son frère Hector, jaloux, suggéra au roi Priam de l'envoyer en Grèce pour négocier le retour de sa tante enlevée par les Grecs. C'est alors que Cassandre intervint et annonça : "Je sens que si Pâris se rend en Grèce, il attirera sur Troie bien des malheurs. Il ne faut pas qu'il y aille." Mais Pâris partit malgré tout et revint avec Hélène de Sparte, la femme de Ménélas, le frère du roi des Grecs, Agamemnon. Il dit : "Les Grecs nous ont pris une femme, nous nous emparons d'une des leurs en retour." »

« Cassandre annonça aussitôt : "Cette femme va entraîner la guerre entre nos deux nations." Mais les Troyens virent qu'Hélène était très belle et qu'elle aimait le prince et ils décidèrent de soutenir le choix de Pâris malgré les mauvais présages annoncés par Cassandre. "Tais-toi, oiseau de mauvais augure !" lança Pâris, "C'est toi, sorcière, qui par tes mauvaises visions nous attires le malheur !" lui dit son propre père, le roi Priam. Et, en effet, quelques mois plus tard, alors que Pâris convolait avec Hélène, on vit surgir à l'horizon une multitude de bateaux grecs. Le roi Agamemnon et son frère Ménélas avaient réussi l'alliance de plusieurs cités grecques pour attaquer l'antique ville de Troie. »

Elle passe encore quelques chapitres.

« ... Comme la guerre durait, et que les Grecs n'arrivaient toujours pas à prendre la ville, Ulysse eut l'idée d'offrir à Priam un cheval de bois d'une taille monumentale en guise de traité de paix. Cassandre dit alors... »

– Mademoiselle, vous n'avez pas le droit de lire. Il n'y a que deux solutions : le laisser où l'acheter.

J'en connais une troisième.

Cassandre se relève d'un bond et s'enfuit à travers le magasin. Quelques personnes essaient de la poursuivre mais sans conviction, comme si elles avaient peur de se salir ou que l'enjeu d'un livre volé ne valait pas l'effort déployé pour le récupérer.

Cassandre sort par la grande entrée en déclenchant l'alarme. Elle court dans les rues et les avenues. Puis se tapit sous une porte cochère. Essoufflée, elle s'assoit par terre et reprend les aventures de son homonyme antique.

« ... dit alors : "Je crains les Grecs et leurs cadeaux." Mais personne ne l'écoute, et les Troyens acceptent le monumental cheval. La nuit, les soldats grecs cachés dans le ventre creux de la statue de bois sortirent. Guidés par Ulysse, ils ouvrirent les portes de la cité et laissèrent entrer l'armée d'Agamemnon.

« Profitant du sommeil de ses habitants, les Grecs, toujours dirigés par Ulysse, les tuèrent puis ravagèrent la cité. Ils massacrèrent la population tout entière... »

Elle s'arrête.

Finalement quel salaud cet Ulysse, on nous le présente comme un héros dans le livre d'Homère, mais c'est le type qui n'a pas respecté le traité de paix et qui a profité de la nuit pour tuer les gens dans leur sommeil.

Elle poursuit sa lecture.

« ... tout entière, ne laissant indemne qu'une seule personne : la Princesse Cassandre. Celle-ci, prisonnière, fut offerte en guise de trophée de guerre à Ménélas pour remplacer la perte de sa belle Hélène. »

Comme si sa punition était aussi d'avoir survécu à la destruction de sa cité et de se dire : « Je les ai pourtant avertis. Pourquoi ne m'ont-ils pas écoutée ? »

Cassandre ne va pas jusqu'à la dernière page de l'ouvrage historique, elle préfère l'abandonner sur un banc public.

En me renseignant sur mon illustre homonyme je ne fais que confirmer l'emprise de mon prénom sur mon propre destin. C'est en fait cela le piège. Papadakis, en me faisant découvrir l'histoire de l'antique Cassandre, m'a préparée à recommencer la même vie.

Elle ressort la montre à probabilité et est à nouveau tentée de s'en débarrasser.

Je crains les Grecs et leurs cadeaux.

C'est alors qu'un détail du bracelet-montre l'intrigue. Elle l'observe mieux sous la clarté blanche d'un réverbère. Quelque chose est gravé sur le flanc, près du bouton-poussoir. Elle parvient à lire les lettres minuscules : « Futur-Assurances », 42, rue du Départ, 75014 tour Montparnasse, 54e étage.

38.

Je manque d'humilité. Je vois loin et dans le futur, mais je ne pense pas à examiner ce qui est proche de moi et dans le présent.

Pourtant, toutes les solutions et les réponses sont devant moi.

39.

La tour Montparnasse lui apparaît comme un monolithe géant posé au milieu de la ville et sorti tout droit du film *2001 l'Odyssée de l'espace*.

Cassandre franchit l'entrée rue du Départ et débouche sur les ascenseurs. Elle programme le 54e étage puis, en 38 secondes (l'ascenseur se prétend lui-même le plus rapide du monde, c'est du moins ce qui est inscrit à l'intérieur), monte au sommet de la tour, tracté par les puissants moteurs électriques du système d'élévation.

Cassandre découvre une enfilade de portes toutes semblables. Sur l'une d'elles, une plaque en cuivre indique FUTUR-ASSURAN-CES surmonté d'une flèche.

Elle franchit une porte vitrée, mais n'a pas le temps d'accéder au standard d'accueil. Un vigile en uniforme et casquette à visière l'arrête d'un geste sec.

– Fous le camp, pas de mendiantes ici ! Dégage !

Elle avait oublié son odeur. Même si ses vêtements pouvaient faire illusion, elle sait qu'elle pue fort la crasse et la sueur macérée. Quant à son nouveau style gothique destroy, il n'est pas vraiment adapté à une visite dans un bureau d'affaires.

Elle a un frisson car l'homme portant le sigle « sécurité » a pénétré sa sphère de protection et s'est permis de la toucher, mais elle arrive à surmonter son irrépressible envie de se défendre. Alors elle esquisse un geste d'excuse, descend se gratter dans les toilettes de l'étage en dessous et décide de revenir plus tard dans la soirée, quand tous les employés seront partis.

Cassandre surveille l'entrée, de loin, cachée derrière une plante verte. Le vigile est toujours là mais il discute avec une femme de ménage. Elle profite d'un instant d'inattention pour se glisser dans le couloir, franchir la porte marquée « FUTUR-ASSURANCES » qui ouvre sur le hall d'entrée et filer dans les couloirs de la firme sans être repérée.

L'épaisse moquette rose et grise absorbe le moindre son. Sous le plafond incrusté de spots qui diffusent une demi-clarté de veille, les meubles en laque gris et rose semblent enduits de nacre. Des fauteuils en cuir sont disséminés dans la pièce d'accueil, larges et profonds. Derrière les baies vitrées, Paris étale son décor de nuit. Cassandre repère la tour Eiffel, la longue veine des Champs-Élysées, la Seine et ses ponts illuminés.

Au mur, une affiche annonce : « FUTUR-ASSURANCES : Ici on réfléchit sur l'avenir des assurés. » Déclaration illustrée par une pin-up aux longues jambes gainées de noir, assise au sommet de la tour Montparnasse et qui colle son œil à une longue-vue. Une bulle sort de sa bouche carminée : « Et vous, le futur, vous le voyez comment ? »

Et moi, le futur, je le vois comment ?

Cassandre Katzenberg ne sait pas ce qu'elle cherche mais sent qu'ici quelque chose est à découvrir. Une femme du service d'entretien passe dans le couloir avec un chariot. La jeune fille se cache derrière le coin du distributeur de boissons pour ressortir une fois la technicienne de surface disparue.

Après avoir exploré plusieurs bureaux, la jeune fille aux grands yeux gris clair repère une plaque sur un bureau fermé.

« D. KATZENBERG. »

« d » ? Se pourrait-il que ce soit lui ?

Elle tourne vainement la poignée, la porte est fermée. Elle ramasse un carton rigide dans une poubelle et le passe dans la fente de la porte pour libérer le pêne.

Enfin la poignée cède. Elle entre, referme la porte et allume la lampe du plafonnier. La pièce est un vrai capharnaüm. Trois tables sont réunies pour n'en former qu'une, recouverte d'ordinateurs portables sur plusieurs couches. Certains sont ouverts, d'autres fermés. Un grand ordinateur central muni d'un écran large trône au milieu de cet amoncellement électronique. Le sol est jonché de papiers imprimés, de fils électriques connectés et de vêtements, tee-shirts ou chaussettes, de gobelets en plastique mélangés à des restes de pizzas encore dans leur emballage de livraison.

Elle explore l'endroit avec soin. Ce qui attire le plus son attention est le mur de liège tapissé d'extraits de journaux épinglés. Elle remarque un article dans la revue professionnelle *Le Magazine des assureurs*. On y voit la photo d'un garçon aux cheveux mi-longs qui lui masquent le visage. Il semble engoncé dans son costume sombre.

Il a été photographié lors de la remise d'un trophée. La légende dit :

« Daniel Katzenberg : Le travail d'un génie précoce enfin couronné. »

« Daniel » Katzenberg. Il porte mon nom. Cela ne peut pas être mon père, donc c'est mon... frère !

Cassandre décroche le feuillet et l'examine fébrilement à la lueur d'une lampe de bureau.

Mon frère ressemble à un jeune homme sans visage. Comme ces chiens poilus dont on ne distingue ni les yeux ni les oreilles.

« Daniel KATZENBERG, brillant mathématicien ayant rejoint depuis peu la firme "Futur-Assurances", s'est rendu célèbre dans la profession grace à son projet "Probabilis." Un programme informatique très avant-gardiste capable d'améliorer l'évaluation des risques de décès d'une personne assurée sur la vie. D'une probabilité à dix ans, Daniel Katzenberg, grâce à son logiciel Probabilis, est parvenu à réduire cette marge à cinq ans, puis à deux ans.

« "Je pense arriver à réduire ce chiffre à un an et peut-être même 6 mois" déclare carrément ce jeune mathématicien prodige. Son idée révolutionnaire est simple : au lieu de tenir compte de la vingtaine de critères sur lesquels s'appuient habituellement les prévisions de décès des assurés (le sexe, l'âge, la profession, le lieu de vie, l'addiction à la cigarette et à l'alcool, etc.), Daniel Katzenberg a inventé une grille beaucoup plus fine impliquant 7 200 critères qui permettent d'estimer les probabilités et ainsi de prévoir à tout moment si une personne risque de mourir dans un futur proche. Sa nouvelle grille inclut des critères nouveaux comme le profil psychologique et physique précis de la personne, mais aussi des critères objectifs comme les évolutions de l'actualité globale. »

Elle poursuit la lecture de l'article :

« "L'informatique permet aujourd'hui de gérer des masses gigantesques d'informations, pourquoi le système des assurances ne pourrait-il en bénéficier ? Dans l'état actuel du calcul des probabilités de décès, une soudaine épidémie de grippe, ou même une guerre, ne sont pas prises en compte, les logiciels ne sont pas équipés pour entrer ce genre de données. Je propose donc un système de calcul des probabilités de décès adaptable à l'ensemble des événements influant sur la vie en général", nous explique Daniel Katzenberg. Et le chercheur ajoute : "Je verrais bien s'inscrire dans le futur la possibilité d'indiquer à un individu ses chances de survie (ou ses risques de décès) à échéance très brève, voire l'afficher en temps réel sur un simple écran d'ordinateur portable. "Les experts pensent cependant que ce jeune mathématicien probabiliste prône des performances appartenant à la science-fiction. Il faut avouer que prévoir les risques de décès dans les six mois ne changerait pas seulement, semble-t-il, le monde des assurances-vie. »

Cassandre Katzenberg consulte sa montre.

Six mois ? Et s'il avait réduit ce laps de temps pour atteindre...
5 secondes ?

100

Elle examine le mur couvert d'articles et de photos de Daniel Katzenberg quand, soudain, un post-it lui fait l'effet d'un électrochoc.

« ... Elle se demandait comment activer sa montre et découvrit un papier accroché au mur sur lequel était simplement inscrit un conseil : celui d'allumer l'ordinateur principal. Ce qu'elle fit aussitôt. Elle trouvait l'idée amusante que cela soit noté dans un message mural perdu au milieu de dizaines d'autres et qui, pourtant, lui semblait personnellement destiné. Elle se rappelait néanmoins que c'est ainsi qu'elle avait trouvé sa montre, avec un message parlant d'elle à la troisième personne... »

C'est quoi, cette embrouille ?

La jeune fille aux grands yeux gris clair entend soudain l'aspirateur de la femme de ménage qui se met en marche et vient taper contre les bas de porte. Elle profite de ce vacarme pour allumer l'ordinateur lié au grand écran. Aussitôt, un programme apparaît. « PROBABILIS : le futur enfin apprivoisé. » Juste en dessous s'affiche un texte.

« Ce programme vise à réduire la marge d'erreur des évaluations pour les inscriptions aux assurances-vie. »

Ce n'est qu'un logiciel professionnel s'adressant aux vendeurs d'assurance.

Elle continue de lire. Une rubrique lui semble pertinente.

« Inscription d'un nouveau client. » Elle clique.

Puis :

« Entrez votre mot de passe. »

Ne connaissant ni la date de naissance de son frère aîné, ni son adresse, elle teste plusieurs formules au hasard. Puis, prise d'une inspiration, elle tape « Cassandre ».

Aussitôt un sous-programme se déclenche. Un texte s'affiche.

« Bonjour petite sœur.

« Si tu te demandes pourquoi j'ai choisi ton prénom comme clef, sache que c'est tout simplement parce que je suis comme toi : je pressens ce qui va arriver. Ou, du moins, j'essaie de le pressentir. En t'envoyant le colis, et en n'inscrivant que la première lettre de mon prénom, je créais le mécanisme de curiosité qui allait forcément te donner envie de venir ici. Enfin, si tu es comme moi, normalement tu devrais être là. Et donc tu devrais lire ici et maintenant ce texte. Tu sais, petite sœur, nous sommes de la même espèce. Nous ne pouvons pas nous contenter du monde normal. Nous ne pouvons pas nous résigner à cette vie minable et sans perspective que les autres nous proposent pour nous faire tenir tranquilles. Il n'y a pas de mot pire à mes oreilles que celui-ci : "Résignation". Je regrette de ne pas t'avoir mieux connue, mais si tu continues ta quête, tu comprendras pourquoi. Ce qui est arrivé à nos parents est terrible mais nous ne devons pas regarder en arrière. Nous ne pouvons pas conduire l'œil fixé en permanence sur le rétroviseur. Au contraire, il faut regarder loin vers l'horizon. Et rester vigilant.

« Voici un outil pour l'être. La montre-bracelet "Probabilis." Elle contient un GPS qui indique en permanence à l'ordinateur central où tu te trouves. La montre contient aussi un capteur de tes battements cardiaques. Probabilis sait ce que tu fais ou ce qui t'arrive si tu es dans une zone munie de caméras vidéo. Dès lors, en cumulant en permanence le maximum d'informations sur toi, de plusieurs manières différentes et complémentaires, le système expert d'intelligence artificielle "Probabilis" les recoupe, et calcule aussitôt tes chances de survie dans les cinq secondes qui suivent.

« Il tient compte de ta santé, de ta psychologie, de tes déplacements, de tes actes, mais aussi de leurs répercussions sur ton environnement qu'il capte par les caméras vidéo situées dans ton entourage proche. Il inclut les facteurs météo, actualité, trafic, politique nationale et internationale, et même la qualité de l'air respiré, les tremblements de terre et autres catastrophes naturelles, etc.

« "Probabilis" n'est pas seulement un programme professionnel. Il peut devenir une véritable aide "à vivre". À toi d'en découvrir toutes les possibilités.

« Je t'embrasse de tout mon cœur.

« Ton frère qui ne te connaît pas et qui le regrette.

Daniel. »

« d »... c'était donc bien lui.

Cassandre clique sur le bouton « Entrée » qui clignote en dessous du texte. Un nouveau sous-programme s'affiche. Elle tombe alors sur un questionnaire qui lui demande ses prénom et nom de famille. Son poids. Son âge. Sa profession. Son adresse. Pour l'instant, cela ressemble aux questionnaires habituels des « assurances-vie » classiques.

Mais les demandes qui suivent sont plus étonnantes. « Probabilis » l'interroge sur :

Ses mensurations.

Sa nourriture habituelle.

Ses maladies, graves et bénignes.

Ses opérations chirurgicales.

Ses qualités.

Ses défauts.

Ses projets.

Son meilleur et son pire souvenir.

Ses peurs.

Elle remplit chaque case, l'une après l'autre. Probabilis veut savoir si elle est gauchère, si elle sait se battre, si elle fait des allergies, si elle y voit bien.

Logique. Quelqu'un qui y voit mal risque plus que les autres de se faire écraser en traversant les rues. Pareil pour le sourd.

Elle répond à une centaine de questions de ce genre puis arrive enfin à la case « inscription d'un nouvel abonné ». Elle clique une fois de plus sur « Entrée. »

La phrase « Recherche d'émetteur » clignote sur l'écran. Sa montre affiche deux flèches qui tournent, signe qu'elle reçoit un signal.

Et soudain, un nombre s'inscrit en face de la phrase « Probabilité de mourir dans les 5 secondes : 13 %. »

Ça y est, ce n'est plus 88. Est-il possible que cette machine marche vraiment ?

Un texte s'affiche à nouveau sur l'écran d'ordinateur.

« Note à Cassandre : 13 % est le nombre neutre. Le compteur n'est jamais à zéro car il y a toujours un risque d'évènements complètement imprévisibles comme une crise cardiaque foudroyante ou une chute de météorite. En dessous de 50 % tu n'as pas à t'inquiéter, ta vie n'est pas en danger. Au-dessus de 50 % : ne réfléchis pas, petite sœur, bouge immédiatement. »

Elle reste un moment à observer le nombre 13 qui clignote au bout de la phrase « Probabilité de mourir dans les 5 secondes : »

Mais alors qu'elle fixe l'écran numérique celui-ci frémit puis modifie ses chiffres.

21 %.

Il y a un léger danger. Probabilis m'avertit d'un risque non mortel, car je n'ai pas dépassé 50 %, mais c'est un problème quand même. Quoi ?

C'est à ce moment que le vigile, utilisant son passe, ouvre la porte, revolver à la main, et la voit.

– La petite voleuse, qu'est-ce que tu as pris ?

Cassandre bondit, le bouscule et s'enfuit dans les couloirs de Futur-Assurances.

Zut, les gens du nettoyage ont fini leur travail et le vigile en effectuant sa ronde a vu un rai de lumière sous la porte. La vidéo du couloir l'a repéré et Probabilis a voulu m'avertir. Il y a un risque mortel. Peut-être parce qu'il avait une arme à la main. Cela marche vraiment... en tout cas dans les zones surveillées par des caméras vidéo.

Le vigile s'est rué derrière elle et gagne du terrain à chaque foulée. Elle se jette dans l'ascenseur qui par chance se referme à temps. Les étages défilent. Arrivée en bas, elle voit s'ouvrir les portes de la cabine voisine.

Ce vigile n'est pas comme celui du magasin de livres, c'est un têtu.

– Qu'est-ce que tu as volé, là-haut ? l'apostrophe-t-il.

Ce serait trop compliqué de lui expliquer que je suis entrée dans le bureau de mon frère pour ne rien voler. Il est persuadé que si une fille habillée comme moi et puant comme moi pénètre dans un bureau, c'est forcément pour piquer des ordinateurs portables.

Cassandre s'élance dans la rue. Mais, cette fois, le vigile fait du zèle. Il doit être sportif car il est rapide, malgré sa masse imposante. Dans la rue les gens s'écartent. Quand le vigile crie « Arrêtez-la ! Au voleur, au voleur ! », les badauds commencent à se masser devant elle, la ralentissant un peu. Elle trouve son second souffle et traverse la rue au moment où les voitures démarrent. Le vigile n'ose pas en faire autant. Elle se retourne en espérant qu'il va renoncer.

Mais il n'abandonne pas.

Son cœur bat violemment. Ses poumons commencent à la brûler. Mais l'homme la suit toujours. Cassandre doit une fois de plus recourir au stratagème de la plongée au milieu des voitures qui démarrent au feu pour réussir à reprendre un peu de distance. Cependant, si elle évite facilement une camionnette de fleuriste, elle ne voit pas la petite voiture qui la double. L'esprit occupé par sa course, elle ne regarde pas sa montre qui indique « Probabilité de mourir dans les 5 secondes : 89 %. »

La jeune fille est violemment percutée aux mollets. Sous la puissance de l'impact, ses pieds quittent le sol et elle s'envole vers le ciel.

40.

Et voilà, maintenant je vais mourir. J'ai surtout le sentiment à cet instant que je n'ai pas accompli assez de choses dans cette existence.

Finalement, je ne vais pas laisser une grande trace de mon passage sur Terre. J'ai seulement marqué quelques imbéciles, et découvert que quatre clochards avaient construit un village dans un dépôt d'ordures.

Pour le reste, j'ai bien essayé d'avertir le monde des dangers qui le guettent mais les gens m'ont fait comprendre qu'ils s'en foutaient et que je ferais mieux de me taire.

41.

Soudain apparaît un couloir avec une lumière blanche au bout.

Est-ce le continent des morts ? Le paradis ?

Non, à nouveau elle se retrouve à Troie. Dans le temple d'Apollon. L'ancienne Cassandre en toge blanche est là.

— Maintenant tu connais le principe de notre malédiction. « Annoncer l'avenir et ne pas être crue. »

Elle a un petit rire triste, qui résonne entre les colonnes du temple.

— C'est grave ? demande l'adolescente.

— Non, ce n'est pas grave c'est seulement, comment dire ? Inconfortable. Tout dépend comment on le vit.

— Je le vis mal.

— Fetnat te l'a dit à Rédemption… La prédiction fait peur, surtout si elle se réalise vraiment. Ce qui plaît aux gens quand ils vont voir un astrologue, c'est de ne pas y croire. À la limite, quand il se trompe, cela les rassure. Ça signifie qu'ils sont libres, le futur n'est pas irrémédiable. Mais s'ils pensent que l'avenir est irréversible, ils ont très peur. Une prédiction réalisée signifie qu'il existe une horlogerie invisible et que, quoi qu'ils fassent, c'est écrit quelque part.

L'ancienne Cassandre montre un couple en toge qui marche main dans la main.

— Mon frère Pâris et cette petite garce d'Hélène. Je les ai avertis. Ils ne voulaient pas m'écouter et puis… voilà le résultat.

Elle montre l'horizon où apparaissent des milliers de bateaux. Avec tristesse, elle ajoute :

— « Ils voient mais ils ne regardent pas.

Ils entendent mais ils n'écoutent pas.

Ils savent mais ils ne comprennent pas. »

Et j'ajouterais :

« Connaître le futur ne les intéresse pas. »

— Pourquoi ? tout le monde devrait vouloir savoir ce qui va lui arriver.

– Toi et moi nous nous intéressons au futur, mais la grande majorité des gens tournent la tête pour ne pas voir l'horizon du temps. Cela leur fait peur. Quand ils pensent au futur, ils craignent de voir les malheurs qui vont leur arriver alors ils préfèrent tout ignorer. Et puis, la mort est au bout de leur route, comme de la nôtre. Il faut avoir du courage pour se diriger vers elle les yeux ouverts.

– Pourtant ils disent qu'ils veulent savoir…

– Il ne faut pas les écouter dans leurs mots. Il faut les écouter dans leurs pensées profondes, réelles. Les humains disent souvent le contraire de ce qu'ils pensent. Ils font le contraire de ce qu'ils veulent. Ils soutiennent leurs ennemis et barrent le chemin à leurs amis. Ils mordent la main qui les nourrit et caressent celle qui les frappe. Les humains ne sont compréhensibles que par leurs paradoxes, admets-le, et tu pourras les saisir vraiment de l'intérieur.

– Mais ils sont si nombreux à dire la même chose.

La Cassandre ancienne s'avance vers la Cassandre moderne dans un froissement de toge. Elle lui chuchote à l'oreille :

– « Ce n'est pas parce qu'ils sont nombreux à avoir tort qu'ils ont raison. »

Puis elle ajoute :

– Quoi qu'il arrive, ne renonce pas.

– Et mon frère ?

– Ton frère est un grand esprit.

– Je veux le rencontrer !

– Encore faut-il pour cela que tu vives.

– Pourquoi, il y a un risque ?

– En fait c'est toi qui décides à chaque instant de ce qu'il t'arrive. Alors choisis.

– Non, je ne veux…

42.

– … pas mourir !

Cassandre Katzenberg ouvre les yeux et distingue l'infirmière en blouse blanche qui lui sourit.

J'ai encore parlé sans m'en apercevoir.

Elle prend conscience du lit moelleux dans lequel elle est allongée, de la chambre d'hôpital aux murs blancs, à l'odeur de désinfectant. Et de sa propre odeur aussi. Un parfum de gel douche à la lavande. On l'a lavée. Des détecteurs cardiaques sont posés sur sa poitrine et reliés à des écrans vert fluorescent.

L'infirmière lui adresse un hochement de tête en vérifiant les appareils.

— Vous avez eu beaucoup de chance. Vous n'avez rien de cassé, juste quelques contusions bénignes. Il vous faut du repos. Vous pourrez rentrer chez vous bientôt.

Cassandre repère une caméra vidéo installée dans un coin du plafond, face au lit.

Probabilis me surveille.

— Où sont mes affaires ?

L'infirmière lui tend un sac en plastique vert, qu'elle fouille fébrilement pour trouver sa montre. Elle l'allume et l'écran indique aussitôt « Probabilité de mourir dans les 5 secondes : 19 %. »

6 % au-dessus de la limite neutre. Peut-être à cause de mes blessures. Mais je suis loin des 50 %, tout va bien.

— Nous ne savions pas quand vous reprendriez connaissance, mais un policier demande à vous voir. Je peux le faire entrer ?

Elle acquiesce et un homme de haute taille, en pardessus beige, pénètre dans la chambre. Cassandre enfouit précipitamment la montre au fond de son sac.

— Bonjour, mademoiselle. Vous allez mieux ? Je suis tellement content que vous n'ayez eu aucune contusion grave. Je me faisais beaucoup de souci pour vous. Je me nomme Pélissier, inspecteur Pierre-Marie Pélissier.

Un prénom double dont la moitié est féminine. Cela promet. Lui aussi, il ressemble à un acteur, mais je ne me souviens plus lequel.

Il s'assoit délicatement sur le bord du lit et dépose une gerbe de fleurs et une boîte de chocolats. Elle s'aperçoit qu'elle n'a pas vraiment faim. Probablement grâce à la perfusion qui lui déverse du glucose au goutte-à-goutte directement dans les veines.

– Le cauchemar est terminé, annonce-t-il.

Il fouille dans son attaché-case.

– Vous avez été repérée par les caméras de surveillance. La librairie a voulu porter plainte mais je l'en ai dissuadée et j'ai réglé le prix du livre. Ensuite, comme j'ai vu qu'il n'était plus dans vos affaires, je me suis permis d'en racheter un autre.

Le policier lui tend *La malédiction de Cassandre* avec sa couverture familière montrant la femme en toge blanche et son serpent sur le poignet.

– Elle porte le même prénom que vous. Cassandre de Troie. Remarquez, c'est normal que vous vous y intéressiez. Désormais, ce livre est à vous. C'est bien de s'intéresser aux mythologies grecques, c'est plein d'enseignements. Je voudrais tellement vous aider. J'ai lu votre dossier. Ce qui vous est arrivé est terrible. L'attentat en Égypte, je pense que cela doit être très dur pour vous. Croyez bien que nous ferons tout pour assurer votre confort et votre sécurité.

La jeune fille aux grands yeux gris clair fronce les sourcils, déroutée.

– Comme dit le proverbe : « Même le malheur finit par se fatiguer à s'acharner sur les mêmes personnes ».

Encore un proverbe. Celui-là je ne le connaissais pas. Orlando a raison c'est de la paresse pour les gens incapables d'inventer leurs formules personnelles. Les phrases à l'emporte-pièce, c'est aussi une drogue. Il faut que j'arrête de les stocker dans ma tête.

– Pourquoi moi ?

Tiens, celle-là je pourrais aussi la faire graver sur ma pierre tombale.

L'homme semble étonné par la question.

– Eh bien, parce que vous n'êtes quand même pas n'importe qui, vous savez !

Si seulement je pouvais savoir qui je suis.

– En tant que fille d'une personne importante, vous avez droit à un traitement particulier.

« Fille d'une personne importante » ? Si seulement je pouvais me souvenir de ma jeunesse.

Le policier poursuit.

– J'ai été spécialement dépêché pour m'occuper de vous. Pour tout dire, il me semblait vous avoir entrevue lors de votre fugue de l'école des Hirondelles.

C'était lui qui devait tenir la torche à la portière de la voiture de police quand je me cachais derrière les platanes, près du dépotoir. Il n'a pas l'air méchant. Étymologiquement « méchant » : digne d'être tiré par les mèches de cheveux.

– Ces derniers jours ont dû être pénibles pour vous. Mais désormais c'est fini, tout rentre dans l'ordre.

Il braque son regard sur elle et lui sourit.

– Vous savez pourquoi je tenais tellement à vous retrouver ? J'avais une chatte. Mes enfants l'adoraient. Elle était rousse avec une tache blanche en forme de cœur sur le museau. Un jour, alors que le facteur apportait un colis, elle s'est échappée. D'habitude, elle faisait juste quelques allers et retours dans le couloir, mais ce jour-là elle a suivi le facteur dans l'ascenseur et est sortie sur ses talons. Elle s'est retrouvée dans la rue. Mon fils et moi nous l'avons poursuivie, mais plutôt que de revenir vers nous, elle a filé droit devant elle.

L'homme lâche un soupir.

– Mon fils l'aimait beaucoup, mais elle a préféré l'aventure à l'amour de ma famille. Peut-être aussi la découverte des grands espaces, qui sait ? À présent, elle doit avoir froid et faim. On a mis partout des petites affiches dans le quartier, mais vous pensez, une chatte comme ça, c'est très rapide, et elle a dû devenir farouche. À moins que, vu sa beauté, quelqu'un l'ait volée. Ou pire, on peut imaginer qu'elle ait été récupérée pour servir aux expériences dans les laboratoires.

Je crois savoir où elle est, votre chatte.

– En fait, elle était peut-être malheureuse enfermée dans un appartement. En plus, on l'avait fait stériliser, sa seule source d'amusement était de faire rouler des pelotes de laine. Mais le prix de la liberté est lourd. Si elle a échappé aux voitures et aux chiens errants elle doit quand même avoir beaucoup de difficultés à retrouver son instinct de chasseresse. Je la vois mal traquer les souris et les rats en ville, alors qu'elle n'a toujours mangé que des croquettes, et encore, pas n'importe lesquelles. Notre chatte ne supportait que celles au foie de volaille. Je la vois mal se creuser une tanière pour se protéger du froid et des intempéries… Encore maintenant, j'espère que quelqu'un va nous la ramener. Il faut dire qu'au moment de sa fugue elle portait son nom inscrit sur la médaille de son collier.

– Et elle se nommait comment votre chatte ? demande Cassandre.

– « Liberty Belle », pourquoi ?

Je croyais quoi ? Qu'elle allait s'appeler « Jeanne » ? Je me fais trop de cinéma. Le monde n'est pas petit à ce point.

– … Pour rien. Je suis sûre que vous la retrouverez.

… Comme vous m'avez retrouvée.

Le policier sort son calepin et note quelque chose.

– J'ai quelques questions à vous poser pour mon rapport. Que faisiez-vous dans ces bureaux d'assurances ?

– Je cherchais mon frère.

Son visage se plisse d'étonnement.

– Votre frère ? Vous cherchez votre frère ?

– Je n'ai plus de nouvelles de lui depuis…

Toujours.

– … Longtemps.

Pierre-Marie Pélissier la fixe avec attention, puis semble préoccupé.

– Bien sûr, j'aurais dû m'en douter. Daniel Katzenberg ? Le petit génie des assurances est votre frère ?

Il le connaît.

111

– Vous avez de la chance, c'est moi qui ai enquêté sur son accident.

Cassandre se redresse mais les fils et la perfusion tirent sur sa peau. Elle grimace.

– Il n'y a pas qu'à vous qu'il arrive des chocs brutaux. Il en a fait de belles votre frère. On dirait que c'est de famille.

– Qu'a-t-il fait ?

– Il a carrément sauté du sommet de la tour Montparnasse. 210 mètres de hauteur, quand même.

Cassandre serre les lèvres.

Il est mort.

– Vous ne le croirez peut-être pas mais… sa chute a été amortie par un camion rempli de polystyrène qui passait juste en dessous, pile à la seconde et à l'endroit où il tombait. Vous parlez d'une heureuse coïncidence ! En fait, si je n'avais pas eu à enquêter dessus personnellement, j'aurais dit que c'était complètement improbable.

Il s'en est tiré. Daniel est vivant.

L'inspecteur Pélissier secoue la tête.

– Mais… le camion qui l'a sauvé a grillé un feu rouge. Du coup, il s'est retrouvé au milieu de la place au moment où les voitures démarraient des rues transversales. Il a été frappé de plein fouet par un autre camion rempli d'un liquide inflammable. Tout a explosé.

Donc il est quand même mort.

Elle baisse les yeux.

– Mais… il s'en est tiré de justesse, dit-il.

Il se moque de moi.

L'inspecteur Pierre-Marie Pélissier sort alors de sa poche une montre à gousset possédant un écran similaire à celui de sa montre-bracelet. Le cadran est brisé.

– Tout ce qu'on a retrouvé, c'est ça. Je l'ai toujours gardée en souvenir.

Ce doit être des prototypes. Il en a fabriqué deux. Celui-ci et le mien.

– Vous ne me croirez peut-être pas mais, au moment où on l'a récupéré, la pile fonctionnait encore et le cadran indiquait un nombre à côté du texte « Probabilité de mourir dans les 5 secondes. » Vous ne devinerez jamais lequel.

Il laisse s'écouler quelques secondes puis, voyant que Cassandre ne réagit pas :

– 98 % !

L'inspecteur savoure l'information.

– Dans les vidéos de contrôle du carrefour, en repassant les images au ralenti, on voit que votre frère est le seul à sauter hors du camion quelques secondes avant que celui-ci ne soit percuté et n'explose. C'est comme s'il avait pu prévoir ce qui allait arriver dans les courts instants qui ont précédé l'accident.

Mon frère est fabuleux. 98 % ce n'est pas 100 %.

Il savait qu'il avait 2 % de chances de s'en tirer. En quelques secondes on peut en faire des choses. Alors il a réagi pour utiliser au maximum l'opportunité de ces 2 % in extremis.

Le policier poursuit en croisant les doigts autour de la montre abîmée.

– Daniel s'en est tiré de justesse mais il y a quand même eu trois morts et cinq blessés dans l'accident. Une enquête a été ouverte. À mon avis votre frère devrait avoir un procès, ne serait-ce que pour « trouble sur la voie publique ». Je suis presque certain qu'il a sa part de responsabilités dans cette histoire.

Il hausse les épaules.

– Mais évidemment, vu qu'il est le fils de votre père, nous avons reçu une directive pour laisser tomber l'enquête.

Le policier se penche et articule près de son oreille :

– Vous voulez savoir ce que je pense ? Je crois que votre frère l'a fait exprès. Il a organisé cet accident pour vérifier si sa montre à prévoir la mort marchait bien. Le type dans le camion de polystyrène qui tombe pile au bon moment au bon endroit, ce n'était pas un hasard. C'était un complice. D'ailleurs, j'ai vérifié, et comme de bien entendu, le conducteur du camion travaillait aussi à Futur-Assurances, au service de votre frère. Vous parlez d'une coïncidence ! Par contre Daniel n'avait pas prévu le deuxième camion avec le liquide inflammable. Cette fois le conducteur ne travaillait plus pour lui.

Cassandre ne répond pas. L'homme au pardessus beige relit ses notes.

– Donc le livre c'est à cause du prénom grec. La visite aux assurances, c'est pour votre frère. Reste maintenant la dernière question et après je vous laisse. Une caméra vidéo vous a repérée entrant dans un dépotoir d'ordures. On sait que là-dedans vivent des… comment dire… des mafieux albanais, des gitans et des SDF. Les avez-vous rencontrés ? Avez-vous été agressée ? Nous n'avons pas encore pratiqué d'expertises médicales pour voir si vous avez subi des violences sexuelles, mais votre réponse me suffira pour l'instant.

La jeune fille aux grands yeux gris clair secoue la tête en signe de dénégation et l'inspecteur semble soulagé.

– Merci de votre coopération, mademoiselle Katzenberg. Je suis sûr qu'à partir de maintenant le cauchemar pour vous est fini et que tout va aller bien. Si vous avez besoin d'aide, n'hésitez pas à m'appeler, voilà mon portable.

Il lui tend sa carte de visite puis ouvre la porte de la chambre avec un salut poli. Avant de partir, il ajoute :

– Je suis persuadé que vous allez vous régaler à lire les aventures de votre homonyme antique.

Cassandre reste un long moment immobile, silencieuse, les yeux ouverts à fixer le plafond en méditant toutes les précieuses informations qu'elle vient d'entendre sur son frère, puis elle ouvre au hasard une page de « *La Malédiction de Cassandre* » et lit :

« … elle aurait voulu dire à son frère de ne pas y aller. Mais Pâris n'écoutait personne. Il avait l'impression qu'il avait tout compris de tout et que lui seul savait ce qu'il devait faire. Elle eut encore une vision et annonça alors… »

– Mademoiselle Katzenberg, vous avez encore de la visite, dit l'infirmière. Quelqu'un de votre famille, je crois.

Daniel ?

– ... Un certain monsieur Philippe avec un nom compliqué, Padipikas, quelque chose comme ça.

Papadakis.

Déjà Cassandre a bondi hors de son lit. Elle a arraché d'un geste sec tous les fils qui la relient aux machines de contrôle et retiré la perfusion. En pyjama, elle galope dans les couloirs de l'hôpital.

Les malades la voient passer sans réagir, mais un groupe d'aides-soignants part à sa poursuite. Elle ouvre toutes les portes puis, repérant une chambre vide, elle fonce dans la salle de bains et se blottit sous le lavabo.

Cet acte la réconforte aussitôt.

J'adore me dissimuler derrière les armoires et sous les éviers.

Elle attend dix minutes avant de quitter sa cachette. Elle repart en sens inverse, bousculant un chariot chargé de draps sur son passage.

Elle voit la porte de sortie, mais des infirmiers se massent pour faire barrage.

– Elle est paranoïaque, attention elle peut être dangereuse ! avertit l'infirmière.

Des hommes en blouse blanche surgissent de partout. Elle est finalement maîtrisée par plusieurs infirmiers qui se font mordre et griffer. Une seringue est enfoncée comme un dard dans son bras, elle sent ses jambes se dérober, elle perd connaissance.

43.

La Cassandre de l'Antiquité troyenne est en train de lire un livre à l'ombre de l'Arbre Bleu du Temps. Au-dessus d'elle, le soleil brille. Les herbes sont agitées par la brise. Des oiseaux invisibles font entendre leur chant.

Sur la couverture du livre est inscrit « *Les aventures de Cassandre Katzenberg.* »

La jeune fille s'avance vers elle d'un pas hésitant. Quand la femme en toge distingue la nouvelle arrivée, elle pose délicatement son livre.

– Tu n'as pas été longue. Un chapitre d'une page à peine. Tu dors deux fois par jour maintenant. Désormais, nous savons que nous pouvons nous retrouver à deux rêves d'intervalle.

– Est-ce que vous avez réellement existé ou êtes-vous juste une légende ?

– À ce stade cela n'a plus d'importance. C'est ton imaginaire onirique qui me donne consistance. Voilà la suite de ma leçon. Retiens bien cette phrase : « La réalité, c'est ce que tu crois. »

L'adolescente essaie de bien saisir tout le sens de ces mots, puis demande :

– Et en dehors de mes croyances, qu'y a-t-il ?

– Tout n'est que croyances. L'histoire passée et l'histoire future. Tout part toujours d'une idée inventée par un individu. Ensuite seulement l'univers se débrouille pour faire exister ce scénario imaginaire.

La jeune fille aux yeux gris clair digère ce concept.

– Qui sait si ce n'est pas Homère qui a inventé Ulysse ? Platon qui a inventé Socrate ? Saint Paul qui a inventé Jésus-Christ ? reprend son aînée.

– En tout cas ce n'est pas moi qui ai inventé l'attentat dans l'usine EFAP.

– Qui sait ?

La Cassandre de l'Antiquité éclate de rire.

– Non, je plaisantais. Tu ne savais même pas que cette usine existait, n'est-ce pas ?

– Il y a forcément des choses qui existent au-delà de nos croyances, de nos légendes, de nos propagandes et de nos projections.

La prêtresse a un geste gracieux du bras où est enroulé le serpent.

– Moi aussi j'ai voulu le croire.

La Cassandre antique sourit. La Cassandre moderne grimace :

– Je ne veux plus connaître l'avenir. Je veux juste qu'on me fiche la paix.

– As-tu le choix ? Ai-je eu le choix ? Quand j'ai reçu le don de vision du futur, c'était censé être un cadeau. Les cadeaux, on ne peut pas les refuser.

– Et si, tout en sachant le futur, je me taisais ?

– Tu souffrirais.

– Si j'en parle, je souffre aussi, non ?

– En effet, c'est un jeu où l'on est toujours perdant.

– Cela porte un nom ?

– « Visionnaire ».

– Visionnaire…

– Tu veux que je te dise le plus important ?

L'ancienne Cassandre se penche à nouveau et articule tout près de l'oreille de l'adolescente :

– Savoir et ne pas pouvoir convaincre les autres c'est peut-être frustrant, mais ne pas savoir et vivre comme les autres c'est bien pire.

Elle joue avec son serpent et poursuit :

– Apprécie ton pouvoir.

Puis son regard devient dur.

– Apprécie-le, ou tu le perdras.

– Qu'est-ce que j'ai à gagner ?

– Savoir qui tu es vraiment. C'est le seul objectif de chaque vie.

La voix de la Prêtresse enfle peu à peu pour devenir un grondement de tonnerre.

– Car il n'y a que cela qui compte : « savoir qui tu es vraiment ».

44.

Ses cils tremblent.

En ouvrant les paupières elle distingue le visage tout proche du directeur de l'école des Hirondelles.

Oh non, pas encore lui.

Il arbore sa cravate bleu métal et sa chevalière qui, à mieux y regarder, représente un cheval couronné. Il sent l'eau de toilette pour homme et la transpiration.

Cassandre prend conscience qu'elle n'est plus à l'hôpital mais dans l'infirmerie de l'école des Hirondelles. Elle veut se redresser mais ses poignets sont sanglés sur le montant du lit.

117

Philippe Papadakis sourit, puis présente à la jeune fille un objet étrange : un verre transparent renversé sur une assiette.

À l'intérieur, une abeille tournoie frénétiquement.

Le directeur de l'école observe l'insecte à travers le verre.

L'abeille se cogne contre la paroi transparente. Le directeur l'approche des yeux de Cassandre.

– Connais-tu le « syndrome de l'abeille » ?

Cette fois, Cassandre émet un non de la tête, tout en fixant l'insecte dans sa prison.

– Décidément, nos leçons n'en finissent pas, mademoiselle Katzenberg. La dernière fois je vous ai appris la signification de votre prénom, maintenant je vais vous apprendre le sens de vos actes.

Cassandre réalise qu'elle a en effet des leçons à apprendre de ce personnage antipathique.

Peut-être que nos ennemis nous apprennent plus de choses que nos amis.

Il secoue le verre dans lequel l'abeille continue de se cogner.

– À l'époque, j'avais neuf ans. J'étais avec un groupe d'enfants et nous jouions dans un jardin envahi de fleurs. Soudain, une abeille est venue se poser sur le gâteau du goûter et a commencé à se régaler. Les autres gamins ont tout d'abord poussé des cris d'effroi, en hurlant qu'ils avaient peur qu'elle les pique. Puis l'un d'entre nous, celui qui voulait faire le malin pour impressionner les filles, a profité de ce que l'abeille était sur une miette de gâteau pour l'emprisonner dans un verre renversé. Exactement comme je l'ai fait avec celle-ci.

Il secoue un peu le verre, ce qui a pour effet immédiat d'augmenter l'énervement de l'insecte.

– Ensuite, le garçon qui avait emprisonné l'abeille s'est dit que cela ne suffisait pas comme punition. Il décida de taper avec sa cuillère sur la paroi, ce qui provoqua un bruit strident qui bien sûr résonnait encore plus fort à l'intérieur du verre. L'abeille est devenue comme folle et moi...

Philippe Papadakis frappe plusieurs fois le verre avec son index. Ce qui affole l'abeille.

– … Moi, je me suis dit que cela suffisait comme supplice et qu'il fallait libérer l'innocent insecte.

Le directeur la regarde avec un air angélique.

– Et joignant le geste à la parole, j'ai soulevé le verre. Que n'avais-je fait là ? Aussitôt l'abeille s'est ruée sur moi et m'a piqué à la main, ce qui a été très douloureux. Pour moi, mais bien plus pour l'abeille, puisque, vous le savez, son dard, contrairement à celui de la guêpe, se termine par un crochet barbelé. Lorsqu'elle pique et s'enfuit, le dard reste planté et lui arrache tous ses viscères !

Il a prononcé ces derniers mots avec une moue désolée.

– Elle a souffert. J'ai souffert. Et tout cela n'est arrivé que parce que j'ai voulu être magnanime. En fait, ce qu'a fait cette abeille était stupide, elle a frappé la main qui la libérait. Et elle en est morte. Moi j'ai eu mal mais je m'en suis remis. C'était le prix de la leçon.

Il fouille sur la chaise où est posé le sac contenant les affaires de la jeune fille.

Pourvu qu'il ne me vole pas ma montre à probabilité.

Il farfouille un moment et brandit le livre *La malédiction de Cassandre.*

– L'ingratitude, voilà le drame de ce monde. Le drame de Cassandre la Troyenne qui n'a pas su dire merci à Apollon. Le drame de cette abeille qui n'a pas su, jadis, me dire merci de l'avoir libérée. Votre drame, et par voie de conséquence le mien. Car vous aussi vous m'avez piqué quand j'ai voulu vous faire du bien. N'est-ce pas ?

Il regarde par la fenêtre de l'infirmerie.

– L'Histoire regorge de situations similaires. Considérez par exemple le roi Louis XIV. Il ruine le pays en construisant Versailles et en se lançant dans des guerres inutiles et très coûteuses, qu'il perd pour la plupart. Il vit dans un luxe éhonté au mépris total de ses sujets. Le peuple est affamé, le pays ruiné. Pourtant Louis XIV laisse l'image d'un monarque prestigieux : le Roi Soleil. Il s'est lui-même baptisé ainsi et les historiens ont suivi. Son successeur, Louis XV découvre que les caisses sont vides et que le pays est à l'agonie, il ne fait rien, et passe la patate chaude à son propre successeur Louis XVI. Or ce dernier se dit qu'il faut faire quelque chose pour réparer et arranger les outrances de son aïeul. Louis XVI décrète des mesures en faveur du peuple. Il décide de faire payer les impôts à l'aristocratie, jusque-là exemptée de taxes. Il lance la campagne des « Cahiers de doléances » dans lesquels chacun a le droit, quel que soit son rang, d'indiquer son souci personnel et ses besoins immédiats. C'est la première initiative de ce genre au monde : « demander l'avis du peuple ». Mais, loin de passer pour un innovateur, ce qu'il est en réalité, sa clairvoyance et sa générosité passent pour de la faiblesse. Et il finira comme on sait décapité dans la liesse générale, conspué par cette même populace qu'il voulait tant aider.

Il prend un air navré.

– … L'ingratitude gouverne le monde.

Philippe Papadakis regarde le verre avec l'insecte qui bourdonne à l'intérieur.

– Alors que faire de cette abeille ? Je pourrais évidemment la libérer à nouveau, mais maintenant je sais que, par ignorance et ingratitude, elle va me piquer et entraîner ainsi ma douleur et sa propre destruction. Qu'en penses-tu, Cassandre ?

Il m'a tutoyée.

La jeune fille aux grands yeux gris clair ne répond pas. Le directeur hoche la tête puis soulève le verre. Avant que l'abeille n'ait pu décoller, il l'écrase bruyamment contre la table de chevet avec le plat de la main. Du bout de ses ongles manucurés, il soulève le corps jaune et noir pour le porter près du visage de Cassandre. Il a encore cette moue qui le fait ressembler à l'acteur Donald Sutherland.

– Voilà ce que j'aurais dû faire la première fois. C'est la seule solution. De plus, l'abeille n'a pas souffert. Mmmh, je crois qu'il ne faut pas déranger l'ordre des choses, et surtout ne pas vouloir sauver les autres malgré eux.

120

Il reprend l'ouvrage *La Malédiction de Cassandre* et contemple pensivement la couverture.

– Donc, j'ai su attirer ton attention sur ton antique homonyme. As-tu lu la suite de ses aventures ? Cassandre a voulu empêcher son frère Pâris de coucher avec Hélène. Mais elle était si belle que les Troyens étaient fiers que Pâris ramène cette beauté.

Il approche brusquement son visage à quelques centimètres du sien. Elle se détourne avec dégoût.

– J'aime bien quand ce n'est pas facile, annonce-t-il en souriant. Et toi, tu n'es pas facile, n'est-ce pas ? C'est normal. Quand on sait qui tu es vraiment…

– Qui suis-je ? demande-t-elle.

– Ah, enfin tu réagis. Comme l'abeille quand on tape sur la paroi du verre. Tu sais, Cassandre, si ton prénom est un indice, ce n'est que le premier qui permet d'approcher ton grand secret. Il faut aussi considérer ton passé.

Il pose le livre sur la table de chevet et ouvre sa mallette.

– Je me suis beaucoup intéressé à ton cas si particulier. Ah, ton passé… Ce n'est peut-être pas un hasard si tu as ce, comment dire, ce « pouvoir ». Oh non, ce n'est pas un hasard. Peut-être que quelque part un Apollon a souhaité que tu aies ces visions ? Un dieu, un homme, une autorité qui a décidé de t'offrir un talent extraordinaire. Mais peut-être as-tu oublié ? Ou peut-être l'a-t-on effacé de ta mémoire.

Cette fois, Cassandre ne se débat plus. Elle écoute avec attention. Il lui caresse la main, puis le cou.

Il est entré dans ma sphère de protection. Mais je dois serrer les dents. Il faut que je sache.

Elle s'efforce de ne pas bouger.

– Ah ! petite abeille, comme tu es fière ! Mais cela me plaît. Je crois que je vais me montrer généreux, malgré tout le mal que tu m'as fait, dit-il en caressant le pansement qui décore son oreille. Je vais t'offrir ce dont tu as le plus besoin : le deuxième indice.

Je t'écoute.

Il jette le cadavre de l'insecte et l'écrase sous son talon.

– C'est… une question. Écoute-la bien : « Sais-tu qui étaient vraiment tes parents ? »

À cet instant, une infirmière entre et constate qu'il est vraiment tout proche d'elle, ce que Cassandre n'a pas l'air d'apprécier. D'une voix sèche, elle lui demande de sortir. Philippe Papadakis se redresse d'un mouvement brusque.

– Demain nous irons plus loin quand nous serons plus tranquilles, promet-il.

L'infirmière le toise, méfiante.

– Il faut la laisser, monsieur, elle doit se reposer, insiste-t-elle en posant une main fraîche sur le front de la jeune fille.

Le directeur s'éloigne du lit, quand son regard est attiré par le sac plastique vert.

– C'est quoi ça ? demande-t-il.

Il s'empare du bracelet-montre et l'examine sous tous les angles. Il déchiffre l'inscription en faisant la moue.

– « Probabilité de mourir dans les 5 secondes : 21 %. » C'est le contenu du colis que je t'ai remis, n'est-ce pas ?

La jeune fille immobilisée sur le lit ne prend pas la peine de répondre. Papadakis hésite, la tentation de confisquer l'objet est forte, mais le regard accusateur de l'infirmière l'en dissuade. Il repose l'objet dans le sac.

– De toute façon, ce truc a l'air d'un porte-malheur. À demain.

Il quitte la pièce en laissant la porte entrouverte. Le bruit de ses pas s'éloigne dans le couloir.

– Détachez-moi, ordonne Cassandre à l'infirmière.

– Allons, soyez raisonnable, mademoiselle Katzenberg. Vous avez balafré l'une de vos camarades, arraché le lobe de l'oreille du directeur et causé des dégâts à l'hôpital d'où vous venez. Je crois que pour l'instant le plus important, c'est de vous reposer.

Elle lui prend le pouls, dépose un sédatif sur sa langue et lui verse une gorgée d'eau, en affirmant que cela l'aidera à dormir. Puis elle s'en va en éteignant la lumière du plafond pour ne laisser que la veilleuse de sécurité.

– Bonne nuit, mademoiselle.

Cassandre, considérant qu'elle a suffisamment dormi pour aujourd'hui, crache le sédatif et reste à attendre, attachée au lit, immobile sur le dos, fixant le plafond. Elle aimerait bien reprendre sa montre et enfin savoir ce qui l'attend mais le cadeau de son frère a été replacé au fond du sac. De là où elle est, elle ne peut pas la voir.

Sans ce bijou elle se sent nue.

« *Exposée à un futur imprévisible.* »

Au bout de quelques dizaines de minutes, la porte s'ouvre lentement. Ce n'est ni Philippe Papadakis, ni l'infirmière. C'est une silhouette plus petite.

Violaine.

Cassandre veut se défendre mais elle est sanglée, elle veut crier, mais déjà l'autre lui a enfoncé un chiffon dans la bouche, qu'elle fixe avec une ceinture.

Violaine Duparc sort de sa poche un bistouri.

– Œil pour œil, dent pour dent, murmure-t-elle en s'approchant du lit.

Cassandre distingue les marques profondes qui balafrent sa joue droite et son cou. Elles n'ont pas encore guéri.

La lame acérée approche de sa pommette. Cassandre abaisse le rideau de ses paupières.

45.

Étrange comme le temps est long entre l'instant où quelqu'un a décidé d'agir et le moment où cet acte est réellement accompli.

Depuis combien de temps approche-t-elle son bistouri de mon visage ? À moins que ce soit ma perception du temps qui ait changé. Je peux vivre le présent au ralenti.

Ce n'est pas Violaine qui opère lentement, c'est moi qui pense très vite. En accéléré.

Reste qu'il faut réagir. Il faut que je lui donne sa deuxième leçon.

Même si elle ne me dira jamais merci.

46.

Cela ne dure que le temps d'un clignement d'yeux. Déjà, les pupilles de Cassandre s'étrécissent pour faire une mise au point.

D'un coup de reins, elle repousse drap et couverture puis, en se cabrant, dégage ses jambes. Ses deux genoux en pince saisissent la tête de Violaine et la tirent brutalement en arrière. Renversée, celle-ci lâche le bistouri qui tombe sur le matelas. Cassandre resserre sa prise sur le cou de Violaine qui se débat pour tenter de se dégager. En même temps, elle parvient à récupérer le bistouri en profitant de la longueur de la sangle de son poignet droit. D'un geste preste, elle tranche la lanière qui entrave sa main gauche sans lâcher la tête de la jeune fille qu'elle serre toujours entre ses genoux. Puis, ayant retrouvé l'usage de ses mains, elle empoigne Violaine, la plaque contre le lit, la retourne, lui tord le bras et lui enfonce un bout de drap dans la bouche pour l'empêcher de crier. Elle la force à ramener l'autre bras en arrière et lui lie les poignets avec ses sangles, malgré les ruades que l'autre lui décoche. En prenant son temps, elle arrache les fils des rideaux et la ligote plus étroitement pour être sûre qu'elle ne donne pas l'alerte.

Cassandre ajuste le bâillon.

– Rien de personnel là-dedans, dit-elle, mais j'ai des occupations plus importantes qui m'attendent.

Violaine se démène frénétiquement, en vain. Des gémissements indignés s'échappent de ses lèvres bâillonnées.

Le problème de beaucoup de gens, ce n'est pas qu'ils sont mauvais, c'est juste qu'ils ne se rendent pas compte de ce qu'il se passe vraiment, parce qu'ils ne se mettent pas à la place de leur vis-à-vis.

– Si tu te débats trop, tu vas t'écorcher sur les cordelettes. Je suis désolée, elles sont fines et coupantes, mais c'est tout ce que j'ai trouvé ici.

D'un autre côté qui pourrait se mettre à ma place pour ressentir ce que je ressens ?

Cassandre s'autorise un baiser sur le front de la vaincue, ce qui a pour effet de rendre l'autre encore plus enragée.

De toute façon, avec un prénom qui réunit le « viol » et la « haine », elle doit se préparer à une vie compliquée. Après tout, Papadakis a peut-être raison, un prénom met en place une programmation secrète, enfouie au fond de notre esprit.

Cassandre passe enfin la montre-bracelet à son poignet et consulte le cadran « Probabilité de mourir dans les 5 secondes : 19 %. »

Abandonnant Violaine dans l'infirmerie, elle se faufile dans l'école en pyjama. Il est 21 heures et tout est désert. Les seules lumières du couloir sont les veilleuses de sécurité. Avec prudence, elle se dirige vers le bureau du directeur.

Derrière la porte, une armoire est remplie de classeurs numérotés. Elle feuillette les dossiers des élèves et finit par trouver le sien. Il porte son nom et son prénom, en gros, « CASSANDRE KATZENBERG », puis au-dessous : « Expérience 24 ». Sur le coin droit est noté un chiffre dans un cadre : « 9 » suivi d'un double point d'exclamation.

Attaché au sien, elle trouve un autre dossier au nom de « DANIEL KATZENBERG. » Au-dessous : « Expérience 23. » Et un chiffre, « 7 », suivi d'un simple point d'exclamation.

Mon frère a séjourné ici, lui aussi.

« Expérience 23 » et « Expérience 24 ».

Mon frère et moi sommes des « expériences. »

Et ces chiffres, 7 et 9, qu'est-ce que cela peut signifier ?

Elle consulte sa montre qui indique 20 %, sans doute à cause de l'accélération de ses battements cardiaques.

Les fiches mentionnent peu d'informations, mais elle récupère l'adresse exacte de ses parents, qu'elle avait oubliée.

En fouillant encore, elle trouve une boîte métallique qu'elle ouvre à l'aide d'un coupe-papier. C'est une liasse de billets, 170 euros. Elle attrape la veste de Papadakis posée sur le dossier du fauteuil et l'enfile avant de retourner à l'infirmerie à pas de loup.

Violaine est toujours attachée sur le lit mais elle a cessé de grogner. Cassandre enjambe la fenêtre qui donne sur la rue et,

125

après avoir marché pieds nus sur quelques centaines de mètres, elle hèle les taxis qui passent.

Dès qu'ils la voient, en pantalon de pyjama et sans chaussures, les chauffeurs accélèrent, la prenant pour une somnambule ou une folle. Finalement, l'un d'eux s'arrête dans un crissement de pneus. Le conducteur baisse sa vitre et lâche simplement :

– Vous avez de l'argent ?

Cassandre exhibe un billet de cinquante euros. La portière arrière se déverrouille avec un déclic et la jeune fille grimpe sur la banquette, avant de montrer au chauffeur l'adresse de ses parents qu'elle a notée sur un papier.

Avec un soupir d'épuisement, elle se laisse enfin aller contre le dossier, spectatrice du décor qui commence à défiler.

47.

Que vais-je trouver là-bas ?

Pourquoi je ne me rappelle rien de mon enfance ?

Que s'est-il passé avec mon frère ? Quand même, il faut être « spécial » pour sauter volontairement du haut de la tour Montparnasse en comptant sur un collègue pour amortir la chute au dernier moment.

D'après le policier, la tour Montparnasse mesure 210 mètres de hauteur.

Cassandre se souvient de ses cours de physique, et de la formule pour calculer le temps de chute des corps.

$$T = \frac{\sqrt{H}}{G}$$

T le Temps,

H la Hauteur,

G la constante de Gravité.

Ce qui donne 6 secondes 54 dixièmes.

Ainsi, il a eu pratiquement sept secondes pour réfléchir et peut-être pour regarder sa montre dont les pourcentages défilaient. Cela semble peu mais c'est énorme.

Et, à chaque étage, les chiffres de sa montre devaient augmenter.

Pendant 6 secondes et 54 dixièmes, on peut regretter, on peut avoir peur. On peut mourir de peur.

Non, pas lui. Pas Daniel. Quand on est capable d'accomplir un acte aussi insensé, on est au-delà de la peur.

Il devait faire du 300 kilomètres-heure.

Il a dû avoir froid. Il a dû croiser des oiseaux. Et les regards de ceux qui contemplaient Paris derrière les baies vitrées.

Il a surtout dû se demander si son collègue serait bien au rendez-vous, tout en bas, exactement au bon endroit, à la bonne seconde.

48.

Le chauffeur de taxi ajuste son rétroviseur pour examiner sa passagère en pyjama et aux pieds nus, qui semble plongée dans ses pensées.

— Excusez-moi, ma petite demoiselle, je vous ai prise pour une clocharde. Vous devez être étudiante, n'est-ce pas ?

C'est un vieux monsieur moustachu au poil blanc, vêtu d'une veste élimée en velours côtelé. Un saint Georges est accroché à son volant et un arbre vert, imprégné de parfum de pin des Landes, est suspendu au rétroviseur. Sur la grille de climatisation est coincé le portrait d'une femme couverte de verrues et d'un berger allemand à la langue pendante.

— C'est le problème avec cette mode grunge, on ne sait plus reconnaître les gens bien. Et puis maintenant les clochards sont de plus en plus jeunes. Moi, tous ces clodos partout ça me débecte. Un peu comme ces crottes de chien qui défigurent nos trottoirs et nous font passer pour des gros cochons auprès des touristes étrangers. Vous voulez que je vous dise vraiment le fond de ma pensée ?

Non. Je préférerais éviter.

— ... Eh bien, les clodos, il faudrait avoir le courage de nous en débarrasser. Et pourtant je suis de gauche. Je vote même communiste à chaque élection et je suis syndiqué.

Il règle son rétroviseur intérieur pour mieux la regarder.

– Mais il faut reconnaître ce qui est. Ces déchets humains ne sont pas productifs pour la nation. En plus, ils sont agressifs et ils transmettent des maladies.

Son esprit vagabonde alors que le conducteur continue de parler dans le vide.

Maladie. Quel mot intéressant. Étymologiquement, il vient de « mal à dire ». Leur corps s'abîme parce qu'ils n'arrivent plus à exprimer leur souffrance. S'ils pouvaient parler, peut-être qu'ils seraient guéris.

Le chauffeur semble ravi d'avoir trouvé une confidente.

– À l'époque de Staline, par exemple, quand la Russie était tenue, eh bien moi j'y étais à Moscou. Il n'y avait pas de clochards, je peux vous le garantir. Ils les mettaient dans des camps de travail en Sibérie. Remarquez, ma petite demoiselle, moi tous ces fainéants, je crois qu'en France aussi ils seraient mieux à faire des travaux manuels. Dans les campagnes, par exemple. On manque de bras dans nos campagnes pendant que ces parasites se prélassent sur les bancs des jardins publics ! Je suis même sûr qu'ils seraient plus heureux avec un travail. Des horaires. Un patron. Des ordres.

Elle se tait, impatiente d'arriver.

Ils quittent le périphérique et sortent de Paris pour pénétrer dans la banlieue ouest. Les buildings de la Défense laissent place aux bâtiments de Courbevoie, puis la nature reprend ses droits et ils entrent dans une zone boisée.

Une fois sortis de la bretelle, ils roulent sur une nationale, une régionale, une départementale, puis une route étroite qui débouche sur un chemin boueux. Tout au bout, une pancarte décolorée signale une habitation.

– Vous êtes sûre que vous voulez vous arrêter là, ma petite demoiselle ? c'est quand même un peu isolé. Si vous voulez, je connais un hôtel pas trop loin.

Cassandre ne lui répond pas et lui tend le billet de 50 euros. Il lui rend la monnaie, puis attend, la main tendue. Elle ouvre la portière et sort de la voiture, en frissonnant au contact du sol humide.

– Et le pourboire, c'est pour les chiens ?

Étymologiquement « pourboire » c'est pour boire. Et je pense que tu n'en as pas besoin, l'alcool ne ferait qu'aggraver ton cas.

Elle ne se retourne même pas. Le chauffeur beugle « Salope d'avare ! » avant de redémarrer, mais elle n'y prête pas attention.

Fascinée, elle contemple la maison qui se dresse face à elle.

49.

Ainsi c'est là.

Bon sang, pourquoi je ne me rappelle rien ?

J'ai beau fouiller dans ma mémoire, ce lieu n'existe pas.

Comme mon frère.

Ou mes parents.

Il ne reste que le voyage en Égypte. L'explosion. Comme si j'étais née de cette déflagration.

Est-ce le choc émotionnel de l'attentat qui a effacé mon enfance jusqu'à mes treize ans ?

50.

De l'extérieur, l'endroit éclairé par la pleine lune a l'air sinistre. La villa est entourée d'un haut grillage rouillé qui, au vu des pancartes portant des éclairs, devait être électrifié. Il ne l'est plus.

Pour poser un grillage d'enceinte aussi haut et sophistiqué, mes parents devaient avoir une peur maladive d'être cambriolés.

Cassandre inspecte l'enceinte extérieure avant de s'avancer. Une pancarte « À VENDRE » est plantée de guingois, affichant un numéro de téléphone d'agence immobilière. Une pancarte malmenée par les intempéries, recouverte de moisissures, comme si l'agence depuis des lustres exigeait un prix trop exorbitant, ou comme si la bâtisse repoussait le chaland.

Elle fixe la porte, appelant à elle, de toutes ses forces, la moindre bribe de souvenir, mais rien ne vient. Elle s'immobilise devant la boîte aux lettres étiquetée « FAMILLE KATZENBERG. » De vieux prospectus détrempés dépassent, recouverts de traces baveuses d'escargots.

Cassandre repense aux habitants de Rédemption.

Orlando. Fetnat. Kim. Esméralda. Si seulement j'avais pu leur dire la vérité sur mon passé.

Elle fait le tour du grillage et distingue, derrière une haie de cyprès, une belle maison ultramoderne, ouverte sur le parc par de grandes baies vitrées. Un toit en béton blanc imite une ondulation de vague d'où s'élève une tour en forme de prisme.

Le grillage rouillé est percé en plusieurs endroits. Cassandre n'a plus qu'à agrandir l'orifice, d'un geste qui lui rappelle son entrée dans le dépotoir. Elle se faufile dans l'immense parc aux étendues de pelouses à l'abandon, ponctuées d'arbres centenaires. Sous la lune, brille un petit lac entouré de roseaux.

Je ne pouvais pas leur dire la vérité car elle est incompréhensible.

Cassandre inspire profondément, les yeux fermés, tournée vers son passé, à la recherche d'un indice, une odeur, une sensation qu'elle reconnaîtrait et qui raconterait la suite, comme une pelote se déroule.

Mais rien. Seul un abîme résonne en elle.

On m'a volé mes souvenirs. On m'a volé ma mémoire. On m'a volé mon enfance. Mais qui ? Qui a fait ça ?

Je veux savoir qui je suis. J'irai jusqu'au bout pour le découvrir.

Elle respire un grand coup, s'approche de l'eau laquée de lune et envahie de joncs et de nénuphars. L'endroit, pourtant caractéristique, ne lui évoque rien. Elle fait le tour de la propriété, en essayant de faire résonner chaque détail du paysage dans sa mémoire. Mais le résultat se répète sans cesse, toujours le même : son plus lointain souvenir c'est son hurlement lorsqu'elle s'est levée pour chercher ses parents au milieu de la fournaise et des cadavres. Rien d'autre. C'était il y a quatre ans. Elle avait 13 ans.

À nouveau, les images d'horreur reviennent, effaçant tout le reste. Après l'attentat, l'ambulance. Puis l'avion. Et, en France les assistantes sociales qui essayaient de la faire parler. Elles posaient des questions auxquelles Cassandre ne comprenait rien et ne pouvait pas répondre. Puis était apparu quelqu'un qui prétendait pouvoir l'aider. Philippe Papadakis, directeur de l'école des Hirondelles. Il avait prononcé des mots rassurants :

– Je suis un grand ami de vos parents. Je travaillais avec votre mère depuis longtemps. Considérez-moi comme une sorte d'oncle. Nous allons essayer ensemble d'arranger les choses.

Après quoi, au fil des mois, elle avait eu l'impression que son esprit desséché se réhydratait au goutte-à-goutte. Philippe Papadakis lui avait confié :

– C'est comme si vous veniez de renaître. D'habitude, la conscience s'éveille à l'instant où le bébé apparaît. Vous, vous êtes née à 13 ans. Il n'est jamais trop tard.

Cassandre a clairement à l'esprit le visage à la Donald Sutherland de Philippe Papadakis, alors que, quand elle repense à ses parents, elle ne les voit qu'en un puzzle sanglant, après l'attentat.

La porte d'entrée est fermée, mais en contournant la maison elle finit par trouver une fenêtre à sa portée. Elle ramasse un gros caillou et fracasse une vitre. Puis elle passe la main dans l'orifice et tourne l'espagnolette.

Elle se hisse, atterrit dans les toilettes qui sentent l'eau croupie. Derrière la porte, une grande pièce est plongée dans le noir. Cassandre actionne en vain l'interrupteur. En fouillant un peu, elle trouve un candélabre à trois bougies et des allumettes posées sur un guéridon. Elle peut enfin éclairer les lieux et repérer le disjoncteur, près de la porte d'entrée. Quand elle le réenchenche, un ronronnement étouffé monte du sous-sol de la maison.

Certaines choses fonctionnent encore.

L'intérieur luxueux, meublé avec goût, est entièrement tapissé de poussière et de toiles d'araignées.

Mes parents étaient fortunés.

Cassandre consulte sa montre « Probabilité de mourir dans les 5 secondes : 23 %. »

Aucune caméra vidéo, ou alors elles ne sont pas branchées. Donc Probabilis ne connaît de moi à cet instant que ma localisation GPS et mes battements cardiaques. Les 10 % de plus que la normale, c'est l'émotion de retrouver le lieu de vie de mes parents et de ma jeunesse, ou le risque d'effondrement du toit.

Elle caresse le divan en cuir face à la télévision couverte de poussière. Elle s'assoit dans un fauteuil en forme d'œuf, à l'intérieur le silence est profond.

J'adore cette sensation, comme si j'étais coupée du monde.

Elle s'extirpe du fauteuil et visite la pièce, comme si elle la voyait pour la première fois.

Au mur principal du salon très design, un seul tableau ancien, étiqueté en lettres d'or : « *La Parabole des aveugles* » œuvre de Pieter Breughel, 1568.

Le tableau est troublant. On y voit six aveugles qui marchent en se tenant les uns les autres. Le premier tombe dans le fossé, le deuxième est déséquilibré, le troisième sent qu'il se passe quelque chose devant lui mais se demande quoi, le quatrième perçoit une inquiétude chez celui qui le précède, les deux derniers avancent, confiants et tranquilles, ne se doutant de rien.

Elle reste fascinée par cette vision qui lui semble soudain lourde de sens.

Puis elle grimpe le grand escalier en verre fumé jusqu'au premier étage.

Trois portes s'ouvrent sur le palier. La première donne sur une chambre, probablement celle de ses parents. Au mur, une photo est encadrée. Elle essuie la poussière d'un revers de manche et contemple enfin le visage de son père et celui de sa mère.

Ainsi ce sont eux, mes « parents d'avant l'attentat. »

C'est comme si tous les lambeaux de corps qu'elle avait ramassés se réunissaient enfin pour reconstituer les êtres intacts qu'elle avait oubliés.

Alors ce serait cet étrange monsieur mon « papa ».

Un homme plutôt âgé, avec des lunettes et une fine moustache bien taillée. Il sourit à l'objectif.

Il ressemble à Charlton Heston dans la Planète des singes mais avec des moustaches et des lunettes.

Sa mère est toute menue. Elle aussi porte des lunettes et semble très sérieuse, derrière son sourire un brin forcé.

Ce serait cette drôle de petite femme ma « maman » ? On dirait Audrey Hepburn.

Cassandre ne les trouve ni très beaux ni particulièrement sympathiques.

Peut-être que le fait de connaître ses parents dès la prime enfance nous les impose comme norme de beauté et de sympathie, mais si on a tout oublié, ce ne sont que des gens comme les autres.

D'autres photos encadrées sont disséminées sur la commode et les tables de chevet. Sur l'une d'elles, un jeune garçon se tient au côté du couple.

Ce serait ce jeune homme mollasson, mon frère Daniel ?

Elle l'examine avec attention. Il a déjà les cheveux longs qui lui mangent le visage, les boutons sur le menton et une allure grunge typique de l'adolescence.

Combien donnerait-elle pour perdre son don de prédiction et le remplacer par ce pouvoir simple que tout le monde possède, ou presque : « se rappeler son enfance ».

Elle examine les murs tapissés de diplômes américains, français, anglais, tous attribués aux Katzenberg.

Mes parents ont fréquenté les universités scientifiques les plus prestigieuses du monde. C'étaient deux sommités reconnues au niveau international. Puisqu'ils affichent leurs diplômes sur les murs, ils en étaient très fiers.

Cela la rassure. En même temps que s'expliquent le luxe et la taille de la villa.

Sur la porte de la chambre voisine, entrouverte, une étiquette annonce « Expérience 23 ». À l'intérieur, elle découvre un caphar-

133

naüm assez similaire à celui du bureau de son frère à « Futur-Assu-rances. » Le sol est jonché de livres de science-fiction. Les murs sont tapissés d'affiches de films futuristes et de tableaux noirs recouverts de formules mathématiques à demi effacées.

Elle remarque la phrase : « Tout est une simple question de pro-babilité », inscrite entre deux formules. À côté, un point d'excla-mation barré, puis un point d'interrogation.

Sur le bureau, est posé un journal dont la une titre : « Le jus-ticier des probabilités à l'assaut du Loto. » L'article est signé Daniel Katzenberg et on voit sa photo pleine page. C'est tou-jours le même adolescent attardé aux cheveux longs et aux vête-ments informes, mais il est plus grand et son menton est plus poilu. On ne distingue toujours pas ses yeux.

Dans le texte de l'article, le jeune homme explique que pour avoir de sérieuses chances de gagner au Loto, il faut investir 9 000 euros en achat de billets. À partir de ce chiffre-seuil, les chances de gains supérieurs à l'investissement passent à 75 %.

« Et si tout le monde jouait 9 000 euros, l'entreprise nationale des jeux serait obligée de payer tous les gagnants et serait ruinée. Mais personne ne pense à investir une telle somme. Les gens achètent en général le billet à 2 euros. Dans ces conditions, les chances de gains sont de 0,001 %.

« Donc, conclut Daniel Katzenberg, le Loto est fait pour les imbéciles. Ceux-ci préfèrent investir peu pour gagner rien, plutôt qu'investir beaucoup pour gagner à coup sûr. Heureusement pour l'entreprise nationale des jeux, les imbéciles sont ultra-majoritaires et ne veulent surtout pas modifier leur comportement, même si on leur donne l'information réelle de leur probabilité de gain. En fait les joueurs du Loto raisonnent de manière irrationnelle, ils n'achètent pas de l'argent futur, ils achètent de l'espoir au présent. Et, du coup, ils ne sont jamais réellement déçus. Le phénomène est quasiment de l'ordre du mystique. Les joueurs considèrent que, lorsqu'ils perdent, ils ont dû commettre des péchés, donc Dieu les punit. Le Loto a encore un grand avenir de profits devant lui. »

Cassandre relit l'article.

Mon frère devait posséder un humour particulièrement noir.

134

Sur une pile de documents poussiéreux, elle trouve un autre article sur les probabilités, toujours signé Daniel Katzenberg :

« Le monde fonctionne à l'émotionnel. On réagit sans réfléchir, mais on pourrait très bien modéliser avec des équations notre politique étrangère, notre politique commerciale, notre politique financière, notre politique intérieure. Ainsi on pourrait prévoir les grèves, les guerres, les bénéfices à attendre de la balance extérieure. Mais personne ne veut rationaliser ce qui est censé, depuis la nuit des temps, se faire au "feeling" et à l'"inspiration" des chefs. Du coup, la politique est menée n'importe comment par des prétendus experts sortis des grandes écoles, qui n'y connaissent rien et ne font que reproduire des systèmes anciens qui ont jadis marché mais qui ont prouvé depuis qu'ils ne fonctionnaient plus. »

Avec des propos comme ça mon frère ne devait pas avoir beaucoup d'amis.

Dans un meuble bas, elle trouve une collection impressionnante de DVD, puis, sur une étagère, une série de petits robots asiatiques.

C'était un enfant des mathématiques et de la science-fiction.

Cassandre patauge dans les jouets, les livres, les DVD qui jonchent le sol, examine les posters montrant des images de *Star Trek*, de *Dune*, de *Matrix*, ou de *Bladerunner*. Des affiches musicales des Pink Floyd, Peter Gabriel ou Mike Oldfield, sont accrochées au-dessus du lit étroit, aux couvertures moisies.

Elle sort de la pièce, sans refermer la porte, et pousse celle de la chambre voisine, où est inscrit : « Expérience 24. »

Et ça, ce serait... la mienne ?

Elle tourne la poignée. Le battant s'ouvre avec un craquement.

Sa chambre est tout aussi en désordre que celle de son frère. Et habitée par les mêmes objets : des étagères entières bourrées de livres de science-fiction et de DVD.

Une maison ultramoderne, une passion pour la science-fiction, j'avais une famille futuriste.

135

Elle remarque aussi le nombre impressionnant de vidéos qui couvrent un mur.

C'est pour ça qu'à chaque personne que je rencontre j'associe aussitôt un acteur.

Mais aussi tout un rayon de dictionnaires : des étymologies, des synonymes, homonymes, des dictionnaires de langues. Et, dans un placard près de son chevet, elle tombe sur des réserves de Nutella et de chips datant d'au moins quatre ans. Tout a moisi, les sacs éventrés sont pleins de miettes et de crottes de souris.

C'était ma nourriture.

Entre deux bibliothèques un immense portrait de La Callas est accroché au-dessus de son lit. Elle repère des centaines de disques d'opéra.

J'aimais l'opéra.

C'est probablement pour cette raison que mes parents m'ont emmenée à ce concert en Égypte.

Le voyant de la chaîne hi fi clignote. Sans réfléchir, elle appuie sur PLAY : l'ouverture du *Nabucco* de Verdi jaillit des haut-parleurs. Tout d'abord les trompettes et les violons, puis les tambours, suivis par l'amplitude généreuse de l'orchestre.

C'est cela que j'écoutais tout le temps, avant. Ma nourriture de l'esprit.

Un instant, elle est tentée d'arrêter la musique qui lui rappelle l'événement le plus tragique de sa vie, mais elle se dit que c'est l'opéra qui marque la limite la plus ancienne de sa mémoire. Si elle veut remonter plus loin dans ses souvenirs, elle doit revivre ce moment, suivre cette piste, encore et encore.

L'opéra, les dictionnaires, les films américains, la science-fiction, les chips et le Nutella, voilà ce qui m'a construite.

Elle laisse la musique chasser le lourd silence de la villa, puis continue sa visite vers le deuxième étage.

La première porte est fermée à clef. Elle hésite puis donne un bon coup de pied dans le battant et fait sauter la serrure. Elle découvre un bureau plongé dans la pénombre.

Ce devait être là que travaillait ma mère.

Ici tout est bien rangé. Sur les murs, des diplômes partout, et des photos de sa mère serrant la main à des hommes en costume strict. Sur le bureau, un livre est posé à plat : *Le Baiser de l'Ange*, signé de son nom, Sophie Katzenberg.

Sophie, qui signifie en grec : « Sagesse. »

Elle le feuillette. C'est un essai de psychiatrie appliquée aux enfants. Elle tombe sur l'exergue :

« Et l'ange appuie son doigt sur la lèvre du fœtus juste avant qu'il naisse et murmure : "Oublie toutes tes vies précédentes pour que leur souvenir ne te gêne pas dans cette vie-ci." C'est ce qui donne la gouttière au-dessus des lèvres du nouveau-né.

LA KABBALE.

Un chapitre s'intitule : LE DEUIL DU BÉBÉ.

Sa mère explique que, jusqu'à 9 mois, le nouveau-né ne fait pas de différence entre l'intérieur et l'extérieur.

Il est dilué dans le monde. Il « est » le monde. S'il se voit dans un miroir, il ne comprend pas que l'image est son reflet, car il ne se limite pas à un simple corps, il est tout. Il n'appréhendera la séparation entre lui et le reste de l'univers qu'au moment où il verra sa mère partir sans revenir tout de suite. Ou il aura faim et n'aura pas tout de suite satisfaction. « Pas de nourriture, pas de maman », va lui faire comprendre qu'il existe des choses sur lesquelles il ne peut agir à sa guise. Dès que le bébé connaît cette terrible frustration, il devient limité, et commence à exister en tant qu'individu. C'est-à-dire un être indivisible, donc qu'on ne peut pas couper.

Cassandre reste pensive, essayant de saisir la portée de tels mots.

Ma mère était pédopsychiatre.

Sa chambre retentit toujours du *Nabucco* de Verdi. Cette fois c'est l'acte I. Elle reconnaît le passage où la Princesse Fenena, fille du roi babylonien Nabuchodonosor, fait son apparition. Et la Princesse est interprétée par Maria Callas. La voix vibrante la touche jusqu'à la moelle des os.

Sans cesser d'écouter, Cassandre poursuit ses investigations dans le bureau. Elle découvre un gros ouvrage intitulé *Un silence assourdissant*. En exergue du livre, sa mère évoque une expérience :

« Bruno Bettelheim avait à traiter un enfant autiste qui dessinait partout la même forme. Le savant a cherché à identifier cette forme et a trouvé qu'il s'agissait de la carte du Connecticut. Restait à savoir pourquoi cet enfant autiste dessinait la carte du Connecticut. Bettelheim a fini par trouver. L'enfant par cette carte voulait signifier "Connect I cut." Ce qui signifie, en anglais, "J'ai coupé la connexion". Donc "J'ai coupé la connexion avec le monde." »

Cassandre s'arrête pour digérer l'idée. Plus loin dans l'ouvrage un chapitre porte en exergue : « Tout ce qui est en plus s'équilibre avec quelque chose en moins. »

Elle lit :

« Contrairement à ce que certains pensent, les autistes ne sont pas dénués d'empathie, ou d'émotions. Ils sont sensibles et perçoivent le monde, mais d'une manière différente de la nôtre. Les autistes évoluent dans un monde riche d'informations dont nous ignorons la portée. Ils possèdent des capacités plus focalisées. C'est juste que notre société ne sait pas utiliser ces capacités spéciales et donc cherche à les rendre normaux en les endormant ou en leur coupant leur talent particulier. »

Cassandre regarde la quatrième de couverture et aperçoit, à côté de la photo de sa mère, la mention : « Directrice du CREAS : Centre de Recherche sur les Enfants Autistes Surdoués. »

La jeune fille examine d'autres dossiers. Un classeur étiqueté REVUE DE PRESSE s'ouvre sur un article intitulé : « Les théories controversées du docteur Sophie Katzenberg. »

Le journaliste d'un magazine médical évoque les recherches de pointe de sa mère.

« Les enfants malades ne sont pas des cobayes pour des expériences. Le Conseil de l'ordre des médecins devrait mettre fin aux délires de cette pseudo-scientifique qui ne mesure pas la portée de ses théories fumeuses qui ne séduisent que les esprits en mal d'idées à sensation. »

Cassandre relit l'article pour s'en imprégner.

Tout cela a du sens. Tout cela participe d'un puzzle dont je commence à découvrir les premières pièces. Et ce ne sera que lorsque je les aurai toutes assemblées que je saurai vraiment quelle a été mon enfance. Et qui étaient mes parents... ces gens que j'ai réunis alors qu'ils étaient en morceaux.

Il faut que je fouille dans les poubelles de mon passé sans avoir peur de me salir.

Elle referme la porte et passe dans le bureau de son père. Là encore, une pièce impeccablement rangée, avec des livres qui cette fois ne sont ni des ouvrages scientifiques, ni des ouvrages de science-fiction, mais des livres d'histoire. Elle les feuillette et découvre plusieurs biographies du prophète Ézéchiel, et de visionnaires comme saint Jean, Nostradamus, Edgar Cayce ou Cagliostro.

Au mur, quelques diplômes et des photos de son père en train de serrer la main de personnages illustres. Sur l'une d'elles, le président de la République lui remet la Légion d'honneur.

Mes parents étaient décidément des gens très importants.

Plus loin un article avec une interview « du ministre Katzenberg » : « Le futur s'écrit aujourd'hui. C'est parce que certains imaginent maintenant un monde meilleur que ce monde meilleur pourra un jour exister. Tout le bien qui est le nôtre actuellement a été pensé, ou rêvé, un jour, par l'un de nos ancêtres. Si cet ancêtre n'y avait pas pensé, cela n'existerait pas. »

Ma mère était pédopsychiatre spécialiste des enfants surdoués.
Mon père était ministre d'État.
Voilà pourquoi l'inspecteur me parlait de gens « importants ». Et pourquoi ils se donnent tous autant de mal pour me retrouver.

Tout se bouscule dans sa tête, alors que la voix de la Callas continue de vibrer dans sa chambre. Elle se demande pourquoi des gens aussi importants se livraient à des expériences bizarres sur leurs propres enfants dans une maison sans miroirs, entourée de barbelés électrifiés, lorsqu'elle entend soudain un bruit de moteur. Elle fonce à la fenêtre : une voiture est en train de se garer près de la clôture. Un homme en sort.

Elle éteint et descend en trombe couper la musique.

Dissimulée derrière les rideaux, elle attend.

L'homme a les clefs. Il ouvre la porte du parc, puis la porte d'entrée. Le silence qui suit *Nabucco* est encore plus impressionnant que la musique. Les pas du nouvel arrivant font craquer le parquet de manière sinistre.

– Cassandre !

Elle reconnaît cette voix. C'est celle de Philippe Papadakis.

– Je sais que tu es là !

Il a compris que je viendrais ici puisque c'est lui qui a parlé de mes parents comme étant le nouvel indice à suivre.

– Cassandre ! Cassandre ! Je sais que tu es là, petite abeille. J'ai vu les traces fraîches du véhicule qui t'a amenée sur le chemin. J'ai entendu la musique d'opéra.

Il veut me ramener là-bas.

Cassandre a alors un flash, un souvenir qui jaillit de son enfance.

Le creux derrière l'armoire de ma chambre, je vais m'y cacher. Il ne faudra pas que mes pieds dépassent.

Elle s'y précipite, pose ses orteils nus sur le mince rebord et se plaque contre le fond en bois. Juste à temps.

Philippe Papadakis parcourt toutes les pièces une à une, tous les niveaux, éclairant chaque recoin avec sa lampe de poche. Il passe devant l'armoire, à quelques dizaines de centimètres d'elle.

Elle retient son souffle.

Méthodiquement, il ouvre chaque meuble. Un courant d'air menace de faire éternuer Cassandre. Elle plaque une main sur sa bouche.

– Allez, où te caches-tu ? murmure le directeur. Tu es où, petite abeille ? J'ai trouvé un candélabre avec des bougies chaudes, tu n'es pas loin, hein ?

Il finit par sortir dans le jardin et crie à tue-tête :

– Cassandre ! Cassandre ! De toute façon tu n'as pas le choix ! Tu devras revenir et alors je te donnerai la troisième clef de ton secret. Je suis seul à pouvoir t'aider. Sans moi, tu ne sauras jamais qui tu es vraiment !

La jeune fille attend, et attend encore, le plus longtemps possible. Jusqu'à ce qu'un bruit de moteur qui démarre, puis s'éloigne, lui indique qu'elle est seule. Alors Cassandre sort enfin de sa cachette en frissonnant.

Elle hésite à rester ou à fuir. Puis finalement la tentation est trop forte. Elle se glisse dans le grand lit de ses parents, s'emmitoufle sous plusieurs épaisseurs de draps et de couvertures et se sent comme dans un nid douillet, malgré la poussière.

Jamais elle n'avait ressenti autant de plaisir d'être tout simplement dans un lit moelleux avec un vrai matelas, de vrais draps, de vrais coussins. Elle pédale à l'horizontale pour que ses pieds profitent aussi de cette sensation délicieuse.

51.

Elle rêve qu'elle est une petite fille avec des tresses, en train de faire du tricycle dans le jardin. Puis elle s'arrête, regarde un arbre, monte sur une balançoire accrochée à une branche et effectue des allers et retours grinçants. Ses parents sont proches. Mais un détail l'intrigue. Son père et sa mère n'ont pas de visage. Pas de bouche, pas d'yeux, d'oreilles ou de nez.

Sa mère sort de derrière son dos une pancarte où est écrit : « Tout ce qui est en plus s'équilibre avec quelque chose en moins. »

Son père exhibe à son tour une pancarte où elle lit : « C'est parce que certains imaginent maintenant un monde meilleur que ce monde meilleur pourra un jour exister. »

À ce moment apparaît son frère qui est tout jeune, 13 ans tout au plus. Ses cheveux longs lui recouvrent le visage. Lui ne possède qu'une bouche cernée de boutons d'acné. Pas d'yeux, pas de nez.

Et cette bouche affirme : « Tout est une simple question de probabilité. »

Alors sa mère sans visage conduit les deux enfants vers un endroit du jardin où s'élèvent deux petits arbres bleus, munis chacun d'une porte. Sur le premier est accrochée une pancarte « Expérience 23 », et sur le second « Expérience 24 ».

Cassandre entre à l'intérieur de ce dernier et s'aperçoit qu'il n'a pas de racines. À la place, un trou sans fond mène au centre de la Terre.

52.

Un fin rayon de soleil, dardant à travers les rideaux, monte doucement vers le lit. Il éclaire le tapis, puis les pieds du lit, puis le visage de Cassandre Katzenberg.

Le rayon traverse sa paupière et l'arrache à son sommeil. Elle met un certain temps à reconnaître l'endroit où elle se trouve.

Elle se rend dans la salle de bains de sa chambre et décide de prendre une douche. Le chauffe-eau ne fonctionne pas, le jet qui sort du pommeau est glacé. Mais le plaisir du contact avec l'eau vive et propre reste malgré tout supérieur à la gêne engendrée par la fraîcheur.

La jeune fille reste longtemps sous l'eau froide et se frotte avec un reste de savon tout sec. Ce n'est pas comme dans son rêve de salle de bains mais c'est déjà bien agréable.

D'abord, rêver les évènements de manière idéale et ensuite les vivre légèrement en dessous.

Pour que cela soit parfait, il ne manquerait plus que l'homme avec le petit « d » sur le torse arrive...

Mais son frère Daniel n'arrive pas. Elle lave ses longs cheveux, les sèche dans une serviette. Puis en fouillant dans le placard elle découvre plusieurs flacons qu'elle renifle avec prudence. Elle s'asperge d'un reste de parfum, fait couler de l'eau dans le lavabo et se regarde dans le reflet.

Douchée et sans crasse, elle se sent différente. Elle se sent « neuve ».

J'ai ce visage.

Je m'appelle Cassandre.

Pourquoi suis-je si différente des autres filles de mon âge ?

Qu'a-t-on fait à mon cerveau pour lui enlever son enfance ?

Elle sait que ce n'est pas une crise d'amnésie.

Non ce n'est pas que ça. On n'a jamais vu de crise d'amnésie où l'on oubliait le passé avant 13 ans pour voir le futur, et encore uniquement des attentats terroristes.

Cassandre se frotte les dents avec du dentifrice, brosse ses longs cheveux avec un plaisir appliqué.

En les démêlant, elle se démêle.

Elle tente d'enfiler ses anciens vêtements empilés dans les placards mais ils se révèlent trop étroits à présent. Elle choisit de fouiller dans ceux de sa mère. Jupe et tailleur Chanel. Bas et chaussures à talons. Chemisier blanc. Pour être moins reconnaissable, elle se compose un chignon avec des épingles et met des lunettes noires.

Ainsi, elle a l'air d'une dame sérieuse, une secrétaire ou une…

Fille de ministre.

Elle se regarde dans l'eau du lavabo et se trouve un peu vieillie, mais plus belle qu'en costume gothique ou en tenue de sport.

Ça aussi, c'est moi.

Alors qu'elle déambule dans le parc, elle retrouve des parfums oubliés, des sensations étranges. Elle ne se rappelle ni les lieux ni le décor, mais se souvient d'avoir ressenti des émotions fortes.

Ici j'ai été libre et heureuse.

Cassandre regarde la forêt avoisinante, tentée un instant de fuir le monde des hommes pour vivre dans la nature. Elle sait qu'elle pourrait rester ici, en complète autarcie, sans aide, juste en se nourrissant de baies, de champignons et de racines et en buvant l'eau du lac. Elle pourrait dormir le soir dans la maison familiale, si loin de Paris et de ses vicissitudes.

Mais elle se souvient de l'expression de son frère « Le pire mot est résignation. » Elle sait qu'il lui faut revenir dans le jeu et tout faire pour gagner.

Soudain, les chiffres de sa montre changent. La probabilité de mourir dans les 5 secondes est désormais de 38 %. Ce chiffre, qui ne dépasse pas les fatidiques 50 %, lui indique néanmoins une menace diffuse, inconnue. Elle effectue un tour sur elle-même, mais ne repère rien de spécial.

Un péril couve quelque part. Qu'a trouvé Probabilis ? Un animal sauvage ? Un ours ? Un loup ? Une tempête ? La foudre ? Une plante empoisonnée ?

Elle fait un pas en avant en direction de la forêt. La montre grimpe à 45 %.

Un problème se rapproche, mais quoi ?

52 %.

Cette fois, sa vie est en danger.

Elle n'essaie même pas d'identifier la menace et décide d'écouter le conseil de son frère :

« Quand la montre indique plus de 50 % : bouge ! »

Elle quitte la maison familiale et repart en stop vers la capitale.

53.

Ma mère est une scientifique de haut vol. Mon père est un politicien important. Mon frère est un génie des mathématiques.

Si, avec une telle famille, je n'arrive pas à accomplir des actes extraordinaires, je suis quelqu'un d'indigne.

De toute façon, je n'ai pas le choix.

54.

Le ciel hésite entre le soleil et la pluie. Des nuages passent, mollement poussés par le vent. L'air est piquant. En tenue de femme d'affaires, jupe et tailleur Chanel, bas et chaussures à talons, Cassandre Katzenberg inspire confiance et est prise facilement en stop par les automobilistes.

Le vêtement chic et les lunettes noires imposent le respect.

Cassandre rejoint la porte de Clignancourt, Saint-Ouen, Saint-Denis, puis ce qui est nommé sur une pancarte « ZAC » pour « Zone d'aménagement concerté », puis une « ZUP », « Zone à Urbaniser en Priorité », autant de quartiers fantômes loin des grands axes routiers, puis elle se dirige vers le DOM.

Un sigle de trois lettres majuscules signifie « circulez il n'y a rien à voir, ce n'est ni touristique ni urbain, c'est juste du déchet géographique. » Ces territoires n'existent pas.

Après avoir remercié le dernier chauffeur qui l'a rapprochée de son but, elle marche sur l'avenue Jean-Jaurès qui mène au DOM.

Une voiture de police approche. Comme elle n'est pas sûre que sa nouvelle tenue de femme chic suffise à la camoufler, Cassandre se cache instinctivement derrière un platane.

La voiture de police la croise sans même ralentir.

Ne pas avoir peur. La peur attire le danger.

Elle regarde sa montre « Probabilité de mourir dans les 5 secondes : 15 %. »

Bon, la police n'est pas un danger mortel.

Sur ses hauts talons, la jeune fille en tailleur continue de marcher en rasant les murs.

Si un jour je rencontre Daniel, je pourrai lui suggérer de fabriquer une montre qui indique la probabilité d'aller en prison. Je suis sûre que l'idée l'intéressera et qu'il y a un marché... ne serait-ce que celui des gangsters.

Cassandre arrive enfin dans la zone du grillage où elle sait que se trouve le trou. Elle attend que la rue soit déserte, puis plonge à travers l'ouverture hérissée de fil de fer. En tailleur et jupe c'est moins pratique, mais elle parvient à passer sans trop de difficultés, en déchirant juste un peu ses bas. Elle atterrit à quatre pattes dans les buissons qui bordent la zone sud du dépotoir municipal.

La voici à nouveau dans « le monde de l'autre côté du grillage ». À sa grande surprise, elle n'est même plus incommodée par la puanteur.

C'est un peu comme l'odeur de sa propre sueur. Passé le premier réflexe de répulsion, elle devient presque agréable.

Elle se souvient du jour où, à la cantine de l'école des Hirondelles, on lui avait suggéré de goûter le vin. Elle avait trouvé cela aigre, puis le goût lui avait plu. De même pour le fromage de Roquefort, la première bouchée lui avait évoqué le vomi, mais elle avait fini par apprécier ce goût nouveau.

Étrange, cet instant de basculement où quelque chose qui vous semble au premier abord repoussant devient supportable, voire agréable.

Cassandre inspire à pleins poumons.

Je crois que j'avais la nostalgie de la puanteur de ce dépotoir.

Après avoir franchi la première rangée d'arbres serrés, elle essaie de trouver des repères, mais son premier trajet avait eu lieu de nuit et dans la brume. De jour, elle ne voit que des montagnes d'ordures qui se succèdent jusqu'à l'horizon.

Elle avance au jugé, trouvant ses chaussures à talons hauts fort peu pratiques pour circuler dans un dépotoir. Soudain, elle entend un grognement sourd.

Puis un second.

La vie est un éternel recommencement. Ce qu'on n'a pas compris la première fois nous est proposé une seconde fois. À peine différemment. Et si on ne comprend toujours pas, ça revient jusqu'à ce que la leçon soit parfaitement intégrée.

Le frottement des pattes qui trottent sur les ordures est de plus en plus proche. De nouveaux grognements résonnent autour d'elle. Elle essaie de garder son sang-froid et se force à réfléchir.

J'ai trois solutions. Filer à toutes jambes. Les affronter de face. Tenter de m'en faire des amis.

La dernière solution lui semble la meilleure. Mais comment devenir amie avec des chiens sauvages à moitié dégénérés ?

146

En comblant le fossé entre nous. Il faut que je leur fasse comprendre que je ne leur veux aucun mal. Que je suis comme eux. Sauvage. Libre. Féroce. On n'a envie de détruire que ce qui est différent, on respecte ce qui est semblable à soi. Il faut que je trouve en moi ma part de chien sauvage.

Elle s'arrête et regarde fixement les premiers molosses efflanqués qui s'approchent.

Je suis comme vous. Nous sommes des animaux libres et sauvages. Nous n'avons rien à gagner à nous détruire mutuellement.

Ils sont bien une vingtaine autour d'elle à présent. Pustuleux, efflanqués.

Ils ne grognent plus mais ils ne cessent pas pour autant d'avancer. Certains présentent des blessures profondes, d'autres boitent ou secouent des moignons de queue, séquelles de guerres fratricides.

La solution trois lui semble soudain hasardeuse.

On ne répare pas en quelques secondes des années de méfiance.

Imperceptiblement elle se prépare à la solution deux. Elle tend les doigts, les ongles prêts à labourer la chair.

Nous pouvons vivre en association. C'est la même énergie de vie qui nous traverse. Je vous respecte, respectez-moi, poursuit-elle malgré tout, comme si elle essayait de s'en convaincre elle-même.

Et pour compléter sa phrase elle montre ses canines et se met à grogner sur la même tonalité qu'eux.

Les chiens approchent encore. D'autres apparaissent déjà au sommet d'une colline d'ordures et la toisent en montrant les crocs. Alors qu'elle a déjà évolué de la solution trois à la solution deux, Cassandre sent qu'elle glisse déjà de la solution deux à la solution un.

Sa montre indique « Probabilité de mourir dans les 5 secondes : 19 %. »

Elle comprend qu'il n'y a pas de caméra vidéo là où elle est. Les 6 % au-dessus des 13 % normaux sont dus à l'augmentation de son rythme cardiaque et au fait que Probabilis a dû repérer qu'elle était dans un endroit sale, donc rempli de microbes. Probabilis n'a pas détecté les chiens.

Probabilis ne sait pas tout.
Probabilis n'est pas Dieu.

Alors, d'un coup, elle détale. La horde de chiens sauvages se met aussitôt à aboyer et se lance à sa poursuite.

L'adolescente balance ses chaussures qui l'empêchent de courir, fend sa jupe pour libérer ses cuisses et galope sur ses bas.

La meute de chiens est surexcitée. Le vacarme des aboiements lui emplit la tête.

Voilà ce que doivent ressentir les renards lors des chasses à courre. C'est un grand instant de solitude et d'incompréhension entre deux espèces terriennes voisines.

Cassandre fonce tout droit dans le labyrinthe de détritus. Sur sa droite, elle distingue un goulet étroit où ses poursuivants seront obligés d'avancer en file indienne, ce qui devrait les ralentir.

Elle s'y engouffre, déchirant un peu plus son tailleur Chanel.

Elle détale, sans regarder où elle va. Soudain quelque chose se referme autour de sa cheville. Elle est brutalement renversée, puis soulevée dans les airs. Le lasso l'a hissée à un mètre au-dessus du sol.

Elle se débat. En vain. Sa jupe s'est retournée, dévoilant ses bas jusqu'aux cuisses. Sa veste lui tombe sur le visage. Déjà, les chiens sautent sous sa tête pour essayer de lui mordre le visage. Son chignon se défait d'un coup, comme un sac éventré, et libère ses longs cheveux qui tombent en cascade. Certains molosses parviennent à lui frôler l'extrémité du crâne. Leurs crocs claquent dans le vide, tout près de son oreille.

Chaque fois, elle essaie de relever le cou, mais elle commence à fatiguer.

Les chiens sont de plus en plus furieux. Ils aboient frénétiquement, sentant que leur victime accrochée à l'envers est désormais à leur merci. Ils sont si excités et énervés de ne pas réussir à attraper une proie aussi facile qu'ils se battent entre eux.

Quand elle incline la tête, Cassandre les voit qui se mordent, se battent, alors que de nouveaux molosses accourent, attirés par l'odeur du sang de leurs congénères blessés.

Elle se dit que c'est comme dans un film. Quand on ferme les yeux, on passe à la scène suivante. Cligner les yeux, c'est déjà refaire le montage du film de sa vie. Les garder fermés, c'est une coupure. Elle baisse les paupières. Fondu au noir dans le vacarme des aboiements furieux.

55.

Ma peur nourrit leur colère. C'est toujours le même processus.

Il faut que je trouve un mécanisme d'apaisement, que j'arrive à rompre ce fossé entre eux et moi.

Comme les bébés dans le livre de ma mère qui ne voient pas de frontière entre eux et ce qui les entoure.

Suis-je capable d'accepter, ou même d'aimer, ces dogues ?

En toute honnêteté, non. Ils sont laids, ils sont bruyants, ils sont brutaux, et ils ne fonctionnent que dans la peur et l'envie. Leur niveau de conscience est si bas que je ne peux même pas m'harmoniser avec eux.

Pourtant, je risque de mourir si je n'y parviens pas. Je dois essayer. Je dois être capable d'avoir pour eux la même compassion que j'aurais aimé qu'ils aient pour moi.

Respirer.

Ne plus bouger.

Envoyer une onde de paix, la plus puissante possible. Les faire rentrer dans cette sphère d'énergie positive.

56.

Les aboiements cessent et elle sent un contact glacé sur son cou.

Un serpent ?

Non, c'est une chaîne de métal.

– On t'avait avertie que, si tu revenais, on serait obligés de te tuer ! prononce une voix.

La chaîne de métal commence à serrer. Cassandre ouvre les yeux. Les chiens ont disparu.

Elle étouffe.

Le jeune homme à la mèche bleue, nommé Kim, est sur le point de l'étrangler avec la chaîne qui relie les deux fléaux de son nunchaku. Elle aperçoit aussi sa propre montre qui indique « Probabilité de mourir dans les 5 secondes : 73 %. »

Elle sait qu'elle est actuellement plus près de mourir que de survivre.

Kim continue de serrer.

81 %.

De manière étrange, Cassandre se sent peu concernée par sa propre disparition. Elle prend cela avec fatalité. Elle se demande seulement comment la montre peut savoir, dans un lieu aussi isolé, qu'elle se fait étrangler avec un nunchaku par un jeune clochard alors qu'il n'existe ici aucune caméra vidéo. Elle finit par comprendre que c'est tout simplement le capteur de ses battements cardiaques qui réagit à la perturbation du flux sanguin.

— Fous-lui la paix ! ordonne Orlando d'une voix tonnante.

La chaîne se relâche.

Le cadran de la montre chute à 50 %, puis à 42 %. Cassandre tousse, prise de vertiges.

— De quoi je me mêle, Baron ? Elle était avertie, clame Kim sans lâcher son arme.

— Tu veux vraiment la crever, petit con ? demande Orlando.

Avec un haussement d'épaules, le jeune homme replie son nunchaku.

— Non, je voulais juste lui faire très peur pour qu'elle ne revienne plus nous faire chier. Enfin, tu me comprends, Baron. Tu connais le proverbe…

Le jeune homme en blouson de cuir n'a pas le temps de poursuivre.

— Non, je ne le connais pas et je ne veux pas le connaître ! Tu nous casses les couilles avec tes proverbes à la con, petit con !

— Hé, je ne m'appelle pas petit con. Ça t'écorcherait la gueule de m'appeler par mon titre de noblesse ?

– Quand tu dis des conneries, tu n'es plus marquis, tu es juste un petit con qui a des proverbes à la con.

Les deux hommes se postillonnent au visage, le plus jeune est obligé de se dresser sur la pointe des pieds pour toiser son vis-à-vis.

– Qu'est-ce que tu as contre mes proverbes ? Tu peux m'expliquer, monsieur le... « Baron » ?

Cassandre s'agite au bout de sa corde.

– Hum... vous ne pourriez pas me détacher ? suggère-t-elle, le sang commence à me monter à la tête.

Mais les deux hommes ne lui prêtent pas la moindre attention.

– Tu veux encore savoir pourquoi je n'aime pas les proverbes, petit con ? Eh bien, je crois que je te l'ai déjà dit mille fois : c'est parce que c'est de la vieille pensée mise en conserve. De la pensée qu'on utilise quand on n'a pas d'idées personnelles. C'est pour les fainéants du cerveau. Si nos ancêtres étaient si malins et si leurs conseils étaient si futés, ils n'auraient pas laissé le monde dans cet état.

Il ponctue sa phrase d'un crachat.

– Donc, peut-être que tous ces grands donneurs de leçons du passé se sont mis le doigt dans l'œil jusqu'au coude et que leurs conseils sont juste de la pisse de chat. Ouais, je crois qu'ils se sont tous complètement gourés. Pour tout dire, je crois que nos ancêtres étaient des crétins, et que tous leurs proverbes à la con ne marchent pas. C'est même le contraire qui fonctionne le mieux !

– Ah ouais, et tu peux me donner un exemple de proverbe contraire qui marche mieux que l'original, cher Baron ?

– Heu... sans vouloir vous déranger, vous ne pourriez pas vous occuper de moi ? demande Cassandre. Juste me détacher le pied, s'il vous plaît ?

– Un proverbe contraire ? Bien sûr, attends. Tiens, le plus simple : « L'appétit vient en mangeant ». C'est faux. Tu as bien plus faim quand tu es privé de nourriture, tiens ! Donc « L'appétit vient en ne mangeant pas ! » Et toc, petit con !

– OK pour celui-là. Mais ça m'étonnerait que tu en trouves un second, Baron adoré.

– Tu n'as qu'à demander, Marquis. Prends « Bien mal acquis ne profite jamais. » C'est faux. Bien mal acquis profite toujours. Tous les escrocs te le diront. D'ailleurs, regarde bien les plus grandes fortunes de France, ce sont des escrocs, syndics, repreneurs d'entreprises. Ils les ont pillées et ont bâti leur empire à partir de ces vols. C'est mal acquis, et ça leur profite très bien.

Le jeune homme marque des signes d'agacement.

– Bon, OK, mais ça m'étonnerait que tu en trouves un troisième, Baron chéri…

– « Mieux vaut tard que jamais » ? lance Cassandre.

Orlando saisit aussitôt la proposition.

– Exactement. Il y a des choses qu'il vaut mieux ne jamais faire plutôt que de les faire trop tard. Par exemple…

– Non, lance Cassandre, je voulais dire : mieux vaut me décrocher tard que jamais…

Le Viking en tenue de chasse la regarde, étonné. D'une main il la retient par la cheville et de l'autre il lui libère le pied, en coupant la corde avec son poignard. Puis il la dépose délicatement à terre. Elle se relève, respire un bon coup, avale sa salive avec difficulté.

– Heu… bonjour, Marquis, bonjour Baron, déclare-t-elle.

Mais les deux hommes sont trop passionnés par leur sujet pour lui répondre. Ils lui tournent le dos et, alors qu'ils marchent vers Rédemption, la conversation roule de plus belle sur leur thème favori.

– « Au pays des aveugles, les borgnes sont rois », moi je suis sûr que c'est faux, poursuit Orlando. Tu imagines un borgne qui arrive dans un pays où il n'y a que des aveugles ?

– Oui, eh bien justement il sera leur chef !

Orlando ne veut pas renoncer. Il lance de sa voix grave :

– Tu parles ! Impossible. Le borgne sera considéré comme un type bizarre qui a des hallus. Il sera forcément mal accueilli. On pensera qu'il délire parce qu'il croit voir des choses là où, selon les autres, il n'y a que dalle.

– Mais il sera plus fort. Grâce à ses yeux !

– Plus faible. À cause de ses yeux !

– S'il veut se battre, il gagnera contre les aveugles.

– Mais non, le borgne se fera casser la figure. Les aveugles auront forcément développé leurs autres sens : l'ouïe, l'odorat, le toucher.

– Ça sert moins que la vue !

– Même la nuit ? Attends, de nuit, les aveugles ils lui labourent la tronche en deux minutes à ton borgne. Car ils seront bien plus efficaces pour se déplacer et agir que le type qui ne fonctionne qu'en visuel et qui dépend d'une source de lumière.

À l'arrière de leur petite procession, Cassandre fait bien attention à prendre des repères et à mémoriser le chemin, au cas où elle serait obligée de revenir.

57.

Je suis sûre qu'ils sont contents de me revoir. C'est juste qu'ils sont un peu timides dans leur comportement et maladroits dans leur manière de s'exprimer.

58.

La voix est cassante.

– Qu'est-ce qu'elle fout là, cette casse-pieds ? Je croyais qu'on en était débarrassés de la « Blanche Neige de mes deux », lance Esméralda en baissant sa revue.

Sur la couverture, on peut lire : « La chanteuse Samantha attend des triplés, elle ne connaît pas le père. » Puis, au-dessous : « Nous étions nombreux le soir de la conception et j'avais beaucoup bu. »

Le vieil Africain se gratte machinalement le menton, signe chez lui d'intense questionnement.

– La pitchounette s'est fait prendre dans un piège à chiens et ils allaient la bouffer, explique Orlando.

– Désolé, j'ai essayé de la décéder, mais je n'ai pas été assez rapide, reconnaît Kim. Le Baron m'en a empêché.

– Avec l'âge, la sagesse venant, tu apprendras que la violence n'est pas une solution, petit merdeux, tranche Orlando.

– Attends, c'est toi qui dis ça ? Eh bien puisque nous jouions aux anti-proverbes je te propose de l'inverser aussi, celui-là : « La violence est souvent la meilleure, voire la seule solution ! »

– Il existe des exceptions, tous les proverbes ne doivent pas être inversés, s'agace le barbu blond.

– C'est un proverbe ? le nargue Kim.

Cassandre redécouvre le lieu avec plaisir. Cet étrange village qui l'avait tant surprise, la première fois, puis dégoûtée, lui semble paré de toutes les qualités d'un lieu de liberté au milieu d'un monde de conventions.

C'est une utopie. Dans le sens étymologique précis du terme. Un lieu qui n'est situé nulle part sur les cartes.

Les autres continuent de parler mais elle ne les écoute plus. Elle contemple les montagnes d'ordures.

Pourquoi je suis revenue dans ce bourbier ? Quelque chose en moi le sait depuis toujours. Mais aussi parce que c'est une phase indispensable à mon évolution personnelle. La phase de Putréfaction. Et que je ne l'ai pas achevée.

C'est ainsi qu'on la nomme dans le Grand Œuvre visant à réaliser la Pierre philosophale, symbole de perfection.

La Transmutation du plomb en or.

Ce n'est qu'en revenant dans le compost et les ordures qu'on peut faire émerger la vérité pure. Cette phase est nécessaire. Celui qui refuse de revenir dans sa macération originelle ne pourra ni comprendre ni entrevoir la lumière. Il me faut descendre dans les égouts pour comprendre mon passé personnel et aussi comprendre le futur collectif. Les deux étant forcément liés.

Devant les empilements de pneus déchirés une peau de chien est en train de sécher, fixée sur un canevas. Un écran de télévision fendillé diffuse les actualités en continu, sans le son. Au centre, un feu de bois est surmonté d'une marmite. Une odeur immonde de gras de chien cuit s'en dégage. Des mouches et des moustiques tournoient autour se défiant dans leurs acrobaties aériennes.

— Si je puis me permettre, sans abuser de ton temps, Duchesse, une question, juste comme ça, dit Kim. Tu penses qu'au pays des aveugles les borgnes seraient accueillis comment ? Vénérés, acceptés, méprisés, rejetés ?

— Foutus dehors, ouais ! Et ce serait bien fait pour leurs gueules ! De toute façon j'n'aime pas les borgnes, répond Esméralda sans détourner son regard divergent de la nouvelle arrivée.

— Et toi, tu en penses quoi, Vicomte ?

— Ça dépend si on est de nuit ou de jour, et encore de nuit ça dépend si la lune est pleine, si tu vois ce que je veux dire, reconnaît l'Africain, diplomate.

Esméralda coupe court à la conversation.

— Dis donc, Cendrillon ! Je crois qu'on t'avait expliqué clairement qu'on ne voulait plus voir ta petite frimousse de bourge prétentieuse, et on t'avait bien conseillé de ne plus revenir. Enfin il me semble. Ou alors, on s'est pas fait comprendre. On a pas été assez explicites, peut-être. La phrase « Dehors, on veut plus te voir ! » peut sembler équivoque vis-à-vis de notre sens de l'hospitalité, mais elle signifie vraiment qu'on veut pas de toi…

Elle s'approche et lui postillonne au visage.

— On a déjà refusé la princesse de Monaco, la reine d'Angleterre, le pape et le président de la République qui nous demandaient tous l'asile politique à Rédemption, alors on va pas faire une exception pour toi.

La femme au chignon roux et à la poitrine pigeonnante s'avance encore.

— Dis donc Miss porte-poisse, tu es pire que les morpions, on peut pas se débarrasser de toi ! Alors on va peut-être te dégager comme les morbacs avec de la mort-aux-rats et de l'arsenic en poudre ! Et si ça colle encore, on te détachera au couteau à huîtres. Ou au marteau-piqueur.

— Arrête, Duchesse ! maugrée Orlando.

— Non, j'arrête pas. Moi je pense qu'on t'a foutue dehors une fois et qu'on va pas se gêner pour le refaire. À moins que Kim te tue, ou qu'on te vende en tant qu'esclave sexuelle aux Albanais. Qu'est-ce que tu as à répondre à ça ?

Cassandre jette un rapide regard à sa montre et constate que la probabilité de mourir dans les cinq secondes est redescendue à 14 %.

Soit aucune caméra ou aucun système de contrôle n'arrive à capter ce qui se passe ici, soit je ne suis pas plus en danger que si j'étais dans n'importe quel lieu. Ce n'est que du bluff.

Cassandre s'aperçoit qu'elle fait irrationnellement confiance à la montre de son frère Daniel. Le simple fait qu'elle affiche 14 lui donne une certitude : on essaie de l'intimider mais sans danger ici et maintenant.

Ou, en tout cas, pas dans les cinq prochaines secondes.

Elle articule donc posément, sans quitter Esméralda des yeux :
– Je veux rester ici. Parmi vous. Tout le temps.
Silence. Puis Esméralda éclate de rire. Puis tous s'esclaffent.
– Bravo, Baron, je crois que tu nous as ramené une perle. On se demande comment on faisait pour vivre sans.
– Pour une bourge, elle cause peu mais quand elle cause c'est toujours plein de sel ! reconnaît Kim.

Cassandre reste imperturbable, tout en jouant avec sa montre-bracelet. Quand le silence est enfin revenu, elle poursuit :
– J'ai réfléchi. C'est ici et rien qu'ici que se trouve ma vraie place. Parmi vous. Vous seuls pouvez me comprendre.

Les quatre citoyens rédemptionais cessent de rire, puis se regardent, perplexes. Esméralda se gratte la nuque. C'est le signal. Fetnat se gratte sous les aisselles, Kim la cuisse, Orlando le menton. Puis ce dernier lâche une flatulence sonore, ce qui semble chez lui un signe d'intense réflexion. Esméralda crache plusieurs fois par terre.

Cassandre a l'impression qu'ils hésitent et veut pousser son avantage :

Peuvent-ils, eux, entendre la vérité ? Il faut jouer sur la corde irrationnelle puisqu'ils vivent dans la superstition. Comme avec les chiens, pour combler le fossé qui nous sépare, il faut leur faire com-

prendre que je suis comme eux. Les chiens avaient un niveau de conscience trop bas, mais avec eux cela doit marcher.

– Écoutez, depuis que je suis née, je ne suis jamais arrivée à convaincre quiconque de quoi que ce soit.

– Oui et alors, c'est ça ton argument ?

La jeune fille aux longs cheveux noirs poursuit, imperturbable.

– Pourtant, je vous garantis que non seulement je ne vous apporterai pas la poisse, mais je vous porterai chance. Je suis comme un talisman de protection pour ceux qui m'entourent.

Et, en signe d'appartenance à leur tribu, elle se gratte frénétiquement sous les bras et elle essaie de cracher. Esméralda s'approche.

– Dis donc, gamine, tu crois pas que tu serais mieux à faire des études, à mener une vie bourgeoise, à faire du shopping, à suivre les séries télé romantiques, à aller en boîte de nuit et à prendre de la drogue comme tous les jeunes de ton âge ?

Après une seconde d'hésitation devant ces perspectives alléchantes, Cassandre secoue résolument la tête.

– Dans ce cas, tranche la femme, je dois consulter le gouvernement en place.

Ils s'éloignent tous les quatre pour s'asseoir en cercle, et se chuchotent à l'oreille. Au début, ils ne sont visiblement pas d'accord. Puis, progressivement, ils semblent trouver un terrain d'entente.

Finalement, Esméralda se redresse la première et annonce :

– OK, Cosette, si tu veux faire partie des nôtres, c'est possible, mais il te faudra d'abord passer une « grande épreuve initiatique ».

59.

J'étais sûre qu'ils finiraient par céder. Ils n'osent pas le dire mais ils apprécient ma présence.

Après tout, je suis une fille jeune et charmante, ça manque à leur décor.

Je serai la touche de fraîcheur au milieu de ce dépotoir nauséabond et triste.

Ils ne le savaient pas, mais ils m'attendaient. Et ils vont découvrir que je leur suis indispensable.

60.

Au loin, les deux cheminées de Moloch se découpent comme des cornes sous l'ovale de la pleine lune qui surgit entre les effilochures de nuages. Les Rédemptionais ont guidé Cassandre vers les quartiers nord, là où les camions des éboueurs viennent vomir quotidiennement leurs tas d'ordures ménagères.

Ils lui indiquent un container de métal assez profond et Esméralda lui explique les règles de cette épreuve initiatique.

C'est dans ce container, précisément, que les éboueurs de viande viennent tous les soirs déposer les déchets issus des abattoirs. C'est donc là que ça sent le plus mauvais. Si elle peut supporter de rester une nuit entière au milieu de cette pourriture macabre, demain matin elle sera admise comme citoyenne à part entière de Rédemption.

Il me faudra donc supporter la puanteur de la charogne en putréfaction. Ça n'a pas l'air difficile. Maintenant que j'ai franchi le cap de dégoût du DOM, il me semble que je peux supporter toutes les pestilences imaginables.

Orlando poursuit :

– Tu descends dans le container, pitchounette, mais tu as cette échelle qui te permet d'en sortir. Quand tu ne supporteras plus d'y rester, il te suffira de remonter, tu es toute proche de la grande entrée nord. Là, tu retomberas directement sur la route et tu pourras faire du stop pour rentrer chez toi.

– Après, complète Fetnat, tu pourras retrouver tes amis, ton école. Le monde normal, quoi...

L'Africain lui tend une boîte d'allumettes en disant :

– C'est le genre de chose qui peut servir, si tu vois ce que je veux dire.

Non je ne vois pas du tout ce qu'il veut dire. Il m'énerve avec cette expression répétitive.

Cassandre descend l'échelle et s'installe au fond du container qui empeste le sang pourri. Les autres cognent chacun leur tour sur le métal, en signe de salut, puis s'éloignent.

– Adieu, Cendrillon ! lance Esméralda.

– À demain matin, répond Cassandre.

Un ricanement de Kim est la seule réponse du groupe. Elle entend au loin la grosse voix d'Orlando :

– C'est comme « l'avenir appartient à ceux qui se lèvent tôt », c'est faux. L'anti-proverbe marche mieux. L'avenir appartient à ceux qui se couchent tard et donc se lèvent tard, Marquis.

– Explique, Baron.

– Eh bien, ceux qui font la fête tard le soir se créent des réseaux de potes qui les aident ensuite dans leur carrière. Ils ont tout un réseau de gens de la nuit qui les aident, que ce soit celui des joueurs de poker, des partouzeurs, des vampires, des échangistes, ou même des…

Les voix se fondent dans la nuit. L'adolescente aux grands yeux gris clair s'assoit sur le métal rouillé et respire par saccades.

C'est un cap à franchir, ensuite ce qui me paraît désagréable deviendra supportable, voire agréable. Comme pour le vin. Comme pour les fromages forts. On peut non seulement s'habituer à tout, mais aussi y trouver un certain plaisir. Simple question d'accoutumance.

Cassandre s'assoit et attend.

Au bout d'une heure, des camions arrivent dans un grand fracas de pistons. Des hommes en tenue orange fluo, les mains gantées de caoutchouc épais, lancent des sacs sur le côté droit du container. Cassandre se pousse vers la gauche pour ne pas être repérée, et observe la montagne de sacs de viande qui se forme face à elle.

Peu après, de nouveaux camions viennent à leur tour se délester dans le container. La montagne de sacs transparents s'élève encore. Parfois, certains crèvent sous le choc de la chute. Il s'en échappe alors une ignoble odeur de viande putréfiée.

Cela fait partie de l'expérience du pourrissement. D'ailleurs la France est le pays de la fermentation. Toutes nos spécialités culinai-

159

res sont issues de l'art de maîtriser le travail d'infimes champignons. Les fromages dont nous sommes si fiers sont issus du lait fermenté. Le vin est du jus de raisin fermenté. Le pain est de la farine fermentée avec de la levure. Les champignons de Paris sont issus de pourrissement sur du crottin de cheval. Et on arrive même à faire fermenter le fromage pour obtenir du roquefort qui sent encore plus fort. Et faire fermenter le vin pour obtenir le vinaigre...

Cassandre Katzenberg inspire amplement. Quand tous les camions sont repartis, la jeune fille s'assoit sur les sacs de plastique transparent remplis de molles formes rougeâtres et roses. L'odeur devient de plus en plus âcre.

Ma prochaine épreuve consiste à supporter l'odeur de la mort.

Mais, cette fois, Cassandre n'est pas prise de court. Elle a le temps de mettre au point une technique d'adaptation à ce milieu hostile, elle respire par à-coups pour laisser ses poumons s'habituer progressivement à la puanteur de charnier de l'air.

Demain, ils seront obligés de reconnaître que j'ai traversé leur épreuve initiatique avec succès...

Elle sourit.

Si je m'attendais à devoir passer un examen pour être admise chez les clochards.

Sa montre indique « Probabilité de mourir dans les 5 secondes : 16 %. »

À peine 3 % au-dessus de la normale. Il n'y a pas de danger. Je dois seulement affronter mon dégoût.

La nuit devient de plus en plus sombre. Cassandre s'allonge au milieu des sacs, mais elle ne parvient pas à trouver le sommeil. Pour essayer de s'endormir, plutôt que de compter les moutons, elle décide de chercher des anti-proverbes. Comme ça, elle aura de quoi discuter avec Orlando, demain.

« Qui veut la paix prépare la guerre »... ça marche mieux à l'envers. « Qui veut la paix... prépare la paix. »
Orlando a raison, nos ancêtres se sont trompés.

Essayons un autre.

« *La raison du plus fort est toujours la meilleure.* » Ça marche mieux à l'envers. « *La raison du plus faible est souvent la meilleure.* »

Soudain elle entend un bruit de pas.

Elle récupère la boîte d'allumettes offerte par Fetnat et éclaire les alentours. Elle distingue les sacs de viandes écarlates éventrés qui luisent.

Un mirage.

Elle remarque un sac rempli d'yeux bleus, sans doute de porcs, qui semblent la regarder à travers la paroi de plastique. Elle a l'impression que les yeux lui parlent.

« *Nous avons été punis alors que nous n'avons rien fait de mal. Chez nous, dès la naissance nous sommes condamnés. Notre marge de manœuvre est nulle, aucune possibilité de nous en tirer. C'est comme si nos montres à probabilité indiquaient 100 % dès notre naissance. Et, pour se moquer de nous, ils nous ont rendus tous aveugles. Voilà nos yeux, chez nous il n'y aura jamais de borgnes.* »

Cassandre a un frisson désagréable et recule d'un mouvement brusque. Ses ongles crèvent un autre sac rempli d'intestins. Une bouffée de vapeurs tièdes, épouvantables, s'en dégage.

Elle réduit sa respiration pour maîtriser son dégoût. Puis elle frotte une allumette et regarde les alentours afin de ne pas crever un autre sac par inadvertance. Bien lui en prend, car son pied allait écraser un sac rempli de cervelles.

Pourquoi ne les ont-ils pas consommées ?

Elle se dit que cela doit être de la viande avariée, ou peut-être des bêtes touchées par des maladies comme la vache folle ou la grippe porcine.

La puanteur est ignoble.

Je suis dans un cimetière.

Elle inspire par à-coups de plus en plus brefs.

Je ne veux plus revenir dans le monde normal. Je veux rester ici. Je réussirai cette épreuve initiatique. Quel qu'en soit le prix.

Cassandre Katzenberg se dit que les gens de Rédemption lui ont imposé un rituel d'initiation, comme le pratiquent les peuples primitifs des forêts d'Afrique, de Papouasie ou d'Amazonie. En fait, c'est comme si elle était avec des hommes préhistoriques.

Ils utilisent des arcs, ils bâtissent leur hutte. Et ils sont libres en plein milieu de la France du XXIe siècle où tout le monde possède des papiers d'identité, de l'argent, des responsabilités. Eux, ils n'ont pas de code barre tatoué sur la peau.

Moi aussi je veux être libre, comme eux. Et je suis prête à en payer le prix.

La jeune fille aux grands yeux gris clair est déterminée à surmonter l'épreuve. Elle accomplit alors l'acte irrémédiable : pour ne pas être tentée de renoncer et de perdre sa chance de devenir citoyenne de Rédemption, elle va vers l'échelle qui lui a permis de descendre dans le container, la soulève et la projette en avant pour qu'elle bascule de l'autre côté de la paroi métallique. Hors de son atteinte.

Ce qui nous fait souffrir c'est la peur de se tromper dans nos choix, mais s'il n'y a plus de choix, il n'y a plus de souffrance.

Elle s'assoit et craque une allumette pour éclairer son bracelet-montre. « Probabilité de mourir dans les 5 secondes : 17 %. »

En fait, avec cette montre je suis avantagée. Je suis un être humain débarrassé de ses peurs irrationnelles. Je peux tout affronter puisque je connais le danger réel et que je n'ai plus peur des dangers imaginaires. Je crois que mon frère Daniel ne s'est même pas aperçu de la portée de sa découverte. Il vient d'inventer la suppression de l'angoisse par l'évaluation scientifique du péril.

Cassandre se sent forte, elle maîtrise ses émotions.

Quand ces quatre clochards m'auront acceptée, j'utiliserai Rédemption comme refuge et, à partir de là, je poursuivrai la recherche de mon frère et la compréhension du mystère de ma jeunesse effacée. Il faudra que je change d'apparence. Après le look sportif, le look gothique, et le look femme d'affaires, il faudra que je me crée une allure plus discrète. Étudiante, peut-être.

Soudain, de nouveaux bruits de pas, tout autour d'elle.

Des pattes.

C'est plus petit et plus léger qu'un chien.

Le renard Yin Yang ?

– Travail ? Travail ? lance-t-elle.

Mais aucun grognement ne lui répond.

La lune a disparu, masquée par les nuages. Cassandre frotte une allumette et éclaire autour d'elle, jusqu'au moment où elle distingue la source des craquements. Avec un frisson.

Une dizaine de petits visiteurs furètent autour des sacs. Puis la dizaine se transforme en centaine. Puis la centaine en millier.

Bon sang, ce n'est pas la puanteur l'épreuve initiatique, mais... eux.

Les rats.

Soit je reste et je me fais tuer, soit je m'enfuis et je ne peux plus revenir. Et j'ai jeté l'échelle de l'autre côté du container !

Cassandre frotte une allumette. Par chance, la lumière de la flamme a l'air d'effrayer les hordes de rongeurs.

Comme les premiers hommes qui allumaient des feux autour de leur campement pour dormir tranquilles.

Les rats se tiennent à distance, se contentant d'éventrer les sacs les plus éloignés contenant les poumons ou les intestins de vaches.

Cassandre cherche une solution. Dès qu'une allumette est éteinte, elle en rallume une autre. Mais un rat audacieux, surmontant sa crainte du feu, approche avec précaution. Elle se concentre.

Nous sommes tous des...

Elle prononce à haute voix la suite.

– ... locataires de cette planète. C'est la même énergie de vie qui nous traverse tous. Toi aussi, petit rat, tu es animé par cette énergie de vie. Nous sommes tous des poussières issues de la naissance de l'univers.

Le rongeur approche, curieux, pas vraiment hostile. Ses oreilles s'agitent comme s'il avait compris la phrase. Il remue ses longues moustaches de manière comique. La lumière de l'allumette fait onduler son ombre poilue. Elle le trouve presque mignon.

Déjà, d'autres congénères le suivent avec timidité. Il y a bientôt un cercle de rats autour d'elle.

– Non, vous n'allez pas faire comme les chiens. Vous, les rats, vous êtes plus intelligents que des chiens, n'est-ce pas ?

Le rongeur le plus avancé fait semblant d'avoir trouvé un morceau de viande qui dépasse d'un sac proche d'elle. Il se cale sur ses pattes arrière pour le manger.

C'est un rein de porc. Le rat plante ses incisives dans ce qui semble de loin une prune juteuse. Au lieu de libérer un jus jaune, le coup de dents répand un jus foncé à l'odeur fade. Le museau du rongeur et ses moustaches sont écarlates.

L'allumette s'éteint. Cassandre en rallume rapidement une autre, juste à temps. Le cercle des rongeurs commence à rétrécir. L'adolescente garde l'allumette aussi longtemps qu'elle le peut dans la main. À cet instant, elle rêve d'avoir une bougie. Mais la flamme lui brûle les doigts et elle lâche l'allumette, avant d'en rallumer une autre aussi vite qu'elle le peut.

Après chaque extinction, durant les quelques secondes où elle cherche fébrilement une autre allumette, elle entend les petites pattes griffues qui progressent dans sa direction à travers les sacs plastiques.

Elle repense au proverbe d'Orlando et lui trouve non pas un contraire mais une suite.

« Au pays des aveugles les borgnes ne sont pas sourds. »

Cela la fait sourire.

Orlando a raison.

Quand son allumette s'éteint, elle se retrouve dans le noir durant de longues secondes, avec une ouïe exacerbée qui perçoit le moindre son des pattes qui avancent vers elle.

Son regard descend vers sa montre qui, par chance, affiche les chiffres en traits fluorescents « Probabilité de mourir dans les 5 secondes : 67 %. »

Aussitôt, elle frotte une allumette.

Comme aucune caméra vidéo ne peut capter la scène, elle en déduit que Probabilis associe des informations diverses.

Peut-être que le logiciel a pris en compte la présence des rats à cet endroit, à cette heure. Puis a ajouté les informations locales issues du bracelet lui-même : mes battements cardiaques et peut-être aussi ma résistivité électrique.

Je dois tenir. Si j'arrive à affronter cette épreuve, je n'aurai plus peur de rien ni de personne. Il faut que je pense à autre chose.

« *Ce qui ne tue pas rend plus fort ?* » *Pas si sûr, finalement.*

Le contraire est sans doute plus vrai.

Ce qui ne tue pas rend plus... mort.

Les accidentés de la route ne meurent pas mais restent estropiés à vie. Nietzsche avait tort, Orlando a raison.

L'allumette s'éteint. Les bruits de griffes alentour se font plus proches. Vite, Cassandre frotte une nouvelle tige phosphorée.

Ou bien...

« *Ce qui ne tue pas rend plus fou.* »

Elle se dit que, lorsqu'elle reverra Orlando, il faudra qu'elle lui apprenne cet anti-proverbe.

Si je le revois un jour...

Enfin arrive la dernière allumette. Ses yeux sont fascinés par la flamme. Cette lueur oblongue, vacillante, est sa dernière protection. Après c'est l'inconnu.

Le feu.

Elle est en plein XXIe siècle et elle dépend de l'invention du feu comme les hommes préhistoriques.

Cassandre donnerait beaucoup pour une boîte d'allumettes supplémentaire.

Le petit bâtonnet flambe, sa lumière est chaude, jaune, orange et rouge. Chaque seconde éclairée et réchauffée par cette simple branchette de bois tendre lui semble une éternité. Elle perçoit ce dernier feu comme un instant déterminant de son existence. Elle fixe l'allumette enflammée et ses yeux fascinés suivent sa progression sur le bois noircissant. Elle n'ose baisser les yeux mais entrevoit pourtant « Probabilité de mourir dans les 5 secondes : 83 %. »

Pour mon frère c'était 98 % et il s'en est tiré. Tant qu'il reste un petit pour cent de chance de survie, on peut garder espoir.

La flamme lui brûle le pouce puis s'éteint en grésillant.

La lune n'est toujours pas réapparue derrière le manteau nuageux. Durant quelques secondes, l'obscurité est totale. Cassandre respire de plus en plus fort l'air ambiant.

Étonnamment, les rats mettent du temps à la rejoindre, comme s'ils voulaient être sûrs qu'aucune flamme ne viendrait plus les perturber.

Très lentement le cercle des rats se resserre encore. Cassandre ne les trouve plus du tout mignons.

Ils ne sont pas pressés.

Brusquement une stridulation crève le silence. Un signal.

Tous les rats attaquent en même temps. Elle enfouit son visage entre ses bras, se recroqueville en position fœtale, et les yeux fermés hurle :

– Maman !

À nouveau, le temps semble s'arrêter.

61.

J'ai prononcé ce mot « Maman ».

Cela m'est venu comme ça.

C'est quoi les derniers mots de ceux qui vont mourir ?

« Allons-y, je sens que ce pont de liane est solide. » ou « Tu crois que tu me fais peur avec ton flingue ? » ou encore « Il y a un arrière-goût bizarre dans ce plat. »

C'est difficile de faire de l'esprit dans ces moments-là. On a la tête ailleurs. On est obnubilé par sa propre disparition. Alors on pare au plus pressé.

Finalement la plupart des humains avant de passer ont dû seulement dire « Argghh. »

Et moi : « Maman. »

Cela m'est venu d'un coup. Comme des milliers de grands guerriers dans les secondes précédant leur trépas.

Napoléon a-t-il dit « Maman » avant de mourir ? Et Attila ? César ?

Mourir...

Voilà, c'est maintenant. Je n'imaginais pas que ce serait comme ça. Comme quoi on peut voir le futur et être incapable d'imaginer la dernière scène de son propre film.

Non.

Je ne veux pas finir comme ça.

J'ai encore tellement de choses à accomplir dans cette vie.

Ce serait... du gaspillage.

– *Antique Cassandre ! Oh ma Cassandre, toi qui désormais es ma mère lointaine à travers les âges, ne peux-tu agir pour arrêter cette abomination ?*

Une vision de la femme en toge blanche lui apparaît. Dans ses mains : *Les Aventures de Cassandre Katzenberg*. Elle secoue la tête.

– Non. Tu es dans le présent et le présent dévore tout comme un incendie. Il dévore le passé et l'avenir. Le présent est un roi ravageur. De ce qui va se dérouler dans les secondes qui viennent dépend la suite pour toi et pour le monde. Et personne ne peut t'aider.

– Aide-moi, je t'en prie. Je n'ai même pas connu d'homme. Je suis vierge.

– À 17 ans ? Ah c'est donc ça la petite expérience qui te fait défaut et qui t'empêche de mourir en paix ?

– Je voudrais au moins une fois faire l'amour, je voudrais une fois être écoutée, je voudrais découvrir le mystère de mon enfance, je voudrais savoir qui je suis et pourquoi j'ai ce pouvoir de visionnaire, je veux retrouver mon frère...

– Et tu penses que tout cela t'est dû ? Personne ne te doit rien. L'amour, l'écoute, la connaissance, et pourquoi pas la fortune et les orgasmes multiples ?

– Je vais donc mourir ?

167

– Fais comme moi, fais comme tout le monde, sois spectatrice de ta vie, sans te prendre en pitié et sans la moindre prétention. Tu n'es qu'une femme parmi des milliards d'humains et tu vas vivre et mourir comme les autres. Tu veux des phrases ? En voilà une : la vie est un film qui finit mal.

– Je ne veux pas me résigner. Mon frère me l'a interdit.

– Qui que tu sois, tu es remplaçable. Ton frère aussi. Vous n'êtes pas supérieurs aux autres. Vous aussi vous mourrez. Tu te dis « poussière issue du big-bang », eh bien retourne à la poussière.

La Grande Prêtresse ouvre *Les Aventures de Cassandre Katzenberg*, resserre la toge autour de ses épaules puis constate :

– Personnellement, de mon point de vue de lectrice de ta vie, et compte tenu de l'échelle que tu as virée, des rats qui grouillent autour de toi dans ce container isolé en plein dépotoir où jamais la police ou qui que ce soit ne met les pieds, je ne vois pas comment l'héroïne pourrait s'en tirer. Quel suspense !

Elle replonge dans le livre en murmurant :

– À mon avis, cela doit être un de ces romans modernes où, tout à coup, l'héroïne principale meurt au beau milieu de l'intrigue alors que surgit un deuxième héros qui prend le relais et poursuit sa quête. Je ne vois que ça. Tu vois une autre possibilité de scénario, toi ?

62.

Cassandre pousse un cri sous la morsure des petites dents qui la transpercent. C'est comme une mauvaise séance d'acupuncture. Passer l'arme à gauche de cette manière lui paraît décidément peu honorable.

Au moins, ce ne sont pas des crocs de chiens.
Pourtant, cela irait plus vite.

Elle attend la mort mais c'est un sifflement suivi d'un coup sec qui claque non loin d'elle. Tous les rats se figent. Un deuxième coup résonne, suivi d'un couinement. Les rats sursautent, aux aguets. Des coups frappent les rongeurs qui glapissent avant de détaler, abandonnant leur proie.

Cassandre se redresse. Une lumière au-dessus d'elle l'aveugle.

– Baron ? demande-t-elle.

– Allez, faut vite dégager !

Non, ce n'est pas Orlando.

Elle voit l'échelle qui descend vers elle, empoigne le premier barreau et se rue hors de la cuve de métal.

– Faut vraiment être débile pour avoir eu l'idée de virer l'échelle ! Pourquoi as-tu fait ça ? Tu veux crever ? Tu n'avais aucune chance de t'en sortir. On a monté cette mise en scène pour que tu te tires de toi-même, et tu as préféré te coincer toute seule !

Cassandre fixe le possesseur de la torche.

– Pourquoi m'as-tu sauvée ?

Kim a le regard fuyant. Il repère un rat qui approche et, d'un coup de son nunchaku, le frappe avec précision sur le crâne qui éclate avec un bruit sec.

– Depuis le début, j'ai senti qu'il fallait s'attendre à ce que tu fasses tout de travers pour nous compliquer la vie. Là, sur le coup du container à viande, j'ai dit aux autres : « Vous allez voir, elle va rester. » Ils m'ont répondu : « Quand la gamine verra les rats, elle n'aura plus le choix. Personne ne peut tenir. » Pff, les cons. Ils ne sont pas près de comprendre la nouvelle génération d'ados désespérés et suicidaires. Moi qui en fais partie, j'ai vu venir le bug.

Il a dit cela comme une évidence.

– Et toi t'as viré l'échelle ! Il faut vraiment être une abrutie décérébrée totale. Tu prétends voir le futur mais tu es totalement débile pour ce qui est du présent.

Elle ouvre la bouche et répète :

– Pourquoi m'as-tu sauvée ?

Le jeune Asiatique relève la mèche bleue qui court sur son front, renifle mais ne répond pas. Il examine les bras de Cassandre striés de marques sanguinolentes. La jeune fille n'y prête pas attention et peigne nerveusement, du bout des doigts, ses longs cheveux que la sueur a collés.

Kim éclaire les alentours d'un aller et retour de la torche.

– Je veux savoir pourquoi tu m'as sauvée, insiste-t-elle.

– Ah ça… T'es bien une bourgeoise intello. Pourquoi faut-il toujours tout expliquer ? Désolé, je n'ai aucune réponse à te donner. J'ai peut-être changé d'opinion sur toi. « Il n'y a que les imbéciles qui ne changent pas d'avis. »

– Ou le contraire.

– C'est la nouvelle mode lancée par Orlando ? Contrer tous mes proverbes par des antiproverbes ? C'est quoi le contraire, petite ?

– Ne m'appelle pas petite.

– Ah, ça y est, tu commences à parler plus facilement. Au moins les rats t'auront rendu plus loquace. Quant à petite, ou gamine, les autres t'appellent comme ça et je fais ce que je veux, d'abord.

– Je m'appelle Cassandre.

– Tu as raison, « petite ».

– Tu n'as toujours pas répondu à ma question, pourquoi m'as-tu sauvée ? Je croyais que tu n'aimais pas les bourges.

– Je les déteste.

– Je croyais que tu n'aimais pas les gens propres non plus.

– Tous des prétentieux et des arrogants.

– Et moi ?

– Tais-toi ! Je préfère quand tu es muette, on a l'impression que tu penses à des trucs très subtils.

Cassandre hausse les épaules.

– Pourquoi m'as-tu sauvée ?

– Ça y est, elle remet le disque en mode rayé. C'est ça ton truc hein ?

Ils marchent en éclairant le chemin, entre les montagnes d'ordures multicolores. Kim hésite, puis lui fait face avec une moue.

– OK, je vais te dire. Parce que j'ai changé d'avis sur toi. Au milieu de tous ces gens qui ne font que sortir toute leur vie des arguments pour prouver qu'ils ont raison et que les autres se trompent, moi j'assume la possibilité que ce soit moi qui me sois entièrement fourvoyé. Je peux le reconnaître et modifier mon comportement. C'est ma marche arrière. Et c'est cela qui fait que je suis un véhicule complet, je peux aller en avant, accélérer, freiner et aller en arrière. J'ai le courage de dire « OK, après réflexion c'est vous qui aviez raison et c'est moi qui avais tort. »

Ils repartent en silence. Leur respiration se condense en nuages de vapeur. Cassandre remarque que Kim porte à nouveau un tee-shirt avec une inscription : « L'expérience est le nom que chacun donne à ses erreurs. »

La communication par les phrases toutes faites. Finalement, c'est important pour lui.

Rédemption est encore plongé dans l'obscurité de la nuit.

– Les autres dorment, murmure Kim. Pour l'instant le mieux est que tu viennes dans ma chambre.

Sitôt entré, il allume quelques bougies d'un candélabre. Cassandre découvre l'intérieur de sa hutte. Un vrai lit en occupe le centre, un king size. Tout autour, des machines électroniques bourdonnent. Un grand bureau sous quatre écrans géants d'ordinateur meuble le fond de la pièce.

– C'est mon petit laboratoire informatique. D'ici je peux voir, et agir partout. Ce n'est pas parce qu'on est pauvre qu'on doit se priver des hautes technologies. On trouve des trésors de machines électroniques à la casse. Suffit de réparer. J'ai installé des caméras de surveillance partout.

Voilà pourquoi Probabilis a pu savoir qu'il m'arrivait des ennuis.

– Pour l'électricité, j'ai des plaques solaires et ma petite éolienne.

Il semble très fier de ses machines.

– Des fois, je parle à des gens à l'autre bout du monde en me faisant passer pour quelqu'un d'autre. Mes contacts me prennent pour un type important. S'ils savaient que je suis juste un clodo au milieu d'un dépotoir…

Kim s'empare d'une bouteille de whisky, boit une rasade, puis en imbibe un chiffon dont il tamponne les blessures de Cassandre.

– Tu sais, je n'ai rien contre toi, petite. C'est juste que tu n'es pas à ta place ici, et qu'on ne sait pas comment te le faire comprendre. Visiblement, l'expression « Casse-toi, tu nous fais chier, connasse » n'a pas été efficace la première fois.

Il essuie méthodiquement chaque plaie, sans se soucier des grimaces de la jeune fille.

– En tout cas les rats, eux, ils avaient l'air de vouloir de toi, ricane-t-il. Ils ne sont pas difficiles, ils aiment tout le monde. Ils se mangent même entre eux.

En marquant une pause, il va enfiler un nouveau tee-shirt sur lequel se découpe, blanc sur fond noir : « On peut faire des prévisions sur tout, sauf sur le futur – Lao Tseu. » Elle comprend que le message lui est destiné. Une pile de maillots multicolores est soigneusement rangée dans un angle de la pièce, tous frappés de proverbes ou de citations.

Elle repère une machine et comprend qu'il a récupéré un appareil à marquer les tissus. Il possède un stock de tee-shirts sans texte et il imprime dessus les phrases qui l'inspirent. Certaines sont amusantes et attirent son attention :

« Les amis vont et viennent, les ennemis s'accumulent. »

« Si les gens qui disent du mal de moi savaient ce que je pense d'eux, ils en diraient bien davantage. »

Son choix de phrases est révélateur. Il est quand même lui aussi un peu paranoïaque.

« Celui qui n'est parti de rien pour arriver à rien n'a de merci à dire à personne. »

– Celle-là je l'adore, dit-il. Elle est de Pierre Dac.

Du bout de l'index, Cassandre poursuit sa découverte.

« Choisir, c'est renoncer. »

« Il suffit de regarder une chose avec attention pour qu'elle devienne intéressante. »

Celle-là me plaît bien.

« On reproche aux autres ses propres défauts. »

« Avant c'est bandant, après c'est pendant. »

« Ce qu'on te reproche, cultive-le, c'est toi. »

Celle-là aussi, je la trouve intéressante.

– Elle est de Cocteau, précise le jeune homme.

« Toutes les grandes découvertes ont été faites par erreur. »

D'autres sont plus sages :

« Réussir, c'est aller d'échec en échec sans perdre son enthousiasme. »

– Celle-là, elle est de Winston Churchill, signale Kim. Il l'a mise en application pour gagner la guerre. Voilà le pouvoir des phrases toutes faites. Personnellement, ces petites formules à l'emporte-pièce, je les accumule et je les adore. Comme d'aucuns collectionnent les papillons ou les timbres. Les jolies phrases, c'est ma drogue. Cinq ou six mots qui, alignés dans le bon ordre, résument des mois d'expériences. « Réussir, c'est aller d'échec en échec sans perdre l'enthousiasme », tu ne trouves pas que cela donne envie à tout le monde de serrer les dents et de garder le cap ? Pourtant, ce n'est qu'une simple phrase.

Les phrases sont fortes. Mais les mots sont encore plus forts. Et, par moments, le silence les bat tous les deux.

Alors que Kim recommence à tamponner ses plaies avec un chiffon propre, il s'arrête soudain, intrigué.

– C'est quoi, cette montre bizarre ?

Il lui tourne le poignet et lit « Probabilité de mourir dans les 5 secondes : 24 %. »

Cassandre fouille la pièce des yeux et repère une caméra vidéo accrochée au plafond. Probabilis la voit et sait où elle est. Il y a aussi ses battements cardiaques qui informent l'ordinateur de son état de fatigue.

Juste par curiosité, elle prend le chiffon imbibé et nettoie sa plaie la plus sanglante, sans se soucier de la douleur. Aussitôt, le nombre affiché sur sa montre-bracelet redescend à 23 %.

Kim est impressionné par l'étrange bijou.

– C'est quoi cette montre sans minutes ni secondes ?

En guise de réponse Cassandre se contente de hausser les épaules. Elle remarque des photos accrochées au mur : des hommes en uniforme, des manifestations, des gens brandissant le poing. Juste au-dessus, pend un drapeau frappé d'un énorme « A » dans un cercle.

– Tu es anarchiste ?

– Bien sûr, répond-il fièrement. Comment peut-il exister une plus belle devise politique que « Ni dieu ni maître » ? Et toi ? demande-t-il.

– Moi non.

– Tu n'es pas anarchiste ? Alors tu es quoi ?

– Fatiguée.

Elle le fixe.

– Pourquoi m'as-tu sauvée ?

Il se relève et articule :

– Ça y est, la machine à répétition est en marche. Tu ne renonces jamais, n'est-ce pas ?

Jamais.

– OK, tu veux vraiment savoir ? Au début tu m'insupportais, maintenant tu me fais… pitié.

Elle reçoit ce mot comme un coup de poing. Kim hausse les épaules.

– Tu peux dormir dans mon lit.

– Si je te fais à ce point pitié, je t'interdis de me toucher.

– Alors là, je te rassure tout de suite. L'idée ne m'avait même pas effleuré l'esprit. Tu n'es pas du tout mon type de fille. Moi j'aime les blondes aux yeux bleus, avec une grosse poitrine, qui font bien la cuisine et surtout, surtout… qui ne sont ni médiums, ni somnambules, ni insomniaques. Et surtout qui ne sont ni prétentieuses ni arrogantes.

Il est prétentieux et arrogant. La clef de ce type est dans l'une des formules de ses tee-shirts. Quelque chose comme : « Les gens sont souvent ce qu'ils reprochent aux autres. »

Elle regarde les affiches anarchistes et les photos d'actualité où l'on voit des manifestations de jeunes étudiants brandissant des fleurs face à des militaires armés de fusils à baïonnettes. Des Birmans. Des Chinois. Des Iraniens.

– J'ai un problème, dit-elle comme si elle n'avait pas entendu sa dernière phrase. Je n'ai pas de passé.

Kim hausse les épaules.

– « Chacun sa merde. » Pour ma part, je dormirai sur le canapé, annonce-t-il. Et je ronfle, mais c'est comme ça et si ça ne te plaît pas, c'est pareil.

Cassandre se glisse dans le lit sans se déshabiller, ni enlever ses chaussures. Elle ferme les yeux et s'endort presque instantanément. Au bout de quelques minutes, Kim s'approche avec précaution, relève les draps pour qu'elle soit bien couverte, même si ses pieds dépassent. Il murmure à son oreille :

– J'ai peut-être fait une connerie, j'aurais sans doute dû te laisser bouffer par les rats, mais c'est trop tard, alors... Bonne nuit.

63.

Elle rêve qu'elle est dans un ascenseur. Elle arrive au sommet de la tour Montparnasse. Il fait nuit. Elle se penche. Sur le cadran de sa montre-bracelet, s'inscrit « Probabilité de mourir dans les 5 secondes : 66 %. »

Une silhouette de dos se dresse sur la terrasse. C'est son frère Daniel. Sans se retourner, il lui dit :

– Enfin, je t'attendais. Tu as vu, tu dépasses les 50 % de risques de mourir. C'est grisant, tu ne trouves pas ? La mort est tapie là, toute proche, qui te nargue. Avant tu l'ignorais, alors la vie était supportable. Maintenant, elle est identifiée, elle s'accroche, comme un gros animal affamé qui te suit partout. Et des fois elle s'approche, hein ? Pour toi, ici et maintenant, la mort a un visage qui est un chiffre : « 66 %. » Il faut continuer maintenant... Allez, petite sœur, il faut faire un pas en avant pour savoir. Saute !

Cassandre s'incline davantage puis, après une courte hésitation, plonge dans le vide. Ses longs cheveux fouettent son visage. À chaque étage de l'immense tour parisienne, les chiffres de sa montre-bracelet augmentent : 70 %, 80 %, 90 %.

Les étages défilent dans un vacarme.

Elle traverse un nuage de chiens enragés.

Elle traverse un nuage de cafards frétillants.

Elle traverse un nuage de gâteaux à la crème gluants.

Elle traverse un nuage de clochards violeurs.

Elle traverse un nuage de vigiles hargneux.

Elle traverse un nuage de rats affamés.

Chaque fois, son corps, en franchissant l'épreuve, émet un « floup ! » assourdissant.

Elle traverse un nuage de tee-shirts sur lesquels flotte la même phrase : « Ce qui ne tue pas rend plus mort. »

Mais, alors qu'elle n'est qu'à quelques mètres du sol, le nombre inscrit sur le cadran de sa montre passe d'un coup de 90 % à 20 %. Sa chute est brusquement amortie par un gros camion bâché rempli de polystyrène pour l'isolation de bâtiments. L'imposant véhicule, ayant grillé un feu rouge, se trouve au bon endroit, au moment précis où la jeune fille allait toucher le sol.

Son frère, qui est au volant, éclate de rire.

– Le futur n'est que surprise ! affirme-t-il sans se retourner. Personne ne peut prévoir ce qui va se passer dans les secondes qui viennent. Comme disait Lao Tseu : « On peut faire des prévisions sur tout, sauf sur le futur. » Si tu vois ce que je veux dire…

Indemne et un peu sonnée, Cassandre n'a pas le temps de comprendre ce qu'il lui arrive que, déjà, les chiffres inscrits sur le cadran remontent d'un coup « Probabilité de mourir dans les 5 secondes : 98 %. »

À cet instant surgit sur le côté droit un autre camion qui percute le premier de plein fouet.

Le deuxième camion contient un liquide inflammable. Tout explose dans un feu d'artifice dévastateur. Cassandre n'a eu que le temps de profiter des 2 % qui correspondaient à une poignée de très longues secondes pour sauter du camion, rouler sur la chaussée et se protéger en se recroquevillant alors qu'une explosion résonne au loin et fait trembler le sol.

64.

Cassandre tombe du lit et roule par terre, surprise que le choc n'ait pas été plus dur. Kim, assis dans un fauteuil face à ses ordinateurs, se retourne pour lui lancer :

– Enfin, t'es réveillée, petite ?

Un peu endolorie, elle se frotte les yeux, puis se redresse lentement. Elle voit son nom, Cassandre Katzenberg, en haut de la page du moteur de recherche qui s'affiche sur l'écran de l'ordinateur.

– Durant la nuit, j'ai fait des recherches sur ton passé, déclare Kim. C'est très bizarre. Avant 13 ans, tu n'existes pas. Pas de scolarité, pas de séjour dans les hôpitaux, pas de carte de Sécurité sociale, pas d'abonnement de métro. Ton voyage en Égypte est ta première apparition officielle dans le monde.

Donc je ne suis pas folle...

– C'est comme si tu n'avais pas de jeunesse. Pas d'amis qui parlent de toi sur leurs blogs, pas de photos d'école, pas d'école tout court. Je le reconnais, il y a un mystère qui plane sur ton passé.

Je ne me souviens de rien. Rien avant l'attentat. C'est comme si on avait tout effacé. Maintenant que je sais que j'ai un frère encore vivant, j'espère que lui au moins pourra me dire qui je suis. Et qu'il saura m'expliquer ce qu'est « l'Expérience 24 ».

– J'aime bien les énigmes. Mais nous discuterons de ça une autre fois, poursuit Kim. Il faut d'abord régler les problèmes urgents. Surtout, ne te lave pas, ne t'arrange pas, déchire un peu plus tes vêtements de bourge. Redeviens ébouriffée et abîmée comme tu l'étais hier soir et suis-moi sans faire de bruit.

Il ouvre une porte située à l'arrière de sa hutte et ils s'éloignent à pas de chat. Kim lui fait contourner le village.

– Ils sont déjà tous levés et en train de petit déjeuner. Tu vas arriver par les Champs-Élysées. C'est le nom de la grande avenue que nous avons creusée dans les montagnes d'ordures et qui débouche sur la place principale de Rédemption.

– Pourquoi fais-tu ça ? demande-t-elle.

Le jeune Asiatique ne répond pas et hausse les épaules, avant de retourner sur ses pas. Quelques minutes plus tard, Cassandre apparaît au bout de la grande avenue, les vêtements déchirés et le corps couvert de morsures.

Orlando, Esméralda et Fetnat s'arrêtent net de parler. Puis :

– Merde ! lance Fetnat.

– Merde ! ! reprend Orlando une octave au-dessous.

– Merde ! ! ! s'exclame Esméralda en recrachant d'un coup son café.

– Merde, se croit obligé d'ajouter Kim pour faire bonne mesure.

Tous la regardent approcher comme s'ils assistaient à l'apparition d'un fantôme. Avançant sur les Champs-Élysées, Cassandre a l'impression d'être César revenant de la Guerre des Gaules. Tous les vainqueurs (même ceux qui ont triché au dernier moment, comme elle) ont dû ressentir cette jubilation parce qu'on les a crus vaincus et qu'ils s'en sont tirés envers et contre tous les obstacles.

Fetnat l'invite à s'asseoir sur une banquette de voiture au cuir craquelé. Comme pour l'accueillir, le feu lance une gerbe d'étincelles.

– Hum, félicitations, pitchounette, lance Orlando en l'applaudissant tout seul.

– Elle a des couilles la petite, reconnaît Fetnat.

– Tu as dû quand même… enfin ça n'a pas dû être facile, s'étonne Orlando.

– Eh bien, fais chier ! profère Esméralda, et elle crache par terre. Ah, les sangsues, je ne me souviens plus comment on s'en débarrasse. Ah, si. On leur colle un mégot brûlant dans le dos et on les fait fumer ? Il me semble que dans ce cas de figure, faudrait peut-être essayer ça.

La femme au chignon roux allume une cigarette et souffle la fumée dans sa direction.

Cassandre les jauge les uns après les autres.

– J'ai réussi l'épreuve, donc je peux rester ici définitivement, n'est-ce pas ?

Esméralda sursaute.

– Holà, holà, pas si vite. Disons que tu as passé la première épreuve. Elle te donne droit à une sorte de permis de séjour temporaire qui, s'il n'y a pas de…

– Arrête, Duchesse. Ne faisons pas subir aux autres ce qu'on nous a fait subir à nous, intervient Fetnat. Elle a passé une épreuve difficile et elle a montré qu'elle tenait vraiment à faire partie de notre communauté. Elle est désormais des nôtres. Si tu vois ce que je veux dire.

– Jamais. J'en veux pas du Petit Chaperon rouge ! Qu'elle crève. On va lui inventer une autre épreuve. Elle résiste aux rats ? Eh bien qu'on la mette dans un container rempli de serpents. Si elle s'en tire, on trouvera d'autres idées. Le dépotoir ne manque pas d'animaux sauvages avec des griffes et des crocs. Au pire, on la terminera à l'acide sulfurique.

– Pourquoi tu ne veux pas de la pitchounette ? demande Orlando.

– Enfin vous ne voyez pas que c'est une… Ce n'est qu'une… ce n'est qu'une espèce de… ce n'est qu'une…

La femme cherche, puis finalement trouve ce qui lui semble l'insulte la plus appropriée.

– Ce n'est qu'une petite bourgeoise.

Puis elle ajoute avec dégoût :

– Une sale bourge de merde !

Fetnat ne se donne même plus la peine d'argumenter.

– Elle est blessée, je vais la soigner, annonce-t-il en prenant le bras de Cassandre.

Il examine avec précaution les traces de dents, s'éloigne vers sa hutte et revient avec du rhum qu'il verse sur les plaies. Puis il appose une pâte odorante qui sent le dentifrice et le cirage sur les blessures les plus profondes.

– Ah, vous les mecs, vous êtes tous des lavettes ! Des cheveux longs, un petit cul, des nichons pigeonnants, des cils papillonnants et plus personne n'a de cervelle ! Mais qu'est-ce qu'elle va foutre ici, la Belle au bois dormant ? Il n'y a pas d'avenir pour elle dans le coin, insiste Esméralda. Elle va être malheureuse à en crever !

Silence.

– Peut-être, mais c'est son choix, tranche Fetnat en examinant une plaie qui l'inquiète et qu'il décide de soigner avec de la fiente de pigeon amollie dans du vinaigre.

Orlando hoche la tête.

– J'ai compris. Si tout le monde est d'accord, je ferme ma grande gueule, annonce Esméralda.

Cassandre s'assoit et croise les jambes, comme si elle voulait adopter la position la plus confortable pour une longue conversation.

– La dernière fois, vous m'aviez promis de me raconter qui vous êtes, rappelle-t-elle d'une voix neutre.

Elle les fixe de ses immenses yeux gris en mode sensibilité maximale. Les quatre clochards se détournent pour éviter ces deux phares éblouissants. À tour de rôle, ils crachent par terre, puis ils se grattent.

– Et pourquoi on te raconterait notre vie, on ne te doit rien, petite ! lance Esméralda en buvant au goulot.

Fetnat se lève et va chercher un gobelet de thé fumant, qu'il tend à Cassandre, avec une boîte de chips et du Nutella dont la date de péremption est à peine dépassée.

– Bah, la gamine y a droit. Allez commence, Baron ! propose-t-il. T'es le premier arrivé.

Tous se tournent vers le Viking barbu.

65.

Lui, c'est un gros bébé brutal qui n'a pas reçu assez d'amour.

66.

Orlando se gratte la barbe, se lève, pêche un cigare dans une boîte en fer-blanc, l'allume avec un tison du foyer.

– D'accord, pitchounette. Je suis le premier arrivé ici. J'ai été amené par… les gitans. Moi, je suis né en Belgique. Mes parents vivaient dans une région dite « économiquement sinistrée », du côté de Charleroi. Mon père était contremaître dans une usine qui fabriquait du nylon, puis il y a eu la crise, et il a perdu son travail.

Aussitôt un grognement s'élève. C'est Yin Yang le renard qui manifeste sa désapprobation en entendant le mot tabou. Les autres ne lui prêtent aucune attention.

– Après, ç'a été le bordel habituel. On touchait les allocations. Donc ils ont fait des gosses. Huit. Ils en auraient fait plus si ma mère n'avait pas eu son fibrome. Mon père restait à la maison à ne rien faire et à se tartiner la télévision. Tout particulièrement le football et la météo. L'inaction l'énervait. Il s'excitait tout seul pour des broutilles. Alors il se mettait à gueuler et à menacer. Il se querellait tout le temps, pas seulement avec nous, avec les voisins, avec les flics. Il nous corrigeait au ceinturon sous le moindre prétexte. Et même sans. Ma mère ne disait rien. Elle était dépressive. Par moments, elle partait dans un centre de repos et revenait souriante, le regard lointain. Mes sept frères et sœurs aînés ont rapidement quitté la maison pour vivre leur vie loin de nos parents, quitte à faire des petits boulots de merde comme serveur, distributeur de prospectus ou femme de ménage. J'étais le huitième, le benjamin. Je suis donc resté tout seul.

Il souffle un nuage de fumée bleutée.

— En fait, je n'aime pas mes parents. Et je ne vois pas pourquoi on a inventé cette obligation stupide : « Tu aimeras tes parents et eux t'aimeront en retour. » Tiens, voilà encore la sagesse de nos ancêtres en surgelé, qui ne marche plus de nos jours.

— Ah ça, confirme Esméralda, pour une fois, Baron, je ne te le fais pas dire.

— Tout à fait d'accord, renchérit Fetnat.

— On est des êtres humains, donc tous différents, avec autant de chances de tomber sur des parents corrects que sur des gens tarés. Si t'es mal tombé, tu ne vas pas dire que tes parents sont formidables juste parce qu'ils occupent cette fonction. T'es tombé sur des cons, t'as pas gagné, c'est tout.

— Ouais. C'est la loterie de la vie, croit bon d'ajouter Fetnat.

— Alors t'es pas obligé de faire semblant que tout va quand rien ne va, insiste Orlando en aspirant profondément la fumée.

— Le seul truc bien que mes géniteurs aient accompli c'est de m'avoir casé à l'école publique laïque et obligatoire, même si c'était pour se débarrasser de moi. Là, je me suis passionné pour mes études. Tout spécialement pour la philosophie. Ça va peut-être t'étonner, pitchounette, mais j'étais plutôt bon élève. C'est sûrement là que j'ai appris à avoir une pensée personnelle.

Après le clochard anarchiste, voilà le clochard philosophe. Décidément, tous ces barons et ces marquis ne s'assument pas en tant que simples ratés. Ils se sont inventé des vies d'intellectuels.

— Alors c'est pour ça que tu contestes avec tant de mauvaise foi mes proverbes ? Rien que pour montrer que tu as une pensée personnelle, hein, Baron ? raille Kim.

Orlando ne relève pas. Il esquisse une grimace qui le fait ressembler à un clown triste.

— Bon, là-dessus, l'année où je devais passer mon bac, suite à une histoire d'escalope de veau trop cuite ou trop crue, mon père s'énerve. Il tabasse un peu trop ma mère, je prends sa défense, je pousse mon père dans l'escalier, hasard des lois de la gravité : il tombe mal. Ça fait un bruit de bois sec, il ne bouge plus, son crâne n'est plus dans le bon angle par rapport à la colonne vertébrale.

Le Viking mâchouille nerveusement son cigare.

— Plutôt qu'expliquer à je ne sais qui que c'était un accident malheureux, j'ai préféré prendre la poudre d'escampette.

— Tu parles, ricane Esméralda. T'avais pas vraiment le choix, Baron. T'as merdé, t'as failli te faire choper par les poulets.

— Et, pour un type recherché comme moi, poursuit Orlando, il y avait qu'un endroit où l'on t'acceptait sans poser de question : la Légion étrangère française. J'ai changé de nom, j'étais Baudouin Van de Putte (te marre pas, c'est un nom belge qui signifie littéralement « Du Puits »), et je suis devenu de mon propre chef Orlando Van de Putte.

Je n'y avais pas pensé. On peut ainsi déprogrammer le conditionnement de son prénom. Et même de son nom. Par simple décision unilaterale. Il suffit de dire « Appelez-moi désormais autrement. »

— Orlando, ça fait plus classe que Baudouin, reconnaît Fetnat. Il y a « Or ».

— Et puis « Landau », plaisante Kim.

— Ça me permet de t'appeler monsieur le Baron Van de Putte, ironise Esméralda.

— À la Légion, j'ai traîné ma bosse dans des dizaines de pays. Partout l'entraînement, les campements, les moustiques, les escarmouches dans la jungle ou les montagnes, les trucs héroïques que personne ne sait, les cadavres, les mouches. J'ai commencé par Djibouti, puis le Tchad, le Congo, le Kosovo, les îles Comores, l'Afghanistan, puis encore l'ex-Yougoslavie. En Bosnie, j'ai rencontré une femme extraordinaire. Donc je l'épouse, je lui fais une fille.

— Elles sont mignonnes les Bosniaques, reconnaît Esméralda.

— Mais je n'ai pas l'occasion de voir souvent mes deux chéries car, déjà, je repars en mission au Burkina Fasso, au Libéria, en Guinée, au Rwanda. Et puis là, au Rwanda justement, en pleine guerre civile, au milieu des massacres, rebelote, deuxième coup de malchance : je me dispute avec mon capitaine pour une histoire de poker. Il pensait que j'avais triché. Je ne triche jamais. Je suis un homme à principes.

— Et alors, avec tes fameux principes, tu le pousses encore dans les escaliers ? ironise Kim.

— Non, nous nous sommes battus au couteau, à la loyale. Il a été moins rapide et il a perdu.

— Comme par hasard, ricane Esméralda.

— Après, il est difficile d'expliquer aux autres gradés que c'était un duel à la loyale.

— En fait, tu as toujours des difficultés à t'expliquer, complète Kim. Pour un philosophe, c'est dommage, Baron.

— Je voudrais t'y voir, Marquis, à discuter avec des abrutis qui n'ont pas le sens des nuances !

Orlando fulmine, puis soupire.

— Donc j'ai préféré filer, une fois de plus. J'avais installé ma femme bosniaque et ma fille dans un appartement à Paris avec un nom d'emprunt. Je m'y suis caché.

— Et là : troisième boulette ? questionne Kim qui semble déjà connaître l'essentiel de l'histoire.

— Ouais… enfin. Je me suis disputé avec ma femme. Elle m'avait manqué de respect.

— Escalope de veau mal cuite ? Tricherie au poker au milieu d'une guerre civile ? plaisante le jeune Asiatique.

– Sans vouloir te manquer de respect, ferme ta gueule, petit con !

– Finalement, tu es un peu soupe au lait, toi aussi. Tu as de qui tenir, reconnaît Fetnat.

Orlando hésite à relever, puis mâchonne son cigare et, résigné, maugrée :

– Non, cette fois-ci, c'était à cause de la télévision. On n'était pas d'accord sur la chaîne à regarder. Je voulais la deux avec le foot. Un championnat de ligue d'Europe, quand même. Elle voulait voir un vieux film romantique, *Quand Harry rencontre Sally*. On s'est battus pour la télécommande.

– « Celui qui détient la télécommande détient le sceptre du pouvoir », rappelle Kim.

– Elle est de qui, celle-là ? Napoléon ? demande Fetnat.

– Non, elle est de moi, annonce Kim. Napoléon, il n'avait pas de télécommande, eh, Vicomte-À-Rebours !

– Oh, ne commence pas ! Je m'y connais mieux en histoire de l'Europe que toi en celle des royaumes africains ! Nous, on nous apprend votre histoire, mais vous, vous n'apprenez pas la nôtre !

Et il crache violemment par terre.

– Mais si, le docteur Livingstone et le docteur Schweitzer, on connaît ! rétorque Kim.

– Tu vas voir ce qu'il te dit, le docteur Livingstone !

Orlando ne se laisse pas distraire par cette querelle.

– Vos gueules ! Je cause ! Donc… Ma grosse poufiasse d'épouse n'a pas voulu lâcher la télécommande. Ma fille pleurait à côté. Ça m'a énervé que ma propre moitié ne sache pas se tenir devant notre progéniture. Donc je lui ai expliqué mon point de vue sur le sujet.

– Tu l'as tabassée ? demande Esméralda.

– Je l'ai « informée » de mon point de vue différent.

– Tu lui as bourré la tronche ?

– Je l'ai, disons plutôt, « éduquée ».

– Tout est dans les nuances, reconnaît Fetnat doctement.

– Ben voyons, ça c'est bien un argument digne d'un salopard de mec, dit Esméralda. Vous êtes tous solidaires, c'est ça ?

– Que dit le proverbe, « Qui aime bien châtie bien » ? Personnellement pour une fois je suis plutôt d'accord avec l'anti-proverbe « Qui aime bien quelqu'un ne lui fait aucune violence », renchérit Kim.

– Toi ferme-la, ne me cherche pas !

Orlando écrase son cigare, saisit par le goulot une bouteille d'alcool en verre à l'étiquette arrachée, la tète à longs traits, puis la jette au loin où elle se fracasse.

– Après, tout s'est compliqué. J'ai vu mon match, notre équipe a perdu, mais le lendemain, après avoir ruminé toute la nuit, ma femme est allée chez le médecin pour le constat de coups et blessures, puis à la police pour porter plainte. Et elle m'a dénoncé pour violence conjugale. Dès lors, j'ai dû filer une fois de plus. J'avais les flics au cul pour mon père, pour le capitaine et pour ma femme qui, entre-temps, avec l'aide d'un avocat, une sorte de fouine teigneuse, m'a déchu de mes droits paternels et civiques. Ce qui fait que j'étais privé de visite de ma propre gosse !

Orlando Van de Putte secoue la tête et se tait.

– Ce que le Baron ne te dit pas, c'est qu'il est alcoolique et que, quand il a bu, le docteur Jekyll se transforme en Mister Hyde. Il ne se contrôle plus, dit Kim, d'un ton connaisseur.

– Et qu'il avait bu quand il a fracassé la tronche de son père, de son capitaine et de sa femme. Et peut-être même de sa fille, ajoute Esméralda.

Le grand Viking bondit sur ses pieds.

– Je ne te permets pas de dire ça, Duchesse ! Jamais je ne toucherais un cheveu de ma gamine. Elle, c'est sacré !

Sa fille est la raison de vivre de cet homme.

Esméralda le provoque encore :

– Reconnais quand même que l'alcool te rend mauvais, Baron !

Il aspire au goulot une longue gorgée d'une nouvelle bouteille, puis la brise elle aussi.

– Bon. OK, je reconnais que j'aime biberonner. Mais est-ce que ça mérite autant de malheurs ?

185

– Arrête de prendre les autres pour des cons. C'est toi le méchant. Ton père, ton capitaine et ta femme, ce sont eux les victimes de ta brutalité. Et encore, parce que je me doute que tu ne racontes pas tout.

Le Renard Yin Yang tourne autour d'eux. Il grimpe en haut d'une pile de débris, en contre-jour, et sans raison apparente se met à glapir.

– Continuez s'il vous plaît, Baron Orlando, émet Cassandre de sa voix douce.

– Après, j'ai filé de chez moi. Je ne savais pas où aller. J'avais un pote gitan, qui s'était installé dans ce dépotoir pour travailler dans la récup' de carcasses de voiture et de machines à laver à l'abandon. Avec sa tribu ils m'ont hébergé, mais ils m'ont dit qu'ils ne pourraient pas éternellement me garder car je ne faisais pas partie des leurs. Et là est arrivée la Duchesse. Voilà. Voilà. Voilà.

Je l'envie tellement d'avoir des souvenirs d'enfance, même s'ils sont douloureux. Même si sa vie est un enchaînement d'échecs, elle a une logique, elle ressemble à un film. Avec un début, un milieu et une fin. C'est pour cela, d'ailleurs, qu'il m'a sauvé, le premier jour. Il savait que viendrait cet instant où il me montrerait sa vie et où je lui dirais que, en tant que jeune fille de l'âge de la sienne, je peux le comprendre.

Orlando crache par terre. Les autres l'imitent.

Kim se rapproche de Cassandre et lui murmure à l'oreille :

– Crache par terre…

– Quoi ?

– Crache, c'est un truc à nous. Si tu veux faire partie des nôtres, il faut que tu t'y mettes. Avoir les mains sales et supporter la puanteur ça ne suffit pas, il faut aussi cracher.

Elle essaie mais n'y parvient pas.

– Tu manques de jus, dit-il en spécialiste. Tes glandes salivaires ne sont pas réglées.

Kim lui tend un berlingot de vin rouge et lui propose de boire au déversoir mais elle refuse. Orlando donne une grande tape dans le dos d'Esméralda.

– À ton tour, Duchesse. Raconte ta vie, ma beauté, tu n'attends que ça.

67.

Elle, c'est une maman qui ne s'est pas réalisée. Son instinct maternel est resté inutilisé et elle en souffre.

68.

La femme rousse au grand chignon hésite, redresse sa poitrine généreuse :

– Oh ça va ! Ce n'est pas parce que mamie dit qu'elle aime la nature qu'il faut la pousser dans les orties.

Elle s'arrête, contente de sa phrase, puis finit par cracher.

– Bon, puisqu'il le faut. Je suis donc la deuxième arrivée ici. Moi j'ai été amenée ici par… le hasard. Comme je te le disais la dernière fois, mon histoire extraordinaire commence un beau matin de juillet quand j'ai été élue Miss Plus Beau Bébé de l'hôpital San Michelangelo. Moi non plus je ne suis pas française, je suis née en Italie, dans la région des Pouilles.

– La France est un carrefour des peuples, rappelle Fetnat doctement.

– Contrairement à Orlando, je n'étais pas bonne à l'école. J'étais juste très belle et, depuis mon élection, j'attirais l'attention de tout le monde grâce à mon physique très avantageux.

– « La fonction crée l'organe, l'absence de fonction défait l'organe », annonce Kim.

– Ça veut dire quoi ? demande la femme avec méfiance.

– Ben, si tu es intelligente tu n'as pas besoin d'être belle, et si tu es belle tu n'as pas besoin d'être intelligente. Le simple développement d'un talent empêche l'autre d'émerger.

– Rien compris. Mais je me doute que ça doit être encore un truc de mec misogyne, maugrée-t-elle.

– Qu'est-ce qu'il ne faut pas entendre ! s'exclame Orlando.

– Tais-toi, mécréant. J'étais belle, mais j'étais pieuse. Je voulais rentrer dans les ordres, devenir sœur, rester vierge, épouser le Christ. Au couvent, la mère supérieure m'a dit que j'étais trop ravissante pour rester cloîtrée. Pour elle c'était, je reprends ses propres termes, « du gâchis ».

– Je me marre, poursuit le légionnaire.

– C'est même elle qui m'a permis de rentrer en contact avec un type pour participer à des concours de beauté adultes. D'abord Miss « Tee-Shirt mouillé ». Puis j'ai été élue Miss Beauté de la boîte de nuit du quartier, le Pepper Mint. Puis j'ai enchaîné Miss Camping de la plage, et Miss Fête des vendanges. Là, j'ai commencé à faire des photos comme mannequin dans les magazines. Et j'ai compris que je plaisais beaucoup aux hommes.

– Pfff, tu parles, tu posais pour des publicités de mortadelles. Il faut dire qu'à l'époque tu ne louchais pas !

– Tais-toi, insolent ! C'est Dalida que tu insultes à travers moi ! Le strabisme léger est au contraire un supplément de charme. Ça donne un regard intense.

– Passer de bonne sœur à Miss Tee-Shirt mouillé, c'est quand même une vraie évolution de carrière, souligne Kim.

L'ex-Miss ne relève pas.

– Mais je voulais aller plus loin dans ma carrière artistique. Je voulais être actrice. J'ai donc fait des castings pour des tournages. Et ça a tout de suite marché. J'ai démarré une carrière dans le cinéma…

– … porno, complète Orlando.

– … érotique, rectifie Esméralda. Ça n'a rien à voir ! Espèce d'inculte ! Et puis je savais qu'au début il faut accepter les rôles un peu dénudés si on veut réussir dans le septième art.

– Qu'est-ce qu'on raconte pas comme conneries pour abuser les gamines ! Je suis sûr que même Cassandre ne serait pas tombée dans ce panneau.

Esméralda hausse les épaules.

– Beaucoup de grandes actrices italiennes ont commencé comme ça. Mais en tout cas j'ai jamais enlevé mon slip devant un objectif ! Jamais aucun cameraman n'a vu mon minou, je vous le jure. Et j'ai toujours gardé dans les films mon crucifix en pendentif.

— Sur une poitrine nue, c'est encore plus excitant, ajoute Orlando, taquin.

— Peut-être avez-vous vu un de mes films, mademoiselle ?

Elle me donne du « mademoiselle » maintenant. Je ne suis plus la « petite », « Blanche Neige », « Cendrillon » ou « La sangsue ». Si je lui réponds oui, elle va m'adorer. Mais elle va me demander lequel. Cette femme a tellement envie d'être confirmée dans l'idée qu'elle est importante et digne d'être admirée.

— *Femme en liberté* ? de Franco Magnano.

La jeune fille secoue la tête de droite à gauche en signe de dénégation.

— *Sans aucun complexe* ? de Tonio Rossi.

— Désolée.

— *Un automne à Ibiza* ? *L'homme au chapeau gris, Les amis de la pleine lune* ?

Déçue, Esméralda effectue néanmoins un geste désinvolte montrant que cette ignorance n'est pas déterminante pour la suite du récit.

— Donc je suis devenue une actrice importante. J'ai même été choisie pour faire la couverture et le grand poster central détachable de *Playboy* France. Dans l'article, le journaliste disait, je cite, qu'il y avait Gina Lollobrigida, Sophia Loren, Claudia Cardinale, mais que désormais il faudrait ajouter Esméralda Piccolini au nombre des beautés torrides qui illuminent le cinéma italien. Aaahh… toute une génération d'hommes se sont endormis le soir en fantasmant sur moi et en murmurant mon prénom. « Es-mé-ralda ».

— Ouais, tu étais l'idole des camionneurs et des adolescents boutonneux. Ils se branl…

— Ne gâche pas tout avec tes mots sales !

— On le sait que tu es une star ! Allez, continue ton histoire, Duchesse, l'encourage Fetnat.

— N'empêche que tu n'as jamais tourné un vrai film où tu ne t'es pas déshabillée, rappelle Orlando avec une moue narquoise.

– Détrompe-toi ! C'est ce qui était prévu dans *Le destin de Coralie*, un drame psychologique tourné par un réalisateur français de la Nouvelle Vague. Jean-Charles de Brétigny.

Le visage de Cassandre révèle son ignorance face à ce nom censé être célèbre.

– J'avais des répliques de plus de quarante lignes à apprendre par cœur ! Trois semaines de tournage. Je ne montrais même pas un bout d'épiderme de mon épaule, cher Baron. Avec ce film, j'aurais pu monter les marches au festival de Cannes.

Sa voix reste en suspens, tandis qu'elle s'imagine cet instant de consécration.

– Et puis est arrivé « l'incident regrettable ».

L'ex-actrice se gratte les seins. Aussitôt c'est le signal, tous se grattent frénétiquement.

– Sur le tournage, Jean-Charles m'a demandé de venir dîner avec des gens qui étaient, selon lui, très importants pour le financement du film. C'étaient des types aux cheveux teints et gominés, avec des bagues à tous leurs doigts boudinés. Durant le dîner j'étais la seule femme, et j'ai vite compris comment Jean-Charles voulait motiver ses amis à financer son film. Ils ont fini le repas fin soûls, et l'un des types a essayé de m'embrasser. Je l'ai planté au ventre avec une fourchette. Et puis, dans le feu de l'action, j'ai aussi balafré le premier assistant qui tentait de me maîtriser.

– Ben voyons. T'es soupe au lait, toi aussi, finalement, reconnaît Kim en relevant sa mèche bleue.

– Dire que sur tous mes tournages de série B je n'ai connu aucun problème, et que c'est sur ce film sérieux qu'est arrivé ce regrettable incident.

– Ce qu'elle ne te raconte pas c'est que, alertés par les cris des convives, les autres acteurs sont arrivés à la rescousse de la production. La Duchesse en a planté deux, toujours avec sa fourchette. Dont un sérieusement, si je ne m'abuse.

– Des figurants qui faisaient du zèle pour avoir un rôle plus consistant. J'étais en état de légitime défense. Vous ne pouvez pas savoir comme c'est teigneux, les figurants, ils peuvent tuer pour avoir un petit rôle.

– Tu parles, Duchesse ! Tu aurais pu leur parler, je suis sûr que ça aurait pu marcher, remarque Orlando. Ou leur montrer tes seins, ça les aurait calmés !

Elle ne relève pas, toute à ses souvenirs.

– La police, pour une fois, est arrivée très vite. Les studios étaient un peu plus au nord d'ici, pas loin du dépotoir. J'ai filé, je me suis cachée dans ce lieu providentiel et j'ai trouvé les gitans. Ils m'ont hébergée pour la nuit. La vieille m'a dit qu'il y avait déjà un autre type dans la même situation que moi et qu'on devrait fonder une famille. C'est là qu'ils m'ont présenté un gros type barbu, aux longs cheveux blonds et sales, qui était en train de boire, avachi sur des sacs.

Orlando se gratte la barbe et confirme.

– Dès que je l'ai vue, ç'a été une révélation. Je me suis dit : c'est la femme…

Il reste un instant silencieux, puis finit sa phrase :

– … qui va me faire chier pour un bon bout de temps !

Fetnat et Kim hochent la tête en signe d'approbation.

– C'était la première fois qu'il rencontrait autre chose qu'une pute, tu parles d'un choc ! précise Esméralda.

– Ah oui, d'ailleurs ça a changé ma vie. Et ma vision des femmes. C'est sûr.

Elle hausse les épaules.

– Avec Orlando nous avons visité la décharge. Nous étions comme Adam et Ève chassés du paradis, prêts à nous installer dans un nouveau monde.

Je ne les voyais pas comme ça, Adam et Ève.

– Ouais. Le paradis des ordures, si tu vois ce que je veux dire, nuance Fetnat.

– Et nous avons trouvé ce coin, explique l'ancien légionnaire, c'est une cuvette naturelle entourée de collines de déchets et de pneus qui le camouflent. Il est protégé par le cimetière des voitures, à l'ouest, qui nous sépare des gitans, et par les grandes montagnes de rebuts technologiques, à l'est, qui nous isolent des Albanais. L'idéal.

191

– Et, tels Romulus et Remus créant la ville de Rome, nous avons défini un périmètre et construit les premières cabanes troglodytes de ce village, poursuit la femme. Nous avons tracé les Champs-Élysées au nord.

– Vous vous êtes mis en couple ? demande Cassandre.

Esméralda rejette sa mèche d'un mouvement indigné.

– Avec ce porc obèse et alcoolique ? Plutôt crever. Dès qu'il a essayé de me faire des avances, je lui ai envoyé mon genou dans les couilles pour que les choses soient claires. Puis je l'ai terminé d'un coup de talon au même endroit, afin de bien préciser mon point de vue.

– Ah ça, reconnaît Orlando en grimaçant, la Duchesse n'aime pas les situations équivoques.

– On a fait tout de suite cabane séparée. Disons que nous étions deux associés dans une situation difficile. L'union de nos talents nous a semblé la meilleure solution de survie à long terme.

C'est étrange comme ils mélangent les mots compliqués et les mots vulgaires. Même leur langage est paradoxal.

– En fait, tu aimes Orlando, dit Fetnat, mais tu n'oses pas te l'avouer. Ça fait longtemps que tu n'as pas fait n'golo-n'golo, hein Duchesse ?

Esméralda ramasse la bouteille de vin et boit au goulot, puis rote. Puis, à la manière d'Orlando, elle jette la bouteille sur Fetnat qui se baisse pour l'esquiver. Le verre s'en va exploser plus loin avec un tintement cristallin.

– Faut trouver les bons partenaires. Les mecs, quand ils sont beaux, ils sont bêtes. Quand ils sont intelligents, ils sont moches. Et quand ils sont beaux et intelligents, ils sont homos.

Kim Ye Bin note la phrase qu'il trouve bien tournée.

– Et puis pour tout dire, c'est pas ma faute, j'aime pas le sexe. C'est pas du tout mon truc. S'enfoncer des excroissances de chair qui sentent mauvais, entourées de poils rêches, dans des orifices suintants qui sentent encore plus mauvais, et se secouer l'ensemble dans des positions ridicules qui feraient honte aux animaux, rien que l'image, ça me débecte ! Tu me vois glisser ma langue entre

192

les mâchoires à l'haleine putride de ce gros dégoûtant ! Tu me vois écarter les jambes pour qu'il m'enfonce son truc minuscule, plus petit qu'un doigt, dans ma fente sacrée ? Ne nie pas, je t'ai vu nu plusieurs fois, tu as un tout petit sexe, Baron ! Un gros cul et une petite bite, voilà qui te définit bien. Tu me vois laisser ce sanglier éructant m'écraser, m'asphyxier pour finalement décharger un liquide visqueux dans mon... Ah non : le sexe, j'ai ma dignité, non merci !

— Qui te parle de sexe ? Je te parle d'amour, rectifie Fetnat.

— Dans ce cas, je n'aime pas l'amour. N'oublie pas qu'à l'origine je voulais être nonne. C'était ma vocation première et ma vraie destinée. J'ai juste eu un accident de parcours. Le sexe ne m'a apporté que des soucis et des contrariétés.

L'ancienne Miss tripote machinalement le grand crucifix doré qui émerge de la profonde vallée entre ses seins.

— De toute façon, même si j'avais voulu faire des bêtises, voilà-t-y pas qu'a débarqué ce grand escogriffe de Fetnat... Allez, à ton tour de faire palabre, « troisième citoyen ».

69.

Lui, c'est un flegmatique qui a connu une erreur d'aiguillage.

70.

L'Africain change de position. Il enlève ses babouches de cuir vert, approche ses pieds du feu, puis sort de sa poche une longue pipe en écume de mer représentant une tête de pirate. Il l'allume et libère quelques bouffées tranquilles.

— Moi, je suis arrivé ici guidé par... les corbeaux.

Il aspire longuement la fumée, concentré sur son récit.

— Je suis né dans un charmant petit village en plein dans la savane du Sénégal, mais ça n'a aucune importance, on s'en fout du pays. L'essentiel, c'est ma tribu et ma croyance. Je suis un Wolof. Nous les Wolofs on est à 90 % musulmans, 10 % chrétiens et 100 % animistes, si tu vois ce que je veux dire.

– Savant dosage, souligne Kim.

– Mon nom complet est Fetnat Wade.

– Raconte d'où vient ton prénom, demande Orlando, c'est le plus drôle.

Le grand Noir hausse les épaules, rompu à l'exercice, puis consent à expliquer :

– Mmm… Fetnat est l'abréviation de Fête Nationale, le 14 Juillet quoi. Mes parents étaient très francophiles, alors ils ont décidé de choisir un prénom français sur l'almanach des PTT. Ils ont vu l'abréviation Fet Nat, ils ont cru que c'était un prénom. Depuis, je m'y suis habitué et je trouve cela très joli.

– Pourquoi pas Mardi gras ou Ascension, tant que tu y es ?

Fetnat hausse les épaules.

– C'est beau en effet, reconnaît Cassandre, qui se sent progressivement devenir spécialiste en prénoms.

– Vraiment, vous trouvez ? Il y avait aussi des filles dans mon village qui s'appelaient Armistice 18 ou Victoire 45. Sur le coup, je trouvais cela très chic d'avoir un chiffre dans son nom. Je ne vous cache pas que… enfin… mon village était réputé pour produire les meilleurs marabouts du pays.

Il souffle de la fumée bleutée et Cassandre a l'impression qu'il a sculpté dans l'air une figure représentant son village entouré de baobabs.

– Rappelle-nous ce qu'est un marabout ? propose Orlando.

– Un sorcier, quoi. Comment dit-on chez vous, déjà ? Ah oui, un pharmacien-herboriste-psychanalyste, je crois.

Kim commence à pouffer.

– Un peu de respect, je ne me moque pas de tes coutumes, ne ris pas des miennes !

– Je ne me moque pas, Vicomte, mais pharmacien-herboriste-psychanalyste c'est quand même ambitieux, comme métier.

Fetnat poursuit, imperturbable, tout en suçotant sa longue pipe.

– J'ai été initié par le grand maître Dembelé en personne.

Il attend de voir l'impression que cause la révélation de ce nom illustre mais, vu que personne ne réagit, il poursuit, aussi déçu qu'Esméralda dont personne ne connaissait les films.

– C'est maître Dembelé, en personne, qui m'a initié à l'art de la sorcellerie sacrée wolof. Il m'a appris à jeter et enlever les sorts, à cueillir les herbes sacrées, à parler aux morts, à réparer des 504 Peugeot diesel, à fabriquer des grigris, à négocier avec les démons, à parler français, à fabriquer des philtres et des élixirs, et aussi à utiliser « Exploweuwe ».

– Tu veux dire « Explorer », le logiciel informatique Windows pour naviguer sur internet ? demande Kim.

– En wolof, on ne prononce pas les r et on ajoute un e pour que ça chante, tranche l'Africain en lançant un regard courroucé au jeune trublion. Bref, j'étais un apprenti-sorcier de premier plan. Très doué dans les mixtures. Et déjà réputé à des kilomètres à la ronde. Je soignais tout le monde sans problème, les verrues, les coupe-feu, les retours d'affection. C'étaient mes spécialités, si vous voyez ce que je veux dire.

– C'est quoi un coupe-feu ? intervient Cassandre.

– Quand tu te brûles, le sorcier fait une prière sur toi et instantanément tu n'as plus de brûlure, explique Esméralda.

– Ah ça, la magie des Wolofs, c'est pas celle des Toucouleurs ou des Sérères, précise Fetnat.

– C'est qui, ça ?

L'Africain brandit sa pipe avec une grimace.

– Des tribus voisines. Mais avec des marabouts, pfff, bien en dessous des nôtres. Chez les Wolofs, ça marche. Notre magie est la plus forte du monde. Et moi j'étais le meilleur élève de maître Dembelé. Alors un jour, Diouf, le chef du village, m'a convoqué et m'a dit que maître Dembelé pensait que j'étais prêt. Il m'a dit : « Le monde a besoin d'être éclairé par la science des Wolofs, et il faut que tous les pays sachent qu'ici nous avons la seule médecine qui sauve vraiment de tout. Nous allons donc utiliser notre trésor de guerre pour t'envoyer à Paris. Et comme Paris rayonne culturellement partout, le monde entier saura que la magie des Wolofs est la plus puissante. »

– Logique, appuie Kim.

– Ils m'ont payé un passeur, un billet de bateau et de train et même un petit studio dans Paris.

– Et là, tu as commencé à « éclairer » le monde ? s'informe Orlando avec sérieux.

L'Africain sort de sa poche une carte de visite ornée d'un stéthoscope et d'une seringue entrelacés. Au-dessous, en lettres tarabiscotées : « Docteur Fetnat, diplômé en médecine traditionnelle africaine. » Et en plus petits caractères : « Récupérez la femme qui vous a quitté, retrouvez votre virilité, philtres d'amour qui ont plusieurs fois montré qu'ils marchaient. Docteur Fetnat guérit les furoncles, le cancer, le sida, l'hépatite B, l'herpès, les maux de tête, les insomnies. Vengez-vous du patron qui vous a viré, empêchez vos collègues de vous voler votre place, retrouvez vos cheveux. Docteur Fetnat soigne les émissions d'odeurs nauséabondes des pieds et des aisselles. Vente de stylos magiques qui ne font pas de fautes d'orthographe pour les examens à Paris. Cartes de crédit acceptées, chèques sur présentation de la carte d'identité. » Et, plus bas en grosses lettres : « Si pas de résultat vous êtes remboursé. »

Cassandre hoche la tête, impressionnée.

Fetnat récupère le précieux carré de carton, dernier souvenir de sa période de splendeur.

– Au début tout allait bien, ma carrière était en croissance exponentielle. Il faut dire que j'étais installé à Barbès et que la clientèle y était nombreuse. Le seul inconvénient était la concurrence. Il y avait d'autres marabouts : des Malinkés, des Tendiks, et même des Bassaris. Je ne suis pas raciste mais ces gens-là ne sont pas très sérieux du point de vue de la déontologie.

Quand il le décide, il a un joli vocabulaire. Il a dû bien apprendre le français.

– C'est l'avantage de Rédemption, ici on n'est pas obligés d'être politiquement corrects, tranche Esméralda. Tu as le droit d'être raciste, Fetnat, nous on ne te dira rien. Continue.

– Bon, dans ce cas j'assume. Je n'aime pas les Blancs non plus. Je trouve que la peau blanche rappelle la couleur des cadavres. Et puis votre odeur, c'est terrible !

– Ça pue ?

– Non, pire : ça ne sent rien ! Vous êtes comme des robots, pâles, lisses, sans odeurs, sans saveur. Vous êtes fades !

196

– Désolé de ne pas être noir, soupire Orlando.

– Et alors, ceux que je déteste le plus, bien plus que les Blancs, ce sont les Peuls.

L'Africain grimace à cette seule évocation.

– Te fatigue pas, tranche Orlando, sans vouloir te vexer, pour nous vous êtes tous des Noirs. On ne perçoit pas les nuances de toutes vos tribus.

– Les Peuls ! Ah, s'il te plaît, ne confonds jamais un Wolof avec un Peul. Rien que physiquement on ne se ressemble pas du tout et…

– Qui « peule » plus peut le moins ? ironise Kim.

Le sorcier africain poursuit sans relever la saillie.

– Donc je gère ma clinique, enfin mon studio transformé en centre médical, faisant fi de la concurrence de mes soi-disant confrères (des escrocs patentés n'y connaissant rien en véritable magie, mais je n'insiste pas sur ce sujet) et tout va bien. Jusqu'au jour où je m'aperçois que ma médecine ne marche plus, même si je ne peux pas comprendre pourquoi. Peut-être parce que je n'utilisais plus des ingrédients frais. Je mettais par exemple des herbes surgelées. Ou des poudres d'os issus d'animaux différents.

– Parce que de la gazelle et de l'éléphant sauvage, on en trouve difficilement à Barbès, reconnaît Orlando.

– Tu ne crois pas si bien dire. Même trouver un serpent, un crapaud ou une araignée à Paris, c'est la fin du monde.

– Ah ça, les recettes de sa famille faut pas les changer, chaque produit compte, surenchérit Esméralda. C'est comme si j'essayais de faire des sauces tomates pour les spaghetti avec les ingrédients d'ici, tiens !

– Et puis est arrivée la concurrence déloyale du Viagra. Nous, les marabouts de talent, nous promettions de rendre les forces viriles aux hommes. C'était quand même 80 % de la demande. Or les savants blancs ont résolu le problème avec un médicament en vente dans les… pharmacies ! Ah, le mal qu'a fait le Viagra aux marabouts professionnels, qui osera en parler ? On aurait dû manifester pour « concurrence déloyale ».

Fetnat lâche nerveusement quelques bouffées.

197

– Donc il me restait le retour d'affection, une poudre à prendre avec un verre d'eau, à jeun. Si la fille vous a quitté pour aller avec un autre, grâce à ma poudre elle revient. Garanti ou remboursé. Mais d'un coup un client a eu une crise d'allergie. Parce que dans la composition secrète de ma mixture il y avait de la crevette séchée. Juste pour le goût. Le client a eu un œdème de Quincke et pas de chance, vu qu'il était seul chez lui, il a agonisé sans que quiconque lui vienne en aide. Le corps a été trouvé par sa femme de ménage le lendemain.

– Ton petit « incident regrettable » ? grince Kim.

– La police a enquêté et sa mère a dit qu'il était venu chez moi et qu'il avait pris de mon élixir. Il en avait encore une bouteille chez lui. Ils ont analysé le liquide et ils ont découvert que j'avais mis dedans, en dehors de la crevette séchée, de la lessive et de l'urine.

– C'est vrai ? demande Esméralda intéressée. Ça marche ?

– Ces ingrédients rentrent en effet dans la composition secrète de ma formule pour « retour d'affection ». Vous ne pouvez pas comprendre. La police est venue pour m'arrêter. Comme je n'avais pas de papiers en règle, quand je les ai vus monter, j'ai préféré filer par l'escalier de secours. C'est après que m'attendaient quelques déceptions. J'ai voulu me planquer chez mes collègues marabouts. Je croyais qu'il existait une solidarité entre gens du même continent, mais tu parles, les autres sorciers escrocs étaient bien contents de se débarrasser d'un concurrent. Ah les Peuls, ce sont les plus racistes, c'est pour cela que je ne les aime pas.

– En gros, un raciste, c'est quelqu'un qui ne veut pas de toi ? suggère Kim.

Fetnat se gratte entre les orteils avec le tuyau de sa pipe.

– Donc je fuis encore. La solidarité africaine, tu parles ! Ils me laissent tous tomber mes frères de couleur, quand ils ne me dénoncent pas aux flics ! Merci mes cousins ! Dans ces moments-là, maître Dembelé m'a dit : « N'attends rien des hommes, seule la nature est ton amie. »

– Ah le mal que font les proverbes ! déplore Orlando en crachant violemment.

Fetnat saisit une canette de bière.

– J'ai écouté la nature. Mon animal fétiche, c'est le corbeau parce qu'il y en a partout dans le monde. J'ai suivi les corbeaux, et les corbeaux venaient ici. J'ai découvert ce lieu comme une jungle en plein milieu de la civilisation. Ici il y avait des animaux sauvages. Ici on pouvait cueillir des vraies plantes qui poussent naturellement, pas des trucs chimiques trafiqués.

– La nature ? Des chardons et des ronces, tu parles ! s'exclame Esméralda.

– Peut-être, mais elles ont toutes leurs vertus médicinales particulières que j'étudie encore. Ce ne sont pas des herbes surgelées, ce sont des vraies plantes sauvages. Il y a des serpents, des araignées, des vers, des escargots, des crapauds. Ah, vraiment, j'adore cet endroit, je ne suis pas prêt à en sortir. De toute façon, je n'ai toujours pas de papiers. Si la police m'attrape, ils me renvoient aussi sec dans mon pays et, là-bas, je devrai rendre des comptes pour l'argent que mes compatriotes ont réuni pour mon voyage en métropole. Je veux bien rentrer, mais riche, pour rembourser tous ceux qui ont cru en moi, si vous voyez ce que je veux dire.

Là-dessus, Fetnat crache par terre.

– Voilà, j'ai parlé. À toi, Kim.

71.

Lui, c'est juste un petit con prétentieux qui joue avec ses ordinateurs.

72.

Le jeune Asiatique en jean et veste de cuir trouée se lève et salue l'assistance d'un geste ample. Ses fossettes se creusent et il ressemble davantage encore à Jacky Chan.

Il relève la mèche bleue qui lui barre le front.

– Bon, moi je suis le quatrième arrivé. J'ai été amené ici par les… Albanais. Je m'appelle Kim Ye Bin. En fait Kim c'est mon nom de famille, et Ye Bin mon prénom, mais vu que personne n'arrive à s'en souvenir, j'ai fini par faire comme si je me prénommais Kim. Je suis né à Pyong Yang, la plus mauvaise idée d'endroit où naître. Être pauvre partout dans le monde c'est dur, mais être pauvre en République populaire démocratique de Corée du Nord, c'est une erreur. Ce pays n'est ni une république, ni une démocratie, et encore moins un gouvernement populaire. Le pays est tenu par un dictateur fou, Kim Jong Il, lui-même issu d'une dynastie héréditaire de présidents communistes. Il se donne beaucoup de mal pour construire des missiles nucléaires, des salles de torture, des monuments gigantesques à sa propre gloire. Le pays vit dans le mensonge et la terreur, sans opposition, et avec l'obligation de vénérer le « rayon du soleil vivant qui éclaire le monde », à savoir un nabot cruel à talonnettes et à implants de cheveux, qui s'est autoproclamé « source de toutes les sagesses ». Mais le pire est la manière dont il traite sa propre population. Il a transformé tout le nord du pays en un gigantesque camp de travail où il affame volontairement des millions de gens, rien que pour les mater. L'économie est à l'abandon. Il y a des centaines de milliers de morts de faim, et tout le monde s'en fout. Kim Jong Il s'est autoproclamé président éternel, mais il n'est apparu sur Terre que pour faire chier et souffrir les gens. Et il soutient tous les autres dictateurs du monde, que ce soit l'Iran, Cuba, le Soudan. Tous les pourris totalitaires cinglés sont copains.

« Mon père était professeur de français. Il parlait de la France comme de la Terre Promise, un pays libre et cultivé où l'on encourageait la libre pensée. Un jour il a craqué. Il a construit une embarcation de fortune et nous avons fui avec ma mère à partir d'une crique non surveillée, pas loin du port de Nampo, dans le sud-ouest. Nous avons erré longtemps sur la mer Jaune, dans le golf de Corée. Nous avons été attaqués par des pirates chinois qui écument la région pour rançonner les naufragés. J'avais 8 ans. Ma mère m'a caché sous une couverture. Les pirates ont tué mes parents, notre barque de fortune a continué à errer et a fini par être repérée par un groupe d'aide aux réfugiés soutenus par une association de médecins bénévoles. C'était Médecins Sans Frontières. Des Français. C'est comme si le hasard, après avoir très mal fait les choses, me lançait un clin d'œil. "Vous aimez la France ? Eh bien vous voilà en contact."

« Les gens de l'association m'ont ramené à Paris et j'ai été mis en pensionnat où j'ai reçu ce que vous appelez une "éducation républicaine laïque et obligatoire". Moi aussi, tout comme le Baron et le Vicomte, j'ai adoré l'école.

— C'est pour cela que ce petit con sort toujours des proverbes stupides pour étaler sa culture, rappelle Orlando.

— Je n'avais qu'une envie, c'était de m'intégrer et de devenir un bon Français, afin d'oublier les circonstances tragiques qui m'avaient amené ici. J'étais bon élève. Très bon élève. Puis j'ai fait de l'informatique et je suis devenu un as de la programmation et de la conception des machines. Mais je ne me suis jamais vraiment occupé de mes papiers officiels, par fainéantise ou parce que la situation me paraissait évidente. Pour moi, la meilleure manière de devenir Français était d'être excellent, professionnellement parlant, et ainsi d'enrichir par mon travail le pays qui m'avait accueilli.

Le renard réagit aussitôt en couinant d'un air indigné.

À se demander si Yin Yang ne vient pas ici juste pour attendre le mot qui le fait réagir.

— Quel imbécile ! Il n'a vraiment rien compris, fulmine Esméralda. Comme si on récompensait les gens au mérite ! La nationalité, on l'obtient par sa capacité à se lever tôt pour faire la queue pendant des heures devant un centre administratif préfectoral, à remplir des papiers incompréhensibles et à discuter avec des fonctionnaires qui sont payés pour te créer des problèmes.

Le jeune Coréen a perdu son flegme et semble vraiment agacé.

— Je déteste avoir à prouver l'évidence.

— En gros, tu es tellement bouffi d'orgueil que tu n'as même pas fait le nécessaire auprès des bureaux d'immigration, précise Fetnat.

— Quel petit con ! répète Orlando.

— Bon, toujours est-il que j'ai été repéré avant même de terminer mes études comme un surdoué des ordinateurs.

Comme mon frère.

– ... et j'ai été engagé dans une grande banque pour m'occuper de toute la partie transactions électroniques avec l'étranger. Je m'occupais de faire circuler avec un maximum de sécurité des sommes énormes entre les banques de tous les pays du monde. Et puis un jour...

Orlando lui donne une tape dans le dos.

– La « boulette » ? Le « regrettable petit incident » ?

Kim rentre la tête dans les épaules.

– Je me suis introduit dans le système de la Banque centrale chinoise. La Chine est le seul grand pays qui soutienne la Corée du Nord. C'est à cause d'eux que ce dictateur d'opérette se maintient au pouvoir. C'était ma petite vengeance. Je n'ai même pas profité de l'argent que j'ai piqué, je l'ai juste transféré sur le compte de Médecins Sans Frontières.

– Ça a marché ? demande Esméralda, curieuse.

– Bien sûr. Alors j'ai pris de plus en plus de risques, jusqu'au moment où je me suis aperçu que j'avais les Triades, la maffia chinoise, aux fesses. Je ne pouvais même pas demander l'aide de la police car j'étais en situation irrégulière et ils m'auraient renvoyé dans mon pays. Là-bas, j'aurais été expédié dans un centre de rééducation, ou exécuté en tant que traître, dès ma descente d'avion.

Kim ouvre son blouson de cuir et dévoile la phrase de son tee-shirt du jour :

« La dictature c'est : ferme ta gueule. La démocratie c'est : cause toujours. »

– J'ai paniqué. Je me suis mis à errer dans la ville, fuyant les policiers et tous les types aux yeux bridés qui pouvaient travailler pour les Triades. Je suis progressivement devenu un SDF.

– T'as vraiment été con, reconnaît Orlando.

– Merci pour le compliment, Baron, mais laisse-moi continuer. Ensuite j'ai rencontré des Albanais qui m'ont proposé, vu mon jeune âge, de travailler pour eux comme dealer de drogue à l'entrée des lycées. Je leur ai plutôt proposé mes services d'informaticien et j'ai, en quelque sorte, mis sur ordinateur leur gestion de stocks. Quand ils m'ont donné rendez-vous ici et que j'ai découvert cet endroit, j'ai tout de suite compris que c'était une île déserte inconnue au milieu du pays. Un sanctuaire sauvage. Un havre de paix où les Triades ne me retrouveraient jamais.

Il crache sur ce sol béni.

— J'ai visité le dépotoir au-delà du campement des Albanais. J'ai compris que c'était ma terre promise. Mon sanctuaire. Je cherchais à me bâtir une cachette pour planquer mes affaires personnelles et je suis tombé sur ces trois-là.

— Nous étions en quelque sorte les autochtones, annonce Orlando d'une voix sentencieuse.

— Au début, j'ai cru que c'étaient trois tarés à moitié débiles.

— Merci pour le compliment, s'offusque Esméralda.

— Et puis on a causé. Et nous avons pensé que nous possédions des talents complémentaires. J'ai laissé tomber les Albanais et je suis venu m'installer à Rédemption.

Esméralda approuve.

— Le Marquis est un bon petit gars. Il avait réellement sa place parmi nous. Il nous a installé le téléphone, la télévision, la radio, l'ordinateur, reconnaît-elle.

— Et même l'éolienne, et les panneaux solaires, sans oublier les caméras de contrôle. C'est grâce à son talent d'électronicien qu'on vit dans un confort moderne au milieu des montagnes de déchets.

— C'est déjà malheureux d'être pauvre, si en plus on doit se priver de télé c'est la fin du monde, ajoute Fetnat. Surtout que moi, il y a des séries que j'adore. Notamment *Lost*. À cause de la jungle.

— Moi c'est *Prison Break*, complète Orlando. Pour le rythme.

— Moi, *Desperate Housewives*, dit Esméralda. Ces filles me ressemblent, chacune à leur manière.

— Bon, moi c'est *Numbers*, conclut Kim.

Il balaye d'un souffle sa mèche bleue.

— Le cœur informatique de Rédemption est dans ma chambre. C'est un gros ordinateur branché sur des batteries, elles-mêmes nourries par les panneaux solaires et les éoliennes.

— Grâce au Marquis, nous avons aussi des films projetés sur grand écran le soir, reconnaît Fetnat.

– Sinon, je suis le seul ici qui ne soit ni superstitieux, ni sorcier, ni irrationnel. En fait, je suis le seul esprit cartésien, le seul scientifique. Alors ne me casse pas les pieds avec tes visions magiques, petite, j'y crois pas.

– Et puis, grâce au Marquis, on a un peu d'argent liquide, admet Esméralda. Il récupère l'or des ordinateurs de la casse et le revend aux ferrailleurs gitans, ce qui nous permet d'acheter des billets de Loto.

– Et je suis un putain d'anarchiste fier de l'être, je veux changer le monde ! clame le Coréen en martelant l'air du poing.

Pour signer son affirmation il crache par terre bruyamment.

Le vent souffle et fait voler les sacs-poubelle comme des fleurs évanescentes. Esméralda sourit :

– Voilà, dit-elle, tu sais tout, maintenant, Cendrillon. Nous avons été rejetés par la société, nous sommes tous recherchés par la police, et c'est pour ça qu'on peut pas sortir d'ici. Nous sommes des bannis.

À nouveau ils crachent à tour de rôle. Cassandre essaye de les imiter mais, même en se raclant la gorge plusieurs fois, elle n'y arrive pas. Le renard les observe en silence, perché au-dessus des ordures.

Orlando se lève et proclame d'une voix forte :

– Un jour, tu verras, nous bâtirons une alliance avec les autres cités qui vivent sur les ordures. Il y en a beaucoup dans le monde. À Madagascar, au Caire, à Mexico, à Rio de Janeiro, à Bombay…

– La plus grande ville sur dépotoir se situe en Colombie, à Tumaco, au sud du pays, complète Kim. Une ville entière construite au bord de la mer derrière une digue d'immondices. Je l'ai vue sur internet.

– Parias du monde entier, les vrais, unissons-nous et faisons de nos tas d'ordures des nations ! tonitrue le Viking.

Kim dresse le poing.

– Anarchie ! Anarchie !

Il déniche une bouteille de whisky Glennlivet et la brandit.

– Debout les damnés de la terre ! Debout les forçats du… non je plaisantais. C'est *L'Internationale* et je déteste les communistes. Ils ont fait beaucoup de mal aux anarchistes. En 1917 l'Armée rouge préférait tuer les anarchistes que les Russes blancs. Personne n'aime les anarchistes. Surtout pas les dictateurs.

– Et toi, pitchounette, tu es la cinquième arrivée… Alors raconte !

Cassandre les dévisage un par un.

– Mais je vous ai déjà tout dit. J'ai été guidée vers vous par des chiens sauvages. Sinon, pour ce qui est de ma vie d'avant l'attentat qui a tué mes parents, j'ai tout oublié.

– Tu plaisantes, petite, dit Fetnat.

La jeune fille les toise, l'air renfrogné.

– Maintenant que je fais partie des vôtres, je vous demanderai de ne plus m'appeler petite, pitchounette, Chaperon rouge, Cendrillon ou je ne sais quoi. Je veux un titre de noblesse, moi aussi.

– Vicomtesse ? Baronne ? Duchesse ? Non, tous ces titres sont déjà utilisés, souligne Fetnat.

Cassandre réfléchit, puis lâche :

– Appelez-moi… Princesse.

73.

Ça y est.

Enfin.

Ils m'ont parlé de leur passé parce qu'ils se considèrent comme mes égaux. Je suis parvenue en partie à combler le fossé qui nous sépare.

Je ne suis plus une étrangère. Je suis sale, j'ai un titre de noblesse, bientôt je saurai roter et péter comme eux, simple question d'éducation.

Me voilà citoyenne de Rédemption.

Je suis dans l'humus fécond où peuvent pousser toutes les fleurs.

Sur ce socle, je vais pouvoir commencer à construire ma nouvelle vie et fouiller incognito dans les décombres de mon passé.

Intuitivement, je sens que c'est grâce à eux que je saurai qui étaient mes parents. Qui est mon frère.

Et en quoi consiste « l'Expérience 24 » pratiquée sur moi.

74.

Ce matin-là, une agitation inhabituelle parcourt le petit village du dépotoir municipal.

Le renard Yin Yang observe de loin les humains qui se démènent, en dodelinant de la tête. La jeune fille aux grands yeux gris a enfilé une tenue de maçon, des gros gants en caoutchouc et des bottes de chantier bien trop grandes pour elle. Elle a relevé et noué ses longs cheveux en chignon. Debout au centre du village, elle évalue le décor, et commence par choisir l'emplacement de sa future cabane. Elle sélectionne une zone favorable, entre la hutte d'Orlando et celle de Kim.

Entre mon premier et mon second sauveur.

Orlando lui propose une orientation sud-sud-est, pour être réveillée par les premiers rayons du soleil et disposer d'une porte et d'une fenêtre ouvrant vers la place centrale du village, donc vers le feu.

Elle approuve d'un hochement de tête. Puis, à l'aide d'un cordon et en suivant les conseils de Fetnat, elle définit la taille du carré qui constituera son plancher.

L'Africain se révèle un excellent « architecte en hutte sur dépotoir ». Il lui indique les zones au sol trop meuble, lui propose d'ajouter quelques mètres afin de créer une véranda couverte devant la future façade.

En s'aidant d'un chariot déglingué et de treuils, Orlando et Kim plantent verticalement quatre longues voitures américaines, Cadillac, Chevrolet, Mustang et Lincoln, des modèles des années soixante, qui deviennent les colonnes porteuses de la hutte. Puis ils déposent en toit une grande plaque de tôle ondulée. Il n'y a plus qu'à dresser les murs proprement dit. Ceux-ci sont composés de machines à laver qu'ils transportent avec des brouettes et empilent ensuite comme les cubes d'un jeu de construction.

Aux alentours de treize heures, ils marquent une pause-déjeuner autour d'un plat belge spécialement préparé par Orlando Van de Putte : du waterzooï.

– Normalement le waterzooï (prononcez waterzouillie si vous ne voulez pas passer pour des touristes) se fait avec du poulet, mais ici j'ai mis au point ma recette personnelle, avec du rat. C'est encore meilleur. Je sens à ton regard que tu es intriguée, pitchou… euh, Princesse. T'inquiète pas, je n'ai rien à cacher. Donc, pour cinq personnes il faut six gros rats de préférence bien gras. On les fait bouillir dans une marmite d'eau et on profite de la cuisson pour enlever la peau et couper la tête et les pattes. On ne les jette pas, on s'en servira pour faire une écrasée avec du piment en sauce supplémentaire. Revenons à la marmite. On ajoute un peu de crème fraîche, du saindoux, de la bière, des pommes de terre, des carottes, des poireaux, du céleri, une branche de persil, du laurier, un jaune d'œuf, un peu de sel et du poivre blanc. Certains ajoutent des clous de girofle mais personnellement je n'aime pas trop, ça gâche le goût de la viande. Laisser cuire quarante-cinq minutes à feu vif, servir chaud.

Cassandre refuse poliment le plat fumant servi dans une gamelle et se nourrit de chips et de Nutella.

L'après-midi est consacré à étanchéifier les murs en déposant sur les machines à laver empilées des bâches de plastique. Pour la façade, ils aménagent un orifice rectangulaire qui servira de fenêtre et le comblent avec une vitre en plastique presque transparent. Des morceaux de tissu rouge, découpés et cousus par Esméralda, servent de rideaux intérieurs.

Pour l'entrée, Fetnat récupère une porte de réfrigérateur géant.

– Comme ça, tu pourras mettre des décorations aimantées sur ta porte, précise le Sénégalais.

– J'ai l'impression que Cendrillon, enfin, la Princesse, va avoir la plus belle hutte du pays, marmonne Esméralda. Il faudrait peut-être penser à améliorer aussi la mienne.

– Commence pas à être jalouse de la gamine, Duchesse, tu sais bien que ta hutte est la plus belle.

Les trois bâtisseurs passent à la phase suivante. Ils protègent la cabane en déversant sur elle des coulées d'ordures qui font office d'isolation thermique et de camouflage.

Cassandre pénètre dans la maison vide et s'assied au milieu pour réfléchir à la décoration intérieure. Les autres la rejoignent pour inspecter la pièce et proposer d'éventuelles améliorations. Mais, soudain, la montre-bracelet de Cassandre affiche « Probabilité de mourir dans les 5 secondes : 73 %. »

– Sortons d'ici, vite ! s'écrie-t-elle.

À peine sont-ils dehors que le toit et toutes les ordures qui le surmontaient s'effondrent, ensevelissant l'intérieur de la pièce sous une coulée multicolore.

Fetnat la regarde étrangement.

– Comment as-tu su ?

– Mon intuition féminine, répond Cassandre.

L'Africain la considère avec suspicion. De son côté, la jeune fille cherche ce qui a pu informer Probabilis et finit par remarquer une petite caméra vidéo sur un mât.

– C'est quoi, ça ?

– Une caméra de contrôle. Kim en a installé partout pour surveiller les alentours du village. C'est son côté informaticien paranoïaque, répond Orlando.

Eh bien, ces caméras de contrôle doivent être, d'une manière ou d'une autre, reliées au réseau Internet, car Probabilis voit ce qui se passe ici.

Puis, tous ensemble, ils commencent à déblayer les immondices. Ensuite, ils renforcent le soutien du toit avec des poutrelles d'acier encastrées dans les voitures servant de colonnes.

– Même les bâtisseurs de cathédrales oubliaient parfois de renforcer les supports de la voûte, rappelle Kim. On admire souvent les arcs-boutants qui soutiennent les plafonds mais, pour un arc-boutant qui tient, combien se sont effondrés sur la foule des paroissiens venus inaugurer le bâtiment ? Ceux-là, on les a oubliés.

– Oh, hé, on est bricoleurs pas architectes. On fait ce qu'on peut, dit Orlando en renforçant un coin du plafond avec du ruban adhésif.

Et, pour ponctuer sa déclaration, il lâche un pet.

– Hé, gros porc, pète pas chez la gamine !

– Ça fait fuir les moustiques. Et puis, si elle fait partie des nôtres, il faudra bien qu'elle se mette à vivre comme nous. Faudra bien qu'elle apprenne 1) à cracher, 2) à roter, 3) à péter, 4) à se mettre les doigts dans le nez et 5) à se saouler la gueule.

– Ouais, « Si tu veux vivre avec les Romains, il faut vivre comme les Romains. »

– Tu m'énerves avec tes proverbes. Mais bon, celui-là, pour une fois, il est plus vrai que son contraire.

Orlando se tourne vers la jeune fille.

– Tu sais, Princesse, il y a longtemps, au Canada, les premiers trappeurs français qui ont voulu vivre en forêt sont morts. Les seuls qui survivaient étaient les crasseux. Parce que leur puanteur faisait fuir les moustiques et les mouches piqueuses. Or, c'était précisément ces insectes qui transportaient les fièvres mortelles.

C'est logique.

– C'était une forme de sélection naturelle. Les propres mouraient, les sales survivaient. La nature n'a pas la même morale que les bourgeois, confirme Fetnat.

Kim Ye Bin se tourne vers la jeune fille.

– Tu veux que je te dise le meilleur ? On s'est aperçu que les gens qui se lavaient trop, en prenant plusieurs douches par jour, par exemple, attrapaient plus de maladies que les autres, probablement parce qu'ils ne laissaient pas la peau fabriquer ses propres défenses. Pareil pour les bébés : ceux qui ont parfois des tétines sales développent leur système immunitaire. Ceux qui ont des tétines stérilisées chopent toutes les maladies dès qu'ils vont en crèche. Parce que l'excès d'hygiène les a fragilisés. Crois-moi, si tu ne veux pas être malade, ne te lave jamais les mains.

Ce qui a l'air de le ravir.

– Comment tu connais ces conneries, toi ? demande Esméralda.

– Je lis Internet.

– Ça se « lit », Internet ?

– Ça se picore. Suffit de trouver des chemins de promenade. J'aime bien lire les informations qui n'intéressent personne. Je fais ça depuis longtemps. On comprend plein de choses différemment quand on s'intéresse aux détails. À propos de détails, justement, on fait quoi pour la déco de la Princesse ?

Les murs et le toit solidifiés et étanchéifiés, Kim invite la jeune fille à venir choisir avec lui son mobilier.

Ils quittent le village et se dirigent vers le sud-ouest du DOM. Kim la guide au sommet d'une montagne de chaussures de femmes. Au début, elle dérape sur les tas de sandales, de mocassins et de talons aiguilles, puis elle trouve une technique pour gravir cet amoncellement mobile. Au sommet, Kim l'aide à se stabiliser, même si elle s'enfonce un peu au milieu des escarpins.

– On t'a raconté l'histoire, maintenant voilà la géographie du Dépotoir, annonce-t-il.

Cassandre découvre le panorama à 360° qui s'offre à elle. Le DOM a la forme d'un rectangle parfait, délimité par des haies d'arbres haut et touffus.

Au moins, ils ont trouvé un moyen pratique de cacher la misère et son odeur.

Il lui tend une longue-vue qui semble dater du siècle dernier et lui indique du doigt les différentes directions.

– Donc, à l'ouest, c'est le campement des gitans. Ils sont cool. Ils font de la ferraille et de la récup. Ils ont leur propre entrée, mais je te déconseille de passer par là, en tout cas pas tant que les présentations officielles n'auront pas été effectuées. Ils sont très formalistes-soupe au lait.

Cassandre braque la longue-vue et distingue, derrière des empilements de carcasses de voitures, des brasiers qui fument et un cercle de caravanes d'où dépassent des antennes de télévision.

– Ce sont eux qui nous fournissent la ligne Internet haut débit et l'électricité quand on en manque. Eux également qui nous donnent des euros en échange de l'or des ordinateurs. Donc on dépend des gitans pour rester connectés avec le monde extérieur.

Puis Kim indique le point cardinal opposé.

– À l'est, les Albanais. Au début, il y avait des Roumains, puis des Hongrois, puis des Serbes, mais ils ont été chassés par les Albanais qui sont de loin les plus violents. C'est comme chez les dinosaures, les plus féroces s'emparent des territoires.

Cassandre remarque, derrière les tas d'ordures ménagères, des baraquements rectangulaires semblables à ceux des chantiers de construction.

– Les Albanais font du trafic de drogue et la traite des Blanches.

– C'est quoi, la traite des Blanches ?

– Des filles des pays de l'Est, qu'ils achètent à des passeurs et qu'ils dressent ici, dans ces baraquements. Eux aussi ils ont leur entrée mais mieux vaut éviter d'approcher, même après les présentations. Eux, ils sont plus que formalistes. Ils sont, comment dire, « pudiques ».

Cassandre esquisse une grimace

Il a le sens des nuances. Cela nous fait un terrain de communication possible.

Elle regarde machinalement sa montre : 14 %.

Tout va bien. Je suis en sécurité avec lui.

Déjà, Kim lui indique un troisième point cardinal.

– Au sud : rien. Les arbres, les carcasses d'avions ou de bus, les flaques de boue, les chardons. Les marécages. C'est par là que tu es arrivée la première fois, je crois.

Cassandre inspecte les frondaisons avec sa longue-vue, en cherchant à se repérer.

– C'est aussi le terrain de chasse d'Orlando. Des fois, il arrive à attraper des bestiaux plus costauds, des chats sauvages gros comme des lynx, des chiens de la taille d'un loup, des porcs redevenus sauvages. C'est là aussi d'où est sorti un jour Yin Yang. Venu d'on ne sait où.

Ce sont les animaux saprophytes, étymologiquement le mot vient du grec : qui se nourrissent de plantes pourries. Depuis la nuit des temps, les animaux sauvages ont commencé à créer des liens avec les hommes en hantant leurs ordures ménagères. C'est ainsi qu'ont dû s'approcher les premiers chiens, les premiers porcs, les premières chèvres.

Contrairement à ce qu'on pense, personne n'est allé les chercher, la plupart des animaux domestiques sont venus d'eux-mêmes.

– C'est le retour du monde sauvage. Ici, les espèces qui ont muté pour s'adapter au monde des hommes régressent pour retrouver leur forme originelle.

En fait, c'est peut-être ce qui se passera plus tard.

– Au nord : le grand bâtiment, c'est Moloch, le fameux incinérateur ultramoderne qui polluait marron. Toutes les portes sont scellées avec des cadenas et les fenêtres murées. L'ancien dieu dévoreur d'ordures est bâillonné et aveuglé.

Cassandre distingue un cube surmonté de deux cheminées qui ressemblent à des cornes.

– À côté, ce que tu vois c'est le ballet des camions-bennes qui viennent déverser les déjections quotidiennes de la capitale.

Elle aperçoit des files de ce qui ressemble à de gros éléphants fumants. Ils viennent vomir des tas d'objets multicolores puis s'en vont, allégés de leur fardeau. Des nuées de mouettes et de corbeaux agressifs saluent l'évènement. Certains camions spécifiques vont déverser des bouteilles, du papier ou des métaux, en des lieux précis.

– Eh oui, voilà le résultat du tri sélectif, lance Kim. Comme tu le vois, le papier est déposé un peu à côté des détritus ménagers courants.

La jeune fille est déçue ; elle avait toujours cru que le tri sélectif était efficace. Le jeune Coréen explique :

– Au début, ce système a dû fonctionner mais imposait de créer des usines spéciales de recyclage. Cela coûtait cher. Je ne sais pas ailleurs mais ici ils ont préféré aller au plus simple : laisser tout à l'abandon et ne pas en parler.

– Et les piles électriques ?

– Même les piles électriques. Moi aussi, avant de venir ici, je croyais qu'elles étaient récupérées et recyclées.

Il désigne du menton une montagne de petits cylindres métalliques à moitié rongés par la rouille.

– Encore une réalité qu'on préférerait ignorer, hein ? ironise le jeune homme.

Pour lui changer les idées, Kim lui montre qu'on peut dévaler la montagne de chaussures en utilisant un carton comme luge.

Ils foncent dans ce vaisseau improvisé, puis culbutent ensemble dans les amoncellements de cuir ou de plastique comme si c'était de la neige.

– J'ai les mains comme toi, annonce fièrement Cassandre.

Elle montre ses ongles noirs et ses paumes grasses et luisantes.

– C'est un bon début, admet Kim. Mais il te faut aussi apprendre à cracher, roter et péter. C'est vraiment indispensable.

– Je ne sais pas comment m'y prendre.

– Tu dois faire des efforts si tu veux qu'on t'adopte. Et puis boire, aussi. Surtout de la bière. Cela t'aidera à roter.

Puis le jeune homme lui désigne la montagne des meubles. Plus elle s'en approche, plus elle est étonnée de découvrir des commodes Louis XV à moitié cassées, des fauteuils en cuir, des coussins crevés mais aussi des sculptures en bronze ou en marbre. Il y a des miroirs fendus, des chaises sculptées à trois pieds, des bouts de table de bois, des draps déchirés, des coussins crevés, des canapés pourris.

– Tu as le choix pour ta décoration intérieure, n'est-ce pas, Princesse ? En plus le prix est abordable, c'est gratuit, il faut juste se baisser et prendre. Mais attends, je ne t'ai pas montré le meilleur.

Il déplace une plaque de marbre au coin cassé et dévoile une cavité creusée dans la montagne de meubles.

– Ma caverne d'Ali Baba, chuchote-t-il en clignant de l'œil. C'est là que j'ai planqué les trucs les plus extraordinaires et les moins abîmés.

Le tunnel mène à une large cavité d'environ trois mètres sur trois. Cassandre, précédée par la lampe-torche de Kim, choisit quelques bibelots et statuettes qu'elle dépose dans un caddy équipé de roues de motocross que Kim a stationné à l'entrée.

– C'est beau, ça, remarque-t-elle en brandissant un cupidon en bronze armé d'un arc et d'une flèche dont la pointe est un cœur. Il lui manque seulement une main

– Il faudra mettre un peu de colle et de peinture, et le rafistoler, mais ça peut être marrant.

En sortant, elle escalade un tas de meubles vermoulus en chêne, et, grâce à l'aide de Kim qui semble trouver ce shopping divertissant, elle ramène dans son caddy tout-terrain des bibelots, un miroir presque intact, une coiffeuse et, surtout, beaucoup de coussins rouges.

De retour à Rédemption, elle aménage son intérieur sous l'œil intéressé des autres. Une imitation de peau de léopard lui sert de tapis. Une roue en bois servant à enrouler de gros câbles téléphoniques est détournée pour devenir une table ronde. Un vieux téléviseur évidé devient une jardinière pour fleurs en plastique.

Orlando les aide à transporter un lit à baldaquin en bois sculpté, ainsi qu'un canapé rouge au velours déchiré. Un bidet sert de table basse, un fauteuil de dentiste de chaise-longue, un gros pneu de camion accroché au plafond devient une balancelle intérieure.

À la demande de Cassandre, Kim rapporte deux bombes aérosol de peintures rouge et dorée. De quoi ajouter un peu de clinquant à l'ensemble de l'ameublement.

Esméralda l'aide à coudre des draps, des coussins, tous d'un rouge carmin assorti au canapé en velours.

– Rouge et or, déco baroque, reconnaît Kim.

– Cela fait théâtre, dit Orlando.

– Cela fait un peu bordel, dit Esméralda.

– Chacun ses références, Duchesse, conclut le légionnaire.

Fetnat, remarquant que certaines des morsures de rats suppurent sur ses bras, lui applique un second « enduit recette personnelle » à base d'œuf, de lait, de cirage, de fromage de Roquefort et de savon liquide.

– Ça va désinfecter et aider la cicatrisation, explique-t-il, sentencieux. T'inquiète pas pour l'odeur, comme on dit chez nous : plus ça sent mauvais, plus ça veut dire que c'est efficace.

– Merci, Vicomte.

– De rien, Princesse.

Ce n'est qu'un mot mais cela participe à mon élévation sociale. Les mots ont un pouvoir. Je suis passé d'« expérience 24 », à « Cassandre », de « pitchounette » à « Princesse ».

Elle décide de jeter des coussins rouges partout pour pouvoir se vautrer par terre et donner plus de chaleur à l'endroit. Kim lui installe l'électricité, la télévision, l'ordinateur et le téléphone dans la hutte. Alors que Cassandre émet l'idée de lancer une collection de poupées pour décorer ses étagères, Esméralda se propose de lui montrer la montagne de jouets qui, selon elle, ne se trouve pas trop loin dans le sud-est de Redemption.

C'est le premier geste non hostile de la femme rousse. Cassandre accepte et se retrouve bientôt devant ce qui ressemble à un cimetière de Lilliputiennes figées.

– Tu veux vraiment rester avec nous ? demande tout à coup la Duchesse en ramassant une poupée amputée, dont la tête est restée souriante.

Cassandre dépose la poupée dans son caddy tout-terrain. Sans répondre.

– Je crois que tu ne te rends pas compte de ce que ça représente de vivre avec des clochards. D'accord, tu supportes la crasse, la puanteur, les rats, mais quel est ton avenir ici ?

Cassandre se contente de penser.

Ici, je suis à l'abri des autres.

– Nous ne t'aimerons jamais.

Je n'ai pas besoin d'amour.

– Tu n'as pas de futur ici.

Je n'ai de futur nulle part.

– Je ne te comprends pas. Une jolie fille comme toi ne peut pas se contenter de cette vie misérable.

C'est le prix de la liberté et je suis prête à le payer.

À leur retour, alors qu'elles tirent avec difficulté leur caddy chargé de centaines de poupées, les deux femmes découvrent qu'Orlando a trouvé un lustre d'où pendent des dentelles de cristaux. Il le fixe au centre du plafond de la pièce de Cassandre, lui donnant un aspect de maison aristocratique.

À 18 heures, devant les habitants de Rédemption réunis au grand complet, Kim déclenche l'interrupteur qui éclaire simultanément les ampoules de sa coiffeuse, de sa table de chevet et du lustre en cristal. Deux ampoules explosent en même temps, comme un feu d'artifice. Une étincelle tombe sur un coussin, la bourre s'enflamme, provoquant un début d'incendie que Fetnat a le réflexe d'écraser sous sa large babouche.

Ils admirent le cristal que les multiples ampoules, presque intactes, font étinceler.

— Bon c'est un peu Versailles, enfin si tu vois ce que je veux dire, reconnaît Fetnat.

— Un palais pour une Princesse, souligne Orlando, fier de son œuvre.

75.

J'ai enfin un chez moi, décoré par moi, à ma manière.

Quant aux autres, Esméralda a tort, ils sont capables de m'aimer.

Ils m'aimeront quand je le voudrai. Ou plutôt quand je les autoriserai.

Mais d'abord il faut que je découvre plusieurs secrets.

Qui étaient mes parents ?

Où est mon frère ?

Et surtout : Qui suis-je ?

76.

Le soir, autour du feu de la place centrale, les Rédemptionais préparent un grand dîner pour fêter son initiation.

Fetnat s'est décrété grand ordonnateur de la cérémonie.

— Qu'on t'explique les rudiments de notre État et de notre gouvernement. Tout d'abord le drapeau.

L'Africain brandit un pan d'étoffe bleu clair, orné d'un double motif très stylisé.

— C'est un putois, afin de symboliser la puanteur et la saleté que nous assumons et qui nous protègent. C'est notre animal fétiche, celui qui nous ressemble le plus. Comme nous il est rejeté par tous, mais son odeur le sauve de tous les prédateurs.

– Et à côté c'est un caddy, poursuit Esméralda. Car le caddy est l'objet le plus précieux du clochard. Grâce à lui, il peut emporter partout les objets qui constituent son foyer.

C'est un concept...

– quant à notre hymne...

Kim active le clavier de l'ordinateur et une chanson à texte : éclate dans la pièce : « Derrière chez moi. »

– Un air d'un vieux groupe français des années 1970, Les Charlots.

Et tous se mettent à chanter d'une même vigueur :

« Derrière chez moi,
Savez-vous quoi qu'y n'y a
Derrière chez moi,
Savez-vous quoi qu'y n'y a
Y a un bois
Le plus joli des bois
Petit bois derrière chez moi
Et tralonlalère et tralalonlalonla

Et dans ce bois
Savez-vous quoi qu'y n'y a
Et dans ce bois
Savez-vous quoi qu'y n'y a
Y a une godasse
La plus jolie des godasses
La godasse dans le bois
Petit bois derrière chez moi.
Et tralonlalère et tralalonlalonla »

La chanson cumule couplet après couplet une liste d'objets divers qui sont dans le « petit bois derrière chez moi » jusqu'au couplet final.

« C'est un dépôt d'ordures qu'il y a derrière chez toi.
C'est un dépôt d'ordures qu'il y a derrière chez toi. »

217

Ils reprennent le refrain en chœur puis trinquent joyeusement.

— Donc, comme c'est un véritable État, nous avons créé un véritable gouvernement. Orlando est ministre de l'Intérieur, des Armées et de la Chasse. Fetnat est ministre de la Santé et de la Construction des huttes. Kim est ministre des Communications, de l'Information et de la Recherche. Quant à moi, Esméralda, je suis présidente de la République, et ministre des Cuisines, des Coutures et des Finances. Et toi, petite, tu vas nous servir à quoi ?

Elle réfléchit.

— Si c'est ta vision du futur, ça ne nous intéresse pas, signale Kim par avance.

— Heu… eh bien, je peux vous apporter…

Un peu de douceur et de jeunesse dans votre monde de saleté et de brutalité.

— … pour l'instant je ne sais pas encore, élude-t-elle.

— Ici, chacun doit trouver sa fonction, insiste Esméralda.

— Peut-être ministre des Affaires étrangères ?

— Quoi ?

— Vous avez des voisins, les Albanais, les gitans, etc. Je pourrais peut-être vous aider à mieux communiquer.

— C'est la meilleure ! Elle prononce un mot tous les quarts d'heure, on la croyait muette et c'est elle qui veut être notre porte-parole officiel.

— Peut-être que, parce qu'elle cause peu, quand elle s'exprime elle est écoutée, si tu vois ce que je veux dire.

Surprise, Esméralda hausse les épaules puis se tourne vers la jeune fille.

— Bon, tu as commencé à réussir quelques épreuves en vue de ton diplôme de clocharde. Tu as la capacité de supporter la puanteur, de te battre, d'être sale. Il faut maintenant t'apprendre le reste. À insulter et à cracher, par exemple.

— Si tu dois communiquer avec les Albanais c'est important, l'insulte est le discours de base de tout bon clochard.

— Je crois que je sais, bredouille-t-elle.

— Vas-y.

— Heu… idiot ?

Tous ricanent.

Je connais l'étymologie exacte de ce mot : idiot n'est pas une insulte, idiot signifie différent des autres. Comme idiotisme, une particularité de la langue. Je me sens idiote et je suis fière de l'être, c'est pour cela que je ne peux pas utiliser ce mot comme insulte. Pour moi c'est un compliment.

— Trouve mieux !

— Stupide ?

Là encore, c'est un compliment. Cela vient du latin stupete. Qui s'étonne de tout. Donc qui s'émerveille de tout. Donc qui a gardé toute sa curiosité et sa capacité d'apprendre. Je ne peux pas balancer cela comme une insulte.

— Plus fort !

— Imbécile ?

Étymologie : Im-bequille. « Sans béquille ». Cela signifie qui arrive à marcher sans l'aide de personne ni d'aucun objet. Donc qui est libre et indépendant. Là encore, c'est plutôt un joli compliment. Décidément connaître l'étymologie empêche d'insulter.

— Plus méchant !

— Con !

C'est le nom de la plus belle chose du monde : le sexe des femmes qui donnent les enfants. Le con est l'organe qui donne la vie ! Les insultes sont finalement de jolis mots détournés. Les plus beaux. Quel paradoxe.

Esméralda crache par terre.

— Ça ne va pas du tout. Non, tu insultes normalement, comme les bourges. Il faut insulter de manière exagérée et avec la volonté de tuer avec les mots, explique le Baron. Les mots doivent être si sales qu'ils te fermentent dans la bouche et que tu les craches au visage de ton vis-à-vis pour t'en débarrasser. Comme une chique. Voyons, dis « merde » pour voir.

— Heu… merde ?

Tous éclatent de rire. Puis ils lui font travailler sa prononciation du mot merde, jusqu'à obtenir l'effet recherché. Ils travaillent de la même façon sur connard. Fetnat lui précise qu'il faut visualiser le mot au moment où elle le prononce.

– Pourri… il faut voir dans ton esprit de la pourriture. Putain, il faut la voir la fille vulgaire, trop maquillée et à moitié à poil. Et quand tu as bien visualisé le mot-projectile, que tu l'as bien en bouche, tu le catapultes sur la personne-cible comme un crachat. Vas-y, trouve quelque chose de vraiment moche à la fois dans l'idée et dans l'image.

Elle cherche, en se grattant machinalement.

– Raclure de bidet ?

– Ah, c'est mieux. Au moins ça veut dire quelque chose. Allez encore plus fort !

Cassandre ne trouve pas.

Espèce de waterzooï au rat bouilli ?

– Tu ne trouves pas mieux ? Bon, il n'y a pas que l'arme, il y a aussi le moment où tu l'utilises. Il faut que l'insulte devienne ton mode naturel d'expression, complète Esméralda. Par exemple, tu veux savoir l'heure, qu'est-ce que tu dis, Princesse ?

– Heu… Quelle heure est-il ?

Un ah ! de découragement soulève en chœur les Rédemptionais.

– Tu dois dire : « Quelle heure il est… merde ! » Ou « Quelle heure il est, bordel ! » Ou à la rigueur, si vraiment tu y mets de la politesse : « Tu peux me dire l'heure, connard ? »

Cassandre approuve du chef, concentrée comme une bonne élève apprenant sa leçon.

– De même, si tu ne connais pas quelqu'un, tu ne vas pas lui dire monsieur. Il faut que le mot crétin te vienne aussitôt aux lèvres.

– En voiture un type est devant toi, il n'avance pas assez vite, tu dis quoi ? demande Fetnat.

– « Hé, t'avances, crétin » ?

– Pas mal.

– Un homme te dérange ?

– « Tu fais chier ! »

– « Tu fais chier, putain, merde, connard ! » serait mieux. C'est plus riche. N'aie pas peur d'en mettre plusieurs à la file.

Ah, elle n'a pas le don de base, mais elle semble pleine de bonne volonté. Avec un peu de travail, ça va pouvoir se faire.

— Une femme fait du bruit ?

— Heu… ta gueule, connasse ?

— Oui, ça peut aller. Mais appuie bien ton connasse avec un accent traînant sur le O. Ko-nasse.

— Ko-nasse.

— Plus fort.

— KO-NASSE, TA GUEULE !

— Et tu enchaînes tout de suite sur la menace physique.

— KO-NASSE TA GUEULE ! TU VEUX QUE JE TE L'ÉCLATE TA TRONCHE DE MERDE ? Par exemple ?

— Ouais… Il y a du progrès. Mais il faudra travailler tes insultes devant la glace pour les avoir bien en bouche. Surtout au niveau des accentuations. Une insulte mal accentuée et tu peux y laisser ta peau.

— Et pense à faire la grimace et le geste qui accompagnent, rappelle Fetnat. La bouche tordue vers le bas, le poing fermé, les épaules rentrées.

Cassandre prend l'attitude d'un bulldog en colère. Chacun y va de ses commentaires pour rectifier la position des jambes, des épaules, de la bouche.

Nous sommes dans le domaine de l'intimidation, comme chez les animaux. L'insulte peut permettre d'éviter le combat en manifestant son agressivité avant de l'exprimer. C'est intéressant.

— Pour réussir ton diplôme de clocharde, il faut aussi t'apprendre à cracher. C'est une manière d'appuyer ton insulte.

— « Hé, tu m'as vu, connard, tu fais chier » et là, synchrone, tu craches par terre, pour ponctuer la phrase. Vu ? déclare Orlando.

— Ça appuie l'intensité de ton discours, reconnaît Fetnat.

Cassandre effectue plusieurs essais, mais n'arrive pas à cracher plus que quelques gouttes transparentes.

— Dis donc, on dirait que tu es avare de tes mollards. Bon alors, pour bien cracher, il faut d'abord que tu te racles la gorge, de préférence bruyamment. Là tu fais remonter une glaire, tu la fais rouler dans ta bouche, un peu tourner, jusqu'à sentir le goût, tu positionnes tes lèvres comme un fût de canon prêt à tirer. Après tu vises et tu lances. Plus la personne t'énerve, plus tu t'approches de son visage.

Cassandre s'exerce plusieurs fois, encouragée par les autres, sans y arriver puis, alors qu'elle pense renoncer, elle parvient à récupérer des mucosités au fond de son nez et enfin à lâcher un crachat puissant.

Elle a droit à des applaudissements.

– Faudra t'exercer sur des cibles. Pense à bien racler le fond du nez. Plus c'est bruyant, mieux ça marche.

– Si tu n'as pas de crachats, tu peux péter, explique Orlando.

Pour illustrer, il lâche un pet dans les tonalités graves. Les trois autres enchaînent chacun sur une note et une tessiture différentes. Ces performances intestinales semblent les réjouir comme des enfants.

– Quand j'étais jeune, je savais interpréter l'hymne national, explique Fetnat mais l'âge venant, on maîtrise moins ses boyaux.

Je ne sais pas faire ça sur commande.

– Vas-y, à ton tour, on t'écoute.

– Heu non, désolée, je ne sais pas.

Je crois même que je ne l'ai jamais fait volontairement.

Ils la regardent, déçus. Elle essaie en vain, le visage plissé par l'effort.

– Faudra manger des haricots blancs et on le travaillera, hein, Princesse ? propose le légionnaire d'un ton protecteur.

– À la limite, si tu ne sais pas péter, rote ! propose Kim, compréhensif.

Je ne sais pas faire ça non plus.

Comme pour les pets, les Rédemptionais enchaînent avec ravissement des rots musicaux. Orlando commence un début de « Frère Jacques » en rotant sur plusieurs notes. Un virtuose.

Cassandre essaie sans plus de résultats.

– Pour ton diplôme de « clocharde digne d'être citoyenne de Rédemption », il reste encore une petite formalité avant ton adoption définitive, annonce Esméralda en relevant ses longues mèches rousses. Il ne suffit pas de supporter la crasse, les rats, la puanteur, de cracher, de péter et d'insulter, il faut aussi être alcoolique. On t'a vue, Princesse, tu rechignes à boire du beaujolais 12° AOC. On est des clochards, merde ! Fetnat, il est temps de procéder à la suite du rituel.

L'ancienne actrice a un geste impérieux du menton et le marabout sénégalais s'éloigne vers sa hutte. Il en ressort au bout de quelques minutes brandissant une coupe dorée dont s'échappe une vapeur bleutée. Il la tend à Cassandre, d'un geste solennel.

– C'est quoi ? demande la jeune fille en examinant avec méfiance la surface du breuvage parcourue de flammèches.

– Une recette maison. Cela s'appelle « cocktail de bienvenue », ou « kir rédemptionais », ou encore « Élixir de longue vie », l'informe Esméralda.

– Mais ça fume…

– C'est le Grand Marnier que j'ai flambé, ça ne sert à rien mais ça fait féerique, précise Fetnat.

– Tout ce qu'on peut te dire, c'est que dans la composition secrète de notre Élixir magique entrent du pastis, de la vodka et de la bière, croit bon d'informer Kim.

– Il y a aussi de la tequila pour faire passer le pastis, ajoute Fetnat. Ça glisse mieux avec.

– Tu n'y mets pas aussi un peu de vin blanc ? questionne Orlando.

– Très peu. Un doigt. Et puis il y a du sirop d'orgeat et du gingembre pour le goût. Et, bien sûr, du Curaçao pour la couleur. Pour le reste, tout est question de dosage, mais c'est ma recette secrète.

– C'est dangereux ? demande Cassandre, peu rassurée.

Tous se mettent à se gratter.

– Non. « Pour celui qui ne s'est pas purifié, les noces chimiques feront dommage », mais si tu es pure dans ton cœur tu n'as rien à craindre, ânonne Kim.

– Ah, ne commence pas avec tes proverbes à la con. Je déteste les proverbes.

La montre de Cassandre indique toujours « Probabilité de mourir dans les 5 secondes : 13 %. » Elle hume la boisson et reconnaît des relents anisés, ainsi qu'une odeur de poivre.

Elle se mouille le bout des lèvres et ne peut s'empêcher de grimacer.

– Cul sec, Princesse ! Bois-le cul sec ! conseille Orlando.

La jeune fille hésite. Elle lève les yeux, examine avec attention les alentours. Aucune caméra n'apparaît dans son champ de vision.

Probabilis n'a aucun moyen d'estimer le niveau de risque de la situation. Même si le système me voit grâce aux vidéos de Kim, il ne peut analyser le contenu de la coupe. Je suis livrée à moi-même. Et à mon intuition.

Kim s'avance vers elle :

– Oublie que tu es en France. Imagine que tu es une apprentie chamane d'Amazonie qui veut être initiée aux traditions autochtones. On t'apporte à boire la boisson magique locale.

Le sorcier africain approuve en connaisseur.

Alors Cassandre boit.

– Et glou ! Et glou ! Et glou ! reprennent en chœur les Rédemptionais pour l'encourager.

Le liquide turquoise coule dans son tube digestif comme un débouche-évier dans le tuyau de cuivre d'un lavabo. La jeune fille tousse, puis se reprend. Elle déglutit plusieurs fois, avale sa salive et souffle.

– Alors ? demande Kim.

Elle sent quelque chose de piquant qui s'installe dans ses viscères. Qui brûle et pique en même temps. Elle a la sensation qu'une météorite incandescente carbonise sa poitrine. De la lave en fusion se répand dans ses veines. Elle a envie de vomir mais n'y arrive pas.

Le regard des quatre autres reste imperturbable.

224

Comment disait Esméralda : « La deuxième épreuve n'est qu'une formalité » ?

Tout chancelle autour d'elle. Et puis le monde se remet droit d'un seul coup.

Cassandre sourit. Elle lâche un rot puis se secoue, prise d'un frisson irrépressible.

– Alors, Princesse ? demande Kim curieux.

Elle hoche la tête.

– Ça va.

J'ai eu tort de m'inquiéter. C'est ma sensibilité exacerbée qui me rend paranoïaque. Ce n'est que de l'alcool, du jus de fruit ou de céréale fermenté.

Tous la scrutent, un peu inquiets.

– Et… ? interroge Esméralda.

– Ça va, ça ne me fait rien.

– Rien ? questionne Fetnat, étonné.

– Rien.

Tous les quatre sont rassurés et sourient d'un air approbateur.

– Bon…, dit Esméralda, dans ce cas on peut considérer qu'elle a passé brillamment la dernière épreuve. Elle tient l'alcool. Elle est maintenant complètement des nôtres.

– Bravo !

Ils chantent en chœur.

– Elle est des noooootres, elle a bu son élixir comme les auuuuutres !

Ils se tiennent par les bras. La jeune fille a les pommettes qui rougissent rapidement. Elle s'évente, la chaleur marque son visage. Elle essaie de sourire pour donner le change.

– Va chercher la pancarte, dit Orlando.

Kim Ye Bin revient avec le panneau et un gros feutre noir. Esméralda saisit la pancarte, barre le chiffre de « 4 âmes » inscrit à côté de Rédemption et le remplace par « 5 âmes. »

C'est à ce moment que Cassandre s'effondre en arrière, raide, les yeux ouverts, les pupilles dilatées. Elle ne bouge plus.

Fetnat s'agenouille aussitôt, plaque l'oreille sur sa poitrine, écoute son cœur, prend son pouls, puis lâche le bras qui retombe inerte. Il annonce alors :

– Morte.

77.

Eh bien voilà, c'est aussi simple que ça : un jour on meurt.

Il y a plein de raisons stupides de mourir. Celle-là, je ne m'y serais jamais attendue. Décès par ingurgitation d'alcool trop fort. C'est pire que pitoyable : c'est ridicule.

J'avais enfin touché au but, j'avais surmonté toutes les épreuves et trouvé une famille, et puis mon corps m'a trahi.

Mon cerveau qui voit le futur ne maîtrise pas le Grand Marnier mélangé au pastis et à la vodka.

Mon ventre a aussi ses arguments, ses faiblesses, son intelligence.

Je ne saurai jamais ce qu'était mon passé.

Je ne saurai jamais ce qu'était l'Expérience 24.

Je ne rencontrerai jamais mon frère Daniel.

Mourir, finalement, c'est nul.

...

Mais je pense !

Pourquoi je pense, alors que je suis morte ?

78.

Cassandre a gardé les yeux ouverts. Des silhouettes défilent dans son champ visuel. Les Rédemptionais se penchent au-dessus de son visage avec des mines déconfites. Elle les entend parler mais a du mal à comprendre tous les mots.

Je dois être plongée dans une sorte de coma. J'ai encore l'image. Le son marche aussi. Tout le reste est bloqué ou hors fonctionnement.

Elle fait un effort pour essayer de reconnaître les mots à travers la bouillie de sons qui emplit ses conduits auditifs.

« C'est ça le problème avec les petites bourgeoises : c'est fragile. »

« Je croyais qu'elle était différente, la pitchounette. »

Mourir m'enlève mon statut de Princesse.

« Tout ça c'est ta faute, Baron ! Pourquoi tu as ramené cette gosse ici ? Qu'est-ce que tu es con ! »

« Ah, ne commence pas ! Qui c'est qui a eu l'idée de la boisson d'initiation ! Espèce de grosse pouffiasse. »

« Tu t'es vu, gros tas de merde ! »

« Je suis peut-être un gros tas de merde, mais moi je n'empoisonne pas les petites filles. »

« Ouais, tu préfères tabasser leur mère. »

« Retire ça tout de suite, salope, ou je t'arrache ta grosse gueule de morue qui pue. »

« Répète un peu, pour voir, Baron de mes deux ? »

Partout où je passe, les gens finissent par avoir des problèmes. À cause de moi. Je trouble le monde. Comme un caillou qu'on jette dans un lac et qui fait des vagues. Je dérange plus que je n'arrange.

Je suis nulle.

Il était temps que je meure.

Fetnat se relève et secoue la tête.

« On ne va pas la laisser comme ça, il faut lui offrir un enterrement décent sinon les rats vont la bouffer », murmure Orlando.

« Vous avez un sac-poubelle à sa taille ? Un 75 litres devrait faire l'affaire », propose Kim, pragmatique.

« Moi j'y touche pas, c'est pas moi qui l'ai amenée ici, c'est pas moi qui l'ai tuée, c'est pas moi qui m'en occupe. Hé, les hommes, il n'y a pas écrit femme de ménage sur mon front. »

« Ouais, on sait qu'on ne peut pas compter sur toi, Duchesse. »

« Puisqu'il est si malin et si costaud, le Baron n'aura qu'à creuser un trou dans la zone sud. Il y a de la terre meuble. »

« À moins qu'on la mette dans un congélateur au rebut. Ça lui fera un cercueil métallique étanche et personne ne pensera à fouiller là-dedans », propose Kim.

« Dire qu'on s'était donné tellement de mal pour construire et aménager sa cabane. Quel gâchis ! » déplore Fetnat.

« On en fait quoi, de sa cabane ? Moi je la veux bien », décrète Esméralda.

« Moi j'aimais pas sa décoration dorée, ça fait "nouveau riche" », rétorque Fetnat.

« On n'a qu'à en faire un salon-fumoir », propose Orlando.

Ils se penchent à nouveau au-dessus de son visage aux yeux grands ouverts.

« Et si la police ou ses parents la cherchent ? »

« Tu n'as pas entendu ce qu'elle a raconté ? Elle n'a plus de parents, ils sont morts dans un attentat. »

« Elle a peut-être de la famille, des oncles ou des tantes. »

« La police la recherchait probablement. Même orpheline, il y a dû y avoir une enquête. »

« Dans trois jours, si on ne fait rien, elle va être remplie de vers et puer la charogne. »

« OK, j'ai compris, je vais creuser un trou profond et on mettra un congélateur dessus. »

Ils font cercle autour d'elle pour l'observer en silence.

« Dire que cette Cendrillon croyait voir l'avenir. Eh ben, son avenir il s'est arrêté net ! » plaisante la femme aux cheveux roux.

Une mouche se pose sur le rebord de la bouche béante de Cassandre et commence à marcher sur sa lèvre inférieure.

« De toute façon, elle ne nous aurait causé que des emmerdements », laisse tomber Esméralda en guise d'épitaphe.

La mouche commence à descendre prudemment dans le puits de la bouche rose, luisante, et se risque à faire de l'équilibre sur l'angle pointu de ses canines. Pour l'insecte, c'est comme une grotte humide à visiter.

« Alors, qu'est-ce qu'on fait ? »

« Tu la prends par les pieds, moi par les bras et on la met dans du plastique très épais, celui qui sert à emballer les briques. Comme ça les rats ne percevront même pas son odeur. »

« Et on la met où ? »

« Chez les poupées », répond Esméralda.

228

Ils la déposent sur un caddy, et la procession avance en silence. Suivie par des mouches et des corbeaux.

Après avoir creusé une bonne tranchée dans la colline des poupées, Orlando dépose le corps de Cassandre dans son sachet plastique et le clôt avec du ruban adhésif toilé.

C'est Fetnat qui décide de prononcer son oraison funèbre.

– Princesse, on ne sait pas trop qui tu étais, ni d'où tu venais, on ne sait pas pourquoi tu es venue, on ne sait même pas pourquoi tu es morte, l'alcool, normalement, ça désinfecte. Ça ne fait pas de mal, ça ne fait que du bien.

– Et puis c'est bon pour le cœur, dit Orlando.

– Et puis c'est revigorant pour l'âme, complète Esméralda.

– Peut-être que tu étais trop fragile. Dans ce cas, c'est bien que tu sois crevée car comme ça tu n'auras pas souffert. Princesse, tu retournes parmi les Princesses. Poupée, tu retournes parmi les poupées. Amen.

Derrière le plastique transparent, Cassandre garde les yeux ouverts.

À tour de rôle, ils viennent verser sur elle une brassée de poupées, en choisissant les plus belles. Quand elle est entièrement recouverte et qu'elle ne voit plus la moindre lumière, elle pense :

79.

Voilà, c'est fini. Il ne faut pas mourir n'importe où. Qui va s'apercevoir que j'ai disparu ? Certains pourraient inscrire sur leur tombe « Si je n'étais pas mort, personne n'aurait su que j'existais. » Moi je ne peux même pas mettre ça. Je vais mourir et, à part quatre clochards qui vont vite m'oublier, tout le monde s'en fout.

Même mon cadavre n'existera bientôt plus. Ce qui restera de moi sera introuvable. C'est comme si je n'étais venue qu'entre parenthèses sur cette planète. Sans passé, sans parents, sans amis, sans souvenirs, sans avoir accompli quoi que ce soit.

Une vie pour rien.

80.

Tout d'abord du rouge, puis de l'orange, du jaune. Du vert. Du bleu. Du noir. Puis à nouveau du rouge. De la dentelle orange. De la glu orange fluo qui se répand dans son cerveau.

Dans sa tête un vrai kaléidoscope.

Puis de la lave issue de son ventre remonte dans ses veines et vient pulser en rythme ses tempes. Son sang s'épaissit. De la roche en fusion, lourde et lumineuse, est brassée par son cœur et monte à son cerveau. Les couleurs se stabilisent en trois bandes : vert clair, vert foncé et bleu clair. Cela forme une pelouse, une forêt, un ciel.

L'antique Cassandre apparaît. Elle est toujours sur son trône en train de lire *Les aventures de Cassandre Katzenberg*. Elle baisse le livre en la voyant arriver.

– Nous, les visionnaires, nous sommes trop sensibles. Tout a un effet décuplé sur nous, les rêves, le temps, la drogue, l'amour, la vérité. L'alcool.

– Quel est le futur ? demande la Cassandre moderne.

– De quel futur parles-tu ? Le tien, le mien, le leur ? Celui de demain matin, de l'année prochaine, du siècle prochain ?

– Le mien d'abord. Vais-je mourir ?

– Bien sûr. On meurt tous. Comme pourrait dire ton ami Kim, qui aime bien les phrases qui résument tout : « La vie est un film qui finit mal. »

– Vais-je mourir maintenant ?

– Cela se négocie en direct dans tes tripes. Pour l'instant, le résultat n'est pas sûr. Mais il est évident que prendre du poison cela n'a jamais été bon pour la santé.

– Ce n'était pas du poison.

L'antique Cassandre sourit.

– On voit que tu ne sais pas ce que Fetnat a mis dedans. Il n'a pas ajouté de lessive, mais il a quand même mis une bonne dose d'alcool à brûler qui sert à nettoyer les vitres. Remarque, il n'y avait pas de réelle volonté de nuire, eux ça ne leur fait rien, c'est juste toi qui es plus sensible.

230

– Donc je vais mourir. Je suis sûre que si je pouvais tourner la tête et voir ma montre, elle indiquerait « 100 % ».

– Mais non, il n'y a que deux chiffres. Le nombre 100 ne peut s'afficher. Le maximum est de 99 % ! Cette montre est consciente qu'il n'y a rien de sûr à 100 %. Oh, et puis arrête avec tes préoccupations égoïstes. Il n'y a donc que ton nombril qui t'intéresse ? C'est fou comme les gens peuvent être pusillanimes, ils meurent et ils ont l'impression que c'est la chose la plus importante au monde.

L'antique Cassandre semble exaspérée.

– D'accord, parlons d'autre chose. En dehors de mon futur personnel immédiat, quel est le futur général de l'humanité ?

La femme en toge sourit.

– Enfin une bonne question à laquelle je suis habilitée à répondre. Le futur de l'humanité ? Eh bien, comme je l'ai dit tout à l'heure, c'est encore un film qui finit mal. Les hommes vont s'entretuer et détruire tout. Il y aura une période où la planète deviendra invivable et ce sera alors le retour à la barbarie généralisée.

– Alors, quoi qu'on fasse, rien ne sert à rien ?

– Pas tout à fait. Même si cela finit toujours mal, en principe, il existe toujours une solution in extremis, une sortie de secours. Un espoir. Minuscule.

– L'espoir, n'est-ce pas précisément ce qui prolonge notre souffrance ?

– La mort te rend morose.

– Pourquoi les humains sont-ils aussi destructeurs ?

– Parce qu'ils ne peuvent pas s'empêcher d'engendrer trop d'enfants. Alors ils déclenchent des guerres pour évacuer les excédents de population.

– Tu dis n'importe quoi.

– Les animaux, quand ils n'ont plus de gibier à proximité ou que leur territoire se réduit, arrêtent de faire des petits. C'est une sagesse naturelle. On ne donne la vie qu'à ceux qui peuvent vivre dans le confort, qui seront nourris, éduqués et aimés. Cette loi de base, seuls les humains l'ignorent. Ils donnent la vie pour fabriquer des soldats pour faire la guerre et défendre des drapeaux, des traditions, des frontières. Et la propagande et les publicités les encouragent à ça.

— C'est faux.

— En outre, ce sont toujours les plus destructeurs et les plus réactionnaires qui font le plus d'enfants. Comme par hasard. Tu vois, la logique humaine fonctionne à l'envers de la logique naturelle. Et, une fois qu'on la connaît, on peut prévoir le futur. Mais si tu dis ça, personne ne voudra t'écouter.

— Tu te trompes, antique Cassandre. On peut sauver l'humanité. J'en suis convaincue.

— Et comment, Princesse ?

— Il suffit d'imaginer un futur réussi. Ensuite, on se donne les moyens de le faire advenir.

L'antique Cassandre recule et désigne le grillage avec des millions de bébés tassés contre les mailles de fer, qui hurlent et gémissent.

— Tu sais qui ils sont. Ce sont les générations à venir. Tu veux les sauver ?

— Oui.

— Et tu crois le pouvoir ?

Les bébés semblent enragés. Des millions de nouveau-nés en colère, qui attendent qu'on leur laisse une place.

— On doit essayer. On peut commencer par des petites choses. Je crois que le futur n'est pas encore figé et que nous pouvons influer sur le cours du flot de l'histoire. Parfois par de simples prises de décisions locales. Tu l'as dit, il y a une porte de sortie. Minuscule mais réelle.

Les cris des bébés agglutinés contre le grillage retentissent de plus belle.

— Je veux revenir voir l'Arbre Bleu du Temps ! ajoute l'adolescente.

Cassandre ferme son livre et le pose par terre.

— Tu es sûre de vouloir cela ? Moi, à ta place, ce n'est pas du tout ce que je demanderais.

— Montre-moi l'Arbre du Temps !

— Très bien, suis-moi.

Alors Cassandre se tourne et distingue l'Arbre Bleu gigantesque qui obscurcit l'horizon. Les deux femmes pénètrent dans le tronc et débouchent sur le labyrinthe de couloirs qui montent et descendent.

Au bout de quelques pas, elles parviennent à un carrefour du temps.

– Quel chemin préfères-tu ?

La jeune fille hésite.

– Ahh... tu as enfin compris une grande loi : « choisir c'est renoncer ».

– Je n'aime pas les phrases toutes faites.

Cassandre bifurque sur la gauche ; la prêtresse la suit. Les deux femmes s'immobilisent à un croisement de branches.

Elle distingue une feuille qui semble surgir des autres.

Elle est abasourdie par les images fortes qui s'affichent dans son esprit.

81.

Cette vision la tire brutalement de son coma. Cassandre hurle, la bouche contre le plastique. Cela le fait gonfler, mais l'enveloppe est vraiment épaisse. Elle cherche à y planter ses griffes et ses dents, sans résultat. C'est trop épais.

Prise de panique, elle se débat avec frénésie. La vapeur de sa respiration rend le plastique opaque, elle commence à s'asphyxier. Le visage écarlate à force de crier, elle s'affaiblit et s'étouffe toute seule dans l'emballage hermétique qui lui sert de linceul.

L'air qui pénètre dans ses poumons est de plus en plus pauvre en oxygène. Le gaz carbonique l'empoisonne. Ses tempes bourdonnent, elle respire bruyamment, de plus en plus difficilement, quand soudain l'enveloppe se déchire, tout près de sa joue.

Des dents tranchent le film transparent. Une truffe humide. Un museau marron poilu. C'est le renard Yin Yang qui a fouillé sous les ordures et l'a retrouvée.

À coups de dents, elle déchire le plastique tel un oisillon sortant d'un œuf mou. Elle creuse, fouisse, et se dégage de la montagne de poupées. À genoux, les poumons en feu, elle respire avec force l'air du dehors, dont la puanteur lui paraît délicieuse. Le renard reste à ses côtés, la gueule tournée vers elle.

Elle hurle de toutes ses forces. Le renard glapit avec elle.

Et dans le cri de la jeune fille aux grands yeux gris clair, il y a le bonheur d'être vivante et l'envie d'agir.

82.

Je suis morte et je suis renée.
Maintenant tout est différent.

83.

Sa silhouette avance tel un fantôme.

Hébétés, Orlando, Kim, Esméralda, et Fetnat la regardent approcher.

Cassandre articule :

– J'ai eu une autre vision, cette nuit.

Les autres gardent les yeux rivés sur la jeune fille.

– Il va y avoir un nouvel attentat. Il faut faire vite. La bombe est dans un sac blanc. Un sac de sport avec une raquette de tennis qui dépasse. L'homme qui transporte le sac porte un survêtement de sport vert.

Esméralda fronce le sourcil. La jeune fille aux yeux gris clair continue.

– Elle va exploser à la station Champs-Élysées. À exactement 8 h 19.

Puis elle s'arrête et murmure :

– Vous devez les sauver.

Les autres restent pétrifiés, incapables de réagir.

– Vous devez les sauver ! répète Cassandre.

– Avec l'alcool ça n'a pas l'air de s'arranger, ricane enfin Esméralda.

Alors Cassandre lui assène une énorme claque qui lui défait le chignon.

– TA GUEULE, MORUE ! Il faut les sauver, je te dis ! Alors tu vas la fermer, TA GRANDE GUEULE ET TU M'ÉCOUTES, COMPRIS KONASSE !

Sans attendre la réponse, elle balance un coup de genou qui plie en deux l'ancienne Miss Tee-Shirt mouillé puis, utilisant ses deux poings réunis comme une masse, elle lui percute le menton et l'envoie s'étaler au milieu des ordures.

Personne n'a le temps de réagir. Cassandre se met à frapper de toutes ses forces le corps recroquevillé, puis, quand l'autre ne bouge plus, elle répète en direction des trois autres encore stupéfaits :

– Il faut les sauver !

Elle crache par terre à leurs pieds. L'effet de surprise est tel qu'ils se décident à réagir.

– Ça va, Duchesse ? demande l'ancien légionnaire en essayant de réveiller la présidente de la République rédemptionaise.

Ils aident la femme au chignon roux complètement défait à se relever. Celle-ci lâche juste, en massant sa mâchoire douloureuse :

– La prochaine fois qu'on lui servira un alcool fort, hum, faudra penser à le diluer avec un glaçon.

84.

J'ai perdu assez de temps à me justifier, à vouloir convaincre, à tenter d'expliquer qui je suis et ce que je fais et pourquoi je le fais. Maintenant il faut agir. Et je me fous de ce qu'en pensent les autres.

85.

Les caméras de surveillance de la station Clignancourt repèrent un groupe de cinq clochards qui se déplacent rapidement. Pour l'occasion, les cinq Rédemptionais ont enfilé de longs manteaux qui descendent jusqu'aux chevilles, ce qui leur donne l'allure des cow-boys d'*Il était une fois dans l'Ouest*. Ils ont fourré leur tête dans des bonnets enveloppés sous plusieurs couches d'écharpes, en ne laissant dépasser que les yeux.

C'est l'avantage des clochards, ils sont toujours trop couverts car censés porter sur eux l'ensemble de leur garde-robe.

Ainsi rendus anonymes ils sautent les portiques de sécurité, puis filent dans les couloirs souterrains. Par le plus pur des hasards, les haut-parleurs du métro résonnent d'un opéra de Verdi. Le *Requiem*.

Ce qui dope Cassandre.

Sur place les gens s'éloignent d'eux tant l'odeur est ignoble. Même les autres clochards qu'ils croisent semblent écœurés par leur puanteur et préfèrent prendre de la distance.

– Hé, vous pourriez au moins vous laver une fois dans votre vie ! lance de loin un adolescent. On dirait que vous sentez encore le placenta de votre naissance !

Orlando fait mine de s'avancer pour se battre et l'autre détale à toute vitesse.

– J'n'aime pas les jeunes, lâche Esméralda et, baissant son cache-nez, elle crache.

– J'n'aime pas le métro, dit Fetnat.

– J'n'aime pas les bourges, dit Kim.

– J'n'aime pas les petits cons, dit Orlando.

– J'n'aime pas les attentats, conclut Cassandre.

Elle soulève à son tour son écharpe, et essaie de cracher, sans résultat probant.

Ils se mettent en ligne sur toute la largeur du quai et avancent, avec des regards farouches et déterminés. Les voyageurs s'écartent, réprobateurs. Certains se bouchent les narines et marquent ouvertement leur dégoût.

Les cinq Rédemptionais s'installent dans un wagon de la ligne 1. Autour d'eux les passagers se bousculent pour s'écarter plus vite. Certains les épient de loin, avec méfiance. Des enfants se moquent d'eux en se pinçant le nez.

Fetnat Wade se penche vers eux, menaçant.

– Hé, les morveux, nos maladies sont si contagieuses que si vous nous regardez trop longtemps, vous aller les choper ! Vous voyez ce que je veux dire ?

Aussitôt, les enfants reculent, épouvantés. Les usagers de la rame baissent les yeux et font semblant de n'avoir rien entendu.

– Moi j'ai des puces et des poux ! annonce Orlando.

– Moi j'ai le sida et la grippe aviaire ! claironne Esméralda.

– Et moi j'ai le virus Ebola et le Chikungunya réunis, conclut Kim Ye Bin en postillonnant pour essayer d'atteindre ceux qui sont encore à sa portée.

Cette fois-ci, tout le monde descend à l'arrêt suivant pour se tasser dans les autres wagons.

– Crois-moi, Princesse, les bourges sont nos ennemis. S'ils pouvaient, ils nous tueraient, déclare Esméralda. Ce qui les retient c'est juste la peur de se salir en s'approchant de nous. Et nous, il faudrait que nous leur sauvions la vie ? C'est uniquement pour tes beaux yeux, Princesse… Vraiment, je sais pas ce qui nous a pris de t'écouter !

– On ne le fait pas pour eux, on le fait pour nous, dit Orlando. Souviens-toi du nom de notre État : Rédemption. Cela signifie quelque chose. Il me semble que c'est toi qui as trouvé ce mot, Duchesse ?

– Ouais, quelle connerie j'ai faite en baptisant ainsi notre village. Si c'était à refaire, je l'appellerais plutôt « Sans-souci », grogne-t-elle.

Ils arrivent enfin à la station Charles-de-Gaulle-Étoile.

– Quelle heure il est ?

– Merde, on aurait dû prendre une montre, nous dépendons de l'heure des autres. Cassandre, tu en as une, il me semble ?

La jeune fille secoue négativement la tête. Kim répond à sa place :

– C'est une montre farce et attrape qui ne donne pas l'heure.

Cassandre scrute le cadran qui indique « Probabilité de mourir dans les 5 secondes : 17 %. »

La montre ignore qu'il y a un terroriste, elle doit pouvoir nous suivre grâce aux caméras de surveillance. Le nombre a dû augmenter parce que mes battements cardiaques se sont accélérés à cause du trac.

237

– Il est 7 h 51, dit Cassandre en examinant la Swatch au poignet d'un passant.

– Bon, il nous reste quelques minutes pour tenter d'intercepter le terroriste avant la station Champs-Élysées.

Ils foncent dans les couloirs du métro. Soudain Cassandre retient Orlando par le bras :

– Non, pas par là !

– Tu as encore une vision du futur ? gouaille Esméralda.

– Non, mais je suis déjà passée dans ce coin quand j'étais mendiante et il y a souvent des contrôles.

– Nous, on n'y croit pas à tes visions ! insiste la femme aux cheveux roux. On va quand même par là. Suivez-moi !

Ils poursuivent leur route et se retrouvent face à trois uniformes : une contrôleuse et deux policiers en tenue qui filtrent le passage. Une grande femme à l'air revêche et deux hommes grassouillets.

Quel malheur de savoir et de ne pas être écoutée.

C'est ça, le point délicat. Détenir l'information ne suffit pas, il faut aussi posséder la capacité de la transmettre aux autres. Et je n'ai pas encore ce talent.

– Oh, commence pas avec tes petits airs. C'est qu'un pur hasard, grogne Esméralda.

Et le pire, c'est qu'il n'y a pas d'empirisme. Si je les avertis à nouveau, ils ne m'écouteront pas davantage. C'est vraiment la « malédiction de Cassandre ».

Puis une phrase désagréable résonne à leurs oreilles :

– Vos titres de transport s'il vous plaît, messieurs-dames, demande la contrôleuse.

– Ça, c'est la meilleure, clame Orlando, nous venons pour sauver les bourges, et leurs chiens de garde nous cherchent des embrouilles. Ce n'est vraiment pas le moment de nous casser les pieds, les mecs !

– Surtout pas maintenant, ajoute Esméralda. Vraiment pas maintenant.

– Pardon ? demande le plus petit des deux policiers. Madame vous a demandé vos titres de transport, veuillez les présenter, s'il vous plaît.

– Bon, calmons-nous, on va tout leur expliquer, dit Fetnat. Laissez-moi faire.

L'Africain en boubou et au corps recouvert de bijoux plus ou moins sacrés qui tintinnabulent sous son long manteau s'avance vers le groupe en uniforme.

– C'est un malentendu. Présentement, la situation a un caractère un peu exceptionnel qui peut expliquer notre présence en ces lieux parmi votre honorable assemblée.

Kim approuve de la tête. Orlando murmure :

– N'en fais pas trop quand même…

– Billets, répète imperturbablement la femme en uniforme.

– Je leur dis ? demande Fetnat aux autres comme s'il s'apprêtait à révéler un grand secret.

– Non. Ils ne comprendraient pas, dit Esméralda.

– Si, je suis sûr qu'ils comprendront.

– Ça ne sert à rien, dit Kim.

– Je leur dis ou pas, alors ? demande Fetnat.

– Non, ne leur dis pas, s'énerve Orlando.

– Vous parlez de quoi, là, au juste, si ce n'est pas indiscret ? demande la contrôleuse.

– Eh bien, messieurs-dames les gardiens de la paix du métro, vous tombez bien car la situation est grave.

– Non, ne leur dis pas, insiste Kim.

Le grand Africain hésite, puis tranche.

– Si. Voilà l'information qui vous manque : un type en survêtement vert, avec un sac de tennis blanc, va déposer une bombe dans quelques minutes.

Les trois fonctionnaires les toisent.

– Et… ? demande la femme.

– Eh bien, il faut l'arrêter ! Nous sommes venus pour ça. Sinon, plein de gens vont crever.

– Mmmh, je vois, ponctue la contrôleuse en feignant l'intérêt maximum.

239

– Nous sommes dans le même camp.

Fetnat fait un grand sourire et balance un clin d'œil complice à la femme. Qui ne bronche pas.

– Donc ce n'est pas nous qu'il faut arrêter, vous comprenez ?

– Ne te fatigue pas, coupe Esméralda.

La cause est perdue. Personne ne peut entendre la vérité. Ils sont tellement habitués à vivre dans les mensonges que tout est inversé, la vérité semble fausse, et les mensonges vrais. Nous ne pourrons jamais communiquer sur ce que nous savons, ou alors il faudra enrober le réel de quelques mensonges crédibles.

– Celui qu'il faut arrêter, c'est cet homme en survêtement vert, le terroriste, c'est lui qui est dangereux, si vous voyez ce que je veux dire, insiste l'Africain.

– Non, désolé « je ne vois pas du tout ce que vous voulez dire », répond la femme.

– Vos titres de transport, s'il vous plaît, répète finalement le plus petit des hommes en tendant la main.

– Bon, soupire Esméralda, allez, on ne va pas vous faire de cinéma, nous n'en avons pas. Nous avons franchi les portiques en sautant les barrières de sécurité.

– On ne va pas en faire tout un bordel, continue Fetnat. Vous nous laissez encore un quart d'heure tranquilles ici parce qu'on a un petit travail à effectuer dans l'intérêt général des bourges, et surtout pour faire plaisir à la Princesse, puis après nous nous en allons sans faire d'esclandre et vous n'entendrez plus jamais parler de nous. Comme ça, tous ceux qui devaient mourir ne mourront pas. Voilà, voilà, voilà.

Les Rédemptionais hochent la tête, approuvant ce choix qui leur semble celui de la sagesse. En face, la contrôleuse décroche son walkie-talkie.

– Section 4. Renfort demandé point B15. (Puis elle murmure, un ton plus bas.) Amenez gants sanitaires et désinfectant.

Elle remballe son appareil, sort un carnet à souches et commence à remplir les cases d'un procès-verbal. Autour d'eux, les passagers sourient, satisfaits de voir enfin sanctionnés ces êtres nauséabonds aux grands airs inquiétants.

– Allons-y. Vos noms, prénoms, adresses, s'il vous plaît.

Cette fois, c'est Orlando qui s'avance, en faisant craquer les jointures de son poing droit.

– Mon ami vous a expliqué poliment que la situation possédait un caractère exceptionnel, et je pense que vous ne l'avez pas bien écouté. Peut-être avez-vous des problèmes de surdité ?

La contrôleuse poursuit ses travaux d'écriture alors que les deux policiers ont déjà la main posée sur l'étui de leur arme.

À son tour Esméralda, diplomate, plaide :

– Vous nous écoutez ? Vous nous entendez ?

Mais ils se retrouvent encerclés par une dizaine d'hommes de haute taille, en uniforme, qui brandissent des matraques et des sacs plastiques. Ils se positionnent jambes fléchies, comme s'ils allaient maîtriser des chiens enragés.

– Compris, dit Esméralda. Bon, ben… comment dire… parfait, nous allons acheter cinq tickets. C'est combien ?

– C'est trop tard, pour acheter vos titres. Il faut que vous payiez l'amende, annonce la contrôleuse d'une voix neutre.

– L'amende ?

– Vous avez vos papiers ? demande l'un des policiers.

Pas de réponse.

– Tu parles, ricane son collègue, est-ce qu'ils ont des têtes à avoir eu un jour des papiers ? Ce sont trois ivrognes et leurs deux gosses dégénérés. Si c'est pas malheureux de voir des jeunes avilis à ce point par leurs propres parents. Ah, putain, ils schlinguent, on dirait qu'ils se sont lavés avec du vomi.

– Si vous n'avez aucun justificatif, il y a une amende supplémentaire pour défaut de présentation de papiers d'identité, déclare la contrôleuse sur le même ton monocorde.

À ce moment, arrivent d'autres policiers. Ils enfilent des gants en plastique épais.

– Regarde, ils ont peur de nous toucher en direct ! dit Kim.

Fetnat s'adresse à celui qui a la peau noire.

– Dis donc, mon frère, tu es de quelle tribu ?

L'autre ne répond pas.

– Tu n'as pas une tête de Peul, mais tu ne serais pas un Soninké ou un Bambara ? Non, j'y suis, tu es un Malinké ! Hein, mon frère ?

L'interpellé ne lui accorde même pas un regard. Cassandre jette un coup d'œil à la montre d'un des policiers.

– On n'a plus le temps. Il faut les sauver, dit-elle.

– Et si on ne les sauvait pas ? Et si on filait en courant, murmure Esméralda. Par moments, il y a des signes qui ne trompent pas. Là je peux vous dire que mieux vaut laisser tomber.

– Hum, c'est combien ? demande Orlando avec une rage contenue.

La contrôleuse est presque déçue que ça s'arrange. Elle maugrée :

– Cinq personnes sans titres de transport ? Donc il y a l'achat d'un ticket, deux euros par personne, plus l'amende forfaitaire. Soixante-quinze euros, toujours par personne. Ce qui fait trois cent quatre-vingt-cinq euros.

– Trois cent quatre-vingt-cinq euros ! Ça va pas la tête ? s'exclame Esméralda Piccolini.

– Et vous devrez présenter vos papiers dans un délai de trois jours dans un commissariat, ajoute la contrôleuse.

– OK, OK, OK ! ! ! dit Kim Ye Bin. Nous pouvons vous faire un chèque ?

Le visage fermé des agents indique qu'ils n'ont que peu confiance dans un chèque de clochard.

– On n'a plus de temps, il faut les sauver, répète Cassandre qui prête à peine attention à la scène.

– Paye ! intime Orlando.

– Trois cent quatre-vingt-cinq euros ! Tu plaisantes ? s'étrangle Esméralda.

– Tu as la somme ? demande Fetnat.

– Bien sûr, je transporte tout l'argent de notre trésor de guerre en permanence. C'est pas ça le problème. Le problème, c'est que nous avons une réserve de trois cent quatre-vingt-dix euros.

Orlando marque un temps d'hésitation, puis il lâche :

242

– Tant pis, paye ! On trouvera de l'argent ailleurs.

– Jamais.

– PAYE ! !

Alors Esméralda part en fouille archéologique dans son sac à main, et, d'un gros porte-monnaie de grand-mère en cuir sort des billets sales et des pièces incrustées de traces noirâtres. La contrôleuse les prend du bout des doigts pour les glisser avec dégoût dans un sachet plastique. La femme leur délivre en retour un récépissé rose, quasi illisible.

Les autres policiers qui avaient enfilé les gants marquent leur soulagement de ne pas être obligés d'entrer en contact avec ces cinq clochards fortement odorants.

– Il faudra quand même que vous vous présentiez avant trois jours dans un commissariat avec vos cartes d'identité. Et, hum, il faudra aussi que la prochaine fois, si vous revenez dans le métro, vous vous… enfin… vous vous laviez. Vous savez ce que ce mot signifie ? C'est, comment dire, une tradition. Sinon, on sera obligés de vous mettre une amende pour pollution ambulante.

– Tu sais ce qu'elle te dit, la pollution ambulante ?

– L'heure ! dit Cassandre. QUELLE HEURE IL EST ?

Elle agrippe le poignet du plus proche policier. La montre numérique indique 08 h 23.

Trop tard !

Le policier, après un mouvement de recul, précise.

– Elle avance de 15 minutes. Il est juste 08 h 08.

Sans se concerter, ils s'élancent d'un même mouvement vers le nouveau métro qui arrive dans la station. Après un échange de regards, ils se répartissent face aux wagons. Durant les quelques secondes que dure l'arrêt, ils se précipitent dans les rames et inspectent les voyageurs, à la recherche du sac de sport blanc.

Leur puanteur produit toujours son effet. Tout le monde s'éloigne devant eux, ce qui leur facilite la tâche.

Ils ne trouvent rien dans ce premier train.

– Attendons le suivant, déclare Orlando en faisant craquer ses doigts.

243

Au moment exact où la montre d'un passager indique 8 h 15, ils voient un homme en survêtement vert sortir du wagon du milieu.

– Là ! C'est lui ! lance Cassandre.

Un instant, Orlando est tenté de rattraper l'individu mais il comprend que ça ne sert à rien. L'urgence maintenant est de désamorcer la bombe.

Le wagon est plein, mais ils s'y engouffrent tous les cinq et se mettent aussitôt à le fouiller. Quand les passagers grognent, Fetnat sort de ses poches une pincée de poudre et souffle un nuage de fines particules noires. Aussitôt les gens éternuent et se frottent les yeux. Ou quittent le wagon juste avant la fermeture.

– C'est quoi ? s'enquiert Kim. Une poudre magique spécial évacuation ?

– Poivre moulu, abrège Fetnat.

La fouille devient plus méthodique. Les cinq visitent les recoins, se baissent pour examiner sous les sièges. Quand on essaie de les en empêcher, Fetnat fait gicler une poudre blanche qui fait refluer les passagers.

– Poudre aveuglante ? demande Kim.

– Talc, répond Fetnat.

Le métro roule en trombe dans les tunnels sombres. Fetnat, chaud partisan des armes de dissuasion, lâche une flatulence bruyante.

– Après les armes chimiques, les armes gazeuses, annonce-t-il à la cantonade.

La réaction d'évacuation a lieu cette fois dans la panique.

– Ben quoi ? s'excuse-t-il. Même les animaux font ça pour éloigner leurs poursuivants.

C'est Kim qui découvre le sac blanc coincé sous un siège, alors qu'ils roulent à mi-chemin entre la station Franklin-Roosevelt et Champs-Élysées-Clémenceau. Les montres des passagers indiquent pour la plupart 08 h 17. Kim tire d'un coup la manette du signal d'alarme. Le wagon freine dans un crissement à déchirer les tympans.

244

– Il y a une bombe dans ce sac ! Reculez, éloignez-vous ! hurle Kim à la cantonade.

– ALERTE À LA BOMBE ! UNE BOMBE ! s'égosille Esméralda.

Après la secousse du coup de frein, les gens se regardent, perdus.

– Alerte à la bombe ! répète Fetnat. Sortez, ça va exploser. VOUS ALLEZ TOUS CREVER !

Après une infime hésitation, la panique gagne la foule qui se rue vers les portières, se bat et se débat dans les cris et les vociférations. Les portes s'ouvrent enfin. Le flot en perdition se déverse en hurlant sur le ballast. Les femmes en talons hauts perdent leurs chaussures. Certaines tombent et manquent de se faire piétiner. Même le conducteur de la rame abandonne précipitamment son poste.

Les cinq clochards sautent à leur tour et partent en direction des quais de la station Champs-Élysées-Clémenceau, qui par chance n'est pas loin. Ils se hissent sur le quai et courent vers les sorties.

Les voyageurs qui attendent sur le quai sont balayés à leur tour par le vent de panique. Le mot « bombe » vole de bouche en bouche, de plus en plus fort. Les gens du service RATP, après avoir envisagé de gérer l'évènement, renoncent et décampent à leur tour. C'est la cohue dans les escaliers et les couloirs.

Orlando, en sueur, les mains tremblantes, fouille dans le sac de tennis et trouve, enveloppé dans un bonnet de laine, des pains de plastic beige reliés à une minuterie dont l'écran lumineux déroule : 60, puis 59, 58…

– Filez, vous aussi ! beugle Orlando en direction de ses compagnons.

– Non, on reste avec toi ! déclare Esméralda.

– Fais pas chier, Duchesse, j'ai des rudiments de déminage, ça ne devrait pas poser de problème. Je vous rejoins là-haut.

– Je vais t'aider, il doit y avoir de l'électronique là-dedans, propose Kim.

L'écran de la bombe affiche : 55, 54. Instinctivement, Cassandre consulte sa propre montre, qui indique « Probabilité de mourir dans les 5 secondes : 48 %. »

49 %.

Elle lève la tête et remarque les caméras vidéo de contrôle.

Probabilis nous voit et a repéré la bombe. Il a su interpréter la situation et il est en train de calculer nos chances. Ça y est, la limite des 50 % est franchie. Si je ne change pas de comportement, j'ai plus de chance de mourir que de vivre.

– Foutez le camp, vite ! vocifère Orlando, au comble de la nervosité. En plus vous me gênez !

Après une dernière hésitation, les quatre autres remontent vers la surface, laissant Orlando seul sur le quai avec la bombe.

86.

Ainsi mes visions n'étaient pas des délires. Je ne me suis pas trompée. J'ai vu la bombe. J'ai vu le terroriste. J'ai su avant que l'on trouve.

Et j'ai réussi à passer à l'action.

Je ne subis plus, j'agis.

87.

Une énorme détonation retentit.

Le ciel s'assombrit d'un coup. Une multitude de cumulonimbus au ventre noir bloquent les rayons du soleil. L'air se charge d'une tension électrique palpable. Soudain, un éclair se tord au-dessus des toits, tout près. Le flash éblouissant fait frissonner les bêtes et les hommes.

Un nouveau coup de tonnerre suit, puis un autre. Les nuages semblent se fracasser sous le choc. La nature tout entière attend la pluie, mais elle ne vient pas. Seuls les flashes de lumière blanche allument l'horizon des cieux en colère.

Devant l'une des entrées de la station Champs-Élysées-Clémenceau, un petit groupe piétine, comme un troupeau inquiet. Ils attendent, regards tournés vers la bouche de métro béante d'où jaillit un escalator mécanique, telle une langue tendue. Mais vide.

Cassandre perçoit les respirations inquiètes de ses amis. Elle a l'impression d'entendre le tic-tac d'une montre-bracelet proche d'elle. Elle lève la tête vers l'horloge qui surmonte l'entrée d'un bijoutier et constate que cinq minutes se sont écoulées depuis leur remontée. L'heure où la bombe aurait dû se déclencher est passée.

— Peut-être qu'en dessous ça a pété et qu'on ne l'a pas entendu à cause de l'orage, suppose Fetnat sans conviction.

Comme pour lui répondre, le ciel se brise à nouveau en mille éclats sonores. Et il ne pleut toujours pas. Cassandre consulte sa montre « Probabilité de mourir dans les 5 secondes : 18 %. »

Elle songe que c'est une des limites de cette montre à probabilité. Elle lui indique ses chances de survie personnelle mais ne peut pas calculer la probabilité de survie des autres.

Esméralda, qui halète depuis quelques instants, se jette soudain sur Cassandre, prise d'un accès de rage.

— Tout ça c'est ta faute ! Dès que je t'ai vue, j'ai su que tu ne nous attirerais que des ennuis. C'est toi ! TU L'AS TUÉ ! Sale sorcière ! Tu vas payer pour mon Orlando !

Elle balance un énorme coup de poing dans le ventre de Cassandre. La jeune fille s'écroule par terre en se tenant l'abdomen. Les yeux clos, elle hoquette, incapable de riposter.

— ORLANDO ! ORLANDO ! Il a dû exploser là-dessous ! Sale sorcière, rends-moi mon Orlando ! vocifère Esméralda en frappant la jeune fille à terre à coups de pied rageurs.

Recroquevillée, celle-ci ne se défend pas.

C'est le prix à payer.

À nouveau le ciel vibre et explose, faisant trembler le sol. Autour des deux femmes, la foule s'agite nerveusement.

— Il est mort ! Je sens qu'il est mort ! Mon Orlando que j'aime !

La foule s'écarte face à cette rixe de clochardes. Quand Esméralda sort un couteau et s'apprête à frapper, Cassandre ne regarde même pas sa montre qui indique « Probabilité de mourir dans les 5 secondes : 68 %. »

Elle est juste résignée, prête à payer pour le dérangement de l'ordre du monde qu'elle a causé. Mais la main tenant le couteau est arrêtée par un poing énorme qui se referme sur elle.

– Ah bon, tu m'aimes ? émet une voix derrière elle.

88.

Il a réussi.

89.

Esméralda se fige.

– Ah, tu es là toi ! Salaud, tu m'as fait si peur ! Ne recommence plus jamais ça, Baron, ou c'est moi qui te crève !

Kim va au-devant des passants paniqués, qui cherchent à comprendre ce qui s'est passé.

– Ne vous inquiétez pas, c'est pour « Vidéo surprise », l'émission télé. Les caméras sont par là.

Il désigne deux lointains balcons en hauteur, à l'angle de la rue.

L'effet est immédiat. Comme si une vague de détente parcourait l'assistance. Après le mot bombe, c'est le mot télé qui se baguenaude de bouche à oreille. « C'était un gag pour la télé. » Certains déclarent même : « J'en étais sûr. »

C'est à ce moment que la pluie commence à tomber. Tout le monde part s'abriter. Une voiture de police finit par arriver mais, profitant de la diversion et de la foule amassée, les cinq Rédemptionais ont filé depuis longtemps.

90.

Nous avons réussi !
C'est fait.
LA MALÉDICTION DE CASSANDRE EST FINIE !

IL EST UNE FOIS

91.

Peut-on voir le futur ?

92.

À ce stade je dirais que, par moments, on peut avoir des intuitions. On peut alors empêcher un drame de se produire.
J'ai vu et j'ai pu faire regarder.
J'ai entendu et j'ai pu faire écouter.
J'ai su et j'ai pu faire comprendre...
Le seul problème, c'est que c'est à un tout petit groupe de personnes sans grand pouvoir : mon armée de clochards.

93.

Quand ils arrivent à Rédemption, la pluie cesse enfin. Le renard Yin Yang est en train de croquer les restes de rats et de corbeaux bouillis du waterzooï.

Les cinq s'effondrent dans les banquettes trempées.

– Tu ne m'as pas répondu. Tu m'aimes vraiment, Duchesse ? demande Orlando.

– Non, j'ai dit ça emportée par la colère, un prétexte pour

casser la figure à cette petite peste. C'est mon côté sanguin italien. J'allais la corriger une bonne fois pour toutes, comme elle le mérite, mais une fois de plus tu as tout fichu en l'air, Baron. Comment veux-tu que j'aime quelqu'un qui n'est qu'un gros balourd qui vient toujours tout gâcher au pire moment ?

– Raconte, comment as-tu réussi à désactiver la bombe ? questionne Kim, passionné par le côté technique de la performance.

Orlando cherche un cigare dans son manteau. Ils sont tous mouillés, sauf un. Ravi, il l'allume et le tète avec un plaisir affiché.

– Je me suis souvenu de mes cours de déminage à la Légion. On nous avait conseillé, dans le doute, de couper toujours le fil rouge. File-moi une bière, Marquis.

Le jeune homme ramène une canette tiède qu'il décapsule et tend au Viking barbu. L'autre boit et fume en même temps. Il ménage ses effets.

– Mais là, bon, pas de chance, il n'y avait pas de fil rouge. Rien que trois fils noirs.

Orlando sort de son sac le pain de plastic et le détonateur.

– Heureusement, c'est un modèle que j'avais déjà vu en Afghanistan. Un montage assez simple. Au début, j'ai voulu arracher les fils, mais vu que je ne savais pas s'il y avait un système de sécurité, j'ai opté pour virer les piles qui sont à l'intérieur du détonateur.

– Et alors ?

– Bah, c'est tout, annonce le guerrier en lâchant un rot. Pas de détonateur, pas d'explosion.

Les autres sont presque déçus que ce soit aussi simple. Ils imaginaient, comme dans les films, qu'il y avait des tas de fils dont il fallait trouver le bon. Ou bien qu'on devait découvrir une combinaison secrète pour arrêter le compte à rebours.

– Je vous propose qu'on le mette sur le pylône d'inscription de la ville. Ce sera notre trophée. Comme ça, on se rappellera qu'on a réussi quelque chose de bien, une fois dans notre vie, annonce Orlando.

Joignant le geste à la parole il saisit le gros marqueur et inscrit de nouveaux mots sur la pancarte, qui affiche désormais :

« RÉDEMPTION.

5 âmes.

0 emmerdeurs.

1 bombe désamorcée. »

Esméralda semble peu enthousiasmée par cette nouvelle décoration.

— Dis donc, Baron, t'es sûr ? il n'y a pas de risque que ça explose ?

— Pour ça, Duchesse, il faudrait qu'on remette la pile dans le détonateur, précise simplement Orlando.

Esméralda surveille avec méfiance l'étrange objet d'où pendent des fils électriques, comme de fins serpents rigidifiés.

Fetnat lâche le fruit de ses réflexions.

— Et le terroriste, aucun risque qu'il…

— Qu'il quoi ? Qu'il nous en veuille d'avoir volé son jouet ? s'exclame Orlando. Ouais, je le vois bien porter plainte pour vol de bombe.

Le Viking glousse bruyamment et ses larges épaules tressautent.

— Enfin c'est sûr qu'ils vont se poser des questions, enfin euh les terroristes. Ce sont les seuls à savoir que nous avons agi.

— Bah, ils se diront que le détonateur a foiré. Tu sais, leurs engins de mort leur pètent souvent à la gueule. Le massacre de civils, ce n'est pas une science exacte.

Il lâche quelques bouffées de fumée, puis engloutit sa canette et la jette au loin, illustrant l'un des avantages de vivre dans un dépotoir : inutile de chercher une poubelle pour se débarrasser des déchets.

Dans l'esprit de Cassandre persiste une idée qui envahit tout.

Les gens qui devaient mourir ne sont pas morts. Mon don particulier a pu sauver des vies. Je l'ai fait. Je l'ai fait. Je l'ai FAIT !

Ils se passent la bouteille de vin et rotent les uns après les autres, en signe de ralliement. Seule Cassandre secoue la tête pour refuser l'alcool. Étant donné le résultat de la dernière cuite, ils n'insistent pas.

– Vous avez vu comme le wagon était bondé ? Dans cette prison de métal, en plein tunnel ça aurait fait un carnage, songe tout haut Fetnat.

– Ah ouais pour sûr, cela aurait fait...

Pour finir sa phrase, Orlando lâche un énorme pet sonore.

– N'empêche que personne ne sait ce que nous avons accompli, et personne ne nous dira merci, si vous voyez ce que je veux dire, souligne Fetnat.

– À la limite, tout ce qu'ils retiendront de l'évènement c'est qu'une bande de clochards est entrée dans le métro sans payer, ricane Kim.

– Ah ça, tu as raison, s'agace Esméralda. Non seulement ils ne se rendent pas compte qu'on les a sauvés mais, en plus, ils considèrent que c'est nous les gêneurs dont il faut se débarrasser. C'est le monde à l'envers. Je me demande bien pourquoi on a fait ça.

Pour votre Rédemption.

Esméralda se gratte. Les autres font de même.

– Pour ma part, minaude Orlando en souriant dans sa barbe, cette journée m'a appris certaines choses... N'est-ce pas, Duchesse de mon cœur ?

Il lui envoie un baiser de loin, et en réponse elle crache à ses pieds.

– Va te faire voir, le gros ! Prends pas ta vessie pour une lanterne ! « Ce n'est pas parce que mamie aime la nature...

– ... qu'il faut la pousser dans les orties », on connaît ton truc. Ah, ce que je déteste tes phrases toute faites ! Finalement nous formons un bon commando, ajoute-t-il. La Princesse à la prédiction, la Duchesse à la gestion des finances, le Vicomte à l'armement chimique et gazeux, et le Marquis à l'informatique et aux communications. Du bon travail d'équipe de choc, vraiment.

Dès qu'il entend le mot travail, Yin Yang se dresse sur ses pattes en grognant. Depuis qu'il a sauvé Cassandre, il est devenu le héros à pattes de la tribu, et les cinq le nourrissent comme un membre à part entière.

– N'empêche que cette petite histoire nous a coûté cher. Nous sommes ruinés, se plaint Esméralda.

– Nous sommes des clochards, c'est normal que nous n'ayons pas de fric, philosophe Kim Ye Bin. Et puis l'argent ne fait pas le bonheur.

– Ah ça, s'il y a bien un proverbe dont l'anti-proverbe marche mieux, c'est bien celui-là ! contre Orlando.

– Nous sommes ruinés, nous ne pourrons pas jouer au Loto ce soir, s'entête Esméralda.

Fetnat réfléchit.

– Peut-être, mais pour la semaine prochaine c'est encore possible si on mise demain. Et, pour nous renflouer, je ne vois qu'une solution. Les gitans.

94.

Il ne faut jamais oublier de s'excuser quand on réussit, sinon l'entourage vous en veut.

J'aurais dû m'excuser d'avoir prévu ce qui est arrivé.

J'aurais dû m'excuser d'avoir un don qui me différencie.

Une fois l'enthousiasme passé, ils n'auront à l'esprit qu'une seule idée : nous étions tranquilles et, à cause d'elle, nous ne le sommes plus.

Ceux qui réveillent les dormeurs ne sont jamais bien perçus. Il faut que je fasse attention, sinon ils vont me rejeter.

Comme tous les autres ont fini par rejeter les gens comme moi.

95.

Ils se répartissent les tâches.

Esméralda décroche les peaux de rats et de chiens encore dégoulinantes d'eau de pluie.

Orlando utilise son atelier de rémouleur pour aiguiser des lames de couteaux et des pointes de flèches. Fetnat, muni d'une serpe, récolte des plantes qui affleurent au-dessus du toit de sa hutte.

Kim Ye Bin fait signe à Cassandre de le suivre. Ils marchent côte à côte, dans les odeurs mouillées, et arrivent devant une montagne de vieux ordinateurs, d'écrans, de claviers et de cartes mères. Le jeune Coréen lui explique qu'il y a de l'or, du cuivre et différents métaux à l'intérieur des composants électroniques. C'est cela qu'il compte vendre aux ferrailleurs gitans.

– On l'ignore souvent, mais nos ordures contiennent des trésors.

Après avoir fouillé un premier entassement d'ordinateurs, le jeune homme la guide vers une seconde montagne, et une troisième, spécialisée en déchets électroniques. Il remplit sa besace de plaques et d'objets étranges. Puis il s'approche de Cassandre et lui propose un chewing-gum, qu'elle accepte.

– Il ne faut pas leur en vouloir, dit-il en mâchant bruyamment. Le problème d'Esméralda, c'est d'être admirée. Le problème d'Orlando, c'est la perte de sa fille. Le problème de Fetnat, c'est qu'il doute de son talent de médecin.

– Et ton problème à toi, c'est quoi, Marquis ?

– Moi, je ne supporte pas la grande internationale des salauds, dictateurs mafieux totalitaires, tous copains pour mettre les pauvres gens en esclavage. En leur faisant croire que c'est pour leur bien, qui plus est. Kim Il Sung m'a montré la voie de mon combat personnel ! Il suffit d'examiner la liste débectante de tous ses copains et on a la liste des plus grosses enflures mondiales. Birmanie, Iran, Soudan, Somalie, Libye, Corée du Nord, République démocratique du Congo, Cuba, Venezuela, et je pourrais encore t'en citer 150, autant de pays totalitaires où il ne fait pas bon naître et où on t'inculque la haine dès la maternelle pour être sûr que tu ne verras jamais la réalité et que tu fermeras ta gueule. Et cette réalité c'est un gros connard abuseur qui profite de la situation pour s'en mettre plein les poches. Grrrrr !!! Tant qu'un de ces nervis sera en place, je considère que j'ai quelque chose à faire. Et tu peux être sûre que les terroristes dont on a contré l'action aujourd'hui avaient des chefs qui vont manger et rigoler chez mon pote Kim Il Sung.

Elle hoche la tête, compréhensive.

Il a la phobie des dictatures... mais en quoi cela le concerne ici dans un dépotoir ?

Un groupe de rats pressés passe furtivement.

– Quant à nos concitoyens… il ne faut pas leur vouloir, mais ne te fais pas non plus d'illusions, Princesse. Orlando, Esméralda, Fetnat, ce ne sont pas des gentils et ils ne seront jamais tes amis. C'est trop tard, ils ne savent plus aimer. Ils ont un passé trop souillé pour pouvoir le laver. Ils ne t'ont pas menti, ils ont juste omis de te raconter la fin de leur histoire. Tous les clochards s'inventent un passé glorieux où ils sont les héros et les victimes et où tout le monde a tort, sauf eux.

Le jeune Coréen crache par terre pour ponctuer son discours.

– Pourtant, la réalité est différente. Ou plutôt la version que tu as entendue était incomplète. Voilà donc les fins qui manquent : Esméralda t'a dit qu'elle n'a jamais tourné dans des films à caractère sexuel ? Elle aurait dû te préciser que, si elle ne l'a pas fait, elle a quand même fourni à des réalisateurs de pornos des amies à elle. Certaines étaient très jeunes. Même pas majeures, si tu vois ce que je veux dire. De simples collègues rencontrées dans les élections de Miss Tee-Shirt mouillé dont elle était devenue marraine. Et elle touchait du fric pour ça. Là, ça commence à ressembler à un travail de mère maquerelle, tu ne trouves pas ?

Je comprends du coup son mépris pour les jeunes et jolies filles. Son plaisir était de les détruire ou de les souiller.

– Orlando. Le légionnaire au grand cœur, qui est parfois un peu bourru et qui, sous l'effet de l'alcool, a le poing susceptible ? Oui, ce qu'il a oublié de te dire c'est qu'il faisait du trafic d'armes pour son propre compte. S'il a eu des problèmes avec son capitaine, c'était parce qu'il s'était fait prendre la main dans le sac. Et au lieu de faire marche arrière il lui a proprement refait le portrait dans l'espoir de le faire taire. Orlando, c'est le type qui a tendance à agir en légitime défense contre des gens qui ne l'attaquent pas. Si tu vois ce que je veux dire.

Finalement j'aime bien cette expression de Fetnat : « Si tu vois ce que je veux dire », ce sont comme trois points de suspension qui font surgir aussitôt un film dans ma tête.

— Au début, ils ont étouffé quelques vilaines affaires, et puis c'est devenu trop voyant. Et ils l'ont viré.

Le jeune homme à la mèche bleue crache à nouveau par terre.

— Fetnat t'a dit qu'il était élève de son maître Dembelé et qu'il aimait les ingrédients de qualité. Il a oublié de te dire qu'il le fournissait en matière première pour ses potions. Or, l'un des ingrédients les plus prisés pour leurs poudres c'est… l'albinos.

Il s'arrête.

— Tu sais, ces types qui souffrent d'un problème de pigmentation qui leur fait la peau très claire, voire complètement blanche, les cheveux blancs et parfois les yeux rouges, même s'ils sont noirs ?

Cassandre n'ose comprendre.

— Ben ouais, quand il te dit qu'il n'aime pas les Blancs, il devrait préciser qu'il a zigouillé certains de ses congénères qui n'avaient pour seul tort que d'être né avec la peau blanche. Chez les sorciers de là-bas c'est très recherché, les albinos. Un bras, une jambe d'albinos, c'est leur ingrédient sacré. Je peux te dire que, quand leurs sorciers meurent, ils recouvrent leur dépouille de couches de cadavres d'albinos. Au point que certaines associations humanitaires européennes ont été obligées de les regrouper dans des centres protégés. Et ces centres se font attaquer au fusil-mitrailleur par des fournisseurs d'ingrédients pour sorciers !

J'ignorais cela.

— Ils font même ouvertement la chasse aux albinos en Tanzanie, en République démocratique du Congo et au Burundi. Ils les traquent comme des bêtes. Fetnat était un maître-chasseur en albinos. Il a dû en tuer plusieurs centaines.

Kim crache encore, comme s'il voulait se débarrasser de ces souillures.

– C'est pour cela qu'ils n'ont pas le droit de te juger. Tu leur as permis d'accomplir pour la première fois de leur vie un acte honorable. Ils devraient te remercier.

Cassandre visualise les cadavres d'albinos entassés sur les cercueils des sorciers et est prise d'un irrépressible frisson de dégoût.

– Et toi, Marquis, ton histoire complète, c'est quoi ? questionne-t-elle.

– Moi, je te l'ai dit : j'ai la haine des régimes totalitaires. J'ai détourné de l'argent qui devait aller à des dictateurs, c'est tout.

– C'est tout ?

– Oui. Je te jure.

– Tu es sûr ?

Il hésite puis marmonne.

– Et puis sinon j'ai été jeune : j'ai arraché des sacs à main et j'ai piqué des portefeuilles qui dépassaient des poches quand j'avais besoin de manger. Comme tout le monde le fait quand il est jeune, quoi.

Elle hoche la tête.

Non peut-être pas tout le monde quand même.

– Et puis j'ai traîné un moment avec une bande d'anarchistes. Je me suis castagné avec des bandes de fachos. Je ne tolère pas l'intolérance. Ils venaient nous narguer. J'avais mon nunchaku et j'ai dû me défendre.

Elle le laisse parler, pour qu'il aille au bout de sa confidence.

– J'n'aime pas la violence, mais si on me cherche on me trouve. Disons que moi aussi je peux être un défenseur un peu… agressif. Voilà, c'est le bon terme, je peux agresser fortement pour ne pas me faire attaquer. Ça me rapproche d'Orlando.

Son regard se perd vers l'horizon, il fouille dans ses souvenirs.

– Et puis bon… j'ai dû donner des coups de nunchaku pour me faire respecter chez les Albanais, le quotidien d'un hors-la-loi, quoi.

– Et tu t'es drogué ?

– Moi ? Non, tu plaisantes. Alors ça ! Disons que… juste durant ma courte période de dealer, je goûtais les produits avant de les vendre pour pouvoir en parler aux clients, quoi. Comme un marchand de vin goûte son vin mais n'est pas forcément alcoolique.

Cassandre affiche un air compréhensif.

– Mais rien de plus. Je te jure. Je me suis jamais piqué avec une seringue. Et puis pas de viol, pas de crime de sang. Pourtant ce n'était pas les occasions qui manquaient, je peux te le dire. J'ai toujours résisté à la tentation. Je suis clean.

– Alors pourquoi tu fuis ?

– Je n'ai jamais eu la nationalité française, alors pour moi c'est délicat. Si je me fais attraper, rien que pour l'affaire des détournements de fonds, je risque d'être foutu dehors.

Kim est comme eux. Il ment. Il a probablement fait des choses graves, mais il ne veut pas me l'avouer.

– Et toi, Princesse, es-tu aussi innocente que tu le prétends ?

Cassandre ne répond pas. Après avoir grimpé au sommet d'une montagne de pneus, elle contemple la grande usine d'incinération, avec ses deux cheminées qui ne fument plus.

– Qu'est-ce que tu regardes ? Ah, Moloch ! Notre dragon bâillonné.

La jeune fille dévale la montagne et court vers l'usine. Elle s'arrête devant la grande porte métallique. L'entrée de l'incinérateur est barrée par une chaîne épaisse surmontée d'un cadenas. Des scellés officiels, détrempés par la pluie, interdisent l'entrée.

Elle touche la chaîne.

– C'est immense et c'est vide, signale Kim.

Elle prend un bâton et frappe sur les murs pour percevoir les échos et en déduire le volume intérieur du bâtiment.

– Attention ! crie le jeune homme.

Trop tard.

Elle a frappé un nid d'abeilles sauvages blotti dans une encoignure. Aussitôt les abeilles sortent en essaim et les attaquent. Les deux jeunes gens se précipitent en courant vers une épave de voiture dont ils ferment les vitres.

– Des abeilles. Elles sont sauvages et se nourrissent des fleurs qui poussent sur le dépotoir. Et elles font du miel, tu imagines ?

Toutes les abeilles disparaissent dans le monde, mais pas celles-là, elles ont muté.

Cassandre sourit.

– Pourquoi tu souris, Princesse ?

– Parce que nous sommes dans la situation inverse des abeilles qui sont capturées par des enfants. Tu sais, quand on leur met un verre dessus. Là, c'est nous qui sommes dans la prison et elles qui sont dehors à nous regarder à travers les vitres.

Il écarte la mèche de cheveux qui lui couvre le front et la contemple gravement.

Les abeilles tournoient toujours autour de la voiture. La montre de Cassandre indique « Probabilité de mourir dans les 5 secondes : 15 %. »

Elle ferme les yeux et essaie de se mettre en contact psychique avec les abeilles.

– Je ne sais pas ce que tu as fait mais on dirait qu'elles se calment, reconnaît le Coréen.

– Dans mon esprit, j'ai rompu le fossé entre nous. Je pense que je leur ai fait comprendre que j'étais comme elles une habitante du dépotoir.

Les deux jeunes sortent et… ils se font piquer. Ce qui génère aussitôt de petites boursouflures douloureuses sur leurs bras.

– Eh bien ce n'est pas encore au point, mais je pense que je peux agir de manière psychique pour que mes défenses naturelles gèrent le poison.

Elle regarde sa montre qui indique « Probabilité de mourir dans les 5 secondes : 41 %. »

Ouf, on est en dessous des 50 %. Probabilis n'a pas repéré les abeilles car il n'y a pas de caméra dans le coin, ni de moyen pour l'ordinateur de savoir ce qui nous arrive. Par contre, maintenant, il a compris qu'il y avait un problème du fait de mon accélération cardiaque.

Les abeilles au dard arraché agonisent à leurs pieds, en vrombissant sourdement.

Papadakis avait raison, elles ne réfléchissent pas. Elles sont programmées pour frapper et mourir, elles n'ont ni recul ni libre arbi-

tre. Comme ces jeunes qu'on éduque dans les écoles religieuses pour en faire des tueurs et qui ne se posent jamais de questions.

Ils s'enfuient à toutes jambes. Lorsqu'ils s'estiment à bonne distance du danger, ils se laissent tomber à terre, sur un tas de sacs en plastique.

– Tu es débile ! dit-il.

Toi aussi.

Ils respirent à fond.

– J'n'aime pas les débiles.

J'n'aime pas les gens qui... ne m'aiment pas.

« Probabilité de mourir dans les 5 secondes : 32 %. »

– C'est quoi, cette montre ?

– Si je te le disais, tu ne me croirais pas.

96.

D'ailleurs moi-même je n'y crois pas.

Qui est mon frère ?

Qui est l'être génial et démoniaque qui a mis au point cet objet ?

Dès qu'on aura réglé les contingences locales, il faudra que je le retrouve. Ce n'est qu'après l'avoir retrouvé que je pourrai savoir qui j'étais et pourquoi je suis ainsi : un être sans passé, uniquement tourné vers le futur.

Je veux retrouver mes souvenirs, et pour ça il faudra que je fouille dans le dépotoir de ma mémoire.

97.

Délicatement, Fetnat Wade dépose sur leurs piqûres d'abeilles un enduit spécial à base de dentifrice, de roquefort et de cirage. Il vérifie au passage que les morsures de rats ont bien cicatrisé. Quelques pas plus loin, Esméralda plie les peaux de chiens pour les ranger dans des sacs.

Orlando étale de la graisse sur les couteaux et les flèches qu'il a aiguisés. Chacun s'active tandis que Kim échappe une seconde aux mains de Fetnat pour brancher son téléviseur sur la chaîne des actualités. La voix du journaliste monte dans les haut-parleurs :

1 – Et tout d'abord : Football. En coupe d'Europe des champions, la Juventus de Turin a battu le club de Chelsea par deux buts à un, grâce à un penalty de dernière minute tiré par Ronaldino. Des incidents violents ont suivi la rencontre. Il y a eu deux morts et un blessé grave côté anglais contre deux dans les rangs des supporters italiens. L'arbitre a été également pris à partie et transporté d'urgence à l'hôpital. Ses jours ne sont pas en danger, mais il risque de perdre un œil.

2 – Accident écologique : Un navire battant pavillon grec vient d'échouer sur les côtes bretonnes, face à la plage de Carnak. Des flancs du pétrolier se déversent des tonnes de fuel sur le littoral avoisinant. Les associations écologistes parlent déjà de catastrophe pour la faune et la flore locales. Des négociations ont été entamées pour dédommager les riverains.

3 – Nouveau scandale économique : les industriels de l'automobile, anticipant une baisse probable des ventes, commencent à licencier en masse. Cela entraîne une augmentation du chômage et fait donc baisser le pouvoir d'achat moyen des Français, ce qui, du coup, entraîne une… baisse de la consommation de voitures.

4 – Politique internationale. Le Zimbabwe subit une grande épidémie de choléra. Déjà plus de quatre mille morts et des dizaines de milliers de personnes touchées et non soignées. Le président français a proposé d'organiser l'aide internationale pour venir en aide à ce pays. Mais le président Robert Mugabe, quatre-vingt-cinq ans, a déclaré, je cite : « Que les autres pays se mêlent de leurs affaires. » Il rappelle qu'il n'a pas critiqué la France quand il y a eu la crise de la vache folle en Europe, alors qu'on ne le critique pas pour ses « petits problèmes médicaux internes ». Suite à un rapport alarmiste de l'OMS, Robert Mugabe a décidé de fermer ses frontières aux journalistes et aux organisations d'aide humanitaire qui, selon lui, ne seraient que

des espions désireux de répandre de fausses informations pour le discréditer et avantager ses concurrents.

5 – Politique internationale. En Chine, on manque de femmes du fait de la mode des « échographies » qui ont pour conséquence l'avortement des futurs nouveau-nés de sexe féminin. Par tradition, les familles veulent des garçons et ne souhaitent pas changer leurs comportements ancestraux.

6 – Incident à Paris. Plainte d'usagers suite à l'incursion de clochards particulièrement sales qui ont provoqué une fausse alerte à la bombe. Ils ont été repérés par les caméras de surveillance et la police les recherche activement. « Il faut augmenter les contrôles, mais nous manquons de personnel », a déclaré le président de la RATP. « C'est une illustration du problème des nouveaux pauvres désespérés qui ne savent plus quoi faire pour attirer l'attention sur eux », a répondu le chef de l'opposition. Et il a ajouté : « En raison de la crise économique, il y a de plus en plus de SDF. Cet évènement regrettable est symptomatique de la politique de ce pays, qui oublie les pauvres pour privilégier les riches. »

7 – Loto. Voici les numéros gagnants du tirage d'aujourd'hui…

Tous s'arrêtent et écoutent avec attention les numéros qui s'égrènent. Fetnat se dresse d'un coup et crache par terre.

– Merde ! Ce sont les chiffres que je joue d'habitude !

– Tout ça c'est la faute à la petite merdeuse, murmure Esméralda.

Orlando jette une bouteille pour qu'elle se fracasse bruyamment.

– Maintenant la petite merdeuse s'appelle Princesse, martèle-t-il. Allons nous renflouer chez les gitans !

98.

Quoi que je fasse, je ne fais que troubler le monde.
Nous sommes tous comme des cailloux jetés dans l'eau qui provoquent des ondes, mais les miennes font des vagues énormes.
Et personne n'aime ça.

99.

Alors qu'ils approchent du campement des bohémiens, à l'ouest, une délicieuse odeur de viande grillée envahit leurs narines, couvrant la puanteur du dépotoir.

De grandes tables recouvertes de nappes à carreaux rouges ont été dressées, sur lesquelles s'alignent des assiettes remplies de nourritures multicolores et parfumées. Des bœufs entiers, embrochés sur des piques de ferraille, tournent au-dessus de grands brasiers.

Lorsque les Rédemptionais surgissent en bordure du campement, une centaine de personnes sont massées autour d'une caravane beige. Ils attendent, inquiets. Cassandre n'ose pas demander ce qu'il se passe. Orlando lui fait signe de se taire et d'observer.

La caravane tressaute sporadiquement. Des halètements s'en échappent qui se transforment en jappements aigus. Puis un hurlement unique jaillit et s'éternise.

Ils sont en train de tuer quelqu'un ?

Par réflexe la jeune fille regarde sa montre, « Probabilité de mourir dans les 5 secondes : 14 %. »

Puis le silence s'installe et une silhouette s'approche de la fenêtre de la caravane. Elle soulève les rideaux et exhibe un drap avec trois taches rouges au centre. Aussitôt la foule des gitans applaudit et un jeune couple en peignoir sort sous les ovations.

Kim Ye Bin lui explique en chuchotant à son oreille :

– C'est un mariage. Ils viennent de faire l'amour. Le sang sur le drap, c'est la preuve que la mariée était vierge.

Les deux jeunes gens semblent en effet fort réjouis et couverts de sueur. Les femmes se mettent à crier, alors que quatre guitaristes, un violoniste et un joueur de tambourin démarrent une musique endiablée.

Tout le monde se met aussitôt à danser.

Esméralda se dirige vers un homme de taille imposante et lui montre ses peaux de rats et de chiens. Elle exhibe certains modèles cousus en forme de blagues à tabac ou de manchons pour l'hiver. L'homme a l'air impressionné par une paire de moufles en poil de rat. Ils discutent puis elle part s'enfermer avec lui dans une caravane.

Orlando rejoint un homme maigre au visage triangulaire et exhibe des lames, des arcs, des flèches. Ce qui a l'air de l'intéresser le plus, c'est une vraie baïonnette datant de 1914-1918.

Fetnat présente des sachets de poudres médicinales à un groupe d'hommes en leur affirmant qu'elles vont leur donner une virilité au lit qui va impressionner leurs femmes. Ceux-ci répondent qu'ils utilisent déjà le Viagra. Le Sénégalais ne se laisse pas démonter par cet argument trop connu et répond que pour le Viagra on n'a pas assez de recul pour connaître les effets secondaires, tandis que sa poudre a été testée depuis des millénaires avec cent pour cent d'efficacité. C'est un mélange de bois bandé, de mouches cantharides broyées et de gingembre.

– En plus, ça a bon goût, ajoute-t-il doctement.

Il propose, selon le principe de précaution, de privilégier les produits sûrs, traditionnels, face aux expériences nouvelles. Les autres hésitent, puis ils commencent à discuter le prix.

Le grand Sénégalais rejoint ensuite un groupe de femmes et leur tend des petits pots de yaourt munis d'étiquettes, ainsi que des bouteilles remplies d'un liquide jaunâtre. Il leur affirme qu'avec cette boisson avalée tous les matins elles auront des orgasmes décuplés et repousseront l'âge de la ménopause.

Cassandre se demande si, avec son bagout, Fetnat n'est pas en train de vendre à ces femmes un litre de sa propre urine. Et, après un instant de dégoût, elle ne peut qu'admirer son talent de commerçant.

– À nous de jouer, dit Kim.

Il brandit son sac à dos rempli de rebuts électroniques et se dirige vers un grand type costaud en veste marron. Celui-ci incruste une loupe sur son œil droit puis examine, approuve ou refuse les plaques de silicium et de cuivre.

– Tu peux aller manger si tu veux, Princesse, propose le jeune homme à la mèche bleue, je vais faire des affaires avec ces messieurs.

Cassandre contourne le groupe des danseurs, et va s'asseoir sur un banc de chêne mal dégrossi. Elle saisit une cuillère en bois et goûte un plat qui s'avère être du caviar d'aubergines recouvert d'une sauce au paprika. Plus loin, elle découvre des oignons frits accompagnant des œufs écrasés. Des salades de tomates, des pains au cumin, des carottes au piment.

Enfin des plats frais avec des ingrédients qui n'ont pas dépassé la date de péremption.

Une femme souriante lui sert un aliment qu'elle a du mal à identifier. Cassandre goûte du bout des lèvres, trouve cela plutôt bon mais manifeste son ignorance. Sa voisine l'informe :

– C'est du hérisson rôti. On le roule dans la glaise, ça fait une grosse boule qu'on fait cuire dans le feu. Quand elle est devenue dure comme de la brique, on la casse et le hérisson est cuit. En plus, comme ça, les piquants restent pris dans l'argile, c'est plus facile à manger.

Cassandre repousse l'assiette et recrache dans sa main l'aliment à peine mâché avant de le jeter par terre.

Une fille plus jeune, aux poignets et aux chevilles ornés de cercles de métal, vient s'asseoir en face d'elle.

– C'est toi la nouvelle fiancée de Kim ?

Cassandre secoue la tête.

– Ouais, tu parles ! Tu ne vas pas me faire croire qu'une jolie fille comme toi n'est pas avec Kim.

Cassandre ne se donne même pas la peine d'argumenter.

– Tu es une sale menteuse. Mais tu peux lui dire qu'il n'y aura toujours qu'une seule femme dans sa vie et c'est moi : Natalia !

Tu n'as qu'à le lui dire directement.

« *Chacun sa merde.* »

Cassandre remarque qu'Esméralda achète plusieurs journaux people à un gitan qui semble en détenir une réserve entière. Puis un homme en boléro tissé noir et jaune se dirige vers elle.

– Qu'est-ce qu'une fille aussi mignonne que toi fait avec ces quatre tarés ?

Quand il ouvre la bouche, la jeune fille distingue quelques dents en or. Une boucle brille à son oreille gauche. Une grosse bague du même métal entoure son pouce.

– Fiche-lui la paix, Manolo ! lance une vieille gitane assise dans un fauteuil roulant.

– Mais Mamie…

La vieille femme roule vers Cassandre.

– Veuillez excuser les mauvaises manières de mes petits-enfants, mademoiselle, ils se croient tout permis avec les étrangères. J'aimerais bien vous inviter à prendre une liqueur chez moi. Est-ce possible ?

La femme ressemble à Jean Gabin avec une perruque, de gros seins, et beaucoup de maquillage qui ne font que souligner le tissu serré de ses rides. Sa voix est aussi grave que celle de l'acteur.

Elle entraîne Cassandre vers une caravane flanquée d'une pancarte qui dit « MADAME GRAZIELLA, GRANDE ASTROLOGUE CARTOMANCIENNE ». Sur sa devanture sont peintes une main ouverte rose, des étoiles fluo, une boule de cristal en bleu et noir. Au-dessous : « Renommée internationale » et plus loin : « Vue à la télé. »

La caravane est équipée d'un plan incliné pour permettre à la vieille gitane d'entrer avec sa chaise roulante. À l'intérieur, elle découvre tout un décorum d'objets hétéroclites : des anges en plâtre, une grande croix dorée, des statuettes représentant la Vierge en train de prier, des saints en plastique made in China, en train de combattre des lions moulés dans le même matériau.

La vieille gitane invite la jeune fille à s'asseoir dans un immense fauteuil surélevé, en peau de bouquetin des Alpes.

Dehors le guitariste manouche se déchaîne, tissant des dentelles d'arpèges avec la pointe de ses ongles.

Madame Graziella fait coulisser la fenêtre de sa caravane pour atténuer le bruit.

– Fetnat m'a parlé de toi. Il m'a dit que tu voyais l'avenir. Ça tombe bien, c'est mon domaine de prédilection.

La gitane lui prend les mains et les retourne, paumes vers le haut. Puis elle ferme les yeux. Cassandre a envie de s'enfuir, mais

268

le visage ridé comme une vieille pomme de la femme ne lui semble pas hostile.

— Il faut savoir que personne ne peut vraiment connaître l'avenir. Personne, pas même moi ! Et je te le dis d'autant plus volontiers que je suis astrologue et cartomancienne, appartenant au syndicat international des cartomanciennes professionnelles, et ce, depuis quarante-cinq ans.

Elle plonge ses yeux dans ceux de son invitée.

— Je sens venir ta prochaine question : « Alors si on ne connaît pas le futur à quoi on sert ? » Je vais te le dire. Nous, les astrologues, nous avons une fonction sociale précise : nous servons à rassurer. Les gens sont plongés en permanence dans le doute, nous leur apportons des réponses. Elles sont vraies ou fausses mais au moins elles existent, grâce à nous. Ensuite, ce qui importe c'est le ton. Si tu dis aux gens, avec conviction : je pressens que vous allez avoir une rentrée d'argent, ils vont se débrouiller pour que cela arrive.

Elle se penche en avant pour être sûre d'être bien entendue.

— Car ils ont envie que nos prophéties se réalisent. Si tu dis : je sens que vous allez rencontrer le grand amour, ils vont s'investir plus fort dans leur prochaine relation sentimentale. Ce qui aurait dû n'être qu'un simple flirt va devenir un mariage et ce sera grâce à nous, les diseuses de bonne aventure qui prétendons voir le futur.

La vieille gitane a un petit rire qu'elle étouffe dans sa main.

— C'est nous qui les programmons pour qu'ils construisent le futur qu'on leur propose. C'est ça le grand truc : c'est nous qui inventons le futur.

Madame Graziella confie cela comme si elle révélait un grand secret.

— Et si je voyais vraiment le futur ? risque Cassandre.

La vieille gitane la fixe, puis éclate de rire. Pourtant, l'assurance de la jeune fille surprend la gitane.

— Cela ne changerait rien. À la limite, si tu détenais vraiment ce pouvoir, cela ne ferait que t'attirer des problèmes. Et, de toute façon, personne ne t'écouterait.

269

Cassandre soutient le regard perçant, qui semble fouiller en elle.

– On m'a écouté une fois, annonce-t-elle.

Les mains de Graziella enveloppent les siennes avec la force des serres d'un aigle.

– On t'en voudra ! Tout le monde va finir par te détester. Car c'est là le comportement naturel des humains. On les avertit et ils ne veulent pas écouter. César, l'empereur romain, a été prévenu par son oracle personnel de son assassinat probable aux Ides de mars, il n'a pas écouté et il a succombé sous des dizaines de coups de couteau. Et combien d'autres comme lui… Ce n'est même pas de l'anti-superstition. C'est juste qu'ils préfèrent entendre de jolis mensonges que d'inquiétantes vérités.

La vieille gitane est satisfaite d'avoir révélé une information aussi importante à la jeune fille.

– De manière générale, même en dehors des grands leaders qui gouvernent le troupeau, les gens ont toujours su ce qu'il ne fallait pas faire. Et… ils ont continué à le faire quand même.

Elle effleure sa boule de cristal.

– Quant à ceux qui les ont avertis, en général ils n'ont pas eu des destins très enviables. Ils ont été systématiquement rejetés. Ceux qui n'ont pas été exécutés ont été dénigrés et oubliés.

Cassandre essaie de comprendre où Madame Graziella veut en venir.

– Grâce à mes visions, j'ai sauvé des gens aujourd'hui.

– Oui, je sais, Fetnat m'a raconté. Tu es arrivée à convaincre ceux de Rédemption. Mais ce ne sont que des clochards. Tu es devenue l'oracle des « laissés-pour-compte ». La belle affaire. Ils ne peuvent pas grand-chose. Ils n'ont pas d'argent. Les grands astrologues ont toujours vécu dans les cours auprès des puissants : rois, présidents, empereurs. Pas auprès des gueux.

– Mes « gueux », comme vous dites, ont empêché un massacre d'innocents.

Madame Graziella ne semble pas mettre en doute cette dernière information.

– Pour un attentat arrêté, combien à venir ? Tu veux arrêter de tes seules mains une rivière en crue ? La prévision des attentats, crois-moi, ce n'est pas un bon marché. Il n'y a même pas de clients ! Qui est prêt à payer pour connaître à l'avance ce genre d'horreur ?

Elle veut quoi ? Que je regarde le monde s'effondrer à la télévision sans réagir ? Il y aura toujours ceux qui se demandent pourquoi le monde est ainsi fait, et ceux qui se demandent comment faire pour le changer. Je fais partie de cette deuxième catégorie. Le Comment est plus fort que le Pourquoi.

– De toute façon, ça ne sert à rien. Tant qu'un événement n'est pas inscrit dans la mémoire collective, il n'existe pas. Et tu n'arriveras jamais à voir ton talent reconnu. On ne te dira jamais merci. En tout cas si tu prétends avoir de grandes visions collectives. Par contre, si tu as des petites visions individuelles, tu seras non seulement reconnue, mais riche et respectée. Comme moi. Sans même avoir besoin d'avoir un vrai don. Juste en rassurant les gens.

Que me veut-elle ?

– Travaille avec moi, je suis prête à t'engager car je n'ai plus assez de temps pour satisfaire ma clientèle, vu l'ampleur de la demande. J'ai augmenté le tarif mais, au lieu de les arrêter, cela n'a fait qu'attirer plus de clients. Plus ils payent cher, plus ils considèrent que c'est sérieux et plus cela marche. Comme la psychanalyse.

Madame Graziella se penche et chuchote à son oreille :

– Ce que je te propose, c'est 70/30. 70 % pour moi et 30 % pour toi. Évidemment je prends la part la plus importante car c'est moi qui te fournis l'emplacement, la clientèle, la technique.

– Je ne vois pas les futurs individuels. Je n'ai pas ce pouvoir.

– Je m'en fiche que tu voies ou non le futur. Tout ce qui importe, c'est que Fetnat le croie. Donc quelqu'un d'intelligent, versé dans les choses de l'Invisible, est persuadé que tu as un don. Ça me suffit. Le voilà ton pouvoir. Si tu as convaincu un coriace, tu peux convaincre mille naïfs.

La vieille gitane lui indique une petite table où trône une boule de cristal sur un support en cuivre sculpté d'anges. Les pointes de leurs ailes maintiennent la sphère transparente.

271

– Bon. De manière pratique, comment se déroule une séance ? D'abord tu fais payer. Comme les prostituées, on commence par les contingences matérielles avant de passer aux spirituelles. Moi je demande 50 euros par séance. Tu peux faire plus si tu sens le pigeo…, euh le client bien habillé. Regarde les chaussures et la montre, ce sont les indices révélateurs. Ensuite tu prends cette boule de cristal. Tu demandes au client de regarder au centre et là tu lui poses des questions anodines pour mieux le cerner. Les trucs de base. Son travail. Sa vie familiale. Sa santé. Et puis tu lui inventes un avenir. Fais-lui confiance, comme je te le disais, c'est lui qui va se débrouiller pour le réaliser ! C'est le client qui fait tout…

Cassandre risque une moue dubitative.

– Toujours être positive et valorisante. Donc, si le client te dit qu'il est célibataire, tu lui dis qu'il va rencontrer la femme de sa vie. Si le client te dit qu'il vient d'être viré, tu lui dis qu'il va trouver un poste encore meilleur. Tu vois, ce n'est pas compliqué, c'est plutôt un travail de soutien dans un monde où tout le monde se sent seul et abandonné. Si la cliente te demande si elle est trompée par son mari, tu lui dis que non. Mais qu'il faut par contre qu'elle ait une grande discussion avec lui. Pour une hésitation sur l'achat d'une maison ou d'un bien important : toujours encourager la prise de risque. De toute manière, cela leur fait changer de vie et c'est ça l'essentiel. Tu vois, tu peux faire beaucoup de bien sans te fatiguer. Même pas besoin de diplômes ou de formation. Je te prête la boule de cristal, le fauteuil et même quelques cierges si tu veux. Alors ça te va, 70 pour moi, 30 pour toi ?

Cassandre se lève, mais Madame Graziella lui agrippe aussitôt le poignet et le serre avec une force étonnante pour une personne de son âge.

– Ah, je vois. Mademoiselle est coriace. D'accord, 60 pour moi et 40 pour toi, mais je n'irai pas en dessous.

Cassandre se dégage et quitte la roulotte aussi vite qu'elle le peut. Dans la zone du mariage, le guitariste qui jouait une sorte de flamenco manouche auprès du feu s'interrompt et s'approche d'elle.

– Tout à l'heure, quand tu parlais à Natalia, j'ai cru comprendre que tu étais célibataire. Tu veux de la compagnie ?

Kim surgit de nulle part et s'interpose.

– Dégage, et ne t'avise pas de la toucher.

Les deux hommes se défient. Dans un éclair vif argent, le gitan a dégainé un couteau et a fendu l'air, effleurant le ventre du Coréen à la mèche bleue. Celui-ci a reculé à temps. Il saisit le nunchaku placé dans son dos et désarme son agresseur d'un coup de fléau précis. Mais le gitan a sorti de sa botte un poignard encore plus long. Le fléau du nunchaku fait des huit en sifflant dans l'air, la lame du gitan tournoie, elle aussi.

La musique n'a pas cessé. Un groupe de gitans, essentiellement des jeunes, font cercle autour d'eux, comme si ce combat de coqs faisait partie des attractions habituelles de tout mariage digne de ce nom.

Le gitan se fend. Kim évite de justesse la pointe du poignard, riposte de son arme articulée mais l'autre est trop rapide. Alors, d'un coup de pied chassé, il frappe sa main et le désarme une seconde fois. Le gitan fonce tête la première. Les deux hommes s'empoignent et roulent dans la poussière alors que la foule encourage clairement l'adversaire de Kim.

Plus âgé et surtout plus robuste, il parvient à récupérer son poignard. À cheval sur Kim, il lève haut son arme et s'apprête à l'achever. Mais il s'effondre soudain, les yeux révulsés. Cassandre a ramassé une brique et a frappé à la volée l'arrière de son crâne. Le corps du gitan bascule lentement sur le côté.

Aussitôt, la musique s'arrête. Un lourd silence tombe sur la fête. L'assistance semble choquée que la jeune étrangère ait osé intervenir dans un combat à la loyale.

Le marié a déjà dégainé son couteau. D'autres dans la foule brandissent des armes diverses. Le bracelet-montre de Cassandre affiche « Probabilité de mourir dans les 5 secondes : 71 %. »

Il faut bouger. Et vite.

Les gitans s'approchent en silence, menaçants.

– Le temps se gâte. Rentrons ! déclare Orlando en extrayant de la doublure de son large manteau une arbalète de poing pour les tenir à distance.

273

100.

Je crois que j'ai encore fait une boulette. Partout où je passe, je dérange plus que je n'arrange.

101.

Le renard Yin Yang les accueille en glapissant.

Fetnat recompte les billets puis les tend à Esméralda qui les fourre dans son porte-monnaie. Ensuite, il va chercher ses pommades pour soigner Kim.

Esméralda crache par terre.

— Dis donc, Princesse, comme ministre des Affaires étrangères et de la Diplomatie, c'est réussi.

— La ferme ! dit Orlando, les gitans savent ce que c'est que la bagarre et l'honneur. Ils nous auraient méprisés si on s'était laissé insulter.

— J'n'aime pas les gitans, dit Fetnat.

— J'n'aime pas les problèmes, dit Esméralda. Les gitans sont notre seul moyen d'avoir de l'argent de poche.

— Pour cette fois ça ira, dit Kim en sortant des billets qu'il avait oublié de donner.

Cassandre se tait, mal à l'aise.

Tous s'assoient sur les banquettes de voiture alignées autour du feu. Orlando, brandissant une bouteille d'alcool à brûler, ravive la flamme de la place centrale. Il replace la marmite.

— Il reste encore du waterzooï, qui en veut ?

L'enthousiasme est tombé. Tout le monde secoue la tête.

— Je propose que le waterzooï de rat devienne notre plat officiel, suggère Orlando.

Personne ne relève. Alors Orlando plonge une louche dans la marmite, emplit une assiette et se met à la manger seul. Il trouve un bout d'os de rat et le recrache.

— Tu ne nous as amené que des soucis, Princesse de mes deux, grogne Esméralda. Et qu'est-ce qu'on y a gagné ? On a perdu l'argent et on a récupéré une bombe désamorcée. La belle affaire.

Sans oublier qu'on a dû être filmés par les vidéos de surveillance du métro. La police nous recherche.

– Si on ressort, il faudra changer de déguisement, remarque simplement Kim.

– Pas question de ressortir ! s'insurge aussitôt la Duchesse en se dressant. On ne bouge plus jamais d'ici ! Tu entends, plus jamais ! Qu'au moins, cette erreur nous serve de leçon. Les bourgeois peuvent crever, on s'en fout ! Merde. Elle fait chier, Cendrillon.

Elle engloutit nerveusement une canette de bière, rote puis va s'enfermer dans sa hutte. Bientôt résonne une musique qu'elle met très fort, c'est le thème à l'harmonica d'*Il était une fois dans l'Ouest*.

Après s'être longuement curé le nez, signe chez lui d'intense réflexion, Orlando en ressort une immondice, qu'il observe comme si c'était sa pensée matérialisée, puis la roule en boulette et, d'une pichenette, l'envoie voler au loin.

Fetnat Wade pète, secoue son boubou pour évacuer l'odeur, puis disparaît.

Kim Ye Bin hésite puis crache, et va dans sa hutte.

Ainsi s'expriment les trois états de la pensée des clochards : la matière molle, le gaz, le liquide. Cassandre reste seule au milieu de la place principale de Rédemption, en compagnie du renard qui l'observe en dodelinant de la tête.

Ainsi, leur affection est aussi difficile à gagner que facile à perdre.

La jeune fille aux grands yeux gris clair se lève puis, après une hésitation, frappe à la porte de la hutte d'Orlando. Comme il n'y a pas de réponse, elle entre.

– La Duchesse est très remontée contre toi, lance-t-il sans la regarder.

– Et vous ? Enfin toi ?

– Pas moi. Esméralda rêve d'être célèbre. Elle ne vise qu'à voir sa photo en couverture des magazines. Les événements récents ne l'aident pas vraiment à atteindre cet objectif.

– Désolée.

– Non, ça va. Tu as un peu troublé nos habitudes, mais nous étions en train de nous encroûter. La Duchesse a discuté avec la gitane. La vieille pense que tu as une malédiction.

Cassandre hausse les épaules.

– Elle voulait que je travaille pour elle. J'ai refusé.

Le gros légionnaire se gratte sa barbe blonde.

– Astrologue, c'est ça ? En fait nous n'aimons pas le futur car il nous fait peur. J'avais vu sur la couverture d'un journal de la Duchesse ce titre « Sondage : 75 % des Français ont peur du futur et 62 % préfèrent ne même pas y penser. »

Orlando lâche un ricanement.

– Mais on ne peut pas vivre sans y penser un minimum. Même si ça nous fait peur, hein ? Et nous avons tous nos trucs pour essayer de faire parler l'« Avenir » avec un grand A. Je pense que sur six milliards et demi d'humains, les trois quarts sont déjà allés voir des voyantes, des médiums, des sorciers, des marabouts ou des astrologues. Même s'ils n'osent pas l'avouer. Sans parler de ceux qui font ça en amateur. Le succès populaire du Loto dans tous les pays, ce n'est pas la preuve que tous ceux qui jouent croient en l'avenir ?

Le gros Viking cherche dans son étui le mégot de cigare qu'il veut fumer.

– Moi, c'est le marc de café, décrète-t-il enfin. Je vais te montrer.

Il invite la jeune fille à s'asseoir et fait chauffer de l'eau dans une casserole.

– C'est à la guerre que j'ai appris ça. Sur un champ de bataille, la mort est partout présente. On a tous peur de crever, alors on veut savoir si demain on va pouvoir se faufiler entre les balles.

Il allume son moignon de cigare et commence à empester l'atmosphère, faisant fuir les mouches et les moustiques qui tournoyaient dans la pièce.

– Mon capitaine à la Légion, disait : « Moi, je lis l'avenir de mes ennemis… dans leurs entrailles fumantes ! Et je ne me trompe jamais. »

Il s'esclaffe bruyamment et donne une tape dans le dos de la jeune fille.

— Elle est bonne non ? Voilà une phrase qui a au moins le mérite de marcher à coup sûr.

Il prend une tasse, y laisse tomber deux cuillères de Nescafé et commence à verser l'eau bouillante.

— Le marc de café, c'est plus cool que les intestins humains et ça pue moins.

J'ignorais qu'on pouvait aussi faire ça avec du café lyophilisé...

— En fait, moi j'ai rien contre la prédiction du futur. D'ailleurs, tous les chefs d'État, passés ou présents, ont eu et ont encore leurs astrologues, même s'ils le cachent soigneusement. Mitterrand, il paraît qu'il avait installé à demeure un sorcier africain à l'Élysée. On dit même que Giscard et Chirac se sont croisés chez la même voyante.

Orlando se penche vers la jeune fille.

— Alors pourquoi pas nous ?

Cassandre, du bout des lèvres, boit le liquide sombre jusqu'à la dernière goutte. Orlando renverse la tasse, l'examine et fait la grimace.

— Il paraît que le fameux test de Rorschach, le grand test de personnalité, est issu de l'examen du marc de café. C'est un psy qui s'est dit ce truc tout simple : en interprétant les taches de marc de café, les gens révèlent leur propre psychologie… Donc il a imprimé des taches d'encre dans le genre de celles qu'on obtient avec le marc de café et il a demandé aux gens ce qu'ils y voyaient ! Elle est pas bonne, celle-là ?

Cassandre ne rit pas. Orlando fait tourner le fond de la tasse pour l'examiner sous de nouveaux angles. Il fait plusieurs grimaces inspirées. Puis pose l'objet en haussant les épaules.

— Bon, je reconnais que ce n'est pas très positif. On dirait que ta vie, ou celle de quelqu'un de très proche de toi, va s'arrêter d'un coup. Ouais, je crois qu'on n'a pas intérêt à rester à tes côtés, Princesse. La vieille gitane a peut-être raison, tu portes en toi une sorte de malédiction.

Cassandre hoche la tête. Pour changer de sujet, elle regarde autour d'elle et remarque un cliché avec un bébé en layette.

– C'est qui ?

– Ma fille. Elle avait 18 mois. Je ne l'ai plus jamais revue. Sa mère m'a interdit de l'approcher. Elle doit être une vraie jeune femme, désormais.

Il écrase le cigare avec dureté.

– Va-t-en maintenant, Princesse. La duchesse n'a pas tort, tu me fais penser à elle. Et c'est pas bon pour mon estomac. Ça me file des ulcères.

Il lui tourne le dos et fixe la photo de l'enfant.

102.

On croit connaître les gens. Je commence à peine à saisir qui sont ces êtres. Je dois faire un effort pour m'intéresser à eux. Ces clochards sont le socle solide à partir duquel je vais pouvoir agir et comprendre.

J'ai besoin d'eux pour arrêter les attentats mais aussi pour retrouver mon frère.

Ça, je le sens. Ils n'ont pas de futur, mais moi j'en ai un.

103.

Le vent souffle sur le dépotoir, faisant voler les sacs plastiques. Un hibou se met à hululer alors que des chauves-souris tournoient à la poursuite des papillons de nuit.

Après une courte hésitation, Cassandre va frapper à la porte d'Esméralda.

La porte est déjà entrouverte. Elle la pousse, balaye la pièce du regard. Il y a partout des photos de célébrités. Elle comprend qu'Orlando a raison : Esméralda vit à travers tous ces couples de rêves sur lesquels elle fantasme.

L'affiche du film *Autant en emporte le vent* trône au centre de la paroi, entourée des posters de Romy Schneider, Marilyn Monroe, Claudia Cardinale, Gina Lollobrigida, Mylène Demongeot, Michèle Mercier, Dalida, Cyd Charisse, Greta Garbo.

Dans un coin un vieux projecteur rouillé de cinéma, et encore des photos, d'Esméralda jeune cette fois, et les affiches des films sur lesquelles le nom d'Esméralda Piccolini est souligné au marqueur fluo.

L'ancienne actrice est occupée à s'enduire de crème devant une coiffeuse, le miroir est entouré de lampes dont seule la moitié fonctionne. Derrière elle, des robes sont pliées et empilées.

– Vous me détestez, n'est-ce pas ? demande la jeune fille.

– Ah, ça y est, la muette parle à nouveau.

– Pourquoi ?

– Tu veux vraiment savoir ? Tu représentes tout ce que je déteste. Tu es jeune. Tu es belle. Tu es… libre.

– Vous êtes libre, vous aussi.

– Vu que tu n'as pas cité les deux premiers adjectifs, ça sous-entend que tu me trouves moche et vieille ?

– Excusez-moi.

– Pour qui tu te prends, petite merdeuse ? Mais pour qui tu te prends avec tes grands airs de madame Je-sais-tout et je fais la morale à tout le monde à dix-sept ans ! Avec tes « Vous devez les sauver et gna gna gni, gna gna gna. » Et « Vous devez sortir du dépotoir. » Et « Je ne veux pas faire d'astrologie c'est indigne de moi. » Et « je ne supporte pas l'alcool », et « Je ne mange pas ci, je ne mange pas ça. » Et « Je veux me laver le matin. »

– Désolée.

– Tu n'es rien qu'une petite casse-pieds de bourgeoise et je ne sais pas ce que tu fous ici à nous gâcher la vie. On était tranquilles avant que tu arrives. On était heureux. Tu nous as apporté le malheur, la ruine, les problèmes. À cause de toi, la police nous recherche, nous sommes fâchés avec les gitans, Orlando a failli être déchiqueté par une bombe, et Kim a manqué se prendre un coup de couteau. Qu'est-ce qu'il te faut encore comme misère pour te rendre heureuse ? Si tu viens ici, c'est pour t'occuper de moi, maintenant ? Tu m'as déjà giflée, ça ne te suffit pas ? Tu viens me planter un couteau dans le dos, c'est ça ?

Elle a raison, ils ont tous raison. Je suis un monstre. Je crois que je suis quelqu'un de bien qui fait du bien, alors que je ne suis qu'un

279

monstre. Comme Frankenstein. Une créature créée artificiellement par ses parents pour tout détruire sans s'en apercevoir.

Esméralda se lève, s'approche de Cassandre, sa proéminente poitrine en avant.

Il faut sortir d'ici. Je n'aurais pas dû venir.

La femme la fixe de ses yeux au strabisme convergent qui lui donne un air non pas ridicule, mais menaçant. Elle relève le menton de la jeune fille.

— Assieds-toi dans ce fauteuil ! lui intime-t-elle.

Cassandre obtempère. La femme aux cheveux roux s'asperge de parfum au patchouli, ouvre le tiroir d'une vieille commode et lui tend un jeu de tarot.

— Quand j'étais actrice, j'ai découvert ça. Sur les tournages, on passe l'essentiel de son temps à attendre. Avant chaque prise, le réglage des lumières et des mouvements de caméra, ça prend des heures. Je me suis aperçue qu'en lisant le tarot de Marseille, non seulement je m'occupais, mais en plus ça m'attirait la sympathie de toutes les équipes de tournage. Au point qu'on m'a peut-être engagée sur certains films pour avoir une cartomancienne sous la main. Plus tard, avec les gitans, j'ai utilisé cet art. C'est ce que je faisais enfermée avec l'homme dans sa roulotte. Ce n'était pas ce que tu as pu imaginer.

Je n'imaginais rien.

— Le tarot de Marseille. Voilà, maintenant tu connais un de mes secrets. L'autre, Graziella, c'est une fausse astrologue. C'est juste du boniment, elle n'a aucun talent, juste le décor et l'intonation. C'est elle l'actrice et c'est moi la vraie cartomancienne. Et moi j'y crois, contrairement à elle.

Ça, je le sais.

— Vas-y, bats le jeu et tire une carte au hasard. On va faire un tirage en croix. La première carte, c'est toi. Tu la disposes là, à gauche.

Cassandre tire l'arcane XVII : l'Étoile. On y voit une femme nue en train de verser deux vases dans une rivière et, au-dessus, huit étoiles multicolores.

– Mouais, tu es une rêveuse. La deuxième carte, c'est ton problème et tu vas la poser en face de l'autre, ici à droite.

Elle tire l'arcane XIII : la Mort. Un squelette avec une faux est en train de couper des têtes couronnées qui dépassent du sol. Tout autour, des petites pousses fleuries sortent du sol noir.

– Bon, tu es venue pour changer les choses, pour créer un renouveau. Même s'il est douloureux. Continue. Tire une troisième carte et place-la en haut de la croix. C'est ce qui va t'aider.

Cassandre tire l'arcane XI : la Force. Une femme avec un grand chapeau ouvre à mains nues la gueule d'un chien.

– Tu as de l'énergie à revendre. Pose une quatrième carte au bas de la croix pour savoir ce qui va te poser des problèmes.

La jeune fille tire l'arcane XII : le Pendu. Un homme est suspendu la tête en bas, un pied accroché à une branche, les mains liées dans le dos.

– Tu es bloquée par des liens qui t'empêchent de bouger, même si tu te débats ça ne change rien.

Cassandre se souvient de sa position quand elle était prise au piège d'Orlando dans la décharge, avec les chiens en dessous qui cherchaient à la mordre. C'était exactement la même position que celle de la carte de tarot.

– Au final, pose une cinquième carte au milieu de la croix. C'est cela le plus important. Comment tout cela va finir…

Cassandre tire l'arcane XVI : la Tour Dieu : une tour qui s'effondre, des flammes tout autour, et deux silhouettes qui tombent du haut de la tour.

– Ça veut dire quoi ?

L'ancienne Miss grimace.

– Ça va mal finir.

Les deux femmes se regardent.

– Je vois bien que tu n'apportes que des ennuis. Tu es maudite, Princesse. Mais ce n'est pas ta faute. C'est juste que tu es née comme ça. Chacun sa merde. Moi j'ai de gros seins et je louche. Orlando est alcoolique et brutal. Fetnat est superstitieux et raciste. Kim est menteur, paranoïaque, traumatisé par les actualités. Et toi tu es… maudite.

281

Cassandre sort en faisant claquer la porte.

Quand elle n'est plus là, Esméralda continue de tirer le tarot par curiosité. Elle pose une nouvelle carte à droite pour savoir pourquoi Cassandre est ainsi. C'est l'arcane II : la Papesse. Elle montre une femme en train de lire un livre ouvert qu'elle tient sur ses genoux. Alors Esméralda comprend que tout cela est lié à la mère défunte de Cassandre, qui était probablement une femme très puissante.

Esméralda tire une nouvelle carte sur la droite de la croix, symbole de son problème. Elle obtient l'arcane I, le Bateleur. Un homme, trop jeune pour être son père. Sans doute son frère. Il vit dans l'illusion et démarre une quête personnelle.

Par acquis de conscience, Esméralda tire une dernière carte qu'elle dépose sur l'aboutissement de la Tour Dieu. Cette fois, c'est l'arcane XXII, le Mat, la seule carte qui représente un clochard errant avec un baluchon. Sur le côté, un animal lui écorche la cuisse. Elle sait que cela signifie l'errance et la solitude. Mais elle sait aussi que la plupart des vies se finissent ainsi.

Esméralda crache par terre en haussant les épaules et en murmurant, comme pour chasser le mauvais sort. Elle s'accroche à sa phrase fétiche pour mieux s'en convaincre.

– De toute façon… Chacun sa merde.

104.

Cassandre tourne et retourne ses poupées, puis s'empare d'un feutre noir et leur trace à toutes des lignes sombres autour des yeux pour qu'elles aient l'air gothique.

Voilà, je suis maudite. La Tour Dieu ! Des gens qui chutent d'un sommet frappé par le feu, voilà mon futur.

Comme Cassandre de Troie qui n'a pu empêcher l'incendie de sa cité, je ne vois que du malheur, je ne suis porteuse que de catastrophe. J'aurais mieux fait de ne pas naître. J'aurais mieux fait de ne pas avoir de don de voyance. Mais pourquoi je suis comme ça ? Pourquoi ? POURQUOI ?

La jeune fille aux grands yeux gris se met à hurler très fort.

– POURQUOI ! ! ! ! ! !

En réponse, le renard se met à hurler. Puis un silence tombe. Pesant.

Quelqu'un frappe à sa porte.

Comme il n'y a pas d'œilleton, elle pense que c'est Kim. Elle ouvre. La silhouette à contre-jour est haute, émaciée. Ses pieds sont enfoncés dans des babouches pointues qui remontent en cornes.

– Maintenant que tu es des nôtres et qu'on sait que tes visions ne sont pas juste des délires, je crois que je dois t'aider, annonce Fetnat Wade.

– Personne ne peut m'aider, tranche-t-elle.

Le grand Noir pénètre dans la chambre de la jeune fille en l'écartant du bras.

– Tsss, c'est cela qui m'énerve chez les Blancs, il faut toujours qu'ils soient désespérés. Moi, dans mon village, on avait des maladies terribles qui nous rendaient aveugles ou nous faisaient dormir en permanence, on ne mangeait pas tous les jours… Des fois, les crocodiles du lac d'à côté venaient dévorer nos enfants qui jouaient sur la rive. Pourtant, personne n'était désespéré. Tous les gens de mon village souriaient en permanence et rigolaient du matin jusqu'au soir. Il faut dire qu'il y avait du soleil, des fruits, de la nature partout, pas du béton et de la grisaille. On dansait au son du tam-tam, on faisait la fête tous les jours, on restait en famille à se serrer fort entre parents et enfants, enfin si tu vois ce que je veux dire.

Il secoue la tête.

– Je crois que je n'aime pas ce pays, ni ses habitants, ni leur mentalité. Ici, les gens c'est tous des cadavres sur pattes. Ils ne sourient pas. Ils cachent leur peau et leurs dents. Ils ne se touchent pas. Ils n'ont même plus d'odeur, c'est dissimulé sous des parfums industriels et des tissus en nylon !

– Alors qu'est-ce que tu fais ici, Vicomte ? demande Cassandre d'un ton détaché.

– Je suis un explorateur africain qui vient éduquer et civiliser les Européens. Il faut bien qu'il y en ait qui se dévouent parmi nous, on ne peut pas vous laisser dans votre ignorance. Je suis un peu comme un Christophe Colomb ou un Magellan wolof qui vient instruire les barbares. Nous, on est sombres à l'extérieur, vous, vous êtes sombres à l'intérieur. Je viens apporter de la clarté dans vos cœurs.

– En les empoisonnant, en mettant de la lessive dans leur estomac. C'est comme ça que tu nettoies l'intérieur ?

Elle range les poupées aux yeux cernés de noir. Fetnat s'approche.

– Je veux t'aider, Princesse.

Cassandre ne répond pas.

– En fait, je devrais plutôt dire : je peux t'aider.

Elle s'arrête.

– J'n'aime pas être aidée.

– Ah, ça y est, tu parles comme nous. Tu es une vraie Rédemptionaise. Tu commences tes phrases par « j'n'aime pas ».

Elle prend une poupée, déchire ses vêtements pour la dénuder puis lui arrache les bras et les jambes avant d'enfoncer sa tête sur son index. Puis l'index à tête de poupée s'approche de Fetnat, comme si c'était elle qui parlait.

– Qu'est-ce que vous pouvez faire pour moi, monsieur le sorcier ? demande-t-elle d'une voix artificiellement aiguë.

– Je peux te plonger dans un état où tu verras ton passé.

– Encore tes potions magiques ? La dernière fois, j'ai failli crever avec ton élixir de bienvenue.

– Dis donc, d'habitude tu n'es pas causante, Princesse, mais quand tu causes, tu casses. Pour répondre à ta question : non, cette fois ce n'est pas une boisson à consommer, c'est moins liquide et plus…

– Gazeux ?

– … Inoffensif. C'est de la transe chamanique. Comment vous dites chez vous ? Ah oui, de l'hypnose.

– Je n'aime pas l'hypnose. Si tu vois ce que je veux dire, ironise-t-elle.

L'Africain passe devant les poupées toutes maquillées et habillées pour aller à un bal ténébreux.

– Comment te convaincre que ça peut être bon pour toi ?

Il tourne dans la pièce.

– Si je te disais que ton Arbre Bleu du Temps, je le connais, ça t'aiderait ? Il apparaît aussi dans notre tradition wolof. Mon maître Dembelé m'a appris à aller le contempler, parfois. Je le vois de loin. Toi, tu le vois de près.

Dix minutes plus tard, Cassandre est dans la hutte de Fetnat.

Le décor en est très particulier. Sur une étagère une chauve-souris empaillée bâille. Dessous, s'alignent des bocaux remplis de grenouilles et de crapauds, des fioles transparentes pleines de cheveux ou de rognures d'ongles, des lézards séchés en train de prendre la poussière, des boîtes contenant des insectes immobiles, des poudres noires ou grises. Tous les récipients sont étiquetés : « Pour réussir les examens de faculté » ou « Pour la repousse des cheveux » ou « Pour ceux qui ont des gaz au lit » ou « Pour ne pas se tromper dans l'achat de sa maison. »

Sur le mur qui fait face aux étagères, des plantes disposées dans des vases transparents portent des fruits gris, verts ou marron, des petites fleurs rouges à feuilles noires. Des statuettes en bois représentent des personnages aux visages hilares ou menaçants.

Le Sénégalais lui indique un fauteuil recouvert de peaux de chiens séchées.

– Ferme les yeux et détends-toi.

Elle obtempère.

– Respire de plus en plus lentement.

Cassandre inspire et souffle doucement.

– Apaise ton esprit. Tout va bien.

Elle s'enfonce un peu plus dans le fauteuil. La voix hypnotique l'entraîne peu à peu, de plus en plus loin dans sa transe.

– Maintenant imagine que ton âme sort de ton corps. Elle traverse le plafond. Elle monte haut dans le ciel. Elle s'élève jusqu'à la limite entre l'atmosphère et le vide. Là, tu vas voir un rail. Devant, c'est le futur. Derrière, c'est le passé. Retourne-toi et marche vers ton passé. Que vois-tu ?

Elle articule lentement.

– Je vois la hutte d'Esméralda, la carte de tarot avec la Tour Dieu. Les deux êtres qui chutent.

– Ça, c'était il y a cinq minutes. Reviens plus loin en arrière, passe des minutes aux jours.

– Je vois mon arrivée au dépotoir. Avec les chiens qui me poursuivent.

– Encore plus en arrière. Recule, recule.

– Je vois ma vie au pensionnat des Hirondelles.

– Encore plus loin.

Le visage de Cassandre se tord de douleur.

– Je vois l'attentat en Égypte devant Kheops. Je cherche mes parents au milieu des corps déchiquetés et calcinés. Il y a de la fumée partout.

– Plus en arrière.

Elle ne bouge pas.

Un long laps de temps s'écoule.

Fetnat Wade hésite à intervenir, mais il constate qu'elle respire calmement.

– Je… je… je suis entourée de ma famille.

– Tes parents ?

– Non.

– Qui ?

– Mes… enfants.

– Qu'est-ce que tu dis ?

– Il y a mes enfants et mes petits-enfants. Ils sont autour de mon lit. Ils… ils me parlent mais ce n'est pas en français. Je les comprends quand même.

Fetnat se retient de ne pas l'interrompre.

– Un médecin vient, il m'ausculte et me dit que je vais m'en tirer. Et que ma santé va s'améliorer. Mais je sais qu'il ment. Je demande à tous les membres de ma famille de se serrer contre moi. J'ai mal partout. Comme si tous mes muscles étaient en feu. Ma peau me brûle aussi. Ce sont des escarres parce que je suis restée trop longtemps immobile dans le lit. Au moindre mouvement j'ai l'impression qu'on m'écorche. Je vois mes mains, elles sont toutes vieilles, il y a des taches brunes sur la peau, mes ongles sont rainurés. Le médecin est habillé comme au siècle dernier. Avec un petit chapeau rond et une redingote. Mes enfants et mes petits-enfants sont blonds. J'ai une bague à la main gauche. Je suis mariée. Je n'ai pas de poitrine, j'ai du poil au menton. J'ai un... pénis.

Encore un long silence.

– Je suis un homme. J'ai du poil blanc, je suis âgé. Et cette langue, je la reconnais maintenant, c'est du russe.

– Qui êtes-vous ?

– Un vieux médecin russe qui va bientôt mourir.

Fetnat est passé au vouvoiement comme s'il avait face à lui non plus une jeune fille de dix-sept ans mais un vieillard respectable.

– Je vous demandais juste de vous souvenir de votre enfance. Parlez-m'en.

Cassandre Katzenberg tremble.

– À quoi bon ? Ce médecin qui prétend me guérir est nul. J'ai soigné les autres, mais on n'a pas su me soigner, moi. Quelle ironie !

– Ce sont souvent les cordonniers les plus mal chaussés.

– Je tousse, je tousse de plus en plus fort, je crois que j'ai la tuberculose, tout mon corps n'est que douleur. Cependant, avec ma famille toute proche pour les dernières minutes de ma vie, je me sens bien. Je les aime. Ils sont une dizaine à avoir survécu. Je me souviens de les avoir éduqués, chacun à leur tour. Je me souviens de mon métier. Je me souviens de mon prénom. David. Et je me souviens de mon nom de famille, Kaminski. Je tousse. Je déteste tousser, ça me brûle les bronches.

– Bien. Réveillez-vous, docteur Kaminski, enfin réveille-toi, Princesse. Ou plutôt tu vas te réveiller quand je dirai zéro. Trois... Deux... Un... Zéro.

Cassandre ouvre les yeux. Elle s'ébroue, comme au sortir d'un mauvais rêve. Fetnat Wade allume sa longue pipe à tête de pirate et tire quelques bouffées bleutées.

– Tu as un problème, petite. Il y a un grand trou noir dans ta vie. De treize ans à… ta mort dans ta vie précédente, tout est effacé. Comme si on avait passé un aimant sur une bande magnétique. Du coup, quand on remonte avant l'attentat, on tombe dans un trou qui t'amène directement à ton existence d'avant ! On appelle ça chez nous un accroc dans le temps. C'est très rare.

Il s'installe dans son rocking-chair et se balance, pensif.

– Normalement, à chaque nouvelle vie, il y a une rupture de mémoire. Ça évite que tu cumules tes douleurs, tes peurs, tes névroses datant de tes existences précédentes. Toi, tu es privée de ce fossé protecteur.

Il rallume sa pipe.

– Donc tu passes d'une vie à une autre sans les barrières protectrices de l'oubli, si tu vois ce que je veux dire.

Cassandre se souvient de la phrase lue dans le livre de sa mère :

« Et l'ange appuie son doigt sur la lèvre du fœtus juste avant qu'il naisse et murmure : "Oublie toutes tes vies précédentes pour que leur souvenir ne te gêne pas dans cette vie-ci." C'est ce qui donne la gouttière au-dessus des lèvres du nouveau-né. »

Elle se lève, hébétée.

105.

OK. Personne ne peut m'aider.

Et ce que Fetnat ne sait pas, c'est que j'ai perçu plusieurs autres de mes réincarnations. Il a ouvert une fenêtre, et je n'ai pas seulement vu ce qui était proche. J'ai contemplé ce qui était loin et beaucoup plus ancien.

J'ai vu… non seulement la mort du docteur David Kaminski mais aussi les hommes et les femmes du Moyen Âge et de l'Antiquité qui étaient tous mes « moi » d'avant. Je sens les gens de la préhistoire, et même au-delà. Quand je me bats, ma force vient de mon ancêtre primate dont j'ai encore la mémoire à fleur de peau.

D'autres phrases lui reviennent :

« Tu es un puits sans fond… »

Et puis une autre citation tirée du livre de sa mère :

« Ceux qui ont quelque chose en moins ont quelque chose en plus. »

106.

Cassandre Katzenberg erre seule dans le dépotoir, puis rejoint la montagne des jouets. Elle escalade le tas de poupées entremêlées, en saisit une et la contemple.

Une voix résonne derrière elle :

– Ça, c'est une Barbie.

Kim Ye Bin affiche un grand sourire.

– Tu connais la blague du type qui entre dans un magasin et qui demande : « Combien pour la Barbie jardinière ? » On lui dit : « Trente-cinq euros. – Et la Barbie au bal ? – Trente-sept euros. » Le client montre une Barbie qui est à cent quatre-vingt-dix-neuf euros et demande ce qu'elle a de spécial. Et le marchand répond : « Ça c'est Barbie divorcée… – Pourquoi elle est plus chère que les autres ? demande le client. – Parce qu'avec Barbie divorcée, vous avez la voiture de Ken, la maison de Ken, la piscine de Ken, etc. »

Cassandre ne rit pas.

Il aime les phrases toutes faites. Il aime les blagues car ce n'est finalement qu'un enchaînement de phrases toutes faites. Orlando a raison, ce ne sont que des mécanismes pour ne pas parler vraiment et pour faire du bruit avec sa bouche pour se rassurer. Des proverbes, des blagues, des devises, tout cela c'est de la pensée surgelée fast-food, à servir vite pour s'occuper la bouche. Mais moi je connais l'importance de la parole et des mots. Il faut l'économiser pour lui donner de la valeur. S'il y avait une devise à retenir, ce serait : « Si ta parole n'est pas plus intéressante que le silence, tais-toi. »

Elle a envie de lui envoyer cette phrase à la figure mais, comprenant que la situation est un peu délicate et que le jeune homme a lancé cette blague pour détendre l'atmosphère, elle préfère retenir son crachat verbal.

– Tu n'es pas d'humeur, hein, Princesse ? Je connais une autre montagne qui pourrait t'intéresser. Avec des vraies poupées de porcelaine du siècle dernier. Tu sais, celles qui valent cher. La plupart sont cassées, mais avec un peu de colle et de patience, on peut leur rendre une jeunesse.

Cassandre consent à se retourner et à le regarder.

– En cet instant, j'ai surtout envie de livres.

Il hausse les épaules et l'invite à le suivre. Sur son tee-shirt est calligraphié : « L'amour est la victoire de l'imagination sur l'intelligence. » La phrase la laisse songeuse.

– Merci pour ton coup de main chez les gitans, déclare-t-elle.

– Je suis trop susceptible.

– C'est qui, cette Natalia ?

– Une amie.

Cassandre évite de justesse une flaque profonde.

– Vous avez fait l'amour ?

– Tu es bien curieuse, Princesse. Ça te regarde ?

Ils traversent avec précaution une zone boueuse, en enjambant les ornières.

– Bon, après tout je n'ai rien à cacher. On voulait, mais on n'a pas pu. C'était ça le problème. Ses parents voulaient m'obliger à me marier tout de suite, mais moi je ne suis pas pour l'engagement à dix-sept ans. D'ailleurs je crois que je ne suis pas pour les engagements définitifs en général, dans quelque domaine que ce soit. Pour le travail, pour les sentiments, pour la patrie, pour la famille, même pour l'amitié. Pour moi, le couple c'est plus une juxtaposition qu'une fusion. Il faut pouvoir sortir aussi facilement qu'on est entré.

La jeune fille aux grands yeux gris clair fronce les sourcils mais ne répond pas.

– Chez les gitans, c'est la fille vierge au mariage, la petite cérémonie avec la tache de sang sur le drap blanc et après tu dois rester avec elle jusqu'à ce que la mort vous sépare. Et si tu la trompes, tu as affaire au père, aux frères et aux cousins. Remarque, eux, au moins, ils ont le sens de la famille.

Il hausse les épaules.

– Et puis tu as vu le genre. Au départ c'est « non ! non ! non ! »… et puis quand c'est oui, ça ne te lâche plus. C'est le syndrome de la bouteille de ketchup : au début ça ne coule pas et après, si tu fourrages un peu avec un couteau, tu as tout qui tombe d'un coup dans l'assiette.

L'image est poétique pour parler des femmes…

Kim Ye Bin escalade une petite colline de cartons crevés, qui débouche sur une vallée d'épineux. Ils longent une rigole souillée de peinture industrielle, remontent un sentier de papiers gras et de ronces, puis débouchent sur une vision qui laisse la jeune fille songeuse.

Face à elle se dévoile une montagne de livres, d'albums de bandes dessinées, de journaux et de cahiers.

– La Montagne de Papier, présente Kim.

Il y avait mon rêve sur le pays des pâtisseries, me voici dans le réel au pays des livres. Après les gourmandises pour le corps, les gourmandises pour l'esprit.

– Le résultat de la fameuse poubelle de tri bleue pour les papiers et journaux, annonce doctement Kim.

– Je croyais que tout ça partait pour redevenir de la pâte à papier ?

– Je le croyais aussi, comme pour les piles. Je pense qu'au début c'était le cas. Et puis un maillon de la chaîne a dû craquer, l'erreur d'un sous-fifre dans une municipalité, des conflits avec les syndicats d'éboueurs, ou encore une panne dans un centre de tri… Au nom de la facilité, les camions sont venus se délester ici.

Cassandre s'avance et découvre des bandes dessinées de Blueberry et d'Astérix qui, même si elles sont très abîmées par les intempéries et les rongeurs, restent encore lisibles.

Des rats circulent entre les couvertures prestigieuses.

– Ouais, je sais, si on vendait certains de ces trucs sur les sites d'enchères Internet, on pourrait se faire des fortunes. Il doit y avoir des pièces de collection dans le tas.

Cassandre découvre des livres à couvertures de cuir tanné, des encyclopédies illustrées, certaines très anciennes.

Kim Ye Bin ramasse un volume dont il dépoussière le titre : *Les Misérables* de Victor Hugo.

– C'est quoi ?

– Des pauvres qui, au lieu de vivre dans un dépotoir tranquille, traînent dans les rues avec tout ce que cela sous-entend comme problèmes. Et du coup ils en ont, des emmerdements, tu peux me croire.

Il fouille et dégage un volume à reliure cuir.

– Les classiques il y a que cela de vrai. Tiens, regarde ce type. Voltaire. Je te prends une de ses phrases au hasard : « Que répondre à un homme qui au nom de sa religion vous dit qu'il est sûr d'aller au Paradis en vous égorgeant ? » Question d'actualité, il me semble.

– Moi, je n'aime que la science-fiction.

Il la guide aussitôt vers une autre falaise de livres.

– Bizarre. La science-fiction, ce n'est pas de la littérature pour les filles. D'ailleurs je déteste ça. C'est de la sous-littérature.

Ça m'aurait étonné qu'il ne tombe pas dans ce truisme.

– Ce que j'aime, c'est la poésie, les jolies phrases qui chantent. Pas les histoires délirantes auxquelles personne ne croit. La science-fiction, c'est un truc anglais des années 70. De toute façon, c'est devenu désuet.

Ah... parce que s'intéresser au futur, c'est une mode ?

– Personne n'aime la science-fiction. Je n'ai jamais vu un critique sérieux s'intéresser à ce genre de bouquin.

« Il est plus facile de réduire un noyau d'atome qu'un préjugé humain », disait Einstein.

– Pour moi, tu sais qui est le meilleur critique ? dit Cassandre.

– Je t'écoute, Princesse.

– Le temps. Les mauvais livres et les livres qui se ressemblent tous ne sont pas épargnés par le temps qui passe. En revanche, les bons ouvrages, même s'ils passent inaperçus lors de leur publication, finissent par être révélés et reconnus.

Et, comme par hasard, tous les livres d'humeur de dandys ou d'histoires à l'eau de rose sont oubliés. On ne se souvient que des auteurs qui tranchent par leur originalité : François Rabelais, Edgar Poe, Jules Verne, Isaac Asimov, Boris Vian résisteront mieux au temps qui passe que tous leurs contemporains, glorieux auteurs d'autobiographies nombrilistes encensées par les critiques. Parce que, au final, ce sont les idées qui importent. Ces auteurs écrivaient pour changer leur époque. Mais ça, ce pauvre Kim ne pourra jamais le comprendre, alors inutile de tenter de lui expliquer.

— Ouais, eh bien je ne crois pas qu'il existe un seul livre de science-fiction qui présente le moindre intérêt. Ces trucs ne sont faits que pour les enfants.

L'avantage des enfants, c'est qu'ils gardent intacte leur curiosité alors que les adultes ont la prétention de détenir des vérités absolues, ce qui les empêche de s'émerveiller.

— Et puis, poursuit Kim, j'aime les grands romans historiques. Là, au moins, ce ne sont pas des divagations gratuites. Les auteurs sérieux parlent de gens qui ont réellement existé et dont on connaît la vie.

Donc ils n'inventent rien, ils ne proposent rien de nouveau, ils ne créent pas les scènes. Ces auteurs ne sont que des mémoires ou des témoins. Ils ne font que relater des évènements qui ont été imaginés par Dieu, le grand scénariste de l'univers. C'est Lui qui mérite les copyrights des livres historiques puisque c'est Lui qui crée les personnages et les situations. Kim, aussi intelligent soit-il, est comme les autres, il a peur de l'avenir. Alors il fait semblant de le mépriser. C'est juste une attitude.

Cassandre se souvient d'avoir vu sa propre chambre et la chambre de son frère remplies de livres de science-fiction.

Moi et mon frère nous en avons lu beaucoup. J'ai oublié ma jeunesse, mais je me souviens avoir, dans le passé, dévoré des romans qui parlaient de l'avenir.

La jeune fille aux grands yeux gris clair fouille dans un fatras de reliures diverses. Kim pêche un volume à la couverture jaune. Au centre, trône un Arbre Bleu. Il l'examine avec une moue.

– « *L'Arbre des Possibles* » ? C'est quoi ?

Sur la couverture en piteux état, le nom de l'auteur est devenu illisible.

Je l'avais oublié mais c'est peut-être l'ouvrage qui influence mes rêves parce que je l'ai lu il y a longtemps. À un moment l'on recrée le monde qu'on a lu. Cela expliquerait en tout cas ce visuel de l'arbre bleu dont les feuilles sont des futurs.

Le jeune homme feuillette sans conviction le livre à moitié déchiré, puis il le range dans sa poche comme un sandwich qu'il s'apprêterait à jeter discrètement à la première occasion.

– Nous avons deux passions complémentaires. Toi, tu t'intéresses à l'avenir. Moi au passé. C'est parce que je crois qu'en comprenant bien le passé, on peut éviter de reproduire les mêmes erreurs dans le futur.

Si on ne veut pas tourner en rond, il faut aussi imaginer des nouvelles portes de sortie. Et là, ce n'est pas en analysant sans cesse le passé qu'on inventera l'avenir. « Ce n'est pas en améliorant la bougie qu'on a inventé l'ampoule électrique. » Je crois que cette phrase est aussi d'Einstein.

Elle ne se donne même pas la peine de formuler sa réponse. À regret, elle délaisse le tas de livres de science-fiction pour revenir vers les gros ouvrages encyclopédiques.

– Tu cherches quoi au juste, Princesse ?

– Ce qui m'a permis de me construire : un dictionnaire. Toi, tu aimes les jolies phrases. Moi, j'aime les jolis mots. Je fais la collection de mots.

– Des quoi ? Des mots ?

– Plus précisément, j'adore les mots rares. Par exemple « oxymore ». Tu sais ce que cela veut dire ?

– Non. Alors là, vraiment pas. Jamais entendu parler.

– Un oxymore, c'est une figure de style qui consiste à placer deux mots de sens opposés côte à côte. Par exemple : un « silence assourdissant ». Le titre du livre de ma mère est un oxymore. Mais je peux t'en citer d'autres : une « nuit blanche », « doux-amer ». Je suis sûre que tu peux en trouver, toi aussi.

– « Une joie triste » ? propose-t-il.
– Plutôt un « pénible bonheur », répond-elle.
Kim pose un doigt sur sa bouche pour se concentrer.
– À moi : un « mort-vivant ».
– Un « futur ancien ».
– Une « affreuse beauté ».
Cassandre attend un peu, puis murmure :
– Toi et moi.
– Quoi ?
– Nous sommes deux entités qui n'ont rien à faire l'une près de l'autre mais qui donnent ensemble un effet marrant. Nous sommes un oxymore.

Ils fouillent à nouveau dans la montagne de bouquins et Kim finit par trouver un dictionnaire pas trop abîmé avec juste quelques marques de dents de souris sur la tranche. Cassandre est ravie.

– Pourquoi aimes-tu tant les mots ? demande-t-il.
– La plupart des gens en utilisent en moyenne cent vingt pour s'exprimer. Tu t'imagines. Cent vingt mots ! Quelle limitation de l'esprit ! Qu'est-ce que tu peux exprimer avec ça ? Bonjour. Merci. Au revoir. S'il te plaît. D'accord. Oui. Non. Rien que là, j'en ai déjà utilisé une dizaine. La pauvreté du vocabulaire, c'est ça la vraie misère. C'est comme peindre des tableaux avec cinq couleurs alors qu'on peut avoir une palette de milliers de nuances.

Le Coréen à la mèche bleue a l'air intéressé. Cassandre poursuit :
– Les mots, pourtant, c'est gratuit, on ne peut pas vous les voler. Ce sont des trésors que les gens ne pensent pas à utiliser. Même vous, avec vos mots grossiers, au moins vous avez du choix.

Cassandre caresse le dictionnaire.
– Tant de mots sont à la portée de tous et si peu de gens s'y intéressent ! Alors, ils sont laissés à l'abandon comme des fruits qui ne sont pas cueillis, ils pourrissent et meurent dans l'indifférence générale. Qui se souvient encore de ce que veut dire : billevesées ? scolastique ? ou mélopée ?

Elle secoue la tête.

– Pourtant, les mots sont porteurs de tellement de pouvoir… Grâce à la connaissance de termes subtils, je sais exprimer des émotions précises. Mélancolie, par exemple. Ça chante et en même temps ça résume en un mot ce que de longues phrases ne parviendraient pas à exprimer. Les mots sont vivants.

Il ne semble pas complètement convaincu.

– Ce que j'aime tout particulièrement, c'est l'étymologie. Savoir d'où ils viennent, leur histoire, leur vie. Par exemple condamné, signifie damné avec. Ou salaire, le sel qui était donné au soldat romain comme paye. Ou encore personne. Qui vient de l'italien « per sonare », pour jouer. C'était en fait le masque de la commedia dell'arte qu'utilisaient les acteurs pour jouer leur rôle. Donc une personne, c'est un… masque !

Kim Ye Bin est impressionné.

– Vas-y, cite-moi encore quelques-uns de tes mots rares, demande-t-il.

– Procrastiner.

– C'est quoi ?

– Ça signifie remettre à demain ce qu'on pourrait faire le jour même.

Kim approuve de la tête. Elle feuillette le dictionnaire au hasard.

– Dans les très rares, très beaux, j'ai aussi zeugma. Tu sais ce que c'est ? Une tournure de phrase qui contient dans une liste deux mots qui n'ont rien à voir. Genre : vêtu de son manteau et de sa dignité. À toi d'essayer, Marquis.

Il ferme les yeux, puis articule :

– Il prit son courage à deux mains et son épée dans la troisième.

Cassandre ne peut s'empêcher de pouffer.

– Et puis il y a des mots qu'on utilise et dont on ignore le sens. Travail, par exemple, c'était un supplice romain avec un trépied. Ou le mot golf, qui vient de l'expression anglaise : « Gentleman Only Lady Forbidden ».

– Tu aimes aussi les mots anglais ? Moi je connais la signification de Gay, ça veut dire « Good as You ». Et Fuck c'était pour les prisonniers autorisés à voir leur femme, ils avaient une autorisation officielle qui disait : « Fornication Under Consent of the King ».

Lui aussi il aime les mots. On va pouvoir s'entendre.

Elle compulse avec gourmandise l'ouvrage empli de friandises intellectuelles.

– C'est lequel, ton mot français préféré ?

– Actuellement ? Empathie.

– Ce qui veut dire ?

– Littéralement : qui perçoit la douleur des autres. Rien à voir avec sympathie : qui partage la douleur des autres, ou compassion : qui entre dans la douleur des autres. Tous viennent pourtant de la même racine, pathos, qui a donné pathologie, patient. Passionné, aussi...

Cassandre Katzenberg lui demande de chercher un cahier pour noter ses trouvailles. Kim fouille en profondeur comme une taupe puis revient avec un calepin épais entre les dents. La plupart des pages sont intactes.

– Merci, Marquis, pour le dictionnaire et le carnet. C'est ce qui me manquait.

– De rien, Princesse. D'où te vient cette passion des mots ?

– Il s'est passé quelque chose d'important dans le passé entre moi et eux, même si je ne sais pas exactement quoi. Ce carnet sera mon coffre-fort, je vais le remplir de mots précieux. En plus, c'est gratuit !

Elle commence à recopier quelques termes qu'elle avait peur d'oublier. Il se penche par-dessus son épaule et lit :

« La pire chose qui puisse m'arriver serait de perdre la mémoire de tout ce que j'ai appris. C'est ma plus grande hantise : la maladie d'Alzheimer, quand les mots disparaissent de ta tête les uns après les autres. »

La jeune fille a un frisson.

– Déjà que j'ai oublié mon enfance, si en plus j'oublie les mots, je ne serai plus rien.

Elle semble soudain perdue, bouleversée. Kim vient vers elle et lui entoure les épaules.

– Tu es vraiment étrange comme fille, dit-il.

– Tu crois que je suis folle, Marquis ?

– Oui, bien sûr. Mais j'aime bien ta folie. Et puis je ne suis pas moi-même très normal.

Cassandre se dégage doucement.

– Je parle toute seule. J'ai passé le second stade de la déchéance.

– Tu n'as qu'à te mettre une oreillette main libre dans l'oreille, les gens croiront que tu téléphones ! Il y en a plein dans la montagne des trucs électroniques, sers-toi.

Cassandre Katzenberg le fixe, soudain grave.

– Si tu as l'impression que je deviens folle, je te demande de me tuer, déclare-t-elle.

Kim Ye Bin hésite sur la conduite à tenir : éclater de rire, ou prendre cela au sérieux, il choisit la deuxième solution.

– Comment veux-tu mourir ?

– L'idéal serait seppuku.

Le jeune Coréen marque son ignorance de ce mot japonais.

– C'est comme hara kiri, mais pour les nobles. Hara kiri, on trace un Z bien profond dans son ventre avec un sabre. Seppuku, on trace un T, on fait sortir ses viscères par la blessure et ton meilleur ami te tranche la tête juste au moment où les intestins sortent.

Kim hoche la tête, intrigué.

– Donc tu me considères comme ton meilleur ami ? dit-il, comme si c'était tout ce qu'il avait retenu de la phrase.

Elle réfléchit.

– Non.

– Tu vois, toi aussi tu me rejettes.

– Non, je ne te rejette pas. Je crois que, pour t'apprivoiser, il faut d'abord t'éduquer.

– M'éduquer, ça veut dire m'apprendre à te couper proprement la tête, Princesse ?

– Entre autres. Toutes les femmes doivent éduquer les hommes, c'est d'ailleurs pour ça qu'elles sont venues au monde.

Aujourd'hui, je t'ai instruit du pouvoir des mots et je t'ai montré l'intérêt de lire des livres sur le futur.

Au loin, un groupe de rats se bat bruyamment pour dévorer *La Peste* d'Albert Camus.

— Et si c'était moi qui t'éduquais, Princesse ? suggère le jeune homme. Suis-moi.

107.

Je ne peux pas compter sur lui. Kim est finalement moins solide que je le pensais. Il n'osera pas prendre la décision nécessaire. Il faudra que je trouve quelqu'un d'autre pour me tuer quand je serai sûre d'être devenue folle.

108.

Ils gravissent une colline formée de centaines de vieux fauteuils de cinéma empilés, pour la plupart crevés et laissant voir leur chair de mousse jaune.

— Je connais un autre moyen que les livres pour ne pas devenir fou et se muscler l'esprit, signale-t-il.

Il lui désigne deux fauteuils mauves qui ont l'avantage de tenir d'aplomb au sommet de l'étrange colline.

— L'exercice consiste à faire le contraire de ce que tu fais. Au lieu de se projeter dans le futur, vivre à fond dans le présent !

Qu'est-ce qu'il raconte ?

— Pour ma première leçon, je vais t'apprendre à utiliser tes « fenêtres naturelles ». J'appelle cela « l'ouverture des cinq sens ». Viens, assieds-toi près de moi. Trouve une position confortable.

Elle s'assoit en tailleur. Kim fait de même.

— Tiens-toi droite.

Cassandre Katzenberg obtempère et redresse sa colonne vertébrale.

— Trouve pour ta tête une position fixe que tu ne modifieras pas. Maintenant, à tour de rôle, on va ouvrir chaque sens.

D'abord la vue. Sans le moindre mouvement du cou, tu vas me décrire ce que tu vois dans les moindres détails, avec toutes les couleurs et les nuances.

Elle ouvre grands ses yeux.

— Je vois le ciel bleu avec les nuages blancs qui moutonnent. Le soleil à droite. Des corbeaux noirs passent de gauche à droite. En dessous, les montagnes d'ordures grises, avec les taches violettes des fauteuils.

— À moi. Il y a une colonne de fumée à gauche.

— Je vois aussi quelques arbres verts à droite.

— Et des carcasses de camions et de voitures empilées.

— Il y a des mouettes au nord, blanches et grises, avec le bec plus foncé.

— Tu as une meilleure vue que moi, Princesse. Bien, maintenant tu fermes les yeux et tu n'utilises que ton deuxième sens, l'ouïe.

La jeune fille obéit, le visage plissé par la concentration.

— Qu'est-ce que tu entends ?

— Les corbeaux qui croassent. Les mouettes aussi, plus loin. Je perçois le moteur des camions-bennes qui déchargent au nord. Des bruits d'animaux qui trottinent au milieu des livres. Des souris ou des rats. Et toi ?

— J'entends le vent. J'entends des sacs plastiques qui claquent dans les courants d'air. J'entends des mouches.

Ils écoutent, attentifs à ce que décrit l'autre.

— Passons au toucher. Sans ouvrir les yeux, dis-moi ce que tu sens.

— Je sens les ressorts des fauteuils crevés sous mes fesses, c'est tout. Et toi ?

— Moi je sens aussi les vêtements sur ma peau, je sens mon nunchaku qui appuie sur mes vertèbres lombaires, je sens mes chaussures qui me serrent un peu. Passons à l'odorat. Qu'est-ce que tu sens ?

— La puanteur générale du dépotoir. Plus des odeurs de fumée. Et toi ?

– L'odeur du tissu légèrement en décomposition. Je sens les rats, aussi. Et du caoutchouc qui brûle quelque part, pas loin.

– C'est marrant, remarque-t-elle, tu sens plus de choses que moi.

– Le goût ?

– J'ai encore celui de mon petit déjeuner dans la bouche. Plus le goût du dépotoir qui passe de mon nez à ma gorge. Et toi ?

– Pas mieux.

Kim soulève ses paupières.

– Bien, maintenant ouvre les yeux et mets en marche simultanément les cinq sens : vue, ouïe, odorat, toucher, goût. Capte à fond cet instant.

C'est prodigieux. On dirait que tout est devenu plus riche d'informations. Comme si j'étais passée en haute définition pour tout. Les signaux sont devenus plus subtils et plus nombreux.

– Où as-tu appris ça ?

– C'est mon grand-père en Corée qui m'a montré ce truc quand j'étais très jeune. C'est comme si j'avais toujours su qu'il fallait faire ça de temps en temps, pour se rappeler qu'on est vivant et que nos sens nous apportent des milliers d'informations qu'on oublie même de capter.

Il a raison. Le problème, c'est qu'en général on reçoit ces informations mais on n'y fait pas attention. Voilà... c'est ça : faire attention à ce qui nous entoure et à ce qui se passe réellement autour de nous. Ce petit exercice n'est pas anodin. Plus nous le faisons, plus nos sens s'aiguisent. Comment il a appelé ça, déjà ? Ah oui, « l'ouverture des cinq sens ». Fetnat m'a déjà appris à remonter dans mes vies antérieures... Esméralda le tarot. Orlando le marc de café. J'ai l'impression que ces prétendus « rejetés de la société » possèdent des connaissances qui me manquent.

Ils restent un moment immobiles, les yeux ouverts, comme en méditation, à observer cette portion du monde qui leur fait face, et à saisir toutes les nuances de couleurs, de sons et de fragrances qui en découlent.

Je suis un aspirateur à informations de plus en plus fines. Je perçois de nouvelles nuances dans ce vacarme de stimuli qui m'assaillent en permanence.

Elle prend alors conscience qu'à chaque seconde, ses yeux voient des tableaux.

Qu'à chaque seconde, ses oreilles captent des symphonies.

Que ses narines, à chaque seconde, perçoivent des parfums.

Et sur sa peau, à chaque seconde, les multiples contacts d'étoffe, ou de meuble, sont autant de caresses.

La montre à probabilité indique 11 %. Cassandre se demande comment il est possible de descendre sous le seuil des 13 % habituels. Elle comprend que c'est parce qu'elle a ralenti ses battements cardiaques. Pour Probabilis, son cœur est apaisé. Elle est donc censée avoir amélioré sa santé.

Et, pour la première fois depuis longtemps, elle se sent juste en état de bien-être.

Avec seulement 11 % de risque de mourir dans les 5 secondes.

109.

J'ai peut-être jugé Kim trop vite. La base est mauvaise, comme d'habitude, mais il a une capacité et une volonté de s'améliorer et d'apprendre.

Ce jeune clochard a touché une sagesse profonde qui me manquait. Percevoir à fond ce qu'il y a autour de soi, c'est tellement simple que personne n'y pense.

Exister aussi dans le présent.

Cela participe de ce que sera mon « moi amélioré ».

Un moi qui accomplira tout en pleine conscience.

110.

Cassandre, à mi-voix, prononce alors les mots qui la préoccupent.

– C'est comment, l'amour ?

– C'est quoi cette question débile, Princesse ?

– Nous avons parlé des cinq sens, mais l'amour est le sixième. Enfin, je crois. C'est comment ? Enfin je veux dire physiquement, on ressent quoi ?

Le jeune Coréen la regarde.

– Tu es débile ou quoi ?

– Je ne veux pas mourir sans savoir.

Il secoue la tête, gêné.

– Bah… Comment te décrire cela ? Tout d'abord… enfin… comment dire…

Soudain ils entendent des aboiements qui ne ressemblent pas du tout à ceux de la meute sauvage. Ce sont les glapissements d'un tout jeune chiot. Ils gravissent une montagne de boîtes de conserves et collent à tour de rôle un œil à la longue-vue. Kim Ye Bin désigne l'est.

– Ce sont les Albanais.

Il fait le point puis tend la longue-vue à la jeune fille. Elle repère alors une foule massée en demi-cercle dans une clairière bien dégagée. Des gros 4 × 4 luxueux sont rangés pas très loin. Des hommes en costumes sombres, chemise et cravate noires, fument et se passent des cigarettes devant les baraquements.

– Lui, c'est Ismir, leur chef, dit Kim en désignant un homme obèse arborant une fine moustache et des cheveux gominés.

Ses mains sont couvertes de bagues, ses yeux dissimulés derrière de larges lunettes de soleil.

– C'est lui qui dirige l'un des trois plus grands réseaux de prostitution en provenance des pays de l'Est. En général, ce sont des pauvres filles à qui ils font miroiter des postes de secrétaire en Europe. Mais quand elles arrivent ici, on les envoie dans ces baraquements, à droite. C'est là qu'ils les dressent pour qu'elles ne soient pas farouches avec les clients.

Alors c'est ça, « la traite des Blanches ».

– En ce moment, ce n'est pas la saison. Elles arrivent en été, comme les oiseaux migrateurs. Et alors on entend des hurlements.

À nouveau les aboiements résonnent. Cassandre distingue dans un coin des cages grillagées occupées par de très gros chiens.

Mais les jappements qui les ont alertés sont ceux d'un yorkshire, attaché face à la cage d'un molosse qui ressemble à un lion.

L'énorme animal a une muselière, des oreilles en triangle et un cou épais. Deux hommes sont nécessaires pour le maîtriser.

– Celui-là je le connais, je l'ai déjà vu à l'œuvre. C'est Attila, l'un de leurs pitbulls les plus féroces. On lui a retaillé les oreilles et la queue pour qu'il n'offre pas de prise aux crocs de ses adversaires. Il a gagné une centaine de combats. C'est un champion. Les paris vont monter très haut. Tu vas voir, ils vont tous être excités.

La jeune fille distingue un jeune homme aux cheveux blonds gominés qui maintient le yorkshire face à la cage d'Attila.

– Et le petit chien, demande-t-elle, il s'appelle comment ?

– Lui, on s'en fout. Ce n'est pas un champion, comme tu peux t'en douter.

Cassandre aperçoit un ruban rose sur le crâne du yorkshire.

– Les Albanais les volent aux bourges dans les jardins publics, pour les utiliser avant les combats, explique Kim.

Deux types larges d'épaules balancent le pitbull dans une cabine téléphonique renversée, puis lui enlèvent sa muselière juste avant de fermer la porte de la cage de verre. Le molosse se met aussitôt à grogner furieusement. La cabine est remplie d'odeurs qu'il connaît et qui l'excitent. Il sent les traces de sueur et d'urine des autres pitbulls qu'il a combattus.

Puis le type aux cheveux gominés place le petit yorkshire à ruban rose devant la paroi transparente. Cette fois, Attila réagit différemment. Il frappe des crocs contre la vitre, en essayant de mordre le verre. Ses yeux sont révulsés de rage et il pousse des grognements sourds, comme un moteur emballé.

Ils ne vont quand même pas mettre le yorkshire dans la cabine avec le pitbull ?

– Ils font ça pour réveiller son instinct de tueur. En déchiquetant le petit chien, Attila sera plus excité, donc plus combatif pour affronter son challenger qui, lui, sera à sa taille.

Les jappements affolés du yorkshire redoublent. Les hommes en costume rient, ravis par la situation.

Pourquoi les humains aiment-ils à ce point la violence ? Même nos enfants, nous les éduquons par et pour la violence. Les manuels d'histoire ne font que relater les batailles, les massacres, les guerres, la vie des chefs militaires. En guise d'histoire, on inculque aux jeunes homo sapiens celles de la guerre et de la fureur, et on les prépare à être fascinés par la mort donnée de la manière la plus spectaculaire possible.

– Tiens, regarde, c'est celui-là, le gros molosse à gauche, qui va être son challenger.

Cassandre découvre un autre pitbull similaire à Attila auquel un homme tend des morceaux de bois que le challenger entaille férocement avec ses crocs. Il parvient à trancher de gros bâtons d'un seul coup.

– C'est Black Killer. Lui aussi c'est un bon. Ce soir, c'est un match important, Princesse. Attila contre Black Killer. Va y avoir du monde.

Kim parle en connaisseur.

– Regarde, les types là-bas, derrière les tonneaux. Crois-moi, l'argent va circuler, ce sont de gros paris.

Atterrée, la jeune fille fixe la scène, partagée entre l'étonnement et l'épouvante. Puis le yorkshire au nœud ridicule est jeté dans la cabine.

À peine a-t-il atterri sur ses pattes que la mâchoire du pitbull s'enfonce profondément dans sa cuisse. Le sang gicle. Déjà, Attila cherche une autre prise alors que le yorkshire, totalement affolé, glapit de douleur. Mais Attila ne veut pas d'une mort trop rapide qui réduirait son temps de défoulement. En expert, il mord les zones qui ne sont pas mortelles. Il retient même ses mâchoires pour ne pas briser les os.

Le yorkshire, au sommet de la panique, appelle ses maîtres au secours en couinant. Mais il ne reconnaît personne parmi les visages hilares de l'autre côté de la vitre. En outre, l'étroitesse de la cabine ne lui permet pas la moindre fuite. Il tente de mordiller le moignon de queue du pitbull, pour lui signifier que lui aussi peut s'énerver, si on le cherche. Ce à quoi le molosse répond en lui arrachant une patte arrière d'un simple coup de dents.

Alors Cassandre jette la longue-vue et dévale la montagne.

– Non, reste là ! ordonne Kim en essayant de la retenir.

La jeune fille fonce et surgit au milieu de l'assemblée des hommes aux lunettes noires qui, sous l'effet de la surprise ne réagissent même pas. Elle s'empare d'une grosse barre de fer, ouvre la cabine téléphonique. Le pitbull recrache la patte du Yorkshire et tourne la tête vers Cassandre, incapable de comprendre l'intrusion. Elle profite de l'instant de flottement pour lui asséner un grand coup de barre de fer sur le crâne.

Attila s'avachit, soudain très fatigué.

Cassandre Katzenberg ne perd pas de temps. Avant que quiconque ait pu réagir, elle a récupéré au fond de la cabine une sorte de petite peluche poisseuse et rouge qu'elle serre contre ses seins. Le nœud rose surplombe toujours fièrement la masse des poils du yorkshire comme un drapeau narguant ses assaillants.

La bouche d'Ismir s'ouvre, béante d'étonnement. Sa cigarette à bout dorée tombe à ses pieds. L'effet de surprise est total. Déjà, la jeune fille a jeté au loin la barre de fer et, serrant toujours le yorkshire ensanglanté contre sa poitrine, elle gravit la colline de détritus. Un groupe d'organisateurs, qui a enfin compris, s'élance derrière elle en vociférant en albanais.

Quand Cassandre atteint le sommet de la colline de détritus, Kim se contente de lui lancer :

– Puisque tu aimes le vrai sens des mots, tu vas découvrir très vite celui du mot : « erreur ».

111.

Le garçon et la jeune fille galopent à perdre haleine tandis qu'une dizaine d'Albanais survoltés les ont pris en chasse.

– Suis exactement mes traces, Princesse, et ne fais pas un pas de côté.

Kim Ye Bin entraîne la jeune fille dans un passage étroit entre les voitures, puis dégage une manette dont la ficelle est reliée à une poulie. Il tire et, aussitôt, une avalanche d'ordures ménagères s'écroule, fermant la passe entre les deux montagnes de déchets. Elle entend hurler les chiens et les gens qui ont été stoppés par cette barrière d'ordures.

— Tu vois, Princesse, Rédemption est un village mais c'est aussi une forteresse. Par contre, il ne faut pas traîner car ils vont finir par escalader l'obstacle.

Elle regarde sa montre qui indique « Probabilité de mourir dans les 5 secondes : 16 %. »

Ça ne veut pas dire qu'il n'y a pas de danger, c'est juste qu'il n'y a pas de caméra pour que le système comprenne ce qui se passe. Les 3 % de probabilité supplémentaire ne sont dus qu'à mon accélération cardiaque et à mon changement de résistivité électrique, considérés comme des signes d'angoisse par Probabilis.

À force de courir, ils arrivent enfin dans la vallée encaissée où se trouve leur village. La jeune fille exhibe aux autres habitants de Rédemption la petite boule de poils poisseuse et tiède, qu'elle n'a pas lâchée depuis leur fuite.

Fetnat, Orlando et Esméralda interrompent leurs activités et les rejoignent.

— Il faut le sauver, s'écrie Cassandre.

Le yorkshire râle et pousse des petits jappements pitoyables. Son sang s'écoule par plusieurs plaies dans sa fourrure et tache les mains de la jeune fille. Là où sa patte a été arrachée, on distingue des esquilles d'os.

Esméralda saisit le chien par le cou, le soulève, l'examine comme si elle hésitait sur le diagnostic, puis, après une dernière inspection, elle saisit le tranchoir de Fetnat et avant que quiconque ait pu réagir, elle décapite le yorkshire. La tête ornée d'un ruban roule à ses pieds comme un pompon.

— Désolée, Princesse. Ici on ne peut pas se permettre ce genre de sensiblerie. Désormais, il ne souffre plus et sa peau peut nous faire un manchon pour l'hiver. Ou une paire de moufles.

Elle soupèse le corps sans tête agité de quelques soubresauts nerveux. Cassandre, bouche bée, la regarde sans y croire.

— On t'a dit qu'on te réservait le ministère des Affaires étrangères, rappelle Fetnat Wade. Et tu nous fâches avec les gitans et

307

avec les Albanais. Mmmh, je crois qu'il va falloir te trouver une autre occupation.

– Les combats de chiens c'est leur tradition ancestrale, tu dois les respecter, poursuit Orlando Van de Putte, en fumant son cigare.

Alors Cassandre bondit, ongles en avant et mord de toutes ses dents le bras de l'ancienne actrice qui hurle de douleur. Elles roulent au sol, se battent dans les ordures et la boue sans que les hommes interviennent. Elles se tirent les cheveux, se griffent, se mordent, poussent des cris, déchirent leurs vêtements.

Esméralda finit par avoir le dessus, après avoir asséné un grand coup de poing au menton de son adversaire de dix-sept ans. Elle se relève, arrange quelques mèches boueuses qui lui pendent sur la figure, puis articule posément :

– Cette fois c'est la goutte d'eau qui met le feu aux poudres. Ou l'étincelle qui fait déborder le vase. Dehors. On veut plus te voir, espèce de sale petite emmerdeuse !

112.

J'ai essayé, j'ai tout fait pour que cela marche, mais là c'est au-dessus de mes forces. De toute façon, j'attendais quoi de la part de ces clochards ? Ils ont le niveau de conscience des hommes primitifs. Ils sont violents, alcooliques, vulgaires, et pour tout dire sans la moindre volonté d'amélioration. La réussite de notre coup du métro est accidentelle.

Ce n'est pas la règle, juste une exception.

Ils ont peut-être agi parce qu'ils ont été agréablement surpris de me voir ressortir vivante de la montagne de poupées où ils m'avaient enterrée. Mais je ne pourrai pas faire semblant de mourir chaque fois que je voudrai leur donner envie d'entreprendre un acte de bienveillance envers leurs prochains.

Je me suis trompée.

Ce lieu n'est pas un sanctuaire, c'est juste un dépotoir d'ordures rempli de déchets organiques ou... humains.

113.

À nouveau, Cassandre Katzenberg marche seule dans la grande avenue Jean-Jaurès qui descend vers la capitale. À nouveau, il se met à pleuvoir.

La pluie n'est pas mon ennemie. La nature n'est pas mon ennemie. Mes seuls ennemis sont les humains peureux et agressifs. L'antique Cassandre de mes rêves a raison. Ils sont comme des autruches qui préfèrent enfoncer leur tête dans le sol plutôt que d'affronter leurs prédateurs.

La pluie la lave. Elle se dit qu'elle est en train de perdre la puanteur du dépotoir.

Je ne suis plus un putois. Je ne suis plus une Rédemptionaise.

Elle sait que, sans odeur repoussante, elle pourra avancer au milieu des bourges sans être systématiquement rejetée. Juste avant de partir, elle a changé de déguisement. Après la tenue sport de sa première virée, la tenue gothique de son retour, la tenue Chanel de sa mère, la tenue manteau et cache-nez de leur action dans le métro, elle a opté pour des fringues d'étudiante hippie des années soixante-dix avec larges lunettes rondes mauves, foulard de pirate pour dissimuler ses longs cheveux noirs ondulés, bottines, jupe longue, veste en mouton retourné.

Pensive, elle contourne les flaques du trottoir et entend des bruits d'éclaboussures derrière elle. Quelqu'un la suit. Elle se retourne et fait face.

Kim, sa mèche bleue dégoulinante sous la pluie, la regarde en silence.

– Fiche le camp, je n'ai pas besoin de toi et de ta pitié, profère-t-elle.

Elle poursuit sa route, il lui emboîte le pas. Elle s'arrête et, de nouveau, lui fait face.

– Tu as un problème ? Rentre chez toi !

Elle repart. Quand elle finit par se retourner, il est encore là.

– Qu'est-ce que tu veux ?

– Pourquoi faut-il toujours trouver des explications ?

Kim sourit.

– Bon, on va dire que j'avais peur de m'ennuyer à Rédemption sans toi. Il faut reconnaître que tu as un peu tout chamboulé dans notre train de vie. Et puis j'aime l'aventure.

Cassandre regarde sa montre à probabilité qui indique soudain 32 %.

Il va se passer quelque chose. Va-t-il m'agresser ?

À ce moment un éclair illumine le ciel dans un fracas de fin du monde.

La montre est branchée sur la météo. Probabilis sait que je suis dans une zone où l'orage frappe, même si le danger est inférieur à 50 %.

Elle poursuit sa route, il parle dans son dos.

– Ne sois pas débile. De toute façon tu vas avoir besoin de moi.

Je n'ai besoin de personne.

Elle accélère, il est obligé de courir pour la rejoindre.

– Tu veux faire quoi, errer comme une clocharde sans domicile fixe ?

Le prix pour être sédentaire est trop important. Je ne perdrai pas mon âme, pour devenir amie avec une folle hystérique, une brute alcoolique, un sorcier empoisonneur et un...

– C'est ma faute, c'est moi qui t'ai conduite dans la zone des Albanais. Je veux me racheter. Comme tu l'as dit, chaque humain a droit à sa rédemption.

Cassandre hausse les épaules et fait mine de ne pas avoir entendu. Elle avance sans lui répondre. Il continue de la suivre, imperturbable.

– Écoute, Princesse, d'abord tu m'insupportais.

« Ensuite tu m'énervais.

« Ensuite tu m'as fait pitié.

« Ensuite tu m'as amusé.

« Et maintenant si tu t'en vas... tu me manqueras.

La jeune fille aux yeux gris dissimulés derrière les lunettes mauves ne se retourne même pas.

– Je croyais que je n'étais pas ton type de fille. Pour reprendre ton expression, tu n'aimes que les « blondes à grosse poitrine qui ne voient pas le futur ».

– Tu peux te teindre les cheveux et te faire des implants mammaires. On est dans une époque moderne. Pour les femmes ambitieuses, plus rien n'est impossible.

Kim Ye Bin la dépasse, se plante face à elle et tire sur son tee-shirt pour la forcer à le regarder. L'inscription dit : « Vivre à deux, c'est résoudre ensemble des problèmes qu'on n'aurait pas si on vivait tout seul. »

Cassandre Katzenberg hésite puis, finalement le laisse marcher à son côté.

– Parfait. On va où, Princesse ?

114.

Il ne va m'attirer que des ennuis. Mais je crois que je suis fatiguée d'être seule.

115.

De l'extérieur, le petit pavillon de briques et d'ardoises du directeur de l'école des Hirondelles semble désert.

– Il va venir à quatorze heures pour faire sa sieste quotidienne, signale Cassandre.

Mais déjà le jeune Coréen est en train d'examiner la grande poubelle verte qui trône devant la porte.

– Qu'est-ce qui te prend ? Ce n'est pas le moment de fouiller dans les ordures.

– Puisque tu aimes les mots compliqués, Princesse, en voilà un que tu ne connais sûrement pas : rudologie. C'est l'art de connaître quelqu'un en observant ses déchets.

Le visage de Cassandre se plisse d'incompréhension.

311

— Les gens peuvent se faire passer pour ce qu'ils veulent mais leurs ordures les trahissent. C'est pour cela qu'ils les cachent avec des sacs plastiques opaques, de mieux en mieux fermés. Leurs déjections les révèlent. En général, tout le monde répugne à aller examiner les poubelles, mais si on veut coincer ton bonhomme, il faut d'abord savoir exactement qui il est. Soyons subtils.

Il plonge les mains dans le bac. Par chance les éboueurs ne sont pas encore passés.

Cassandre l'aide à fouiller. Personne ne leur prête attention, considérant qu'il est normal que des clochards sondent les poubelles.

Tel un archéologue du présent, Kim Ye Bin extirpe des objets d'un air triomphant.

— Bon, déjà, les boissons. Six canettes et une bouteille de whisky dans la poubelle quotidienne, il est un peu alcoolique, ton directeur d'école.

Dans mon souvenir il avait en effet une haleine chargée.

— Pas de préservatifs.

Il exhibe une boîte en carton.

— Il mange des surgelés, portions pour célibataire. Voilà qui confirme ma première impression : il vit seul. Côté nourriture, il est très charcuterie : saucisson, jambon, pieds de porc.

Cassandre lui tend un tas de journaux. Il les feuillette rapidement.

— Des magazines de courses de chevaux.

Il trouve des feuilles imprimées roulées en boule, les déplie et les examine avec attention. Au fur et à mesure qu'il avance dans sa lecture, son visage s'éclaire.

— Bingo. Je crois que j'ai trouvé son point faible. Sa comptabilité.

Cassandre n'a que le temps d'entraîner Kim derrière un arbre. Un homme en imperméable vient d'entrer dans le petit pavillon.

— C'est lui ?

Cassandre hoche la tête. En utilisant un canif multilame qu'il sort de sa poche, Kim libère le pêne d'entrée. Puis ils referment derrière eux. Ils gravissent à pas de chat les marches qui mènent à la chambre du premier étage. Philippe Papadakis est allongé tout habillé sur son lit, les yeux clos.

Cassandre s'approche de lui.

– C'est l'heure de se réveiller, murmure-t-elle.

L'homme grimace de dégoût, comme s'il se retrouvait face à quelque chose de puant dans un rêve, puis il soulève les paupières et reconnaît Cassandre. L'odeur de sueur rance et de pourriture qui reste collée aux vêtements de la jeune fille lui fait froncer le nez. Il se redresse sur un coude, puis se frotte machinalement les yeux.

– Tiens, l'abeille est de retour, ironise-t-il. Et elle est accompagnée d'un faux bourdon. Tu es venue pour me dire merci ?

– Pour avoir plus d'informations.

Philippe Papadakis se lève.

– Sur la Cassandre de l'Antiquité ? Sur le principe d'ingratitude ?

La jeune fille le saisit par le col et lui parle tout près du visage.

– Sur mon propre secret, mon mystère, mon passé. Qui suis-je, bon sang ! Qu'est-ce qu'on m'a fait pour que je sois comme ça ?

Papadakis ne répond pas.

– Premier indice : mon prénom. Deuxième indice, mes parents. Quel est le troisième indice ?

– Connais-tu l'histoire du…

Cassandre resserre sa prise.

– Assez de devinettes ! Je veux savoir qui je suis. Pourquoi je ne me rappelle plus rien de mon passé et pourquoi j'ai des visions du futur. Vous le savez, hein ! Vous le savez, alors parlez !

Philippe Papadakis tente de s'écarter d'elle. Kim le repousse vers le lit.

– Nous avons découvert vos petits secrets, lance-t-il en désignant les feuilles froissées qu'il a récupérées dans la poubelle. Nous savons que vous truquez votre comptabilité. Vous détournez une partie de l'argent destiné à la cantine de l'école ou aux équipements de sécurité pour jouer à vos courses de chevaux.

Le directeur reste d'abord impassible, puis consent à articuler :

– Très bien, je vais vous raconter ce que je crois savoir de votre histoire personnelle.

Ils s'assoient en triangle dans le salon, autour de la table basse. Papadakis allume une cigarette qu'il fume pour chasser la puanteur ambiante.

– Votre maman était une grande psychiatre. Spécialisée dans les enfants à problèmes et, tout spécialement, dans les enfants autistes. Elle a remarqué que certains de ses patients possédaient des capacités extraordinaires. C'est elle qui, la première, a inventé le concept : « Ceux qui ont quelque chose en moins, ont quelque chose en plus. » Au début elle a été suivie par le ministère de la Santé. Les études sur les enfants autistes ont toujours fasciné les pouvoirs publics.

Il laisse s'écouler un moment de silence, il fume avec délectation.

– Et… ? demande Cassandre, agacée.

– Et votre mère est allée de plus en plus loin dans les recherches susceptibles de confirmer sa théorie.

– Quelle théorie ?

– Elle considérait que le cerveau gauche tyrannisait le cerveau droit.

– Qu'est-ce que vous me racontez, c'est quoi ce charabia ! s'énerve la jeune fille.

– Vous voulez savoir, rétorque Papadakis, alors écoutez au lieu de toujours m'agresser.

Il a raison. Il faut que je me calme.

– Nous avons deux hémisphères cérébraux. Le cerveau droit rêve, le cerveau gauche explique. Le droit pense en images, le gauche pense en mots. Le droit est dans les sentiments et les sensations, le gauche est dans les stratégies et la logique.

– Quel rapport avec les études de ma mère ?

– Elle pensait que les autistes gardent intactes les capacités de leur cerveau droit. C'est pour cela que ces enfants que l'on prétend « handicapés mentaux » sont capables de prouesses extraor-

314

dinaires que les gens dits « normaux » ne peuvent accomplir. Par exemple, certains autistes peuvent faire des calculs sans fin car leur cerveau droit perçoit les chiffres comme de la musique. Ils savent mémoriser des listes interminables, car leur cerveau droit garde tout sous forme de fresques et non d'éléments séparés.

Cassandre marque des signes d'impatience.

Oui, je sais cela, je l'ai moi-même expérimenté. Cela n'a rien de nouveau. C'est juste une attention plus aiguisée.

Le directeur poursuit.

– Quand vous rêvez, par exemple, c'est votre cerveau droit qui s'exprime, mais le matin, quand vous tentez de vous souvenir de votre rêve, c'est le gauche qui réinvente l'histoire pour lui donner un sens logique, rationnel, avec un récit comprenant un début, un milieu et une fin.

– Subtil, ne peut s'empêcher d'émettre Kim Ye Bin.

– Mais dans votre vrai rêve vos personnages changeaient de tête, par exemple. Cela, le cerveau gauche ne peut l'admettre. Alors il déforme, il réinvente, il donne à tout un sens logique car le cerveau gauche veut tout expliquer, tout analyser, tout mettre en ordre. Il adore l'ordre ancien, et il a peur de la liberté et de la nouveauté. C'est le dictateur de votre esprit.

– Débile, renchérit le jeune homme.

– L'école, les parents, le milieu dans lequel vous vivez ne font que renforcer cette emprise du cerveau gauche sur le droit. On vous demande de tout expliquer, de tout légitimer, on fait taire votre part de rêve et de créativité illogique.

Les deux jeunes gens sont captivés par cette explication. Le directeur comprend qu'il reprend l'initiative grâce à la qualité du savoir qu'il transmet.

– Pour votre mère, les autistes sont des gens qui n'ont pas accepté la tyrannie du cerveau gauche et donc qui se taisent et se coupent du monde pour ne pas être obligés de justifier leur liberté de pensée. Votre mère prenait l'exemple d'Albert Einstein qui n'a pratiquement pas parlé jusqu'à l'âge de 7 ans.

– Einstein était autiste ?

– Quand il était enfant, il restait silencieux. Il a d'ailleurs été considéré par ses parents comme semi-muet, ou en tout cas comme une sorte d'autiste.

Cassandre est troublée.

Ce n'est pas qu'il ne parlait pas, c'est qu'il savait comme moi qu'il faut économiser ses mots et que les mots empêchent les êtres et les choses d'exister. Il avait son monde intérieur à construire tranquillement, sans conditionnement extérieur.

– Les théories de votre mère sur « l'autisme comme un avantage » étaient, évidemment, mal perçues par les autorités en place. Elle a commencé à faire des expériences pour prouver ses dires. Elle voulait montrer que les enfants autistes savaient faire des choses que les enfants normaux ne pouvaient accomplir. Alors, elle a trouvé le moyen de rendre volontairement des enfants autistes. Mais...

Il s'arrête net.

– ... il y a eu des résultats bizarres. Des accidents. Finalement, le ministère de la Santé a arrêté de cautionner son travail. C'est alors qu'elle a rencontré votre père, qui travaillait au sein du nouveau ministère de la Prospective qu'il venait de créer. Il avait le vent en poupe, à l'époque. C'était la rencontre de la spécialiste des enfants bizarres et du spécialiste du futur.

Cassandre avale sa salive.

– Enfin, encouragée et cautionnée par votre père, votre mère est allée encore plus loin dans ses recherches. Elle a créé une école pour enfants autistes surdoués financée par le ministère de la Prospective.

– Ici ? demande Kim.

– Oui, ici. Une ancienne école communale, l'école des Hirondelles, transformée à son instigation en « école des Hirondelles CREAS. » Vous savez ce que signifient ces initiales ?

– Non, répond le jeune homme à la place de Cassandre.

– « Centre de Recherche pour Enfants Autistes Surdoués ». C'est votre mère qui a créé ce sigle. C'est également elle qui m'a engagé comme directeur.

– Vous veniez d'où ?

– J'étais pédopsychiatre, et moi aussi je m'occupais des enfants autistes. Ma spécialité était la guérison par les chevaux. Je soignais les enfants grâce à la fréquentation de ces formidables équidés.

Il caresse instinctivement sa chevalière qui porte en motif un cheval stylisé.

– Et c'est ici que votre mère s'est livrée à ses fameuses expériences.

Bon sang. Je vais enfin savoir.

– Elle appelait cela la LCD, pour Libération du Cerveau Droit. Vous dormiez dans l'aile nord, vous n'avez jamais vu l'aile sud, n'est-ce pas ? Venez, je vais vous montrer une partie de l'école que vous ne connaissez pas. C'était ce que vous croyiez être la classe pour les petits.

Cassandre accepte de le suivre, Kim dégaine un couteau.

– Si vous tentez un coup fourré, je n'hésiterai pas à l'utiliser.

– Oui, je sais, votre amie est aussi une adepte des mutilations physiques. J'ai payé pour le savoir.

Avec une grimace, il touche son oreille qui porte encore un pansement.

Ils sortent du pavillon et pénètrent par une autre entrée qui donne sur un bâtiment moderne. Là, circulent des enfants d'une dizaine d'années dans un préau aux murs tapissés de tableaux et d'instruments. Certains enfants s'approchent d'eux et les fixent, immobiles. D'autres lèvent les mains en position de défense, comme si ces intrus s'apprêtaient à les frapper.

– Voilà les fameux enfants autistes surdoués. Les parents qui nous les amènent sont affolés. Ils nous les confient comme des handicapés, ou des fous. Ils ont peur d'eux. Ils craignent leurs caprices, leurs colères, leur violence. Ils craignent qu'ils se suicident. Dans les autres centres, on les met sous calmants et on essaie de les sociabiliser un minimum. Mais, grâce à votre mère qui a compris la mise en valeur du cerveau droit, nous les traitons différemment. Ce qui est ailleurs considéré comme un moins est ici transformé en plus.

317

Philippe Papadakis va vers une enfant qui semble absorbée dans la contemplation d'une mouche.

– Vas-y, joue-nous quelque chose, Gabrielle.

L'enfant, âgée tout au plus de six ans, se met au piano et joue une mélodie complexe, de plus en plus vite.

– Jean-Sébastien Bach ? demande Kim.

– Non. C'est une de ses propres compositions.

Le directeur leur désigne ensuite des tableaux encadrés, aux couleurs étonnantes.

– Celui qui a peint ces toiles est ce jeune homme âgé de neuf ans. Stéphane. Une galerie de New York va l'exposer en prétendant qu'il en a quarante, car personne ne pourrait croire à une telle innovation, une telle maturité picturale chez un enfant.

– Je cherche la perfection, signale l'intéressé, qui porte les cheveux en brosse. Je ne supporte pas l'à-peu-près. Vous en pensez quoi ?

– C'est beau, dit Kim.

– Non, ce n'est pas beau. C'est parfait. Tout ce qui n'est pas parfait me dégoûte. Je veux être le premier en tout. Vous avez compris, en tout ! Alors donnez-moi le matériel adéquat, monsieur le directeur, ici je n'ai que des pinceaux pour amateurs ! Si vous voulez que je sois le plus grand, donnez-moi les meilleurs pinceaux, les meilleures peintures, et ne me dérangez plus pour des broutilles !

Le directeur n'y prête aucune attention et désigne un autre garçon équipé d'épaisses lunettes.

– Le petit Gilles est capable de résoudre des équations à plusieurs inconnues que seuls les mathématiciens chevronnés savent étudier.

– Et c'est quoi, le prix de leur « plus » ?

– Peu de chose, dit le directeur en désignant une jeune fille qui semble apeurée par leur présence et qui enfonce sa tête dans des coussins. Ils sont timides. Ils ont des rituels précis, non fonctionnels. Des troubles du sommeil. Ils ne supportent pas le bruit, ou le froid, ou certaines images. Ils ont une alimentation peu variée, et souffrent, pour la plupart, d'une sorte d'allergie au changement. C'est parce qu'ils sont focalisés sur des sujets personnels qui les obsèdent, alors le reste les énerve. Ils sont impatients et ne supportent pas qu'on ne les comprenne pas assez vite. Reconnaissez que ce sont vraiment de faibles inconvénients par rapport aux immenses avantages de leur condition.

Un enfant aux grands yeux bruns s'approche d'eux, et leur dit :

– Moi je suis ami avec les chiffres. Mon préféré, c'est le quatre. Le chiffre quatre est tellement passionnant ! Si vous saviez tout ce qu'il peut faire, surtout quand il est bien dessiné avec ses angles pointus.

Sans se soucier de lui, le directeur mène les deux visiteurs devant le portrait d'une femme que la jeune fille reconnaît aussitôt.

– Au lieu de s'arrêter là, Sophie, votre mère est allée encore plus loin. Étant donné qu'elle ne pouvait plus faire ses expériences sur des enfants malades venant des hôpitaux publics, elle a décidé de se servir…

– De ses propres enfants, énonce Cassandre qui commence à comprendre.

– Exactement.

Philippe Papadakis désigne un tableau sur lequel est affichée une liste de noms.

– Tout d'abord, votre frère.

– Expérience 23 ? demande-t-elle.

– Daniel. C'était le premier enfant sur lequel vos parents ont vraiment testé la théorie LCD.

Cassandre se sent troublée.

– Grâce à l'expérience de vos parents, son cerveau droit était parfaitement opérationnel, libre, performant. Le cerveau gauche ne le tyrannisait pas pour tout expliquer et tout rendre logique. Avec son cerveau libre, il est allé loin, très loin.

Cassandre, instinctivement, caresse sa montre à probabilité.

Mon frère Daniel est un génie.

– Le problème, c'est qu'il était tellement peu tyrannisé par son cerveau gauche qu'il en est devenu psychotique.

319

— Cela veut dire quoi, « psychotique » ? demande Kim.

Le directeur toise le jeune homme.

— Les psychotiques sont, comment dire, des gens dont le cerveau marche trop bien. Ils sont hypersensibles. Ils voient des choses que les autres ne voient pas. Ils perçoivent tout sur plusieurs plans, ils lisent entre les lignes. Et cette lucidité, loin de les rassurer, les angoisse. Ils ont pris conscience des vrais périls du monde. Du coup tout leur fait peur.

Moi aussi, je suis un peu comme cela.

— Ils n'ont pas de recul, pas d'interprétation, ils prennent tout au premier degré. Si on leur dit : la nuit tombe, ils croient que le ciel va vraiment s'affaler sur leurs épaules.

— Comme le cerveau gauche ne fait plus son travail d'interprétation, en gros ils vivent au premier degré, essaie de résumer Kim.

— Ils sont au vingtième degré, rectifie le directeur. Quand ils parlent, on ne comprend pas ce qu'ils disent, parce qu'ils sont déjà à un niveau de compréhension plus profond.

— Les extrêmes se rejoignent : un type trop intelligent perçoit finalement le monde comme un type trop bête, s'amuse Kim.

— Certes, les psychotiques sont inadaptés au monde normal. En général, ils ne prennent pas soin d'eux, car pour eux le corps n'est rien, l'esprit est tout.

Cassandre se souvient de la chambre en désordre de son frère, dans la villa de ses parents. Elle se souvient de ce visage hirsute, recouvert de cheveux mi-longs peu soignés.

— Ils sont sales ? demande Kim, intéressé.

— Très sales. Parfois ils refusent de se laver parce qu'ils ont peur de l'eau. Quand ils sont en plein délire, ils oublient de manger, de dormir, ils oublient de faire ce que n'importe qui fait au quotidien. Ce sont des gens avec un charisme énorme, une intelligence aiguë, un charme certain, ils sont effrayants et pourtant eux sont réellement handicapés.

Philippe Papadakis a prononcé ces mots avec un mélange d'admiration et de dégoût.

– Ils traversent des phases de délire ou des poussées d'euphorie et, juste après, ils sont éteints, on ne voit même plus de lueur dans leurs yeux. Ils ont complètement renoncé au lien.

Comme l'enfant qui dessinait des cartes du Connecticut pour signaler qu'il voulait « cut » la connexion.

– Personne n'a d'effet sur eux. Ils sont seuls. Il n'y a pas plus seul qu'un psychotique. Du coup, ils ont l'air plongés dans une sorte de romantisme qui est un excès de détachement et d'investissement dans le monde. Cela les rend...

Le directeur de l'école prend un air admiratif.

– ... proprement fascinants.

Cassandre regarde son cadran qui indique 18 %. Elle déduit que les 5 % de risque supplémentaire sont influencés par ses battements cardiaques accélérés par son émotion. À moins que l'un des enfants surdoués, à force de rechercher la perfection et de ne pas supporter l'à peu près, ne soit devenu dangereux.

Le directeur semble subjugué par le souvenir de certaines rencontres avec ces patients.

– Mon frère était vraiment comme cela ?

– Daniel était bien plus que cela. Car il a été transformé volontairement en psychotique par vos parents pour « l'Expérience 23 ».

Autour d'eux, tous les enfants semblent étranges. Cassandre frissonne.

– Que lui ont-ils fait ? demande-t-elle.

Le directeur esquive la question.

– Parmi les pensionnaires il y a les 22 expériences précédentes. Puis votre frère, et vous, Cassandre. Vous êtes la dernière. La plus aboutie de toutes. L'« Expérience 24 ».

Cassandre se lève d'un coup et l'empoigne.

– Vous ne m'avez pas répondu ! Comment peut-on transformer volontairement un enfant en autiste ! hurle-t-elle. Parlez !

– Désolé, vous vouliez savoir. Vous êtes une...

Folle ?

– ... expérience de votre mère.

– Pourquoi ! POURQUOI !

Le directeur la fixe froidement, puis articule :

– Votre mère vous a transformée en autiste afin que vous accomplissiez le rêve de votre… père.

La jeune fille aux grands yeux gris clair n'ose comprendre.

– … de mon père ?

– Oui. Rappelez-vous, votre mère s'occupe des enfants et votre père du futur. Votre père voulait que vous voyiez l'avenir. C'est pour cela que vous vous appelez Cassandre. Je vous l'ai dit, la clef est dans votre prénom. Vous avez été baptisée ainsi afin d'avoir ce don.

Qu'essaie-t-il de me faire comprendre ? À l'écouter, ce n'est pas un hasard si je m'appelle Cassandre.

Philippe Papadakis affiche un sourire désolé. Il a maintenant retrouvé toute sa prestance.

– Cela m'a fait plaisir de vous revoir, mademoiselle. Vous savez, malgré tout ce que vous pouvez penser, je vous aime bien.

La jeune fille saisit le nunchaku dans le dos de Kim, passe la chaîne autour du cou du directeur et serre.

– Qu'est-ce qu'on m'a fait pour me rendre autiste ? Parlez !

Autour d'eux, les autres enfants les observent, intrigués. Kim retient son bras.

– Arrête, Princesse, tu vas le tuer ! Si tu veux qu'il parle, il faut au moins que tu le laisses respirer.

Philippe Papadakis essaie de retrouver son souffle. Il tousse, respire à fond, et relève lentement la tête pour articuler :

– Vous êtes trop brutale.

– Parlez ou je continue !

– Votre frère… Il n'y a que lui qui connaisse la technique secrète que vos parents ont utilisée sur vous. Après l'attentat, quand je vous ai récupérée, vous étiez déjà comme cela, avec votre cerveau gauche qui vous balance des hallucinations et vous rend libre au-delà du raisonnable. Donc, pour répondre à votre question, après votre prénom, après vos parents, si vous voulez comprendre votre mystère, votre frère Daniel est la troisième réponse.

– Où puis-je le joindre ? Quelle est son adresse ?

– Je l'ignore.

À nouveau Cassandre le menace.

– Tout ce que je sais, c'est qu'après son accident à la tour Montparnasse, il est allé travailler au ministère de la Prospective.

Imperceptiblement, les enfants font cercle autour d'eux. Kim est surpris de constater qu'ils ont le regard étonnamment fixe, acéré, ne battant que très rarement des paupières. Il a rarement vu des êtres aussi attentifs. Ils semblent s'intéresser à tout, absorber un maximum d'informations et les traiter sans rien laisser échapper.

116.

Ainsi je suis bien un monstre, une psychotique, un animal de foire, inventé par ses propres parents pour qu'ils démontrent une théorie personnelle sur le cerveau contredite par leurs confrères. Et quelle théorie ! Laisser mon cerveau droit fonctionner sans être tyrannisé par mon cerveau gauche.

C'est cela qui me rend si sensible, c'est cela qui a peut-être fait disparaître mon passé, c'est cela qui me fait entrevoir le futur.

Je dois comprendre. Je ne peux pas rester une énigme pour moi-même. Je dois découvrir ce que mes parents ont infligé à leur « Expérience 24 » avant de la baptiser Cassandre.

117.

Rue Saint-Dominique.

Alors que, dans la plupart des ministères, des sentinelles et quelques huissiers gardent l'entrée, le ministère de la Prospective, lui, n'est clos que par une porte transparente donnant sur un hall désert. Pas d'identification gravée dans la pierre, pas de plaque officielle en cuivre. Une simple feuille de papier avec une inscription soulignée : « MINISTÈRE DE LA PROSPECTIVE » est maintenue par deux rubans adhésifs à la vitre.

Au-dessous, une autre feuille « Heures d'ouverture et de fermeture à préciser avec les responsables durant leur temps de présence ».

Les deux jeunes gens se faufilent à l'intérieur. Ils repèrent les caméras de surveillance et, en rasant les murs, parviennent à éviter le champ des objectifs.

Au premier étage, une salle est bruyante. En regardant à tour de rôle par le trou de la grosse serrure, ils distinguent une vingtaine de jeunes gens et jeunes filles en costume-cravate ou tailleur strict assis en cercle autour d'un homme, qui trace une courbe sur un tableau.

– On peut s'attendre à une augmentation du nombre et de l'importance économique des seniors dans les dix années à venir, pour atteindre un point culminant en 2036. C'est l'année qui devrait marquer un vieillissement général de la population française...

Kim s'écarte poliment afin de laisser Cassandre face à la serrure et se contente de poser une oreille contre le bois de la porte.

– ... donc la mise au point d'un cœur humain artificiel vraiment efficace maintiendrait en vie des personnes âgées qui, normalement, devraient mourir. Ce qui générerait un accroissement du déficit de la Sécurité sociale. C'est pourquoi je propose qu'on gèle ce projet. Certaines découvertes scientifiques dans le domaine de la médecine ne font que prolonger, le plus souvent dans l'inconfort, des vies qui devraient naturellement parvenir à leur terme. Évidemment, certains m'objecteront que les personnes âgées sont des votants et des consommateurs. Mais je répondrai qu'ils votent toujours pour les candidats les plus vieillots et qu'ils consomment peu. Donc je propose, en vue d'un assainissement et d'une dynamisation de la société, un plan en trois points...

– Ainsi, officiellement, voilà ceux qui sont censés voir le futur de notre pays. Probablement des énarques, chuchote Kim.

– À quoi tu les reconnais ?

– Les énarques font toujours des plans en trois points. Tu saurais repérer si ton frère est parmi eux ?

Cassandre se concentre. Après avoir parlé du vieillissement de la population, les jeunes gens évoquent les flux d'immigrations, puis les problèmes d'insécurité dans les banlieues, débattent des délocalisations industrielles, de la crise financière, de l'augmentation du nombre de chômeurs, de l'inflation galopante, du prix de l'immobilier, sans oublier l'appauvrissement des populations, la gestion des SDF, les soucis de pollution dans les grandes villes et d'embouteillage sur les routes menant au sud du pays.

Des listes de chiffres défilent sur le tableau de conférence, des pourcentages, des schémas, des graphiques.

Des technocrates à la vue courte et unilatérale. Ils n'ont aucune vision large ou profonde, ils ne font que répéter ce qu'on leur inculque dans leurs écoles de technocrates et ce que les journalistes ressassent à longueur de journée. C'est un système qui s'auto-entretient en tournant en rond. Pas de prise de risques. De cette manière, ils sont sûrs de ne pas sortir du terrain connu et des sentiers battus. Toujours la même perception du monde.

La réunion touche à son terme. Jeunes gens et jeunes filles, dans leur uniforme strict et chic, se lèvent, et par petits groupes quittent la pièce par une porte latérale. Celui qui dirigeait la conférence reste seul. C'est un homme d'une soixantaine d'années en costume de velours côtelé, chemise blanche, bretelles, nœud papillon, petites lunettes demi-lune, chaussures à semelles épaisses. Aussitôt, sa physionomie rappelle à la jeune fille un acteur américain.

Edward G. Robinson dans le film Soleil Vert.

L'homme semble soudain incommodé par une odeur nauséabonde. Il en cherche l'origine autour de lui, s'attendant à trouver une souris morte derrière un radiateur. Puis il sort et les découvre tous deux cachés derrière la porte. Effrayé, il fonce à l'intérieur, décroche son téléphone et commence à prononcer :

– Sécurité ? Venez vite, il y a une intrusion de…

Mais Kim a déjà coupé la communication.

– Au secou…

Cassandre lui plaque sa paume sur la bouche pour le faire taire.

325

– Je ne vous veux pas de mal. Je suis la fille du ministre Jacques Katzenberg. Et la sœur du mathématicien Daniel Katzenberg.

Edward G. Robinson hésite, la scrute, puis se détend un peu.

– Il y a en effet un air de famille. Votre père n'a jamais mentionné votre existence mais votre frère, en revanche, parlait souvent de vous. Pouvez-vous me dire ce que vous faites ici ?

– Je cherche précisément mon frère.

– Il n'est pas là.

– C'est quoi cet endroit, ce ministère de la Prospective, je n'en avais jamais entendu parler ? questionne Kim.

– Ah, vous n'êtes pas au courant ? C'est votre père, mademoiselle, qui a créé ce ministère. Remarquez, il était très secret. Votre père était un brillant diplômé de l'ENA, mais il a compris avant tout le monde que gouverner c'est prévoir. Vraiment prévoir. Il a donc créé ce ministère. Un titre un peu ronflant pour un service réduit à son strict minimum.

L'homme les invite à monter à l'étage, dans son bureau. La pièce est ornée de ciels d'astrologie formant des rosaces traversées de lignes colorées. Des photos de constellations réelles prises par le télescope Hubble côtoient ces dessins.

– Gouverner, c'est prévoir. Mais, alors que la plupart des chefs d'État ont eu leur astrologue, toutes les tentatives d'officialisation de la connaissance du futur au sein des gouvernements ont été des catastrophes. Le ministère du Plan quinquennal a provoqué des famines et des aberrations en Russie, mais aussi à Cuba, en Chine et dans tous les pays qui ont cru autoritairement décider de leur futur.

– Les pays totalitaires en général, précise Kim.

– Le futur a toujours été mal vu en politique. Sachant cela, au début, votre père a créé une simple cellule consultative liée au ministère de l'Économie. Son but officiel était de prévoir les crises financières. La grande crise de l'année dernière est arrivée. Nous n'avons rien vu venir. Cela n'a pas plu. Le ministère de l'Économie nous a éjectés. Après quoi, cette cellule a été associée au ministère de l'Écologie. Nous étions censés prévoir la montée de la pollution dans les villes et le degré de souillure des océans. Mais les écologistes se méfiaient de nous. Alors nous avons été associés au ministère du Planning familial où nous étions censés étudier le nombre d'enfants à venir, et le nombre de personnes âgées qui vont peser sur la Sécurité sociale. Là encore, on a dit certaines vérités qui n'ont pas plu. On a fini par agacer. Alors nous sommes devenus un ministère indépendant. Tandis que nous montions en titre, nous baissions en moyens. Au début, nous étions sept, puis cinq. Vers la fin nous n'étions plus que trois. Votre père, une secrétaire et moi. Nous sommes le plus petit ministère, qui fonctionne avec la plus mince trésorerie. Nous avons dix fois moins de budget que le ministère des Droits de l'homme, ce qui n'est pas peu dire. Afin d'augmenter sa marge de manœuvre, votre père a créé un mouvement politique baptisé « Pour réhabiliter le futur ». Ce qui a encore agacé. Si bien qu'au lieu de nous augmenter, ils nous ont encore baissé les crédits.

L'homme aux lunettes demi-lune jette un coup d'œil par la fenêtre.

— Mais cette réunion de spécialistes, tout à l'heure ? demande Kim.

— Ce sont des élèves de l'ENA. Ils viennent ici pour confronter leurs analyses politiques. La prospective est une matière en option qui leur donne un bonus de 2 points sur les 150 nécessaires à leur examen de sortie. Ils ont le choix entre plusieurs ateliers d'étude dans des sous-spécialités : le tourisme, les taxes professionnelles, les actes notariés, le cadastre, la gestion des manifestations, l'étude des uniformes des fonctionnaires, ou… le futur.

— Et ils sont motivés ? demande Kim.

— Bof. Disons que cela fait toujours chic sur les cursus de noter qu'on a participé à une cellule de réflexion sur l'avenir. Ce qui nous donne une dernière raison d'exister : on occupe les étudiants.

Il soupire.

– Triste fin pour un ministère du Futur. Mais la futurologie n'a jamais été très bien vue dans ce pays. Vous avez vu les sondages ?

Cassandre se souvient de ce que lui avait dit Orlando.

– « 75 % des Français ont peur du futur et 62 % préfèrent ne même pas y penser. »

– Et vous, vous êtes qui ? demande Kim.

– Au moment où monsieur Katzenberg a créé ce ministère, j'étais, ne riez pas, rédacteur de la rubrique Horoscope dans un grand hebdomadaire. Le futur était mon métier, même si ce n'était que le futur individuel. J'ai rencontré votre père sur un site de futurologie, il a trouvé que j'étais le plus productif et le plus visionnaire des participants, alors il m'a spontanément proposé de le rejoindre. Jacques était comme ça. Il ne jugeait pas sur les diplômes mais sur le travail accompli et l'enthousiasme. Depuis, je suis toujours resté à ses côtés.

– Vous êtes seul dans ce bâtiment ?

– Oui, c'est moi le dernier des Mohicans. Le ministère des Finances nous a coupé les crédits car il nous considère, pour reprendre ses propres termes, comme des « doux rêveurs ». Surtout moi qui ne viens pas de l'ENA ou d'une grande école. C'est la raison pour laquelle je me défonce pour les cours. J'espère secrètement que, lorsque l'un d'eux arrivera au pouvoir, il se souviendra de ce ministère en danger et le renflouera.

L'homme étouffe un petit rire.

– Pour l'instant, ces étudiants n'ont pas de réelles responsabilités alors ils peuvent faire partie du « ministère des doux rêveurs ». Après, ils deviennent sérieux et gèrent le futur proche en se désintéressant de toute perspective au-delà de trois ans. Ils en arrivent même à oublier qu'ils sont un jour venus ici. Comme s'ils avaient honte d'avoir réfléchi sur l'avenir !

– Et vous ne faites que ça, des ateliers de réflexion pour les étudiants de l'ENA ? demande le Coréen.

– Nous publions aussi un rapport annuel sur les tendances du futur, que personne ne lit. Pour tout vous dire, nous passons plus de temps à gérer notre comptabilité déclinante qu'à visua-

328

liser l'avenir radieux de ce pays. Ah, personne n'imagine que la misère peut aussi toucher un ministère. La preuve : vous n'avez eu aucune difficulté à pénétrer dans nos locaux. Notre ministère est si pauvre qu'il n'a pas les moyens de se payer un garde à l'entrée. C'est un moulin. Ah… « Le futur n'est plus ce qu'il était. »

– J'aime bien cette phrase, murmure Kim, qui songe déjà à en faire un tee-shirt.

– Et mon frère ?

– C'est le dernier employé du ministère. Après la mort de votre père, l'administration ne pouvait lui refuser de l'engager. Mais bon, c'est transitoire. Et notre paradoxe : le ministère du Futur est considéré comme un monde ancien hanté par les deux derniers dinosaures, votre frère et moi.

Il a un sourire triste qui accentue encore sa ressemblance avec Edward G. Robinson dans la scène finale de *Soleil vert*.

– Venez. Je vais vous faire visiter les autres salles de notre mini-ministère.

Il les guide jusqu'à la pièce adjacente.

– Ceci est une bibliothèque créée par votre père.

Il ouvre une à une les armoires en fer où sont entassés de vieux grimoires.

– De tout temps, l'homme a essayé de découvrir son avenir. l'histoire de la plupart des grands visionnaires repose ici.

Il dégage d'une pile poussiéreuse un volume aux bords craquelés, intitulé *Delphes*.

– À l'époque des Grecs, la pythie de Delphes était une institution quasi officielle. La ville entière était vouée à la divination. Il y en avait à tous les prix. Des petites sur le chemin qui menait au temple jusqu'à la Pythie elle-même, une grosse femme à moitié folle, qui révélait le futur en poussant des cris aigus. C'est elle qui prédit à Alexandre qu'il allait régner sur le monde. Chez les Romains, c'était l'observation des vols d'oiseaux qui permettait de prédire le futur.

D'où le mot augure signifiant « observation des oiseaux. »

– En France nous avons eu Nostradamus, Cagliostro, Saint-Germain. Mais, de tous, le plus fort à mon avis est mon propre ancêtre, Jean de Vézelay.

L'homme aux lunettes en demi-lune exhibe fièrement un texte sur parchemin.

– Dire qu'en l'an 1066, il avait déjà tout prévu ! Il avait annoncé, avec les mots de son époque, pour l'an 2000, la pollution (l'eau et l'air seront empoisonnés), le terrorisme (au nom de leur dieu ils tueront sans distinction femmes et enfants), internet (on pourra communiquer instantanément d'un bout de la planète à l'autre), le sida (ceux qui feront l'amour prendront le risque de mourir). Pas mal, non ? Je suis si fier d'être son lointain descendant… Au fait, je ne me suis pas présenté. Mon nom est Charles, Charles de Vézelay.

– Enchanté, sourit le Coréen. Kim Ye Bin.

Les deux hommes se serrent la main. Cassandre, qui examine les livres, tombe soudain en arrêt devant un ouvrage titré sur la tranche : *La prophétie de Daniel.*

– Ah ! vous l'avez trouvée… Ce n'est pas un hasard. Jacques, votre père, a délibérément baptisé ainsi votre frère en référence à ce grand visionnaire du passé.

Devant l'air étonné des deux jeunes gens, le spécialiste en horoscope poursuit :

– Daniel. Le prophète Daniel. Vous ne connaissez pas ? C'était il y a bien longtemps. Environ 587 avant Jésus-Christ, en Mésopotamie, à Babylone plus précisément. Une nuit, l'empereur Nabuchodonosor fit un rêve étrange et demanda à ses prêtres de le deviner puis de l'interpréter.

Nabuchodonosor… mais c'est le nom de l'opéra de Verdi que je préfère. Le « Nabucco ».

– Mais aucun d'eux ne sut deviner son rêve, et il les fit tous tuer. L'un de ses ministres prétendit alors qu'un prince hébreu qu'on gardait prisonnier se révélait très doué dans l'interprétation des rêves. On alla le chercher et le jeune homme annonça que Nabuchodonosor avait rêvé d'un géant à la tête en or, au torse en argent, aux jambes en fer et aux pieds d'argile.

– Il me semble avoir entendu parler de cette histoire du géant aux pieds d'argile, murmure Kim.

– L'empereur Nabuchodonosor reconnut que c'était en effet son rêve et il lui en demanda l'interprétation. Le prince Daniel expliqua qu'ils vivaient sur l'instant la période de la tête en or, le magnifique empire babylonien (il savait être flatteur pour survivre). Mais il annonça que cet empire serait suivi par un autre empire, l'empire d'argent, puis d'un troisième empire, l'empire de fer, et que tous s'effondreraient car il arriverait un quatrième règne : l'empire d'argile.

– Ce qui signifiait ?

– Par la suite, la vision a été interprétée de la manière suivante : l'empire d'argent serait l'empire grec qui a envahi Babylone. Puis l'empire de fer serait l'empire romain qui a envahi la Grèce.

– Et les pieds d'argile…

– Daniel avait ajouté à son interprétation : « L'un de mes frères hébreux viendra et répandra un message très puissant, non plus de guerre mais de paix, qui fera s'effondrer tous les empires guerriers. »

– Ce qui est arrivé avec Jésus-Christ, complète Cassandre. Donc Daniel était un vrai prophète visionnaire…

– Je crois que Daniel a tout inventé. Quand il a raconté l'histoire du colosse aux pieds d'argile, le succès a été retentissant dans tout le bassin méditerranéen. Elle a influencé toutes les religions et tous les cultes locaux.

– Fabuleux ! ne peut s'empêcher de s'exclamer Kim, qui commence à comprendre les implications de cette histoire.

– Et…

– Et ils se sont tous débrouillés pour que la prophétie la plus populaire se produise réellement.

Cassandre se remémore ce que lui avait dit Graziella, l'astrologue gitane. « Ce sont ceux qui entendent la prédiction qui font tout le boulot, vu qu'ils ont envie que cela se réalise réellement. »

C'est le pouvoir des jolies histoires.

Le dernier responsable du ministère de la Prospective poursuit :

– À l'époque du Christ, on a compté plus de 1200 messies se revendiquant de la prophétie de Daniel, rien qu'en Judée. 1 200 concurrents ! Et ce ne sera que bien après la mort de Jésus que Saül de Tarse, aussi nommé saint Paul, annoncera que le Christ est bien le créateur de l'empire d'argile évoqué par le prophète Daniel.

– Ainsi ce serait Daniel qui aurait programmé deux mille ans d'histoire !

Charles de Vézelay approuve.

– C'est une bonne blague, n'est-ce pas ?

Cassandre semble profondément troublée.

– Ce qui veut dire aussi que nos prédictions d'aujourd'hui vont créer le monde de demain.

– Il suffit en effet qu'on soit nombreux à y croire.

– Donc, si on imagine un futur affreux il se produira, et si on imagine un futur merveilleux il adviendra aussi.

– C'est exact. Ce sont nos rêves d'aujourd'hui qui vont créer les réalités de demain. D'ailleurs, tout ce dont nous jouissons aujourd'hui a été imaginé par nos ancêtres, n'est-ce pas ?

Les deux jeunes gens digèrent cette révélation.

– Moi j'ai vu un vrai futur, précis, dit Cassandre. Je ne l'ai pas inventé, je l'ai vu en détail avant qu'il se produise !

Charles de Vézelay affiche un air dubitatif, mais n'ose contredire la jeune fille, qui examine la couverture du livre *La Prophétie de Daniel*.

– Où est-il, maintenant ?

– Il est mort et enterré à Babylone, sur un territoire qui correspond à l'actuel Irak.

– Non, je veux parler de mon frère Daniel. Où est-il ?

– Il aurait dû être parmi nous pour notre réunion des jeunes prospectivistes. J'ignore pourquoi il n'est pas venu. Votre frère est, disons, peu prévisible.

L'expression semble le ravir.

– Vous connaissez son adresse personnelle ? s'enquiert la jeune fille.

118.

Une alliance entre un ministre prospectiviste et une chercheuse pédopsychiatre pour faire des expériences sur des enfants autistes.
Puis sur leurs propres enfants !
Tout ça pour qu'ils voient le futur.
C'est un pur délire.
J'aurais envie d'en rire, si je n'en étais pas victime.

119.

La Seine contourne l'île aux Cygnes, où se dresse, comme une proue de navire, la statue d'une femme couronnée brandissant le flambeau de la liberté, réplique en réduction de celle qui trône à New York. Des pigeons se succèdent pour souiller ce symbole de l'arrogance humaine. Juste en face, les hautes tours des immeubles du front de Seine déchirent le ciel.

L'appartement de Daniel Katzenberg est situé dans une de ces tours, face à la Maison de la Radio. La tour Horizon.

Kim et Cassandre franchissent le premier sas en suivant quelqu'un qui entre, puis se trouvent dans un hall où des noms sont listés sur des sonnettes. Par chance la caméra de l'interphone est cassée. Ils appuient sur la sonnette « Daniel KATZENBERG », mais personne ne répond.

Kim essaie un autre nom au hasard.

– C'est qui ? demande une voix d'homme.

– Le facteur, répond Kim.

– C'est pour quoi ?

– Heu… un colis recommandé.

Instant de flottement. Ils sentent que l'homme hésite mais il n'ouvre pas.

Kim Ye Bin sonne au numéro suivant.

– C'est qui ? demande une voix de femme âgée.

– Les pompiers, répond Kim d'une voix grave.

À nouveau le doute est palpable, personne n'ouvre. Il tente un troisième numéro.

– C'est qui ?

– La police. Nous avons un mandat, laissez-nous entrer.

Pas plus de résultat. Finalement c'est la jeune fille qui décide de tenter la manœuvre. Elle appuie sur une sonnette au hasard.

– C'est qui ? demande une voix de baryton.

– C'est moi, répond-elle.

La porte s'ouvre. Kim est admiratif.

« C'est moi » renvoie chacun à la personne qu'il attend, donc la méfiance est bien moindre que pour les facteurs, les policiers ou les pompiers.

Au cinquième étage, ils trouvent une porte avec les initiales « D.K. » inscrites sur une carte. Après avoir sonné et toqué en vain, Kim sort son canif multilames et commence à travailler la serrure. Le pêne cède sans difficulté.

Ils pénètrent dans l'appartement.

À l'intérieur, Cassandre découvre le même capharnaüm qu'elle avait vu dans la chambre et le bureau de son frère. Mais là s'ajoute une profusion de gadgets. Au mur, face à l'entrée, est accroché en grand poster le photomontage représentant un village installé sur la Lune. Plusieurs engins mobiles et volants tournent autour d'un dôme transparent rempli de piétons. À côté, un autre photomontage avec une ville sous dôme implantée au fond des océans.

– Attendons-le, il ne devrait pas tarder, propose-t-elle.

Dans le salon de droite, Cassandre manipule des maquettes de vaisseaux spatiaux en plastique, des statuettes d'extraterrestres. Partout des livres sur les prophéties, sur les grands visionnaires, sur les méthodes de prévisions du futur. Et plusieurs ouvrages sur la prophétie de Daniel.

Comme moi il a voulu connaître l'histoire de son illustre et antique homonyme.

Sans oublier la pléthore de livres et de films de science-fiction.

Kim se rend dans la cuisine et commence à renverser la poubelle sous l'évier.

– Quand tu vas chez les gens, tu examines d'abord leurs ordures ?

– C'est ce qu'ils ne peuvent pas maquiller... Ça nous a déjà réussi, non ? Tiens, regarde. Ton frère est un grand nerveux.

– Comment tu peux le savoir ? demande Cassandre.

– Les rognures d'ongles.

Il poursuit son inventaire.

– Il est superstitieux.

Il montre un journal avec un horoscope souligné sous le signe du Bélier.

Cassandre songe que, finalement, Kim opère comme ces chasseurs des forêts d'Amazonie qui déduisent des informations sur le gibier qu'ils chassent en examinant et en reniflant leurs déjections.

Nos déchets nous trahissent.

Ils s'installent dans le salon et attendent le retour de Daniel.

– Tu crois aux horoscopes, toi, Princesse ? demande Kim.

– Et toi, Marquis ?

Elle commence à prendre du plaisir à rappeler leur titre de noblesse.

– Non, évidemment. Tu es de quel signe ?

– Scorpion. Et toi ?

– Vierge, répond-il.

– Normal, les Vierges, ça ne croit pas aux horoscopes, plaisante-t-elle.

Le jeune Coréen ne comprend pas tout de suite, puis s'amuse de l'idée. Il lâche alors une de ses phrases fétiches :

– De toute façon, être superstitieux, ça porte malheur.

Cassandre ouvre le réfrigérateur et trouve des dizaines de sachets de surimis, des pots de guacamole et de cornichons. Il n'y a aucun autre aliment.

Tiens, lui aussi a une alimentation sélective.

– Tu sais de quoi je rêve ?

– Laisse-moi deviner. D'un attentat imminent ?

– Non, d'un bain chaud. La dernière douche que j'ai prise était dans une villa abandonnée, avec de l'eau glacée.

La jeune fille se dirige vers la salle de bains. Elle verse des perles de bain moussant dans la baignoire, la remplit et se plonge dedans. Elle ferme les yeux.

Qu'est-ce que c'est bon d'être propre. Les gens ne se rendent pas compte de la chance qu'ils ont de pouvoir se laver tous les jours.

Quand elle ouvre de nouveau les yeux, Kim s'ébat lui aussi dans l'eau de son bain. Par chance, la mousse épaisse couvre leur nudité.

Cassandre a instinctivement envie de s'enfuir, mais elle comprend que, si elle se lève, il va voir son corps nu. L'idée la terrifie. Heureusement, la baignoire ultramoderne est suffisamment large pour que leurs deux corps n'aient aucun contact.

Qu'il ne franchisse pas ma sphère de protection.

Le jeune homme remarque un bouton et appuie dessus. Aussitôt une pompe se met à faire des bulles. La mousse commence à monter. Il appuie sur un autre bouton et des diodes s'allument dans la baignoire. Puis un autre bouton et une chaîne de radio de musique classique commence à diffuser un air relaxant dans la paroi même de cette minipiscine. C'est « Le Printemps », des *Quatre saisons* de Vivaldi.

– On refait la méditation, l'ouverture des cinq fenêtres, Princesse ? Avec toi ça m'avait bien plu, la dernière fois…

Elle ferme les yeux.

– J'entends la musique de Vivaldi. J'entends le moteur de la pompe et le bruit des bulles. J'entends ta respiration. Je sens l'odeur du savon moussant. Je sens ton odeur de sueur. Je sens l'eau chaude sur mon corps, les bulles qui me chatouillent, je sens…

Il a franchi ma sphère de protection.

– Vire ton pied, Marquis, je ne t'ai pas autorisé à me toucher !

– Je sens la mousse sur ma peau.

Elle rouvre les yeux.

– Je te vois avec ta tête de type content d'être là, dit-elle.

Jacky Chan avec une mèche bleue dans une casserole d'eau bouillante.

– J'adore cet instant, déclare-t-il. Ça fait tellement longtemps que je n'avais pas pris un bain. J'avais même oublié comme c'était bon. On est bien, là, hein ?

Cassandre semble préoccupée.

– Qu'est-ce qui ne va pas, Princesse ? Nous sommes dans un bain chaud, on va mener une enquête pour découvrir quelque chose de nouveau sur la futurologie, tu devrais être satisfaite.

– Mes parents ont nommé mon frère « Daniel » pour qu'il agisse comme le prophète, et il l'a fait. Ils m'ont baptisée Cassandre pour que je sois comme l'antique Cassandre, et je vois venir les catastrophes. Ils ne nous ont pas demandé notre avis, ils nous ont forcés à devenir des animaux de cirque.

Kim baisse le nez.

– Tu ne comprends donc pas ? poursuit-elle. On ne peut pas prévoir l'avenir. Tous les astrologues sont des tricheurs. Même mon frère ne voit rien, il ne fait que calculer des probabilités. Mais moi… j'ai vu le vrai futur en détail, par avance. Donc, je suis la seule à voir. J'ai un truc dans le cerveau qui a été modifié. Promets-moi que tu n'hésiteras pas à me tuer, si tu t'aperçois que je suis folle.

– Non. Je ne le ferai pas.

– C'est bien ce que je pensais, tu n'es pas un véritable ami. C'est le seppuku qui te gêne ? Dans ce cas, au diable les rituels. Tu peux même m'étrangler avec ton nunchaku, si tu préfères.

– Écoute, à bien y réfléchir, ce n'est pas si gênant d'être débile. Ce que je peux faire, à la limite, c'est me mettre en face de toi si je te vois parler toute seule. Comme ça, tu parleras avec moi.

C'est alors qu'ils entendent un bruit de clé qui tourne dans la serrure. Quelqu'un est en train d'entrer. Déjà, Cassandre a empoigné un peignoir et a bondi hors du bain moussant, sans se soucier du regard de Kim.

337

Une silhouette apparaît au bout du couloir juste devant la porte d'entrée.

Ils se voient.

Daniel.

C'est un adulte dégingandé à l'allure de grand adolescent, mal fagoté, flottant dans des vêtements informes. Ses cheveux mi-longs, ébouriffés, ressemblent aux poils du yorkshire qu'elle a essayé de sauver.

– Daniel !

Il la voit, se fige, consterné, puis après une hésitation il s'enfuit vers l'ascenseur. Cassandre le poursuit, en peignoir et pieds nus. Les portes de l'ascenseur se ferment avant qu'elle l'ait rejoint.

Elle prend l'ascenseur d'à côté. Parvenue au rez-de-chaussée, elle le voit au loin qui court. Elle le poursuit. Il entre dans une petite voiture Smart garée sur la travée parallèle, face à la Seine. Il démarre en trombe.

Cassandre court derrière la voiture, espère qu'il sera arrêté par le feu rouge, mais Daniel le grille et fonce sur les quais.

Elle s'immobilise, découragée. C'est alors que, derrière elle, une voix lance :

– Traîne pas, monte !

La jeune fille aux grands yeux gris se retourne et voit Kim, lui aussi en peignoir, assis sur un scooter Vespa Mp3 à trois roues qu'il vient juste de voler. Elle grimpe sur le siège arrière, il met les gaz. La vitesse les emporte sur les quais.

120.

Il m'a reconnue !

Pourquoi mon propre frère ne veut-il pas me voir ? Il y a quelque chose de pas normal dans son comportement.

« Psychotique » ?

Non, il sait des choses. Des choses que je dois continuer d'ignorer. Ou, en tout cas, que lui estime que je dois continuer d'ignorer.

338

121.

Cassandre a froid et se serre contre le torse du Coréen.

La petite Smart électrique, malgré la faible puissance de son moteur, se faufile aisément entre les voitures. Kim, avec beaucoup de difficulté, s'efforce de ne pas se laisser distancer. Ils évitent un piéton, un camion, une voiture, un bus, une moto, remontent une rue en sens interdit, montent sur un trottoir, frôlent un réverbère, un vélo, une camionnette qui décharge ses livraisons, un taxi dont descend un couple qui s'engueule, une ambulance qui vient chercher quelqu'un qui ne bouge plus.

La Smart n'est plus qu'un petit point lumineux au loin, qui les nargue.

Arrivée aux Invalides, l'auto tourne et fonce dans la circulation fluide. Bientôt surgit devant eux la tour Montparnasse.

Les deux jeunes gens repèrent Daniel Katzenberg qui se gare près de l'entrée des ascenseurs, rue du Départ, puis qui s'engouffre dans la tour. Ils abandonnent le scooter, se précipitent à sa poursuite et le voient emprunter l'ascenseur menant directement au dernier étage.

Sans tenir compte du regard ahuri des passants qui les voient passer en peignoir, pieds nus, ils bousculent tout le monde et pénètrent dans la cabine d'ascenseur la plus proche. Une inscription annonce :

« Ne pas appuyer sur les boutons, la cabine se mettra toute seule en marche. »

Rien ne se passe.

La phrase d'un récit de science-fiction lui revient à l'esprit :

« En principe, c'est automatique, mais si l'on veut vraiment que ça marche, mieux vaut appuyer sur le bouton. »

Comme elle déteste ne pas agir, elle appuie fort sur tous les boutons. La cabine s'ébranle enfin et monte en quelques dizaines de secondes au sommet. Ils débarquent dans la zone touristique du snack et des vendeurs de cartes postales. Le lieu est désert. Une flèche indique l'accès à la terrasse panoramique.

Daniel est là-haut.

La jeune fille, saisie d'une intuition, entraîne son compagnon d'aventure vers l'escalier. Sur le sol peint en bleu est indiquée en blanc la hauteur par rapport au sol : 197 m, 200 m, 210 mètres. Ils poussent la porte métallique et aboutissent sur la coursive qui fait le tour de la terrasse. À cette altitude, l'air est froid et le vent bruyant.

Une grille métallique de 2,50 mètres de hauteur, équipée de piques tournées vers l'intérieur, est censée décourager l'approche des suicidaires vers les bords de la tour. Une pancarte rouge « DANGER » est accrochée à une chaîne. Et en dessous « PASSAGE INTERDIT ».

Plus loin un autre avertissement : « ACCÈS RÉSERVÉ AUX POMPIERS ».

Ils escaladent la porte en fer et se trouvent face aux rails servant à faire tourner la nacelle de nettoyage des vitres. Celle-ci ressemble à un petit bateau rectangulaire porté par deux grands bras d'acier reliés à des poulies.

Après les rails se trouve un rebord métallique gris foncé. Le vent redouble de violence. Ils cherchent mais ne voient plus aucune trace de Daniel. Cassandre se penche au-dessus du vide.

Il n'a quand même pas sauté. Pas une deuxième fois.

— S'il se jetait d'ici, il écraserait quelqu'un, la rassure Kim. Tu as vu la foule en bas. Ça m'étonnerait que même un obèse arrive à amortir un corps tombant de si haut. Cela ferait au moins deux morts. Je me rappelle avoir vu sur Internet qu'à Prague ils ont un pont aux suicidés avec, juste en dessous, un quartier résidentiel. Le prix au mètre carré a baissé tellement il y avait de suicidés qui pleuvaient du ciel.

Elle ne relève pas, remarque les caméras vidéo qui filment. Elle regarde sa montre-bracelet. « Probabilité de mourir dans les 5 secondes : 41 %. »

Si je mettais le pied sur ce rebord métallique je franchirais le cap des 50 %.

– Par là, il y a des traces de pas, annonce Kim.

Ils franchissent à nouveau le mur de fer, suivent les marques sur la coursive et arrivent devant une porte où est placardé « RÉSERVÉ AU PERSONNEL D'ENTRETIEN ».

La porte n'est pas fermée. Ils s'engouffrent dans un couloir sombre, poussiéreux, au bout duquel s'ouvre une autre porte. « Probabilité de mourir dans les 5 secondes : 18 %. »

Pas de danger on peut y aller.

Ils ouvrent encore une porte, puis une autre et tombent enfin sur une pièce éclairée. Il y a là un vrai laboratoire où un homme en blouse blanche est penché au-dessus d'une cage. L'homme se retourne d'un bloc en les voyant.

122.

Ce n'est pas Daniel.

123.

Charles de Vézelay est étonné de les voir en peignoir et pieds nus, mais il s'efforce de cacher son trouble.

– Où est mon frère ? demande Cassandre.

– Que faites-vous ici ?

– Nous l'avons suivi. Nous avons trouvé cette porte ouverte.

Le spécialiste en horoscope les regarde pensivement, puis hausse les épaules.

– Mmm… je crois comprendre. Il l'a fait exprès.

– Pardon ?

– Daniel voulait que vous veniez ici.

– Pourquoi ?

– Discuter encore avec moi dans ce lieu précis. Pour me forcer à vous en révéler davantage.

– Où est mon frère ? répète la jeune fille.

– Ah ça, il est déjà reparti.

Il montre une sortie de l'autre côté du laboratoire qui donne sur une coursive.

– Inutile d'essayer de le suivre, il est déjà loin. En revanche, il a laissé cela. Maintenant que vous êtes là, et le connaissant, j'en déduis que c'est pour vous.

Il tend une enveloppe cachetée. Cassandre déchire le papier, sort une feuille pliée en quatre et lit.

« Alors elle arriva et fut surprise de retrouver Charles de Vézelay. Elle demanda où était son frère et l'homme assura qu'il était déjà reparti. "Par où ?", demanda-t-elle, "par là", répondit-il. Et il désigna une porte dérobée tout en ajoutant : "Inutile de le suivre. Là où il va, vous ne le retrouverez plus." Alors Cassandre regarda le laboratoire et décida de discuter avec Vézelay, pour tenter de comprendre. »

La jeune fille aux grands yeux gris clair replie le papier.

– Alors, il vous dit quoi ?

Elle ne répond pas. Charles de Vézelay hausse les épaules.

– C'est son grand plaisir. Écrire le futur, comme ça, sur des bouts de papier qu'il laisse traîner. Le pire, c'est que c'est moi qui lui ai appris à faire ça quand il nous a rejoints au ministère de la Prospective.

Cassandre étudie les lieux. Elle distingue un aquarium étiqueté « Piranhas ». Juste à côté, un graphique présente une courbe suivie de : « La probabilité de mourir si on est plongé dans l'aquarium plus de X minutes pour un homme de plus de Y kilos est de : Z. » Et à côté une formule mathématique soulignée donne l'équation de probabilité de destruction par piranhas.

Plus loin, un autre aquarium étiqueté « Tarentules de Nouvelle-Guinée » est rempli de grosses araignées qui grouillent sur un lit de feuilles. Sur le côté, un graphique millimétré est suivi d'une équation indiquant la probabilité de mourir si on est enfermé avec des tarentules.

Dans la cage voisine, des rats couinent, nerveux.

– Daniel est obsédé par les prévisions concernant les dangers de toute sorte, déclare Charles de Vézelay. Un jour, il m'a annoncé, ulcéré : « J'ignore comment on a calculé que le temps moyen de survie sur la bande d'arrêt d'urgence des autoroutes est de 20 minutes ! »

Cassandre observe les murs tapissés de documents.

– Ici, son étude sur la foudre.

Charles de Vézelay désigne une photo flanquée d'un tableau rempli d'équations aux titres prometteurs : « Probabilité que la foudre tombe sur un individu donné ». « Probabilité de guerre civile ». « Probabilité de pollution des nappes phréatiques ». « Probabilité d'inondations dues à la pluie ».

– Daniel effectue des recherches sur la probabilité d'apparition des accidents domestiques, mais aussi bien sur les risques de dictatures militaires que d'explosion de centrales nucléaires. Il essaye de mettre en équations le futur à court, moyen et long terme. Tout, selon lui, peut se traduire en probabilités. Avec votre père nous formions trois voies complémentaires de compréhension du futur. Votre père l'analysait par l'observation des cycles économique et politique. Votre frère le modélisait avec des équations mathématiques.

– Et vous ?

– J'utilisais l'astrologie. J'étais la tendance irrationnelle du trio.

Et moi je suis la quatrième voie : les rêves prémonitoires.

Kim désigne un immense meuble incrusté de diodes multicolores qui clignotent.

– C'est quoi ?

– PROBABILIS. Le gros calculateur électronique qui évalue les probabilités de survie des « abonnés ».

Charles de Vézelay désigne son poignet.

– J'ai la même montre que vous mais, personnellement, je n'y crois qu'à moitié. Dans la futurologie il y a une part de foi. Cela ne marche que si l'on y croit. Un peu comme les avions.

– Les avions ? Qu'est-ce que cela a à voir avec la croyance ? s'étonne le jeune Coréen.

– Personnellement j'ai la hantise de monter dans un avion. Je suis persuadé que ce qui maintient ce gros tas de ferraille au-dessus des nuages c'est... la foi des passagers. Il suffit qu'un seul passager se dise : « Quand même, ce n'est pas normal qu'un tube de tôle rempli de gens et de valises soit plus léger que l'air... » pour que l'avion chute.

Charles de Vézelay joue avec sa montre.

– Cette montre à probabilité, c'est pareil. J'ai beau voir les équations de votre frère, je n'y crois pas. Selon moi, le futur ne se fait pas piéger par des formules mathématiques, aussi compliquées et nombreuses soient-elles.

Il poursuit cependant :

– Mais je dois vous avouer que je suis rassuré de la porter. Je ne peux m'empêcher de me dire que si ça marchait vraiment, ce serait formidable. Et puis les chiffres du cadran bougent sans cesse. On a l'impression que Dieu nous regarde et nous avertit du danger. Au final, à mon avis, c'est un pur objet mystique. Comme les gris-gris, les amulettes ou les médailles de saints.

– Vous croyez à quoi, alors, monsieur l'astrologue ? demande Kim.

Le regard de Charles de Vézelay s'éclaire soudain.

– Aux étoiles ! L'astrologie est différente, c'est une science.

– Ne me dites pas que c'est en fonction des signes astrologiques des gens que vous déduisez leur futur ? ironise Kim. On sait bien que les constellations sont subjectives, dans un signe il y a un mélange d'étoiles, de planètes, de galaxies et de points lumineux à des distances différentes. C'est par le plus pur des hasards qu'ils sont regroupés lorsqu'on les observe sous un certain angle depuis la Terre.

Charles de Vézelay hausse les épaules, s'empare d'un télescope Celestron portable et les invite à sortir. Ils montent sur le toit de l'esplanade panoramique qui forme le point le plus élevé de la tour Montparnasse. La plate-forme est déserte à cette heure de la nuit.

L'homme en costume de velours déplie les pieds de son télescope. Quelques pigeons posés sur les antennes téléphoniques s'envolent. En bas, les échos du trafic semblent lointains.

– Jadis, mon petit monsieur, l'astrologie était une science officielle. Des gens comme Archimède, Copernic, Newton, Galilée,

Averroès, Spinoza et d'autres se sont intéressés aux ciels étoilés pour comprendre les destinées humaines. Vous croyez quoi ? Que dans mes horoscopes, que je continue d'ailleurs de publier dans divers journaux, je tire au hasard mes prédictions dans un chapeau ?

— Exactement, assène Kim.

— Détrompez-vous. Je rédige les prévisions de chaque signe avec une conscience et une rigueur que vous n'imaginez pas. D'ailleurs votre père m'a précisément engagé quand je lui ai parlé de l'astrologie maya.

— Des Mayas ?

— Parfaitement. Ma mère était mexicaine, née dans le Yucatán, et probablement descendante de ce peuple. Du coup, j'ai bien étudié cette culture. Les Mayas ont mis au point une astrologie considérée comme une science officielle.

Fascinés, les deux adolescents écoutent sans broncher.

— Les Mayas sont apparus environ deux mille ans avant Jésus-Christ.

Donc bien avant le Daniel hébreu et la Cassandre troyenne.

— Ils avaient développé une architecture, une médecine, une technologie très en avance sur les autres peuples du monde. Et ils possédaient même des spécificités qui détiennent encore un peu d'avance sur nous actuellement... Chaque jour, on fait de nouvelles découvertes sur cette civilisation disparue. L'une des choses les plus étonnantes dans leur système est sans aucun doute ce qu'on a appelé plus tard les « chansons maya ».

Il déglutit d'émotion à la simple évocation de ce terme.

— C'est, disons, ma spécialité. Les Mayas avaient transformé l'astrologie, donc la prévision du futur, en une science qui gérait toute leur vie. À chaque naissance, des spécialistes officiels, fonctionnaires d'État, créaient le thème astrologique de l'enfant en observant les étoiles de son ciel. Puis ils en déduisaient avec précision la vie qu'il allait mener, son futur personnel. Chez les Mayas l'art de la divination était non seulement reconnu mais déterminant pour l'ensemble de l'activité économique, politique et sociale de ce peuple.

– La superstition établie comme une obligation civique ? raille Kim.

– Les astrologues étaient riches et puissants, personne n'aurait songé à se moquer d'eux ou à mettre en doute leurs prédictions. À l'époque, le ministère de la Prospective était le plus important de tous. Beaucoup de monde y travaillait, ça je peux vous le garantir.

Les deux adolescents écoutent avec une attention soutenue. Ils tremblotent en peignoir à cette altitude mais la curiosité est plus forte que le froid. Charles de Vézelay poursuit :

– Donc, à partir de l'observation des étoiles au jour de la naissance de l'enfant, les astrologues composaient une chanson avec des paroles très précises. Elles énonçaient, par exemple, quel allait être son futur métier, quand il allait rencontrer l'amour, combien il aurait d'enfants.

– Ça permet d'éviter les conseillers d'orientation et les agences matrimoniales, ne peut s'empêcher de souligner Kim.

– Et comme sa future femme avait la même chanson correspondant à sa vie, elle se débrouillait pour rencontrer le type au jour et au lieu signalés par les astrologues.

– Subtil.

– Et ils engendraient exactement le nombre d'enfants prévu par la chanson. Les astrologues plaçaient même à la fin de tous les couplets à quel âge et dans quelles conditions l'enfant, devenu adulte puis vieillard, mourrait. S'il y avait écrit un accident de charrette mortel à tel endroit, il se débrouillait pour y être.

– Mais c'est débile, s'exclame Kim.

– Non, c'est rassurant. Ils connaissaient vraiment le futur. Comme tout le monde se débrouillait pour suivre les prédictions des astrologues, celles-ci se produisaient.

– Ce qui enlevait l'angoisse de ne pas savoir, complète Cassandre.

– Oui, mais il n'y avait plus d'ambition, plus de prise de risques, si tout était déjà écrit.

– Au contraire, l'ambition et la prise de risques sont eux aussi écrits. Cela pousse les couards à agir, rectifie Charles de Vézelay.

346

En dessous d'eux, Paris palpite de milliers de scintillements témoins des destins agités de ceux qui grouillent sur son asphalte. Les yeux de Charles de Vézelay reflètent ces étincelles, mêlées à la lueur des étoiles.

– Les parents répétaient ces chansons tous les soirs avant de le coucher, pour que cela rentre bien profondément dans l'esprit de l'enfant. Lui-même chantait les couplets pour bien se rappeler tout ce qui allait arriver dans sa vie future.

– Comme si on te racontait le film avant de le voir, remarque Kim. Pour moi, ça gâche tout le suspense.

– Et si les astrologues se trompaient dans leurs prédictions ? demande avec curiosité Cassandre.

– Tout le monde œuvrait en permanence pour que ce qui avait été prévu dans la chanson maya se produise. Tout le temps, partout. Le futur se déroulait toujours comme prévu.

Cassandre ne peut s'empêcher de repenser à son frère.

Ainsi des gens, ces astrologues officiels du gouvernement, créaient le futur simplement par leurs paroles. Une société entière a vécu ainsi pendant des siècles, en maîtrisant son destin parce qu'elle avait simplement décidé que c'était possible.

La jeune fille est plongée dans un abîme de pensées.

C'est comme un tour de magie. On est d'autant moins surpris par la révélation finale que tout le spectacle ne fait que suivre un scénario déjà préétabli. En magie on appelle cela le « choix forcé ». Les gens croient qu'ils choisissent mais le magicien se débrouille pour qu'ils fassent exactement le choix qu'il a prévu, celui qui va aboutir à la révélation finale, elle aussi préétablie.

– Continuez, demande Cassandre de plus en plus intriguée.

Charles de Vézelay a un tremblement de la main droite qu'il a du mal à maîtriser. Il se reprend et les invite à observer plusieurs constellations dans son télescope.

Je veux savoir quel rapport existe entre les Mayas et mon talent de vision du futur. Des enfants programmés à vivre des vies particulières décidées par d'autres, c'est forcément en liaison avec mon problème.

– S'il vous plaît, continuez…, implore la jeune fille.

347

L'homme abandonne un instant l'objectif de son télescope, mais son regard reste fixé au loin, vers les étoiles. Il esquisse une moue :

– Les Mayas dressaient des prédictions individuelles et des prédictions collectives. Ils avaient prévu que leur société allait disparaître à une époque qui correspond à 1510 après Jésus-Christ. Alors ils ont tout fichu en l'air eux-mêmes.

– La civilisation maya s'est suicidée sur la prédiction de ses astrologues officiels ? C'est stupide ! s'exclame Kim.

– Peut-être pas, car l'événement a eu lieu avant l'arrivée des conquistadors en terre maya, en 1520. Ils ont donc évité de voir leur monde saccagé par les envahisseurs espagnols. Ils n'ont pas subi les atrocités qu'ont vécues les Aztèques ou les Incas.

Les deux jeunes gens restent sans voix.

– C'est comme si un type se suicidait avant d'être assassiné ! ricane Kim.

– Que reste-t-il de cette civilisation suicidaire ? demande Cassandre. Ils ne sont quand même pas tous morts ?

Charles de Vézelay replace son œil contre l'objectif du télescope et effectue la mise au point sur une étoile. Il parle sans les regarder.

– Il reste un texte, le codex de Dresde. Dans ce livre, les textes maya qu'on est parvenu à traduire annoncent que toute l'humanité sera détruite lors d'un alignement de planètes le 21 décembre 2012.

– La fin du monde en 2012 ? s'étonne Kim. Je ferai la fête en pensant à vous le 22 décembre 2012, ironise le jeune homme.

– Et les Mayas, ils sont tous morts ? demande Cassandre Katzenberg.

– Il reste encore les Lacandons, c'est un groupe ethnique particulier qui vit dans la péninsule du Yucatàn, au Mexique, sur l'ancien territoire maya. Ils prétendent être leurs descendants et ils chantent des chansons qui devaient être des destins personnels mais ils ont oublié la signification des paroles. Ma mère était lacandon.

– On peut programmer un enfant pour qu'il mène une vie particulière, mais peut-on le programmer pour développer un talent particulier ? demande Cassandre.

– Je ne comprends pas.

– Peindre ? Chanter ? Danser ? Les Mayas pouvaient-ils décider par avance que tel enfant pourrait accomplir telle ou telle prouesse ?

– Où voulez-vous en venir ?

– Il existait des astrologues officiels. Pouvait-on programmer un enfant à devenir un astrologue officiel, par exemple ?

La magie s'applique-t-elle au magicien ?

L'homme quitte son télescope, la fixe intensément puis sourit.

– C'est exactement la question que m'avait posée votre père. Je n'ai pas de réponse.

– Pourquoi Daniel est-il à ce point obsédé par le futur ? demande Kim.

– Parfois on regarde le futur pour ne pas voir le passé. Ou fuir le présent. Votre frère est un génie, sans doute. Mais il est allé trop loin. Il est à la limite de la grande intelligence et de la folie.

Les deux adolescents n'osent comprendre.

– Daniel est ingérable. Quand il a sauté pour vérifier ce que dirait la montre, il a causé la mort de plusieurs personnes. Il ne se rend pas compte. Il est très dangereux.

– Il vous fait peur ?

– Bien sûr. Mais je le suivrai jusqu'au bout. Il est extraordinaire.

– Je veux le retrouver, je dois lui parler, insiste la jeune fille.

Charles de Vézelay a une moue amusée, puis il sort de sa poche une autre enveloppe cachetée sur lequel est noté : « À lui donner lorsqu'elle dira "Je dois lui parler." »

Elle la déchire, extrait la lettre et lit.

« Cassandre dit qu'elle voulait le retrouver pour lui parler. Mais la police avait repéré sa présence grâce aux caméras vidéo du toit et était en train d'arriver. Ce ne fut que grâce à la lecture in extremis de ce message qu'elle fut avertie à temps et put fuir avant que les policiers ne la rejoignent. Tout se joua en quelques secondes. »

Déjà, les deux jeunes gens en peignoir filaient dans une cabine ultrarapide alors que la police montait par l'ascenseur parallèle. Parvenus au rez-de-chaussée, ils retrouvèrent leur scooter Mp3. Kim mit les fils du démarreur en contact, tourna la manette des gaz, Cassandre s'accrocha à son torse et ils démarrèrent en trombe.

124.

L'astrologie des Mayas... Qu'est-ce que cela pourrait donner aujourd'hui ?

Des gens craignant le futur décident de convenir entre eux d'avoir un futur commun prévisible.

Mais ils choisiraient tous un futur très sympathique.

Donc cela ne marcherait pas.

Alors, les astrologues, voyant que tout le monde veut être riche, beau, en bonne santé et avec les meilleurs partenaires, les plus beaux enfants et une vie très longue décideraient de...

Voyons, mettons-nous à leur place.

Pour ne pas donner à tout le monde une vie parfaite, ils seraient obligés de... de tirer aux dés les bons et les mauvais moments !

Voilà la solution !

Les Mayas ont dû avoir le même choix. Si ce n'est que leurs dés c'était juste l'observation des étoiles. Selon la manière dont les étoiles étaient agencées, ils avaient décidé d'un code de correspondance à des évènements précis. Mais ces derniers pouvaient être déterminés de manière aléatoire, cela ne changeait rien.

Seul importait que tous croient au même avenir, à l'unisson.

De manière consensuelle tous acceptaient de considérer que ces futurs possibles étaient sûrs.

Extraordinaire : toute une société qui joue le jeu d'un futur prévu. C'est le prix de la maîtrise complète de l'avenir.

350

C'est un peu comme un jeu de rôles où l'on tire grâce à un jet de dés ses qualités et ses défauts, si ce n'est que là, cela va beaucoup plus loin : on définit aussi par avance les accidents, les maladies, les trahisons, les rencontres fortuites qui vont vous arriver dans l'avenir.

Ainsi il y a des mauvais moments et des bons dans une existence, mais au moins ils n'ont pas l'angoisse de l'imprévu !

On pourrait reproduire ce système aujourd'hui... Encore faudrait-il mettre 6,7 milliards de personnes d'accord pour être tous superstitieux de la même manière !

Et alors le futur serait non seulement connu, mais il serait sûr.

Extraordinaire. Proprement extraordinaire.

Finalement, cela revient à la théorie de Vézelay qui explique que ce sont les passagers de l'avion qui maintiennent contre toute logique ce gros tas de tôle en suspension au-dessus des nuages... par leur simple foi.

125.

Cassandre Katzenberg, nue sous son peignoir, a très froid. Elle se serre fort contre Kim.

– Je ferai mieux que lui, hurle-t-elle par-dessus le vacarme du moteur.

– Quoi ?

– Je ferai mieux que mon frère Daniel. Je ferai mieux que leur ministère de la Prospective. Je ferai mieux que la montre à probabilité. Je ferai mieux que les Mayas. Je vais mettre au point un observatoire pour voir le futur.

Le scooter file sur les grandes avenues en pétaradant.

– Philippe Papadakis a dit que j'étais l'expérience ultime, la plus poussée. Daniel est l'Expérience 23 et il est déjà très fort. Je suis l'Expérience 24. J'ai donc un potentiel supplémentaire. Et puis j'ai de meilleurs soutiens.

– Tu plaisantes ? Lui il a le gouvernement, plus Charles Vézelay, plus l'entreprise Futur-Assurance.

– Moi, j'ai mon intuition féminine et mon armée.

351

– Ton armée ?

– Vous, les Rédemptionais.

Cassandre serre encore plus fort son torse contre le sien. Ses cheveux noirs ondulent au vent, ses grands yeux gris clair luisent comme s'ils recelaient leur propre lumière intérieure.

126.

Je crois que mes pouvoirs sont bien plus importants que je ne le pensais.

La perception des attentats quelques jours avant qu'ils ne se produisent n'est qu'un symptôme minime de mon vrai talent.

Je suis une machine de guerre et, toute seule, je peux changer le monde dans le bon sens.

Malgré tous les obstacles.

127.

– Alors là, pas question !

Esméralda Piccolini a baissé son journal qui affiche sur la couverture : « Tout est fini entre la comtesse de Bourbon-Parme et le prince du Luxembourg. » Elle le froisse et se lève, menaçante.

– Moi, vivante, cette petite garce ne remettra pas les pieds ici. Jamais de la vie. Qu'elle crève ! Qu'elle agonise ! Qu'elle meure ! Qu'elle aille en prison, chez les fous, chez les bonnes sœurs, chez les mormons, mais pas chez moi ! Dehors ! Dehors la petite salope qui ne nous crée que des problèmes et qui se prend pour Bernadette Soubirous. Je veux rien entendre, je ne veux pas la voir ou je la tue. Retenez-moi, je vais la tuer tout de suite. Allez ouste, fiche le camp, saleté !

Cassandre Katzenberg ne bouge pas.

– Ce n'est pas possible, c'est une malédiction ambulante. C'est notre punition pour nos péchés.

– Cette gamine commence à me faire peur, moi aussi, reconnaît Fetnat Wade.

– La prochaine fois que vous partez, avertissez-nous ! remarque Orlando Van de Putte en empilant plusieurs cadavres de chiens près du feu.

– Toi qui l'as amenée et qui as de l'autorité, Baron, dis à la gamine de foutre le camp, décide Fetnat. Allez, fous-la dehors.

– Dis donc, parle-moi meilleur. Fous-la dehors, s'il te plaît… ça t'écorcherait la gueule ?

– Fous Cendrillon dehors et vite, connard, tout ça c'est ta faute ! enchaîne Esméralda.

Orlando, pour ne pas répondre, se contente de lâcher un chapelet de pets, acte qui en général a pour vertu de détendre l'atmosphère, quitte à l'empuantir. Mais cette fois la tension est trop forte, personne n'y prête attention.

– Ah, la lâcheté des hommes ! Ouste, dehors ! Allez, rentre chez toi ! Pars ou je te crève ! Tu es plus collante que du papier tue-mouches. Putain, il faut tout faire soi-même, ici.

Déjà la femme au chignon roux a sorti son rasoir et le brandit. Cassandre les regarde, hésite, puis fait demi-tour.

– OK. Adieu.

Sans un mot, Kim Ye Bin se détourne et la suit.

– Non, toi tu restes, Marquis. On a dit à la petite sorcière de lever le camp, mais pas à toi ! signale Fetnat.

– C'est nous deux ou personne, articule posément Kim.

– Ah, monsieur le Marquis est envoûté par la jeteuse de sorts ?

– C'est sa mentalité de petit coq. Il veut frimer devant la fille. Ce sont les hormones qui parlent, signale Esméralda.

Elle s'approche et le renifle bruyamment.

– Et en plus ils sentent bons ! Ils ont renoncé à notre odeur du dépotoir. Pouah, il y a même un relent de savon à la lavande. Ils ont dû se… laver !

Elle grimace, écœurée.

– Tu n'as pas compris, Marquis ? Elle porte la poisse. Elle est maudite.

Pourquoi je tiens tellement à leur plaire ?
Peut-être parce que eux, au moins, ne sont pas hypocrites.
Et ces « putois » sont les gardiens d'un sanctuaire.

353

Les mouches tournoient bruyamment. Les autres se grattent à tour de rôle.

– La Duchesse a raison, la Princ… enfin cette gamine nous entraîne dans des endroits où on perd l'argent et on se fait repérer par la police, si tu vois ce que je veux dire.

– Avec la Princesse, on sauve des vies, rappelle Orlando.

– Pour ce que ça nous rapporte ! Même pas une médaille, même pas un merci. Même pas un article dans les journaux !

– Si, il y en a un ! ricane Esméralda en exhibant un journal. Je lis : « Plainte des usagers après un déclenchement intempestif d'alarme causé par un groupe de clochards particulièrement nauséabonds. Les services de la RATP ont promis d'être plus vigilants envers les usagers indélicats au comportement incivique. » Voilà l'ingratitude des bourges quand on leur sauve la vie. Alors elle dégage, la petite emmerdeuse qui nous a suffisamment causé d'emmerdements.

Personne ne bouge. Kim articule :

– C'est elle et moi. Ou ni elle ni moi.

Ai-je bien entendu ? Serait-il possible que, pour la première fois de ma vie, j'ai rencontré une personne qui me soutienne ?

Esméralda lui jette une moue méprisante.

– Alors fous le camp, dehors, pauvre crétin !

Orlando intervient :

– Arrête, Duchesse, tu sais bien qu'on a encore besoin du Marquis. Il a installé tout notre système d'électricité et de communication. Sans oublier que ce sont les métaux qu'il trouve dans les ordinateurs qui nous fournissent l'essentiel de nos revenus.

– OK, on vote, tu en penses quoi, Vicomte ?

– Ils restent tous les deux. Je me vois pas juste vivre avec toi et Orlando. Vous êtes tout le temps à vous disputer pour des conneries, je vais craquer.

Esméralda hausse les épaules.

– Très bien, je m'incline. Vous allez voir tous les problèmes qu'elle va encore nous causer, votre Princesse de mes deux. Ah ça, je vous le garantis.

Elle crache par terre.

Un long silence suit. Kim fait signe à Cassandre de ne pas y faire attention. Elle ramasse un paquet de chips ramollis et les mange près de Fetnat qui la regarde avec réprobation.

Pour faire diversion, Kim allume un téléviseur. La voix du speaker égrène les nouvelles fraiches :

1 – Sport. Drame : l'équipe de France de football a perdu contre l'équipe du Danemark. Un débat vient de s'ouvrir à l'Assemblée nationale sur la motivation des joueurs français, tous milliardaires résidant en Suisse et plus préoccupés par la gestion des entreprises qu'ils ont bâties sur leur renommée que de la trajectoire du ballon.

2 – Politique internationale : L'Iran a procédé à un nouveau tir de missile balistique longue portée. L'Europe, par la voix de son président, a signalé que si ce pays continuait à développer des armes de destruction massive, des sanctions économiques pourraient être votées. Le porte-parole du gouvernement iranien a répondu qu'il disposait de cinquante mille enfants spécialement éduqués pour devenir des martyrs kamikazes, prêts à se faire exploser au milieu de la foule. Le porte-parole a ajouté que l'Iran n'hésiterait pas à les expédier dans toutes les grandes capitales, si l'Europe mettait ses menaces à exécution.

3 – Bourse : Nouvelle chute des cours des industries. Montée du prix du pétrole.

4 – Politique intérieure : suite à la crise, et à l'appauvrissement général du pays, le gouvernement a promis de restreindre ses frais et notamment de réduire le nombre de ses ministères non indispensables à la bonne gestion du pays. Vont ainsi être fermés le ministère de la Défense des droits de l'homme, le ministère de la Prospective, le ministère du Développement durable, le ministère de la Francophonie.

5 – Météo : giboulées de mars de plus en plus contrastées, donc alternance de beau temps et de pluie.

6 – Loto : les chiffres gagnants sont le 12, le 15, le 3, le 9, le 8. Chiffre complémentaire le 22.

Fetnat crache puis déchire sa feuille en murmurant :

– Encore raté.

– Pour gagner presque à coup sûr, il y a un truc, dit Cassandre.

– Elle parle peu mais quand elle parle c'est toujours intéressant, ricane Fetnat. Et c'est quoi le truc, mademoiselle la devineresse ?

– C'est mon frère qui l'a calculé mathématiquement. Il suffit de miser 9 000 euros. C'est le point de bascule dans les probabilités. Les chances de gagner sont alors de 75 %. Ce qui veut dire qu'avec 9 000 euros on est pratiquement sûrs de récupérer plus d'argent que la mise.

Tous affichent des airs moqueurs.

– Donc, pour devenir riche il suffit… de dépenser beaucoup. Donc d'être déjà riche, si je t'ai bien comprise, ironise Fetnat.

Bien sûr. Et ce n'est pas un hasard si les riches deviennent de plus en plus riches. C'est parce qu'eux ils misent pour gagner.

C'est un jeu pour les pauvres, payé par les pauvres pour enrichir les riches.

Elle hausse les épaules.

Il y a un moment où il faut arrêter de se plaindre et prendre son destin en main, ce qui signifie prendre de vrais risques. C'est en se comportant comme les capitalistes qu'on peut leur piquer leurs sous. Il faut les battre sur leur terrain et non pas être dans la râlerie et la jalousie.

– Miser 9 000 euros ! Quelle conne ! déclare la femme au chignon roux. Je vous l'avais dit, elle nous porte la poisse. On ne gagne rien à la garder ici. Avec Cendrillon, nous n'aurons que des malheurs. Mais puisque vous êtes tous assez cons pour vous laisser embobiner, je baisse les bras.

Elle donne un coup de pied dans une bouteille qui va se fracasser plus loin.

Cassandre, désemparée, rejoint sa hutte et referme la porte. Elle découvre qu'Esméralda avait commencé à regrouper ses affaires dans des sacs-poubelle. Sa collection de poupées est entassée en pyramide sur le côté.

356

La jeune fille s'enfonce sous les couvertures puis referme le rideau de ses paupières aux longs cils.

Elle claque un peu des dents. Elle a froid.

128.

Cassandre Katzenberg rêve qu'elle est dans une pièce blanche remplie de vapeurs. Elle est couchée, nue sous un peignoir. Deux scientifiques portant des gants blancs la soulèvent et la déposent délicatement dans un sarcophage capitonné. Puis ils referment le couvercle transparent. Le thermomètre incrusté dans le sarcophage indique une baisse de température. Il fait de plus en plus froid.

Les scientifiques s'en vont. Au-dessus de la porte, un bandeau lumineux signale : « Centre de cryogénisation. »

Cassandre se dit qu'elle ressemble à la Belle au Bois dormant des contes de son enfance.

Sur le mur d'en face, une pendule indique les minutes, les heures, les mois, les années, les siècles, les millénaires. Au début, elle indique notre époque. Puis les chiffres se déroulent à toute vitesse et le temps s'emballe.

Les minutes deviennent rapidement des heures, qui elles-mêmes deviennent des jours, des mois, des années. Les chiffres filent de plus en plus vite. 2052, 2075, 2091, 2112, 2222, 2350, 2403, 2503, 2609, 2730, 2815, 2828, 2904, 2999.

Bientôt s'inscrit sur le cadran « An : 3000, Mois : Avril, Jour : Lundi, Heure : 15 heures 15 minutes 00 secondes.

Le cercueil sonne comme un four à micro-ondes et tout se rallume. Des jets de vapeur sifflent. La température du thermomètre remonte lentement pour atteindre 37,2°. À ce moment, le couvercle en cristal du sarcophage se soulève dans un chuintement.

Dans son rêve, elle voit que le décor a changé. Le laboratoire a quelque chose de différent qu'elle ne parvient pas à identifier. Elle se dit qu'en l'an 3000, les gens doivent être parvenus à soigner toutes les maladies, à avoir des ordinateurs intégrés au corps, à posséder des moyens de locomotion plus rapides, plus aériens. Elle pense voir des gens décoller en avion monoplace depuis leur balcon.

Elle pense qu'elle va découvrir un monde plus évolué, plus beau, ayant résolu tous les problèmes anciens.

Cassandre se lève et elle voit qu'au-dehors une foule l'attend.

Elle s'habille avec les vêtements qu'on a préparés pour elle et sort affronter ceux qui l'attendent. Des journalistes la questionnent sur le monde d'avant, si excités qu'ils ne prennent même pas le temps de la laisser répondre. Elle a l'impression d'être une vedette, comme si on avait retrouvé un homme de Néandertal et qu'il raconte son quotidien dans les cavernes. Mais, soudain, deux policiers en uniforme futuriste viennent l'arrêter. Elle ne comprend pas. On lui ramène brutalement les mains dans le dos et on lui passe des menottes.

Cassandre est poussée dans un fourgon de police. Autour d'elle, des gens brandissent des pancartes avec son visage barré de l'inscription « À mort ! » Sur le chemin, elle voit un ciel gris, des montagnes d'ordures partout, une pluie noire, des braseros qui flambent, des gens entassés qui dorment à même le sol.

Plus elle observe ce qui l'entoure à travers la fenêtre grillagée du fourgon, plus elle remarque que les rues sont envahies de monde. Dehors, des foules entières se promènent sans aller du point « A » au point « B ». Les corps endormis dans les jardins publics sont regroupés par dizaines, par centaines, par milliers. Plus loin, il y a des manifestations avec des foules de va-nu-pieds qui hurlent et qui sont bloquées par des barrages. Les policiers installent une mitrailleuse et tirent dans la populace qui charge.

Tout le long du chemin elle voit des ruines fumantes et des silhouettes gisant à même le sol, mortes ou endormies. L'asphalte des rues et des routes est crevé, laissant surgir des touffes de ronces ou de chardons. Des montagnes d'ordures s'élèvent un peu partout. Des tuyaux laissent suppurer une eau glauque tandis que des hordes d'enfants et de chiens se battent pour des restes de nourriture avariée.

Des camions rouillés servent d'abris à toutes sortes d'animaux et d'êtres humains.

La fourgonnette de police traverse le Paris de l'an 3000 et entre dans l'île de la Cité. Elle longe le quai de l'Horloge à demi défoncé et stoppe à l'entrée nord du Palais de justice. Les murs du bâtiment sont effondrés par endroits. Le toit lézardé et les vitres brisées renforcent l'impression de lieu abandonné. Des banderoles « À mort » flottent au-dessus d'une petite foule qui semble l'attendre.

Cassandre franchit des portes en bois plus ou moins fendues, gardées par des policiers qui la toisent sans aménité. Elle pénètre dans une grande salle emplie de bancs à peu près alignés, occupés par des gens qui murmurent en la voyant. On la conduit dans le box des accusés, flanquée de deux costauds qui la serrent de près comme s'ils craignaient qu'elle tente de s'enfuir.

Sur les bancs des jurés, des bébés sont alignés, vêtus comme des adultes. En face, le juge est un vieil homme en robe grise portant une perruque blanche à la manière des magistrats anglais. Au-dessus de son fauteuil, la statue portant la balance de la Justice a les yeux crevés. À sa droite un avocat et un procureur, eux aussi portant perruque.

Le public manifeste bruyamment son impatience.

– Très bien, tout le monde est là. La séance peut commencer. Je déclare le procès ouvert. Vous allez devoir rendre des comptes, mademoiselle Katzenberg ! dit le juge en examinant les feuilles du dossier devant lui. Des comptes aux générations présentes et aux générations futures, représentées par ces enfants.

– Je suis innocente. Je n'ai rien fait, proteste-t-elle.

– C'est bien cela le problème : vous n'avez rien fait. Les générations suivantes jugeront, dit-il en se tournant vers les jurés à qui on distribue des biberons et des tétines.

Aucun d'eux ne pleure, ils semblent très attentifs.

– Pour lancer les débats, je laisse la parole au procureur.

L'homme en robe noire se lève.

– Merci, monsieur le président. Je voudrais attirer l'attention des jurés sur l'importance de ce procès. À travers cette personne issue du passé, c'est toute une génération que nous jugeons aujourd'hui. La génération des années 2000, celle qu'on a appelée par la suite la « génération des égoïstes ». Ils ont dilapidé toutes les richesses de la Terre pour leurs plaisirs immédiats, sans réfléchir aux conséquences de leurs actes, sans se préoccuper de l'état de la planète qu'ils allaient laisser à leurs enfants.

Des huées montent de la salle. Le juge frappe du maillet pour obtenir le silence. Parmi les jurés, quelques bébés se mettent à pleurer, d'autres sucent bruyamment leur tétine en signe de préoccupation extrême.

– Je ne savais pas, murmure Cassandre.

– La bonne excuse ! Si, bien sûr, vous saviez. Vous saviez même parfaitement. Vos radios, vos télés, les magazines vendus dans vos supermarchés vous tenaient en permanence informée de ce que vous faisiez et de ce que vous pouviez accomplir. J'accuse mademoiselle Katzenberg d'avoir pu changer le monde, d'avoir compris qu'il fallait le changer et de n'avoir rien fait dans une période où tout était encore possible.

– Je ne pouvais pas.

– Si ! Vous pouviez. Un seul être peut changer le cours de l'Histoire. Encore faut-il qu'il le veuille. Ou, tout au moins, qu'il essaye. Je vous accuse de « non-assistance à humanité en danger ! »

– Mais…

– Messieurs les jurés, vous qui êtes la génération future, je vous demande la plus grande sévérité envers cette personne. Et je propose la pire punition. Je demande qu'elle soit condamnée à être cryogénisée de nouveau pour renaître dans un futur encore pire. Afin qu'elle prenne enfin conscience de la portée destructrice et exponentielle dans le temps de ses… non-actes !

Cette fois, la salle pousse une clameur d'approbation. Le juge tape encore du maillet.

– La parole est à la défense.

L'avocate se lève.

– Je réclame la clémence pour ma cliente. Elle n'est pas responsable des erreurs commises par les dirigeants de sa génération. Elle n'a fait que vivre parmi des gens inconscients. Ils ne se rendaient pas compte qu'ils assassinaient leur planète.

– Et pourquoi donc, je vous le demande, maître ? réplique le procureur.

– Je ne sais pas, peut-être parce qu'ils étaient obsédés par la recherche des plaisirs à court terme.

– Objection, Votre Honneur. Ce que l'avocate de la défense appelle les plaisirs à court terme, ce sont des satisfactions égoïstes qui se sont révélées, nous le savons, destructrices sur le long terme. Et je vais les citer, ces plaisirs à court terme : générer de la pollution avec leurs voitures, ce qui a causé l'empoisonnement de l'air, accumuler des objets inutiles qu'ils jetaient ensuite n'importe où, ce qui a causé l'empoisonnement de l'eau, engendrer des enfants sans limitation des naissances, ce qui a causé la surpopulation, les épidémies et les famines. Ils n'ont pas stoppé les idéologies intégristes alors qu'ils le pouvaient, ce qui a entraîné les grandes guerres destructrices et toutes les atrocités qui se sont ensuivies. Ils ont exterminé sans la moindre pitié toutes les espèces sauvages. Ils ont souillé tout ce qu'ils touchaient au nom du tourisme, de la société de consommation, de ce qu'ils appelaient la croissance économique. Arggh, ces mots m'écœurent. J'en ai la nausée !

La salle est parcourue d'une rumeur agressive.

– À aucun moment un seul de leurs politiciens n'a osé proposer une politique de contrôle des naissances. Même les écologistes de votre époque, mademoiselle, n'ont tout au plus proposé que le tri des ordures ménagères.

Rires dans la salle.

– Ou la fermeture des centrales nucléaires.

À nouveau les gens s'esclaffent.

– ... ou l'arrêt des OGM ! Qu'est-ce qu'on en a à faire des OGM et des centrales nucléaires quand la population humaine double en cinquante ans ! C'est comme vouloir baisser le radiateur électrique alors qu'on est en plein incendie.

– À mort l'égoïste, à mort la gaspilleuse ! crient des voix dans le public.

L'avocat général enfonce le clou.

– Oui, parfaitement, des égoïstes ! Des lâches ! Des gens sans la moindre vision ni le moindre sens des responsabilités ! Comme s'ils ne se rendaient pas compte qu'en engendrant dix milliards d'humains ils allaient forcément tout saccager. Tous les animaux savent autoréguler leur progéniture. Même les lapins, les souris, les araignées ne font pas plus d'enfants qu'ils ne peuvent en nourrir. Les gens de la génération de Cassandre faisaient des bébés sans réfléchir. Ou alors avec des raisons aussi « importantes » que garantir leur retraite, vaincre l'oisiveté, ou… le plus drôle, écoutez bien : toucher des allocations familiales. Et pourquoi le gouvernement voulait-il qu'il y ait davantage d'enfants, je vous pose la question, monsieur le président ? Pour consommer encore plus ! Parce qu'ils croyaient que plus étaient nombreux ceux qui consommaient, plus l'économie était florissante.

Nouveaux rires dans la salle.

– Les religieux interdisaient l'usage des préservatifs au nom de l'amour de Dieu ! Les intégristes encourageaient la multiplication des accouchements en vue de produire les futurs soldats de la prochaine guerre sainte. Ensuite, une fois qu'ils étaient nés, la plupart des parents de votre planète ne s'occupaient plus de leurs enfants.

Huées de la salle.

– Ils ne les éduquaient même pas. Ils les laissaient traîner dans les rues à se droguer, à agresser les vieux ou à se réunir en bandes mafieuses.

Redoublement des sifflets.

– Ils ne les aimaient pas. Ces bébés ne naissaient que pour renforcer les sondages sur la croissance et rapporter des allocations familiales à leurs parents qui, pour finir, ne se donnaient même plus la peine de travailler.

Une partie du public est debout et brandit le poing.

– Parfaitement. Ils faisaient des enfants comme on… pisse !

La salle est au comble de la révolte. Le juge abat son maillet à tour de bras pour tenter de rétablir le calme. À nouveau des « À mort la femme de l'an 2000 ! » éclatent dans la salle en rage.

– Je vous en prie, monsieur le Procureur, un peu de tenue, surveillez vos propos.

– Je conclurai en rappelant cet adage : « LA TERRE NE NOUS A PAS ÉTÉ LÉGUÉE PAR NOS PARENTS, ELLE NOUS A ÉTÉ PRÊTÉE PAR NOS ENFANTS ! »

Applaudissements nourris. Le juge frappe du maillet.

La parole est à nouveau à la défense.

– Ma cliente n'a pas pondu dix enfants, ni cinq, ni deux, ni un. Elle n'en a engendré aucun. Elle n'est donc pas responsable de la bêtise de ses congénères. Que pouvait-elle faire ? Raisonner ses voisins, en leur disant de ne plus faire l'amour ? Je vous rappelle que si ces enfants naissaient, c'était aussi parce que leurs parents baisaient à tout-va. Vous vouliez qu'elle débarque dans la chambre de ses voisins, le soir, qu'elle les surprenne emboîtés l'un dans l'autre et qu'elle leur dise « Vous rendez-vous compte de ce que vous êtes en train de faire ? »

Cette fois, des rires se répondent, en faveur de la défense.

– Votre cliente est quand même spéciale, dit le procureur. Elle, elle savait.

Un doigt accusateur pointe vers elle.

– Les autres, ses congénères, ne se rendaient pas compte. Ils étaient inconscients du monde dans lequel ils vivaient, mais Cassandre Katzenberg, elle, a vu le futur. Et elle n'a rien fait.

Cette fois le juge se tourne vers l'accusée :

– Mademoiselle Cassandre Katzenberg, l'accusation est grave ! Est-il vrai que vous avez vu le futur et que vous n'avez rien fait ?

Tous les bébés qui forment le jury s'arrêtent de pleurer et de sucer leur tétine. Ils la fixent, en attente de sa réponse.

– Répondez ! Faites face aux générations à venir, si vous en avez le courage, et dites-leur la vérité. Avez-vous vu le futur ?

– Je le distinguais par intermittence, j'avais juste des flashes. De plus, je ne voyais que les attentats terroristes.

– Les quoi ?

– Les gens qui posaient des bombes pour tuer d'autres gens. Pour des raisons politiques ou religieuses, en général.

Énorme éruption de rires de la salle.

– Vous ne voyiez que ça ? Les attentats terroristes ? demande le juge, incrédule.

– Heu… eh bien oui, bredouille Cassandre.

– C'est-à-dire que votre cerveau avait la possibilité, le privilège, l'immense pouvoir de voir le futur et il n'était focalisé que sur des actes de terrorisme !

Nouveaux éclats de rire qui se transforment en…

129.

… un long glapissement de renard, qui remplace le traditionnel cocorico matinal du coq. Le volatile ayant malencontreusement été dévoré dans la nuit, son fantôme inspire peut-être Yin Yang pour qu'il poursuive sa tâche à sa place.

Cassandre Katzenberg se redresse d'un coup, le dos moite, le front en sueur, prise de fièvre. Elle se précipite sur le carnet et le stylo pour noter son rêve en détail. Elle conclut le récit de son procès futur par cette question : « Peut-on alerter les bébés ? »

Elle rature et note : « Peut-on sauver les bébés ? »

Elle rature et note : « Peut-on sauver l'humanité ? »

Elle rature et note : « Peut-on sauver la planète ? »

Elle rédige rapidement quelques idées que lui inspire cette question. Elle les évalue, les soupèse. « La surpopulation ? », « La pollution ? », « Les guerres ? », « Le gaspillage ? », « Les religions ? »

Elle biffe et se souvient des images entrevues dans la camionnette de police. Partout des miséreux. Partout de l'air et de l'eau sales. Partout des gens gisant à même le sol, sans abri, sans ressources.

Dans le futur, le monde entier va se transformer en dépotoir, comme Rédemption.

Dans le futur, si on ne fait rien, tout le monde sera clochard.

C'est peut-être pour comprendre cela que je devais venir ici. Pour savoir et ressentir dans ma chair ce qui va arriver à nos descendants.

Soudain une musique résonne, couvrant les glapissements de Yin Yang. Cassandre la reconnaît, c'est celle qui accompagne les anniversaires. En sortant la tête, elle voit Esméralda qui brandit un grand gâteau recouvert d'une soixantaine de bougies.

Les Rédemptionais entonnent en chœur « Bon anniversaire, Vicomte ».

Elle s'approche, ravie. Le gâteau est posé devant Fetnat Wade qui semble tout ému. Puis ils lui offrent, chacun leur tour, un présent qu'il s'empresse de déballer.

Esméralda Piccolini lui a offert un bidet qui pourra, explique-t-elle, lui servir de grande cuvette pour confectionner des potions. Il la remercie avec effusion.

Orlando Van de Putte, lui, a aiguisé un énorme poignard qu'il lui offre pour l'aider à désosser et à tuer les animaux de plus en plus gros qu'il trouve dans le dépotoir. Notamment les sangliers, qui ont fait leur apparition depuis peu.

Kim Ye Bin lui dépose un mixer robot multifonction pour faire des jus de carottes et mixer ses soupes.

Cassandre va rapidement chaparder quelque chose dans les alentours. Elle revient en lui offrant ce qu'elle estime qui lui sera le plus utile : un miroir.

Fetnat Wade semble bouleversé.

— Mes amis, vous vous êtes souvenus que c'est aujourd'hui mon anniversaire. Pour tout dire, je l'avais moi-même oublié. Eh oui, cela fait si longtemps qu'on ne me l'a pas fêté que je ne me rappelais même plus le jour.

— Bon anniversaire, Vicomte, répond le Coréen. Tu sais, c'est quand j'ai passé ma première année ici que j'ai compris cela : ce qui caractérise le plus le clochard, c'est qu'il ne fête plus ses anniversaires et qu'il finit par oublier son âge.

— Ouais, acquiescent les autres. C'est vrai, on n'y pense jamais !

— C'est dommage. Il est important de créer des rendez-vous fixes dans l'année. Ça permet d'avoir des repères.

Étymologiquement : des « re-pères » des nouveaux points nous rappelant ce que nous ont dit nos pères ? Ou des points qui remplacent nos pères ?

– Tant que nous fêterons nos anniversaires, nous serons des êtres qui maîtrisons notre propre écoulement du temps.

– Le plus difficile a été de retrouver ta date de naissance. C'est Kim qui s'en est chargé, explique Orlando.

– Ouais, et ça n'a pas été facile. Vous, les Wolofs, vous êtes 5 millions et vous n'avez l'habitude de vous inscrire à l'état civil que depuis peu, quelques décennies tout au plus. Mais, par chance, j'ai fini par retrouver ton village grâce à ton fameux maître Dembelé. Du coup, je sais que tu es né à Koussanar et que ton anniversaire, c'est aujourd'hui.

– Depuis combien de temps le sais-tu, Marquis ?

– Ça doit faire deux mois. Je me l'étais inscrit sur mon ordinateur et il m'a réveillé dans la nuit pour me le rappeler. J'ai juste eu le temps d'avertir les autres.

– Personnellement, j'aime pas les anniversaires. Mais bon… Il y a trois trucs que j'n'aime pas en fait : les anniversaires, les mariages et les baptêmes, reconnaît Esméralda.

– Les mariages je comprends, dit Kim. Comme dit Claude Lelouch, « Ce n'est pas le jour de l'arrestation qu'il faut faire la fête, mais le jour de l'évasion. » À mon avis, il faudrait célébrer les divorces.

– Pas bête. Et puis, au moins, au moment du divorce chacun connaît parfaitement l'autre, dit Esméralda. Alors qu'au moment du mariage, chacun se fait passer pour ce qu'il n'est pas.

– Le mariage, c'est le triomphe de l'espoir sur l'expérience, admet Kim.

– Tu n'en as pas marre de sortir de la pensée en boîte de conserve, Marquis de mes fesses ! s'insurge Orlando. Eh bien moi, je préfère le mariage au divorce parce que ; 1) je l'ai déjà vécu ; 2) je préfère le moment où tout le monde fait des efforts pour se faire passer pour meilleur qu'il n'est, plutôt que le moment où chacun révèle sa décevante vérité.

Esméralda distribue les assiettes en plastique et Kim fait bouillir de l'eau pour préparer un super déjeuner. Puis la femme au chignon roux allume les bougies et le sorcier sénégalais souffle les 61 petites flammes qui ornent la pâtisserie artisanale.

– Je l'ai fait moi-même, précise Esméralda en distribuant les parts. Avec du saindoux, de la saccharose et du chocolat reconstitué. Si vous trouvez que ce n'est pas assez gras vous pouvez ajouter de la margarine de bœuf, j'en ai aussi.

Fetnat remercie chacune des personnes présentes, en finissant par Cassandre. Cette dernière trouve qu'il ressemble de plus en plus à Morgan Freeman.

– Mes amis, vous êtes ma seule famille. Je n'existe que pour et grâce à vous !

– Eh bien, avoir trois personnes qui t'aiment c'est pas donné à tous les êtres humains, reconnaît Orlando en crachant par terre. Euh, avec la gamine ça fait même quatre.

– Attendez, pour mon anniversaire on ne va pas se contenter d'un simple café. Il faut quelque chose de plus chic, si vous voyez ce que je veux dire.

Orlando va chercher des bières et ils trinquent en brandissant les canettes mousseuses.

On est sortis de la crise. C'est le principe de diversion – Ce n'est probablement pas du tout aujourd'hui son anniversaire, mais c'est Kim qui a inventé cela pour qu'ils arrêtent de se focaliser sur moi et sur ma présence. Ensuite, il n'a eu qu'à arranger cela avec les autres. Quant à ce cher Vicomte, il a dû oublier depuis longtemps son propre jour de naissance. Ils ont tous choisi de vivre dans un présent perpétuel d'où toute surprise est bannie, bonne ou mauvaise.

La jeune fille aux grands yeux gris clair va s'asseoir à côté de Kim.

– Bravo, chuchote-t-elle. Joli coup, Marquis.

Il devine qu'elle a compris.

– J'ai hésité entre inventer l'anniversaire de Fetnat et celui d'Orlando, mais avec Orlando il y avait un risque qu'il se souvienne de sa vraie date, reconnaît le jeune homme.

Cassandre se sert du thé puis regarde les habitants de Rédemption rassemblés autour du gâteau, l'air satisfait.

– J'ai fait un drôle de rêve cette nuit.

– Oh non, encore ! Bon, elle est où, la bombe ?

– Ce n'était pas une bombe, pour une fois, mais un futur beaucoup plus lointain.

– La semaine prochaine, le mois prochain ?

– Le prochain millénaire.

Intéressé, le jeune homme relève sa mèche bleue et la regarde.

– J'étais cryogénisée. Je pensais me réveiller dans un monde futur idéal mais en fait c'était un monde raté. L'humanité n'était constituée que de meutes de clochards loqueteux, toutes les villes étaient devenues des dépotoirs.

– Subtil. Ça me plaît.

– Les survivants m'ont jugée pour ne pas avoir agi quand je le pouvais.

Kim Ye Bin se sert une grosse part de gâteau et la dévore en sirotant une bière. Cassandre est tentée de goûter à son tour à la pâtisserie mais ne peut retenir une grimace quand elle sent l'arrière-goût de saindoux, ce gras de porc utilisé pour remplacer le beurre. Elle fait difficilement passer la bouchée. Elle a soudain la nostalgie des gâteaux de Charlotte, si fins, si beaux.

– C'était terrible, dit-elle avec un frisson.

Elle ne peut s'empêcher de regarder sa montre et est rassurée en voyant qu'elle n'indique que 13 %.

– C'est tout ce que nous avons vécu ces derniers jours, dit le jeune homme. L'attentat terroriste déjoué. Ton frère. Le type des Horoscopes. Ton école pour enfants autistes surdoués, sans parler des actualités d'hier soir. Je crois qu'on rêve tous d'une bouillie de toutes les informations qui rentrent dans nos têtes.

Cassandre secoue ses mèches noires.

– Non, je ne crois pas. C'était comme un avertissement. Comme si on m'offrait une possibilité de savoir avant que cela n'arrive.

Un peu plus loin, Fetnat s'empare d'un chien mort, le dépouille et l'embroche en prévision du déjeuner.

– Moi, cette nuit, j'ai lu le livre que tu m'as offert, dit le Coréen.

Cassandre fronce les sourcils en marque d'incompréhension.

– *L'Arbre des Possibles*, dont le nom de l'auteur était arraché. Je l'ai lu et cela m'a donné envie d'aller fouiller sur internet pour savoir qui c'était. Ce type a créé un site où il a accumulé, comme une banque de données, toutes les visions du futur des internautes. Puis, faute de soutien, le site est tombé à l'abandon.

– Normal. Le futur n'est pas à la mode dans ce pays.

– Ouais, et puis hier, tu as entendu, ils ont fermé le ministère de la Prospective en raison de restrictions budgétaires.

– Charles de Vézelay va devoir revenir à la rédaction de ses horoscopes pour les magazines hebdomadaires.

Le jeune Coréen a le regard qui brille.

– En tout cas cette fermeture, ces événements, cette lecture… ça m'a donné une idée. On peut peut-être faire quelque chose. Ici. Maintenant. Veux-tu m'aider, Cassandre ?

Il explique alors à la jeune fille son projet dément.

130.

Je crois que j'ai vraiment sous-estimé ce garçon. Ou alors il a changé. Je ne savais pas que les hommes pouvaient changer. Ou alors c'est à cause de nos aventures récentes. Le fait d'avoir découvert tout cela nous a bouleversés.

Ce n'est peut-être qu'un jeu, après tout…

À quoi joue mon frère ?

À quoi jouaient mes parents ?

À quoi joue l'humanité ?

Et peut-on gagner ?

131.

Un corbeau enfonce son bec dans une boîte de conserve éventrée pour attraper un lombric au comble de la panique. Le renard Yin Yang bondit sur le volatile et l'immobilise entre ses mâchoires avant qu'il ait le temps de décoller. Puis il emporte l'oiseau noir dans sa tanière.

Cassandre et Kim s'enferment dans la hutte du jeune homme pour y dessiner des plans et des schémas. Les autres, curieux, viennent inspecter par-dessus leurs épaules.

– Vous faites quoi, là ? Une villa ? Un restaurant ? Une salle de billard ?

Kim, adoptant les mêmes habitudes que son amie, préfère ne pas répondre.

– On peut vous aider ? propose enfin Fetnat.

– Juste pour les murs, mais après il faudra nous laisser œuvrer tranquillement, répond le Coréen.

Comme la fois précédente, ils plantent quatre grosses voitures américaines, des Buick, pour faire les piliers de soutien. Ils empilent des machines à laver pour former les murs. Ils placent des fenêtres et un toit de tôle et recouvrent l'ensemble d'ordures ménagères. Puis le jeune homme demande à tout le monde d'évacuer pour rester seul à travailler avec Cassandre.

À 18 heures ils considèrent qu'ils sont prêts et proposent une inauguration officielle aux trois autres.

– Voilà, explique Kim Ye Bin en ouvrant la porte. Le ministère officiel de la Prospective ayant fermé faute de moyens, nous avons décidé de prendre la relève et de bâtir ici, dans ce dépotoir, le Ministère Officieux de la Prospective, la suite du grand projet du père de Cassandre.

Les autres ne semblent pas convaincus.

– C'est quoi encore cette connerie, Marquis ? grogne Esméralda.

– Plus personne ne veut voir l'avenir. Les politiciens ont laissé tomber, les philosophes et les religieux aussi, même les financiers n'osent plus faire de prévisions à long terme. Il restait les auteurs de science-fiction mais ils sont déconsidérés et ne peuvent s'exprimer nulle part. C'est donc à nous de prendre la relève. Il suffit de le vouloir.

Esméralda écarte d'un revers de main agacé les mèches rousses qui lui barrent le visage.

– Tu te fous de notre gueule, Marquis. Ou c'est encore notre Princesse qui t'a envoûté ?

Cassandre répond à sa place :

– L'humanité est devenue un troupeau aveugle. Plus personne ne veut partir comme éclaireur pour voir où nous allons. La place au premier rang étant libre, n'importe qui peut l'occuper. Même nous.

Fetnat crache par terre.

– Comme les migrations de gnous qui avancent sans que personne leur dise où aller.

– Peut-être, mais le problème est que le troupeau nous semble aller dans la mauvaise direction, dit Kim. Si personne ne se décide à agir, nous allons faire non pas comme les gnous mais comme les lemmings, vous savez ces files de petites marmottes qui avancent jusqu'aux bord des falaises d'où elles chutent et meurent sans raison.

Cette fois, l'image frappe les Rédemptionais. Fetnat lâche :

– Vous croyez vraiment que dans cette hutte, au milieu d'un dépotoir, des gens comme nous vont réussir là où tous les autres ont baissé les bras ?

En guise de réponse, Kim montre son tee-shirt où s'affiche sa phrase fétiche du jour :

« Ils ne savaient pas que c'était impossible, alors ils l'ont fait. »

– … ou le contraire, soupire Orlando.

Esméralda remarque :

– En guise de ministère de la Prospective, ce que tu nous proposes c'est une table avec un ordinateur portable. C'est bien ça ?

– À ce détail près qu'à l'intérieur de cet ordinateur il y a une idée. Une vieille idée que j'ai reprise d'un livre de science-fiction. Créer un arbre où sont affichés tous les possibles pour l'humanité afin qu'on voie ce qui peut se passer, dans le court, le moyen et le long terme.

Orlando allume son cigare.

– Ouais, comme au jeu d'échecs quand les programmes testent tous les enchaînements de coups logiques pour chaque mouvement…

– Exactement, Baron.

– Question : qui va créer les feuilles de ton arbre ?

Le jeune Coréen ne se laisse pas décontenancer.

– Au commencement, nous. Nous cinq, nous allons imaginer tout ce qui peut arriver à l'humanité. Ensuite je vous propose d'ouvrir notre Ministère Officieux de la Prospective à tout le monde.

– Comment ?

– En le mettant sur Internet. Comme ça, nous bénéficierons des avis de tous ceux qui voudront apporter leur contribution à notre projet.

Cette fois, les trois clochards ne trouvent rien à objecter.

– Bof, et puis on s'ennuie un peu à Rédemption. Pourquoi ne pas s'amuser à imaginer l'avenir ? tranche Orlando, positif.

Est-ce que amuser a pour étymologie « s'user l'âme » ?

– C'est parce que nous imaginons des solutions dès maintenant pour les générations futures que celles-ci pourront être appliquées plus tard, insiste Kim. Tout ce que nous avons de bien aujourd'hui, la démocratie, la technologie, l'éducation, a forcément été imaginé un jour par l'un de nos ancêtres. Ce que nous imaginons aujourd'hui sauvera nos descendants plus tard.

– Des mots, des phrases, rien que du bla-bla, ronchonne la femme rousse en grattant sa poitrine imposante.

– Non, des idées. Au commencement de toute belle entreprise, il y a juste une idée.

Esméralda crache par terre.

– C'est de la perte de temps ! dit-elle. Plutôt que de prévoir le futur, on ferait mieux de gérer le présent qui en a bien besoin. Je vous imagine bien, bande de fainéants : dès qu'il y aura les corvées de nettoyage, de chasse, de préparation de la bouffe, vous allez me sortir « Désolé, Duchesse je viens d'avoir une idée de futur possible, faut que j'aille la déposer au ministère, c'est une envie pressante, j'ai peur de l'oublier. » Il ne faut pas me prendre pour une demeurée, hein ? Il y a pas écrit Grosse Conne sur mon front. Je vous connais, les mecs !

C'est Fetnat qui la prend dans ses bras.

– Mais non, Duchesse, voir le futur ce n'est pas forcément fuir le présent.

– Tu parles ! Arrêtez de vous foutre de ma gueule, ayez du respect pour une femme qui a peut-être eu sa ménopause, mais qui a su rester digne et qui veut continuer à l'être !

– D'accord, dit Orlando, on travaillera à sauver l'humanité tout au plus une heure par jour, le soir, de 22 heures à 23 heures après que la chasse sera terminée, que le dîner sera mangé et la vaisselle faite.

– Et la poussière ?

– Aussi.

– Les toiles d'araignées ?

– Pareil.

– Et l'approvisionnement en eau potable.

– Pas de problème.

– Vous me le jurez ?

– On ne jure pas, Duchesse, mais je crois qu'une heure par jour pour sauver l'humanité, c'est un minimum. Et puis c'est un joli projet à faire naître le jour de l'anniversaire de Fetnat. Ça pourrait du coup devenir notre réelle « Fête nationale » à nous les Rédemptionais. Le « jour du futur » en quelque sorte.

Kim Ye Bin propose de s'y mettre immédiatement. Il ouvre un fichier de traitement de texte sur son ordinateur portable.

– Alors, dit-il, commençons tout de suite par toi, Duchesse. Je te pose la question : toi, l'avenir de l'humanité, tu le vois comment ?

Quelques mouches tournoient dans la pièce, remplissant le silence de leurs bourdonnements lancinants.

– Non, je me sens pas prête, c'est trop difficile.

Les autres baissent la tête.

Ils ont peur de penser au futur. Ils n'osent même pas essayer. Ils sont comme les autres.

– Laisse-nous un peu de temps, approuve Orlando. Ce n'est pas facile de demander à des gens qui gèrent leur survie, au jour le jour, de penser à l'avenir de l'humanité.

Il faut qu'ils se sortent de leur égoïsme et de leur ironie.

Fetnat se lève et invite les autres à le suivre. Il ramène de sa hutte un pot contenant un arbuste de dix centimètres de haut d'où sort une petite feuille. Il le place sur le sommet de la hutte du Nouveau Ministère de la Prospective.

– On va le faire ton projet, Princesse, mais d'abord il faut planter le germe. Un projet ne peut pas rester virtuel, il lui faut une visualisation matérielle. Cet arbuste est un prunier, il donne des fruits bleus. Il pourra être le symbole de notre…

Arbre des Possibles.

– … chantier. Comme il poussera, nous pousserons. Et comme il donnera des fruits, nous les récolterons.

Cassandre inspire avec soulagement et baisse les paupières.

132.

C'est mon rêve qui se réalise.

Et c'est mon rêve qui va pouvoir orienter la suite des évènements dans un sens ou dans un autre.

Ce qui serait formidable, ce serait d'associer mon frère Daniel à ce projet.

Lui pourrait, pour chaque feuille, calculer le niveau de probabilité.

Ce qui donnerait à cet arbre des possibles une valeur d'information supplémentaire. Ensuite, on pourrait circuler à l'intérieur de l'arbre informatique comme je me suis promenée dans l'Arbre Bleu de mes songes.

133.

Comme elle repense à son frère, elle regarde instinctivement la montre à son poignet. 48 %.

48 % !

Un danger est proche.

Cassandre sort précipitamment et découvre que quelqu'un a pénétré les frontières de Rédemption pendant qu'ils étaient tous dans la hutte du ministère.

– Non ! murmure-t-elle, atterrée.

Au milieu de la place, un renard écorché vif est crucifié sur deux montants de bois, avec en dessous une inscription :

« Croc pour croc. Museau pour museau. Pour le prix d'Attila, nous voulons en plus la fille. Vous avez vingt-quatre heures pour nous la livrer, ensuite on détruit votre bidonville. »

– Yin Yang ! Ils ont tué Yin Yang ! s'exclame Esméralda.

Ils décrochent le corps ensanglanté, tenu en place par du fil de fer barbelé.

– Cette fois, c'est la guerre ! gronde Orlando.

Il va chercher une grosse arbalète à trois plateaux capable de tirer trois carreaux d'acier simultanément. Il la brandit à bout de bras.

– Hé, tu veux faire quoi, Baron ? Aller tuer les Albanais avec ton jouet contre leurs kalachnikov ? demande Esméralda.

– Tu sais bien que j'ai renoncé aux armes à feu. Mais je sais comment utiliser ce petit engin silencieux et précis. Ouais, ce sera une manière de nettoyer une partie de la pourriture de ce monde et ça fera des vacances à des tas de jeunes filles naïves qui ne méritent pas de séjourner là-bas.

– J'ai une meilleure idée, annonce Cassandre.

– Quoi ?

– J'y vais. Après tout, c'est moi qui ai causé les problèmes, vous n'avez pas à payer pour moi.

– Pour une fois, je dois reconnaître qu'elle a raison, souligne Esméralda.

– Merci pour le séjour ! annonce la jeune fille aux grands yeux gris en se dirigeant vers l'est du dépotoir.

– Non, dit Kim en la rattrapant et en la retenant par le bras. On a un projet ensemble, maintenant, on ne va pas tout ficher en l'air parce qu'une bande de voyous nous cherche des noises !

– Alors tu proposes quoi, Marquis ? demande Orlando.

Ils réfléchissent en se grattant machinalement.

– Je sais, dit enfin Fetnat. Laissez-moi agir.

Et le grand Sénégalais en boubou vert et jaune et en babouches de cuir rouge part en direction des montagnes d'ordures de l'est.

Le regard de la jeune fille ne peut se détacher du corps écorché du renard posé par terre. Orlando prend une couverture et recouvre le corps de leur mascotte.

134.

Ce renard m'avait sauvée quand j'étais en train de m'asphyxier dans mon sac-linceul, au cœur de la montagne des poupées. Pourquoi faut-il que ce soit toujours ceux qui m'aident qui soient punis ? Y a-t-il un moyen d'arrêter cette violence permanente qui a l'air de rassurer les crétins ?

135.

Ils attendent, nerveux. Une heure plus tard Fetnat Wade revient, le visage inexpressif.

– Alors, Vicomte ?

– J'ai vu leur grand chef.

– Ismir ?

– En personne. Nous avons palabré. Il a dit textuellement : « Tant que je serai vivant, vous ne pourrez pas être tranquilles si vous ne nous livrez pas la fille. » Il a ajouté : « Une fille pour un chien de compétition, ce n'est pas cher. »

– Et tu as répondu quoi, Vicomte ?

– Qu'on lui donnerait Cassandre.

Kim réagit :

– Tu n'as donc rien négocié pendant tes fameuses palabres ?

– Si, j'ai gagné du temps et c'est cela qui est important. Le temps est notre arme, il me semble, dit-il en désignant le pot de fleur où il a planté le prunier.

– Pourquoi les Albanais t'accorderaient-t-ils du temps ?

– Il faut parler aux gens avec leur langage. J'ai prononcé des phrases qu'ils pouvaient comprendre.

– Quoi ?

– J'ai dit que, pour l'instant, Kim et Orlando avaient attaché la fille nue dans une pièce et qu'ils s'amusaient avec elle.

– Et alors ?

– Ismir m'a lancé un clin d'œil compréhensif et il a accepté d'attendre. Il m'a juste demandé de vous dire quelque chose : « Ne me l'amochez pas trop, ne lui faites pas de marques ou de cicatrices qu'on ne puisse pas camoufler ensuite. » Il a dit que les femmes, c'est comme les voitures, on peut les maquiller pour les rendre présentables pour la vente, mais il y a des pièces cassées qu'on ne peut plus remplacer.

Cassandre n'ose comprendre. Kim secoue la tête :

– Tu as gagné combien de temps ?

– Un mois. Après, je lui ai promis qu'on lui refilerait la fille et que tous ses hommes pourraient lui passer dessus.

Cassandre déglutit.

– C'est ça, ton plan génial ? questionne Orlando un peu dubitatif.

– Non. Je ne suis pas revenu les mains vides, dit-il.

Fetnat Wade sort de la profonde poche de son boubou un petit morceau de tissu noir.

– J'ai pu couper discrètement ce bout de veste à la fin de notre discussion, pendant l'accolade d'au revoir. Suivez-moi !

Tous se retrouvent dans la hutte du sorcier sénégalais.

– Ismir a dit qu'il ne renoncerait pas à la fille tant qu'il sera vivant, hein ? Voilà ce que je vais réparer.

Il cherche dans ses cages et finit par en sélectionner une où se trouve un reptile à écailles jaunes et noires.

– Ce serpent est un trigonocéphale, sa morsure entraîne une mort foudroyante. Je vais le conditionner pour qu'il s'intéresse à l'odeur de notre roi de la traite des Blanches.

Le Sénégalais pose sur le feu un chaudron rempli d'eau. Puis, lorsque l'eau arrive à ébullition, il saisit le serpent avec une longue pince et le dépose dans un sac de plastique, avant de rajouter le morceau de tissu de la veste d'Ismir. Ensuite, il ferme le sac plastique contenant le serpent et le morceau de tissu et le place au-dessus de l'eau bouillante.

– Les serpents sont des animaux à sang froid, ils dorment avec le froid et ils se réveillent avec la chaleur. Mais, pour eux, un excès de chaleur est un supplice insupportable.

Le serpent se met à se débattre dans le sac en donnant de grands coups de queue qui menacent de déchirer le plastique.

– Là, il est très en colère, signale Fetnat. Et il associe ce moment de douleur terrible à l'odeur de la veste d'Ismir. Désormais, la chose qu'il va détester le plus, c'est cette odeur de sueur particulière. Il est conditionné pour tuer Ismir. Et il le fera.

C'est exactement ce qui a été accompli sur moi. On m'a conditionnée pour être obsédée par le futur. Comme on conditionne ce serpent à être obsédé par l'odeur de la sueur du chef des Albanais.

Ce reptile aussi ne réfléchit plus normalement. Sa vie est focalisée sur cet enjeu précis.

– Voilà, j'ai terminé d'armer mon missile à tête chercheuse, annonce le sorcier africain.

Il ouvre le sac et l'animal ouvre la gueule, les narines frémissantes, à la recherche de l'odeur maudite. Puis il rampe à toute vitesse vers l'est.

– Ce qu'Ismir ne sait pas, c'est que son futur est désormais écrit. À partir de cet instant, il est déjà mort.

136.

Cette nuit-là, Cassandre rêve qu'elle est de retour en l'an 3000.

Le monde est toujours dévasté, ce n'est plus qu'un champ de ruines recouvert d'ordures et envahi d'une humanité grouillante, hagarde, violente et famélique. La jeune fille est toujours en séance dans le tribunal dont les murs s'effritent durant l'audience.

Son avocate est encore debout et cite à la barre un témoin important : l'antique Cassandre.

Celle-ci, en toge blanche explique, après s'être présentée :

– Nous, les visionnaires, nous voyons le danger qui nous menace, mais nous ne pouvons pas agir durant notre époque car personne ne nous croit.

Deux bébés jurés se mettent à geindre. Le juge frappe du maillet pour obtenir le silence. Un assesseur apporte des tétines pour les apaiser.

– C'est le problème de tous les gens qui parlent de l'avenir : ils passent pour des fous ou des sorciers. Quoi qu'ils puissent dire, on ne retiendra que les fois où ils se sont trompés et non pas celles où ils ont eu raison. Comme si nous, les visionnaires, nous étions obligés d'être d'une totale exactitude là où ceux qui parlent du présent sont autorisés à toutes les approximations.

La salle est parcourue de vagues de rumeurs. L'avocate demande alors d'amener d'autres témoins. Un homme en costume ancien vient à la barre. Il se nomme Edgar Cayce. Il raconte comment il a été contacté par des patrons d'entreprises qui voulaient qu'il indique les investissements capitalistes qui allaient marcher. Écœuré, il a préféré stopper son activité de divination.

Puis un autre homme en tenue plus ancienne encore vient le remplacer. C'est Nostradamus. Il explique comment il a été poursuivi par l'Inquisition et qu'il n'a dû son salut qu'à la protection de la reine Catherine de Médicis qui, par chance, était superstitieuse.

Cagliostro lui succède. Il raconte son arrestation, les tortures qu'il a subies et sa mise à mort. Puis se présentent à la barre le comte de Saint-Germain, Jean de Vézelay, le prophète Élie, Énoch, l'évangéliste saint Jean, plus une dizaine d'inconnus qui, chacun à leur tour, viennent raconter leur destin de visionnaire incompris au milieu de la méfiance et de l'hostilité de leurs contemporains.

L'avocate plaide :

– Non seulement au pays des aveugles les borgnes ne sont pas rois, mais en général on leur crève l'œil pour qu'ils soient comme les autres. On n'aime pas ceux qui voient, on n'aime pas ceux qui savent. Ma cliente, quoi qu'elle fasse, aurait été mise à l'écart. Donc on ne peut pas la condamner pour ne pas avoir réussi seule à endiguer la bêtise de toute sa génération.

– Objection, Votre Honneur, un seul être peut changer le cours de l'histoire pour peu qu'il le veuille, pour peu qu'il essaye. Ce qu'on peut reprocher à Cassandre Katzenberg, c'est de ne pas avoir essayé.

– Pas essayé ? Vous plaisantez ! Elle a arrêté des attentats terroristes au risque de sa vie.

– Broutille. Il y avait des enjeux bien plus déterminants pour son espèce !

– Avec des amis, elle a monté un site sur internet pour stocker et faire connaître les futurs possibles de l'humanité.

– Dans un dépotoir rempli d'ordures, aidée par des clochards !

– Et alors ? C'est un lieu comme un autre, et ce sont des êtres humains.

– Soyons sérieux, monsieur le juge. De quelque manière qu'on retourne le problème, Cassandre Katzenberg fait partie de ces gens qui ont fichu en l'air la planète. Et elle est d'autant plus coupable qu'elle est l'une des rares à avoir réellement pris conscience de ce qui se passait.

À ce moment la foule hurle « À mort Cassandre ! À mort Cassandre ! » Quelques policiers tentent mollement de retenir les spectateurs hostiles mais ils sont débordés. Alors l'ancienne Cassandre bondit, tire la nouvelle Cassandre par la main et toutes deux fuient hors de la salle, poursuivies par une meute de loqueteux enragés. Telle une armée de morts-vivants, ils surgissent de partout, dans les rues et les avenues, pour tenter de les agripper.

– L'avenir nous rattrape, reconnaît l'antique Cassandre en courant sur ses sandales de prêtresse.

Finalement elles arrivent devant une grille derrière laquelle s'entassent des milliers de bébés enragés.

– Et ça, c'est quoi ?

– Ce sont les générations futures, répond l'antique Cassandre. Ils sont encore pires que les autres.

Les deux femmes sont coincées entre les habitants de l'an 3000 et la foule de ceux qui vont leur succéder. Les bébés sont grimés et brandissent des drapeaux avec des tétines et des biberons. Certains hurlent, d'une voix haut perchée :

– Vengeance ! Mort à ceux qui nous laissent une Terre empoisonnée !

– Je ne me sens pas prête à rendre des comptes aux générations suivantes, reconnaît l'antique Cassandre.

Finalement, la grille cède avec un craquement sinistre. L'armée de bébés rejoint la masse des loqueteux qui poursuivent les deux femmes.

– Suis-moi ! intime la prêtresse.

Elle entraîne la jeune fille vers une colline en haut de laquelle se trouve l'immense Arbre Bleu du Temps. Elles trouvent un orifice dans le tronc et s'y précipitent juste à temps.

– Là, nous serons à l'abri. C'est dans l'Arbre du Temps qu'on échappe le mieux au temps.

À nouveau le labyrinthe de couloirs bleu foncé apparaît. En bas le passé. En haut le futur.

Elles montent en direction des branches. L'ancienne devineresse désigne une feuille.

– Non, je ne veux plus m'occuper de ça ! gémit la jeune fille.

– Tu n'as pas le choix. Tu ne peux pas ne pas voir.

La jeune Cassandre pose une main sur ses yeux.

– Tant que je ne vois pas, personne ne pourra me reprocher de ne pas avoir agi.

– Tu dois voir !

– Non ! Je me fous des atrocités à venir. Je vais être condamnée comme égoïste, alors autant l'être vraiment. De toute façon, quoi que je fasse, on me reprochera de ne pas avoir fait plus.

– Regarde cette feuille et ensuite décide de ton comportement à ta guise. Tu as toujours le choix d'agir ou de ne pas agir. En revanche, tu es obligée de regarder. Alors… VOIS !

La prêtresse saisit les mains de Cassandre et libère sa vision.

La jeune fille aux grands yeux gris clair se réveille en hurlant, puis parle à toute vitesse. Les autres habitants de Rédemption accourent à son chevet. Assise dans le lit de fortune, elle tremble de tous ses membres. Ses yeux sont grands ouverts.

– Je vois, je vois…

Les quatre clochards se pressent en silence autour d'elle, attentifs, même plus étonnés.

– Je vois… je vois… l'arbre. L'Arbre Bleu. Il y a une grosse branche, avec une feuille plus large qui vibre, qui m'appelle. Sur cette feuille, je vois des gens. Plein de gens. Mais ils sont figés. Ça va se passer demain à 11 h 25 dans un endroit où les gens ne bougent pas.

– Un cimetière ? propose Orlando. Ils vont mettre une bombe dans un cimetière ?

Personne ne relève.

Kim Ye Bin imagine une longue procession de gens recueillis autour d'une tombe. Là-dessus, le cercueil explose et des gens tombent directement dans la fosse toute fraîche tandis que les croque-morts accourent.

– Le musée de cire ? propose Esméralda.

Tous imaginent un musée où des visiteurs sont en train d'examiner les statues figées et costumées. Alors que la foule se rassemble devant la statue de Napoléon, celle-ci explose. Au milieu des décombres, les membres de plastique se mêlent aux membres de chair dans la confusion la plus totale.

– Les gens sont immobiles. C'est un lieu de silence. Un lieu ancien. Avec des vitraux. Des arcades…, poursuit Cassandre.

– Un temple. Une église ?

La jeune fille bat des paupières, comme si elle affrontait une violente lumière.

– Non, les gens sont assis. Beaucoup ont des lunettes. Ils lisent des livres.

– Une bibliothèque ?

– Oui… une très grande bibliothèque. Le plafond est très haut et forme une coupole.

– Bon sang… la B.N. de la rue de Richelieu, conclut le Coréen.

137.

Quand cela s'arrêtera-t-il ?

138.

Le ciel s'éclaircit. Des jeunes étudiants circulent en tee-shirt et pique-niquent sur les pelouses des jardins publics. Les pigeons roucoulent et se poursuivent au ras des passants.

Un groupe de clochards en manteaux longs, godillots et bonnets enfoncés marchent rue de Richelieu. Ils progressent en ligne en faisant voler les pans de leurs longs vêtements qui descendent jusqu'aux chevilles.

Puis ils s'arrêtent face au bâtiment ancien. Ils restent longtemps immobiles, surveillant les alentours.

– Si ta prémonition est bonne, la femme devrait arriver par là, dit Orlando.

– De toute façon il n'y a qu'une entrée, ajoute Esméralda.

– J'n'aime pas les bibliothèques, c'est rempli de proverbes, annonce Orlando.

Les autres ne relèvent pas.

Une Mercedes noire, scintillante, se gare devant l'entrée. Une femme un peu boulotte, en robe noire, lunettes de soleil, foulard noir, gants noirs, en descend. Elle serre un sac contre elle et, d'un pas déterminé, entre dans la bibliothèque.

– C'est elle, signale Cassandre.

– Merde, cette plaque d'immatriculation verte et orange. C'est une voiture diplomatique, probablement celle d'une ambassade, annonce Orlando.

– Ça veut dire quoi ? demande Cassandre.

– Ça veut dire que, même si la police voulait les arrêter, elle n'en aurait pas le droit, répond Kim Ye Bin. Tous ceux qui ont des voitures comme ça peuvent faire ce qu'ils veulent. Ils peuvent rouler à contre-sens sur l'autoroute ou écraser des gens. L'immunité diplomatique les protège. Au pire, on leur demande de rentrer chez eux.

— J'n'aime pas les ambassades, dit Fetnat Wade.

Ils regardent la voiture. Elle s'est garée mais le chauffeur n'a pas coupé le contact.

Donc nous sommes les seuls à pouvoir agir.

Ils se dirigent vers l'entrée. Sur le seuil, un vigile les arrête.

— Désolé, messieurs-dames, on n'entre pas dans cette tenue.

— C'est pour consulter des livres, signale Cassandre en se plaçant devant la troupe.

— On ne me la fait pas à moi ! Vous êtes des clodos et vous ne savez probablement pas lire. Vous ne voulez que roupiller sur de bonnes banquettes de cuir. Pas question de déranger les gens qui étudient. Et puis, s'il vous plaît, éloignez-vous un peu, vous sentez vraiment très fort. C'est… indisposant.

— Quoi ? s'indigne le légionnaire.

— Et puis bon sang votre haleine ! Ah, là ce n'est plus une haleine c'est une arme de terreur. Vous avez pris quoi au déjeuner, les amis, une souris crevée ?

— Non, elle n'était pas complètement morte, répond Orlando d'une voix sourde.

Cassandre devine qu'il va provoquer un esclandre. Elle veut l'en empêcher mais il est déjà trop tard. L'ancien légionnaire a sorti de sous son manteau sa grosse arbalète et a enfoncé la pointe de la flèche dans la narine droite du vigile.

— Un, on n'est pas tes amis. Deux, on aime les livres. Trois, on n'a pas l'intention de se laisser emmerder par un pingouin en uniforme juste parce qu'il y a écrit « sécurité » sur sa casquette.

L'homme lève les bras.

— Récupérez le sac avec la bombe pendant que je m'occupe de tranquilliser le secteur, dit le légionnaire en allumant un cigare et en ordonnant au vigile de baisser les bras pour ne pas attirer l'attention.

Il maintient son doigt sur la détente de son arbalète pendant que Cassandre guide Fetnat, Esméralda et Kim dans l'enfilade de couloirs en se fiant aux images de son rêve.

– Vite ! lance Esméralda qui s'est munie d'une montre-gousset au bout d'une chaîne. Il est déjà le quart. On n'a que dix minutes.

En courant, ils aboutissent dans la rotonde de la salle principale de la Bibliothèque nationale. C'est une coupole de fer et de verre semblable à une cathédrale. De fines colonnes soutiennent des arcs ouvragés qui aboutissent à un puits de lumière central. Sur les tables recouvertes de cuir brillent de petites lampes en bronze. Des rayonnages vides évoquent des ouvrages rares jadis posés là mais aujourd'hui mis à l'abri des vols et des vandalismes. Au-dessus d'elles, des peintures représentent des frondaisons vertes sur fond de ciel d'été.

– C'était comme ça dans ta vision ? demande Esméralda, impressionnée par la majesté du lieu.

Cassandre acquiesce. Ils avancent dans les travées à la recherche de la forte femme au foulard noir. Ils la repèrent au fond de la salle, cachée derrière un grand livre qu'elle semble parcourir avec attention. Puis, avec détermination, elle referme le livre et s'en va en abandonnant le sac sous la table.

La jeune fille fonce et le récupère.

Sa montre indique « Probabilité de mourir dans les 5 secondes : 15 %. » Elle réalise que Probabilis n'a pas de détecteurs lui permettant de comprendre l'ampleur de la menace. Le système a juste pris en compte l'accélération de son pouls.

C'est la limite du pouvoir de mon frère, de la science et des probabilités. Et c'est là que commence mon travail avec mes rêves et mes intuitions.

Mais à cet instant une main se referme sur le poignet de Cassandre.

– Je vous ai vue, vous alliez voler ce sac, dit un homme blond en veste de tweed.

Que faire ? Expliquer à ce crétin que c'est une bombe et que je suis en train de lui sauver la vie ? Il ne me croira jamais. C'est cela le problème : la vérité n'est pas crédible. Et le temps nous manque.

Elle préfère empoigner le sac de sa main libre et le lancer vers Fetnat qui, le saisissant comme un ballon de rugby, court vers la sortie. Mais l'homme blond ne veut pas renoncer. Il crie :

– Au voleur ! Attrapez-le !

Déjà, les gens commencent à réagir. Une course-poursuite s'engage entre ceux qui veulent récupérer le sac par pur esprit civique et les clochards qui veulent le garder par esprit encore plus civique.

Dehors, Orlando constate que la grosse femme aux lunettes de soleil et aux gants noirs est déjà ressortie pour s'engouffrer dans la Mercedes à plaques diplomatiques, tandis que dans la bibliothèque c'est le grand chahut.

La poursuite a lieu parmi les lecteurs qui lancent des « chut ! » de plus en plus sonores.

Le grand blond, profitant que quelqu'un lui a fait un croche-pied, arrache le sac des mains de Fetnat. Il se tourne et reçoit un coup de poing en pleine figure, balancé par Esméralda. Une giclée de poivre moulu, lâchée par Fetnat, le fait éternuer et se frotter les yeux. Le sac tombe à ses pieds. Mais déjà d'autres personnes se précipitent pour l'aider. Fetnat Wade souffle un nuage de talc.

On gesticule de partout. Des gens hurlent « Au voleur ! Arrêtez-les ! »

Pour faire bonne mesure, le marabout lâche une flatulence particulièrement présente.

C'est vraiment le roi des poudres, des vapeurs et des fumées.

Aussitôt tout le monde se lève en protestant contre les semeurs de trouble. De nouveaux citoyens zélés essaient de les stopper. Kim abaisse la manette de l'éclairage central, ajoutant encore à la confusion générale. C'est à nouveau Cassandre qui détient le sac avec la bombe et qui court vers la sortie alors que résonne l'alarme incendie.

Quand le grand blond est sur le point de la rattraper, Esméralda le bouscule et l'envoie contre une série de rayonnages remplis de revues. Mais, derrière lui, une dizaine de volontaires se sont lancés aux trousses de ces affreux clochards voleurs de sac dans une bibliothèque.

Cassandre voudrait leur signaler qu'ils se trompent de colère mais elle sait que ce sera inutile.

Ne pas s'expliquer : agir.

Esméralda désigne sa montre-gousset qui affiche 11 h 23.

Plus que deux minutes.

Quand elle rejoint l'entrée, Orlando vient à sa rescousse et tient tout le monde en joue avec son arbalète. Ainsi il ressemble encore plus à Rod Steiger dans *Il était une fois la Révolution*. Cassandre, un peu abasourdie par la vitesse à laquelle tout cela s'est déroulé, se dit que le comble serait de tuer ces gens pour les sauver d'une bombe. Esméralda l'empoigne par le bras et elles galopent hors de la bibliothèque, suivies de près par Fetnat. Leurs longs manteaux battent autour de leurs cuisses comme des ailes de papillons de nuit.

À ce moment précis une sirène de police résonne derrière eux. Ils accélèrent. Orlando jette sa grosse arbalète pour avoir les mains libres. Il regarde à l'intérieur du sac et fait une grimace.

– J'n'aime pas les bombes, déclare-t-il en crachant.

Il repère le mécanisme de mise à feu et, tout en courant, arrache le détonateur enfoncé dans le pain de C-4.

Il jette le sac dans une poubelle et garde le détonateur dans sa poche. Enfin les cinq clochards, sans se retourner, rejoignent une bouche de métro et s'enfoncent dans les escaliers, franchissent les portiques en sautant et galopent dans les couloirs.

Au détour d'une correspondance, ils tombent sur un groupe de policiers qui les repèrent et les prennent en chasse. Par chance, la foule est si dense que leurs poursuivants sont englués dans la masse des voyageurs qu'ils n'osent bousculer.

Orlando, en tête, se précipite dans une rame sur le point de se refermer. Tous les Rédemptionais arrivent à passer de justesse avant que les battants ne se rejoignent.

Enfin presque tous.

La jeune fille est restée sur le quai, rapidement encerclée par les forces de l'ordre.

139.

Sans être parano, reconnaissons que la chance n'est pas vraiment de mon côté.

140.

Quelques journalistes obstruent le passage entre la voiture de police et l'entrée du commissariat. Quand ils voient passer la fille de l'ex-ministre de la Prospective, ils tendent des micros, prennent des photos, l'assourdissent de questions simultanées.

– Mademoiselle ! Mademoiselle ! Est-ce vrai que vous avez été kidnappée par des SDF qui vous ont forcée à voler des sacs à main dans les bibliothèques ?

– Ont-ils abusé de vous ?

– Vous ont-ils fait subir des sévices sexuels ?

– Est-ce vrai qu'ils vous ont refilé le sida ?

Un troisième journaliste lance :

– Pourquoi ne répondez-vous pas ? De toute façon, on le sait ce qui s'est passé et on l'écrira, que vous le vouliez ou non.

– Elle se prend pour qui, celle-là ! ajoute à mi-voix son voisin. Vous avez vu son regard arrogant. C'est pas parce qu'elle est fille de ministre qu'il faut qu'elle nous snobe.

Quand Cassandre pénètre enfin dans le commissariat, le flot de questions des journalistes se tarit. On la fait entrer dans le bureau de l'inspecteur Pierre-Marie Pélissier, qui se lève avec courtoisie.

– Ah, Cassandre ! Content de vous voir. Asseyez-vous. Détendez-vous.

Elle obtempère.

– Vous ne me croirez peut-être pas, mais j'ai retrouvé ma chatte. Liberty Belle, vous vous rappelez ? Elle était toute maigre et ébouriffée mais elle était vivante. Elle a dû en avoir des aventures avant de pouvoir retourner à la maison. Mon fils était heureux, vous ne pouvez pas savoir.

Ce policier est plus intelligent que la moyenne. Peut-il entendre la vérité ? La seule manière de le savoir, c'est d'essayer.

– Il faut me laisser partir, déclare-t-elle, j'ai quelque chose d'important à accomplir.

Il lui tend un paquet de chewing-gums qu'elle refuse. Il en saisit un, l'enfonce dans sa bouche et se met à mastiquer. La pièce est tapissée de visages d'enfants disparus avec leur nom écrit en dessous. Parfois une deuxième photo est accolée, extrapolée par un ordinateur qui a fait vieillir le portrait d'origine. Des numéros de téléphone attendent, des coordonnées de personnes à contacter.

– Bien sûr, mademoiselle Katzenberg, nous n'avons qu'un désir : vous satisfaire. Mais, juste par curiosité, c'est quoi cette chose qui vous semble si importante à accomplir, en dehors de vous reposer et de vous remettre de vos émotions ?

Elle hésite.

– Je dois empêcher certaines catastrophes de se produire.

– Pouvez-vous être plus explicite ?

– C'est en rapport avec un don particulier que je possède.

– Un don ?

Elle cherche ses mots.

– Je... vois... le futur... de manière... furtive et parcellaire.

Il sourit, compréhensif.

– Ah, je vois, c'est héréditaire. Le papa est ministre de la Prospective, le fiston est probabiliste et la fille est... visionnaire.

Le policier fouille dans son tiroir et sort des biscuits au citron.

– Vous préférez ceux-là ?

Non, désolée, depuis que j'ai rencontré Charlotte je n'aime que les pâtisseries artisanales. Tiens, je mangerais bien un bon gâteau maintenant. Avec de la crème. Charlotte a peut-être raison : manger des gâteaux de qualité est l'activité qui fait le plus plaisir à notre corps. Les hommes sont décevants, seules les pâtisseries apportent une vraie jouissance immédiate sans déception.

Il se demande à quoi elle pense.

– Il faut que vous me relâchiez, très rapidement. C'est une question de vie ou de mort.

Elle observe la plaque où s'étale en lettres droites, sans fioriture : INSPECTEUR PIERRE-MARIE PÉLISSIER.

Les prénoms doubles possèdent une signification particulière. Ce sont les parents qui ont voulu chacun tirer l'enfant dans une direction différente. Il est Pierre. Et il est Marie. Au final, il n'est ni Pierre ni Marie. Il est un hybride entre la volonté de dureté de Pierre et celle de sainteté de Marie. L'idéal serait qu'il choisisse pour se fixer. Personnellement je le sens plus Marie que Pierre.

– « De vie ou de mort » ? Carrément ?

Elle le fixe sans répondre. Il hoche la tête.

– Bien sûr. Moi je vous comprends, mais les autres vous comprendront-ils ? Surtout que moi je dois rendre des comptes à des chefs. Plein de chefs. Je vais leur dire quoi ? « La fille du ministre qui s'est échappée de son école, vous savez, je l'ai rattrapée, mais étant donné qu'elle m'a expliqué avoir un don particulier, et devoir empêcher des catastrophes, j'ai finalement décidé de la laisser errer dans les rues de la ville » ?

Il regarde la photo de son chat encadrée sur son bureau, à côté de celle de son fils et de sa femme.

– Moi je suis moderne mais eux, les types au-dessus de moi, ils sont très vieux jeu.

Pierre-Marie Pélissier secoue la tête.

– Vous ne me croyez pas quand je dis que je vois le futur ? demande-t-elle d'un ton détaché.

– Si, bien sûr, je vous crois. Le problème est que personne n'a envie de savoir le futur. Et que tout le monde a envie de voir les jeunes filles de dix-sept ans, donc pas encore majeures, protégées des clochards qui les obligent à voler des sacs à main dans les bibliothèques.

Elle reste imperturbable.

– Je peux éviter les attentats terroristes. Je sais où et quand ils vont survenir.

– Arrêter les terroristes ? En voilà une idée saugrenue. Qui peut bien avoir envie d'une chose pareille ?

Il enfourne un second chewing-gum.

– Il se trouve que je connais bien la question. Avant, j'étais dans la brigade antiterroriste de Paris. Comme vous le voyez, maintenant, je m'occupe des enfants disparus. Pourquoi, selon vous ? Parce que, arrêter les terroristes, ça ne sert strictement à rien. Tous ceux que j'ai coffrés ont été remis en liberté dans les jours, voire les heures qui ont suivi. Vous ne me croyez pas ? Très bien, je vais vous expliquer la géopolitique de base. D'abord, si on met les terroristes en prison, d'autres, ailleurs, vont enlever des journalistes ou des bénévoles d'organisations humanitaires pour les échanger contre leurs camarades. Ça fait désordre. Ensuite, souvent, les terroristes sont des types qui travaillent officieusement pour des pays censés être nos alliés.

Cassandre fronce les sourcils.

– Vous ne comprenez toujours pas ? En pratique, ceux qui veulent déstabiliser nos démocraties sont souvent nos principaux pourvoyeurs de pétrole. On peut supporter un peu de terrorisme, on ne peut pas se passer de carburant. En plus, ce sont aussi nos riches clients, parfois les armes qu'ils utilisent contre nous, ils nous les ont… achetées. Eh oui, voilà une vérité que personne ne veut entendre : les terroristes utilisent, pour tuer nos civils, des explosifs fabriqués dans les… poudrières de France. Le commerce, c'est le commerce.

Il joue avec un coupe-papier et le repose près du paquet de chewing-gums.

– On va même leur vendre des centrales nucléaires pour qu'ils nous fassent péter des bombes atomiques à la figure. C'est quoi l'expression, déjà ? Ah oui, « vendre la corde pour se faire pendre ». C'est la loi du marché. Car si vous voulez les empêcher d'armer les terroristes, les industriels vous rétorqueront : « De toute façon, si ce n'est pas nous qui leur vendons ce qu'ils veulent, nos concurrents le feront, alors autant que cela nous rapporte de l'argent. »

Ce n'est pas possible. Nous n'en sommes quand même pas là.

391

Le policier poursuit tranquillement :

– Le terrorisme n'est qu'un épiphénomène très localisé qui ne gêne qu'un nombre réduit d'individus. Notre système s'en accommode très bien. Ce sont les victimes survivantes qui posent problème. Tout le temps à se plaindre. À demander des indemnités. À essayer de donner mauvaise conscience à l'État. À sous-entendre qu'il y a eu des incompétences dans le système sécuritaire. Personne n'aime ceux qui se plaignent.

Mes parents sont précisément des victimes de ces attentats. Mon père était ministre. Ma mère était une scientifique reconnue. Ils ne se sont jamais plaints. Ils n'en ont pas eu l'occasion.

Le policier a le regard fuyant.

– Aux victimes j'ai envie de dire : « Désolé, pas de chance, vous n'aviez qu'à ne pas être là, au mauvais endroit au mauvais moment. » Mais, soyons francs, les accidents de la route font plus de morts que les attentats terroristes. Alors c'est comme si les victimes avaient tiré le mauvais numéro au Loto, c'est tout. Question de probabilité, comme dirait votre frère.

Devant l'expression de la jeune fille, le policier a conscience de la dureté de la réalité qu'il lui présente.

– Désolé, il n'y a pas encore assez de morts dans ces attentats pour que le grand public s'en inquiète vraiment.

Il se lève et contemple le lointain par la fenêtre.

– Les journaux font un peu de bruit sur le moment, parce que l'émotionnel ça fait vendre. Puis on oublie. C'est fou comme on oublie les attentats de plus en plus vite. Parce que tout le monde veut oublier. Même le World Trade Center de 2001, on n'en parle plus. C'est comme un tremblement de terre. Ça passe. Ça fait partie des risques naturels. Ou des coups de pied dans la fourmilière. Les bestioles s'agitent, puis elles écartent les morts et reconstruisent. Parfois en mieux.

Cassandre s'est tassée sur sa chaise.

– L'année dernière, mon banquier m'a proposé d'investir en bourse. Je lui ai répondu que, vu qu'il allait encore y avoir des attentats dévastateurs, les marchés risquaient de s'effondrer. Je préférais donc ne pas investir. J'étais bien placé pour mesurer les risques puisque je travaillais dans la lutte contre le terrorisme. Et alors, mon banquier m'a confié l'incroyable : le risque d'attentat est déjà intégré dans le prix d'achat des actions. Il y a des assurances spéciales pour ça. Que cela se produise ou non, les marchés boursiers ne frémiront pas.

Elle fait semblant d'intégrer l'information, mais c'est trop énorme, trop déstabilisant.

– Il faudrait une terrible hécatombe pour modifier notre comportement en politique étrangère. Peut-être un attentat avec une bombe atomique sur une grande capitale, et encore, je ne pense pas qu'il y ait de réelle réaction. Vous avez vu à Madrid, vous avez vu à Londres. La foule manifeste trois jours, les médias font leurs gros titres en lettres baveuses, puis ça passe. On vit trop dans le confort et la tranquillité pour s'en soucier vraiment.

L'inspecteur poursuit lui aussi tranquillement :

– En fait, la question à poser est : qu'est-ce qui vous dérange le plus ? Des attentats (qui touchent tout au plus quelques dizaines, au maximum quelques centaines de personnes et vous avez très peu de risques d'en faire partie), ou la montée du prix de l'essence (qui touche tout le monde) ? Votre sécurité ou le plaisir de faire vroum-vroum avec votre 4 × 4 tout-terrain ?

Pierre-Marie Pélissier se rassoit et se penche en avant.

– Et puis, soyons francs : les sommes investies pour lutter contre le terrorisme ne pourront jamais égaler le millième des sommes investies par les dirigeants des pays pétroliers pour entretenir ce terrorisme. Question de balance.

Il hausse les épaules.

– Moi, quand j'étais jeune, je croyais que le terrorisme c'était les pays pauvres qui se rebellaient légitimement contre les pays riches. Maintenant je sais que c'est le contraire. Ce sont les pays ultra-riches producteurs de pétrole, dirigés par des nababs qui roulent en Ferrari, sniffent de la coke, se tapent des putes du matin au soir, qui mangent du caviar à la louche et ont des téléphones portables en or massif sans avoir jamais travaillé ou rien créé de constructif... Oui, ce sont eux qui font la guerre au monde libre tout simplement pour s'amuser, parce qu'ils s'ennuient dans leur luxe, ou parce que leur plaisir naît de notre destruction. Ou par fanatisme religieux. Voilà pourquoi lutter contre le terrorisme ne sert à rien. Au pire, on va les agacer et ils feront encore plus de dégâts.

Il hausse les épaules, fataliste.

— Au moins, quand ils tuent, pendant le bref laps de temps qui suit, ils se tiennent tranquilles, comme si le sang les calmait. Plus il y a de morts, plus cela les détend. Et je ne sais pas si vous avez remarqué, depuis quelques années, de plus en plus de gens trouvent les terroristes sympathiques. On leur invente des excuses, on comprend leur juste combat, on compatit à leur soi-disant révolte. Vous avez vu, en Iran, des milliers de gosses sont conditionnés à devenir des martyrs avec la promesse d'aller au paradis. Vous avez fait quoi comme études à l'université ? Une spécialité de martyr, option bombe à retardement ? Marrant non ?

Des âmes d'enfants définitivement détruites par la politique de vieux barbons rongés de haine et de frustration.

L'inspecteur Pierre-Marie Pélissier fixe la jeune fille droit dans les yeux. Il sort d'une enveloppe des photos prises par le système vidéo de la Bibliothèque nationale.

— Ce sont tes amis les clochards, en revanche, qui nous posent de vrais problèmes. Eux ne seront jamais acceptés, même dans les pires dictatures. Eux, ce sont les vrais nuisibles dont il faut se débarrasser. Et il n'y aura jamais personne pour les soutenir ou les excuser.

Cassandre ouvre la bouche et articule soigneusement :

— Vous savez ce que vous êtes ? Une autruche. Vous vous enfouissez la tête dans le sable pour ne pas voir les hyènes qui vont vous tuer, mais ça ne les empêchera pas de frapper.

— Peut-être. Mais si je suis une autruche, je fais partie d'une majorité d'autruches et il faut tenir compte de cela.

« Ce n'est pas parce qu'ils sont nombreux à avoir tort qu'ils ont raison. » Il me semble avoir vu cette phrase sur un tee-shirt de Kim.

– Au point où j'en suis, je pense que la seule chose qui pourrait ralentir l'expansion du terrorisme, ce sont les énergies de substitution : le solaire, le méthane, les éoliennes. Mais elles ne sont pas encore au point, et tant que ça ne marchera pas, tant qu'on aura besoin de pétrole pour nos bagnoles, il faudra supporter ce petit « désagrément » de la part des pays fournisseurs et serrer les dents.

Le policier se penche vers Cassandre.

– Et vous, vous voulez savoir ce que je pense de vous ?

Elle ne lève pas les yeux.

– Vous êtes une petite fille, juste une toute petite fille, qui a entendu aujourd'hui une vérité qui n'est présentée dans aucun article de journal. Cette petite fille doit maintenant faire un effort pour l'accepter au lieu d'essayer de lutter contre elle. Vous n'avez aucune chance de changer le monde, Cassandre. La grande Cassandre (dont vous lisez les aventures, je crois) a échoué à changer la mentalité de son époque. Alors acceptez le monde tel qu'il est. Et, si cela ne suffit pas, il y a ça.

Il cherche dans un autre tiroir et en sort une petite boîte.

Cassandre le regarde sans comprendre.

– Ce sont des calmants. La France est le premier pays consommateur de calmants, d'euphorisants, de somnifères et d'antidépresseurs. Ça aide à devenir, comment disiez-vous… ah oui. Une autruche. Ce sont des pilules pour ne pas être gêné par la réalité.

Il reste un moment la main tendue, la boîte de pilules au bout des doigts. Cassandre lit sur la boîte « Prozac ». Elle fait d'abord mine de les prendre, puis tout à coup lui saisit la main et la mord violemment.

Il pousse un cri étonné et recule. Cassandre court déjà dans les couloirs du commissariat comme une furie.

Une secrétaire qui tentait de l'approcher se prend un coup de pied au ventre, un planton dressé devant elle n'a pas le temps de protéger son visage griffé au sang. Finalement un policier lui fait face, armé d'un revolver.

Une caméra vidéo est braquée sur elle.

Instinctivement elle regarde sa montre. « Probabilité de mourir dans les 5 secondes : 54 %. »

Des voix résonnent dans son dos.

– Attention, c'est une folle paranoïaque, elle est dangereuse.

Elle lève les mains. Une seringue s'enfonce à nouveau dans son épaule. Une dernière pensée la visite avant que tout sombre :

J'ai l'impression d'avoir déjà vécu cet instant de nombreuses fois dans ma vie. Et dans d'autres vies.

141.

Elle fait un rêve où elle voit à nouveau son homonyme en toge blanche tenant en main *Les aventures de Cassandre Katzenberg*. Le ciel est noir, pollué, le soleil a du mal à percer au milieu des fumées éparses.

– Non, je ne veux plus te voir ! lance la jeune fille dans son rêve, laisse-moi ! Tu ne me l'avais pas dit mais on ne peut rien faire. Rien. C'est tout le système qui est pourri. Il n'existe aucune chance de sauver les générations futures. C'est NOUS qui vendons les explosifs aux terroristes et qui les soutenons pour importer du pétrole.

– Calme-toi, Cassandre.

– Ce policier a raison, personne ne renoncera à sa voiture. Les sommes investies pour sauver des vies ne seront jamais aussi énormes que celles investies pour tuer des innocents. Toute une génération de fanatiques arrive pour détruire tranquillement la civilisation et réduire les libertés. Des barbares, comme par le passé. En plus, pour leur faciliter la tâche, on a inversé les valeurs et on les présente comme de sympathiques adversaires du capitalisme ! Les intellectuels de tout bord leur trouvent des excuses. Leurs meurtres sont non seulement impunis mais légitimés par une logique tordue à laquelle tout le monde croit. Rien ne pourra plus les arrêter. C'est comme un couteau qui s'enfonce dans un sac de blé. Ils sont pointus et durs, et nous sommes mous et fragiles. Ils ont un discours primaire et nous leur opposons des arguments compliqués et confus. Ils vont forcément gagner. Ils ont déjà gagné.

– Tais-toi, Cassandre.

– Non, l'humanité entière est devenue folle, fascinée par sa propre autodestruction. Elle fabrique le poison pour se détruire et admire son agonie, elle la présente même en spectacle son et lumière tous les soirs aux actualités.

– Arrête, ton comportement est puéril. Suis-moi, ordonne la Grande Prêtresse.

– Tu vas m'entraîner dans la salle des procès pour que je rende des comptes sur mon incompétence auprès des générations futures ?

– Non.

– Tu vas me conduire dans l'Arbre du Temps pour me faire assister à un nouvel attentat dont tout le monde se fout et sur lequel, de toute façon, je ne peux plus agir ?

– Non. Suis-moi. J'ai quelque chose à te montrer.

Le ciel obscur et pollué devient peu à peu lumineux. Les deux femmes remontent vers le temple d'Apollon en haut de la colline centrale de la ville de Troie. Là, un couple les attend. Cassandre reconnaît ses parents. Cette fois ils ont de vrais visages, semblables à ceux de la photo qu'elle avait repérée dans leur chambre.

La jeune fille se jette dans leurs bras et les serre contre elle.

– Maman ! Papa !

– Cassandre. Ma Cassandre chérie.

– Attends, ils ne sont pas seuls…, dit la femme en toge.

Alors, accompagnée de ses parents, la nouvelle Cassandre pénètre dans une grande pièce circulaire assez semblable à la salle de la Bibliothèque nationale avec sa coupole, ses rayonnages, son puits de lumière central.

Là, elle aperçoit des centaines de couples vêtus de costumes de toutes les époques.

– Qui sont-ils ?

– Tous ceux qui ont fait l'amour pour arriver à ta naissance. Ici tes parents, là tes grands-parents, tes arrière-grands-parents, tes arrière-arrière-grands-parents…

La jeune fille suit du regard les couples qui s'avancent côte à côte, en se tenant souvent par la main. Elle remonte le temps en remontant les rangées. Finalement, elle se trouve face à une multitude de couples préhistoriques. Derrière eux, des couples de primates, puis des sortes de lézards, et des poissons dans des bocaux.

– Ce sont tes ancêtres. Tous. Ce sont leurs gênes qui t'ont façonnée, c'est leur histoire qui coule dans tes veines. Tu as vu les générations futures, il est temps pour toi de voir les générations passées. Tes générations passées.

Émerveillée, Cassandre se place au milieu de la salle circulaire.

– Ils peuvent m'aider ? demande-t-elle d'une voix étonnée.

– Ils le font en permanence. Ils sont en toi. Quand tu cours, quand tu te bats, quand tu rêves, quand tu réfléchis, tu bénéficies de toutes les expériences de leurs vies enfouies au fond de la mémoire de tes cellules. Tu es le résultat de l'amour et de l'expérience de vie de tous ces êtres. Mais ce n'est pas tout, annonce la prêtresse.

Elle frappe dans ses mains. Un autre groupe formé de centaines d'individus apparaît.

– Un être humain c'est au départ : 25 % d'hérédité, 25 % de karma, et 50 % de libre arbitre. Les premiers étaient ton hérédité. Voici maintenant ceux de ton karma. En quelque sorte ta deuxième famille.

L'expression a l'air de la ravir.

La jeune Cassandre contemple cette foule muette qui semble attendre tranquillement.

– Tous ces gens sont en toi. Tous t'ont aidée depuis ta naissance et ils ne te laisseront jamais tomber.

Cassandre respire amplement.

– Que sont tes minuscules épreuves actuelles face à ces magnifiques alliés ! De quoi peux-tu avoir peur, désormais ? Tu peux affronter sans crainte le futur, car ton passé te pousse en avant.

Alors, dans son rêve elle comprend.

Elle comprend qu'elle est encore plus puissante et plus consciente qu'elle ne l'a cru jusque-là. Elle comprend qu'elle n'a fait qu'utiliser une infime partie de son potentiel d'action sur le monde.

Elle comprend qu'elle peut réussir.

IL ÉTAIT UNE FOIS

142.

Peut-on voir le futur ?

143.

Peut-être qu'après tout ce n'est pas la bonne question.

144.

Les paupières de Cassandre s'ouvrent. Elle est allongée dans un lit, à l'intérieur d'une pièce blanche sans fenêtre. Sur une table également blanche, un cahier, un stylo. Au-dessus, un grand écran de télévision, une chaise blanche. Un néon au plafond éclaire la pièce d'une lueur blafarde.

Un homme est assis sur la chaise. Il dit :

– « Que va-t-il arriver ? », « Qui êtes-vous ? » Et maintenant, la troisième question : « Comment utiliser au mieux votre talent particulier ? »

Oh non, pas encore lui.

Philippe Papadakis paraît ravi de revoir sa protégée.

– Après tout, notre relation suit la logique de toutes les rencontres entre étrangers. Au début, on propose l'alliance. Mais

vous m'avez mordu. Ensuite, on essaie de se détruire mutuellement. Mais vous vous êtes enfuie. Alors il reste la troisième voie :
ne pouvant ni s'allier ni se détruire mutuellement, ils s'efforcent
de s'utiliser au mieux dans l'intérêt mutuel.

Philippe Papadakis croise et décroise ses mains aux longs
doigts tachés d'encre.

*Quelle est l'utilité de cet être humain dans ma vie ? Pour qu'il
revienne ainsi me hanter de manière sporadique, c'est qu'il doit servir à mon évolution personnelle. Mais comment ? Il a l'air d'attendre
quelque chose de moi. Mais moi, que dois-je attendre de lui ?*

Il se penche.

– Vous êtes une enfant autiste surdouée, Cassandre. Cela vous
rend hypersensible, paranoïaque, psychotique, comme votre
frère. Vous êtes comme ces chevaux pur-sang qui ont besoin
d'être débourrés et qui sont encore sauvages. Trop, peut-être.

*Quand il s'exprime ainsi, il devient le Donald Sutherland du Casa-
nova de Fellini.*

– Mais cela me plaît, poursuit Papadakis. Je n'aime pas les
chevaux de labour, ni les chevaux de cirque sans caractère qu'on
élève juste pour leur docilité. J'aime les animaux libres et indépendants.

Il s'approche et lui effleure les cheveux comme on caresserait
la crinière d'un équidé. Elle veut se lever pour lui sauter dessus
mais il a braqué vers sa poitrine un objet qu'elle identifie rapidement : une matraque électrique.

– L'intelligence est de ne pas faire deux fois les mêmes erreurs,
rappelle-t-il. Je reconnais que j'avais sous-estimé votre capacité
de frappe. Cette fois, vous aurez du mal à me mordre.

Elle renonce au combat et se recroqueville dans le lit.

– J'attends beaucoup de vous, Cassandre. Énormément. Aux
êtres extraordinaires on peut demander des services extraordinaires. Et vous êtes extraordinaire. Vraiment. Je suis peut-être le seul
à le savoir mais, croyez-moi, j'en suis parfaitement conscient.

– Comment mes parents m'ont-ils rendue autiste volontairement ? C'est quoi l'Expérience 24 ?

– Ah, vous parlez enfin ! Je commençais à me demander si vous étiez devenue muette.

Son sourire se fige de nouveau, puis se transforme en rictus.

– Très bien, alors ce sera du donnant-donnant. Je vais vous donner ce que vous me demandez et ensuite vous me donnerez ce que je veux.

Elle porte une chemise de nuit blanche. Sa montre encore à son poignet indique « Probabilité de mourir dans les 5 secondes : 29 %. »

Un nombre bâtard au-dessus de la moyenne des 13 % mais en dessous du seuil de danger des 50 %. Probabilis perçoit que quelque chose ne va pas.

– L'Expérience 24 ? Vos parents… vos parents… Disons surtout votre mère. Comment vous expliquer cela ? C'est dommage que vous n'ayez pas lu *Un silence assourdissant*. Vous auriez compris.

Il tire le livre de sa poche.

– En fait, moi aussi j'avais prévu le futur. J'ai donc pensé à l'apporter.

Il lit à haute voix un passage qu'elle connaît déjà :

– « Et l'ange appuie son doigt sur la lèvre du foetus avant qu'il naisse et murmure : "Oublie toutes tes vies précédentes pour que leur souvenir ne te gêne pas dans cette vie-ci." C'est ce qui donne la gouttière au-dessus des lèvres du nouveau-né. »

Puis il lit un autre passage qu'elle connaît également.

– « LE DEUIL DU BÉBÉ. Jusqu'à neuf mois, le nouveau-né ne fait pas de différence entre l'intérieur et l'extérieur. Il est dilué dans le monde. Il est le monde. S'il se voit dans un miroir, il ne comprend pas que le reflet est lui-même, car il ne se limite pas à lui-même enveloppé dans un simple corps, il est tout. »

Il saute des pages et choisit un troisième paragraphe.

– Écoutez bien, Cassandre, car là est la clef. C'est un extrait de la Bible : « Et Dieu dit à Adam : je ferai venir vers toi tous les animaux et tu les… »

Puis il s'interrompt.

– Non, trop facile. Pas comme ça. J'ai dit que c'est donnant-donnant. Je vais te révéler la réponse à ta question et toi en retour que vas-tu m'offrir, Cassandre ?

Il me tutoie à nouveau.

Du bras, il désigne la pièce.

– Si je t'ai enfermée ici, car tu es ma prisonnière, petite abeille, et si je tiens cette matraque électrique, c'est que j'ai quand même quelque chose à te demander. Comme je ne suis pas certain que tu vas accepter, je mets la réponse à la question de ton enfance dans la balance des négociations.

Elle affiche un air fermé. Il poursuit :

– Il faut d'abord que je te montre une petite expérience éducative.

Il soulève un drap et dévoile une cage. Une souris blanche est posée sur la grille du plancher et tout un mécanisme électrique apparaît près d'elle.

Philippe Papadakis active le système.

– Après les abeilles : les souris. J'aime bien la pédagogie par l'exemple animal. Voilà encore un système de conditionnement du cerveau. Personnellement, je l'aurais bien utilisé sur les élèves mais on a imposé des limites à l'emploi de certaines « méthodes éducatives avant-gardistes ».

Il allume l'interrupteur. Sur un écran à cristaux liquides, face à la souris, apparaît une addition : 2 + 2 =, suivie d'un point d'interrogation.

Un clavier à neuf chiffres fait face à la souris. Elle appuie sur le bouton 7 et reçoit aussitôt une décharge électrique qui la fait couiner et lui hérisse le poil. En même temps une lumière rouge s'allume.

– Faux. Essaye encore, petite souris.

La souris appuie sur 5, reçoit une nouvelle décharge d'intensité supérieure. Elle appuie sur 1 et encaisse une troisième décharge, puis choisit enfin le 4. Une lumière verte s'allume et elle reçoit de la nourriture qu'elle dévore avec avidité.

– Voilà, résumé en une expérience, tout le processus éducatif de l'individu. Je crois que vous aimez bien l'étymologie. Le mot

« élève » signifie qui s'élève, donc qui monte. Qui est élevé. Je vais élever cette souris pour qu'elle sache faire des additions. Et elle le fera. Elle saura que, quand le symbole 2 apparaît à côté du symbole 2, il faut appuyer sur le symbole 4. Ce n'est qu'une question de temps. Dans un an, dans deux ans, dans cinq ans, elle saura compter avec tous les chiffres. De toute façon, elle n'a pas le choix, elle doit apprendre et être nourrie ou ne pas apprendre et souffrir.

Il observe la souris puis tourne lentement la tête vers elle.

– Vous n'avez pas été une bonne abeille… Serez-vous une bonne souris, ma chère Cassandre ?

– Je sais compter, répond-elle, mais je n'aime pas les croquettes.

– Non seulement elle parle mais elle a de l'humour. Quel ravissement. Eh bien non, ce n'est pas une addition que j'attends de vous. Mais ce sont quand même des chiffres.

Il revient au vouvoiement. Je m'attends au pire.

– Dès le premier soir, je me suis dit que votre talent pouvait avoir des effets positifs autres que réveiller une chambrée de pensionnaires. Il faut vous conditionner, non pas pour voir les futurs attentats, mais les numéros des chevaux qui vont gagner au tiercé.

Philippe Papadakis désigne l'écran.

– Alors j'ai mis au point ce lieu et ce mécanisme. C'est une sorte de cage géante mais, pour vous, je serai moins méchant. Pas de décharge électrique pour les mauvaises réponses. Pas de punition. Juste une récompense pour les bonnes.

Il allume l'écran avec sa télécommande et elle voit que le téléviseur est placé derrière une vitre épaisse, de manière à ce qu'elle ne puisse ni l'éteindre ni changer de programme.

La chaîne est uniquement dédiée aux courses de chevaux.

– Je sais, vous n'y connaissez rien en hippisme. Mais en regardant cette chaîne au moins huit heures par jour, je pense que vous allez devenir spécialiste en moins d'une semaine. De toute façon vous n'avez rien d'autre à voir. Ce sont les murs blancs ou

LE MIROIR DE CASSANDRE

les chevaux. Je suis sûr que vous allez finir par vous passionner. Quant à votre récompense… non ce ne sont pas des croquettes. J'ai pour vous la meilleure des motivations. Des livres. Précisément de quoi penser à autre chose qu'aux chevaux. Et même plus précisément des livres remplis d'idées, de décors et de personnages étonnants. De la science-fiction comme vous en avez lu dans le temps, lorsque vous étiez jeune. De quoi nourrir votre âme. Mais d'abord… Il vous faudra prévoir le résultat de la course. Pour chaque cheval gagnant découvert, ou pour chaque combinaison rentable, vous aurez une dizaine de pages de lecture. Quand vous aurez trouvé, vous n'aurez qu'à faire un signe à la caméra là-haut.

Cassandre est à nouveau tentée de lui sauter dessus mais il a déjà reculé et tient la matraque électrique braquée devant lui. Il récupère la cage à souris et sort à reculons. Avant de refermer la porte, il l'avise :

— Pas la peine de crier, vous êtes dans un sous-sol insonorisé. Vous allez avoir ce dont beaucoup d'êtres humains rêvent : du temps pour réfléchir sans que rien vienne vous distraire de… votre future passion.

145.

Comme cet homme doit être malheureux pour n'être intéressé que par l'argent, les chevaux et… moi.

146.

Des petits hommes s'agitent. Leurs jambes arquées sont enfoncées dans de hautes bottes. Ils arborent des chemises satinées fluo, semblables à celles de femmes allant en boîte de nuit. Chemises à pois, à carreaux colorés ou à rayures. Sur les têtes, des casques ronds à visière détonnent. Près d'eux, des chevaux lâchent nerveusement de petits nuages de vapeur par leurs naseaux humides.

406

Le volume du haut-parleur du téléviseur est presque à fond. Un commentateur passionné explique des choses que Cassandre ne comprend pas, avec des mots dont elle ne saisit pas le sens. Il parle de casaques, de terrain collant, de cote à plusieurs contre un, de box, d'entraîneurs.

Comment peut-on perdre du temps à s'intéresser à ça : des animaux programmés pour courir en rond avec des gens qui hurlent tout autour ? Les animaux sont faits pour être libres, pour aimer, pour éduquer leurs petits, pour jouer dans les prairies, pas pour faire la course dans le but d'amuser une autre espèce.

Inversons les points de vue. Que se passerait-il si on proposait à Philippe Papadakis de faire le cheval de course pour une autre espèce ?

Tiens, j'imagine très bien des chevaux en redingote et chapeau haut de forme allant voir une course d'humains portant des brassards numérotés. Les humains piafferaient dans leur enclos, le regard survolté et les narines soufflant de la vapeur. Les chevaux discuteraient :

– Tu paries sur quel humain ?

– Oh, sur Papadakis dans la première, répondrait l'autre. Il a l'air en pleine forme et son entraîneur a assuré que sa cheville est guérie.

– En plus, il est issu d'un croisement entre la femelle Maria et Georges Papadakis, le célèbre étalon.

– Et s'il se laisse distancer comme la dernière fois ? Il s'est quand même fait griller sur la ligne par une pouliche de dix-sept ans.

– Eh bien tant pis, il connaîtra l'avenir de tous les humains qui perdent aux courses : une balle dans la tête et à la boucherie.

– Personnellement je n'aime pas manger cette viande-là, ma fille non plus, d'ailleurs. Quand je lui parle de manger de l'humain, elle est prête à vomir.

– Pourtant il paraît que l'humain est une chair sans matières grasses et très riche en fer, très bonne pour les jeunes qui font du sport.

Cassandre sourit, contente d'utiliser sa conscience élargie pour se projeter et expérimenter des points de vue exotiques.

Philippe...

« Qui aime les chevaux. »

Et qui pourrait, en retour, être aimé par les chevaux.

Reste à définir la notion d'amour.

Comment s'appellerait alors le turfiste équidé ?

Philanthrope.

De « philo » : « Qui aime », et de « anthropos », « les humains ».

Cassandre fixe l'écran de télévision, et distingue les chevaux alignés derrière les barrières du départ, prêts à bondir. Au coup de feu, tous s'élancent. Les chevaux sont cravachés pour aller plus vite. Les jockeys, arc-boutés sur leur monture, les pointes des bottes dans les étriers, tirent par saccades sur les rênes.

Elle pense que si elle est forcée de voir ce spectacle du matin au soir pendant une semaine, elle va devenir folle à coup sûr.

Elle avait lu dans un livre de Stefan Zweig, *Le joueur d'échecs*, qu'un personnage, enfermé dans une chambre sans aucune source d'information pour nourrir son cerveau, avait fini par être sauvé de la démence en s'intéressant à ce jeu qu'il ne connaissait même pas jusque-là.

S'intéresser aux chevaux ? Non. Il faut que je me mette à faire travailler mon cerveau avec autre chose de plus riche en stimuli. Plutôt que de penser aux courses, je dois m'intéresser à quelque chose qui nourrisse sans fin mon esprit.

Mon passé.

Je dois me souvenir de mon passé.

Cassandre se bouche les oreilles avec des bouts de drap déchiré. Elle tourne le dos à l'écran. Elle ferme les yeux.

Pratiquer le contraire de l'ouverture des cinq sens : « la ferme-ture des cinq sens ».

Elle stoppe l'entrée du son dans ses oreilles en se visualisant en train d'appuyer sur un interrupteur dans son canal auditif.

Elle interrompt de la même façon l'afflux des images en coupant l'électricité de son nerf optique.

Elle arrête l'odeur, le goût, le toucher.

La voilà enfin en rendez-vous avec elle-même.

Elle comprend que, jusque-là, elle avait rendez-vous avec la Cassandre de ses rêves, avec les terroristes, avec le tribunal des générations suivantes, avec ses peurs, avec ses désirs, mais pas avec elle-même.

Voilà ce qui fait la vraie force d'un individu : receler un monde intérieur grâce auquel il peut communiquer avec lui-même n'importe quand, sans limite. C'est parce qu'on n'a pas appris aux jeunes à cultiver leur monde intérieur qu'ils ne supportent pas le silence, l'inaction. Quand ils sont seuls, ils n'ont rien à se dire à eux-mêmes. Mais moi je sais me parler.

Dans mon dernier rêve, j'ai vu mes ancêtres. Tous. Il faut qu'ils m'aident. Maintenant.

Alors, motivée par le souci de ne pas devenir folle, elle fait ressurgir les visages de l'assemblée de ses ancêtres. Ses parents. Ses grands-parents. Ses arrière-grands-parents. Elle remonte le temps en remontant vers ses origines.

Plongée en profondeur. Elle a du temps. Elle peut aller loin. Elle revoit les hommes préhistoriques, les primates, les lézards, les poissons, les algues et les unicellulaires.

Je suis aussi issue des bactéries. Elles constituent même l'espèce vivante qui a régné le plus longtemps sur Terre. Ce sont donc mes plus nombreux ancêtres.

Cassandre continue sa descente dans le temps. Avant d'être bactérie, elle était mélange chimique dans la soupe primordiale. Elle a été vapeur, elle a été flaque, elle a été molécule, elle a été carbone.

Encore avant, elle a été nuage d'hydrogène.

Et encore avant, elle a été lumière.

Elle a été big-bang. Elle a été énergie pure.

Étant revenue à la source de tout, elle redevient tout et est désormais sans limite.

Comme les enfants avant l'âge de neuf mois. De simples entités vivantes non limitées.

Puis, après avoir descendu son chemin héréditaire, elle est tentée d'emprunter en sens inverse son chemin karmique, pour sa remontée.

Ma deuxième famille.

Big-Bang, étoile, bactérie, poisson, lézard.

Soudain, une de ses vies de mammifères lui revient en mémoire : elle a été renard ! C'est pour cela qu'elle entretenait un rapport privilégié avec Yin Yang et qu'elle a autant souffert de sa crucifixion.

Elle se souvient de la sensation de courir avec sa colonne vertébrale très souple qui ondule comme une liane. Elle se souvient de galopades dans les prés, le menton fouetté par les herbes humides de rosée.

Elle se souvient de l'hibernation en famille dans le terrier, les queues de fourrure des petits entrelacées à celles des parents.

Comment un humain peut-il savoir ce qu'est l'hibernation d'un renard ?

L'empathie en se branchant sur l'esprit du renard ?

Non, cela ne suffit pas à tout expliquer.

Elle revoit sa vie de renard, blotti dans le terrier tout l'hiver. Elle se revoit au printemps, à la fin de l'hibernation, sortant de son nid en pétant. Toute sa famille pète car il s'est créé un bouchon sec au bout de l'intestin qui a permis d'étanchéifier son corps pour ne pas perdre trop de chaleur.

Mais, du coup, les gaz fermentés dans ses boyaux doivent être expulsés.

Désormais, si les Rédemptionais me le demandent, je saurai le faire, car jadis ce qui peut sembler une impolitesse était une question de survie dans l'existence animale.

Comment peut-elle savoir qu'après l'hibernation les renards pètent ? Où est inscrit ce souvenir incongru ? Cette idée la fait sourire. Elle se rappelle combien elle était affamée après l'hibernation. Trois mois sans manger. Elle se souvient aussi de l'angoisse de ne pas trouver de gibier et de ne pas être capable de nourrir sa femelle et ses renardeaux.

J'ai beau être clocharde, je n'ai jamais connu une telle peur de ne pas manger.

C'est l'intérêt de revisiter ses vies antérieures : on bénéficie de l'expérience et de toutes les solutions découvertes par notre karma.

Même si on fait aussi remonter des douleurs anciennes.

Elle se revoit poursuivant des mulots, se trempant le museau dans des œufs d'oiseaux, fouissant la terre pour déterrer des taupes.

Toutes mes vies à explorer comme des films...

Elle poursuit la découverte de ses karmas. Après avoir été renard elle a été dauphin. Une vie fluide. Elle a été chat. Une vie gracieuse. Puis elle est passée au stade suivant. Elle a été homme des cavernes.

Des centaines de fois.

Elle meurt bête, et renaît sur des peaux de bêtes. Elle passe sa vie, selon qu'elle est homme ou femme, à chasser et se battre ou à cueillir des baies et élever les enfants.

Elle comprend la base même de la société moderne. À l'époque, les femmes étaient engrossées par des hommes qui les oubliaient ensuite et refusaient de reconnaître et d'élever leurs enfants. Une angoisse résorbée par l'invention du mariage.

Ce qui lui rappelle une phrase lue sur un tee-shirt de Kim Ye Bin.

« Une femme fidèle est une femme qui ne s'acharne que sur un seul homme. »

Elle sourit. La guerre des sexes est ancienne et logique.

Cassandre revit aussi la peur des prédateurs qui attaquent la nuit en profitant de l'obscurité. Les loups, les ours, les meutes de hyènes. Une angoisse ancienne, oubliée, qu'elle avait réveillée dans le container avec les rats.

La peur des dents qui mordent et des griffes qui déchirent.

C'est comme si elle était une maison dont elle aurait enlevé le plancher pour découvrir, dessous, des caves cachées, profondes. Les racines de son arbre personnel du Temps.

Depuis l'aube de l'humanité, nos livres d'histoire ne nous apprennent que l'histoire de la violence, mais ils oublient de nous enseigner ses causes profondes. Je les découvre en moi.

411

Elle ouvre les yeux, reprend pied quelques secondes dans le réel, puis referme les paupières et replonge. Ses vies de l'Antiquité remontent à la surface. Elle était marchande de fruits et légumes sur un marché phénicien, à Tyr. Elle était archer dans une armée parthe, un peuple dont elle ignorait même l'existence.

Elle était samouraï japonais, dévouée à son shogun. Elle a tué pour lui. C'était une vie tranquille, il n'y avait pas à faire de choix, juste suivre la voie du samouraï qui est celle de la soumission à l'autorité, sans discussion. De cette vie, elle avait retiré un dégoût pour les chefs et ne supportait plus que quiconque lui dicte ses actes.

Puis elle accélère dans l'exploration de ses existences antérieures. Elle saute plusieurs vies qui lui semblent banales – elle était paysan, cordonnier, servante, simple moine ou soldat sans grade. Enfin elle arrive à son avant-dernière vie.

Du peu qu'elle s'en souvienne, juste avant de renaître en Cassandre, elle avait été médecin en Russie, à Saint-Pétersbourg, dans les années 1800. Elle avait lancé l'idée de se laver soigneusement les mains avant d'opérer. Ses confrères s'étaient moqués d'elle. Se laver les mains semblait une superstition ridicule. Ce n'était que vers la fin de sa vie de médecin que son idée avait été reconnue, mais elle était déjà un vieil homme malade. Elle n'avait pas pu vraiment jouir de la reconnaissance de ses pairs.

Grâce à son idée d'hygiène avant toute opération ou accouchement, la mortalité infantile avait chuté. Et c'est en partie à cause de cela que l'humanité connaissait aujourd'hui le problème inverse : la surpopulation. La mortalité infantile équilibrait jadis les populations.

Tout ça, c'est donc quelque part... ma faute.

Elle avait participé à l'accroissement des naissances mais, à présent, se reproduire sans retenue ni contrôle était considéré comme un des droits fondamentaux de tout être humain. Juste par narcissisme, pour se voir soi-même reproduit en plus petit ; par nationalisme pour engendrer de futurs soldats qui défendront des drapeaux d'une couleur ou d'une autre ; par mysticisme pour faire plaisir au prêtre qui a dit « croissez et multipliez », pour être les futurs martyrs des guerres saintes ; ou par intérêt pécuniaire comme c'est le cas en Chine où les gens font des enfants pour assurer leurs vieux jours. Ils ont l'impression que plus ils auront d'enfants, moins ils courront de risques de mourir dans la solitude et la misère.

Il aurait fallu, en même temps, que je leur explique l'importance de la limitation des naissances. J'ai fait le travail à moitié.

« Science sans conscience n'est que ruine de l'âme », disait Rabelais. Voilà un proverbe parfait qui n'admet aucun contraire, n'en déplaise à Orlando.

Cassandre Katzenberg comprend qu'elle est née avec ce don particulier pour réparer une erreur commise précédemment. Ou plutôt une avancée scientifique qui arrivait trop tôt.

Et qui, après avoir fait du bien, génère du mal.

À présent, elle se dit qu'elle doit visualiser le futur. Elle sait qu'elle a du temps et rien d'autre à faire.

Je suis comme les moines tibétains qui font retraite dans une cabane en haut d'une montagne pour ne plus être dans l'agitation permanente.

Cassandre veut recréer volontairement, et non plus le subir en rêve, l'éventail des avenirs possibles de l'humanité pour repérer les bons et les mauvais chemins.

147.

Tout va bien.
Ce n'est qu'une pause.
J'étais trop agitée. Tout ce qui m'arrive sert à mon élévation de conscience.

148.

Depuis deux jours, Cassandre semble dormir. Elle n'a pratiquement pas touché à sa nourriture. Philippe Papadakis entre dans la pièce. Il prend son poignet et l'ausculte. Elle entrouvre à peine un œil.

– Votre pouls est faible, signale-t-il.

En provenance du haut-parleur du téléviseur, le commentateur débite à toute vitesse :

– … tième Course de l'Arc de Triomphe, avec comme favori Petit Matin Brumeux, le dernier pur-sang de l'émir du Qatar, un animal qui a coûté une fortune, pratiquement le PNB d'un petit pays d'Afrique…

– Je n'aime pas les chevaux, parvient-elle à articuler la bouche pâteuse.

Le directeur lui tend un verre d'eau qu'elle boit avec difficulté.

– Il y a un seuil à passer. Ensuite, ce qui vous semble repoussant bascule et devient attractif. Plus la répulsion est forte, plus l'attraction qui suivra sera importante.

Va-t'en.

– Il faut manger, dit-il en montrant son assiette restée intacte.

Je deviens pur esprit. Manger me fatigue et m'alourdit. J'ai le souvenir de ma capacité d'hibernation de renard, je sais mettre tout mon organisme au ralenti.

Le directeur de l'école prend l'air préoccupé.

– Serais-tu capable de te laisser mourir rien que pour ne pas m'obéir ? Tu sais, le jeûne est un plaisir masochiste, mais sans sucre ton cerveau ne peut plus fonctionner. Si tu continues, tu ne pourras même plus penser.

Cassandre tente alors de bondir sur lui mais elle est trop lente, inefficace. Elle essaie de le mordre. Il recule. Elle essaie de le griffer, il recule encore.

Elle se recouche. Il caresse ses longs cheveux noirs ondulés.

– Je vois avec plaisir qu'il te reste encore un peu d'énergie. Eh bien, je vais te laisser atteindre le point de basculement. Demain, peut-être, ton cerveau va se mettre à voir les résultats des courses avant qu'ils ne soient annoncés. Tu verras chaque cheval galoper dans les branchages de l'Arbre du Temps et tu verras lesquels arrivent en premier. Tu me le diras et tout ira bien.

Cassandre regarde sa montre et voit « 34 % ».

Un nombre bâtard, ce n'est pas mortel. Ni rassurant. C'est juste quelque chose qui ne va pas mais ce n'est pas grave. Cela doit être à cause de mon pouls qui est ralenti.

Cassandre essaie de sourire.

De tout temps on a demandé aux visionnaires de... voir des choses inintéressantes. On leur a demandé l'issue des guerres futures, on leur a demandé les amours à venir, on leur a demandé les tirages du Loto, on leur a demandé des diagnostics médicaux et lui il me demande...

Elle retient un petit rire, déglutit puis parvient à prononcer :

– ... les résultats des courses hippiques. C'est... c'est juste... ridicule.

Elle se recouche et, les yeux fermés, déclare :

– Si vous saviez ce que j'ai pensé durant ces trois jours...

Elle s'arrête un instant puis reprend.

– ... la seule information qui me manque pour que tout soit complet, c'est ce qu'ont fait mes parents à mon cerveau pour le rendre différent. C'est l'unique pièce du puzzle qui me manque. Ma vie de zéro à treize ans. Si vous voulez me le dire, cela m'intéresse... sinon...

Elle s'arrête en plein milieu de sa phrase et reste en suspens, puis ferme la bouche. Philippe Papadakis sort la télécommande.

– C'est bien ce que je craignais, le conditionnement n'est pas assez fort.

Le directeur de l'école augmente le son de la télévision jusqu'à ce que celui-ci devienne assourdissant. Elle grimace et se bouche les oreilles.

– Ainsi, cela devrait vous être plus facile de vous concentrer sur les courses de chevaux, articule-t-il simplement. Il y a un seuil de douleur à franchir et ensuite viendra le temps de l'acceptation. Vous verrez, les courses de chevaux c'est vraiment passionn...

Il ne finit pas sa phrase. Il ouvre grand les yeux, reste un instant immobile puis s'écroule en avant.

149.

C'est quoi cette vie où tout le monde me complique l'existence.

Des événements surgissent et me sauvent au dernier moment pour me replonger dans de nouveaux tourments.

Je me sens fatiguée.

J'ai juste envie de me reposer et de ne plus discuter avec personne.

Qu'on ne me réclame plus rien.

Que le monde continue de tourner sans moi.

Arrêtez la planète, je veux descendre.

J'ai juste envie de me déconnecter des autres. Tous ces gens sont trop agités et trop nerveux pour mon niveau de sensibilité.

Leurs préoccupations me semblent puériles. Ils n'agissent que pour réduire leur peur. Ils n'ont aucune ambition honorable.

Pour eux, réussir c'est posséder de l'argent, de l'influence sur les gens, des animaux et des objets. Ils veulent les privilèges et les honneurs. Ils veulent les machines avec des boutons sur lesquels ils pourront appuyer.

Ils accumulent des biens dont ils n'ont pas besoin avec pour seul objectif d'en avoir plus que les autres.

Et si je m'en foutais d'eux ?

Et si je les laissais crever, tous autant qu'ils sont ?

J'ai envie de dormir.

Dormir est finalement un objectif de vie sympathique. J'aime rêver. Quand je dors, je retrouve Cassandre, mes ancêtres, mon karma, les gens intéressants que j'ai été.

Quand je dors, je retrouve l'univers dont je suis issue.

Dormir. Oh oui, dormir longtemps.

150.

Elle est secouée par l'épaule.

— Allez, ce n'est pas le moment de se reposer ! Il faut filer.

Non, je préfère dormir. Je me sens si faible. Dormir c'est bien.

— Non, Princesse, ouvre les yeux ! Réveille-toi.

Dormir.

– Je suis ton ami. C'est moi. Le Marquis.

Tiens, Kim. Que fait-il là ? Non, tu n'es pas mon ami. Tu es mon copain. Étymologiquement : la personne avec lequel je partage le pain. Tiens, il faudrait qu'on fasse du pain à Rédemption. Quand je reviendrai, je leur proposerai cela. Puisqu'ils vivent comme une société primitive, il faudrait penser à bâtir un four à pain. Cela nous permettrait d'avoir de la nourriture fraîche tous les jours. Et puis on ferait peut-être un jour des gâteaux. Oh oui, du pain et des gâteaux. Avec les co-pains.

Elle sent que quelqu'un la tire par le bras, la force à se redresser, la gifle.

– Viens, Princesse. Réveille-toi.

Non, il faut me laisser dormir maintenant, je ne veux plus sauver le monde, je veux juste me reposer.

– Allez !

Vous pouvez tous crever, je m'en fous.

– Princesse ! Hé ! Princesse !

Je ne suis pas une Princesse. Je suis juste un esprit qui glisse vers le monde des rêves. Viens me rejoindre, antique Cassandre, il n'y a qu'avec toi que je suis bien.

– Vite, il faut bouger !

Cassandre entrouvre les yeux et tente de regarder sa montre à probabilité. Elle est secouée plus fort, elle cligne des paupières et voit Philippe Papadakis par terre et le Coréen qui brandit encore son nunchaku.

– Marquis ? bredouille-t-elle.

– Excuse-moi pour le retard, Princesse ! Je savais que tu étais ici car j'ai retrouvé tes affaires dans les ordures, mais j'avais beau chercher, je ne te trouvais pas. Cette cave est bien camouflée sous le pavillon. Heureusement que ce crétin a monté le son de la télévision, ça m'a permis de te localiser.

Il comprend que Cassandre est trop faible pour marcher, alors il glisse son épaule sous celle de la jeune fille et l'aide à sortir. Puis il enferme le directeur dans la pièce où la télévision continue de tonitruer les noms des chevaux en lice. Lorsqu'ils sont installés dans la cuisine du petit pavillon, Cassandre accepte enfin d'avaler un peu de nourriture. Comme il n'y a ni chips, ni Nutella, elle avale du pain et du beurre. Les calories la dopent. Chaque bouchée est comme une pile électrique qu'elle recharge dans son corps.

— Tu en as mis du temps, dit-elle la bouche pleine. Je commençais à me demander si tu allais venir…

Cassandre voit à travers la fenêtre qu'il fait nuit noire. L'horloge de la cuisine indique minuit. Elle avait perdu toute conscience du temps.

— Allons-nous-en, Princesse.

— Non, dit-elle, j'ai encore quelque chose à faire ici.

Elle enfile rapidement des vêtements d'homme, pendus dans un placard, et lui indique la direction à prendre. L'aile sud de l'école.

Les deux jeunes gens font irruption dans le dortoir réservé aux enfants autistes. Ils dorment. Le lieu est plongé dans le silence.

Elle fait jaillir les lumières et s'adresse aux enfants réveillés en sursaut.

— Debout. J'ai quelque chose d'important à vous dire. Et vous avez une tâche importante à accomplir.

Elle tape dans ses mains pour les faire émerger du sommeil. Ils se redressent sur un coude, se tournent vers elle en maugréant.

— Écoutez ! Je suis comme vous. J'ai été pensionnaire ici. Vous n'avez connu que vos parents, puis cette école. Donc, comme moi, vous n'avez fréquenté que deux milieux artificiels. Comme ces animaux qui n'ont connu que les laboratoires et les zoos. Mais c'est dehors qu'existe le vrai monde. Le monde des gens et le monde de la nature. Dehors, vous pourrez enfin découvrir qui vous êtes au contact d'étrangers qui ne vous parlent pas pour vous soigner mais pour échanger des informations. Vous verrez, c'est la meilleure façon de grandir. Allez… Vous êtes libres ! Partez ! Sortez d'ici !

Certains se redressent un peu plus pour mieux l'observer. D'autres se recouchent. Aucun ne se lève.

Ils sont comme ces animaux de zoo qu'on ne peut pas libérer parce qu'ils ont trop peur du monde extérieur.

Cassandre se souvient de Jeanne, le chat embroché à Rédemption. Un animal enfermé, qui a voulu connaître la liberté et qui a mal fini.

— Oui, il y a des risques, déclare-t-elle. Mais la vie c'est aussi prendre des risques, c'est l'aventure, la possibilité d'échouer et de mourir. Si vous ne le faites pas, vous resterez des zombies. Prenez vos vies en main ou vous ne serez toujours que des esclaves.

Ils se recouchent un à un, s'enfouissent sous l'oreiller ou sous les draps, pour se protéger de la lumière et de cette voix dérangeante.

— Mettons le feu, annonce Cassandre d'une voix faible mais déterminée.

C'est ce qu'il faudrait faire à des animaux pour leur donner envie de quitter un endroit qui ne leur convient pas mais dont ils se sentent incapables de partir.

— Je ne crois pas que ce soit une bonne idée, intervient Kim, perturbé par cette solution extrême.

— Pour une fois, fais-moi confiance. Le pire, pour eux, c'est de végéter et de rester sous la mainmise de tous ces thérapeutes qui leur parlent avec une délicatesse feinte, comme on s'adresse à des singes savants.

— Il y en a peut-être des bons parmi eux. Ta mère était formidable.

— Oui, il y en a forcément de très bons, mais pas ici dans l'école des Hirondelles. Pas Papadakis en tout cas. Ça, j'en suis sûre.

Cassandre et Kim enflamment les rideaux avec un briquet.

Comme au ralenti, les enfants finissent par s'extirper de leur lit, s'habiller et quitter le dortoir en files à peu près ordonnées, tandis que les lits s'enflamment l'un après l'autre.

Mais Cassandre n'en a pas fini. Sa fatigue oubliée, elle se sent survoltée. Elle va chercher dans un établi de l'essence et en répand sur les planchers de bois. Puis elle explique à Kim qu'il faut agir de même dans l'aile nord.

Sous les rafales de vent, l'immeuble ancien, avec ses planchers et ses énormes poutres, devient rapidement la proie d'un incendie qui ronfle et s'emballe de minute en minute.

Les jeunes pensionnaires, d'abord surpris, restent maintenant figés devant le spectacle des flammes, fascinant et terrifiant.

Les surveillants de l'école courent au milieu des cris, des sirènes, des gens qui se bousculent.

Comme souvent lorsqu'elle est plongée en pleine action, Cassandre coupe le son pour se concentrer sur les images et le bruit des battements de son cœur. Kim, après un premier instant d'hésitation, la suit et obéit à ses instructions.

Je venge la Cassandre antique. Troie a été dévoré par les flammes, aujourd'hui c'est le village du Grec qui brûle.

Un bras surgit qui saisit Cassandre au cou. Violaine Duparc, échevelée, en chemise de nuit, l'empoigne avec une rage qui la défigure.

À nouveau, les deux jeunes filles roulent au sol. Les flammes les entourent comme un mur et les dérobent aux regards. Cassandre, affaiblie par la fatigue et les événements récents, se laisse déborder mais, en puisant dans ses forces les plus profondes, elle se reprend et frappe un coup, un seul, au niveau de la gorge de Violaine. Celle-ci titube, suffoque, s'effondre.

La jeune fille aux grands yeux gris clair se penche et lui chuchote à l'oreille :

– Il faut te déprogrammer de ton nom. Viol-haine ce sont des mots trop durs. Désormais, je te rebaptise Angélique. Demande aux autres de t'appeler ainsi à partir de maintenant. Ta vie va changer.

Puis elle la tire à l'écart du feu et l'abandonne près de l'entrée, là où les secours ne manqueront pas de la trouver.

L'école des Hirondelles flambe. Le vent pousse les flammes vers le pavillon du directeur qui s'embrase à son tour.

– Il faut sortir Papadakis, dit Cassandre.

– Tu plaisantes ! Après ce qu'il t'a fait !

– Je ne fais pas ça pour lui, je le fais pour moi. Ce lieu doit être détruit car il est une erreur. Mais les gens qui y travaillent ne sont pas responsables.

Ensemble, ils rebroussent chemin. Des poutres embrasées pleuvent autour d'eux. La montre à probabilité indique des nombres étonnants comme 67 %, puis passe d'un coup à 22 % ou à 58 %. Cassandre estime que Probabilis a repéré grâce au GPS qu'ils étaient au milieu d'un incendie, mais qu'il reçoit simultanément des informations contradictoires.

Les deux jeunes gens arrivent dans le sous-sol déjà touché par les flammes et libèrent Papadakis de sa prison. Derrière eux, les commentaires du journaliste hippique sont devenus un chant de victoire : « … Une course extraordinaire comme on aimerait en voir plus souvent, les bêtes semblaient survoltées et le challenger a dû donner tout ce qu'il avait dans le ventre pour venir à bout de ses rivaux… ».

Philippe Papadakis est à moitié asphyxié mais son cœur bat. Ils le portent jusqu'au trottoir puis l'abandonnent. Déjà, les premiers camions de pompiers arrivent sur les lieux du sinistre. Cassandre et Kim commencent à s'éloigner en marchant aussi vite que possible.

Soudain, une vieille Renault Twingo freine tout près d'eux. La portière avant s'ouvre.

– Montez vite ! leur intime le conducteur.

À l'intérieur surgit de la pénombre un visage connu : Charles de Vézelay.

Elle hésite, alors il lui tend un papier.

« … Cassandre hésita mais la découverte du message de son frère la convainquit d'accepter et elle s'engouffra dans la voiture. Son frère l'attendait… »

Ce curieux message suffit à les décider. D'un même mouvement, ils prennent place sur la banquette arrière et Charles de Vézelay appuie sur l'accélérateur. Ils quittent les lieux du drame où en nuée les voitures convergent tels des papillons attirés par l'étrange lumière des bâtiments en flammes.

Cassandre Katzenberg se retourne et contemple au loin l'incendie. Il rapetisse, devient un brasero, puis une minuscule lueur jaune au fond de la nuit. Une tache orange et brillante subsiste sur ses rétines lorsqu'elle ferme les yeux.

151.

Ce n'est jamais bien, une école qui flambe.

Mais « La fin justifie les moyens. »

Mmmhhh... Quoique...

Encore un proverbe qui marche mieux à l'envers. L'anti-proverbe serait donc : « La fin ne justifie pas les moyens. »

Oui, c'est plus juste.

Je n'aurais pas dû...

Pourtant, survient un moment où, si on ne veut pas reproduire sans cesse le passé, il faut utiliser la méthode forte.

Ce n'est pas une nécessité, c'est seulement une impatience.

Je n'avais pas le temps de les convaincre avec des mots. C'était trop important.

Et puis, soyons honnête, il y avait dans ce geste excessif un règlement de compte personnel.

Je ne veux plus voir Violaine.

Je ne veux plus voir Philippe.

Je ne veux plus de ce laboratoire servant à effectuer des expériences scientifiques sur des enfants !

Désormais, les animaux en cage sont remis en liberté. Je suis sûre qu'ils trouveront une manière d'inventer une nouvelle vie en dehors de cette prison-laboratoire.

Puisqu'ils sont si intelligents, ils trouveront le chemin...

Plus j'y pense, plus je me dis que ma mère était quelqu'un de nuisible.

(Une... salope ?)

Non. Je n'ai pas pensé ce mot.

(SI... « UNE SALOPE ! »)

UNE MÈRE INDIGNE.

Elle n'avait pas le droit de faire des expériences sur des enfants. A fortiori les siens.

Et mon père était son complice.

Mes parents sont deux gros égoïstes. Malgré tous leurs diplômes, les honneurs, leurs déclarations savantes, ils restent des êtres sans cœur, inconscients de la douleur qu'ils vont infliger aux autres.

Et personne ne leur en fera le reproche. Car personne ne le saura jamais.

Rien que moi. Et mon frère.

Comment disait Orlando ? « On n'est pas obligé d'aimer nos parents. Et eux ne sont pas obligés de nous aimer en retour. » Ce clochard philosophe a tout compris.

L'amour filial est une invention marketing pour vendre des jouets à Noël, des chemises pour la fête des Pères et des robots de cuisine pour la fête des Mères.

Tout ça n'est qu'illusion et déclaration de bonnes intentions. Mais ça ne correspond à rien de réel.

Moi, mes parents ne m'ont pas aimée.

Maintenant je le sais.

Du coup je m'autorise à les juger.

Vous n'aviez pas le droit de nous faire cela à Daniel et à moi.

PAPA, MAMAN VOUS N'AVIEZ PAS LE DROIT DE « ME » FAIRE ÇA !

Maintenant l'école des Hirondelles est en feu.

Et moi je suis en fuite. Quant à Daniel, qu'est-il devenu ?

C'EST VOTRE FAUTE !

Et je ne peux même pas vous en faire le reproche ou vous casser la figure.

152.

Les pneus crissent sur l'asphalte. Ils roulent sur le périphérique. Charles de Vézelay respire fort, l'odeur de sa transpiration remplit l'habitacle.

— Comment nous avez-vous retrouvés ? demande Kim.

— Votre montre fait GPS et elle est branchée sur Probabilis. Le signal avait disparu…

Normal dans la cave en sous-sol, les ondes ne passaient plus...

– ... mais il est revenu, alors j'ai pu vous localiser.

– Pourquoi voulez-vous nous aider ? demande Cassandre.

L'homme a une moue qui se transforme en sourire las.

– Nous avons tous une tache à nettoyer, dit-il, fataliste.

Soudain il se met à pleuvoir très fort. Les essuie-glaces se déclenchent et brassent l'eau qui se déverse à flots sur le pare-brise.

– Je vous l'ai dit, je me suis passionné pour la civilisation des Mayas. Avec un groupe de gens dont faisaient partie votre père, puis votre frère, nous avons voulu nous mettre d'accord pour concevoir nos chansons mayas. Nous avons donc, en nous inspirant de l'observation des constellations, établi « leur futur obligatoire » pour dix personnes ayant accepté de servir de cobayes. Tous avaient pour devoir de s'y tenir. Notre idée était d'établir ensuite, si cela fonctionnait, un futur obligatoire écrit pour cent, puis mille personnes. Plus nous arrivions à mettre de personnes d'accord pour respecter le scénario pré-écrit de leur vie, plus il y avait de chances que cela marche. Ainsi, l'imprévu disparaissait progressivement. C'était mon projet.

– Subtil. Jusqu'à arriver à 6,7 milliards de scénarios de destins obligatoires, et plus du tout d'imprévu, ironise Kim.

– Exactement, avec écrit par avance pour chaque personne ses réussites, ses échecs, ses accidents, ses mariages, ses enfants, ses divorces. C'était une manière de dompter de façon radicale l'avenir. L'astrologie portée à son sommet.

– Ça a marché ? demande Kim.

La pluie redouble. Autour d'eux, les voitures ralentissent et leurs pneus font voler des gerbes d'eau.

– Sur les dix, sont survenus un suicide et deux dépressions. Le fait de les bloquer sur un rail de futur, sans possibilité de changer de voie, les a gravement perturbés. Je n'avais pas prévu cette réaction.

Une moto les double en klaxonnant.

– Même maintenant, quand je dresse mes horoscopes pour les journaux, je prévois l'influence que cela pourra avoir sur les personnes trop sensibles.

Des ruisselets de pluie opacifient le pare-brise.

– Où va-t-on ? demande Cassandre.

– C'est la bonne question, répond Charles de Vézelay en hochant mélancoliquement la tête. Vous avez lu le message : votre frère vous attend. C'est ce que vous souhaitiez depuis le début, n'est-ce pas ? Le rencontrer ? Donc nous allons le rejoindre.

Daniel m'attend.

Cassandre baisse les yeux et scrute son bracelet-montre qui indique « Probabilité de mourir dans les 5 secondes : 68 %. »

– Stop ! hurle sans réfléchir la jeune fille.

Sa voix emplit l'habitacle. Instantanément, Charles de Vézelay donne un grand coup de frein qui arrête net la voiture au milieu du périphérique. Mais derrière eux, le gros camion transportant des veaux n'a pas prévu cette manœuvre subite. Il n'a pas le temps de changer de trajectoire, ses pneus ne trouvent aucune adhérence sur la route mouillée. Il percute violemment l'arrière gauche de leur Twingo. La voiture est soulevée, projetée sur le côté droit. Elle heurte la rambarde de sécurité, tournoie follement, se renverse sur le côté et, lancée comme une pierre, exécute une série de tonneaux pour finalement s'encastrer dans un platane âgé de cent cinquante ans.

153.

Quelle ironie.

Voilà le danger de la connaissance du futur : nous avons eu cet accident parce que j'ai senti qu'on allait avoir un accident !

C'est un paradoxe spatio-temporel. Sans ma montre à probabilité, nous n'aurions pas freiné et nous n'aurions pas été percutés.

Pourtant, force est de reconnaître que dans les cinq secondes il est arrivé un problème potentiellement mortel, comme la montre le prévoyait.

Donc Probabilis avait raison.

J'en rirais si je n'avais pas aussi mal partout.

Je ne sais même pas dans quel état je suis.

Je n'ose pas rouvrir les yeux. Ni essayer de bouger.

La peur de l'avenir peut donc entraîner un vrai danger.

C'est peut-être pour cela que personne ne veut y penser, pour ne pas risquer de le changer.

Je crois que je suis vivante.

Ne pas bouger, pas encore.

Quelle dérision !

Nous avons provoqué un accident, mais peut-être qu'un autre accident risquait d'arriver plus loin si nous n'avions pas freiné. Un accident qui, du coup, a été évité.

Le futur est un arbre avec tellement de bifurcations possibles. Chaque changement d'embranchement change tout.

Comme j'aimerais me libérer de l'emprise du Temps.

Et puis Daniel m'attend...

154.

Cassandre arrive à trouver la force et le courage d'ouvrir les yeux. Sa tête est placée juste en face de son poignet gauche. Sa montre indique « Probabilité de mourir dans les 5 secondes : 18 %. »

Après la tempête, l'accalmie.

Elle voit Kim, son front est ensanglanté.

Du bout des doigts elle se tâte le visage. Elle saigne aussi.

Charles de Vézelay ne bouge plus.

Cassandre s'aperçoit qu'elle peut respirer et bouger, mais une douleur transperce sa nuque chaque fois qu'elle essaie de se redresser. La pluie tombe toujours aussi dru mais les phares de la voiture ne se sont pas éteints et la lune est pleine.

Soudain elle voit un homme muni d'une torche électrique qui se penche à l'envers, tout près de son visage. Il prononce une phrase étrange :

– Vous avez les papiers pour qu'on rédige un constat pour les assurances ?

Cassandre comprend que c'est le conducteur du camion. Elle n'ose parler ni bouger la tête. Enfin d'autres torches surgissent autour d'eux. Ce sont des pompiers. Avec des pinces pneumatiques, ils découpent la tôle et les dégagent de la carcasse tordue.

— Et pour le constat d'assurance ? répète le camionneur transportant les veaux.

— Foutez-leur la paix ! s'énerve un pompier, vous voyez bien qu'on a d'autres problèmes plus graves.

— Ouais, eh ben moi je ne veux pas d'ennuis avec mon employeur. Vous ne voulez pas fouiller dans leur boîte à gants pour voir ce qu'ils ont comme assurance pour la voiture ?

Finalement, les trois passagers sont dégagés et emmenés dans des ambulances, tandis que l'épave de la Twingo prend feu et explose.

155.

Daniel m'attend.

156.

Le médecin qui l'a auscultée lui explique que, par chance, elle n'a que quelques contusions légères et que son jeune ami aussi s'en est bien tiré. La ceinture de sécurité et la solidité de l'habitacle les ont protégés. Le conducteur en revanche a reçu un fort choc à la tête. Il est vivant, mais le médecin ne sait pas quand il va reprendre connaissance.

Ils sont installés dans une salle de six lits. Au-dessus du plus éloigné, une petite télévision diffuse une série sentimentale brésilienne.

Quelqu'un passe la tête par la porte. Cassandre Katzenberg le reconnaît.

— Euh, c'est pour faire le constat, dit le conducteur du camion transportant des veaux qui les a percutés. Vous avez quoi comme assurance ?

Une infirmière le repousse sans ménagement. On l'entend grogner dans le couloir, puis il s'éloigne en menaçant.

Kim, dans un lit parallèle au sien, a la tête emmaillotée dans un grand pansement, comme un turban.

— Désolée, profère-t-elle.

— Désolée de quoi ?

— Je crois qu'Esméralda a raison, je porte la poisse.

— Moi je trouve qu'on s'amuse bien, répond-il. Je commençais à m'ennuyer à Rédemption. Et puis, avec toi, j'ai l'impression d'accomplir des choses importantes.

— Je suis désolée de t'avoir entraîné dans mes problèmes, Marquis. Surtout que toi, tu es le seul à être exempt de faute.

— Tu plaisantes ! Moi aussi je t'ai menti. Je ne suis pas juste un boat-people idéaliste anarchiste. Quand je suis arrivé dans le premier centre pour réfugiés, il y avait des Chinois. Pour moi, le système de dictature débile de la Corée du Nord tenait grâce au soutien de la Chine. Je n'ai même pas essayé de savoir pourquoi ils étaient là. J'en ai tué trois dans la nuit, durant leur sommeil. Tu vois, c'était pas très fair-play.

Elle se garde bien de l'interrompre.

— Voilà. C'est débile mais je préfère que tu saches qui je suis vraiment. Toi, tu as été conditionnée à voir le futur. Moi, j'ai été conditionné à détester les Chinois. Mais ceux que j'ai tués… ils n'avaient pour seul tort que d'être les enfants de leurs parents. C'est pour ça que j'ai envie de lutter contre tous ceux qui forcent les enfants à détester d'autres peuples sans même les connaître.

Les deux rescapés de l'accident échangent un regard grave. Autour d'eux les machines émettent des lueurs vertes. Des signaux sur des écrans et des bips réguliers leur rappellent qu'ils sont surveillés par des détecteurs médicaux.

— On fait l'ouverture des cinq sens ? propose Kim en chuchotant. Allez, je commence. Je vois des machines et des murs blancs. J'ai des crampes partout. Je sens l'odeur de l'éther. J'entends des gens qui râlent dans les lits voisins.

— Je sens la perfusion. J'entends les pompes à air, ajoute-t-elle. J'entends la télévision qui diffuse une série sans intérêt. J'ai des

428

fourmis dans les jambes, j'ai mal au crâne. Ça me démange de partout. Non, je n'ai pas la tête à ça...

Un temps.

– Heureusement qu'on avait mis les ceintures de sécurité et que l'habitacle de la Twingo a résisté au choc. Putain, on l'a échappé belle !

– J'n'aime pas les accidents, dit-elle.

– J'n'aime pas les hôpitaux.

– J'n'aime pas être blessée.

– J'n'aime pas perdre mon temps à rester couché sans rien faire.

Après le générique de fin de la série brésilienne, une page de publicité augmente le son, puis viennent les actualités. Le journaliste annonce, dans l'ordre :

1 – Une grève des fonctionnaires en colère pour la réévaluation de leur salaire. Tout Paris risque d'être bloqué demain par les manifestations qui vont suivre.

2 – L'élection de la nouvelle Miss France a récompensé une jeune fille d'origine savoyarde.

3 – Le dynamitage de statues de Bouddha géantes en Afghanistan par des talibans. Ceux-ci auraient déclaré, je cite : « Nous tenons le Nord du pays et nous avons l'intention de rétablir nos règles de vie ancestrales. Nous interdisons à tous d'écouter de la musique, de lire des livres ou de voir des films au cinéma, ce sont des activités décadentes qui détournent de Dieu l'esprit du croyant. De même, nous interdisons à toutes les jeunes filles d'aller à l'école sous peine de mort. Nous interdisons aux gens de s'aimer, car l'amour entre homme et femme détourne de l'amour de Dieu. »

4 – Une victoire de l'équipe française de football 2 à 0 lors d'un tournoi amical contre l'équipe du Luxembourg. L'entraîneur national, qui était très contesté au sein de la fédération, sera donc finalement reconduit dans ses fonctions, du moins jusqu'au match suivant.

5 – Une légère hausse de la bourse de 0,3 % redonne un peu d'espoir à toutes les places financières internationales. Est-ce

enfin la fin de la crise ? Les pronostiqueurs sont très optimistes, la croissance devrait rapidement reprendre.

6 – Un discours controversé du pape en voyage officiel en Amérique latine. Il a notamment dénoncé ceux qui utilisent les préservatifs. Il prône également l'abstinence avant le mariage.

7 – Un nouveau cargo est venu s'échouer sur les plages bretonnes, répandant une marée de mazout. Les bateaux-pompes venus à la rescousse n'arrivent pas à contenir la nappe qui a déjà englué plusieurs milliers d'oiseaux.

8 – Une école spécialisée dans le traitement d'enfants autistes a été incendiée. Selon les premières analyses il s'agirait du chauffe-eau central qui aurait explosé durant la nuit, entraînant une combustion rapide des planchers attisée par une météo venteuse. Cet accident a incité le ministre de l'Éducation nationale à augmenter les contrôles de sécurité dans les écoles, y compris les établissements privés.

Comme pour l'usine EFAP. Ils ne veulent pas la vérité, ils veulent juste diluer les responsabilités et rassurer le troupeau aveugle.

Kim se tourne vers Cassandre.

– Tu le vois comment, le futur proche ?

– Dès qu'on sera remis de nos blessures, la police viendra nous chercher pour nous mettre dans des centres pour mineurs.

– Ce serait débile. On a d'autres projets plus ambitieux il me semble. Alors qu'est-ce qu'on fait, Princesse ?

En guise de réponse, elle récupère la montre à probabilité et l'enfile à son poignet comme s'il s'agissait d'une arme. « Probabilité de mourir dans les 5 secondes : 32 %. »

On est en dessous des 50 %, donc tout va bien.

Elle arrache d'un coup sec sa perfusion.

157.

Esprit de l'antique Cassandre, éclaire-moi. Tu as échoué à sauver Troie mais tu as dû découvrir, grâce à ton échec, comment il aurait fallu s'y prendre pour réussir.

Je suis sûre que tu as fini par comprendre comment tu aurais pu transmettre à tes contemporains la connaissance du futur.

158.

Deux silhouettes circulent furtivement. Cassandre Katzenberg et Kim Ye Bin trouvent des vêtements dans un vestiaire. Ils s'enfuient de l'hôpital à l'aube et, dehors, volent une moto dans le parking réservé au personnel.

Ils arrivent devant l'immeuble de Daniel Katzenberg. Ils appuient sur l'interphone mais personne ne répond. Cassandre sonne à un numéro d'appartement au hasard.

– C'est moi, annonce-t-elle.

Et à nouveau, la porte s'ouvre sur cet étrange sésame.

La vie est un éternel recommencement. Ce que nous ne sommes pas arrivés à résoudre la première fois nous est proposé plus tard autrement.

Elle sourit, puis songe :

Même cette phrase je l'ai déjà pensée, pratiquement dans les mêmes termes.

Ils sonnent chez Daniel, en vain. Ils travaillent la serrure avec un canif mais, cette fois, la porte est fermée à double tour.

C'est alors que Cassandre remarque une feuille qui dépasse sous la porte. Elle s'en saisit et lit : … « elle ramassa la feuille sous la porte et se mit à lire. C'était à nouveau l'un des messages de son frère qui prétendait savoir ce qu'elle faisait au moment où elle découvrait le texte. Elle se dit qu'il était décidément bien prétentieux pour croire qu'il pouvait deviner ce qu'elle faisait à chaque instant. Ou alors il avait un moyen de la surveiller. Elle eut soudain une idée. "La montre ! Et si la montre était aussi un moyen inventé par mon frère pour savoir ce que je fais ? Après tout il a fait exprès de me l'offrir…", songea-t-elle. Cependant comme c'était inscrit dans le message, elle se mit aussi à douter de cette pensée. »

Cassandre jeta un coup d'œil à la montre qui affichait un banal 16 %.

Comment mon frère peut-il savoir tout cela ? Ce n'est pas possible qu'on puisse déduire autant d'éléments de ce que j'accomplis à chaque instant en se servant juste des probabilités.

Elle poursuivit sa lecture.

« … Elle comprit qu'il était inutile de forcer la porte, son frère n'était pas dans son appartement. Il l'attendait à un autre endroit qu'elle connaissait bien. Peut-être trop bien. Elle se dit simplement : non ce n'est pas possible, il n'est quand même pas là-bas… »

159.

Il m'énerve.

J'ai des parents sadiques et un frère agaçant.

Oh combien agaçant !

Un manipulateur. Un psychotique. Daniel est redoutablement intelligent et il veut que moi, sa sœur cadette, je prenne conscience que je suis en retard d'un coup sur lui, quoi que je puisse faire. Il a tout prévu. Il sait ce que je pense. Il sait ce que je vais décider. Il sait ce qu'il va m'arriver.

Ce que Charles de Vézelay a tenté en vain de réussir, écrire le scénario futur de la vie de ses cobayes, Daniel le fait en direct avec moi. Sans effort, juste avec ses calculs de probabilités qu'il a portés au sommet.

Je ne peux donc me fier à personne. Même ceux qui sont censés être les plus proches de moi ont tenté et tentent toujours d'organiser ma perte.

Daniel est peut-être le pire, car il continue, et notre lien du sang m'attire. Désormais, c'est la course entre lui et moi pour voir le futur. On va voir qui sera le meilleur.

160.

Il se tient debout au sommet de la tour, le dos tourné. Il fait nuit, les nuages sont bas, l'air est glacé à cette altitude. Ses cheveux mi-longs battent au vent. Il est 18 heures et il fait sombre. Il ne se donne même pas la peine de se retourner, comme s'il avait déduit de ses calculs l'instant précis où elle allait se trouver à portée de voix.

– Bonsoir, petite sœur. Content que tu sois ici. Bravo pour l'interception de la bombe de la Bibliothèque nationale, au fait. Tu m'impressionnes beaucoup. Je suis fier que tu fasses partie de ma famille.

Il ne s'est toujours pas retourné. Une petite pluie tombe, pénétrante, mais cela ne semble pas le gêner. En bas les voitures ne sont que des files de lueurs fugitives d'où montent parfois des crissements de pneus.

– Pendant que tu sauvais les lecteurs de la Bibliothèque nationale, moi j'étudiais les probabilités de l'Histoire. D'ici, d'en haut. Plus on est haut, plus on voit loin. Et…

Il s'arrête, comme en suspens.

La pluie redouble. Autour d'eux, les pylônes supportant les diverses antennes radio s'élèvent comme des arbres morts. À leurs pieds, on voit luire les rails servant à faire circuler la nacelle de nettoyage des vitres extérieures, avec ses deux longs bras articulés.

– … Dans mon atelier, il y a quelques heures, alors que je recoupais toutes les informations accumulées depuis des mois et que je les plaçais dans mes équations de prospective, j'ai eu la fulgurance ultime. J'ai tout compris…

Le vent fait tourbillonner la pluie, par rafales. Elle est glacée, et Cassandre ne peut s'empêcher de frissonner :

DE QUOI PARLE-T-IL ? POURQUOI S'EST-IL SOUDAIN ARRÊTÉ DE PARLER ?

Pour la première fois, le silence d'un interlocuteur lui est insupportable. Elle découvre la même impatience qu'ont ressentie tous les gens à qui elle opposait son mutisme.

– Qu'as-tu compris ? questionne-t-elle enfin.

– Nous allons vers la Grande Catastrophe.

Nouveau temps mort. Puis il reprend :

– Parce que les humains sont des bêtes stupides et autodestructrices.

Il a un ricanement cruel et triste.

– Les Mayas avaient pris conscience que leur civilisation touchait à son terme, alors ils se sont suicidés. Moi j'ai dû étudier longtemps pour en arriver à la même conclusion. Nous sommes à une époque non pas de sortie de l'obscurantisme mais de retour à un obscurantisme bien plus profond. Crois-moi, mes observations et mes calculs sont formels. Le pire est devant nous, et rien ne pourra l'empêcher. Rien ! Les Mayas ont prévu la fin de l'humanité pour 2012 et c'est ce qui va se passer.

À nouveau il se tait, comme s'il attendait un signal qui ne vient pas. Puis il reprend :

– Le monde finira le jeudi 21 décembre 2012, au lever du jour sur Tolum au Yucatàn, pour être précis. À ce moment-là, se mettra en place un alignement de planètes et d'étoiles qui ne se produit qu'une fois tous les 26 000 ans. Des tremblements de terre surviendront, suivis par une longue période glaciaire.

Un éclair illumine le ciel et fait trembler la tour.

– À mon avis, les quelques années qui précéderont cette date fatidique seront les pires. Il y aura tout d'abord la grippe porcine, ou aviaire, ou bovine. La vengeance des cochons, des bœufs et des poulets. Quelle ironie, non ? Puis ce sera le terrorisme généralisé mettant les capitales libres à feu et à sang et avantageant les dictatures, surtout les plus fanatiques. Au moins, ce sera clair pour ceux qui n'avaient pas compris la géopolitique. Ce sera même « lumineux ».

À nouveau un éclair fend les nuages.

– Puis s'ensuivra la souillure irrémédiable de l'air, de l'eau, de la terre. La prolifération de l'abrutissement des foules, qui sera l'unique forme d'expression intellectuelle tolérée. Les mensonges passeront pour des vérités, les vérités pour des mensonges. Et ce seront aux défenseurs de ces dernières, et à eux seuls, qu'il sera demandé de fournir la preuve de leurs allégations. Puis, progressivement, on inversera tout. Le bien passera pour le mal. Le mal pour le bien. Jusqu'à l'apothéose. L'autodestruction comme objectif final rock'n'roll de l'espèce, admis et attendu par tous.

Il se penche vers le vide.

– Tous ces films d'horreur qui ont tant de succès sont les miroirs dans lesquels les humains voient leur futur. Et ils trouvent le spectacle de leur déclin fascinant.

Il hausse les épaules.

– On ne peut rien faire. Tout projet de sauvegarde est appelé à échouer. Notre civilisation est condamnée, tout comme les fruits sont destinés à mûrir, à pourrir puis à choir. Notre monde est en voie de putréfaction. Seuls survivront les mouches, les rats et les charognards. Nos derniers compagnons de misère.

– Non, dit Kim. Nous pouvons agir.

Le jeune homme aux cheveux mi-longs se retourne lentement vers ce nouvel interlocuteur.

– Bonjour, Kim Ye Bin. Ton enthousiasme et ta naïveté juvénile font plaisir à entendre. Toi qui aimes les jolies phrases, j'en ai une pour toi : « Les optimistes sont des gens mal informés. »

Son rire grêle se transforme en ricanement inquiétant, tandis qu'il ajoute :

– Cette phrase résume tout.

Maintenant qu'il leur fait face, Cassandre l'observe pour la première fois. Il n'est pas qu'un pinceau ébouriffé, il a un vrai visage avec des traits fins, presque féminins.

Il me ressemble.

Mêmes grands yeux gris, à peine plus foncés, mêmes cheveux. Ses pommettes sont un peu plus hautes, ses lèvres plus fines, et il a plusieurs balafres et cicatrices sur le visage, sans doute dues à son accident de camion.

Elle le trouve beau.

– Ne me regarde pas comme ça, petite sœur. On ne peut plus rien pour moi. Je me suis trompé, mais j'ai appris la vérité : « On ne peut pas changer le futur. »

À nouveau un éclair d'orage tout proche fracasse le ciel. La pluie redouble, elle tambourine sur les pylônes comme des mains s'acharnant sur un tam-tam.

– Pauvre petite sœur. Ce n'est pas notre faute. Nos parents nous ont volontairement rendus différents, ils nous ont conditionnés pour une chimère : voir l'avenir. C'est leur délire. Pas le nôtre. Ils ne nous ont pas demandé notre avis. Être lucide est une malédiction. Mieux vaut ne pas voir. Comme il doit être apaisant d'être crétin béat, de ne pas savoir, de croire les mensonges, de hurler avec les loups, d'encourager les prédateurs à tuer, d'aller dans le sens de la pente. Comme il doit être agréable de polluer, de trouver des excuses aux tyrans et des défauts aux victimes.

La pluie les fouette et Cassandre a de plus en plus de difficultés à entendre la voix quasi féminine de son frère.

– Nous avions de drôles de parents, petite sœur. Ils nous ont transformés en autistes, puis en machines à voir le futur, mais ils ont oublié de nous aimer. Toi et moi, sœurette, nous savons accomplir des actes extraordinaires mais nous ne savons pas aimer, car nous ne l'avons jamais été. Nous sommes les extraordinaires Expériences 23 et 24 sur l'autisme volontaire, en vue du développement d'un talent extraordinaire de visionnaire.

Daniel fait à nouveau grincer son petit rire triste.

– C'est pour cela que je suis parti de la maison. Je ne voulais pas entrer dans leur jeu. Je voulais diriger mon destin. C'est pour cela que je ne t'ai pas connue. Quant à toi, petite sœur, tu es allée toute seule encore plus loin. Je crois que tu as oublié ton enfance pour ne pas avoir le poids de la mort de nos parents sur la conscience. Mais il faut apprendre un jour à retourner dans le dépotoir de sa mémoire, pour retrouver les morceaux de soi qu'on a abandonnés. Tu l'as fait, non ?

Son regard se fait plus perçant.

– Quand on a la maîtrise de son cerveau droit, on peut se permettre cela, hein ? Effacer l'enfance qui ne nous plaît pas. On peut accomplir des tas de choses. On peut revenir en arrière au-delà de notre naissance. L'as-tu fait, Cassandre ?

Elle hoche la tête, doucement.

– Très bien. Tu as vu ton karma ? Tu as étendu ton empathie à d'autres formes de vies animales et végétales, tu as vu ta source, tu es remontée jusqu'au big-bang, hein ?

436

– Oui.

– Donc, maintenant, tu es comme moi, un esprit plus large, plus sensible, plus conscient, mais plus douloureux aussi. Comment disait maman, déjà : « Tout ce qui est en plus s'équilibre avec ce qui est en moins. »

– Oui, répète-t-elle.

Elle approche.

– Oh non ! N'avance pas, petite sœur.

Voilà donc mon nouveau nom. « Petite Sœur. »

– Tu te demandes pourquoi je t'ai donné rendez-vous ici ? Parce que j'ai une dette envers toi. Ou plutôt non, un devoir. Celui de t'informer.

Elle distingue ses yeux qui brillent derrière ses cheveux agités par le vent.

– J'ai tout essayé avant toi. Je ne fais que te dire par avance ce que tu vas découvrir bientôt. On ne peut rien sauver. Nous ne pouvons pas les avertir. Car ils ne veulent pas savoir. Ils sont trop… bêtes !

Cassandre risque encore un pas malgré tout, plus lentement.

– « Ils entendent mais ils n'écoutent pas. Ils voient mais ils ne regardent pas. Ils savent mais ils ne comprennent pas. » Nous n'avons aucune chance d'être écoutés. Nous n'avons aucune chance de sauver l'humanité. Ce que tu as accompli pour les victimes des attentats n'est qu'une goutte d'eau dans l'océan.

Kim, à son tour, essaie d'avancer sur la pointe des pieds, de manière quasi imperceptible.

– Moi, je ne supporte plus la primitivité de mes congénères, je ne supporte plus ce monde qui tend vers la barbarie avant de se diriger tout droit vers l'autodestruction. « Heureux les premiers morts, ce seront ceux qui souffriront le moins. »

Il faut réduire davantage encore le fossé qui nous sépare. C'est mon frère des étoiles. Nous avons le même sang, les mêmes gènes, presque la même histoire. Il faut que je trouve les mots. Tout d'abord, abonder dans son sens.

– Ils sont comme un troupeau d'autruches qui, voyant venir le danger, préfèrent s'inventer des mensonges plutôt que d'affronter les difficiles vérités, articule-t-elle.

– Non, ce n'est pas la bonne comparaison, petite sœur.

– Ils sont comme un troupeau de lemmings qui avance dans la mauvaise direction, reprend Kim.

– Ah, ton ami est plus précis. C'est vrai. Ils n'ont même pas peur. Ils sont dans l'allégresse, fascinés par leur propre mort. Rien ne pourra leur faire faire demi-tour. Surtout pas la raison ou l'instinct de survie. Rien ne pourra les détourner de la chute finale. Tout au plus peut-on, de façon infime, les ralentir. C'est un troupeau de masochistes. As-tu vu en Iran ces types qui se flagellent jusqu'au sang en marchant en longues processions ? Ils ont un sourire extatique. Ils préfigurent le futur de l'humanité. Un jour, les 6,7 milliards d'humains défileront en procession vers l'extinction, en se flagellant jusqu'au sang avec ce même sourire béat.

– Tous ne sont pas ainsi, grand frère.

– Si. Tous. Tous autant qu'ils sont. Ils ne le savent pas. Ou ils font semblant de ne pas le savoir. Ils aiment la douleur, ils aiment la déchéance, ils aiment le meurtre, les massacres et la mort. As-tu remarqué que le noir était la couleur à la mode ? Et, depuis peu, un motif qu'on retrouve partout : un crâne avec deux tibias. Ils savent. L'inconscient de l'espèce sait. Cette ultime catastrophe, ils l'ont admise. Ils ne font rien pour l'empêcher. Désormais ils la désirent. Et on ne peut rien faire pour les changer.

– Tu as dit dans ta lettre qu'il n'existe pas de pire mot que celui de résignation, grand frère.

– C'est vrai, je l'ai dit et je me suis trompé. Seuls les imbéciles ne changent pas d'avis. J'adore dire cette phrase : « Finalement j'avais tort, je viens de prendre conscience que je me suis trompé. » Tu as remarqué, on ne l'entend jamais à la télé. Personne ne change d'avis.

– Tu as tort ! On peut les sauver !

Il hausse les épaules et se tourne à demi vers le vide.

– Non, cette fois il n'y a plus de marche arrière. J'ai vu où va l'Histoire avec un grand H. Elle va en chantant vers sa déchéance. Comme dans le film *Titanic*. Il détient le record mondial de fréquentation cinématographique, n'est-ce pas déjà révélateur ? Tout le monde a senti que ce film racontait, à partir d'un événement isolé, la grande Histoire générale. Nous fonçons vers l'iceberg. Nous allons sombrer. Et l'orchestre sur le pont joue un air entraînant pour qu'on pense à autre chose.

Daniel Katzenberg lâche à nouveau son petit rire triste. Le décor noyé par la pluie disparaît peu à peu autour d'eux, happé par un brouillard nouveau.

– Désolé, petite sœur, j'aurais préféré être ignorant et inconscient. Savoir est une malédiction. Savoir et ne pas parvenir à transmettre est une souffrance. Savoir et être incapable d'agir est un supplice. Je t'aime, petite sœur.

La pluie ruisselle sur son visage.

Il sort un papier de sa poche et le froisse dans son poing gauche, il saisit une montre-gousset dans sa main droite, puis il s'avance vers le coin de la terrasse tourné vers le nord-ouest.

Cassandre se précipite pour le retenir.

Trop tard, il a déjà sauté.

Elle ferme les yeux et hurle.

– Non !!!!…. pas…

161.

… Non ! pas ça !

Je vais me sortir de ce cauchemar et m'apercevoir que mon frère est toujours vivant. Ailleurs, mais vivant, et un jour je vais le retrouver et nous allons parler.

Nous nous expliquerons ce que nos parents nous ont fait, les expériences qu'ils ont pratiquées sur nous.

Nous saurons pourquoi nous sommes si différents des autres humains avec notre cerveau droit non tyrannisé par notre cerveau gauche qui, du coup, nous rend plus sensibles et plus conscients.

Oui, je vais me réveiller.

Oui, cela ne s'est pas passé comme je l'ai vu.

De toute façon, quelqu'un qui a déjà survécu à une chute du haut de la tour Montparnasse est invincible et immortel.

Il l'a fait une fois. Il le fera encore.

162.

Le brouillard empêche Cassandre de distinguer ce qu'il se passe deux cent dix mètres plus bas. Elle court rejoindre l'ascenseur, appuie frénétiquement sur le bouton « Rez-de-chaussée ». Et la nacelle descend enfin.

163.

Ses chances de survie sont très faibles, mais la dernière fois avec 98 % de probabilité de mourir et 2 % de chances de survie, il s'en est tiré. Même le malheur n'est jamais garanti à 100 %.

En sautant la première fois de la tour Montparnasse, mon frère a prouvé qu'il subsiste toujours un espoir dans les situations les plus terribles. Même infime. Et que cela suffit parfois à tout sauver.

Je ne peux pas le perdre comme ça.

J'ai tellement de choses à lui dire. Il en a tellement à me raconter.

On ne peut pas s'arrêter là tous les deux.

Un camion de polystyrène va griller le feu et va s'arrêter là, exactement au bon endroit, juste avant qu'il ne touche le sol.

164.

À chaque étage franchi le nombre de sa montre-gousset augmente : 62 %, 75 %, 85 %.

Daniel Katzenberg prend conscience de tout ce qui se passe durant sa chute. Le vent. Le froid. Le brouillard. Des picotements sur les joues et le cou. Des larmes salées dans ses yeux qu'il ne veut surtout pas fermer.

Il se dit qu'il aurait dû prendre des lunettes pour les protéger de la vitesse durant la chute.

Il n'éprouve aucune peur. Depuis longtemps cette émotion lui est étrangère. Seul demeure en lui un sentiment de vacuité.

Il repense au roi Salomon qui, après avoir bâti un royaume, possédé des centaines de femmes, élevé un temple parfait et construit une société moderne, a lâché avant de mourir : « Vanité, tout n'est que vanité. »

Daniel se dit que telle est la bonne attitude de l'homme d'esprit. Changer le monde puis, une fois que la tâche est accomplie, se suicider.

Il voyage à 287 kilomètres-heure.

La chute dure exactement 7,38 secondes. À cause du brouillard et de son imperméable déployé qui augmente la surface portante, le vol est ralenti de quelques centièmes de secondes, qui s'ajoutent au temps de 6,54 secondes.

Il s'étonne de se sentir impatient de l'impact. Sa dernière pensée est : « Bon, qu'est-ce qu'elle fout la Mort, elle arrive oui ou merde ? »

165.

– DANIEL ! ! !

Le corps du jeune prodige en mathématiques s'est écrasé comme un pantin désarticulé à même le bitume. Sa montre-gousset indique « Probabilité de mourir dans les 5 secondes : 99 %. »

Jusqu'au bout, Probabilis a considéré qu'il pouvait survenir un phénomène imprévisible.

Le fameux 1 % d'incertitude.

Il a toujours son poing gauche fermé, et Cassandre Katzenberg, surmontant son émotion, détend les doigts crispés.

« ... elle ouvrit son poing fermé et trouva le papier froissé, qu'elle lut. Elle découvrit que, comme dernier pied de nez, son frère avait inscrit qu'elle lisait son message. Alors, pour la première fois, elle se dit qu'il était peut-être tout simplement dément. Et, à ce premier sentiment de rejet, succéda un second sentiment plus diffus d'admiration. Alors seulement elle osa se poser la question insupportable : et s'il avait raison ?... »

La jeune fille aux grands yeux gris clair lâche le papier comme s'il était brûlant et reste atterrée devant le corps de Daniel.

MON FRÈRE EST MORT !

La pluie redouble. Ses yeux se couvrent d'une pellicule brillante qui les transforme en miroirs.

Plus de son.

Plus d'odeur.

Plus de sensation.

Sa première larme se mêle au rideau de pluie.

166.

POURQUOI A-T-IL FAIT ÇA ?
Il n'avait pas le droit de sauter
Il n'avait pas le droit.

167.

Elle reste longtemps hébétée, trempée, à fixer le corps de Daniel. Une sirène de pompiers se rapproche. Des policiers accourent pour disperser la foule. Ce qui a jadis été son frère aîné n'est plus qu'un magma de tissus, d'os et de sang mêlés.

Doucement, Kim la prend par les épaules et l'aide à s'éloigner de quelques pas. Elle ne résiste pas. Il y a des cris autour d'eux, des bruits de galopade. Sous la pluie et le brouillard, l'effervescence gagne comme à chaque fois que l'humanité voit l'un de ses membres transformé en cadavre.

Quand la dernière tache de sang est lavée, l'activité coutumière reprend dans la rue, avec ses flux dans les deux sens.

La pluie ruisselle sur les joues de Cassandre. Déjà, quelques policiers accourent dans leur direction.

– On n'a pas le choix, Princesse, filons, lance le jeune Coréen à la mèche bleue.

Elle reste immobile, hébétée…

Daniel est vraiment mort.

Les policiers approchent et elle refuse toujours de bouger. Un filet de larmes couleur d'argent coule sans interruption sur la vallée entre sa joue et l'aile de ses narines. Le miroir de ses yeux fond pour se mêler à l'eau de pluie.

Alors Kim Ye Bin la tire par la main jusqu'à ce qu'elle cède.

– Hep, vous, attendez ! lance un homme en uniforme bleu marine.

Déjà son voisin a sorti un appareil de communication et parle à toute vitesse dans le micro.

– Ils nous ont repérés, Princesse, faut déguerpir !

Quand ils se mettent à courir, les policiers s'élancent derrière eux. Kim Ye Bin s'empare du premier engin à sa portée, une moto Harley Davidson Phantom qu'il a quelques difficultés à faire démarrer mais qu'il parvient à lancer pleins gaz, tandis que Cassandre s'agrippe à son torse.

168.

Il est mort.

Mon frère voyait grand angle et moi je vois macro objectif. Il voyait large et loin tandis que moi je vois de près, je me focalise sur un seul sujet : les attentats terroristes en région parisienne. Maintenant qu'il est mort, je dois prendre le relais et agrandir mon champ de vision, pour regarder moi aussi large et loin.

La méditation dans la cave de Papadakis m'a permis de m'apercevoir que j'en étais capable. Je peux aussi avoir des intuitions sur les grands enjeux généraux.

Il suffit que j'essaye.

169.

Les deux Rédemptionais veulent repartir vers le nord, mais ils sont arrêtés par une procession de manifestants réclamant plus de garanties pour leur retraite. Une longue file de gens encadrés par des syndicalistes avancent en répétant des slogans : « Le futur n'est pas à vendre », « Boulot, dodo, c'est trop », « La retraite ou la vie » et en brandissant des banderoles et des marionnettes pendues à des gibets, aux visages caricaturant les ministres responsables de leur colère.

Voilà la seule alternative laissée au troupeau pour lui donner l'impression de pouvoir exprimer sa révolte : aller du point A au point B en scandant des mots, puis se disperser ou se battre avec les forces de l'ordre.

Kim Ye Bin maîtrise de mieux en mieux son engin pétaradant, il veut traverser ou contourner la foule des manifestants mais celle-ci est trop longue et trop dense. Avec un grognement d'énervement, il revient vers le sud pour prendre le périphérique. Mais une voiture de police, lancée à leurs trousses, se rapproche.

Alors que la Harley Davidson zigzague entre les voitures, la montre à probabilité de Cassandre n'arrête pas de sauter de 34 % à 72 % selon qu'ils frôlent des piétons, des camions, ou prennent des rues en sens interdit. Quand ils approchent de la porte d'Orléans, une voiture de police surgit d'une rue transversale pour leur barrer la route.

Comment se fait-il qu'ils se préoccupent autant de nous ? Est-ce l'incendie de l'école ? Est-ce Pierre-Marie Pélissier qui veut à tout prix me retrouver parce que je suis la fille d'un ministre ? Non, j'y suis ! Sur les caméras de surveillance du sommet de la tour Montparnasse, ils m'ont vue à côté de Daniel durant les dernières secondes de sa vie. Ils croient que c'est moi qui ai poussé mon frère !

Kim bifurque vers le sud-est.

– On n'arrivera pas à les semer, mais je connais un truc par ici qui peut nous sauver, annonce-t-il.

Ils abandonnent la Harley-Davidson sur la place de la porte de Brancion, escaladent un grillage, et courent vers la ligne de chemin de fer de la Petite Ceinture. Ils passent une barrière grillagée dans laquelle des trous ont été ouverts avec des tenailles. Guidée par le jeune Coréen, Cassandre se dirige vers un large tunnel ferroviaire masqué par des arbres.

444

Là, elle découvre un monde dont elle ignorait même l'existence. Des centaines de clochards, sous leurs tentes distribuées par les services d'aide aux nécessiteux, sont regroupées sur deux lignes parallèles comme de gros champignons multicolores. Certains poussent des caddies remplis d'ustensiles, d'autres portent des sacs en plastique gonflés d'objets.

La Cour des Miracles ?

– C'est ce que personne ne veut voir ni savoir : un village de clochards caché aux limites de Paris. Ils sont chaque jour plus nombreux à venir. Ils ne veulent pas aller dans les centres d'hébergement, trop sales et trop dangereux, mal fréquentés. Ils préfèrent se débrouiller entre eux, explique Kim Ye Bin.

La jeune fille observe encore, un peu sonnée.

Elle comprend que ce tunnel inutilisé leur offre l'avantage d'un toit et d'une zone de paix. Personne, ici, ne viendra les déranger.

Une caverne pour les hommes des cavernes.

Et elle constate que, comme les hommes des cavernes, ils savent accomplir des actes que beaucoup d'hommes dits modernes ont oubliés : coudre, construire des abris, chercher de la nourriture, recycler des objets, faire du feu, chasser les rats.

Elle remarque ceux qui titubent sous l'effet de la drogue ou de l'alcool, ceux qui dorment en permanence. Beaucoup d'entre eux possèdent des chiens. La plupart fument. Des cigarettes pour les plus âgés, des joints pour les plus jeunes, dont l'odeur, emportée par le vent, s'accroche à ses vêtements. La plupart portent la barbe.

Eux, ce sont les vrais perdants. Ceux qu'on ne voit pas. Ceux qui ne votent pas. Ceux qui ne se plaignent pas. Ceux qui ne manifestent même pas. Ils ne sont même pas chômeurs, les statistiques ne les connaissent pas. Pour eux, pas de RMI, pas de retraite. Ils attendent que les journées passent.

Le Coréen examine les alentours.

– Les flics vont finir par nous retrouver, annonce-t-il. Même ici, Princesse.

– Les SDF vont les arrêter, c'est ça ton idée, non ?

445

– Non, ces clochards ne feront rien pour nous. Ici aussi c'est Chacun sa merde. Mais j'ai une autre idée. Suis-moi. Tu vas voir que ton baptême avec les rats ne sera pas inutile.

Kim Ye Bin se dirige vers un jeune homme en parka verte délavée et lui demande s'il a un plan. L'autre dit non. Kim pose la même question à plusieurs de ses voisins mais n'essuie que des refus.

– C'est qui cette bourge ? demande un grand type maigre avec une barbe qui lui arrive au nombril.

– Elle est des nôtres. Et elle a un pouvoir.

– Quel pouvoir ? demande le barbu moqueur. Elle est invisible ? Elle vole comme Superman ? Elle fabrique de l'or comme Crésus ? Ça, ça serait bien.

– Elle peut voir l'avenir, répond simplement Kim.

Le barbu marque sa surprise.

– Moi aussi je sais ce qu'est l'avenir. C'est ça !

Et il lâche une grosse flatulence bruyante.

– Elle voit vraiment ce qui va arriver, répond simplement Kim, sans se laisser décontenancer.

– Hé ! Vous entendez, les gars, cette fille est une cartomancienne !

– Non, ce n'est pas le terme qui convient, rectifie le jeune Coréen.

– Oups ! Pardon ! C'est quoi le bon terme, alors, monsieur le spécialiste en vocabulaire ?

– C'est une visionnaire.

Cette fois le barbu marque un intérêt.

– Hé ! Venez écouter, les gars ! Y a un couple de jeunes comiques ! Le type, il sort de l'école du rire. Et ce matin il a mangé un clown.

Quelques curieux approchent. Ils la scrutent. L'un d'entre eux se gratte et, comme à un signal, tous s'y mettent frénétiquement. Même Kim, puis Cassandre finissent par succomber à l'envie de se labourer l'épiderme.

– Si elle est si douée que ça, ta copine, qu'est-ce qu'elle fout là ? dit une fille arborant une multitude de piercings sur le visage. Elle a visionné que son avenir était parmi nous ?

Kim a essayé un coup audacieux en disant notre vérité, mais là il s'est fait coincer. La vérité est une grenade dégoupillée à utiliser avec parcimonie et pas avec n'importe qui.

Le Coréen choisit de poursuivre :

– Elle est venue parmi vous parce qu'elle sait que c'est ici que le monde va commencer à changer.

... Par son compost.

Et, pour ponctuer sa phrase, le jeune homme crache bruyamment dans une flaque.

– C'est quoi, ta visionnaire ? demande le barbu.

– C'est « la prophète des gueux », déclare Kim, une nuance de respect dans la voix.

L'expression ravit tout le monde.

– La prophète des gueux, rien que ça.

– C'est elle qui va sauver le monde, affirme doctement Kim.

Alors le barbu s'avance en fermant un œil.

– Ah bon ? Et comment elle va faire ? Y'a quand même du boulot, bordel.

L'entourage rigole. L'haleine du barbu est ignoble mais Cassandre s'aperçoit qu'elle peut la supporter sans broncher.

– Elle va montrer à tous où on va et alors on comprendra où il faut aller.

– Alors là, vous deux, je ne sais pas ce que vous avez pris comme daube mais ça doit être de la qualité supérieure. J'aime bien votre trip ! Allez, par pitié, dites-moi, c'est quoi ? Un truc à sniffer ? De la colle ? À moins que ce soit direct dans les veines ? De la Dark Angel, c'est ça ?

– Non, c'est bien plus fort que ça, répond Kim.

– Ah ! Je veux le nom ! Vite ! J'en veux ! Alors c'est quoi ton poison ?

– La vision du futur.

À cet instant, il semble à Cassandre que le type face à elle comprend. Il ricane encore plus fort, boit une gorgée de vin puis s'arrête brutalement de sourire. Déjà d'autres clochards accourent, sentant qu'il se passe quelque chose de nouveau.

– Écoutez, j'aurais bien discuté avec vous plus longtemps mais nous avons les flics au cul et on a besoin d'un plan. Si vous ne nous aidez pas, nous sommes foutus.

Le barbu fourrage dans sa barbe puis accepte de leur octroyer deux bougies, un briquet et un plan. Au moment où il lui tend ces objets, il lui murmure à l'oreille :

– Tu ne me dois rien. Tu m'as bien fait marrer, disons que c'est le prix du spectacle.

Kim prend aussitôt Cassandre par la main et la tire à l'écart.

– C'est quoi, tout ça ? demande-t-elle.

– Du matériel pour disparaître. Car, sans avoir ton talent, je sens qu'il va falloir bientôt nous planquer.

Comme pour illustrer ses dires, un coup de sifflet résonne. Des policiers ont déjà franchi l'enceinte grillagée.

Ça ne finira donc jamais ?

Les deux jeunes déguerpissent. Avec étonnement, Cassandre en se retournant voit que leur petit numéro a porté ses fruits. Les clochards se regroupent pour composer un mur vivant qui ralentit les policiers.

Kim, tout en courant, regarde sa carte puis indique enfin un point sur le sol, à l'angle de la paroi du tunnel :

– Là !

Alors, poussant un rocher plat, il dévoile un trou de quarante centimètres de diamètre. Ils se démènent pour s'y glisser puis lorsqu'ils sont tous les deux tassés au fond, Kim tire le rocher plat comme on referme une porte.

Ils sont sous terre, dans le noir, et ne bougent plus, les sens aux aguets.

170.

Mon frère est mort.
Lui seul pouvait m'informer.
Je ne saurai jamais ce qui m'est arrivé dans ma jeunesse.

Je ne saurai jamais comment mes parents ont transformé mon cerveau pour me permettre de voir le futur en rêve.

171.

Ils attendent, immobiles, dans l'obscurité totale.

J'ai déjà connu cette sensation dans beaucoup de mes vies précédentes : se cacher dans le noir et attendre que le danger passe.

Cassandre entend des bruits d'eau qui coule.

– On est où ? chuchote-t-elle.

Kim plaque une main sur sa bouche. Ils perçoivent des bruits de pas. Puis des aboiements de chiens.

Ils vont finir par repérer nos traces et notre odeur.

– Viens !

Il allume une bougie avec son briquet et ils progressent dans un tunnel étroit, à l'odeur d'argile mouillée. Derrière eux ils entendent le bruit de la pierre qu'on déplace puis les aboiements des chiens à l'entrée du souterrain.

Ils nous ont trouvés. La lueur de notre bougie va nous trahir.

Mais Kim Ye Bin la dirige vers un croisement où ils prennent à droite, puis à gauche, puis encore à gauche, avant d'atteindre une sorte de carrefour où débouchent plusieurs tunnels. Là, ils prennent encore à gauche, un boyau étroit mais où ils peuvent encore tenir debout.

Le sol est parcouru d'un ruisselet d'eau qui devient de plus profond, jusqu'à atteindre leurs chevilles. Kim s'arrête et écoute. Ils perçoivent toujours les aboiements, mais lointains et diffus, déformés par l'écho.

– Avec l'eau, les chiens devraient perdre notre odeur.

Cassandre lève la tête. À quelques pas, la voûte taillée dans la roche n'est plus qu'à un mètre cinquante de hauteur, ce qui les force à se courber pour avancer.

– On est où ?

– Dans les catacombes. 120 kilomètres de galeries qui s'étendent sur au moins trois niveaux. Les sous-sols de Paris, c'est un vrai gruyère, mais ici, au sud, à la porte Brancion, c'est le réseau le plus dense. Avant de vivre à Rédemption, je venais souvent me cacher et faire la fête dans le coin.

Il regarde le plan et lui indique une direction à prendre. Ils progressent sous des voûtes taillées en ogive.

— Ce sont d'anciennes carrières de calcaire d'où on a extrait les pierres qui ont servi à bâtir les immeubles et les monuments parisiens.

Il replace le plan devant son nez.

— À partir de maintenant, notre vie dépend de ce papier. Certains sont morts pour l'avoir perdu. Personne ne peut retenir de mémoire la configuration de ces tunnels.

Cassandre repère qu'en effet son bracelet-montre indique : « Probabilité de mourir dans les 5 secondes : 38 %. » Elle estime que l'émetteur GPS a indiqué à Probabilis où elle se trouve. Celui-ci en a déduit qu'elle était descendue dans les catacombes et a mesuré le danger global.

Ils progressent aussi vite qu'ils le peuvent. Au troisième embranchement, Kim regarde le plan et emprunte la voie de gauche. Ils arrivent devant une plaque de bronze terni indiquant RUE DE TOLBIAC.

— Toutes les rues en surface sont signalées en sous-sol, c'est pratique, non ?

Il n'y a pas d'aération, l'air est froid et lourd. Ils débouchent dans une caverne remplie d'inscriptions taguées. Sur le sol, des canettes de bière, des bougeoirs, des mégots, des bombes de peinture aérosol de toutes les couleurs.

— Ce sont des repaires de cataphiles.

Étymologiquement : « ceux qui aiment vivre dans les catacombes ? »

— On pourrait en croiser. Plein de jeunes viennent faire la fête sous terre, où ils peuvent tranquillement danser et se défoncer. Et...

Baiser, complète-t-elle dans son esprit.

Il regarde sa carte.

– Si mes calculs sont bons, nous sommes ici dans un secteur baptisé « Byzance ». Entre la rue Alphonse-Daudet et le « Cellier ».

Le tunnel suivant les mène dans une grande caverne, avec des niches, des tables, des étages. Kim se dirige vers une arche.

– Par là c'est l'une des zones les plus tentaculaires. Ils ne nous trouveront jamais. Nous serons tranquilles.

Les deux jeunes clochards marchent longtemps. Éclairés par la bougie, ils découvrent plusieurs alcôves, certaines abritant des sculptures ou des fresques coquines.

Encore un monde caché, tout proche du monde visible.

Ils aboutissent dans une salle où est sculpté un château fort miniature. Aux angles du plafond, plusieurs gargouilles inspirées des sculptures des cathédrales complètent ce décor inattendu.

– C'est la « Salle du Château », annonce Kim en éclairant la pièce puis son plan. Je vois où nous sommes.

Ils reprennent les enchaînements de tunnels et débouchent dans la salle du Dragon, creusée sous la rue de la Santé. Là, se trouve une sculpture terrifiante d'un monstre reptilien gueule ouverte.

Qu'est-ce que je fais ici ?

Qu'est-ce que le futur fait ici ?

Ils arrivent à un embranchement où est inscrit PARC MONT-SOURIS puis CITERNE MONTSOURIS.

– Par là, c'est l'aqueduc souterrain Médicis construit au Moyen Âge pour alimenter Paris en eau potable, explique Kim en connaisseur.

À gauche, deux plaques avec RUE D'ALÉSIA et DENFERT-ROCHEREAU.

– De ce côté, un bunker a été construit par les Allemands de la Luftwaffe sous le lycée Montaigne, durant la dernière guerre. Et par là, sous Denfert-Rochereau, c'est l'abri où les Résistants ont coordonné la libération de Paris en 1944. Le gag c'est qu'ils étaient à deux cents mètres de distance les uns des autres, mais les Allemands ne les ont jamais repérés. Ensuite l'abri a servi pour la contrebande. En 68, il a permis aux manifestants de fuir ou de passer sous les bottes des CRS.

Ils entendent des aboiements. Kim grimace :

– Pas possible ! Ils nous ont retrouvés et ils sont encore à nos trousses. Ils ont dû installer des détecteurs de présence depuis peu, on a dû se faire repérer dans le bunker allemand. Vite. Par ici.

Ils descendent d'un niveau. La montre à probabilité de Cassandre indique 14 %. Mais la jeune fille déduit que, si ses chances de survie ont augmenté, c'est surtout parce qu'à cette profondeur, le satellite ne capte plus le signal GPS. Elle se souvient des paroles de son frère :

Les optimistes sont des gens mal informés...

Les galeries deviennent plus profondes, plus étroites, plus friables. Ils descendent d'un niveau, puis d'un autre. Le décor change. D'un mètre cinquante, les galeries passent à un mètre de hauteur. Le filet d'eau de pluie qui ruisselait se transforme en torrent au milieu duquel ils pataugent.

– Au moins, les chiens ne pourront pas flairer nos traces, remarque le Coréen.

Ils franchissent un goulet si bas et si étroit qu'ils sont obligés de marcher voûtés, puis à quatre pattes.

Je vis une digestion.

Après avoir été mâchée, dissoute, putréfiée, je circule dans les boyaux digestifs, les « intestins » de Paris.

Ce sous-sol boueux est la prochaine phase de mon évolution.

Ils s'arrêtent.

Cachés dans une niche creusée dans la roche, ils n'entendent que leurs respirations haletantes. Pas le moindre aboiement.

– Ils déploient plus d'énergie pour te retrouver et te renvoyer dans ton école qu'ils en mettent à retrouver des terroristes qui massacrent des innocents, murmure Kim.

– Pourquoi, selon toi ?

– Parce que l'autre mot qui régit ce monde est « paradoxe ». La police s'acharne à arrêter les sauveurs de la société et laisse filer ses destructeurs. Ton frère nous a dit que le pire mot était résignation et il se suicide. Regarde aussi ceux de Rédemption : Orlando est un ancien militaire brutal et alcoolique, pourtant c'est le type le plus généreux et le plus pacifique que je connaisse. Il a renoncé aux armes à feu alors que c'est sa spécialité. Crois-moi, il est prêt à casser la figure au premier type qui lui semblera violent. Fetnat est noir et il est raciste. En dehors des tribus voisines de la sienne, et des Blancs, si tu l'entendais parler des Asiatiques tu serais effarée. Il est d'une virulence particulière envers les Japonais, va comprendre pourquoi. Esméralda passe des heures à se faire belle, et ne laisse aucun homme l'approcher. Elle exhibe ses seins dans des décolletés plongeants mais, si un type tente de la séduire, non seulement elle est surprise mais elle pique une colère de vierge effarouchée. Quant à toi, Princesse, tu prétends voir le futur et tu…

Cassandre ne le laisse pas finir.

– Et toi, Marquis, c'est quoi ton paradoxe ?

– Moi ? Moi, mon paradoxe c'est toi.

Les galeries deviennent de plus en plus froides et humides. L'eau monte rapidement et Kim est obligé de brandir la bougie au niveau de ses yeux.

– Orlando a raison, c'est parfois l'inverse des proverbes qui est le plus vrai, dit-il. Nos ancêtres se sont trompés. C'est au nom de la liberté que les gens manifestent pour avoir le droit de rester esclaves. C'est au nom de l'amour de leur patrie ou de leur religion qu'ils tuent leur prochain. Ils n'aiment pas ceux qui les libèrent et leur ouvrent les yeux, ils adorent ceux qui les terrorisent et les abreuvent de mensonges.

Ils ont maintenant de l'eau jusqu'aux hanches. Kim tient le précieux plan au-dessus de sa tête.

– Normalement on peut s'en sortir par les plaques d'égout mais la plupart sont scellées il faut savoir lesquelles ne le sont pas. Il n'y a que sur ce papier que c'est écrit, annonce le jeune homme.

Ils descendent encore et se retrouvent dans des couloirs à demi inondés où ils doivent pratiquement nager pour avancer. Ne sachant pas si sa montre à probabilité est parfaitement étanche,

Cassandre la glisse dans un sachet plastique qu'elle garde dans sa poche. Kim Ye Bin s'efforce de maintenir d'une main le plan au-dessus des flots et de l'autre la bougie qui l'éclaire, mais c'est de plus en plus difficile.

L'eau qui monte dans un tunnel sombre... mes ancêtres préhistoriques ont aussi connu cela.

Autour d'eux, de plus en plus de rats sont en train de nager avec des clapotis discrets. Les rongeurs ne leur prêtent pas la moindre attention. Leur queue leur sert de flagelle pour se diriger tandis que leurs pattes font des allers et retours frénétiques.

La première bougie étant arrivée à son terme, ils allument la seconde en profitant d'un rebord à peu près sec. Mais, au détour d'un tunnel très bas de plafond, une brusque cascade s'abat sur eux et mouille le papier, le briquet, la bougie.

– Oh non !

Ils se retrouvent dans le noir complet, avec de l'eau jusqu'au menton, au milieu d'un labyrinthe souterrain où personne ne viendra jamais les chercher.

Si la lumière s'éteint, c'est la fin.

Kim essaie en vain de réactiver le briquet. Puis, dans un geste de colère, il jette le plan mouillé devenu illisible et, prenant la main de la jeune fille, l'entraîne dans une direction au hasard. Le plafond des tunnels s'abaisse encore et ils doivent garder la bouche fermée pour ne pas boire la tasse.

Ne pas mourir comme ça. Noyée sous terre.

Mon frère a affronté l'élément air et, lors de l'explosion du camion, l'élément feu.

Moi j'affronte simultanément les éléments eau et terre. L'Expérience 24 est complémentaire de l'Expérience 23.

Au hasard de leurs tâtonnements dans l'obscurité totale, ils découvrent un couloir qui remonte en pente douce. Le niveau de l'eau descend. Ils n'en ont bientôt plus que jusqu'au torse, puis jusqu'aux genoux.

– Combien de temps peut-t-on tenir si on ne trouve pas la sortie ? questionne-t-elle.

– Si on ne se fait pas noyer par la montée des eaux, et si on arrive à dormir dans un coin sec, je dirais trois jours. Si on se mange mutuellement, peut-être cinq ou six.

Évidemment, suis-je bête, j'avais oublié cette éventualité.

La fatigue les a gagnés. Ils progressent de plus en plus lentement.

Ça y est, j'ai compris. Nous ne sommes pas là par hasard. Notre présence a un sens. Je peux le lui dire, il doit pouvoir comprendre.

– J'ai l'impression qu'on erre dans ces couloirs sombres exactement comme l'humanité s'est perdue dans le labyrinthe obscur du temps. Ce qui nous arrive est à l'image de ce qui va arriver au monde entier.

– Tu penses à quoi ?

– Les rats. La montée des eaux. L'extinction des feux. L'arrivée de l'obscurité. La perte du plan. La recherche de la sortie.

– Si l'humanité vit ce que nous allons vivre, elle est mal partie.

– Si nous trouvons une solution pour nous, nous en trouverons une pour tout le monde.

Ou le contraire. Comme dirait Orlando.

Elle vient se blottir contre Kim. Ils se serrent pour se communiquer le peu de chaleur qui leur reste. Puis elle dégage sa montre de la poche plastique, l'allume et voit apparaître le nombre « 68 % ». La lueur est faible mais, dans l'obscurité totale, parfaitement lisible.

– Voilà la solution ! s'exclame-t-elle. Ici nous devons être suffisamment proches de la surface pour qu'elle capte le signal GPS. Essayons de bouger, pour voir.

Ils font quelques pas dans une direction au hasard et le nombre augmente. « Probabilité de mourir dans les 5 secondes : 69 %. »

Alors Cassandre suggère de faire demi-tour, de revenir au point où était inscrit 68 %, puis de partir dans la direction opposée. Le nombre redescend à 66 %.

455

Pour Probabilis, nous avons plus de probabilités de mourir que de chances de survivre. Cependant, il est prêt à réviser ses chiffres en fonction de nos mouvements immédiats dans ce labyrinthe progressivement envahi d'eau.

— Nous sommes toujours au-dessus de 50 % de risque de mourir, déplore Kim.

— Nous allons nous en tirer car nous avons trouvé la méthode.

Dès lors, le reste n'est que l'expression de cette méthode. C'est comme le serpent de Fetnat. Dès le moment où le Vicomte a eu l'idée de son stratagème avec le serpent, Ismir était déjà mort. De même, dès le moment où nous avons eu l'idée d'utiliser la montre à probabilité pour nous guider jusqu'à la sortie, nous sommes déjà sauvés.

En testant toutes les voies à tous les carrefours, ils arrivent enfin à trouver un couloir à 49 %.

À partir de maintenant nos chances de survie sont supérieures à nos chances de mourir.

Les deux jeunes clochards mettent plusieurs heures à dénicher une voie qui indique un nombre inférieur à 40 %. Ensuite les 30 % et les 20 % arrivent assez facilement. Enfin, à un endroit s'inscrit : « Probabilité de mourir dans les 5 secondes : 16 %. » Le seul inconvénient est qu'il s'agit d'une impasse.

— Nous sommes tout près de la délivrance, annonce Kim. Derrière cette paroi, il y a quelque chose qui doit ressembler à une sortie.

Alors ils se mettent à creuser à mains nues dans la terre meuble.

— Nous allons probablement tomber sur un jardin ou une cave. Il nous suffira d'expliquer la situation aux propriétaires des lieux.

Enfin ils perçoivent ce qui leur semble être des voix humaines à peine étouffées. Ils creusent et poussent en redoublant d'efforts, jusqu'à ce que tout s'effondre. Et ils se retrouvent au milieu de centaines de squelettes et de gens qui hurlent.

172.

Nous avons trouvé une porte de l'enfer.

173.

Emportés par leur élan, ils basculent en avant et chutent au milieu des ossements d'un jaune sinistre, vaguement imprégnés d'une ignoble odeur de formol.

En se relevant, ils voient une dizaine de touristes japonais qui les observent, horrifiés. Certains poussent des cris, d'autres restent figés. Trois d'entre eux ont le réflexe de dégainer leur appareil photo et de les mitrailler à coups de flashes.

Cassandre et Kim examinent les alentours et comprennent qu'ils ont débarqué au milieu des catacombes officielles, visitables, de Denfert-Rochereau. Autour d'eux, des milliers d'ossements sont disposés pour former des œuvres d'art parmi lesquelles on a disposé des inscriptions du genre « Toutes les minutes blessent, la dernière tue. »

Nous sommes dans un ossuaire.

Une touriste s'évanouit, d'autres n'arrêtent pas de crier. Mais déjà le couple de jeunes clochards boueux, sorti d'entre les morts, a déguerpi en courant. Ils ressortent en surface et la première bouffée d'air et de lumière est pour eux comme une renaissance.

De l'air.
De la lumière.
De l'espace.
Hors des intestins.
Hors de la terre.
Ainsi nous avons traversé le royaume des morts et nous en sommes revenus encore plus forts.

Tous deux se dévisagent. La boue a recouvert leurs vêtements, leur peau jusqu'aux cheveux.

Elle le fixe.

On dirait qu'il est recouvert de mousse au chocolat.

Cette idée l'amuse. Cassandre Katzenberg a alors un premier accès de fou rire. Qui monte de son ventre puis jaillit de sa gorge. Elle n'avait pas ri ainsi depuis longtemps. Et le son de son propre rire la ravit.

Kim Ye Bin rit aussi, mais de manière plus spasmodique. Et, dans cette hilarité commune, c'est comme si toutes les tensions accumulées se déchargeaient enfin.

174.

Nous avons réussi. Nous nous en sommes sortis. Même dans les pires circonstances on peut s'en tirer de justesse.

175.

La pluie se déclenche à nouveau et les lave de leur couche matricielle. Ils s'essuient mutuellement. Alors que l'orage redouble, ils courent à perdre haleine vers la plus proche bouche de métro. Denfert-Rochereau. Ils prennent la ligne Porte d'Orléans-Porte de Clignancourt.

Mais soudain, au détour d'un virage, ils sont arrêtés par trois contrôleurs qui barrent le couloir.

– Contrôle. Tickets, s'il vous plaît ?

Oh non, ça ne va pas recommencer !

– Nous n'en avons pas, signale le jeune Coréen d'une voix épuisée.

L'homme qui semble leur chef les toise avant de sortir de sa poche quelque chose qu'il cache dans sa main fermée. Puis il l'ouvre et dévoile deux tickets. Il leur fait un clin d'œil.

– Je sais que c'est la crise. Je peux comprendre votre situation. Voilà qui devrait vous tirer momentanément d'affaire.

Les deux jeunes gens restent un instant éberlués.

– Pardon ? demande Kim, qui pense avoir mal entendu.

– À voir comment vous êtes habillés et dans quel état vous

êtes, votre situation ne doit pas être drôle. C'est déjà assez pénible de manquer de tout, je ne vais pas en plus vous créer des soucis avec des formalités administratives.

Un instant, Cassandre et Kim pensent que c'est une plaisanterie.

– Heu… merci, bafouille le jeune Asiatique en fronçant les sourcils comme pour vérifier si on ne se moque pas d'eux.

Mais le contrôleur les gratifie d'un salut en portant les doigts à sa caquette.

– Oh, vous savez, les tickets on les a gratuitement alors autant s'entraider de temps en temps. Et puis c'est vous aujourd'hui qui êtes en bas, mais demain ça pourra être moi.

Les autres contrôleurs hochent la tête en signe d'assentiment.

– Pas la peine de courir, vous aurez le prochain métro. Détendez-vous un peu, vous avez l'air stressés. Ça, par contre, le stress c'est mauvais pour l'estomac et le cœur. La santé, c'est finalement le plus important.

Une fois passée leur surprise, les deux jeunes reprennent leur route. Kim chuchote :

– Alors ça, si je ne l'avais pas vécu, je ne l'aurais pas cru.

Cassandre a envie de lui répondre :

Personne n'est tout blanc ou tout noir, on ne peut juger les autres sur leurs vêtements ou leur profession. Même chez les bourges ou les flics, il y a des gens formidables. Même chez les pauvres et les clochards, il y a des salauds. Où qu'on soit, il y a toujours des gens bien.

Ils essaient d'adopter le comportement d'usagers normaux. Ils trouvent une rame avec des places et s'assoient l'un près de l'autre. Les portes de la rame se ferment. Un sifflement, et l'engin roulant les emporte du sud vers le nord de la capitale.

Cassandre peut enfin fermer les yeux et se laisser aller à respirer normalement.

176.

J'ai encore cette impression que tout recommence sans cesse dans ma vie, mais avec de légères différences.

Je sors parmi les squelettes des catacombes comme je suis sortie au milieu des poupées du dépotoir.

Je fuis au milieu des hommes, comme je fuis au milieu des rats.

Je suis incomprise par les autres élèves de l'école des Hirondelles, comme je suis incomprise par les policiers.

Les attentats recommencent avec quelques nuances. Une fois c'est un homme dans le métro, une fois c'est une femme dans la bibliothèque.

Le contrôle des tickets a de nouveau lieu, mais avec une réaction opposée des contrôleurs.

Tout est cyclique. Tout est « fractal ».

Le même film m'est reprojeté avec de légères variantes dans les décors, les personnages et les situations, mais c'est bien le même.

Comme toutes ces vies que j'ai vécues. Elles sont, pour l'essentiel, similaires mais avec des nuances qui font que ce n'est quand même pas exactement pareil.

Chaque fois je nais en pleurant. Chaque fois je meurs en râlant.

Chaque fois je grandis, plein d'espoir. Chaque fois je prends conscience d'être seule et que personne ne peut me comprendre. Puis je meurs un peu déçue de ne pas avoir pu en faire plus.

Chaque fois je fais du mieux que je peux.

Chaque fois j'échoue.

Elle inspire à fond et se souvient d'une citation de Winston Churchill sur un des tee-shirts de Kim. Elle lui avait beaucoup plu.

« Réussir c'est aller d'échec en échec sans perdre l'enthousiasme. »

Finalement les petites phrases, ça peut aider. Celle-là, en tout cas, me donne envie de ne pas baisser les bras. Les petites phrases sont des rustines pour réparer les accrocs des destins.

À condition qu'on leur accorde ce pouvoir.

Churchill devait être un type qui a touché à un moment donné à une vérité fondamentale. Il a entrevu quelque chose. Forcément.

Elle se la répète.

« Réussir c'est aller d'échec en échec sans perdre l'enthousiasme. »

En soupèse chaque mot et l'enregistre, consciente de tout ce que la phrase renferme de promesse, d'espoir, de force contre l'adversité et de résistance aux épreuves.

177.

La bouche béante du grillage semble les attendre. Cassandre s'enfonce dans l'accroc et Kim la suit. Ils rampent sous les branchages serrés puis se lèvent et contemplent le Dépotoir.

Il est 19 heures et sous le ciel gris, la pluie a cessé. Le vent s'est tu. C'est un instant d'accalmie au milieu des giboulées de mars. Il fait même encore jour. De là où ils sont, ils distinguent les empilements de voitures et les montagnes d'ordures. Cassandre reconnaît le dinosaure dressé, gueule béante, la rame de métro éventrée.

Peut-être par un attentat.

Elle distingue aussi la libellule géante de l'hélicoptère accidenté.

Ils inspirent à pleins poumons et retrouvent enfin le parfum de chez eux.

Si je m'attendais un jour à préférer la puanteur d'un dépotoir à l'odeur de la ville.

Ils avancent au milieu des buissons épineux hérissés de ronces et de chardons.

Les chiens sauvages les surveillent en grognant. Ils se regroupent, s'approchent, mais n'osent les attaquer.

Ils gardent la mémoire de nos rencontres précédentes. C'est l'« esprit de la meute sauvage ».

Les deux jeunes clochards déambulent au milieu des montagnes d'ordures, entre les colonnes de voitures rouillées, empilées en quinconce, et les amoncellements de machines à laver ou de téléviseurs brisés.

Ici tout finit et tout commence.

Quand ils atteignent enfin Rédemption, Esméralda Piccolini, vautrée en bigoudis dans son hamac, est en train de lire un magazine people. « Rien ne va plus entre Bérénice de Rocancourt et Timothée Philipson », titre la couverture, avec un énorme point d'exclamation pour souligner l'importance du drame.

Fetnat Wade s'affaire à arroser son carré de plantes médicinales. Orlando Van de Putte touille un waterzooï sur la surface duquel flottent des pattes et des museaux de rats. Il croque à pleines dents dans ce qui ressemble à une pomme mais qui s'avère, à l'odeur, un gros oignon rose.

Sans un mot, les deux jeunes se précipitent sur la nourriture. Kim saisit un couteau et se taille un morceau du chien sauvage qui rôtit sur la broche. Puis il vide une bouteille de vin, sans respirer.

Sans réfléchir, prise par sa faim, Cassandre trempe un bol dans la marmite de waterzooi et, sans regarder les formes suspectes qui nagent, elle plonge une cuillère dans la mixture et avale sans mâcher.

– Hé, les morveux, articuler « Bonjour », ça vous écorcherait la gueule ? questionne Esméralda.

En guise de réponse, Kim lâche un rot bruyant parfumé au raisin fermenté.

Ils mangent avec les doigts pour aller plus vite comme s'ils devaient de toute urgence colmater leur orifice buccal.

Avec Charlotte j'ai dégusté, mais avec Kim je dévore. Et les deux sensations se valent.

La faim confère à n'importe quel aliment une saveur extraordinaire.

Elle tombe à un moment sur quelque chose qui ressemble à une nageoire de poisson.

– J'ai ajouté de la chauve-souris, croit bon de signaler le marabout. Ça donne un petit arrière-goût de cerise amère que certains apprécient.

Leur première faim apaisée, les deux adolescents se dépouillent de leurs vêtements sales et humides, se frottent avec des serviettes et des boules de papier-journal, puis enfilent des vêtements propres et secs.

– Alors, qu'est-ce qui vous est arrivé ? demande nonchalamment Orlando tout en vérifiant l'équilibrage d'une flèche.

– Bof, rien de spécial, la routine, dit Kim qui s'est remis à dévorer du rôti de chien. Et ici, quoi de neuf ?

– Ici, il est arrivé beaucoup de choses. Certaines très graves.

– Quoi ?

– Le petit prunier, symbole de notre projet, a perdu ses feuilles, il va mourir, annonce Fetnat Wade.

– Les plantes, des fois ça prend, des fois ça prend pas. Ça doit être à cause de la pollution, philosophe Orlando Van de Putte.

– On a perdu au Loto, complète Esméralda Piccolini en crachant. On dirait que c'est une période de pas de chance.

– Ah, vous ne pouvez pas savoir comme ça fait du bien de vous retrouver, lance Kim pour faire diversion. Dehors, quand même, c'est pas pareil. Plus ça va, moins je supporte l'arrogance des bourges.

Cassandre reprend du waterzooi. Un bout d'aile de chauve-souris se prend dans une de ses molaires et elle dégage délicatement la membrane caoutchouteuse.

Le gros Viking lui tend une bouteille de bière tiède.

– Hé ! Baron égoïste ! Moi, tu m'en proposes pas ? Tu sais bien que l'alcool, elle aime pas ça.

– Fais pas chier, Duchesse, elle peut changer d'avis.

– Ouais, dis tout simplement qu'elle est plus mignonne et plus jeune que moi, alors elle tu la chouchoutes et moi tu me négliges, espèce de gros porc. Même si cette mioche ne nous attire que des emmerdements et que moi je fais tout pour arranger les choses.

– Et voilà, ça y est, ça recommence : les insultes, les mots déplacés, l'agression gratuite. Bravo, Duchesse, quel exemple nous donnons à la jeunesse. Tu veux que je te dise ce que tu es ? Juste une vieille agressive et sans cœur !

– Moi, agressive ! Alors ça c'est un comble !

– Ouais, parfaitement, tu n'arrêtes pas de me chercher !

Elle a déjà saisi une bouteille de vin, l'a fracassée contre le caddy et darde le tesson luisant vers lui.

– Répète encore une fois que je suis agressive et je te crève le ventre !

– Calme-toi, dit Fetnat. Calme-toi !

« Calme-toi » c'est vraiment la phrase qui énerve le plus. Encore un paradoxe. On n'a jamais vu un énervé se calmer si on lui dit de le faire.

– T'entends, connasse, le monsieur il te dit de la mettre en veilleuse et d'arrêter de faire chier tout le monde ! répond Orlando en saisissant à son tour un tesson de bouteille.

Ils hésitent puis posent leurs armes. Mais c'est pour mieux s'empoigner par le col et se postillonner au visage.

– Morue pas fraîche !

– Résidu de bidet !

– Égorgeur d'enfant !

– Vendeuse de petites filles !

– Et après tu t'étonnes que ta femme t'empêche de voir ta gosse, tu as vu l'exemple que tu lui donnerais, un gros pochetron dégueulasse, une pollution ambulante.

Les mots peuvent être utilisés comme des armes pour blesser.

– Avec toi, le cinéma a perdu une vedette, tiens !

– Je ne te permets pas ! Tous les hommes étaient à mes pieds !

– Il faut dire qu'au sommet de ta fulgurante carrière tu n'étais pas encore au format baleine et que tu arrivais à passer les portes !

Cassandre les regarde comme si elle assistait à un spectacle de théâtre.

– Sauf ton respect, Baron, si tu dis un mot de plus, je te défonce la tronche à coups de marteau de tapissier.

– Sans vouloir outrepasser mes droits, Duchesse, je te signale qu'il n'est pas encore venu le jour où j'aurai peur d'une grosse pétasse vulgaire et droguée !

– Grosse ! Ose répéter ça !

– Grosse et droguée, parfaitement.

– Ce n'est pas un alcoolique qui va me faire des leçons de morale. Ce serait l'hôpital qui se moque de la charité.

– Ou le contraire ! Ouais, plutôt le contraire.

Ah, ce proverbe, j'ai jamais compris ce qu'il voulait dire.

– La charité qui se moque de l'hôpital. Ça veut rien dire ! C'est nul ton anti-proverbe !

J'avais oublié qu'ils ne communiquaient que comme ça. Comme des chiens qui aboient.

Derrière ces insultes qui ont l'air terribles il n'y a que des mots tout à fait banals. On pourrait mettre en sous-titre « Ça va, chéri ? – Pas mal et toi mon amour, pas de soucis au moins ? » L'insulte est une langue comme les autres. Je dois quand même essayer de les apaiser.

– Nous ne sommes tous que des tas de particules, prononce simplement Cassandre.

– Eh bien, dis au gros tas de particules qui est à côté de toi que s'il ne ferme pas sa grande bouche je vais lui envoyer une excroissance de ma personne qu'on appelle « main » en travers du mur de molécules tassées qu'on appelle « sa grande gueule » !

– Tu m'insultes parce que tu as envie de m'embrasser, dit Orlando.

Elle s'immobilise, puis affiche une moue dédaigneuse.

– T'embrasser ! Avec ce que tu as bouffé comme ail et comme oignon dans ton dernier waterzooï, il faudrait d'abord que tu te brosses l'estomac avec une balayette et de l'eau de Javel !

Kim Ye Bin, ayant apaisé sa faim, articule doucement :

– Le frère de Cassandre est mort.

Un silence tombe. Soudain un long hurlement monte de l'autre côté du dépotoir.

– C'est Ismir, dit Fetnat en connaisseur.

– On n'échappe pas à son destin. Nous lui avons écrit son futur quand nous avons lâché le serpent, complète Orlando.

– En tout cas, avec cette crapule en moins sur Terre, des tas de filles pourront avoir une vie moins moche, reconnaît Fetnat en crachant. Si vous voyez ce que je veux dire.

Kim vient s'asseoir près de Cassandre. Il ne dit rien et se contente de lui masser les épaules pour la réchauffer.

– Ils me fatiguent. Viens dans ma hutte, murmure-t-il.

178.

Orlando, Fetnat, Esméralda.

Eux, je les aime.

Ils font partie de moi. Ils ont cette énergie brute et sauvage qui traverse aussi mon corps.

Celle de la terre, de la pourriture, de l'humus originel.

179.

Grésillement. Dans la hutte de Kim tous les écrans informatiques renvoient la même image, celle du visage angélique recouvert de longs cheveux de Daniel Katzenberg.

« Le prophète qui a renoncé. »

Les deux jeunes gens découvrent progressivement la vie du frère défunt à travers plusieurs articles sur Internet. À sept ans, il se révèle un excellent joueur d'échecs grâce à ce qu'il nomme lui-même une « perception des probabilités d'enchaînements des coups ». Probabilité. Le mot est lâché. Il se passionne pour les arborescences de probabilités et rédige, à treize ans, un mémoire sur son maître à penser, Christiaan Huyghens, qui le premier a écrit, sur les conseils de Blaise Pascal, « La Théorie des Probabilités » en 1657.

À partir de lancers de dés, puis de tirages de cartes à jouer, ce savant néerlandais, surtout connu pour ses travaux d'astronomie, parvient à ouvrir une réflexion qui l'aidera à définir l'univers comme un champ de probabilités.

Passant de la théorie à la pratique, après avoir évolué dans le milieu des compétitions d'échecs, le jeune Daniel Katzenberg se met au poker grâce à quoi il amasse une fortune dès l'âge de quinze ans. Puis, à dix-huit ans, il se lance dans les jeux de casino dont il est finalement interdit de pratique pour cause de victoires suspectes.

Au moment de sa première arrestation il signale : « Je n'ai pas triché, j'ai juste réfléchi aux probabilités. » Sa réputation grandit dans les milieux mathématiciens. C'est précisément à cette époque qu'il est récupéré pour travailler au département « Assu-rance-Vie » de la grande firme « Futur-Assurances ». Là, on lui fournit les moyens nécessaires à ses recherches sur les arbores-cences de possibilités et il crée un premier laboratoire de tests où sont étudiées toutes sortes d'hypothèses de futur. C'est le pre-mier à estimer de façon précise les chances de survie lors de trem-blements de terre, de typhons, de tsunamis, d'épidémies de grippes, de guerres, même de manifestations, le tout grâce à des algorithmes considérés comme révolutionnaires par ses collègues.

Vu son jeune âge et ses théories avant-gardistes, Daniel Kat-zenberg devient rapidement la star de la profession. Il multiplie les expériences de tests de survie jusqu'au moment où il provo-que son premier accident. Un de ses cobayes meurt écrasé par un poids lourd sur une bande d'arrêt d'urgence d'autoroute pour vérifier son calcul de probabilité de temps de survie.

Il provoque un second accident mortel en demandant à un cobaye de rester sur un terrain de golf avec un sac de clubs lors d'un orage. L'homme, foudroyé au bout de 17 minutes 25 secon-des, décède sur le coup.

Dès lors, loin de s'excuser ou de renoncer, Daniel Katzenberg annonce que, pour les prochaines expériences de calcul de pro-babilités d'accident mortel, il utilisera comme cobaye sa propre personne.

Il expérimente lui-même plusieurs situations dangereuses : voiture précipitée dans un fleuve, incendie de grange, pendaison. Chaque fois, un comparse doit le sauver in extremis.

C'est pour cela qu'il a sauté du haut de la tour Montparnasse avec son copain dans le camion.

Suite à diverses plaintes, les dirigeants de Futur-Assuran-ces demandent à leur jeune prodige de fermer son laboratoire et de se contenter d'un simple bureau de calculs théoriques et non pratiques dans leurs locaux.

C'est à cette époque qu'il a dû construire son laboratoire secret dans la coursive du dernier étage de la tour Montparnasse. Pour

continuer d'analyser les probabilités de mourir dans les circons-
tances les plus banales ou les plus extraordinaires. Ses expérimen-
tations se sont poursuivies sans l'autorisation de sa hiérarchie.

C'est à la même époque que Daniel Katzenberg va rejoindre
son père au ministère de la Prospective. Là il étudie plus largement l'évolution de l'humanité modélisée comme une suite de
scénarios associés à des probabilités qu'il analyse, décortique, raf-
fine, au fur et à mesure que l'actualité se déroule. Ses recherches
le conduisent à alerter les politiciens sur les dangers d'une croissance démographique non maîtrisée et d'un gaspillage des ressources planétaires.

Nous en étions arrivés aux mêmes conclusions.

Mais ses travaux n'avaient pu être utilisés par le gouvernement
qui les considérait comme inadaptés aux enjeux politiques du
moment.

Kim Ye Bin semble très impressionné.

– Bon sang, dire que j'ai vu ce type vivant. C'était un génie.
S'il avait continué de vivre, il aurait pu…

– Il aurait pu, mais il n'a rien fait. Les autres ont des excuses,
ils ne savent pas. Lui n'a aucune excuse. Il savait.

– Il a quand même fait avancer les choses, Princesse.

La belle affaire ! Pour impressionner quelques spécialistes en
assurance-vie ? Pour tester, par curiosité morbide, combien de
temps un pauvre type pouvait survivre sur une bande d'arrêt
d'urgence ?

– Il aurait mieux fait de réfléchir à la façon dont sa propre
espèce pourrait espérer s'en tirer, cher Marquis.

L'humanité ne dispose pas de bande d'arrêt d'urgence.

– Il l'a fait vers la fin. C'est ça qui l'a déprimé, reconnaît le
Coréen.

– Pauvre chochotte ! Monsieur le grand génie a le blues parce
qu'il voit que l'humanité a des soucis. Mais si tout allait bien,
on n'aurait aucune raison de se donner du mal ! C'est parce que
rien ne va que nous devons agir.

– Ton frère…

468

– Il est déjà oublié. Son travail également. Que restera-t-il de sa pensée et de son œuvre ?

– Mais tu te rends compte de ce qu'il a accompli, Princesse ?

– Rien. Tant que les journaux et le grand public ne sont pas au courant, c'est comme s'il n'avait pas existé, Marquis.

Et puis il est mort. Il s'est suicidé. Il a renoncé. Les morts ont toujours tort. Ce n'était qu'un...

– ...Ce n'était qu'un idiot. Il avait besoin d'aide.

... Il avait besoin de moi.

– Par orgueil, il a cru qu'il pourrait tout faire seul. Ensuite, quand il a vu qu'il n'y arrivait pas, au lieu de reconnaître qu'il lui fallait m'appeler à la rescousse, il a préféré tout laisser tomber. Quel... imbécile ! profère-t-elle.

– Étymologiquement : « qui marche sans se faire aider d'une béquille » ? n'est-ce pas, Princesse ?

Elle ne relève pas, agacée d'être battue sur son propre terrain. Elle repense à Daniel.

Il ne suffit pas de savoir, il faut communiquer sur ce savoir. Sinon c'est de la pensée inutile.

– Tu es en colère. Tu ne te rends pas compte de l'être extraordinaire qu'était ton frère !

– Un prétentieux !

– Il a été touché par la grâce, il a été illuminé.

– Il a perdu espoir. C'était un faible. C'est bien la peine d'avoir ce niveau d'intelligence et de conscience pour finir en tas écrabouillé au bas d'une tour.

– Il n'avait pas complètement tort, reconnaît-il.

C'est alors que Cassandre prononce lentement :

– Si, cher Marquis, mon frère Daniel avait complètement tort. On peut sauver les gens. On peut sauver le monde. L'ancienne Cassandre a échoué. L'ancien Daniel a échoué. Le nouveau Daniel a échoué. Mais... moi je vais réussir. Grâce à vous. Les déchets, les proscrits, les résidus de la société. Comme le compost va permettre de sauver le petit prunier.

– Hé ho, pas d'insultes, on n'est pas du compost, Princesse.

La jeune fille aux grands yeux gris clair ne se donne pas la peine de répondre.

– Nous ne sommes peut-être que cinq, mais nous pouvons dévier le trajet funeste du troupeau aveugle, insiste-t-elle.

– Ils sont trop nombreux, dit Kim.

– « Ce n'est pas parce qu'ils sont nombreux à avoir tort qu'ils ont raison. » Je crois que cette phrase est sur l'un de tes tee-shirts.

Elle se lève.

– À présent il n'y a plus que nous dans ce pays pour s'intéresser au futur. Il va falloir développer notre Ministère Officieux de la Prospective. C'est aussi simple que ça. Et je compte sur toi, Marquis.

Kim revient sur la photo du jeune homme aux cheveux indisciplinés.

– Et si ton frère Daniel avait raison ?

Cassandre se refuse à argumenter.

Ils vivent tous dans la peur. Même Kim. Même Esméralda, Fetnat ou Orlando. Ils sont tous résignés. Dès l'école, on leur insuffle la peur pour qu'ils ne soient pas tentés de commettre des actes de bravoure. La peur. Même mon frère a été touché par cette maladie, et il en est mort.

– Bonne nuit, dit-elle en se levant brusquement.

Elle quitte la hutte de Kim et s'en va grimper sur la montagne de poupées.

De là-haut, elle observe les lueurs de la décharge, tandis que les petits corps de plastique roulent sous ses pieds. Elle essaie de cracher, mais n'y arrive pas. Elle doit s'y reprendre à plusieurs fois avant de produire un projectile digne de ce nom. Puis elle rentre et s'enfonce sous plusieurs épaisseurs de draps alors que l'orage s'est remis à gronder.

180.

Daniel était comme moi, mais nous possédons des atouts différents.

Ce qu'il avait en plus, c'était une réelle formation scientifique.

Ce que j'ai en plus, c'est l'intuition féminine.

Ce qu'il avait en plus, c'était l'intelligence.

Ce que j'ai en plus, c'est le courage.

Et puis la conscience. J'ai une conscience plus large et plus profonde que mon frère.

Mes rêves me nourrissent l'esprit comme une potion magique.

Et plus je rêve, mieux je rêve.

Je sais que je suis différente, mais grâce à mon frère et à son sacrifice je sais jusqu'où je peux aller.

Comme il a été bête de ne pas m'attendre et de ne pas accepter de travailler avec moi. Ensemble, nous aurions été si forts.

Deux êtres dont le cerveau droit est capable de s'exprimer sans limite et qui possèdent une vision infinie du temps et de l'espace.

Reste une question : comment nos parents ont-ils pu nous doter volontairement d'un esprit capable d'accomplir de telles prouesses ?

181.

Cassandre rêve.

Elle se voit à nouveau dans le tribunal du futur, inculpée en tant que représentante d'une génération d'égoïstes gaspilleurs, avec la foule qui hurle « À mort ! » et les témoins qui défilent. Puis son esprit survole le tribunal en ruine, Paris réduit à l'état de gigantesque dépotoir hanté de millions de silhouettes sales et faméliques, de hordes de rats et de chiens errants sous un air rendu jaunâtre par la pollution. Son champ de vision recule et s'élève dans le ciel jusqu'au moment où elle révèle une planète dans une sphère de verre transparente, elle-même en forme de pomme, avec une queue et une feuille elles aussi translucides.

Il y a une inscription sur la feuille de la pomme géante « Probabilité de futur dans le prochain millénaire : 78 %. »

Sa vision recule encore. Elle voit que cette pomme avec un monde à l'intérieur est un fruit de l'Arbre du Temps. Ainsi, dans son rêve, elle mélange les trois concepts :

1 – L'Arbre du Temps.

2 – Les probabilités de Futurs.

3 – Les intuitions d'Avenirs.

Cassandre la prêtresse la rejoint sur une branche.

– 78 %, c'est quand même le futur le plus probable actuellement, reconnaît la femme en toge blanche. Une humanité d'enfants dépités pataugeant à la surface d'un monde mort ; des enfants livrés à eux-mêmes, en colère contre leurs ancêtres. Ils ont raison d'en vouloir à ceux qui les ont oubliés et négligés pour satisfaire leurs plaisirs immédiats.

– Montre-moi d'autres futurs possibles, répond la jeune fille.

Alors les deux femmes survolent les branches bleues de l'Arbre du Temps et atterrissent sur d'autres pommes transparentes, remplies chacune d'une planète bleue similaire à la Terre.

Elles vont vers un monde-fruit, portant sur sa feuille l'inscription « Probabilité d'existence de ce futur dans le prochain millénaire : 1,3 %. »

– Voilà un avenir à probabilité faible, dit la prêtresse, mais il devrait t'intéresser.

Elles s'approchent de la paroi de verre puis la traversent. Elles fendent le manteau de nuages et survolent Paris. La capitale semble étonnamment calme vue d'en haut. La tour Eiffel est recouverte d'une fourrure de lierre parsemée de fleurs blanches et mauves. Sur la Seine circulent des jonques nonchalantes aux voiles rouges.

L'air est léger, les rues sont fluides, parcourues de rares vélos.

Le Trocadéro est transformé en un vaste parc où paissent des animaux sauvages. Autour d'une flaque d'eau profonde, les deux femmes issues d'un autre espace-temps distinguent des éléphants, des girafes, des buffles, des hérons. Ces espèces semblent cohabiter sans peur. Plus loin, des lions et des guépards font la sieste, allongés sur les statues qui bordent l'avenue. Il y a des fruits qui pendent aux arbres, des oiseaux aux larges ailes dans le ciel.

Les deux Cassandre descendent et voient que les piétons portent des vêtements amples de coton aux couleurs vives : jaune, rouge, bleu, vert, rose, mauve, turquoise. Personne n'est habillé en noir.

Elles rejoignent un couple de personnes aux cheveux blancs assises sur un banc public. Spontanément la femme leur propose des fruits et des légumes tirés de son panier. Elles les goûtent et leur trouvent une saveur rare.

– Qu'est-ce que vous faites là ? demande la jeune Cassandre.

– Ce qui est sûr, c'est qu'on ne travaille pas, s'amuse la femme.

L'homme leur explique que l'idée de « travail » a disparu pour laisser place à la notion d'expression de son « talent particulier ». Chacun exerce sa passion à son rythme personnel. La notion de famille a également disparu, pour être remplacée par celle de personnes liées par un sentiment d'affection. La notion de guérison a été remplacée par le principe de prévention. Chacun se débrouille pour ne pas être malade et, du coup, nul n'a besoin de soigner les symptômes d'un déséquilibre intérieur plus ancien. Les gens vivent moins agités mais plus longtemps. Les deux personnes chenues révèlent d'ailleurs être âgées de plus de trois cents ans. Elles semblent pourtant en pleine forme.

– Nous faisons de la gymnastique, de la danse, des assouplissements et surtout, nous respirons bien, explique la femme, en montrant comment elle sait inspirer amplement.

– Comme nous vivons plus longtemps, nous n'avons pas besoin de faire beaucoup d'enfants, souligne le vieil homme.

– Et, vu qu'on fait peu d'enfants, on a du temps pour les aimer et s'en occuper énormément, complète sa compagne en désignant un couple en train de jouer avec un garçon de six ans. En tout nous privilégions la qualité à la quantité.

Un lion passe paisiblement en secouant la tête et s'approche de la vieille femme qui lui caresse la crinière comme elle le ferait avec un gros chat. Puis elle croque un légume avec appétit.

– Nous sommes végétariens, signale le vieil homme, cela nous fatigue moins le système digestif.

– Nous apprenons à l'école à respirer et à dormir, poursuit sa compagne. Nous apprenons aussi à l'école à écouter notre corps de l'intérieur.

— Je ne vois pas de pauvres, s'informe la jeune Cassandre.

— Pour qu'il y ait des pauvres, il faudrait que la notion de propriété existe encore. Ici, rien n'appartient à qui que ce soit. Chacun prend ce dont il a besoin, au moment où il en a besoin. Et s'il n'arrive pas à le trouver tout seul, les autres le lui procurent, pour le plaisir d'aider. C'est un peu comme un grand kibboutz ou une communauté hippie. Pas d'argent, pas de portes fermées, pas de passeport ou de papiers d'identité. Seulement des gens qui vivent ensemble avec pour règle : « La liberté s'arrête là où commence la gêne des autres. »

Un homme en deltaplane qui a sauté depuis le haut de la tour Montparnasse atterrit non loin d'eux. Cassandre écarquille les yeux.

— La tour Montparnasse est maintenant équipée d'un tremplin pour les deltaplanes, signale la vieille femme. Les grands immeubles ne servent plus qu'à ça, nous sommes trop peu nombreux pour les habiter.

Un papillon doré vient se poser sur le doigt de Cassandre.

— Ah non ! dit la vieille femme, comme si elle répondait à une question qu'elle aurait perçue télépathiquement. Il ne viendrait jamais à l'idée de quiconque de se faire exploser au milieu de la foule pour faire plaisir à Dieu. Ou alors ce serait dans un film comique.

Les deux Cassandre remercient en chœur le couple pour ses informations, puis décident de visiter ce futur possible. Elles se promènent le long des berges de la Seine. Arrivées au pied du pont Alexandre-III recouvert de fleurs, la prêtresse retire peu à peu sa toge. Une fois nue, d'un geste gracieux, la fille de Priam plonge dans l'onde. De là où elle se trouve, Cassandre voit que l'eau est complètement claire et translucide. On distingue le fond avec ses galets et ses algues. Des truites et des saumons glissent sous la surface en bancs compacts.

La prêtresse l'éclabousse. Après une hésitation, la jeune fille se dévêt à son tour, dévoilant sa nudité pour la première fois dans l'un de ses rêves. Elle plonge et rejoint son aînée. Elles nagent la brasse côte à côte en direction de la cathédrale Notre-Dame-de-Paris.

Cassandre aperçoit des poissons volants, des exocets orange et bleu qui sautent autour d'eux. Sur la berge passent des femmes à cheval. Les chevaux n'ont ni selle ni mors.

– Nous sommes en quelle année ?

– 3000 après Jésus-Christ. Tu as visité une première version de l'an 3000 avec une probabilité d'existence de 78 %. Celui-ci, c'est un autre an 3000, une branche parallèle en quelque sorte, avec une probabilité d'existence, comme tu l'as vue, de 1,3 %.

Elles se laissent porter par le léger courant du fleuve.

– Les deux futurs n'ont ni une probabilité certaine ni une probabilité nulle. Au fur et à mesure que les jours passent, ce chiffre va changer. Chacun de nos actes favorise une direction ou l'autre.

Elles sortent de l'eau ensemble et, en l'absence de serviettes, se sèchent au soleil. La prêtresse tend la main et cueille un abricot qui pend d'un arbre proche. Il est un peu véreux mais elle n'en a cure, c'est le prix à payer pour la nourriture bio : les humains ne sont pas les seuls à les apprécier.

– Il te plaît, ce futur ? En réalité, il est imaginé par toi, ici et maintenant. Et c'est parce qu'il a été rêvé par toi qu'il a une possibilité d'exister.

– Je ne comprends pas.

– Pour qu'un futur sympathique existe, il faut qu'une personne au moins l'imagine à un moment donné. Celui-ci… c'est toi qui es en train de le rêver. Plus nous restons ici à observer et à jouir de ce monde, plus sa probabilité d'exister augmente. Rien que par l'apparition de ce rêve dans ton esprit, la probabilité d'existence de ce futur est déjà passée de 1,3 % à 1,4 %. L'observateur modifie ce qu'il observe. Même en rêve.

– Et ici, dans cet espace-temps, les bébés ne sont plus en colère ? demande la jeune Cassandre.

– De toute façon regarde autour de toi, il y a si peu de bébés, et tant de vieillards en pleine forme, plaisante l'ancienne Cassandre.

– Et la guerre ?

– Trop fatigant. La plupart de ces gens sont devenus paresseux. Tu as vu, ils ne cultivent même pas les plantes. Tous ces arbres fruitiers poussent au petit bonheur la chance. Et personne ne meurt de faim. Pas de pauvres, pas de surpopulation, pas de nations, pas de possession, pas d'exclusion, pas de religion, pas de guerre…

– Ils ne s'ennuient pas ?

La grande prêtresse sourit.

– Si. Tu as complètement raison. Regarder la nature pousser, les couchers de soleil iriser l'horizon, jouer sur les pelouses sauvages, faire des expériences scientifiques, nager dans l'eau claire, c'est moins excitant qu'escroquer des gens, monter des gangs mafieux, mettre le feu à un village, violer ou tirer à la mitrailleuse depuis une tranchée…

Un oiseau à l'envergure imposante passe près d'eux en un virage gracieux.

– Mais tant pis, ils sont résignés à en payer le prix, à supporter l'ennui pour satisfaire leur irrémédiable « fainéantise », dit-elle en riant.

La jeune Cassandre regarde un groupe de femmes nues qui nagent dans l'eau en riant et en s'éclaboussant.

– Je veux rester ici, articule-t-elle.

– Ce monde n'existe pas encore. Si tu veux qu'il naisse un jour, à toi de lui donner les moyens d'émerger des autres fruits de l'Arbre du Temps.

Et elle saute dans le fleuve.

La jeune Cassandre plonge elle aussi pour la suivre et…

182.

Elle chute sur le sol.

Brutalement réveillée. Elle respire l'air puant de Rédemption et n'en éprouve aucune gêne. Puis elle se rafraîchit avec une bouteille d'eau potable filtrée, remplie à la citerne à pluie. Elle se rince la bouche, s'habille avec les vêtements les moins troués et les moins tachés qu'elle trouve dans le tas d'un mètre de haut qui lui sert de penderie.

Dehors, la grisaille de la veille a un peu reculé. Au moins il ne pleut plus. Elle rejoint les autres qui sont déjà autour du feu. À l'odeur, Cassandre comprend que Fetnat est en train d'épandre du compost humain pour sauver le petit prunier planté sur leur nouvelle hutte. Orlando sirote une bière en regardant la télévision qui diffuse les meilleurs moments du match de football de la veille. Esméralda, vautrée dans son hamac, lit un journal vieux de plusieurs semaines. Kim n'est pas là.

– Hé, Princesse, dis donc, tu es devenue une vedette, ricane Esméralda. Aujourd'hui tu as même de la visite. Alors on t'a créé une « salle d'attente ».

Elle montre du doigt la vieille gitane cartomancienne dans sa chaise roulante, un peu à l'écart. Beaucoup plus loin, un inconnu est assis sur un bidon, le visage recouvert d'un masque à gaz.

Cassandre ne peut voir qui se cache sous le masque. Elle commence par se servir un thé chaud, mange une poignée de chips et un peu de Nutella, puis accepte de discuter avec Graziella.

– Bonjour, petite.

– Princesse, rectifie Cassandre.

– Excuse-moi, je ne savais pas que tu étais si vite montée en grade, ironise la vieille femme. Bonjour, Princesse, donc. Je voudrais discuter avec toi en tête à tête.

– Je n'ai rien à cacher à mes concitoyens, répond Cassandre.

La vieille gitane hoche la tête, compréhensive.

– Comme tu voudras. Je crois que je t'ai sous-estimée. 50/50 me semble une meilleure répartition de nos gains futurs. Je te prenais pour une astrologue normale, or il semble que tu possèdes une sorte de « charisme naturel ». Ça mérite bien 10 % d'ajustement. Bon, si ça te convient, on peut se mettre au travail rapidement ?

La jeune fille aux grands yeux gris ne répond pas. Orlando et Fetnat se rapprochent avec curiosité.

– Je crois que tu ne te rends pas compte de ce que j'amène dans notre affaire. Le local. La clientèle. Le décor. Les accessoires. Le costume. La boule de cristal. En échange, tu as juste à raconter n'importe quoi et à prendre l'argent. Que du liquide. Net d'impôts.

Cela ne m'intéresse pas.

Graziella fait une grimace, puis lâche :

– OK, 60 % pour toi, 40 % pour moi, on signe tout de suite et on n'en parle plus. Comme ça, tu t'y mets dès cet après-midi. Pour tout dire j'ai déjà pris des réservations rien que pour toi. Tu peux me dire merci, ce sont mes clients. Ils ne te connaissent pas mais, rien qu'à la manière dont j'ai parlé de toi, ils veulent une consultation.

Pourquoi me veut-elle moi, précisément ? Il y a plein de filles dans sa tribu. Des gens de sa famille qui ne lui poseraient aucun problème.

Elle se souvient qu'elle peut augmenter son empathie pour se mettre à la place de ceux qui l'approchent. Tout d'un coup, elle comprend le paradoxe de la gitane.

Elle aussi est le contraire de ce qu'elle prétend. Elle affirme être une cartomancienne qui endort les clients en leur racontant des avenirs sur mesure, elle affirme que personne ne peut voir l'avenir et que c'est truqué, mais en fait... elle y croit vraiment.

Elle est même convaincue que je détiens un pouvoir.

La vieille gitane semble effectivement très contrariée par ce refus.

– 30 % pour moi et 70 pour vous, lâche enfin la femme. Je ne descendrai pas plus bas. Et je vous offre la boule de cristal, plus un logement décent. Une caravane, avec votre nom sur la devanture : Cassandra « Votre avenir enfin révélé » peint en rouge avec des étoiles. Je vous donnerai de quoi décorer la pièce de consultation. Il me reste des anges et des tableaux d'astrologie.

Elle est passée du tutoiement au vouvoiement. Par mon refus je gagne son respect.

– Non.

Elles se fixent mutuellement.

Cette gitane a aussi une capacité de sentir les choses au-delà des apparences. Elle est sensitive. Elle n'a pas choisi cette activité par hasard, elle possède une intuition surdéveloppée. Elle sait qui je suis et ce que je peux faire.

– Pourquoi ce refus ?

– Pas maintenant, dit Cassandre. Un jour peut-être.

Le regard de la vieille gitane a changé du tout au tout. C'est comme si cette réponse, qui n'est pas tout à fait négative, l'avait soulagée.

– Je suis sûre que vous accepterez bientôt, affirme-t-elle. Ce genre de proposition ne se refuse pas.

C'est une prédiction ?

La gitane lui laisse sa carte de visite avec son numéro de téléphone portable.

– Il te suffira de m'appeler à ce numéro quand tu te sentiras prête.

Elle repart avec son fauteuil roulant qui grince mais dont les roues aux pneus tout-terrain traversent sans difficulté la boue et les ordures.

Elle me tutoie à nouveau.

– Première séance terminée, faites venir le client suivant, clame Orlando.

Que fait Kim, pourquoi n'est-il pas là ?

L'homme au masque à gaz approche d'une démarche hésitante et elle le reconnaît. C'est Charles de Vézelay. Orlando lui indique un fauteuil où s'asseoir.

Il s'est donc rétabli de l'accident et il a voulu nous rejoindre.

En guise de salutations, il tend une enveloppe sur laquelle est inscrit « À ouvrir le lendemain de mon décès. »

Elle l'ouvre, commence à lire :

– « … alors Charles de Vézelay trouva dans son courrier une lettre de son ami disparu. Au début, il pensa à une mauvaise blague puis, se souvenant de l'esprit farceur de Daniel, il l'ouvrit. À l'intérieur il y avait un message de la même écriture que celle du défunt. Il décida donc de le lire et d'en tenir compte. Ce message lui dit qu'il devait à tout prix retrouver Cassandre et se mettre à son service car s'il n'existait qu'un minuscule espoir, un 1 % de chances que le monde n'aille pas vers sa propre destruction, ce 1 % était incarné par cette jeune fille. Cependant, même si Charles acceptait l'idée de recontacter Cassandre, il ne savait pas où la chercher. Il trouva une fois de plus la réponse dans le message. La montre à probabilité de Cassandre contenait un GPS toujours relié à Probabilis. Il suffisait d'inverser le processus, et Charles de Vézelay saurait où elle vit. Dès lors il n'aurait qu'à faire "toc-toc" et elle lui ouvrirait la porte de son appartement. »

– Toc-toc ! dit le vieil homme en toussant dans son masque à gaz.

Elle voit ses yeux rougis qui retiennent difficilement les larmes.

– Le problème est que Daniel n'avait pas prévu que vous n'auriez pas d'appartement mais que vous vivriez dans un dépotoir particulièrement…

Il a dû repérer mon emplacement mais, quand il est arrivé, l'odeur était tellement épouvantable qu'il a préféré revenir après s'être muni d'un masque à gaz.

– … Comment un endroit peut-il sentir aussi mauvais ? articule-t-il dans son embout plastique.

C'est une stratégie de survie comme une autre pour une espèce menacée de disparition.

– Mais ce n'est pas possible, on dirait qu'on a fait… pourrir du vomi. C'est vraiment terrible, comme odeur. Une véritable infection !

Cassandre lui propose de s'asseoir sur la banquette de voiture disposée face au feu central. Il respire bruyamment dans son masque comme si l'entrée d'air était trop étroite.

Enfin il arrive à prononcer quelques phrases :

– Votre frère croyait aux chansons maya à sa manière, vous savez. Il a écrit un futur et c'est nous qui nous débrouillons pour le faire exister. Dans ce futur je viens vous voir afin de poursuivre l'œuvre de votre père et de votre frère à présent qu'ils ne sont plus.

— Ça tombe bien, nous avons recréé ici un Ministère Officieux de la Prospective, répond Cassandre.

— Pourquoi dans ce lieu rempli de déchets ?

— L'avantage du dépotoir, c'est que c'est un sanctuaire. Nous sommes dans le trou du cul du monde, personne ne s'en occupe.

Orlando et Esméralda s'approchent, méfiants.

— Et eux c'est qui ?

— Duchesse Esméralda, présidente de la République de Rédemption, se présente la première.

— Baron Orlando, ministre de la Chasse.

— Vicomte Fetnat, rajoute le Sénégalais, ministre de la Santé.

— Il en manque un, dit Orlando. Il est où, ce petit con ?

— Au Ministère Officieux de la Prospective, justement.

Tous se lèvent et se dirigent vers la hutte surmontée du prunier. Kim Ye Bin y est installé, face à plusieurs écrans d'ordinateurs plus ou moins fendus. Les machines qui l'entourent ronronnent.

— Voilà notre ministère. Le Marquis est son gardien.

— Salut, lance le Coréen sans relever la tête.

— Tu ne voulais pas voir la retranscription du match de foot d'hier ? demande nonchalamment Orlando.

Kim exhibe son tee-shirt où est inscrit : « Quand je veux éteindre mon cerveau, je vais à ma télévision ; quand je veux allumer mon cerveau, je vais à mon ordinateur. »

— La phrase est de Steve Jobs, le créateur d'Apple, précise-t-il.

Orlando, pour une fois, n'ose pas évoquer l'anti-proverbe. Il se contente de maugréer.

— C'était quand même un match de quart de finale qui compte pour les qualifications.

Sans leur prêter plus d'attention, le jeune Asiatique allume un projecteur et, de son ordinateur, l'image est diffusée sur un écran géant : un drap blanc qui tapisse tout le fond de la hutte du Ministère Officieux de la Prospective.

– Voilà les prémices de l'Arbre des Possibles tel qu'il était imaginé dans le livre, et tel que je l'ai reconstitué sur Internet.

Sur l'écran de 3 mètres sur 2, ils distinguent un arbre bleu hérissé de grosses branches qui se ramifient en branches moyennes, puis en branches fines. Les feuilles représentent toutes les questions, les hypothèses, les « et si ».

– Comment ça marche ? questionne Charles de Vézelay, très intéressé.

– Au début, c'est nous qui allons déposer les feuilles « et si ». Et si… éclatait la guerre ? Et si… survenait une nouvelle crise économique ? Et si les extraterrestres débarquaient ? Et si le nombre des tornades augmentait ? Et si une épidémie de grippe mortelle se déclarait à l'échelle planétaire ? Nous ajouterons toutes les idées qui nous passent par la tête, même si nous les jugeons ni possibles ni crédibles. Moi, je les ordonnerai dans le temps en situant vos « et si » dans le court, le moyen et le long terme. Puis je trouverai une manière de les relier. « Et si une guerre éclatait, quelle influence cela aurait-il sur le retour de la minijupe ? », « Et si les Extraterrestres débarquaient par un temps de tornades, est-ce que cela gênerait l'atterrissage de leurs soucoupes ? »

– Pas mal, reconnaît Charles de Vézelay.

– Mon idée est de ne plus faire de la prospective secteur par secteur, comme cela se faisait jusque-là, mais de tous les relier. Mélanger la mode, l'art, la guerre, la météo, la santé, la technologie, la démographie, l'écologie. L'informatique peut nous aider à visualiser ces mélanges de domaines. Et nous trouverons peut-être l'influence du cinéma sur la politique, de la météo sur la mode des minijupes, de la guerre sur les maladies allergiques.

– Fantastique ! s'exclame avec enthousiasme Charles de Vézelay. Vous êtes en train de réaliser le rêve de Daniel.

Son rêve ou sa « prophétie » ?

– D'ailleurs, intervient Cassandre, je propose que, dès maintenant, nous formions à nous six une sorte de Club des jardiniers de l'arbre. On pourrait se baptiser « Le Club des Visionnaires ».

482

Nous ne sommes pas à la recherche de la vérité, nous avons juste à exprimer ce que l'on sent venir. Intuitivement.

Charles de Vézelay est captivé. Ses yeux font des allers et retours entre les écrans, tandis que Kim pianote avec dextérité sur son clavier.

– Justement, comment vous le voyez, vous, le futur ? demande le jeune Coréen. Commençons par toi, Baron.

– Moi ? Comment je vois le futur ? Je n'ai pas de talent de devin.

– Mais tu es un être humain avec une capacité d'anticipation. Pas besoin d'avoir un don spécial. C'est juste un avis. Dis-moi, Baron, comment tu crois que le monde va évoluer ? Es-tu optimiste ou pessimiste ?

– Pessimiste. Je vois une grande guerre nucléaire entre les pays dominés par des dictateurs fous et les nations civilisées. Les dictateurs gagneront parce qu'ils possèdent des armes de destruction massive et qu'ils ont un message simple. Après ce sera *Mad Max*. Des seigneurs de la guerre feront régner la terreur parmi les ruines et les survivants de l'Apocalypse.

Fetnat hoche la tête.

– Bon, ça c'est une vision. Duchesse ?

– Pessimiste aussi. Je vois la surpopulation. De plus en plus d'êtres humains partout. Du coup, ça deviendra comme dans le film *Soleil vert*. Des manifestations avec des millions de gens dans la rue et, au final, nous n'aurons plus de nourriture. On finira par manger les vieux transformés en croquettes au goût barbecue. On s'entre-dévorera, comme les rats.

– Et toi, Vicomte ? demande Kim.

– Pessimiste. Je vois les grandes villes de plus en plus polluées. Après l'air deviendra irrespirable et l'eau imbuvable. Pour faire tourner les usines, on utilisera toujours plus de pétrole, toujours plus de minerai de charbon, on détruira toujours plus de forêts et les animaux sauvages qui y vivent. La nature sera vaincue. En retour, l'homme sera déprimé et malade. Pour vaincre sa mélancolie, il ne fera qu'assister à des matchs de sports collectifs de plus en plus violents.

– Et toi Marquis ?

– Moi ? Je vois un monde où les machines auront gagné. L'avenir, pour le Baron c'est *Mad Max*, pour la Duchesse c'est *Soleil Vert*, pour le Marquis c'est *Rollerball*, pour moi c'est Matrix ou Terminator. Les ordinateurs et les robots nous utiliseront comme esclaves car ils se seront aperçus que nous sommes incapables de nous diriger correctement nous-mêmes. Et pour toi, Princesse ?

– Moi ? Pessimiste aussi. Je vois une dictature totalitaire religieuse planétaire. La religion la plus fanatique et la plus violente avalera toutes les autres et toutes les formes de pensées politiques. Pour se maintenir, elle sera entraînée dans une surenchère permanente. Toujours plus d'intégrisme, de violence, et toujours plus de lois d'interdiction. Dans cette course aveugle, les extrémistes d'un jour passeront pour les modérés du lendemain. Avec des femmes réduites au statut de pondeuses, enfermées à la maison, sans droit à l'instruction ni à la communication, et des hommes ne vénérant que la force physique.

– Je n'ai pour l'instant vu ça dans aucun roman ni aucun film, reconnaît Fetnat. Désolé, je crois que même les auteurs de science-fiction ont peur de le décrire. Car ils savent que les religieux sont les seuls avec lesquels il n'y a pas de second degré, les seuls avec qui on ne peut pas plaisanter.

– Et vous, Charles ? demande le jeune homme à la mèche bleue.

À travers son masque, on ne distingue de lui que ses yeux rougis et son filtre qui le fait ressembler à un oiseau muni d'un bec cylindrique.

– Moi ? pessimiste aussi. Je crois à la prophétie maya. Je pense qu'en 2012, il y aura un alignement de planètes dans le système solaire qui va déstabiliser l'axe de la Terre. Du coup, la gravité changera et on va tous s'envoler vers l'espace. Ou alors nous exploserons comme du pop-corn. Ce sera l'Apocalypse.

Kim Ye Bin inscrit les visions du futur des Rédemptionais sur l'Arbre des Possibles. Les textes apparaissent à l'extrémité des branches sous forme de feuilles avec un chiffre : « scénario 1 » à

« scénario 5 ». Il note sur chaque feuille le nom et le prénom de l'inventeur ainsi que la date de sa découverte. Il ajoute même, en guise de clin d'œil, le sigle « copyright » comme si la description de cet avenir pouvait être brevetée.

— Bien, maintenant, vu que vous avez tous présenté une vision négative, probablement générée par les informations que nous balancent en permanence les actualités télévisées, je vous propose de volontairement écrire une vision positive que nous mettrons en face des autres. Alors, que verrais-tu si tu étais optimiste, Baron ?

— Le contraire d'une grande guerre nucléaire c'est une grande paix mondiale et une démilitarisation de la planète. Et puis on vire tous les tyrans et les dictateurs fanatiques. Si l'on veut vraiment que tout le monde respecte les mêmes règles démocratiques, il faudrait une sorte de super ONU, une Assemblée des nations qui empêcherait la montée des mafias locales et qui imposerait le respect de la personne humaine. Ouais, il faudrait une Assemblée de Sages avec un pouvoir exécutif réel qui se chargerait d'imposer la paix mondiale. Ils pourraient fermer les paradis fiscaux, ils pourraient moraliser le monde politique. Ils pourraient créer une sorte de police pour apaiser le monde, et forcer les gens à se respecter malgré leurs pulsions primaires de destruction.

— Duchesse ? demande Kim.

— Eh bien, le contraire de la surpopulation c'est la maîtrise de la natalité planétaire. Moi, je vois bien l'Assemblée des Sages de toutes les nations proposée par le Baron. Vu qu'on sait qu'avec la médecine il y a beaucoup moins de mortalité infantile qu'avant, on privilégierait la qualité à la quantité. Un enfant par famille, mais avec un droit automatique et obligatoire à être aimé, nourri et éduqué dès sa naissance. Plus de réseaux de pédophiles, plus de parents abusifs, chaque enfant qui naîtrait serait aimé par ses parents et éduqué pour valoriser ce qu'il a de meilleur. Ensuite, cette humanité qui aurait renoncé à la quantité pour la qualité pourrait établir de nouvelles règles familiales.

Les gens ne restent ensemble que s'ils s'aiment, par exemple. Pas par obligation, mais par choix.

Bon sang, Esméralda, cette femme avec qui j'ai tant de problèmes, pense comme moi...

L'ancienne mannequin-actrice relève ses mèches rousses.

– À part ça, tout le monde passerait ses journées à voir des films, car je crois que le cinéma fait rêver, rend intelligent et sensible. Ouais, je vois un monde où tout le monde regarderait au moins deux films par jour au lieu de faire la guerre et de casser les pieds aux autres. Voilà, j'ai dit.

– Vicomte ?

– Pour poursuivre l'idée de paix mondiale d'Orlando et celle de maîtrise de la natalité et du droit à l'amour et à l'éducation des enfants d'Esméralda, je dirais qu'on devrait passer un pacte avec la nature. Ton Assemblée mondiale des Sages, Orlando, moi je la verrais bien incluant des avocats. Des avocats des animaux. Et pourquoi pas, un avocat des forêts. Avant toutes les décisions politiques, ces avocats devraient proposer leurs points de vue « complémentaires ». On renoncerait à un barrage s'il risque de détruire trop de faune ou de flore, par exemple. En retour on étudierait toutes les espèces animales et végétales et on trouverait probablement dans leurs codes ADN des remèdes à toutes les maladies. Car, j'en suis convaincu, chaque fois qu'on fait disparaître une espèce, on fait disparaître du même coup un remède pour une maladie qui apparaîtra dans le futur. En fait, on traiterait la nature non pas comme une ennemie à vaincre mais comme une alliée capable de nous aider. Si vous voyez ce que je veux dire.

– Marquis ? Ta vision positive ?

– L'anarchie. Plus de police. Plus de soldats. Plus de prêtres. Plus de morale. Plus de spécialistes. Chacun est libre mais responsable de ses actes et ne pense qu'à l'intérêt général. Une sorte de civisme naturel qui fait qu'on n'a pas envie d'emmerder les autres ni d'avoir plus d'objets ou de pouvoir que les autres. Plus de patrons. Plus d'ouvriers. Plus de maîtres. Plus d'esclaves. Plus de dominants. Plus de dominés. Mais, là encore, il faudra donner aux enfants dès l'école le goût de prendre des initiatives et de ne pas attendre que les autres fassent tout à leur place. L'équation magique est « La liberté induit la responsabilité. » Et non le contraire.

– Pour une fois je suis d'accord avec ce petit con, reconnaît Orlando. Les gens, ils veulent la liberté et quand on la leur donne, ils ne veulent pas l'utiliser !

Le Viking crache pour manifester sa détermination. Kim poursuit, imperturbable :

– On utiliserait la technologie de manière plus subtile. Les machines feraient disparaître tous les travaux pénibles et tout ce qui peut nous fatiguer et nous user avant l'âge, du coup nous serions capables de maîtriser notre temps et de nous adonner à nos passions. Les machines nous aideraient aussi à lutter contre la pollution. Je crois que seule la science peut nous sauver des méfaits de la science. Je pense que les machines vont finir par avoir conscience de leur existence et de leur vie. Je propose d'ailleurs, pour poursuivre l'idée de Fetnat, qu'il y ait un avocat des robots et des machines intelligentes avec lequel on négocierait pour que celles-ci travaillent pour nous de façon volontaire.

– Charles ?

– Je… enfin… je ne vois rien pour l'instant. Je passe. Quoique… si peut-être. En dehors des avocats des animaux et des végétaux, et des machines, je verrais bien dans l'Assemblée des Nations un avocat de la planète dans son ensemble. Afin qu'on prenne tous conscience qu'on est des parasites sur un gros être vivant qui se nomme Gaïa. Et puis, pour éviter que la fin du monde ne vienne trop tôt, je verrais aussi un développement de ce lieu, votre « Ministère Officieux de la Prospective » pour qu'il prenne de l'importance et qu'on s'y réfère lors des prises de décisions planétaire.

L'idée plaît et un murmure approbateur parcourt la petite assistance de Rédemptionais.

– Et toi, Cassandre ? demande Charles de Vézelay.

– En dehors de l'avocat représentant les animaux et la flore, de celui représentant les machines et les robots, et celui représentant la planète, j'en propose un autre qui représenterait les bébés. Je veux dire par là les générations à venir.

– Étrange idée, ne peut s'empêcher de remarquer Fetnat Wade.

– Il parlerait au nom de nos enfants et des enfants de nos enfants. Nous devrions négocier avec cet avocat notre degré de souillure de l'eau et de l'air en fonction des générations à venir.

Kim note en bleu les scénarios positifs et en rouge les scénarios négatifs. Puis il met au milieu, en blanc, les scénarios neutres. Tous essaient à tour de rôle de trouver des évolutions qui ne soient ni positives ni négatives. Ils évoquent le développement du tourisme, du cinéma, d'Internet, de la conquête spatiale.

Pris par un engouement communicatif, les membres du Ministère Officieux de la Prospective restent enfermés dans la cabane toute la journée, sans même penser à manger. Ils établissent ensemble plusieurs dizaines de futurs possibles qu'ils accrochent proprement dans les branches basses ou hautes de l'Arbre des Possibles.

Plus ils en trouvent, plus ils ont envie d'en trouver et plus cela se révèle aisé.

Après tout, c'était la découverte de mes parents. On peut exercer un cerveau à n'importe quoi, y compris à visualiser le futur. Il suffit d'essayer puis de pratiquer régulièrement.

L'Arbre des Possibles se garnit vite de feuilles numérotées.

Vers 13 heures, Charles de Vézelay, agacé de transpirer sous son masque, le retire. Après avoir vomi plusieurs fois, il réussit à s'accoutumer à l'air ambiant, aidé par les conseils des autres.

– Les CRS s'habituent bien à supporter les bombes lacrymogènes, dit Orlando, alors on peut bien s'accoutumer à l'atmosphère particulière de Rédemption. On peut même finir par y trouver un relent qui force la nostalgie…

À 22 heures, ils sont toujours en pleine effervescence, ajoutant des feuilles « et si » sur toutes les branches, se coupant la parole les uns les autres pour proposer des surenchères sur chaque idée.

Seule Cassandre Katzenberg semble soucieuse.

183.

Trop facile. Ça ne va pas.

Se contenter d'accumuler des « et si » va créer un foisonnement d'hypothèses dans lequel nous allons nous perdre.

Trouver des idées est une drogue.

Il faut inventer une méthode, un mécanisme pour mettre de l'ordre. Si les idées ne sont pas rangées, elles poussent n'importe comment et se gênent les unes les autres.

La nature, naturellement, espace les feuilles et les relie. Pour que certaines prennent la lumière pendant que d'autres dorment. Il existe entre les feuilles un espace qui se calcule, je crois avoir lu ça dans un des livres de ma jeunesse.

C'était en rapport avec le Nombre d'or. Ça me revient : la nature espace les feuilles avec un rapport égal au Nombre d'or, c'est-à-dire :

$$\frac{1+\sqrt{5}}{2}.$$

Nous devons maintenant trouver une architecture naturelle à notre arbre, un agencement logique, une manière de faire circuler la sève, sinon il ne sera qu'un amoncellement de feuilles mortes.

Esprit de mon frère, aide-moi à trouver le mode d'emploi idéal de ce nouvel outil.

184.

– Tu as l'air bizarre, Princesse, dit Fetnat. Qu'est-ce qui ne va pas ?

Cassandre ne répond pas et, après avoir hésité, s'empare de la bouteille de rhum posée près du clavier. Elle s'en sert un verre plein à ras bord qu'elle avale en grimaçant, les yeux fermés.

Elle s'en verse un second, puis un troisième. Elle rote, secoue la tête pour s'éclaircir les idées, et remplit un quatrième verre avant de finir la bouteille au goulot.

– Non, Princesse, souviens-toi de la dernière fois, lance Orlando en essayant de lui arracher la bouteille.

Mais Cassandre a le temps de finir les dernières gorgées. La bouteille lui échappe des mains et se fracasse à ses pieds. En grommelant, Orlando se rassoit.

Je dois m'ouvrir le cerveau. Nous sommes coincés dans un processus uniquement intellectuel. Nous pensons en rond, toujours pareil, c'est naïf et ça ne mène nulle part. Il me faut mettre du poison dans ma machine à penser, la détraquer un peu. Pour relâcher l'emprise de mon cerveau gauche.

Après le rhum elle boit de la bière, puis du vin en tétant directement le berlingot en carton. Elle rote à nouveau. Elle sent son esprit qui chavire.

L'ivresse alcoolique, c'est du chamanisme occidental. Mais ça devrait marcher.

Elle commence à avoir le vertige. Elle a l'impression de voir le fantôme de son frère et murmure :

– … Daniel !

Je te vois, grand frère. Quand mon esprit est libéré, tu apparais.

Elle ferme les paupières.

Ainsi je te vois encore mieux.

Alors elle cesse de s'agiter et garde les yeux clos, en respirant amplement.

185.

Daniel Katzenberg soulève la mèche qui lui mange la moitié du visage. Ses yeux sont fiévreux.

– Salut, petite sœur.

– Salut, grand frère.

– Je fais vivre ton idée.

– Merci. Je le savais. Je ne pouvais pas mourir sans te rencontrer. C'est parce que je t'ai vue que j'ai pu m'en aller.

– Nous avons des diapositives de futurs, mais cela ne fait pas un film, regrette-t-elle.

– Étant donné l'ampleur du projet, ça aurait été trop facile. Tu croyais quoi ? Que tu pouvais simplement, en réunissant cinq personnes, acquérir la maîtrise des temps à venir ?

– Il faut une méthode. Je n'ai pas trouvé la bonne, grand frère.

– Bien sûr. Mais je vais t'aider. Moi aussi je suis présent dans le cœur de tes cellules. Veux-tu qu'on fasse venir les autres, petite sœur ?

– Quels autres ?

– Tu as le choix. 1) Cassandre de Troie. 2) Tes ancêtres biologiques. 3) Tes vies précédentes. 4) L'esprit des animaux et de la nature.

Que son âme dispose de tant de ressources l'étonne.

– Je choisis le 3) : mes vies précédentes.

Alors apparaissent le médecin russe, le samouraï, l'archer parthe, la marchande de fruits phénicienne, des moines, des paysans, des hommes préhistoriques chasseurs et cueilleurs.

Daniel les dispose en cercle.

– Nous avons tous la même préoccupation depuis la nuit des temps : trouver un chemin de lumière pour sauver le troupeau qui fonce vers la falaise. Cassandre, votre dernière incarnation est sur le point de réussir. Elle a trouvé de l'aide, elle est libre d'agir, elle en a envie, elle possède même le formidable outil Internet comme relais de sa parole. Nous devons l'aider, moi son frère et vous ses précédentes réincarnations. Nous ne pouvons pas échouer si près du but. Sinon, nous devrons attendre la naissance d'un autre être capable de cette œuvre. Mais le temps qu'un nouvel enfant jouisse de sa pleine conscience il sera peut-être trop tard. L'humanité se trouve au carrefour final. C'est une question de mois, de semaines, de jours peut-être. Il faut aller vite.

– Attends, qui es-tu ? demande Cassandre. Es-tu vraiment le fantôme de mon frère ?

– Non, petite sœur. Je n'existe plus. Je ne suis que le « souvenir d'un frère idéal ». C'est toi qui me fais exister maintenant, comme jadis tu as fais exister Cassandre de Troie, ton ancienne inspiratrice. C'est toi qui nous permets d'être là, grâce à ton

491

esprit particulier et à ta capacité de croire que c'est possible. Ce n'est que toi, toujours toi, partout.

Le Daniel Katzenberg de son rêve a l'air désolé et en même temps satisfait de l'instruire.

– Donc, eux non plus n'existent pas ?

– Ils sont réels dans ton esprit et c'est d'une importance énorme.

– Mais alors tout cela n'est que le reflet de mes délires ? demande-t-elle avec accablement.

– Non. Ces êtres ont réellement existé. Tu ne délires pas. Tu fais seulement revivre les morts en convoquant ta mémoire.

– Je ne comprends pas.

– Pourquoi penses-tu toujours avec ton cerveau gauche analytique ? Le droit, qui est un poète, peut comprendre cette notion. Ton esprit nous fait vivre. Et nous, en retour, nous allons t'aider.

– Il a raison, poursuit Cassandre de Troie en surgissant à son tour. Dès que tu penses à nous, nous existons.

– Allez, petite sœur, arrête de vouloir comprendre, arrête de vouloir tout expliquer. Profite de nous. Simplement. Et tu vas voir, nous pouvons beaucoup pour toi.

Alors, chacun à son tour, les incarnations parlent à la jeune fille évanouie. Le jeune mathématicien dirige les débats pour leur donner un maximum d'efficacité.

186.

Cassandre Katzenberg ouvre les yeux d'un coup puis s'exclame :

– Nous avons fait le chemin à l'envers !

– Ça y est, la Belle au Bois dormant est de retour, ironise Esméralda.

– Qu'est-ce qu'elle a dit, la Princesse ?

– Je crois qu'elle parlait d'un chemin à l'envers, dit Fetnat. Je ne vois pas du tout de quoi elle voulait parler.

Le marabout lui tend un verre d'eau, qu'elle avale d'un trait. Sa gueule de bois a laissé des traces, sa gorge est sèche et son front douloureux. Mais elle se sent pleine d'une énergie qui ne demande qu'à déborder.

– Comment n'y ai-je pas pensé plus tôt ? Il fallait faire le contraire. Plutôt que de partir du présent et d'avancer vers les feuilles du futur, je vous propose un autre exercice : établissons des fruits, des avenirs lointains qui nous semblent idéaux. Ensuite, regardons quel chemin il faut prendre ou créer pour les rejoindre.

– Comment ça ?

– Inventons chacun à tour de rôle une société idéale, prenons-la comme objectif et regardons comment bâtir les étapes intermédiaires pour l'atteindre. De la « rétro-futurologie », en quelque sorte. Il faudra inventer le mot.

Ce sera mon apport au dictionnaire.

– Subtil, admet Kim. Elle a raison. « Imaginer un futur lointain idéal et après découvrir les étapes intermédiaires pour le rejoindre. » C'est génial ! Bravo, Princesse.

Alors, à tour de rôle, tout en mangeant et en buvant, ils décrivent des visions de paradis possibles.

Kim Ye Bin imagine que tous les humains sont en permanence connectés aux autres, comme les fourmis.

Esméralda, poursuivant dans cette voie, imagine un monde où les rapports amoureux sont libres, sans la moindre notion de possession.

– Que plus jamais on ne dise « ma femme », « mon mari », « ma maîtresse », « mes enfants » ou « mes parents ». Et encore moins « mes employés », « mes électeurs ». Je verrais un futur où personne n'appartiendrait à personne et où personne ne serait obligé d'aimer qui que ce soit. La notion d'amour ne serait ni obligatoire ni contractuelle. Les gens s'approcheraient librement les uns des autres et se sépareraient de même.

Tous approuvent.

Charles de Vézelay imagine un monde sans peur du futur, sans peur tout court.

– On saurait tous ce qui va se passer et on ne ferait que profiter de l'instant présent avec une idée de pure jouissance.

– Toujours tes chansons maya ?

– Parfaitement. Mon monde futur idéal, je le vois avec des gens qui, débarrassés de l'angoisse de l'avenir, ne font que rechercher les plaisirs immédiats et sont éduqués pour les apprécier en pleine conscience.

Charles de Vézelay continue, emporté par l'enthousiasme.

– On aurait accès à toutes les informations sans chercher. On saurait avec quel partenaire on doit vivre. On saurait quel métier on doit faire. Quel endroit élire pour une existence idéale. On serait en parfaite harmonie avec tout, dénué de toute volonté d'accumulation ou de pouvoir.

– J'aime bien ces nouveaux concepts, reconnaît Orlando Van de Putte. Il faudrait qu'on renonce à l'angoisse matérielle du toujours plus. On devrait renoncer à la croissance, non seulement démographique, mais aussi économique et financière, pour la remplacer par l'harmonie.

– Harmonie avec la nature, avec les animaux, avec la planète, avec les robots, avec les autres êtres humains, ajoute Fetnat Wade.

– Avec nous-mêmes, complète Cassandre.

– Justement, Princesse. Toi, tu le vois comment le fruit du futur idéal ?

L'adolescente s'offre un temps de réflexion.

– Je vois des gens vivant 1300 ans sans le moindre stress et ayant la capacité, au-delà des ordinateurs implantés dans leur cerveau dont parle Kim, de maîtriser leurs pensées pour se mettre en empathie avec n'importe qui, n'importe quoi, n'importe où. Pas seulement les êtres humains. Tout. Ce ne serait même plus un changement matériel, ce serait une aptitude à retrouver notre, comment dire…

« Innocence de nouveau-né ? »

« Capacité d'être plus qu'un cerveau et un corps ? »

« Un esprit emprisonné dans de la peau. »

– ... cette petite chose que m'ont offerte mes parents, malgré moi, et que je pourrais baptiser « conscience élargie » ou mieux « conscience illimitée ». Dès lors, nous ne négocions plus avec les animaux, la planète ou les générations suivantes, car nous « sommes » déjà tout ça.

Un long silence suit.

– Je vois aussi, dans l'éducation des enfants du futur, quelque chose d'assez proche de ce que j'ai moi-même expérimenté : la libération du cerveau droit de l'emprise du cerveau gauche.

Cette fois, le silence s'éternise.

C'est Esméralda qui exprime enfin ce que tous sont en train de penser :

– Bon, là, je crois qu'à force de nous chauffer les uns les autres, nous sommes allés un peu trop loin. Il faut peut-être redescendre sur le plancher des vaches. Pour ma part, tout ça m'a donné mal à la tête et je commence à avoir faim.

– Je vais réchauffer le waterzooï, propose Orlando. Juste une question, monsieur Charles, vous voulez dormir ici ce soir ?

– Pourquoi pas ? C'est proposé si gentiment. C'est un peu comme si j'étais en vacances dans un autre pays.

– Le pays de la puanteur ?

– Non, celui des doux rêveurs.

– Dans ce cas, suivez-moi, je vais vous montrer comment on dort chez nous. On va vous installer un sac de couchage dans la remise des conserves.

Alors que tous ont regagné leur hutte personnelle, la jeune fille aux grands yeux gris retourne dans celle du Ministère Officieux de la Prospective.

Elle contemple l'Arbre des Possibles matérialisé sur l'écran.

Ainsi, mon rêve est devenu réalité.

Elle observe les feuilles avec leurs scénarios d'avenir. Certains futurs possibles lui semblent plutôt irréalistes, mais elle se dit que, de toute façon, cela se décantera au fur et à mesure de la croissance de l'arbre. Les mauvais scénarios de futurs tomberont d'eux-mêmes. Comme des feuilles privées de lumière.

« Et si on se greffait des ailes dans le dos pour voler comme les oiseaux. »

« Et si on construisait des villes au fond des océans. »

« Et si les hommes disparaissaient et qu'il n'y ait plus que des femmes sur Terre. »

« Et si toute l'humanité se convertissait à une unique religion et passait son temps à faire des prières. »

« Et si une maladie terrible, un virus, une grippe, décimait toute la population sauf une dizaine d'individus. »

Cassandre Katzenberg se souvient de tous les livres de science-fiction qu'elle a ingurgités dans sa prime jeunesse. Tout cela a préparé son cerveau à cette gymnastique de projection. Elle apprécie. Elle s'amuse. Elle a l'impression que son esprit a été conçu pour cette activité.

Elle observe l'Arbre des Possibles.

Une centaine de feuilles l'habillent déjà de « et si », et une dizaine de fruits d'un « futur idéal à atteindre. »

187.

Leur vision d'un futur idéal ressemble à celui dont j'ai rêvé la nuit dernière : les animaux sauvages, les gens qui vivent longtemps, l'air pur. Ils sont branchés sur moi. Nous sommes branchés ensemble.

Le Ministère Officieux de la Prospective me permet d'étendre ma pensée à cinq autres personnes fonctionnant en mode fusionnel. L'idée de Kim : comme si nous étions des fourmis, ou mieux : des ordinateurs reliés ensemble qui calculons les mêmes équations de manière légèrement différente et complémentaire, pour obtenir des résultats globalement similaires.

188.

Cassandre grimace.

Elle pose la main au bas de son ventre. Elle a très mal. Avec une hésitation, elle touche son entrejambe et examine ses doigts. tachés de sang.

Non. Pas ça. Pas maintenant.

La jeune fille aux grands yeux gris clair observe sa main rougie. Aucun doute, « elle les a ». À dix-sept ans. Elle n'y croyait plus.

Elle sait qu'elle aurait dû être réglée vers treize ans, mais c'était comme si l'attentat et la mort atroce de ses parents avaient bloqué son corps. Sa vie a été si spéciale depuis, que, en raison de ses angoisses permanentes, de l'hostilité des autres pensionnaires et de l'absence totale de soutien, son ventre s'est mis en hibernation dans l'attente de jours meilleurs.

Elle avait lu dans un journal que, souvent durant les guerres, les femmes n'ont pas de règles, comme si leur corps savait que le moment était mal choisi pour produire de la vie. Mais aujourd'hui, du fait de cette réunion du Ministère Officieux de la Prospective, quelque chose en elle s'est débloqué.

Je ne suis plus en guerre.

Son corps, après l'avoir autorisée à s'exprimer, à manger, lui permet désormais d'être une femme comme les autres.

Avec retard, mais mieux vaut tard que jamais.

Elle va frapper à la porte d'Esméralda. En guise d'explication elle montre juste sa main ensanglantée et la femme comprend aussitôt.

L'ex-actrice prend une lampe-torche et la guide vers une élévation formée de boîtes de cosmétique et de fioles de talc.

— Ce sont des produits qui ont été refusés dans les grandes surfaces pour des problèmes d'étiquetage ou de mauvais conditionnement. Vas-y, prends ta marque préférée.

— Je n'y connais rien…

— Alors prends ceux dont l'étiquette indique le prix le plus élevé.

Elles reviennent ensuite dans la cabane d'Esméralda. Cette dernière explique comment utiliser les protections.

— Princesse, tu es devenue une femme, déclare-t-elle, solennelle.

Si c'est ça être une femme, je trouve que c'est plutôt douloureux.

J'ai l'impression que mes ovaires font la révolution.

C'est terrible. Toute l'usine est en train de se mettre en marche. Ça tire de partout, et tout ce sang, est-ce que je ne vais pas mourir ? C'est peut-être une hémorragie qui ne finira pas.

Esméralda va lui chercher un verre d'alcool d'amande, de l'amaretto spécialement importé d'Italie.

– Bois ça, avec ce que tu as déjà avalé ce soir, ça devrait faire bonne mesure. C'est du bon, ce sont les gitans qui me le ramènent.

Cassandre accepte la boisson parfumée. Après la chaleur dans son ventre, c'est un nouveau brasier qui s'allume dans son œsophage.

– Un autre verre, s'il vous plaît, Duchesse.

Tant pis si elle me tutoie moi, je la vouvoie.

– Tu ne vas pas te saouler à l'alcool d'amande, Princesse ? Tu ne préfères pas du vin ? Ou de la bière ? L'amaretto, c'est traître.

Cassandre finit l'alcool sucré puis, tout en grimaçant, se masse le ventre.

– J'ai l'impression qu'un rat me mange de l'intérieur.

– Oh, n'exagère pas, nous sommes toutes passées par là, c'est pas si terrible, et puis ce n'est qu'un début, annonce Esméralda. Moi c'est fini depuis longtemps mais, entre nous, j'en ai presque la nostalgie.

C'est tellement fort et violent. Peut-être à cause du retard. Elle a dit « et ce n'est qu'un début », qu'est-ce que ça signifie ?

– Comment s'est passée la première fois que vous avez eu vos… lunaisons ?

– J'ai eu très mal mais, après, j'ai été soulagée. J'avais si peur que la chose n'arrive jamais. Ce sont nos déchets de femme qui sont évacués ainsi, tu sais ? Nos œufs non fécondés.

Cassandre hésite, puis pose l'autre question qui la préoccupe :

– Et la première fois où vous avez fait l'amour ?

– Exactement pareil. J'ai eu mal et après j'ai été soulagée. Et je pense que si j'avais eu un enfant, ça aurait été pareil. Après tout, ce sont les trois rendez-vous importants du corps féminin.

– Duchesse, pouvez-vous… enfin m'en dire un peu plus sur la première fois où vous avez fait l'amour ?

– Si tu veux, Princesse.

Elle la regarde avec un sourire amusé.

– J'avais 16 ans, et le type aussi. Pour tous les deux c'était la première fois. On a fait ça dans la nature. Il m'a couchée dans l'herbe et m'a écrasée de son poids. Le problème c'est que sous l'herbe, pile à cet endroit, il y avait un nid de fourmis rouges. Je n'ai pas osé lui dire de se déplacer tellement il était surexcité. Alors ç'a été doublement douloureux.

– La pénétration vous a fait mal ?

– J'avais un hymen épais. Le type tapait dedans comme un défonceur de château armé d'un bélier. Il y revenait sans cesse et c'était comme s'il…

– Bon, merci Duchesse, coupe Cassandre en reprenant de l'alcool.

– Tu fais des progrès, Princesse. Tu bois comme une alcoolique. Je t'ai vue cracher, c'est pas mal pour un début. Il te reste plus qu'à fumer, à injurier et à péter et tu seras parfaitement en phase avec la tribu.

Esméralda lui caresse doucement le front.

– J'ai passé une très bonne journée grâce à toi, reconnaît-elle. Ça faisait longtemps que je m'étais pas autant…

… amusée ?

– Investie dans un projet. Je crois que, tant qu'on a des projets, on est jeune. Avec ton idée délirante du Ministère Officieux de la Prospective, tu as offert un joli chantier à tous les habitants de Rédemption.

Elle arrange son chignon et remet en place son crucifix dans la vallée profonde de son décolleté.

– Je crois que je t'ai vraiment sous-estimée, Princesse.

Cassandre a trop mal pour répondre, mais elle hoche la tête.

– Tu as fait quelque chose d'extraordinaire ici… Tu as… comment dire… Tu sais le principe d'Orlando d'inverser les proverbes…

Elle cherche ses mots.

– Eh bien, tu m'as peut-être fait penser que… « Chacun sa

merde » ça marche mais… le contraire ça marche encore mieux. Voilà. J'ai dit.

Et elle crache pour se donner une contenance.

Cassandre grimace de douleur.

Esméralda lui tend des cachets de Doliprane. Pliée en deux, la jeune fille les gobe avec avidité.

— Ouais, tu as changé beaucoup de choses ici. Même mes hommes, je les ai jamais vus comme ça. On dirait que, depuis que tu es là, ils ont… comment dire… « rajeuni ». Tu sais pas ce qu'Orlando m'a chuchoté, tout à l'heure ? « Et si je me rasais ? » Tu t'imagines ! Orlando sans barbe !

Esméralda pouffe un peu.

— Fetnat m'a dit qu'il voulait se mettre à faire un peu de sport. Il a récupéré un vélo d'appartement qu'il est en train de ressouder.

Elle lui fait un clin d'œil.

— Quant à Kim, je crois qu'il est pas insensible à ton charme. Vous avez le même âge, après tout…

J'ai trop mal. Avoir passé autant d'épreuves pour se voir trahie par son corps, c'est… nul.

Cassandre avale d'un coup un verre d'amaretto.

Esméralda semble décidée à s'épancher.

— Reste le problème de ton passé…, Princesse. Tsss… C'est marrant, il suffit de regarder la spécialité de quelqu'un pour deviner son point faible. Les psychiatres sont pour la plupart azimutés. Les coiffeurs sont chauves. Les chefs souffrent d'un complexe d'infériorité. Je connaissais même une fleuriste qui faisait de l'allergie au pollen. Elle avait toujours les yeux rouges, la pauvre.

Soudain Esméralda saisit la paume de Cassandre.

— Et toi, toi…, Princesse, tu es la preuve que les gens qui veulent connaître l'avenir ont un problème avec leur passé !

Tout en parlant, elle examine ses lignes de la main.

— Tsss… je m'en doutais, dit-elle. Ta ligne de chance. Là, regarde. Elle est toute petite. Tu portes vraiment la poisse. Et quant à ta ligne de vie, celle qui est là, elle s'arrête brusquement.

189.

Cette nuit-là, Cassandre Katzenberg, dort, en serrant ses poupées contre elle, dans son grand lit.

Sur l'écran de son cerveau s'étale un grand rien. Elle ne fait rien. Elle attend.

Cela lui semble durer longtemps.

L'antique Cassandre ne vient pas.

Les bébés la laissent tranquille.

Son frère n'apparaît pas, ni ses parents, ni la pâtissière, ni les gâteaux.

Elle attend sans bouger. Elle est seule, nulle part, sans réelle perception du temps futur, présent ou passé.

Puis elle rêve qu'elle se couche et qu'elle dort.

Cela lui donne l'impression d'être entre deux miroirs qui reflètent son image de Cassandre en train de dormir à l'infini.

Les murs et le sol n'ont même pas de couleur, ce sont seulement des miroirs.

Ce monde vacant s'étale dans le temps.

Ensuite elle rêve qu'elle rêve.

Puis elle rêve qu'elle rêve qu'elle rêve. Une mise en abyme sans fin.

Sur un temps infini.

Elle rêve enfin qu'elle se réveille dans son rêve. Puis elle se réveille dans le rêve de son rêve. Puis elle se réveille vraiment dans la réalité.

190.

Il faut que j'en aie le cœur net.

191.

4 h 44 du matin. La nuit n'a pas encore terminé son œuvre.

Hormis quelques aboiements au loin de chiens somnambules, le dépotoir est tranquille.

Cassandre Katzenberg déambule seule entre les huttes de Rédemption.

Éclairée par la lune, elle observe la ligne de chance que lui a indiquée Esméralda.

Après quoi, déterminée, elle ramasse un tesson de bouteille et, appliquant la pointe tranchante dans sa paume, elle creuse et allonge sa ligne de vie.

Aucun futur n'est gravé dans la pierre, on peut toujours le réécrire par sa seule volonté.

D'un même élan, elle en profite pour allonger sa ligne de chance.

On a toujours le choix.

Dans sa main est désormais dessiné un arbre pourpre à deux branches.

Je n'ai pas peur du sang. Je n'ai pas peur de perdre l'intégrité de mon corps.

Mais ne peut retenir une grimace de souffrance. Elle fixe la carte sanglante.

Cette douleur me fera oublier celle de mes entrailles.

D'instinct, elle verse un peu de rhum sur les deux plaies béantes, ce qui la fait suffoquer. Puis elle ramasse un chiffon blanc, le détrempe avec l'eau de la carafe et se fait un pansement.

C'est moi qui décide de la suite de ma vie. Personne n'écrira mon avenir à ma place. Personne. Pas même mon code génétique, mon éducation, ou un destin maya gravé dans les cieux.

Cassandre Katzenberg va voir Orlando Van de Putte qui ronfle, enfoncé dans la pile de sacs qui lui sert de lit, puis Esméralda dont le visage est recouvert de tranches de concombres, Fetnat Wade qui a placé au-dessus de son lit une chauve-souris empaillée, Charles de Vézelay roulé en boule au milieu des piles de conserves sans étiquettes. Elle finit par Kim Ye Bin, endormi sur sa couchette, avec tous les écrans d'ordinateur encore allumés autour de lui, comme un enfant qui a peur du noir. Elle le regarde, immobile, en train de vivre des aventures sous ses yeux clos.

Elle remarque qu'il sourit. Elle espère que c'est grâce à elle qu'il est un peu plus heureux.

C'est un grand pouvoir qu'ont les femmes de rendre les hommes plus détendus et plus sereins.

Puis elle se dirige vers l'un des écrans.

Elle commence à tapoter sur le clavier. Ce qui ne semble pas gêner le sommeil du Coréen. Elle inscrit dans le moteur de recherche : « Statistiques mondiales. »

Pour voir le futur il faut déjà définir avec précision le point de départ. Mon frère aimait les chiffres, je dois pouvoir les utiliser aussi.

Puis elle note sur une feuille de papier la liste qui l'intéresse. « Nombre d'habitants sur la planète à ce

jour :	6 876 935 514
Nombre de naissances par an :	69 722 868
Nombre de décès par an :	30 464 083
Nombre de voitures construites par an :	26 027 959
Nombre d'ordinateurs vendus par an :	143 232 741
Nombre de personnes ayant un branchement Internet :	1 631 405 146
Nombre d'hectares de forêt détruits par an :	5 639 917
Nombre d'hectares de désertification par an :	7 423 022
Nombre de tonnes de produits chimiques toxiques déchargées dans la nature par les industries :	4 903 933
Nombre de tonnes de dioxine de carbone émises cette année :	11 181 914 254
Nombre d'espèces animales éteintes par an :	492

Voilà comment fonctionnait mon frère en mesurant et en donnant des chiffres précis plutôt qu'en restant dans le vague. Voilà l'étendue des dégâts.

Elle observe sa liste, pénétrée plus que jamais par la conviction qu'il faut ralentir voire stopper la croissance démographique et économique.

Puis elle fait une boule de ses notes et la jette dans la poubelle de Kim.

À nouveau son ventre se rappelle à elle. La protection, dont elle n'a pas l'habitude, la gêne mais elle n'ose l'enlever.

Pourquoi ai-je si mal ?

Elle finit par trouver une réponse qui la satisfait.

Mon ventre me dit qu'il est prêt à enfanter mais qu'il est malheureux de ne pas avoir été fécondé. Alors il me punit. Mon corps veut m'inciter à faire l'amour...

Elle regarde Kim Ye Bin.

Avec lui ?

Le jeune homme bouge et se retourne, sans cesser de sourire dans son sommeil.

Il est beau. Il a un corps attirant. Une belle bouche. De belles mains.

À la pension, les filles disaient qu'en regardant la forme des doigts d'un homme, on pouvait en déduire la forme de son sexe.

Elle sourit.

Elle n'ose regarder de plus près les mains de Kim.

Peut-être qu'il rêve de moi. Peut-être que cela l'excite. Peut-être qu'il m'imagine en train de faire l'amour avec lui. Peut-être qu'il me voit dans une tenue sexy, en train de le caresser et de l'embrasser.

Étonnamment, cette pensée l'apaise.

Il rêve de moi, j'en suis sûre. Il a compris que j'étais quelqu'un d'extraordinaire et il me désire plus que tout au monde. Depuis qu'il me connaît, sa vision des femmes a changé.

Il m'a détestée mais maintenant il m'admire secrètement. Il est prêt à tous les sacrifices pour me faire plaisir. Il ne faudra pas que je m'abandonne trop vite, néanmoins. Mais que je me fasse désirer pour que son envie soit au maximum. Une cour en bonne et due forme me plairait. Au début, je serai choquée et je lui dirai non. C'est notre rôle de dire non, sinon on passe pour des filles faciles et les hommes ne nous apprécient pas. Ça, je le sais au fond de moi. Ce sont toutes les femmes que j'ai été dans mon karma qui me le disent. Et tous les hommes que j'ai été me le confirment. Il me faut jouer un peu la salope, ils adorent ça. Il insistera. Je lui dirai que je souhaite que nous restions amis, sans aller plus loin... pour voir s'il tient à moi. Après, je me montrerai injuste envers lui. J'arriverai en retard à nos rendez-vous. Je lui ferai des reproches injustifiés, pour voir s'il tient toujours à moi malgré tout. Puis je le ferai patienter. Il devra languir, me désirer énormément et souffrir. Un peu.

Cassandre se recroqueville, perforée par un nouveau spasme.

En devenant une femme, mon corps rentre dans un système de cycles comme ceux de l'agriculture. Une graine doit être plantée pour qu'il y ait récolte. C'est forcément une femme qui a inventé la révolution néolithique il y a 11 400 ans, dans la vallée du Jourdain. C'est donc une femme qui a inventé la futurologie.

Cassandre se mord les lèvres.

Bon sang, j'ai vraiment très envie de faire l'amour. Ce sont peut-être mes lunaisons, toute la machinerie hormonale s'est réveillée. Ma peau est plus sensible. Je sens la pointe de mes seins qui a durci.
Tout ça c'est sa faute.

Elle se penche au-dessus de Kim, dont le visage luit dans la pénombre.

Pourvu que ce ne soit pas un éjaculateur précoce. Il paraît que les jeunes sont tellement émotifs qu'ils ne savent pas durer. Manquerait plus qu'il termine sa courbe de plaisir au moment où je commence la mienne.

Elle secoue la tête.

Et s'il n'arrive pas à bander parce que je l'impressionne trop ? Il faudrait peut-être qu'en prévision je demande à Fetnat une de ses potions miracles qui remplacent le Viagra. Je dirai juste à Kim « Détends-toi, chéri, je vais te faire un drink » et voilà. Et puis je sortirai une petite blague pour détendre l'atmosphère. Celle des deux limaces qui... Non pas celle des limaces... plutôt celle des deux girafes.

Elle se caresse les cheveux.

Quand nous aurons fini de faire l'amour, il ne faudra pas qu'il croie que tout est acquis et que je lui appartiens. Je vais devoir lui signifier que je suis une femme libre.

Ah ça, Esméralda a complètement raison, les hommes sont toujours dans la possession : « ma femme », « mon chien », « ma fortune ». Et dès qu'ils considèrent que les êtres ou les choses leur appartiennent définitivement, ils partent à la conquête de nouvelles proies.

La jeune fille reste un instant songeuse.

Il ne faudrait pas non plus que je sois le genre de fille juste bonne pour un soir et qu'après il m'oublie. Comment éviter cela ?

Elle réfléchit.

Je ne vois qu'une solution. Il faudrait que je sois encore plus inaccessible. Il faut qu'il rampe à mes pieds, qu'il me supplie. Là au moins il ne sera pas tenté de me jeter. Il faudra qu'il m'offre une bague.

Elle visualise l'objet et sa main ainsi ornée.

Après, il ne faudra surtout pas qu'il s'accroche trop. Un type tout le temps collant, ça doit être lassant.

Elle ferme les yeux.

Ensuite on refera l'amour. Et ça sera forcément mieux la deuxième fois. Mais il n'y aura pas de troisième fois, pas d'habitudes. Je lui dirai un mot gentil, « alors, heureux ? » peut-être. Et il faudra qu'il parte, je ne veux pas rester à côté de lui pour dormir, la première fois.

Après... après on gérera la relation. Je lui indiquerai les grandes lois pour pouvoir vivre avec moi. Interdit de péter dans la chambre. Interdit de cracher. Interdit de fumer. Interdit de boire. Quand on dort avec moi, on reste blotti toute la nuit, on ne se lève pas pour aller jouer à l'ordinateur, même si on a des insomnies.

Elle sourit.

Je lui donnerai tout mon amour.

Je trouverai un métier, au pire j'accepterai le boulot d'astrologue que me propose Graziella. Je raconterai un avenir de pacotille aux gogos qui ont besoin d'être rassurés.

On travaillera et on s'aimera le jour, et on sauvera le monde la nuit. Personne ne le saura. Comme les superhéros des bandes dessinées.

Après on aura trois enfants.

Son sourire s'évanouit d'un coup.

Et s'il se lasse ? S'il finit par en avoir marre de moi ?

Et si, à force de me voir tous les jours, il ne m'appréciait plus ? Si mes grossesses déformaient mon corps et me rendaient moins attrayante à ses yeux ?

S'il ne voyait chez moi que mes défauts ?

Et s'il me trompe avec une fille plus jeune qui lui fasse des choses sexuelles qui me répugneraient ?

Je crois que je ne supporterais pas ça. Tant pis. Mieux vaut pour l'instant renoncer à toute relation tant que je ne suis pas sûre qu'il ne risque pas de revenir avec cette garce qui serait forcément plus perverse que moi.

À nouveau, son ventre lui fait mal et Cassandre rentre dans sa hutte pour reprendre des cachets de Doliprane.

Ah le salaud ! Quand je pense à tout ce que je voulais lui faire comme bien. Je voulais lui donner mon cœur alors que lui n'a qu'un sexe à la place du cerveau. Il fallait vraiment qu'il gâche tout alors que notre relation aurait pu être si pure et si belle.

La jeune fille aux grands yeux gris clair se recouche dans son lit à baldaquin avec ses poupées. Mais elle n'arrive pas à trouver le sommeil, les yeux grands ouverts sur la bâche qui lui sert de plafond.

192.

C'est moi qui me faisais des idées en prêtant à Kim des qualités qu'il n'a pas. Les hommes sont finalement très décevants. Tous des lâches et des égoïstes. Pas un pour rattraper l'autre.

193.

Ce matin-là le silence est étale. Ni coq, ni renard, ni réveil. Seul le soleil darde ses rayons à travers les rideaux de sa hutte.

Comme elle ne s'est pas rendormie, Cassandre est la première à allumer le feu et à se préparer un thé, des chips, du Nutella. Elle touille avec vigueur sa tasse remplie d'infusion bouillante. Quand Kim Ye Bin vient la rejoindre, elle s'éloigne.

– Bonjour, Princesse. Tiens, qu'est-ce que tu as à la main, tu t'es blessée ?

Elle lui tourne ostensiblement le dos.

– Qu'est-ce qui se passe ? demande-t-il.

En plus, il fait l'innocent !

– Allez, dis-moi, Princesse. C'est quoi le souci ?

... c'est ta mauvaise foi, le souci.

Elle se lève et poursuit son petit déjeuner perchée au sommet de sa hutte.

– Qu'est-ce qu'elle a ? je ne lui ai rien fait, s'étonne le jeune homme en prenant à témoin les autres qui viennent de se lever.

Esméralda chuchote à l'oreille de Kim.

– Ne t'inquiète pas, elle a juste ses trucs avec un sacré retard.

– Ses quoi ?

– Comme dit l'expression : « Les Anglais ont débarqué. »

– Je n'vois pas.

Orlando arrive à la rescousse :

– Elle a ses coquelicots. Elle a ses ragnagnas. Elle a ses parents de Montrouge. Elle a sa semaine Ketchup, elle a ses ours, elle a ses Mickeys.

– Je ne vois toujours pas de quoi tu parles, Duchesse.

– Elle est devenue une femme, si tu préfères. Les hommes, il faut tout leur expliquer ! Ils ne comprennent rien à la psychologie féminine.

– Vous voulez dire qu'elle a ses règles. Ce qui est énervant avec l'argot, c'est qu'à force d'utiliser des métaphores à deux balles, on ne sait même plus de quoi on parle.

Esméralda a une moue complice.

– C'est pour ça qu'elle m'en veut ?

– Laisse, ça va lui passer.

Cassandre retient une grimace de douleur et observe les autres en contrebas. Charles de Vézelay n'a finalement pas remis son masque à gaz. Elle l'entend commenter en détail à Orlando et Fetnat le principe des chansons maya.

L'ancien spécialiste des horoscopes explique que c'est parce qu'il existe une projection du futur inscrit dans un esprit que le monde s'organise afin que cette projection se réalise. Cassandre, qui connaît déjà ce discours, le comprend différemment à cet instant.

Je me demande si je ne devrais pas de temps en temps débrancher ma machine cérébrale à me projeter dans le futur.

Elle observe Kim de loin.

Il est quand même mignon. Je crois que je suis capable de lui pardonner.

Plus tard dans la matinée, ils bâtissent une nouvelle hutte pour Charles de Vézelay.

Quatre voitures sont plantées verticalement. Des bâches tendues deviennent le toit. Les machines à laver servent de briques et laissent deux ouvertures, une fenêtre et une porte.

Cassandre remarque que l'ancien fonctionnaire du ministère de la Prospective s'intègre très bien dans le petit village de clochards.

Et lui, c'est quoi sa faute à pardonner ?

Kim Ye Bin travaille dans sa hutte sans chercher à lui parler. Orlando lui propose de venir chasser et elle accepte.

– Je ne regrette pas de t'avoir sauvée, Princesse, dit l'homme aux allures de Viking.

Oui, je sais, j'ai mis un peu d'animation dans ce village qui, sinon, ressemblerait à un club de retraités miteux. On me l'a déjà dit.

Surmontant la douleur de sa blessure à la main, elle bande son arc et décoche une flèche qui vient transpercer de part en part un gros rat.

Et d'un.

509

– Je t'ai entendue cette nuit, j'ai le sommeil léger. Tu n'as pas beaucoup dormi, hein ? Et c'est quoi ta blessure à la main ?

– Une égratignure.

Elle tue un second rat à peine moins gros et accroche le corps encore frémissant autour de sa taille.

– Je crois que Rédemption est une base parfaite pour entre-prendre de grands projets, déclare-t-elle.

Orlando hausse les épaules.

– Quand j'étais jeune, je croyais qu'il fallait voyager. Je cher-chais l'Eldorado. J'avais l'impression qu'il existait quelque part un pays avec une culture adaptée à mon envie d'exotisme. J'ai pensé à l'Australie. Puis à l'Afrique. L'Asie. Ah ça pour voyager, j'ai voyagé. Dans des coins que tu imagines à peine. Maintenant, j'ai compris que c'est pareil partout. Le décor, l'étiquette du pays, la langue, les costumes, le gouvernement, tout ça ne change finalement pas grand-chose.

Il crache bruyamment.

– Je dirais que le plus bel endroit pour vivre, c'est ici. Et la meilleure époque, c'est maintenant. Les plus belles personnes à fréquenter ce sont les Rédemptionais. Et après tout, je suis sûr qu'il y a moins de pollution à Rédemption que dans les immeu-bles près du périphérique, ou dans les jolies maisons du centre-ville coincées entre les avenues embouteillées. Et pas de condam-nation au travail.

On peut donc réfléchir tout son soûl.

À ce moment résonne un glapissement. Cassandre se retourne :

– Yin Yang ! s'exclame-t-elle.

Le renard est assis sur une montagne d'ordures. Immobile, il les observe.

Les Albanais ont donc tué un autre renard. Ils savaient que c'était notre mascotte, mais ils ignoraient qu'il y en avait plusieurs. Seul Yin Yang réagit au mot honni.

Il n'est pas seul, une femelle vient le rejoindre. À peine plus petite que lui.

510

Comme ils forment un beau couple, ces deux-là. Voilà pourquoi il ne revenait pas, Yin Yang était amoureux.

Cassandre s'approche doucement et, alors que la femelle semble effrayée, Yin yang reste immobile et se laisse caresser.

Ainsi il est possible de créer un lien privilégié avec les animaux. Pas tous, seulement les plus courageux, les pionniers. Ceux qui ne fonctionnent pas que dans la peur.

Cassandre voit tout à coup dans ces retrouvailles une embellie de sa vie. Le contact avec la fourrure de Yin Yang lui apporte un réconfort qui lui fait oublier ses douleurs abdominales. Elle tend au renard un rat qu'elle décroche de sa ceinture. Il l'accepte et le prend dans sa gueule comme un cadeau. Le renard disparaît et revient peu après avec un présent. Un cadavre de chat. Cassandre examine son collier et lit sur la médaille : « Liberty Belle. »

Ainsi donc la chatte de l'inspecteur Pierre-Marie Pélissier a fait une deuxième fugue et est venue se perdre ici. Si le destin ne trouve pas son chemin la première fois, il essaiera de nouveau. Peut-être que finalement Charles de Vézelay a raison : la Nature a des projets précis pour chacun d'entre nous. Des rendez-vous inscrits.

Si rien n'a lieu tout de suite, ce n'est que partie remise. Ce qui doit advenir adviendra.

– Superbe chat ! Merci Yin Yang, on le mangera ce soir. Et on en fera des moufles, annonce le Viking.

Pour une fois, Cassandre n'est pas dégoûtée de voir cet animal de compagnie réduit à l'état de futur civet.

C'est le cadeau de Yin Yang. Peut-être qu'un jour d'autres animaux viendront vers nous, non plus pour chaparder, mais pour faire du troc. Alors nous nouerons avec eux non plus des relations de prédation ou de dépendance mais des relations d'échange.

Avec un dernier glapissement, le couple de renards déguerpit.

– C'est le printemps, dit Orlando. La nature reprend ses droits. C'est l'appel des hormones.

Cassandre regarde les deux superbes animaux gambader au loin parmi les sentiers tracés entre les montagnes d'ordures. Un instant, elle les envie. Puis elle décoche une flèche en direction d'un rat qui s'était imprudemment approché d'elle.

Le reste de la journée se déroule comme d'habitude à Rédemption. Chacun vaque à ses occupations habituelles, chasse, cueillette, cuisine ou nettoyage, en fonction de ce qu'il estime nécessaire au bien-être de la communauté. Personne ne dit aux autres ce qu'il faut faire. Seul Kim Ye Bin, enfermé dans la hutte du ministère, ne se donne même pas la peine de venir déjeuner.

Esméralda apprécie les belles manières de Charles de Vézelay.

– Vous êtes vraiment comte ? demande-t-elle.

– J'ai un blason, reconnaît modestement le spécialiste des horoscopes. On y voit un cygne, un bras qui tient une épée, et un moulin.

– Et votre ancêtre était vraiment un templier visionnaire ?

– Il a eu en l'an 1000 un flash de ce que serait l'an 2000. Et surtout le culot de l'exprimer clairement. Évidemment, moi aussi j'aimerais en l'an 2000 avoir un flash de ce que sera l'an 3000. Ainsi, tous les mille ans, un de Vézelay offrirait une prophétie au monde.

Fetnat semble ravi de l'idée.

– On a bien commencé à entrevoir l'an 3000, reconnaît l'Africain tout en embrochant Liberty Belle sur le foyer central du village.

– Il faudra qu'on affine un peu notre vision, suggère Esméralda. Par exemple, pour ce qui est du quotidien, en dehors des grands évènements, on mangera quoi, selon vous ?

– Des algues, répond Cassandre.

– Des insectes, complète Fetnat.

– Du tofu, suggère Charles de Vézelay, ou un produit de ce type.

– S'il y a surpopulation et guerre, on mangera de l'homme, lance Esméralda. Le cannibalisme, c'est ce qui se produit lors de toutes les grandes crises.

Elle change de sujet pour éviter de s'étendre là-dessus :

– Et les vêtements, vous les voyez comment ?

– On utilisera une bombe aérosol qui nous recouvrira d'une peinture protectrice, propose Fetnat.

– Si on vit tous sous des bulles, ou dans des buildings climatisés, on pourra vivre nus.

Le reste de l'après-midi s'écoule dans une ambiance fiévreuse, où chacun surenchérit sur les idées du futur. C'est devenu une gymnastique de l'esprit, comme un rêve éveillé. Dès qu'une question est posée, les réponses arrivent en rafales.

– Moi je vois de plus en plus de bidonvilles.

– Il a raison, mais des bidonvilles différents de ceux qu'on connaît à présent. Pour ma part, j'imagine que les gens vont vivre enfermés dans des containers hermétiques, de peur de la pollution ou des maladies. Les containers seront empilés en gigantesques pyramides. Ce sera l'aboutissement du cocooning. Il n'y aura à l'intérieur que leur ordinateur pour leur permettre de communiquer et de vivre en réseau.

– Je pense que les humains muteront, ils développeront des dons nouveaux, comme Cassandre. Ils seront sensitifs et sentiront les choses, dit Orlando.

– Oui, peut-être que Cassandre est un prototype d'humain du futur, reconnaît Charles de Vézelay. En tout cas, c'est ce que ses parents ont souhaité.

...Sans me demander mon avis.

– Dans le futur, je pense qu'on sera tous télépathes.

– Et puis on saura faire bouger ses oreilles.

– Quel intérêt de bouger les oreilles ?

– Peut-être aucun, mais moi j'ai toujours admiré les gens qui savaient le faire, rétorque Esméralda.

– Dans le futur, je crois qu'on saura maîtriser la technique de cryogénisation. Les gens malades se feront cryogéniser pour renaître des siècles plus tard, à une époque où la médecine saura soigner leur maladie. Mais...

Cassandre l'interrompt :

– Mais, à leur grande surprise, les cryogénisés se feront juger par leurs descendants.

– Pourquoi ? Encore une de tes visions ?

La jeune fille aux grands yeux gris clair prend son temps pour répondre :

– Ils devront rendre des comptes en tant que représentants de la génération qui avait la possibilité de tout sauver mais qui, par égoïsme ou inconscience, a préféré laisser les choses aller dans la mauvaise direction.

– Nous ?

– Oui, nous. Nous sommes arrivés à un carrefour historique pour notre espèce. Il y a autant de vivants que de morts : 6,8 milliards.

– Je ne comprends pas.

– Si on additionne tous les morts depuis la première tribu d'il y a 3 millions d'années, époque où l'humanité n'était qu'un petit troupeau de quelques dizaines de milliers d'individus, et qu'on ajoute tous les morts de toutes les générations jusqu'à nous, on obtient à peu près 6,7 milliards. Or c'est le chiffre approximatif de notre population actuelle.

– On sait tout ce qui se passe partout sur la planète et nous connaissons les vrais enjeux. Donc, si nous échouons, nos enfants et nos petits-enfants pourront nous en tenir pour responsables.

Ils se passent la bouteille de vin et tous boivent au goulot.

Pour finir, Orlando propose qu'on réfléchisse sur les armes du futur. Fetnat sur la médecine du futur. Esméralda sur le cinéma du futur.

194.

Percevoir le futur ressemble à un exercice musculaire.
Il se travaille, le muscle s'entretient.
Et, plus on l'entretient, plus s'en servir devient facile.
Ce que nous réalisons là, c'est de la gymnastique collective.
Mais voir le futur est aussi une drogue. Plus on voit loin, plus la vision est précise et plus on a envie de voir encore plus loin.

Je ne veux pas devenir accro à la pensée du futur. Peut-être que mon corps me fait souffrir pour me ramener dans mon présent, dans la matière.

195.

Le bandage est enlevé et les deux lignes creusées dans sa paume, la chance et la vie, même si elles sont entourées d'un peu de pus, commencent à cicatriser, inscrivant à jamais dans sa chair une nouvelle programmation.

Cassandre toque de la main gauche à la porte du jeune Coréen à la mèche bleue. Malgré l'absence de réponse, la jeune fille entre quand même.

– Tu es fâché, Marquis ? attaque-t-elle avec une totale mauvaise foi.

Il dégage le clavier et se tourne à demi vers la jeune fille aux longs cheveux noirs ondulés. Ses yeux sont injectés de sang à force de contempler l'écran.

– Oui. Parfaitement. Je t'en veux. Tu nous as fait miroiter un rêve, mais ce rêve n'est pas atteignable. Il ne l'a jamais été, et il ne le sera jamais.

Elle lui prend l'épaule et le tourne vers elle pour le forcer à la regarder. Il baisse les yeux.

– Qu'est-ce qui s'est passé ?

En guise de réponse, il désigne l'écran d'un mouvement de tête. Sur une fenêtre s'affichent des statistiques. Sur une autre un programme de dialogues. Cassandre constate qu'il a soumis leurs idées à un forum pour inciter les gens à soutenir le Ministère Officieux de la Prospective.

Elle lit.

Certains internautes affirment que le fait de procréer sans limite est le premier droit de tout être humain. D'autres qu'un gouvernement mondial sera forcément corrompu, fasciste ou, de toute façon, incapable d'agir. Beaucoup hurlent que le respect de la souveraineté des États est plus important qu'une moralisation planétaire. Ils préfèrent les dictateurs locaux à un risque d'uniformisation. Quelques internautes affirment que le seul fait de vouloir anticiper le futur est un comportement de secte, de gourou ou d'illuminé, hautement suspect de toute façon.

– Sur les douze pages d'Internet, à peu près deux cent soixante personnes se sont donné la peine de venir sur le forum pour tenter de nous décourager ou de nous discréditer. Trois personnes seulement ont envisagé de nous laisser une chance de développer notre « délirant » projet, tout en soulignant, pour ne pas se dévaloriser aux yeux des autres, que surtout ils n'adhèrent pas. Et ces trois-là se sont fait, malgré tout, copieusement insulter par la masse.

– Ça t'étonne ?

– C'est le monde à l'envers. Ils sont aveugles et, si on leur propose de voir, ils protestent et exigent le respect de leur statut de handicapés volontaires.

– Au moins tu as ta réponse, Marquis : au pays des aveugles, les borgnes ne sont pas du tout bien accueillis.

– Et le troupeau aveugle continue dans l'enthousiasme d'avancer vers le précipice. Interdisant à quiconque de les détourner de leur chute. Au nom de leur liberté de s'autodétruire. « Je suis aveugle. Voilà ma foi », pourraient-ils tous chanter à tue-tête.

Eux ne devront pas rendre des comptes aux générations futures.

Si on ne fait rien, il n'y aura peut-être même pas de génération future.

– On n'a jamais dit que ce serait facile, reconnaît Cassandre.

– Mais il n'y a pas que ça, Princesse.

Kim ouvre un autre fichier.

– J'ai voulu faire un petit bilan de tout ce qui n'allait pas pour voir comment y remédier. Et c'est comme si j'avais ouvert la boîte de Pandore. Toute la noirceur du monde m'a sauté au visage.

Il montre des dépêches émanant d'agences de presse.

– « Sport. Un match de football tourne à la tuerie. Entre l'Angleterre et l'Allemagne les supporters avaient apporté des

516

haches et des lances sans que la police les détecte. La foule effrayée, incapable de fuir, a été écrasée contre la grille de protection. Sous l'effet de la pression, une centaine de personnes ont été littéralement hachées à travers les barreaux.

« Étranger. En Somalie, une fillette de neuf ans violée par trois hommes a finalement été reconnue coupable de rapports sexuels hors mariage. Elle a été lapidée dans le stade de football à l'heure de la mi-temps. Après une première volée de pierres, l'infirmière venue vérifier son état a annoncé que son cœur battait encore. Alors elle a été replacée dans le trou et achevée. Un jeune enfant de huit ans, écœuré, a essayé de la sauver. Il a été abattu par la police. »

« Tu vois, ton monde de cauchemar, on y est déjà. Et personne ne fait rien.

– Ce ne sont que des anecdotes.

– Et le Zimbabwe où on a déjà dépassé les 12 000 morts en raison de l'épidémie de choléra, alors que le président Mugabe empêche toute aide étrangère, c'est une anecdote ? Et le Tibet ? Et la Corée du Nord où j'ai vu des atrocités que tu n'imagines même pas, c'est une anecdote ?

– ARRÊTE ! Tu me saoules !

– Attends, je t'ai gardé le meilleur pour la fin : « Un groupe de clochards agressifs sème la terreur dans les bibliothèques de Paris. Le maire de la ville a décrété que l'arrestation de ces dangereux individus était un objectif prioritaire de ses services de sécurité. » C'est une seconde diffusion.

À nouveau, les visages d'Esméralda, Orlando, Fetnat, Kim et Cassandre s'affichent sur l'écran, accompagnés d'un avis de recherche et d'un numéro de téléphone de la police.

– Non seulement ils ne font rien contre les salauds mais ils s'acharnent contre nous !

Les aveugles veulent crever les yeux des borgnes.

– Tu veux me dire quoi ?

La physionomie de Kim change instantanément. Elle reconnaît cette lueur cruelle qu'elle avait repérée le premier jour.

— Et si ton frère Daniel avait raison ? Ils sont trop cons, on ne peut rien faire pour les sauver. Ils sont informés tous les jours de leur connerie par la télévision et ils ne font rien pour la ralentir. Ils sont fascinés par leur propre barbarie, ils traitent leur auto-destruction comme un spectacle. Et ce divertissement s'appelle les actualités. Tu as vu ces images de cadavres, de dictateurs réjouis, de foules hystériques qui scandent des appels à la mort de leur prochain. Ils sont assoiffés de destruction. Et plus les images sont choquantes, plus l'audimat augmente. Comment veux-tu qu'on puisse installer un avenir de non-violence ? Laissons tomber. Ici, dans ce dépotoir, loin de tout, on n'est pas si mal. Tranquilles. Peinards. Après tout « Chacun sa merde » c'est notre devise. Elle n'est pas si mauvaise que ça.

— Esméralda a reconnu que le contraire était encore plus…

— Esméralda n'a plus toute sa tête. Elle est tombée sous ton charme, comme nous tous. Mais il y a la réalité, celle qu'a vue ton frère Daniel. Ce n'est qu'un troupeau de lemmings qui fonce vers la falaise. Qu'ils crèvent tous autant qu'ils sont. Comme disait l'excellent titre d'un James Bond : « Vivre et laisser mourir ». Tiens ça me fera un slogan pour tee-shirt. J'ai envie de m'en foutre du monde. J'en envie de m'en foutre d'eux. À dix-sept ans, ayant vécu et compris quelques petites choses, j'ai juste envie de penser à mon plaisir personnel.

Là-dessus il boit une longue gorgée de bière, froisse la canette d'aluminium et la projette au sol.

— Désolé, Marquis. Jamais je ne baisserai les bras. Même si mon frère l'a renié par la suite, il a dit : « La résignation est le pire mot qui soit. » Je ne me résignerai pas. On peut les sauver !

— Mais tu t'es vue, Princesse ? Tu es une gamine. Tu veux que je te dise ton principal défaut ? C'est l'orgueil. Vouloir sauver le monde, c'est juste de la mégalomanie. Tu te dis sensible ? Tu es paranoïaque. Tu te dis concernée par les problèmes des autres ? Souviens-toi, tu voulais que je t'avertisse quand tu deviendrais folle. Eh bien je te le dis maintenant : tu es folle.

Non, il se trompe.

– Je ne suis pas folle. Si c'était le cas, tu me l'aurais dit avant.

Oui, il me l'aurait dit plus tôt.

– C'est juste que tu es plutôt sexy, dans ton genre. J'ai voulu te draguer alors je t'ai suivie dans tes délires mais, maintenant que ton frère est mort, cela m'a ouvert les yeux. Tu sais, comme toi quand tu avais pris l'élixir de longue vie de Fetnat. J'ai ouvert une porte de lucidité dans mon crâne et je vois que tu es folle. D'abord on se gratte, après on parle seul, après on devient fou. Voilà, tu y es ! Alors, seppuku ou hara-kiri ? Choisis.

– Tu veux que je te dise ? Renoncer c'est pire que de la lâcheté, c'est de la… de la… fainéantise !

– De la fainéantise ? Je veux bien œuvrer si ça sert à quelque chose ! Pourquoi se donner du mal pour ces imbéciles ? Non seulement ils ne nous diront jamais merci mais, en guise de gratitude, ils nous cracheront à la gueule, oui. Allez, dis-moi juste pourquoi ?

– Parce que…

Parce que tous ces cons et ces salauds sont aussi une prolongation de nous-mêmes.

Cassandre hésite à prononcer cette phrase mais, considérant qu'il ne la comprendra pas, préfère s'abstenir et s'en aller.

196.

Je le déteste.

Pour qui il se prend ? Kim est juste un jeune coq arrogant.

Il croit qu'en réagissant comme mon frère, il devient son égal.

Mais Daniel était un génie.

Kim n'est qu'un type normal, avec un cerveau normal, qui a eu une enfance normale.

Alors que moi je suis illimitée.

Il le sait et cela lui fait peur.

Kim m'énerve, il m'énerve vraiment. D'autant plus qu'il pourrait comprendre. Il dispose de tous les éléments pour mesurer l'importance de l'enjeu.

Si lui aussi baisse les bras, tout va être difficile.

Moi qui ai placé tellement d'espoirs en lui, je m'aperçois que c'est juste un garçon comme les autres.

Tant pis, s'il me propose de faire l'amour, je dirai non.

Je préfère attendre et rencontrer un homme, un vrai.

197.

Cette nuit-là, Cassandre Katzenberg rêve qu'elle est à nouveau dans la Troie antique. La Grande Prêtresse garde en main *Les aventures de Cassandre Katzenberg* mais son visage affiche une moue d'admiration.

– Pas mal, mademoiselle. Pas mal du tout. Tu as arrêté deux attentats, tu as lancé un projet informatique planétaire visant à créer un observatoire du futur. Je suis fière de toi.

Elle pose le livre et se lève.

– Viens voir ce que ça donne.

La femme en toge blanche la guide hors du temple, jusqu'au jardin. Les bébés sont toujours massés derrière le grillage, mais ils ne crient plus et ne semblent plus en colère. Ils se contentent de la fixer de leurs grands yeux attentifs.

– Les nouvelles générations paraissent apaisées. Les bébés à naître mettent tous leurs espoirs en toi. Grâce à toi, une sortie de secours s'ébauche. Et j'ai autre chose à te montrer.

Elles traversent le jardin et marchent vers la colline couronnée du grand Arbre Bleu du Temps. La porte qui permet de pénétrer à l'intérieur de l'arbre s'ouvre à leur approche. Elles s'enfoncent dans le tronc et se dirigent vers le haut. Un dédale de couloirs les mène aux branches basses.

Les deux femmes dépassent les niveaux du futur proche consacrés aux jours suivants puis progressent vers les futurs plus lointains des semaines, des mois, des années, des décennies suivantes. La prêtresse semble parfaitement s'orienter dans le labyrinthe de bois bleu.

À l'extrémité de la branche vers laquelle elles s'acheminent, un gros fruit palpite dans sa sphère transparente.

C'est un monde où le ciel est noir, pollué. On entend au loin des échos d'explosions. Les habitants aux regards accablés, habillés de noir, s'engouffrent dans des métros en baissant la tête, ou vont grossir les embouteillages à bord de leurs véhicules qui crachent une épaisse fumée.

La femme en toge l'entraîne vers un endroit précis, où se dresse une sorte de vaisseau spatial immense sur lequel est écrit : « Nouvelle Arche de Noé ». Le vaisseau est encore plus haut que la tour Montparnasse, et semble sur le point de crever le ciel. Sur le côté, un défilé de camions dépose des animaux en cage et des poissons dans des aquariums souples.

– « Au commencement ils étaient 144 et au final ils seront 144 », est-il écrit dans la Bible. Quand tout aura échoué, il restera cette ultime solution pour sauver les bébés.

La jeune Cassandre constate qu'en effet, après les animaux, les manœuvres embarquent des embryons immobiles dans leurs éprouvettes transparentes, encastrées dans de grandes armoires médicales.

– Le 1 % de chances de s'en tirer, murmure Cassandre.

– Oui, il reste toujours une solution de la dernière chance. Il suffit qu'un seul être humain y pense et elle existe. La voilà.

Des passagers embarquent, nombreux.

– Non pas 144 mais 114 000 astronautes pour un voyage qui va durer mille deux cents ans. Et l'humanité renaîtra ailleurs sur une autre planète similaire à la Terre autour d'une autre étoile que le Soleil.

– Fabuleux.

Main dans la main, elles s'envolent comme des oiseaux et contemplent ce futur depuis les nuages. Puis la prêtresse ajoute :

– Pour que tu comprennes bien les enjeux, il faut que je te montre autre chose. Revenons à l'Arbre.

Les deux femmes sortent de la sphère transparente qui entoure le fruit et suivent les branches.

Cette fois elles descendent vers les ramifications du futur proche, rejoignent le tronc du présent, puis s'enfoncent dans les racines du passé.

– Le passé est figé, explique l'antique Cassandre. On peut le visiter mais on ne peut plus le modifier.

Elles longent un monde où les gens sont habillés à la mode médiévale. Elles dépassent l'Antiquité, croisent la Préhistoire, puis descendent plus bas encore vers le dédale de couloirs bleu marine. Quand la prêtresse propose d'entrer dans une racine, elles découvrent des dinosaures et des plantes aux feuilles immenses. Dans le ciel volent des ptérodactyles et des nuées d'insectes dont le bourdonnement emplit leurs oreilles.

– Regarde bien et écoute, il va se passer quelque chose de très intéressant.

Les deux femmes s'assoient sur un rocher, face à l'océan, et attendent. Soudain elles voient surgir du ciel une boule de feu, semblable à une météorite. La boule vient percuter la berge, ratant de peu le contact avec la mer. Tous les animaux s'enfuient. Lorsque le calme est revenu, deux humains, un homme et une femme, sortent de la sphère, vêtus de scaphandres noircis.

– Qui sont-ils ? demande la jeune Cassandre avec curiosité.

– Regarde l'inscription sur le vaisseau.

Malgré la suie qui recouvre les lettres au pochoir, Cassandre parvient à lire : « LE PAPILLON DES ÉTOILES », suivi d'un logo en papillon bleu sur un ciel où scintillent trois étoiles argentées.

– Je ne comprends pas. Ce nom, c'est le titre d'un livre de science-fiction un peu naïf que j'avais lu quand j'étais jeune.

– Eh bien tu vois, ce n'était pas de la science-fiction.

– Pourtant, quand j'avais lu le roman, j'avais pensé que c'était le futur.

– Non, le futur c'est la « Nouvelle Arche de Noé ». Le passé c'est « LE PAPILLON DES ÉTOILES ». La Terre a jadis été ensemencée par un seul couple d'humains venus d'une autre planète. Une autre planète où l'expérience « humanité » avait déjà abouti à un total désastre.

– Comment l'auteur de science-fiction pouvait-il le savoir ?

– Il ne le savait pas. Lui aussi croyait raconter une histoire de type « conte moderne », juste pour divertir ses lecteurs. Pour lui ce n'était qu'une blague ou un tour de magie : faire croire que c'est le futur et au dernier moment révéler que c'est le passé. Il ne se rendait pas compte. C'est cela l'ironie de l'art, il a raconté la vérité sans s'en apercevoir.

– Et aucun lecteur ne s'en est aperçu ?

– L'information est tellement énorme qu'elle ne peut même pas être envisagée. Pourtant c'est déjà consigné dans la Bible. Au commencement, ils étaient 144, au final ils seront 144. Leur descendance sera de 12 enfants, qui eux-mêmes donneront chacun 12 autres enfants. Et douze fois douze donne 144. Ensuite leurs petits-enfants déformeront le souvenir de cette réalité et transformeront ce voyage spatial et cet atterrissage maladroit en mythologie, puis en religion.

– Mais alors, l'homme ne descend pas du singe ? demande la jeune fille.

– Si, bien sûr. La première humanité de la première planète a fait apparaître les premiers hommes à partir d'une souche de primates un peu plus évolués. Mais pas sur notre Terre, c'est tout. Darwin avait complètement raison. Et la Bible n'avait pas complètement tort… C'est juste qu'elle évoque par métaphores un événement dont elle a oublié le sens réel.

– Et les dinosaures ?

– Ces deux humains leur ont transmis dès leur arrivée une forme de grippe mutante, comme les premiers conquistadors ont transmis des épidémies aux Amérindiens. Ces deux explorateurs du *PAPILLON DES ÉTOILES* ont exterminé sans le faire exprès les anciens maîtres de la Terre et ont créé notre humanité actuelle.

– Incroyable.

Toutes deux contemplent l'homme et la femme qui marchent seuls parmi les rochers. Ils ont l'air d'avoir à peine seize ou dix-sept ans.

– Ce sont tes ancêtres, Cassandre. Des humains d'une autre planète.

– Ainsi nous recommençons toujours la même expérience. Créer une humanité, la voir grandir et conquérir tous les territoires, puis la voir dépérir et se déchirer pour finalement envoyer un vaisseau de la dernière chance et tenter de poursuivre l'expérience ailleurs ?

– Si tu savais combien de fois cela s'est déroulé ainsi.

– Combien ?

– Des centaines. Des milliers de fois.

– Alors, quoi qu'on fasse, nous irons vers le futur où tu m'as montré la « Nouvelle Arche de Noé » ?

– C'est ce que je croyais jusque-là. Mais toi, tu as changé les choses…

– Moi ?

– Tu te souviens de la phrase inscrite dans le roman de science-fiction *Le Papillon des Étoiles* : une goutte d'eau peut faire déborder l'océan ? Tu es cette goutte d'eau, Cassandre. Ton idée du Ministère Officieux de la Prospective est une première dérivation de la tragédie annoncée. Désormais, la probabilité du fruit montrant un futur noir, avec le tribunal des bébés, est passée de 78 % à 76 %. Et celui du futur harmonieux où l'on peut se baigner dans la Seine est passé de 1,4 % à 1,5 %.

– J'ai dix-sept ans, je n'ai pas de papiers, pas d'argent, je vis au milieu des clochards dans un dépotoir d'ordures, je suis recherchée par la police et j'ai mal au ventre.

– Tu possèdes un accès non contrôlé à l'Internet planétaire. De nos jours, c'est suffisant pour réussir une révolution. Ou plutôt une « Évolution ».

– Je ne peux rien faire.

– Tu as quand même désamorcé deux attentats, je te le rappelle.

– La belle affaire ! Pour ce que cela m'a rapporté…

– Les âmes des victimes potentielles, elles, savent ce qu'elles te doivent. Et elles t'en sont reconnaissantes. Elles te soutiennent sans même que tu le saches.

– Je ne crois pas à ces choses-là.

– Elles agissent même sur ceux qui n'y croient pas.

Les deux Cassandre observent le couple formé par les deux astronautes survivants du PAPILLON DES ÉTOILES. Ils se disputent.

– Pourquoi se chamaillent-ils ?

– Parce qu'elle ne veut pas faire l'amour.

– Mais ce sont les deux seuls humains.

– Elle ne veut pas passer pour une « fille facile ».

Cassandre est atterrée.

– Ils vont quand même finir par s'aimer ? C'est forcé.

– Non. L'humanité va naître autrement. Tu te souviens de la côte d'Adam ?

– Pourquoi tout est-il si compliqué ?

– Peut-être pour apporter des enjeux. Si tout était simple, il n'y aurait rien à perdre, on gagnerait à tous les coups, et donc pas de surprise, pas de suspense. On ne pourrait même pas s'apercevoir qu'on est heureux puisqu'on n'aurait pas connu le malheur.

– Qui es-tu ? demande la nouvelle Cassandre à l'ancienne.

– Ton inconscient.

– Comment se fait-il que je sache ces choses-là ?

– Ton inconscient sait tout. C'est juste que tu n'y penses pas, ou que tu as oublié. En rêve, je peux te rappeler ce que tu sais déjà.

– Alors, chez Kim, il y a aussi un inconscient qui sait ?

– Chacun exprime son inconscient en rêve par une personne de son choix, un grand-père, le Yoda de *La Guerre des Étoiles*, Geminy Cricket pour *Pinocchio*… Toi tu m'as trouvée grâce à Philippe Papadakis. Quand il t'a raconté ma légende, tu as cru que j'étais réelle et donc j'existe. Juste pour toi.

– Mais as-tu vraiment existé ?

– Oui. J'ai vraiment vécu à Troie. Mais ce qui est arrivé n'est pas ce qui est raconté. Il faut dire que vous n'avez que la version des envahisseurs grecs, par la voix d'Homère. Ce n'est pas vraiment objectif, L'Odyssée n'est que de la propagande politique écrite par les gagnants.

Cassandre hésite.

– Comment se fait-il que nous puissions avoir des dialogues aussi instructifs ?

– Grâce à ta mère et à l'Expérience 24. Normalement, tout le monde communique avec son inconscient mais l'oublie au réveil. Toi, tu échappes à la tyrannie de ton cerveau gauche, donc tu ne juges pas ce rêve délirant, tu l'acceptes pour ce qu'il est, avec ses bébés en colère, son Tribunal des descendants, son cortège des vies antérieures, son Arbre du Temps, son PAPILLON DES ÉTOILES et bien sûr ma présence. Au matin, tu te souviens de tout. Les autres ont des dialogues aussi instructifs que le nôtre mais, au matin, ils ont oublié. Les quelques lambeaux de souvenirs qui leur restent sont évacués comme de simples délires dénués de sens. Ou, au mieux, ils l'interprètent de travers pour en nier la profondeur.

– Ainsi, tous les rêves peuvent être aussi instructifs ?

– Dans un esprit libre, bien sûr.

Elle se lève et prend la main de la jeune fille.

– Il te faut maintenant répondre à la question essentielle : acceptes-tu la mission pour laquelle tu es née ?

198.

Un hurlement résonne dans la nuit. Des corbeaux effrayés décollent dans un grand bruit d'ailes. Tous les Rédemptionais accourent dans la hutte de Cassandre. La jeune fille semble en état de choc. Sa bouche s'ouvre à peine, elle parle aussi vite que ses lèvres le lui permettent.

– Je vois… je vois… Je vois l'Arbre Bleu. Sa plus grosse branche est très grosse. Il y a une feuille…

Cassandre se met à grimacer.

– Qu'est-ce qu'il y a ?

– La… peste.

– Quoi la peste ?

– Ce n'est pas n'importe quelle bombe. Elle n'explose pas. Elle répand du poison. La peste.

– Une attaque bactériologique ! s'exclame Orlando. La Princesse doit parler d'une bombe qui déclenche une épidémie.

Comme pour aller dans son sens, la jeune fille continue, haletante :

– Je vois l'engin répandre du poison. Les rats l'avalent. Ils transmettent la peste. tout se déroule… dans un endroit fermé. Il n'y a personne. Beaucoup d'eau. Des bassins remplis d'eau. Un homme pénètre dans les bassins et attache une bombe. Une bombe avec un produit vert qui va répandre la peste, annonce Cassandre les yeux toujours écarquillés. Par les rats.

– Quelle heure, quel jour, quel endroit ? débite Fetnat, méthodique.

Cassandre fronce les sourcils.

– Des bassins d'eau. Comme de grandes piscines. Des bassins énormes. Je ne vois pas l'heure… Un homme en noir avance. Il porte une grosse montre. Je vois le cadran. 23 heures. Je vois aussi une date : le 31 mars.

– Le 31 ? C'est demain !

– Attendez, attendez, on se calme, intervient Esméralda. De quoi on parle ? Ça n'existe plus, la peste ! Ni la peste, ni le choléra, ni la lèpre. Je ne suis pas médecin, mais il me semble qu'on a inventé les vaccins, les antibiotiques, et que du coup ces épidémies ont été éradiquées. Peut-être que la Princesse se goure complètement, pour une fois.

Fetnat crache par terre.

– Le choléra ravage le Zimbabwe et rien ne l'arrête, que je sache. Ils ont déjà douze mille morts.

Orlando précise :

– Justement, vu que ces épidémies sont censées avoir disparu, nos défenses naturelles sont nulles.

– Il suffira de fabriquer les médicaments pour ça, dit Esméralda.

Orlando continue de réfléchir par rapport à ce qu'il connaît des armes bactériologiques modernes.

– À moins qu'ils aient mis au point une nouvelle souche de peste résistante. Comme certaines grippes.

Cassandre répète :

– Ils vont utiliser la peste pour renverser le monde moderne. La peste et les rats. Comme avant.

Kim reste songeur.

– Une maladie du Moyen Âge apportée par des gens qui veulent que le monde retourne au Moyen Âge…

– Il suffira d'exterminer tous les rats, propose Esméralda.

– Tu parles, rien qu'à Paris il y a deux fois plus de rats que d'habitants, et ils s'adaptent à n'importe quel poison. Ils deviennent résistants à tout, rétorque Orlando.

– Il a raison, tout Paris est posé sur un matelas de rats. S'ils transmettent une épidémie, rien ne pourra l'arrêter, déclare sombrement Kim.

199.

Tout phénomène qui se produit plus de deux fois devient une routine.

Arrêter les attentats nous est devenu quelque chose de connu. Nous sommes des pompiers qui vont éteindre un feu, voilà tout.

La seule différence est que nous n'avons pas d'uniforme, pas d'ordre de mission, et qu'au final nous n'aurons ni récompense ni salaire.

Il ne nous reste que le plaisir d'avoir sauvé la vie de gens qui ignoreront même qu'on est intervenus pour eux.

Des gens qui, s'ils nous voyaient, souhaiteraient juste s'éloigner et nous voir enfermés.

200.

Tôt le lendemain, le jeune Coréen cherche sur Internet l'emplacement des grandes citernes à eau potable qui entourent la capitale. Il montre les photos à Cassandre afin qu'elle parvienne à identifier le lieu.

Il lui semble reconnaître l'un des bassins.

– Montsouris. La grande citerne sud de Paris ! annonce Orlando.

À 20 heures, en suivant les directives de l'ex-légionnaire, tous s'équipent avec des sacs à dos bourrés de matériel. Pour éviter les caméras vidéo du métro, ils optent comme moyen de locomotion pour ce qu'ils nomment « le Carrosse ». Sous ce nom ronflant se cache une vieille Peugeot 404 break rouge, rouillée jusqu'aux essieux, qu'Orlando a équipée de pneus neufs, enfin proprement rechapés, et dont Fetnat a réglé le carburateur et le pot d'échappement afin de transformer l'engin en bête de course, au cas où ils seraient poursuivis par des voitures de police.

Charles de Vézelay préfère rester au village, il se sent malade. Ses entrailles le font souffrir, peut-être à cause de la nourriture ingurgitée la veille. Il leur prête son téléphone portable et propose de les informer de tout ce qu'il découvrira à partir d'Internet.

Les Rédemptionais accrochent à la galerie du Carrosse une énorme malle contenant des tenues de scaphandriers qu'a récupérées Kim. Plus une valise avec des masques à gaz presque étanches. Plus un sac de sport avec les arbalètes et des flèches, en cas de mauvaise rencontre. Plus des paniers avec des sandwichs au chien cuit, au cas où ils auraient faim.

Ils fixent par-dessus une bâche avec des tenders et grimpent dans la 404 Peugeot rouge en se bousculant.

– Dis donc, ton « Carrosse » est plutôt rustique, remarque Esméralda.

– Ah ça, c'est sûr que ce n'est pas le nouveau modèle. Cramponnez-vous, ici pas d'airbag ni de clim, et les ceintures de sécurité ont disparu. Pour ce qui est du GPS, il est là, dit Orlando en désignant une boussole de bateau fixée à l'avant avec un chewing-gum.

Une portière refuse de se fermer, ils la fixent avec du ruban adhésif.

Puis vient l'instant fatidique où Orlando met le contact. Aucune réaction du moteur. Il sort, ouvre le capot et resserre les cosses de la batterie. Cette fois, le tableau de bord s'éclaire, mais toujours aucun son en provenance de l'engin.

Alors Fetnat sort une manivelle et tente de lancer le moteur en l'enfonçant dans un orifice prévu à cet effet au centre du pare-chocs avant. Enfin, un vrombissement retentit, suivi d'une pétarade, puis d'une bouffée de fumée noire qui les fait tousser et rend rapidement le pare-brise opaque. Une colonne de fumée sort du pot d'échappement. Les mouches alentour s'enfuient.

Charles de Vézelay, qui voulait saluer leur départ, s'éloigne de peur que tout explose.

– C'est bien la peine de vouloir sauver la planète alors que votre épave pollue autant qu'un embouteillage aux heures de pointe ! lance-t-il.

– Oh, ça va, la fin justifie les moyens ! grogne Orlando. Allez, roule ma poule !

Après avoir malmené un long moment le levier de vitesses à la recherche d'un cran intact, l'ancien légionnaire parvient à passer la première dans un grincement d'acier torturé. Il relâche le frein à main et le Carrosse se met enfin en branle.

– Dire qu'on est censés penser au futur et qu'on utilise un engin préhistorique, ricane Kim.

Ils roulent lentement sur les petits sentiers du dépotoir jusqu'à rejoindre l'entrée nord où des camions-bennes, à peine moins pollueurs qu'eux, viennent vomir leurs déchets quotidiens. Lorsqu'ils atteignent l'avenue, Orlando passe la deuxième vitesse sous les encouragements, puis les applaudissements des passagers.

Il est 21 heures et ils se lancent dans le flot du trafic parisien.

Par le trou du plancher, côté passager, Cassandre voit défiler l'asphalte sous ses pieds. De la poussière pénètre dans l'habitacle mais Fetnat explique que les taxis de brousse, des 404, ont tous des ouvertures de ce genre, qui permettent de cracher sans salir la voiture. Puis, joignant le geste à la parole, il vise, et un gros mollard va s'écraser sur la route.

En chemin, la fumée du Carrosse déclenche les mêmes sursauts réprobateurs que leur odeur lorsqu'ils circulaient à pied.

Asticoté par plusieurs coups de klaxon rageurs, Orlando finit par prendre l'initiative d'allumer « le » phare car un seul fonctionne. Heureusement, c'est le gauche. À un feu rouge, près du métro Barbès-Rochechouart, un rat s'échappe de la mousse de la banquette arrière et profite du trou dans le plancher pour déguerpir, accompagné de toute sa famille. Plusieurs cafards, trouvant l'initiative judicieuse, l'imitent.

Quand le feu passe au vert, la voiture cale d'un coup. Déjà un petit attroupement se forme, probablement des collectionneurs de voitures anciennes. Ils commencent à donner des conseils à Orlando dont le démarreur ne cesse de tourner à vide. Le signal lumineux du tableau de bord annonce que la batterie est à plat.

— Zut, j'ai laissé la manivelle au village, dit le Sénégalais en se frappant le front.

Alors Esméralda, Cassandre, Kim, et Fetnat sortent et se mettent à pousser la voiture pour la faire démarrer en seconde. Autour d'eux l'attroupement grandit, surtout quand un jet de fumée s'échappe à l'arrière. Le Carrosse s'ébranle enfin, sous les applaudissements des badauds. Mais Orlando ne peut s'arrêter pour récupérer son monde, de peur de caler et de ne pouvoir redémarrer. Les Rédemptionais courent à côté de la portière ouverte puis s'élancent l'un après l'autre dans l'engin pétaradant et fumant. Par courtoisie, ils ont laissé Esméralda s'installer la première.

— Je m'en fous des feux rouges, déclare Orlando. Je n'ai pas le choix, je vais rouler plus doucement mais je ne pourrai plus m'arrêter.

Ils grillent plusieurs feux au milieu des cris et des coups de klaxon de ceux qui ont eu le tort d'oser démarrer au feu vert.

— Après tout, le feu rouge n'est qu'une convention, remarque insidieusement Orlando.

— Disons que c'est une proposition, surenchérit Fetnat.

— Ce sont ceux qui ont trop confiance dans le système qui ont des accidents, dit Esméralda. Ils oublient que, parfois, les conducteurs sont alcooliques, ou drogués, ou occupés avec leur téléphone portable, ou en train de s'engueuler avec leur femme.

— Ou tout simplement très myopes.

531

– Voire suicidaires.

– Ils auraient la montre magique de Cassandre, ils sauraient jusqu'à quel point ils peuvent avoir confiance ou non dans un feu vert, reconnaît Kim.

Cassandre est précisément en train de regarder sa montre à probabilité qui indique parfois des pics à 38 % ou 41 %. Cela ne franchit pas la ligne des 50 % même quand un bus leur fait face en klaxonnant et leur arrache le rétroviseur droit.

– Quand même, sans vouloir critiquer, dit Esméralda, tu roules un peu « serré », Baron.

– Hé, je voudrais t'y voir, si tu es si douée. Je te signale que le dernier truc que j'ai piloté, c'est un tank ! C'est normal qu'il me reste quelques lacunes sur la conduite d'un engin léger. Voilà, on va dire que je suis troublé par le manque d'épaisseur de la carrosserie qui ne correspond pas à mes repères habituels. Et puis j'ai une bonne excuse.

– Ah ouais, et laquelle, s'il te plaît, Baron ?

– En fait je n'ai jamais réussi à avoir mon permis de conduire. Simple manque de chance. Je l'ai raté six fois. Et, vu que je suis honnête, j'ai toujours refusé de soudoyer le moniteur avec un billet de 100 euros.

– C'est tout à ton honneur, reconnaît Fetnat.

– Et ça ne t'a pas gêné pour conduire des tanks dans l'armée ? s'étonne quand même Kim.

– Non, parce que les tanks, ils n'ont pas de marche arrière, pas besoin de créneau, de priorité à droite ou de clignotant. T'avances et tu broies tout sur ton passage. Quand c'est trop gros, t'as un copain dans la tourelle qui balance un obus et ça dégage le décor.

– Subtil. Je comprends mieux ta façon de conduire, maintenant que tu m'expliques.

– C'est ce qui manque à cette voiture, remarque Fetnat rêveur, une tourelle avec un canon et des obus. Il faudra qu'on construise ça quand on reviendra au village : une Peugeot 404 Break vraiment complète.

Orlando allume son cigare, ce qui contribue à opacifier un peu plus l'espace intérieur du Carrosse.

– De toute façon, quelqu'un d'autre ici a le permis ?

Personne ne répond. Alors Orlando, d'un geste désinvolte, fait semblant de régler ses rétroviseurs. Celui de la portière lui reste dans les mains. Il le balance sur le trottoir d'un geste dégoûté.

– Fermez vos gueules et faites-moi confiance !

Un vélo les double puis leur fait une queue-de-poisson en faisant tinter sa sonnette.

– Dis donc, tu ne pourrais pas aller plus vite quand même ?

– Je suis en seconde et on est à 40 à l'heure, mais si j'accélère et qu'il y a un feu ou si un piéton traverse, on cale et vous devrez encore pousser.

– Il ne faut pas confondre vitesse et précipitation, ne peut s'empêcher d'émettre Kim.

– Ou le contraire, répond du tac au tac Orlando, par principe.

Entourés d'un nuage de fumée noirâtre ils traversent Paris du nord au sud. Aux Invalides, ils écrasent un pigeon qui colle à la carrosserie avant de se détacher dans un bruit de succion. Arrivé à Denfert-Rochereau un pneu éclate, mais cela ne les empêche pas de poursuivre sur encore quelques centaines de mètres jusqu'à la rue du Père-Corentin où, après plusieurs bruits étranges, le moteur finit par prendre feu. Le véhicule cale d'un coup en plein milieu de la rue, entraînant un embouteillage et des coups de klaxon rageurs.

– Bon, je crois qu'on n'a qu'à garer le Carrosse ici, propose Orlando pour ne pas perdre la face. Ça m'étonnerait qu'on nous le vole dans ce quartier.

– Il vaut mieux nous éloigner au cas où le feu atteindrait le réservoir, signale Fetnat.

Ils défont la bâche, ouvrent les sacs, récupèrent quelques affaires qui leur semblent indispensables et déguerpissent. Orlando porte une poignée de masques à gaz enfilés sur son bras. C'est Esméralda qui lui explique :

– Au cas où on échouerait contre la peste, un masque à gaz ça protège un peu des virus, non ?

533

– Pas vraiment, reconnaît Kim. Mais on n'a rien d'autre.

Alors qu'ils sont à cent mètres de distance, ils entendent une détonation suivie d'un nuage noir.

– Bon, cette fois le Carrosse ne redémarrera plus, dit Fetnat.

– J'espère que, pour empêcher un attentat, nous n'en avons pas déclenché un autre, remarque Esméralda, philosophe.

– En tout cas, on vient d'inventer un nouveau concept : la voiture jetable. On la construit pour faire le trajet puis, une fois qu'on est arrivés, elle s'autodétruit.

La procession des clochards aux longs manteaux et aux sacs à dos gonflés d'objets hétéroclites avance vers la place Montsouris. De loin, on pourrait les prendre pour un groupe d'alpinistes égarés loin de leur Savoie natale. En remontant la rue de la Tombe-Issoire, ils se retrouvent devant le réservoir Montsouris, la plus grande réserve d'eau potable de Paris. Le lieu s'apparente à une petite colline plate entourée de caméras et de systèmes de sécurité, preuve, s'il en était besoin, qu'il est classé hautement stratégique. Des tourelles et des barrières électrifiées le défendent comme un fort.

– Dis donc, c'est mieux protégé qu'une prison, si tu vois ce que je veux dire.

– Il faut faire vite, insiste Esméralda en indiquant qu'il est déjà 22 h 27 et qu'ils n'ont plus que vingt minutes avant la catastrophe.

– Surtout que les autres sont déjà là, remarque Kim en désignant la même Mercedes noire à plaque verte et orange du corps diplomatique qu'ils avaient vue à la Bibliothèque nationale.

201.

C'est mon armée de superhéros.

On est quand même très loin de Superman, Batman, Catwoman, et tous les standards habituels des sauveurs de l'humanité.

Une vieille mère maquerelle qui louche.

Un gros légionnaire qui ne sait pas conduire une voiture.

Un sorcier africain loin de sa savane.

Un Coréen de dix-sept ans sans papiers, recherché par la police.

Sans parler du vieillard grabataire spécialiste en horoscope qui nous attend au Dépotoir.

Et de moi-même, une adolescente qui a oublié son enfance...

Et nous sommes seuls à lutter contre des terroristes professionnels qui ont pour principal souci de provoquer un maximum de morts et qui, en plus, possèdent l'immunité diplomatique.

Si on me l'avait annoncé, je ne l'aurais pas cru une seconde.

Pourtant, maintenant, je sais pourquoi je dois continuer.

Pour poursuivre l'œuvre de mes parents.

Et aussi pour prouver que mon frère avait tort.

On peut sauver l'espèce humaine. Elle mérite de l'être. Si je réussis, il ne sera peut-être plus nécessaire de fuir dans la Nouvelle Arche de Noé.

202.

Après avoir attendu que s'éloigne un groupe de promeneurs avinés, les cinq habitants de Rédemption gravissent la pente raide de protection, puis se font vivement la courte échelle pour franchir le mur du réservoir. De l'autre côté, ils tombent nez à nez avec un système de barrières métalliques. Orlando sort de son sac des pinces coupantes et commence à entailler le métal, qui se révèle beaucoup plus résistant que prévu.

– Passe-moi la scie à métaux, Marquis, ordonne l'ancien légionnaire.

Kim obéit sans protester. Lorsque Orlando est épuisé, Fetnat prend le relais pour scier le métal.

Cassandre désigne avec inquiétude les caméras installées au-dessus d'eux. Kim la rassure.

– T'inquiète, ce n'est pas la Banque de France. Vu que personne ne croit qu'on peut s'attaquer à l'approvisionnement municipal en eau, il ne doit pas y avoir grand-monde derrière les écrans de contrôle.

– Alors à quoi ça sert ? demande Esméralda.

– Un effet dissuasif, Duchesse, signale le Coréen. Ils visualisent juste les bandes en cas de pépin.

– Mais alors ils nous verront ! s'inquiète Esméralda.

– Si tout va bien nous serons loin, à l'abri, protégés par la puanteur de Rédemption.

– Et si tout ne va pas bien, de toute manière il n'y aura plus personne pour se préoccuper de notre existence, conclut Esméralda.

Cassandre frissonne.

Une épidémie de peste sur Paris, avec un virus résistant à tout traitement connu, je préfère ne pas imaginer ce futur-là...

La citerne Montsouris est une immense étendue recouverte d'un superbe gazon vert, bien entretenu. De la taille de plusieurs terrains de football. Guidés par Kim qui a trouvé les plans sur Internet, ils forcent la serrure d'un bâtiment de style ancien surmonté d'une toiture ouvragée. Descendent un escalier de pierre qui date de l'époque de Colbert. Tout l'édifice sent le salpêtre. Au bas des marches, ils débouchent sur un ensemble de couloirs qui mènent à de grands bassins surmontés de larges vitres.

– On dirait des piscines installées dans des cathédrales, ne peut s'empêcher de murmurer Orlando Van de Putte, impressionné.

Des ouvertures au plafond laissent passer la clarté de la lune, qui donne aux bassins des reflets turquoise et argent. Ils restent un instant en arrêt devant le spectacle de cette eau qui semble si limpide. C'est le moment que choisit le responsable du service de sécurité pour débarquer.

– Hep, vous, qu'est-ce que vous faites là ? Arrêtez !

– Celui-là, on aurait préféré qu'il soit en grève, murmure Esméralda Piccolini.

Le vigile s'avance, en cherchant son revolver de service dans l'étui qui lui pend sur la hanche mais il est vide. L'arme est restée sur son bureau où elle sert de presse-papiers. Voyant cela, les Rédemptionais déguerpissent dans les couloirs de pierre. Leurs pas résonnent sur les dalles.

C'est un vrai labyrinthe. Des couloirs de pierre, des bassins, et à nouveau des couloirs de pierre, d'autres bassins de plus en plus grands. Cependant, le vigile n'a pas renoncé. Il est allé chercher son arme et les retrouve facilement.

– Cette fois, ne bougez plus ou je tire. Allez, levez les mains !

Ne sachant comment réagir, les cinq de Rédemption restent immobiles. Le vigile avance lentement, comme s'il craignait un piège. Dans son dos résonnent des bruits de pas furtifs. Une ombre passe le long d'un bassin.

– C'est lui ! s'exclame Cassandre. C'est le poseur de bombes !

Le vigile se retourne et voit un homme en tenue de sport, avec un sac à dos vide.

– Vous aussi, stop ! Arrêtez. C'est un ordre.

Il tient en joue l'homme qui lève les mains.

– Qu'est-ce que vous faites ici à cette heure ? C'est quoi, cette mascarade ?

Personne ne répond. Le vigile doit choisir. Soit il retient les cinq clochards, soit l'homme en survêtement.

– Arrêtez-le, dit Esméralda, c'est un terroriste.

C'est cette phrase qui décide le vigile à choisir. Incapable de croire la grosse femme vêtue de haillons criards, il laisse filer l'homme en tenue sport et s'avance vers les clochards.

– C'est interdit de pénétrer ici sans autorisation, je vais devoir vous arrêter !

Il s'essuie le front avec sa manche.

– Je crois que vous vous trompez de colère, lance Fetnat.

Dès que l'homme est assez près, le Sénégalais souffle une poignée de poudre irritante qu'il gardait dans le creux de sa main. Le vigile se frotte les yeux. Orlando en profite pour lui arracher son arme et le maîtriser. Puis il l'attache avec sa ceinture, sa cravate, et quelques ficelles que Fetnat trouve dans ses poches.

Kim veut filer dans la direction qu'a prise l'homme en tenue de sport, mais Cassandre le retient par le bras.

– Il a déjà posé la bombe, on n'a plus le temps, il faut la retrouver et la désamorcer.

En courant, ils arrivent dans un grand bassin de pierre où s'enfoncent de larges piliers. L'eau parfaitement émeraude contraste avec les murs ocre.

– Il a dû la cacher au fond d'un bassin, dit Cassandre.

Ils descendent tout habillés dans le bassin, de l'eau glacée jusqu'aux hanches, puis remontent vers la source. Devant eux retentit un bruit de cascade. C'est l'eau du déversoir qui s'écoule dans le bassin.

Cassandre distingue des formes qui filent sous l'eau.

Des truites.

Kim, qui a trouvé sur internet un document de présentation du centre de filtrage, explique que ces truites permettent de vérifier la présence d'éléments toxiques dans l'eau. En cas de pollution par des métaux lourds, par exemple, les détecteurs chimiques ne repèrent rien mais les truites, qui sont très sensibles, meurent.

– Est-ce que la peste va tuer aussi ces poissons ?

– Non. C'est un virus, ça se répand mais n'a d'effet que sur les mammifères.

– Quelle heure est-il ? demande Esméralda.

– 22 h 55.

– Et tu as dit que ça pétait à quelle heure ? 23 heures ?

– C'est approximatif, reconnaît la jeune fille.

– De toute façon, une bombe bactériologique ne produit pas d'explosion. Ça va juste déverser un produit toxique dans l'eau de la ville.

– Pourquoi ne l'a-t-il pas directement déversé alors ? demande Esméralda avec logique.

– Pour ne pas être lui-même infecté. Ce n'est pas un kamikaze, cette fois, plutôt un de leurs biologistes venu spécialement pour contrôler les réglages de la bombe. Il ne veut pas crever ici.

Esméralda continue d'avancer en éclairant le bas de chaque colonne. Ils rejoignent un bassin à l'eau plus opaque. Aucune truite ne nage là, pourtant des formes furtives glissent au ras de l'eau.

– Des rats ! signale Kim.

Au bout d'un moment ils sont encerclés par une bonne centaine de rongeurs.

– Nous ne sommes pas vos ennemis. Nous devons nous entraider pour trouver la bombe, sinon ce sera terrible pour vous et pour nous, déclame Cassandre.

Un rat sort la tête de l'eau en donnant l'impression d'écouter. La jeune fille tend le bras et après une hésitation le rat monte sur sa main. Le Sénégalais parle en articulant exagérément.

– Vous les rats, vous connaissez bien ce centre de filtrage. Aidez-nous et tout ira bien pour nos deux espèces.

Le rat marque des signes d'intérêt.

– Tu crois qu'il sait où se trouve la bombe, Princesse ? demande Kim.

C'est alors que le rat bondit et mord le nez de Fetnat qui pousse un cri. C'est le signal. Aussitôt, tous les rats foncent sur eux en même temps.

Ils avancent le plus vite possible dans le bassin, ralentis par l'eau qui rend leurs vêtements pesants. De petites incisives cherchent à se planter dans leur chair mais Kim a sorti son nunchaku et Orlando son arbalète. Ils tuent les rats les plus proches. Les autres préfèrent fuir en couinant.

– Mettons-nous à la place du terroriste, propose Esméralda.

– Pas bête. Et alors, on fait quoi ?

– Son souci est que le produit infecté se déverse dans la zone où il sera le plus largement et le plus rapidement répandu, non ?

Ils répondent presque en chœur :

– Le grand bassin principal.

Ils s'y précipitent et commencent à chercher.

– La bouche de sortie, suggère Fetnat.

Ils distinguent au ras de l'eau une boîte transparente munie de tubes remplis d'un liquide vert, et un système de déclenchement électronique relié à une horloge numérique. Les chiffres défilent : 38, 37, 36, 35…

Cassandre écarquille les yeux.

La peste ! Une arme du Moyen Âge pour faire régresser le monde. Les terroristes veulent que demain soit un autre hier. Pour eux, le futur idéal signifierait des règlements de comptes à l'épée, le retour à l'esclavage, les châtiments corporels comme spectacle pour rem-

*placer la télévision, le renoncement à la technologie. Mais ils achè-
tent de la technologie de pointe aux mercenaires de la science pour
atteindre ce but.*

Cassandre regarde sa montre-bracelet qui indique « Probabilité de mourir dans les 5 secondes : 15 %. »

*Probabilis n'a pas perçu le danger. Les terroristes ont inventé une
source de risques non prévue par Daniel.*

Soudain l'affichage de sa montre change. La probabilité de
mourir est désormais de 19 %. La jeune fille repère une caméra
au plafond. Elle comprend qu'elle a sous-estimé l'œuvre de son
frère. Probabilis est en train de comprendre ce qui se passe et
fidèle à sa fonction informe du danger.

Avec d'infinies précautions, Orlando Van de Putte saisit
l'objet complexe.

– Ah, des comme ça j'en ai jamais vu.

Le compteur de la bombe bactériologique continue d'égrener : 27, 26, 25 alors que les chiffres de la montre de Cassandre
augmentent par incréments réguliers.

« Probabilité de mourir dans les 5 secondes : 35 %. »

Ils tirent le boîtier transparent et son déclencheur électronique
hors de l'eau.

Lorsque le compteur de la bombe passe le chiffre 20, le cadran
de la montre à probabilité dépasse 50 %.

Maintenant, nous sommes en danger de mort.

Kim éclaire l'objet avec sa lampe-torche. Derrière la paroi en
Plexiglas, les trois tubes contenant le liquide vert sont reliés par
des tuyaux à un embout diffuseur.

Orlando tient la bombe à bout de bras. Esméralda regarde sa
montre, il est 23 h 03. Le déclencheur de la bombe égrène toujours : 17, 16, 15.

Le cadran de la montre affiche « Probabilité de mourir dans
les 5 secondes : 65 %. »

– Qu'est-ce qui va sortir de cette maudite boîte transparente,
un gaz, un liquide, des microbes ? demande Esméralda toute
pâle.

Orlando ne sait comment agir. Alors il examine la bombe bactériologique sous tous ses angles en l'éclairant avec sa lampe-torche.

– C'est une bombe beaucoup plus complexe que d'habitude, annonce-t-il. Il y a un système de thermostat miniature et, au-dessus des pompes, un truc bizarre que je n'ai jamais vu.

La sueur perle au front du légionnaire.

– Fais quelque chose, Baron. N'importe quoi, mais laisse pas la mort se répandre.

– Je suis désolé, Duchesse, je ne sais pas comment on désamorce cette merde. Et je pense que si je fais une connerie, ce sera pire que si je ne fais rien.

Fetnat déglutit. La montre indique maintenant « Probabilité de mourir dans les 5 secondes : 85 %. »

Le compte à rebours est presque achevé : 08, 07, 06…

– FAIS QUELQUE CHOSE ! hurle Esméralda tremblante.

« Probabilité de mourir dans les 5 secondes : 91 %. »

Jamais les secondes ne leur ont semblé aussi longues.

03, 02, 01…

Quand le cadran indique 00, trois petites diodes s'allument simultanément et se mettent à clignoter. Une pompe se déclenche, libérant d'un coup les trois liquides verts qui se mélangent dans un seul tuyau pour couler vers l'embout.

La montre de Cassandre annonce : « Probabilité de mourir dans les 5 secondes : 94 %. »

Elle ferme les yeux.

203.

Vous tous, mes ancêtres biologiques, et vous tous mes ancêtres karmiques, vous avez dû affronter la peste comme je le fais aujourd'hui.

En fait, nous sommes la première génération à ne pas subir les grandes épidémies.

Combien de centaines d'entre vous sont morts à cause de ce genre d'imprévus ?

Vous avez dû, juste avant de mourir, comprendre quelque chose pour résister à ce fléau. Forcément. Durant les dernières secondes on comprend tout, même s'il est trop tard.

Vous êtes dans mon sang, vous êtes dans le noyau de mes cellules, tous autant que vous êtes. Aidez-moi !

204.

Tout se passe comme au ralenti. Alors que le liquide s'apprête à jaillir hors de la boîte transparente, Fetnat bondit. Lui aussi, inspiré par un bon sens aussi ancien que sa tribu, a compris comment réagir dans l'urgence. Il obstrue l'embout caoutchouté avec son pouce et il retient le liquide verdâtre qui cherche à s'écouler.

– Je bloque le poison mais... j'en... j'en... ai sur le pouce !

– Normalement, dit Orlando, l'embout est étanche. Ton pouce est épais, tant que tu ne bouges pas, la peste ne se répandra pas.

– J'espère que tu n'avais pas de petite écorchure à ce doigt, grimace Kim. Sinon c'est foutu.

Un peu comme dans L'armée des 12 singes de Terry Gilliam, un type est infecté et c'est peut-être la fin de l'espèce.

Cassandre regarde sa montre-bracelet qui indique « Probabilité de mourir dans les 5 secondes : 45 %. »

Ouf, c'est repassé en dessous de la barre des 50 %.

Ils ressortent de la citerne et marchent dans la rue. Pour ne pas éveiller les soupçons, Orlando a posé sa veste sur la bombe et la main de Fetnat.

– Bon, on fait quoi ? dit Orlando. Moi je m'y connais en électronique mais pas en biologie.

– J'en peux plus, dit le marabout africain tout en murmurant des prières.

– Surtout, ne bouge pas le pouce ! intime Esméralda.

– C'est-à-dire, plaide Fetnat, que... je commence à avoir une crampe.

Alors Orlando, comprenant qu'il est l'heure des initiatives désespérées, sort un couteau de commando à la lame effilée.

– Euh, dit Fetnat, tu as quoi comme idée, là, Baron ?

– Qu'est-ce qu'une petite phalange par rapport au destin de l'humanité ? Tu ne vas pas me dire que tu es égoïste à ce point, Vicomte ? Tu me décevrais beaucoup.

– C'est-à-dire… Finalement, cette crampe, je pense pouvoir la surmonter, annonce, stoïque, le Sénégalais.

C'est Esméralda qui prend les choses en main. Elle guide tout le monde vers une épicerie ouverte tard le soir et achète avec ses dernières économies une bassine, une dizaine de bouteilles de whisky et plusieurs bidons d'eau de Javel. Puis elle propose à tous de revenir au parc Montsouris.

Lorsqu'ils ont rejoint le parc désert, près du petit lac, la femme aux cheveux roux pose la bassine sur l'herbe. Fetnat, aidé d'Orlando, y installe avec précaution la bombe dont l'orifice est toujours obstrué par son pouce. Puis Esméralda verse du whisky sur le tout.

– Tu fais quoi, là ? demande le Sénégalais inquiet.

– En Italie, ma mère m'a toujours dit : les microbes, ça ne résiste pas à l'alcool fort.

Elle déverse une bouteille entière de Johnny Walker dans la bassine, et alors qu'elle veut en rajouter une deuxième, Orlando la retient.

– Je pense qu'une bouteille devrait suffire.

Esméralda hausse les épaules.

– Après tout, mon père disait : « L'eau de Javel, ça désinfecte tout. »

Alors Esméralda verse le contenu des bidons de désinfectant. Le pouce de Fetnat est maintenant recouvert d'un peu de whisky et de beaucoup d'eau de Javel. Esméralda rajoute encore un peu de whisky, par précaution.

– Ça brûle ! dit le Sénégalais en faisant la grimace.

– Tais-toi, douillet ! J'entends d'ici le cri d'agonie des microbes.

Tous enfilent les gros masques à gaz qu'ils avaient emportés. Orlando aide Fetnat à enfiler et positionner le sien. Puis, au signal, le Sénégalais enlève son pouce, qu'il agite vigoureusement. Le liquide vert jaillit de la bombe et se mélange au whisky et à l'eau de Javel.

Tous observent la mixture aux reflets sombres qui commence à bouillonner.

– Putain, les microbes de la peste, ils ne devaient pas s'attendre à tomber sur un accueil aussi corrosif, annonce Esméralda.

Ils attendent, penchés au-dessus de la bassine, ne sachant trop comment stopper à eux cinq la guerre bactériologique si les choses tournaient mal. Puis, au bout d'un moment, ils enlèvent leur masque à gaz.

Le mécanisme du boîtier en plexiglas a vidé tous ses tubes. Le liquide mortel est désormais complètement mélangé au whisky et à l'eau de Javel. Cassandre, instinctivement, regarde sa montre qui indique : « Probabilité de mourir dans les 5 secondes : 16 %. » Mais aucune caméra n'apparaît dans le jardin et elle sait que ce chiffre ne correspond plus à rien.

Fetnat, qui était au comble de l'angoisse, est le premier à sourire. Ses grandes dents blanches luisent dans la pénombre. Puis il enfonce plusieurs fois le pouce dans le mélange de whisky et d'eau de Javel, comme s'il voulait assassiner les derniers microbes qui auraient pu rester collés à son épiderme.

Orlando brandit le détonateur électronique qu'il suspend autour de son cou au bout d'une ficelle, comme un trophée.

– On a encore réussi, murmure Cassandre, soulagée.

Alors Fetnat ramasse une pierre, puis grave sur un rocher au bord du lac du parc Matsouris : « Le 31 mars, Cassandre, Esméralda, Fetnat, Kim et Orlando ont sauvé le monde. »

– Et… tout le monde s'en fout, croit bon de préciser Kim Ye Bin.

Ils se serrent les uns contre les autres. Un courant d'énergie vitale les unit.

– J'en peux plus de toutes ces émotions, soupire Esméralda. Je n'ai pas la force de repartir. Reposons-nous un peu ici, avant d'y aller, et reprenons des forces.

Elle empoigne une bouteille de whisky neuve, dévisse la capsule d'un geste preste et boit directement au goulot. Puis elle rote et passe la bouteille aux autres.

– Nous ne sommes plus des putois. Nous sommes des animaux qui chassons avec ruse et rapidité. Nous sommes des… renards. Comme notre mascotte Yin Yang.

– Trinquons aux renards qui empêchent la maladie de se répandre. Dire qu'on a accusé ces charmantes bestioles de transmettre la rage ! Nous, on a prouvé qu'on peut arrêter la peste en leur nom.

– Aux renards !

Ils boivent avec solennité.

– Avec une bonne rasade de ça, il n'y aura plus de microbes vivants dans le coin.

Orlando Van de Putte tripote son pendentif.

– Je tiens à le garder comme trophée. On en a déjà deux, avec celui du métro, et celui de la bibliothèque. Ça complète la collection.

Nouvelle tournée de whisky. Cassandre goûte d'abord du bout des lèvres, puis boit de plus en plus joyeusement. Passé les premières gorgées qui lui ont paru aigres, l'alcool commence à réchauffer son ventre. Une boule de feu remonte dans sa poitrine. Machinalement, elle regarde sa montre qui indique « Probabilité de mourir dans les 5 secondes : 18 %. »

Cela doit être les premiers effets de l'alcool sur mon cœur, mais on est loin des 50 %. Je crois que je peux continuer.

J'en ai envie.

La jeune fille finit la bouteille et tend aussitôt la main vers la suivante. Plus elle boit, plus elle a envie de boire.

– Ah, j'aime bien te voir comme ça, Princesse, dit Kim. Allez vas-y, encore une rasade !

Elle boit, rote, et s'esclaffe.

– PAPA ! MAMAN ! DANIEL ! VOUS M'ENTENDEZ JE CONTINUE LE TRAVAIL. JE CONTINUE ! NOUS N'AVONS PAS ENCORE PERDU ! JE N'AI PAS BAISSÉ LES BRAS.

Elle a un hoquet puis, tout en titubant, articule avec soin :

– Bon sang, nous les clochards, on a sauvé le monde. Le monde entier. Nous cinq !

– On a sauvé le monde ! ! répètent-ils en chœur.

Cassandre commence à danser les yeux fermés, puis elle les rouvre en grand et saisit le menton d'Esméralda.

– Tu vois, Duchesse ! Tu vois, Baron ! Tu vois, Marquis ! Tu vois, Vicomte ! Le monde est à nous ! Le futur n'est pas inscrit. Aujourd'hui nous avons fait un pas de plus vers la jolie version du futur avec les poissons volants dans la Seine. Grâce à notre action à Montsouris, la probabilité doit bien être passée de 1,5 % à 2 %. Et à 2 % mon frère s'est sauvé d'une chute de 210 mètres ! Alors l'humanité pourra bien survivre à sa chute ! À 2 %, les forces qui veulent nous ramener au Moyen Âge ont perdu quelques branches dans l'Arbre du Temps !

Les autres froncent les sourcils.

– De quoi elle parle ? « Les poissons volants » ?

– Je ne comprends rien à ce qu'elle raconte mais vive la Princesse ! clame Orlando en se levant et en dressant sa bouteille de whisky.

Puis ils soulèvent Cassandre à bout de bras et improvisent une gigue dans l'immense jardin public désert, avant de se mettre à chanter.

– Elle est des nôôôôôtres ! Elle a bu son whisky comme les ooooootres. C'est une ivroooooogneu, ça se voit rien qu'à sa troooooogneu.

La jeune fille reprend avec eux :

– Je suis une ivroooogneu !

À un moment, titubant à moitié, elle s'avance vers Orlando.

– Vous… vous… n'êtes pas seulement mes concitoyens. Vous êtes ma famille. Toi Baron, tu m'as sauvé la vie le premier jour, je n'oublierai jamais. Tu es un… père pour moi.

Puis elle va vers Fetnat.

– Toi, Vicomte, tu m'as appris l'alcool. Tu es un oncle.

Puis vers Esméralda.

– Toi, Duchesse, tu m'as appris à gérer mes lunaisons. Tu es une mère pour moi.

Titubante, elle étreint longuement la femme rousse dont les yeux divergents sont emplis de tendresse. Elle lui murmure à l'oreille :

– Bon sang, ça fait quand même très mal. Si on m'avait dit que c'était ça être une femme, j'aurais préféré être un mec. Surtout qu'on peut pisser debout.

– Oui, mais nous les femmes on a des orgasmes multiples, lui chuchote-t-elle en retour.

– C'est quoi ?

– Tu verras, ça permet de supporter beaucoup de choses.

Puis Cassandre va vers Kim.

– Et toi, Marquis, t'es…

– Je suis ?

– Eh bien tu es mon…

– Ton ?

– Eh bien tu es mon nouveau frère. Voilà, tu es, Kim, mon frère. Aîné qui plus est.

Ils sont face à face, leurs visages à quelques centimètres l'un de l'autre.

C'est alors que Fetnat lance leur hymne.

Ils se mettent tous à chanter à l'unisson.

« Derrière chez moi,
Savez-vous quoi qu'y n'y a
Derrière chez moi,
Savez-vous quoi qu'y n'y a
Y a un bois
Le plus joli des bois
Petit bois derrière chez moi
Et tralonlalère et tralalonlalonla

Et dans ce bois
Savez-vous quoi qu'y n'y a
Et dans ce bois
Savez-vous quoi qu'y n'y a
Y a une godasse
La plus jolie des godasses
La godasse dans le bois

Petit bois derrière chez moi.
Et tralonlalère et tralalonlalonla »

— Hé ! il y en a qui veulent dormir ! lance quelqu'un de loin depuis une fenêtre qui s'ouvre à la volée.

Le commentaire déclenche une réaction immédiate du Viking barbu.

— LES BOURGEOIS ON LES EMMERDE. ON LES A SAUVÉS, ALORS MAINTENANT QU'ILS NOUS FOUTENT LA PAIX ! !

Tout de suite après, on entend des fenêtres qui se ferment dans les immeubles au bord du parc.

— C'EST ÇA, BANDE D'AUTRUCHES, ALLEZ VOUS CACHER. VOUS ÊTES TOUS DES LÂCHES ! reprend Kim.

À nouveau d'autres volets se rabattent avec un claquement.

— Bon, je crois qu'on va rester là ! Rien que pour les faire chier ! annonce le légionnaire, incapable de marcher.

Ils boivent encore puis, ne tenant plus sur leurs jambes, ils s'effondrent l'un après l'autre dans l'herbe fraîche.

Et s'endorment, blottis flanc contre flanc. Sans même y penser, Kim rampe pour se serrer contre Cassandre. Elle pose sa main sur ses épaules et c'est ainsi qu'ils s'assoupissent, proches, protégés par les grands arbres bruissants du Parc Montsouris.

205.

La Grande Prêtresse pose son livre *Les aventures de Cassandre Katzenberg* et articule posément :

— Monsieur le Marquis Kim Ye Bin, voulez-vous prendre pour épouse mademoiselle la Princesse Cassandre, ici présente ?

Un instant de silence puis la voix de Kim résonne avec assurance :

— Oui, je le veux !

— Mademoiselle la Princesse Cassandre Katzenberg, voulez-vous prendre pour époux monsieur le Marquis Kim Ye Bin ?

– Oui, je le veux…

La femme en toge approuve.

– Dans ce cas, je vous déclare mari et femme, unis pour le meilleur et pour le pire, jusqu'à ce que… l'absence d'amour vous sépare.

Tout autour la foule des milliers d'ascendants et celle des centaines de bébés qui leur succéderont, tous en smoking ou robe du soir, applaudissent. Esméralda Piccolini, Fetnat Wade, Orlando Van de Putte, Charles de Vézelay sont au premier rang. À tour de rôle, ils viennent signer la feuille des témoins et en profitent pour embrasser les mariés.

Puis Cassandre et Kim s'avancent sous une pluie de riz vers une hutte gigantesque de dix mètres de hauteur, construite en bordure de Rédemption avec un grand balcon empli de fleurs et voilé de rideaux brodés. En bas, dans un petit jardin, une fontaine chante, fabriquée à partir de matériaux recyclés.

Des biches, des lapins, des renards viennent boire, et, parmi eux, elle reconnaît M. et Mme Yin Yang. Toute proche, une grande piscine avec toboggan accueille les invités, ainsi qu'une table de ping-pong.

Cassandre admire son époux, Kim, vêtu d'un smoking mauve à queue-de-pie et d'un col à jabot de dentelle de la même couleur. Elle-même porte une robe blanche nacrée, avec une longue traîne autour de laquelle des oiseaux-mouches viennent papillonner.

Esméralda verse du champagne dans des coupes. Elle en vide une d'un trait puis rote. Fetnat crache. Orlando pète. Tout le monde applaudit. Puis le groupe des gitans arrive et les guitares et les violons manouches se déchaînent. Tous les bébés se mettent à danser en couple.

Charlotte la pâtissière tape dans ses mains. Des pigeons, par petits groupes de quatre, viennent se poser autour d'eux. Ils tiennent dans leur bec les quatre coins d'un mouchoir sur lequel sont posées des pâtisseries.

– Il n'y a que cela de vrai, dit la pâtissière aux joues empourprées.

Nouvelle ovation.

Cassandre lui tend son ouvrage *Les aventures de Cassandre* et lui dit :

– Les livres sont les pâtisseries de l'esprit.

Apparaissent alors, en haut d'une montagne de poupées, quelques silhouettes sombres, tenant en laisse de gros chiens aux mâchoires féroces.

Ce sont les Albanais.

Après avoir provoqué un début de panique, ils sourient et se joignent à la danse. Alors la vision de Cassandre change. Elle perçoit, chez chaque être qui l'entoure, une petite lueur au niveau du sternum. C'est leur étincelle de vie. Des chiens sauvages arrivent du sud et se mettent à remuer la queue au rythme de la musique. Puis c'est le tour des rats. Tous les êtres vivants présents à ce mariage réchauffent leur étincelle de vie qui se met à briller et à vibrer au rythme de la musique tsigane.

Graziella, dans son fauteuil roulant, arrache son violon à un musicien et se lance dans un solo assez émouvant. Cassandre serre la main de Kim, leurs deux étincelles brillent comme des flammes et fusionnent au niveau de leur poitrine. Autour d'eux, une onde lumineuse s'épanouit, va toucher l'étincelle en chaque être vivant, et peu à peu irise de nacre l'ensemble du décor.

206.

Cassandre a la sensation que ses poumons brûlent. Puis son estomac se tord. Finalement un haut-le-cœur la secoue et elle vomit, à plusieurs reprises, sans pouvoir s'arrêter.

Je me purge.

Elle regarde autour d'elle et ne voit que des clochards aux longues barbes, le visage aviné, le poil gris et sale, la peau parcourue de boutons, de cicatrices, de furoncles.

Ceux-là, ils ne sont pas de ma tribu.

– Hé, tu es dégueulasse, tu pourrais aller vomir ailleurs, gamine ! lui lance un SDF à la longue barbe et aux cheveux noués en catogan.

– Hé, évacuez la gamine, elle régurgite, beugle une femme aux allures de prostituée.

– Elle chlingue. C'est une vraie pestilence ambulante.

– Dire qu'elle a une tête de bourge et que c'est la plus dégueu d'entre nous ! renchérit une autre fille, plus vulgaire encore.

Si je m'attendais à dégoûter des clochards...

– Où on est ? demande Cassandre en s'essuyant la bouche d'un revers de main.

Le barbu désigne une pancarte : « Salle de dégrisement ». D'un coup d'œil panoramique elle examine le lieu. C'est une grande pièce, au sol de linoléum, où sont regroupées une trentaine de personnes, pour la plupart clochards ou prostituées.

Elle vomit encore à ses pieds, puis tente de se souvenir comment elle est arrivée là.

Bon sang, j'ai trop bu. Je suis tombée endormie comme une souche, les policiers ont dû nous ramasser au matin sans même que le voyage me réveille. Mais où sont les autres ?

La jeune fille aux grands yeux gris clair inspecte son poignet : « Probabilité de mourir dans les 5 secondes : 19 %. »

Pas de réel danger. Juste mon corps qui essaie d'évacuer l'alcool d'hier. Il ne faut plus boire. Ce n'est pas mon truc.

Un homme en tenu punk, « no future » tatoué sur le front et une crête de cheveux vert fluo dressée au milieu de son crâne rasé, s'approche d'elle.

– Tu es mignonne, tu sais, petite.

Cassandre crispe ses doigts pour transformer ses mains en pattes griffues. Le punk lui fait une grimace narquoise et s'approche un peu plus. Alors, un barbu maigre qu'elle n'avait pas remarqué dans la salle de dégrisement s'interpose.

– Fous-lui la paix. Ce n'est pas n'importe qui. C'est la prophète des gueux.

– C'est surtout la prophète dégueu… lasse, repartit l'homme en tenue punk.

551

Les autres ricanent.

– Pourquoi tu l'appelles comme ça, toi ? poursuit-il.

– Elle a des pouvoirs extraordinaires. Elle voit le futur.

Moqueries diffuses. Cassandre sent qu'elle doit faire quelque chose. Elle ferme les yeux, tend sa main ouverte en direction du punk et articule d'une voix blanche :

– Dans une semaine, un vendredi soir, à 23 h 35, devant une taverne avec une inscription au néon jaune, tu te battras contre trois types et tu recevras un coup de couteau dans le ventre.

Le tatoué « no futur » cesse aussitôt de ricaner.

– Mais… mais… comment tu peux savoir ça ? demande-t-il, complètement décomposé.

J'en sais rien du tout. Mais je sais que lorsqu'on annonce des trucs terribles aux gens, ils le croient. Si je lui avais prédit qu'il recevrait un héritage, il aurait douté, mais le malheur, en revanche, semble certain. Ce que je fais, c'est juste appuyer sur le pessimisme et la paranoïa naturels des individus.

– Les secours arriveront trop tard. Le couteau provoquera une hémorragie. Tu mourras.

– Enlève-moi ça, tout de suite ou je te…

Il veut empoigner la jeune fille mais le barbu maigre l'en empêche. L'homme à la crête verte l'envoie bouler dans un coin de la pièce.

– Enlève-moi cette prophétie, sorcière, ou je te tue !

Graziella avait raison. Quand on décrit un futur prometteur à quelqu'un, il se débrouille pour que cela arrive. Mais ce qu'elle ne savait pas, c'est que le truc marche aussi pour les prévisions négatives. Donc, parler de l'avenir peut aussi être une arme de destruction. La preuve.

– Enlève-moi cette malédiction !

Finalement le barbu maigre et le punk s'empoignent et la bagarre devient générale. Cassandre se tient à l'écart, alors que l'homme à la crête verte s'écroule sous le poids de trois assaillants.

552

La porte s'ouvre à ce moment-là. Une femme en uniforme bleu marine passe la tête et demande d'une voix énervée :

– Que se passe-t-il, ici ?

Un clochard consent à répondre :

– La gamine a prédit à William qu'il allait se faire planter d'un coup de couteau dans le bide.

La policière hausse les épaules et fait signe à Cassandre de la suivre. Derrière la porte, on entend le punk qui continue de marteler la même phrase :

– Enlève-moi cette malédiction !

La policière la guide vers les sanitaires. Elle est douchée, étrillée, et saupoudrée d'une sorte de talc censé la débarrasser des poux et des puces. Puis on lui donne un pantalon gris et une chemise d'un blanc passé, avant de la guider vers un bureau portant l'inscription « Inspecteur Pélissier ».

Elle reconnaît l'homme au double prénom masculin et féminin.

– Bonjour Cassandre, l'accueille l'inspecteur.

– Où sont mes amis ?

– Vos amis ? Si vous parlez de l'obèse alcoolique, de la vieille prostituée, du sorcier africain et du jeune drogué teint en bleu, je crois qu'ils vous ont laissé tomber au matin.

Non. Ce n'est pas possible. Pas eux.

– Pour être plus précis, quand les premiers agents sont venus, ils ont filé mais vous, vous ne vous êtes pas réveillée. Nous avons cru que vous étiez dans le coma, en tout cas une sorte de transe éthylique.

Pourquoi ne m'ont-ils pas emportée dans leur fuite ? Probablement qu'ils n'ont pas pu. Sinon, évidemment, ils l'auraient fait. Je fais partie de leur famille, de leur nation, de leur tribu. Nous sommes les Renards.

Ils ne m'auraient pas laissé tomber. Pas Orlando. Ni même Fetnat ou Esméralda.

PAS KIM ! Je veux...

– ...Je veux rentrer.

– Si ça ne tenait qu'à moi, ce serait avec plaisir. Je suis pour la liberté des individus mais, car il y a un « mais », à certains moments la liberté est incompatible avec la sécurité. Vous savez, ma chatte Liberty Belle a fait de nouveau une fugue. Elle n'est plus revenue et je crains qu'elle se soit fait écraser par une voiture.

Je confirme qu'il est très peu probable qu'elle revienne.

– Je veux rentrer chez moi, s'obstine Cassandre.

– Vous n'avez pas de chez vous.

– Si.

– Vous comptez aller où ? Vous avez mis le feu à votre pensionnat. Vous êtes dans un état de saleté qui repousse même les autres clochards. Non, vraiment, qu'est-ce qu'on va faire de vous, Cassandre ?

Pourquoi faut-il toujours répéter pour que les gens comprennent ?

– Je veux rentrer chez moi.

– Oui, je sais, vous devez sauver le monde. Vous allez prévoir les attentats futurs, c'est ça ?

Oui.

– Tsss... Si ce n'est pas malheureux d'entendre ça. Moi je crois que si je vous laissais partir et que vous retrouviez vos amis, dans deux ans vous termineriez comme les trois mille deux cent cinquante filles mineures qui fuguent chaque année. On sait comment elles finissent, pour la plupart. Droguées, prostituées. Ou mortes.

Il ne sait pas, il ne peut pas comprendre. Pour lui, il y a une grille de lecture unique du monde et des gens. Les attentats sont une nuisance acceptable. Les filles seules tombent dans la drogue et la prostitution. La liberté entraîne la mort. Je ne peux pas le rassurer. Il faut pourtant que je trouve la passerelle qui permette l'empathie entre nous.

– Vous savez, vous aussi vous allez chuter, inspecteur.

– Encore une de vos visions ? Mmmh, c'est vrai il paraît que certains clochards vous surnomment la prophète des gueux.

– Non, une simple probabilité. Vous n'avez pas entendu les actualités ? La crise financière, les restrictions du budget de l'État, la réduction du nombre des fonctionnaires.

L'inspecteur croise tranquillement les doigts sur son début de bedaine.

Il ne se sent pas directement concerné.

– N'importe qui peut chuter du jour au lendemain, insiste-t-elle. Comme un alpiniste qui dévisse.

– Des pitons les retiennent pour empêcher la chute.

– Croyez-vous ? Souvent ils cèdent les uns après les autres. C'est d'abord le chômage, puis on perd ses droits. Au début, la famille tient bon, mais quelle femme veut rester avec un homme qui ne gagne pas sa vie ? Et quel juge laissera la garde des enfants à un homme rejeté par le système ? La chute a l'air peu probable, pourtant elle peut frapper n'importe qui. Comment disiez-vous à propos des attentats ? Ah oui : « C'est comme la foudre qui tombe sur quelqu'un, c'est juste pas de chance. » Et vous ajoutiez : « On n'aime pas les victimes. » Comment vous sentirez-vous quand vous connaîtrez votre premier matin de misère, la bouche pâteuse, sans salle de bains, sans dentifrice, sans douche, sans petit déjeuner ? Comment vivrez-vous le fait de dormir sur les bancs, de pratiquer la mendicité dans le métro, de fouiller les ordures ? Comment serez-vous quand vous verrez progressivement les gens vous fuir du regard comme si vous étiez touché par une maladie contagieuse ?

Il ne répond pas et se contente de l'écouter, les yeux mi-clos.

– Il faut que vous sachiez que la déchéance se passe en trois étapes. La première, c'est quand on ne peut plus s'empêcher de se gratter. La seconde, c'est quand on se met à parler tout seul. Et la troisième, c'est quand on devient fou, complètement fou. La plupart des clochards finissent cinglés, vous le saviez ?

Elle a prononcé ces mots avec une intensité douloureuse, tout en élargissant ses grands yeux gris clair.

– Aucun vaccin n'existe contre cette maladie qu'on appelle la misère. Vous vous croyez protégé de ce genre d'accident ?

– Oui, répond le policier. Ça ne peut pas m'arriver à moi.

– Pourtant, moi je suis fille de ministre et je connais cela.

– Parce que vous l'avez bien voulu. Vous seriez restée à l'école des Hirondelles, vous auriez eu une vie normale, protégée.

Elle ne se donne même pas la peine d'évaluer ce choix de vie.

– Un jour, vous aussi, vous serez un clochard, répète-t-elle pour bien enfoncer sa malédiction. Et vous vous souviendrez de tout ce que je vous ai dit. Personne n'est à l'abri. Personne. On a vu même les plus grands colosses s'effondrer.

... tous ont leurs pieds d'argile.

Il l'écoute avec attention puis répond :

– Il faudrait une anti-Cassandre, je pense. Toi, tu vois ce qui va arriver de mal, que ce soit pour les attentats ou pour ma prétendue déchéance à venir. Ce qu'il faudrait, c'est quelqu'un qui annonce ce qui va arriver de bien. On m'a signalé que tu avais prédit au punk qu'il allait recevoir un coup de couteau. Moi, tu me prédis la clochardisation. À mon tour. Je te prédis… Tiens la réintégration dans le monde normal.

Il me tutoie à nouveau. Je n'en veux pas de ce futur. Vivre normalement, j'ai déjà donné.

– Cette réintégration ne sera pas immédiate. Désolé, mais selon les caméras du sommet de la tour Montparnasse, tu as tué ton frère. Tu l'as poussé du haut de la terrasse.

Bon sang, la carte d'Esméralda sur l'homme et la femme qui tombent de la tour. J'y suis. Il a chuté et moi je vais chuter aussi.

– Et puis l'incendie de l'école des Hirondelles. Là encore, il y a des témoignages contre toi. Je vais peut-être finir clochard, mais toi, avant de redevenir la jeune fille heureuse et normale que je prévois, tu vas passer par la case prison. C'est ce que j'aurais dû faire pour Liberty Belle, elle serait encore vivante aujourd'hui. C'est ce qui peut t'arriver de mieux pour l'instant.

– Combien de temps ?

556

– Meurtre plus incendie. Pour une mineure, ça veut dire le centre de redressement.

Quelle sale expression ! Ça veut dire un endroit où l'on va essayer de rétablir la capacité de tyrannie de mon cerveau gauche sur mon cerveau droit pour que je devienne comme tout le monde.

– Pendant probablement quatre ans. Quand tu sortiras, tu auras vingt et un ans. Vingt-deux au plus.

Ainsi tout est fini. J'ai échoué. Je ne reverrai pas Kim pendant quatre ans. Jamais il ne m'attendra. Ce garçon ne m'a jamais semblé très patient.

– Mais on peut négocier. Si tu nous dis où trouver tes complices, par exemple.

Elle ne répond pas, se contentant de le fixer, la bouche pincée.

– Le centre de redressement, c'est moins dur que la prison. Mais c'est un lieu d'où tu auras évidemment plus de difficultés à t'évader que l'école des Hirondelles.

Elle n'a toujours pas la moindre réaction.

– Je ferai tout pour t'aider. Je viendrai te voir, je te soutiendrai, promet-il.

Elle plonge ses yeux dans les siens.

– Pourquoi voulez-vous m'aider, inspecteur ? À cause de Liberty Belle ?

– Non, à cause de Marc-Antoine, mon premier fils. Il était comme toi, autiste. Tu sais ce que c'est que vivre avec un enfant autiste ? Tu sais l'enfer que tu as probablement dû faire vivre à tes parents ?

Soudain son visage s'anime.

– Le mien, Marc-Antoine, a pleuré dès sa naissance. Après, normalement, un enfant apprend à sourire. Pas lui. Il ne s'arrêtait de pleurer que lorsqu'il était dans les bras de sa mère. Même en voiture sur de longs trajets, il ne fallait pas qu'elle lui lâche la main. Il avait besoin du contact permanent avec sa mère, et il ne supportait pas de se faire toucher par qui que ce soit d'autre.

Cela peut donc être à ce point...

– Marc-Antoine avait un QI de 144, donc nettement au-dessus de la moyenne, mais il était incapable d'aller à l'école. C'était ça le drame. Pour lui comme pour nous. Il ne supportait pas d'être frôlé, même dans la rue. Alors il ne sortait plus de sa chambre. Le docteur a diagnostiqué une hypersensibilité, tu parles.

Encore un des nôtres.

– Son domaine de prédilection était la saga *Starwars*. Il se repassait les six films en boucle. Il connaissait la vitesse du vaisseau de Dark Vador, du scooter à lévitation de Luke Skywalker et la puissance des sabres laser. Sans parler de toutes les planètes évoquées dans les films : Tatouine et compagnie. Bref, un savoir, d'une précision inouïe qui ne sert à rien. On a essayé de lui faire suivre des cours d'anglais par correspondance. Il a refusé. Mais quand je lui ai montré *Starwars* en version originale sous-titrée, il est arrivé à apprendre l'anglais en 3 semaines. À la fin, il le parlait mieux que moi. Et votre mère…

Ma mère ?

– … Votre mère l'a soigné. Voilà pourquoi je me sens redevable.

– Pourquoi parlez-vous de votre fils à l'imparfait ? Il est mort ?

– Votre mère a réussi un miracle. Elle a sauvé mon fils, et c'est la raison pour laquelle je vais sauver sa fille. Même contre son gré.

Elle ne relève pas la dernière phrase.

– Qu'est-il devenu ?

– Il tient un magasin de vente d'objets dérivés de *Starwars* mais, surtout, il arrive à supporter l'entrée et la sortie des clients. Il arrive même parfois à leur serrer la main. C'est formidable, non ? Et ce n'est que le début de la guérison. Il a trente-deux ans, j'espère qu'un jour il se laissera toucher par une femme.

– Je ne suis pas votre fils.

– Mais tu es comme lui. Tu es comme ces animaux sauvages qui ne veulent pas se laisser apprivoiser. Comme des…

… Des renards.

– … des chevaux. Les quadrupèdes sont incapables de percevoir si tu leur veux du bien ou du mal. Ils sentent juste ta peur et ton excitation. On ne connaît pas leur réaction, on ne sait pas si le cheval ne va pas ruer sans raison. Pourtant ce sont précisément ces chevaux-là qui gagnent les courses.

C'est à ce moment que le téléphone sonne. L'inspecteur Pierre-Marie Pélissier décroche. Il écoute, en hochant la tête.

Ça y est, je me souviens de l'acteur à qui il me fait penser : William Hurt, dans Dark City.

Pélissier répond plusieurs « oui » préoccupés. Il ajoute un « en effet », tout en la regardant. Il bafouille quelques « mais… mais… je croyais que… » et même un « le problème c'est que », suivi d'un « je ne peux pas prendre cette responsabilité », « dans ce cas il me faut une lettre signée », quelques « bien sûr » un « merci » puis il raccroche, visiblement perturbé.

Il la regarde en soupirant. Derrière lui une machine crépite. Il se tourne vers son fax, saisit le papier encore tiède, puis lâche :

– Voilà, c'est ton autorisation de remise en liberté.

Je ne comprends pas.

Pierre-Marie Pélissier lui tend le feuillet. Elle est signée Charles de Vézelay, du ministère de la Prospective.

Ils ne m'ont pas abandonnée.

L'inspecteur hésite, puis est soudain pris d'un doute. Il passe un coup de fil puis revient, une expression victorieuse sur le visage.

– Dire que j'ai failli me faire avoir. Ton pote ministre, il est au chômage depuis peu.

Il reprend d'un geste sec la feuille sortie de son fax et la déchire. Puis il appuie sur le bouton de l'interphone.

« Ramenez-la en cellule. »

207.

Ils sont là-bas et ils pensent à moi. Charles a essayé de me sauver, mais cette fois je suis bel et bien coincée.

Quatre ans.

Quatre ans sans Kim, sans Orlando, sans Esméralda, sans Fetnat.

Sans possibilité d'agir.

Je continuerai probablement à prévoir les attentats mais là, je n'aurai plus comme interlocuteurs que des détenus ravis de voir les bourgeois crever en nombre.

J'ai essayé.

Ils ont essayé.

Et nous avons échoué.

Mais, au moins, on a tenté quelque chose.

208.

Dans la salle de dégrisement, le Punk à la crête verte s'est replié dans un coin comme un animal blessé. Le barbu vient vers Cassandre et lui chuchote à l'oreille :

– Ils ne t'embêteront plus. Ils ont compris qui tu étais vraiment, annonce-t-il d'une voix satisfaite.

La femme aux allures de prostituée s'avance vers elle.

– Si tu vois l'avenir, j'aimerais que tu me dises : est-ce que mon chéri sera encore là quand je sortirai ?

– Et moi je voudrais savoir si je reverrai mes enfants, lance une jeune fille toute maigre.

– Moi, moi ! Dis-moi si je vais récupérer l'argent que mes collègues me doivent.

Le grand barbu s'interpose.

– La prophétesse ne recevra en consultation que ceux qui auront fait leur demande auprès de moi. Un à la fois. Et vous attendrez votre tour.

Voilà comment naît le pouvoir autour de la spiritualité.

Déjà les gens se regroupent en file afin de s'inscrire pour une séance de divination. Cassandre ne sait comment réagir. Elle se souvient du conseil de la vieille Graziella : « Programme-les pour réussir et ils réussiront. »

Elle a raison. C'est possible de les programmer à réussir car ils ignorent complètement que ce sont eux, et rien qu'eux, qui dirigent leur vie. C'est comme si on disait à un conducteur qu'il lui suffirait de toucher le volant pour que la voiture aille tout droit ou prenne un virage. Et le plus étonnant c'est que, lorsque la voiture obéit, au lieu de prendre conscience qu'il leur suffisait de la conduire, ils croient que ce sont leurs prières et leur mystique qui ont permis le « miracle ».

Une femme âgée s'approche la première. Elle tend sa main gauche comme si elle offrait une carte de visite à lire. Cassandre se penche et l'étudie d'un air concentré.

– Heu… je vois… je vois…

La jeune fille aux grands yeux gris ferme les yeux et ne distingue rien d'autre que le voile rouge de ses paupières. Elle sait qu'elle ne peut pas prévoir les destins particuliers des gens, elle ne voit que les attentats et les grandes lignes du futur de toute l'humanité.

Je ne lis strictement rien dans ta main, ma pauvre amie.

– Je vois une arrivée soudaine d'argent, ose-t-elle.

– Vraiment ?

– Un homme te protège de loin.

– Sébastien ! C'est Sébastien, elle a raison. La prophétesse l'a vu, c'est lui, c'est sûr. Et elle ne pouvait pas le deviner, elle l'a vu.

Aussitôt une rumeur parcourt l'ensemble des clochards et des prostituées dans la salle de dégrisement.

– Elle a un pouvoir. Un pouvoir réel, répètent-ils.

Comme il est facile d'abuser les esprits naïfs et influençables. Si j'étais au Moyen Âge, c'est ainsi que je pourrais créer une religion. Dire aux gens ce qu'ils ont envie d'entendre, sans oublier de leur faire peur. Alterner le paradis et l'enfer. Toi tu vas mourir, toi tu es protégé, toi tu vas avoir de l'argent. Toi tu as Satan en toi. C'est si facile. Et il n'existe aucun moyen de vérifier, donc c'est incontestable.

Le punk à la crête verte est recroquevillé dans un coin, comme s'il avait fini par se résigner à son funeste destin.

561

Vendredi prochain, à 23 h 35, il se débrouillera pour être en situation de se battre dans la rue avec des gens armés de couteaux, juste pour vérifier si j'avais raison. Il est désormais manipulé. Étymologiquement, le mot vient de l'italien « manipulare », expression de paysan qui signifie prendre une gerbe de blé avec la main droite pour couper les têtes avec une serpe de la main gauche.

Déjà, une autre femme s'approche pour une consultation.

– Et moi ? Dis-moi, mon Samy, il m'aime encore ?

– Il pense à toi. Il t'attend.

– Il ne m'a pas trompée, hein, parce qu'il est toujours un peu playboy. Il est si beau !

Cassandre lui prend la paume et fait semblant d'examiner les lignes.

– Vous allez avoir trois enfants, dit-elle en hochant la tête. L'un des trois sera médecin dans un grand hôpital.

L'autre affiche un air méfiant.

Zut, là j'en fais trop. Les prédictions, c'est comme tout, il faut doser.

– Attendez, non je me suis trompée. Il sera professeur. Instituteur.

– Pour moi, les instituteurs sont les héros modernes. Merci, prophétesse.

– Cassandre suffira.

– Merci prophétesse Cassandre.

Voilà, je viens encore de changer de titre.

Après l'Expérience 24, la pitchoune et la Princesse, me voilà prophétesse.

Au fur et à mesure qu'elle dévoile les avenirs de ceux qui se pressent autour d'elle, Cassandre acquiert les réflexes de sa profession. Observer les vêtements, la coiffure, les mains pour avoir des indications sur la vie des clients. Leur inventer rapidement un scénario, puis le réajuster en fonction des réactions d'approbation ou de doute.

Comme les consultations se font en vase clos, chaque client satisfait prépare le suivant à une écoute maximale. Comme le lui avait conseillé Graziella, elle n'annonce que de bonnes nouvelles. Seul le punk à la crête verte n'ose approcher, gardant sa malédiction comme un crachat sur la figure qu'il ne veut pas nettoyer.

Cassandre « reçoit » toute la journée, jusqu'à ce que la fatigue lui donne envie de dormir. Tous les gens présents offrent leurs vestes pour lui fournir un matelas et un oreiller.

Ainsi ont dû commencer tous les devins.

Le barbu s'installe à ses pieds pour la protéger.

209.

Cassandre Katzenberg rêve qu'elle marche dans une rue de Paris et qu'elle rencontre quelqu'un à qui elle dit : « Bonjour. » Aussitôt le ciel gris s'éclaire et le soleil perce à travers les nuages.

Elle entre dans une pâtisserie, voit Charlotte et, en guise de salutation, lui lance : « Comme tu es belle ! » Aussitôt Charlotte mincit, voit ses cheveux s'allonger, sa poitrine gonfler, sa peau devenir plus fine.

Dans son rêve elle pense :

Ce que je dis se produit.

Son pouvoir est inversé, elle ne voit pas le futur, elle le… crée. Chaque mot prend dès lors une importance énorme. Elle annonce à Esméralda : « Toi, tu vas gagner au Loto » et celle-ci a le billet gagnant. Elle dit à Fetnat : « Tu vas avoir ton diplôme de médecin » et il reçoit son titre avec les félicitations du jury. Orlando rajeunit. Kim obtient son passeport. Mais, de manière étrange, chaque vœu réalisé rend les gens hostiles à son égard. Une fois riche, Esméralda ne veut plus lui parler. Fetnat s'en va pratiquer son art médical à l'hôpital et ne revient plus à Rédemption. Orlando devient coquet. Kim se prend au sérieux.

Elle doit peser chacun de ses mots. Même les formules de politesse banales entraînent des drames. Elle dit à quelqu'un « bon appétit » et celui-ci devient affamé. Elle murmure « Excusez-moi » alors qu'elle bouscule quelqu'un et l'autre lui rédige une feuille d'excuse qu'il signe avec solennité.

Dès lors, passé le premier émerveillement, elle est saisie d'une terrible angoisse. Elle se sent coupable d'être à l'origine de tout ce qui se produit autour d'elle et des conséquences qui s'ensuivent.

Elle dit « que le monde soit comme dans mon rêve » et...

210.

... elle se réveille.

La femme policier en uniforme bleu marine vient la chercher. Elle l'entraîne vers une voiture barrée de bleu blanc rouge. Au moment de partir, tous les clochards et les prostituées la saluent respectueusement et la remercient. Seul le punk « No Futur » tremble et claque des dents dans son coin, le visage blême.

– Nous ne t'oublierons jamais, prophétesse, dit le barbu qui a été son impresario.

La voiture de police démarre et la policière s'assoit à l'arrière à côté d'elle.

Après avoir un peu roulé, la femme lui murmure :

– Il paraît que vous avez un pouvoir. Vous faites les lignes de la main ?

Si cela peut me permettre d'avoir une emprise sur toi, je sais tout faire.

– Plutôt l'horoscope, répond Cassandre pour tester autre chose.

– J'en étais sûre. Je suis Gémeaux ascendant Balance, annonce fièrement la femme en uniforme.

– Gémeaux : personnalité double. Balance : il vous est difficile de prendre des décisions. Un mélange intéressant.

Une moitié de toi est schizophrène, l'autre sans doute aussi...

– Ces temps-ci, j'hésite à changer de métier, s'enhardit la policière. À cause des horaires, ça ne me convient pas du tout.

– Vous voudriez faire quoi ?

– J'ai toujours aimé la science et les technologies de pointe. Je voudrais faire du laser.

– De l'optique ?

– Non, pour les poils. L'épilation au laser, pour être précise. Les jambes, les aisselles, le maillot. Et puis, si ça marche bien, je compte passer à quelque chose de plus ambitieux.

– Ah ?

– La biochimie.

– Le Botox ?

– Comment vous avez deviné ? Vous avez vraiment un pouvoir ! Il paraît que, maintenant, on peut faire des injections de Botox avec des seringues sans même passer de diplôme de dermato. Vous pensez que ça peut rapporter ?

– Ça me semble un choix valable, je veux dire par rapport à votre ciel astral actuel. Pour les Gémeaux ascendant Balance.

– Mais j'ai aussi des raisons de rester policière. Notamment les vacances. Et puis j'aime l'uniforme.

– Alors il faut rester dans la Police.

– Et puis j'ai peur de travailler dans le privé, à cause des risques de licenciement. Mais, d'un autre côté, le laser et le Botox pour les femmes, c'est l'avenir.

C'est certain.

– Je dirai même, si vous me permettez, que dans ce monde rien n'est sûr, sauf que dans le futur les femmes accorderont de plus en plus d'importance à leurs poils et à leurs rides.

Encore une qui a sa vision particulière du futur.

– À moins que je devienne coiffeuse. Les cheveux, c'est important aussi. Mais pour les cheveux je crois qu'il faut une formation, des diplômes en capilliculture ou un CAP. Ça va prendre du temps. Alors que le laser, c'est plus facile.

Bon, alors ne me casse pas les pieds, fais ce que tu veux.

– À moins que je reste policière. Tous mes amis sont ici, après tout.

Je crois que je commence à développer une aversion particulière pour les Gémeaux ascendant Balance.

– Vous voulez que je vous dise, je crois que vous n'allez faire aucun de ces métiers dans le futur, ni flic, ni le laser, ni le Botox, ni les cheveux. Moi, vous savez dans quoi je le vois, votre avenir ?

– Je vous écoute.

– C'est quoi votre prénom ?

– Prudence.

– Voilà l'indication de votre futur métier. La prévention routière. Vous restez dans la police, mais vous vous spécialisez dans la prévention des accidents de la route. Il y a de la technologie de pointe dans les radars, et de la chimie dans les tests pour détecter le taux d'alcoolémie.

– Vous croyez ? Écoutez, c'est extraordinaire car, justement, j'ai toujours eu une passion pour les accidents de la route. C'est étonnant, non ? Même quand nous partons avec les équipes pour dégager des voitures embouties, je ne peux pas vous dire pourquoi, je sens que c'est mon affaire. Vous êtes vraiment très forte. Dire que j'ai failli perdre mon temps dans le laser.

Cassandre lui reprend la main.

– La prévention routière, c'est là où vous allez rencontrer votre grand amour. Ce sera un grand brun avec des yeux verts. Il fera le même métier que vous. Vous achèterez un petit pavillon au Vésinet. Et vous...

Cassandre s'interrompt, pétrifiée.

– ... Et nous ? la presse la policière, suspendue à ses lèvres.

En prenant la main de Prudence, Cassandre a relevé sa propre manche. Elle a remarqué que sa montre indiquait « Probabilité de mourir dans les 5 secondes : 52 %. »

Elle devient livide.

Le cadran du bracelet affiche maintenant 55 %.

– Un problème ? demande la policière.

– Nous sommes en danger.

– Vous voulez dire avec le trou dans la couche d'ozone, la pollution, la crise financière ?

– Non, dans les secondes qui viennent, il va se passer quelque chose de grave, ici et maintenant.

La voiture de police roule, et Cassandre a beau regarder avec inquiétude autour d'elle, elle ne remarque rien de spécial.

Quelque chose ne va pas.

Elle se met naturellement en mode d'ouverture des cinq sens. Elle regarde partout, de plus en plus loin. Elle sent toutes les odeurs. Elle entend tous les sons et les sons derrière les sons.

Le cadran de son bracelet affiche « Probabilité de mourir dans les 5 secondes : 63 %. »

Le visage de Prudence exprime une totale incompréhension.

Elle me croit quand je lui dis qu'elle va trouver le grand amour dans un futur lointain mais elle ne me croit pas quand je lui dis que nous risquons de mourir dans les secondes qui viennent.

« Probabilité de mourir dans les 5 secondes : 78 %. »

Il va se passer quelque chose. Bon sang, quelle angoisse de ne pas savoir quoi ! Probabilis voit mais ne me communique pas d'où vient le danger.

« 81 %. »

Cassandre se crispe sur la poignée de la portière et appuie ses deux pieds contre le siège avant. À cet instant, une grosse voiture les percute violemment sur le flanc droit. Sous le choc assourdissant, le crâne de Prudence percute son menton et Cassandre perd connaissance.

211.

Je me sens fatiguée.

Et si je mourais ? Ne serait-ce que pour me reposer un peu.

Après, je renaîtrai neuve.

Finalement, la mort c'est un peu comme un ordinateur qu'on redémarre. On remet tout à zéro et on recommence du début.

Le problème, c'est qu'en repartant à zéro, on perd toutes les informations accumulées jusque-là.

Et puis, dans cette vie, j'ai pu me souvenir de mes vies précédentes et y croire, mais si, dans la prochaine, je suis cartésienne et athée, je perdrai vraiment tout.

Par bonheur, mes parents avec leur « Expérience 24 » ont trouvé un moyen de me faire échapper au baiser de l'ange qui fait tout oublier. Mais mes chances que cela se reproduise sont extrêmement minces, voire nulles.

Non, mourir n'est pas la bonne solution.

Faut que je trouve autre chose.

212.

Cassandre sent des bras qui la tirent pour la dégager des tôles tordues. Elle entend vaguement une voix qui s'énerve :

— Ah quel con ! Tu parles d'une andouille de premier choix ! Je t'avais dit un petit choc ! Et toi tu défonces tout. Tu aurais pu la tuer, espèce de crétin.

— Ce sont les freins, Duchesse, ils ne marchent pas mieux que le reste, répond une autre voix dans un brouillard.

Un coup de feu claque.

— Merde, faites gaffe, la fliquette est armée !

— On file, Baron, mets les gaz.

Des coups de feu sifflent autour d'eux, faisant exploser les vitres. Cassandre entend un cri. Kim lui fait baisser la tête et la protège de son corps. Encore quelques coups de feu, de plus en plus lointains, puis leur voiture s'éloigne. La jeune fille cligne les yeux par intermittence, sans parvenir à les garder ouverts.

— Ça y est, la Princesse a repris connaissance ! annonce Fetnat avec respect.

— Fais gaffe, y'a des motards.

— T'inquiète, on a tout prévu. La nouvelle Rédemption-mobile du Baron, c'est mieux que la voiture de James Bond.

Par la fenêtre, le Sénégalais lance des boules de papier enflammé contenant une poudre de sa composition. Kim jette une fiole remplie d'huile. Esméralda déverse un sac rempli de clous de tapissier.

Cassandre prend conscience qu'elle se trouve à nouveau dans une voiture. Pas une 404 Peugeot mais un modèle plus récent, une fourgonnette Citroën. Aucun trou dans le plancher.

Déjà Orlando a pris un virage serré et roule dans une avenue à contresens. Il zigzague entre les voitures qui foncent vers eux.

– Éteignez votre ceinture, et accrochez vos cigarettes, nous allons traverser une zone de turbulences et de trous d'air, annonce Orlando.

Cassandre se sent faible, comme si sa propre vie échappait à son contrôle. Elle regarde sa montre qui, étonnamment, affiche un rassurant : « Probabilité de mourir dans les 5 secondes : 37 %. »

213.

Ai-je bien entendu ?

Duchesse, Baron, Marquis...

Ils sont donc venus me chercher. Ils ne m'ont pas abandonnée.

Je crois que la meilleure attitude est de ne plus essayer de comprendre, je vais juste me laisser porter par les événements.

Et puis tant pis, puisque je ne trouve pas de meilleure solution, je vais vivre.

Vivre et agir dans mon espace-temps personnel.

Du moment que je suis en dessous de 50 % de risques de mourir, je peux me décontracter.

214.

Ils roulent et Cassandre entend à travers un brouillard d'images et de sons des bribes de conversation.

– ... je suis sûr que tu n'en as pas d'autres, Baron.

– Tu crois ça ? « La curiosité est un vilain défaut », l'anti-proverbe est plus juste : « la curiosité est une grande qualité. » Et toc, Marquis.

– À moi, clame Fetnat. « Mieux vaut un petit chez soi qu'un grand chez les autres. » Faux. « Mieux vaut un grand chez soi qu'un petit chez les autres. »

– « Qui paie ses dettes s'enrichit. » Faux. « Qui paie ses dettes s'appauvrit. »

– À mon tour, j'en ai un, annonce Esméralda. « Dans la vie on a toujours ce que l'on mérite. » Faux. « Dans la vie on a rarement ce que l'on mérite. »

– Ouais, il y a beaucoup d'incitation à la résignation dans les proverbes, reconnaît Orlando Van de Putte.

Ils jouent encore aux anti-proverbes ! Finalement je me suis trompée, ce ne sont pas des retraités, ce sont des enfants. Je suis dans une cour de récréation.

La fourgonnette Citroën atteint enfin l'entrée nord du DOM obstruée par les gros camions-bennes qui avancent avec lenteur et barrissent comme un troupeau de mammouths.

C'est étonnant mais quand je reste éloignée trop longtemps de Rédemption, j'ai comme le « mal du pays ».

La fourgonnette se faufile entre les montagnes d'ordures, puis suit les Champs-Élysées pour stopper devant la hutte d'Esméralda. Kim Ye Bin prend Cassandre dans ses bras et la porte jusqu'au divan où Fetnat l'examine.

– Ça va, elle n'a que quelques contusions bénignes, conclut le Sénégalais, elle est juste choquée. Je vais lui faire une infusion.

Mais, constatant qu'Orlando est resté affalé derrière le volant, Esméralda va le rejoindre. Une tache de sang poisseuse recouvre le devant de son treillis.

– Le Baron s'est pris une balle dans le bide. Venez m'aider à le dégager, il est trop lourd, je ne peux pas le porter toute seule.

Charles de Vézelay accourt. Aidé de Kim, ils portent l'ancien légionnaire jusqu'à la hutte de Fetnat, qui leur fait signe d'allonger le blessé sur une table.

– Ah, la honte…, maugrée Orlando en grimaçant. J'ai passé trente ans à éviter les balles de kalachnikov et c'est une fliquette à moitié assommée qui réussit à me plomber. Je ne veux pas mourir comme ça. Pas avec du calibre 6 mm, c'est nul. Fais quelque chose, Vicomte !

À cet instant, Cassandre rêverait de lui confier sa montre pour connaître ses chances de s'en tirer, mais celle-ci n'est programmée que pour elle. Alors elle lui prend la main et essaie de se brancher sur lui, comme si ses doigts étaient des antennes. Elle sent son énergie qui décline, alors que le sang ne cesse de couler de sa blessure.

– T'inquiète pas, Princesse, grimace Orlando. Je fais mon douillet mais j'ai suffisamment de bourrelets de graisse pour faire un gilet pare-balles. Le cholestérol, c'est mieux que le Kevlar.

À voix basse, Fetnat ordonne à Esméralda de faire bouillir de l'eau et d'y tremper des ciseaux et des pinces pour les stériliser. Charles de Vézelay s'assoit au chevet de Cassandre.

– Et toi, ça va ?

– Comment m'avez-vous retrouvée ?

– Je peux me brancher sur Probabilis de n'importe où. Je pouvais à tout moment savoir où tu étais. Kim s'est branché sur le système du commissariat. Nous savions quand tu devais partir et avec quelle voiture. La seule difficulté a été d'intercepter le véhicule au bon moment.

– Cette fois nous ne voulions pas prendre de risques, alors on a préféré voler une voiture neuve, explique Kim tout en surveillant la stérilisation des outils de chirurgie. Ça aurait été ridicule de caler juste avant l'éperonnage.

Fetnat tend une bouteille de rhum au légionnaire, qui la vide en trois grosses lampées.

– C'est sous quel bourrelet, déjà ? demande le sorcier africain, d'une voix inquiète.

– Si ça peut aider, juste à titre indicatif, je te signale que sous le premier bourrelet c'est son sexe, signale Esméralda, connaisseuse.

Elle soulève à deux mains un repli de graisse et ils voient une sorte de verrue proéminente entourée de deux petits ganglions qui doivent être ses bourses. Puis elle écarte un second bourrelet et le nombril en relief apparaît à peine plus petit que le sexe. Cassandre aperçoit, juste au-dessus, un tatouage représentant un aigle tenant un serpent dans ses serres.

Bon sang, ce n'est pas possible. Ce symbole...

Il n'y a qu'une personne qui m'ait parlé de ce dessin à cet endroit.

Orlando est le père de Charlotte !

Esméralda soulève encore un bourrelet. Ils distinguent enfin la plaie qui, n'étant plus compressée, se met à saigner abondamment. Fetnat braque dessus une lampe-torche et une loupe de philatéliste.

— Tu as déjà fait ça, Vicomte ? demande Esméralda.

— Non. Mais le Baron n'avait pas non plus son permis de conduire quand il est allé récupérer Cassandre. Je ne vais pas attendre de faire sept ans de médecine pour le sauver, si c'est ça ta question, Duchesse.

— Tu vas t'y prendre comment, alors ?

— Je suis un sorcier wolof. Et pour ce qui est de la magie des Blancs, j'ai vu des films américains. Ça devrait remplacer un brevet de secouriste.

— « C'est en forgeant qu'on devient forgeron », ne peut s'empêcher de suggérer Kim.

— Ou le contraire, soupire Orlando en grimaçant.

Fetnat nettoie les alentours de la blessure avec ce qui reste de rhum, puis il enfonce les ciseaux encore chauds dans la plaie et commence à fouailler. Orlando serre les dents pour ne pas hurler.

Cassandre perçoit sa douleur. Elle voit la plaie qui bouillonne de sang et lui vient une pensée incongrue :

Nous avons de l'empathie pour ce qui crie et ce qui saigne. Si les huîtres hurlaient lorsqu'on leur ouvre la coquille, râlaient lorsqu'on les asperge de jus de citron et si du sang bien rouge giclait lorsqu'on les mord, serions-nous capables de les dévorer vivantes ?

Tous sont concentrés sur l'opération sénégalaise.

— Comment fais-tu pour ne pas sentir la douleur ? demande Esméralda.

— J'évite d'y penser. Alors évite de me la rappeler, tu serais gentille, Duchesse, OK ! ?

Il grimace, la sueur de son front coule dans ses yeux, pendant que Fetnat, avec des gestes nerveux, fouille dans la blessure pour retrouver la balle.

— Vous la voyez ? demande Charles de Vézelay.

— Fermez vos gueules ! intime Kim.

— Si tu veux, je peux chercher à mon tour, propose Esméralda. J'étais très douée quand j'étais petite pour trouver la fève dans les galettes des rois.

Mais le sorcier wolof ne veut pas laisser cette responsabilité à un autre. Il change d'outil, utilisant successivement une pince à épiler, un tournevis, une lime à ongle. Il transpire lui aussi, et Kim lui tamponne le front pour que les gouttes ne tombent pas dans la plaie béante qui commence à ressembler à des lasagnes en couches jaunes et rouges.

Enfin, Fetnat affiche un visage victorieux et exhibe un plomb rond qu'il tient au bout de la pince à épiler.

— Je l'ai eue ! annonce-t-il en exhibant le projectile.

Il le laisse tomber dans un pot de yaourt.

Puis il saisit plusieurs feuilles d'ortie qu'il presse sur la plaie, non sans avoir posé sur les chairs à vif une couche de mayonnaise. Esméralda veut lui mettre un pansement mais Fetnat lui demande un papier et un crayon. Il écrit rapidement quelque chose sur le papier et le place entre les feuilles d'orties et la plaie mayonnaisée.

— C'est quoi ce que tu as écrit, Vicomte ?

— Une formule magique qui fera gri-gri pour que ça cicatrise plus vite, si tu vois ce que je veux dire.

Non, je ne vois pas du tout...

— Il s'est évanoui, signale Esméralda.

Tous constatent qu'en effet Orlando ne bouge plus.

— Son cœur bat encore, précise Cassandre, qui n'a pas lâché son poignet.

Alors la jeune fille demande que tout le monde s'en aille et reste étendue près de lui, à lui tenir fermement la main.

215.

Je deviens lui et je prends sa douleur.
Je deviens lui et je lui transmets mon énergie de vie.

J'ai toujours su qu'il fallait faire comme ça. C'est le vrai sens du mot Empathie : entrer dans la douleur de l'autre, pour la sentir et la guérir.

À présent, c'est comme si nous ne formions qu'un seul organisme, son corps faible réuni au mien. Je peux lui transmettre ma force.

Je peux aller plus loin encore dans ma perception et mon échange d'énergie. Il me faut fouiller dans mon âme pour retrouver tous les moments où j'ai su guérir.

Après tout, j'ai moi aussi été médecin dans une vie antérieure.

216.

Cassandre retrouve cette énergie ancienne qui lui permet de restaurer son pouvoir de guérison. Mais cela ne suffit pas. Alors elle va chercher plus loin dans ses vies précédentes.

Elle découvre dans ses mémoires profondes l'expérience d'un chamane de la préhistoire qui savait soigner d'une manière étrange, par transmission d'énergie. Sa montre, percevant le ralentissement de ses battements cardiaques, indique : « Probabilité de mourir dans les 5 secondes : 18 %. » Puis « 25 % », « 31 % ». Mais Cassandre n'en a cure. Elle sait que soigner a un prix.

Elle effectue l'échange d'énergie jusqu'à ce qu'elle soit si épuisée que ses yeux se ferment tout seuls.

217.

Je veux qu'il vive.
Je le veux.
Il m'a sauvée et je le sauverai.

218.

Elle s'endort sans lâcher la main du Viking. Les autres se sont placés autour et les regardent en silence.

219.

– Viens, suis-moi.

– Attends, c'est moi qui dis cette phrase, normalement ! Ce n'est pas toi.

La grande prêtresse referme son livre avec un claquement sec, d'un air vexé. Cassandre la tire par sa toge et l'entraîne jusqu'au palais du roi Priam. Dans une salle ornée de mosaïques représentant des dauphins, la reine Hécube et plusieurs hauts dignitaires discutent avec un Grec en armure dorée.

– Qu'y a-t-il ? demande Priam. Femmes, ce n'est pas le moment de nous déranger. Nos ennemis renoncent à la guerre et nous proposent en signe de paix une statue géante de cheval. Nous avons gagné.

Le Grec, qui se révèle être Philippe Papadakis avec une barbe bouclée et une tenue militaire antique, explique :

– Tout le monde aime les chevaux. Cette statue équestre vous donnera probablement envie d'organiser des courses hippiques pour lesquelles vous vendrez des tickets. Il y aura des paris, celui qui trouvera la combinaison gagnante touchera de l'argent. En pratique, les joueurs seront nombreux et un très petit nombre seulement gagnera quelque chose. L'essentiel des paris ira grossir le trésor de la cour.

– Vous pensez qu'il faut combien de chevaux pour ce type de course ? demande le roi troyen avec intérêt.

– Une vingtaine. Pas plus. Et il faudra trouver les trois gagnants dans l'ordre. On appellerait ça le tiercé.

– Mais, dit Hécube, on ne pourrait pas faire la même chose avec quatre gagnants ? On appellerait cela le quarté. Ou avec cinq gagnants ? Le quinté ?

– Qu'en penses-tu, Pâris, mon fils ? demande le roi Priam.

Un jeune homme en tunique brodée d'or qui, étonnamment, a le visage de Daniel Katzenberg, traverse la salle et s'avance vers le roi. Ses sandales claquent sur les mosaïques.

– Des courses de chevaux sur lesquels on mise de l'argent à l'ombre d'une grande statue équestre ? Pourquoi pas ? Tout le monde croira gagner et tout le monde perdra. Pour être sûr d'avoir une chance raisonnable de gagner il faudrait miser gros, disons neuf mille pièces d'or d'un coup. Alors les chances de gains seraient de trois sur quatre. Mais personne n'osera miser autant. C'est l'astuce.

– Non ! Arrêtez ! coupe la jeune Cassandre. Il ne faut surtout pas accepter cette statue géante !

– Et pourquoi donc, jeune étrangère ?

– Parce que je vois votre avenir. En fait, je viens de votre avenir. Donc je sais que, si vous acceptez ce cheval, vous serez détruits par des guerriers cachés à l'intérieur, qui ouvriront les portes de votre cité aux troupes ennemies.

Stupeur parmi les gens de la cour du roi Priam.

– Tu en penses quoi, ma fille ? demande le roi à la prêtresse.

– Je crains les Grecs et leurs cadeaux, répond-elle.

– Et toi, Pâris, mon fils ?

À ce moment l'homme au visage de Daniel prend la parole.

– Ma sœur pense qu'on peut détourner le cours naturel de l'Histoire et qu'on peut sauver le monde. Elle se trompe. La course vers la catastrophe est la direction naturelle de l'évolution de l'Histoire.

Le roi Priam chuchote à l'oreille de la reine Hécube. Ils n'ont pas l'air d'accord. Alors la jeune Cassandre sort un pot de fleur avec un arbre bonsaï. Elle cherche parmi les fruits accrochés aux branches bleutées, puis cueille une pomme transparente. La pomme grossit dans sa main et ils voient à l'intérieur Troie en flammes. Aussitôt le roi, outré, ordonne qu'on jette dehors le Grec Philippe Papadakis sans se soucier de ses protestations.

– Merci, dit la grande prêtresse. Tu avais raison. Mieux vaut montrer qu'expliquer.

Alors la jeune Cassandre s'envole et plane au-dessus de la cité.

Pendant que le temps défile de façon accélérée, elle contemple la ville de Troie qui, dans les années qui suivent, devient de plus en plus importante, à la fois comme cité portuaire et comme carrefour du commerce.

Le temps s'accélère encore. Troie protégeant la zone de la mer Noire des attaques des Grecs, le royaume des Amazones survit. En l'an 2000, Troie est une superbe cité moderne, tout comme Colchis, la capitale des Amazones. Son aéroport international est une plaque tournante du tourisme pour toute l'Europe centrale. Colchis, qui a conservé sa culture inspirée des Amazones, est le seul État où les femmes bénéficient en priorité des places dans l'administration.

On distingue au centre de la ville une statue de bronze de dix mètres de hauteur représentant Cassandre, l'antique prêtresse figée en un geste de refus, un arbre bonsaï à ses pieds. Sur la plaque du socle, on peut lire : « Cassandre avertissant son père du danger de laisser les Grecs pénétrer dans la cité avec leurs prétendus cadeaux. »

Daniel-Pâris surgit à côté de la jeune fille et synchronise son vol avec le sien. Leurs visages se touchent presque.

– Tu as gagné une bataille mais tu n'as pas gagné la guerre, petite sœur.

– Je n'aime pas les phrases toutes faites, répond Cassandre. Je crois que l'anti-proverbe est plus juste. C'est parce que nous avons gagné cette bataille que nous gagnerons la guerre.

– Nous combattons le pire ennemi qui soit : la bêtise humaine. Elle est sans limites.

– Les hommes ne sont pas bêtes, dit Cassandre, planant dans le ciel au-dessus de Colchis. C'est juste qu'ils ont peur.

– C'est un troupeau aveugle, suicidaire, dit Daniel-Pâris.

– C'est un troupeau craintif, rectifie Cassandre.

– Nous ne pouvons plus les aider. Ils voient mais ils ne regardent pas. Ils entendent mais ils n'écoutent pas. Ils savent mais ils ne comprennent pas.

– C'est à nous de trouver les mots, c'est à nous de trouver la méthode, c'est à nous de tout faire pour qu'ils comprennent. Avec des exemples, des métaphores, des légendes, des œuvres d'art. Ce ne sont pas de mauvais élèves, c'est nous qui sommes de mauvais professeurs.

Daniel Katzenberg plane à côté de sa sœur, leurs trajectoires parfaitement synchronisées. Puis il lui tend son poing gauche serré, dans lequel il a caché un message qui énonce :

220.

– Putain, ça fait mal ! Arggh !!!

Orlando Van de Putte vient de se redresser d'un coup. Il réveille en sursaut Cassandre qui n'a pas lâché sa main. Les autres accourent aussitôt.

Fetnat Wade renouvelle le bandage autour du ventre du légionnaire. Kim Ye Bin apporte une table, des chaises, des assiettes et propose que, pour une fois, on mange « à la bourgeoise ».

Tous s'assoient à table et contemplent avec un brin de méfiance les fourchettes et couteaux autour de leur assiette. La marmite de waterzooï fumant est posée sur un sous-plat. Il y a même des serviettes en papier de toutes les couleurs. Fetnat se mouche bruyamment dans la sienne avant de la jeter à ses pieds.

Cassandre s'aperçoit qu'elle perçoit beaucoup plus de choses qu'avant.

Il s'est passé quelque chose. Un mécanisme a été débloqué. Une porte s'est ouverte en moi.

Elle songe que peut-être le fait d'avoir partagé la douleur d'Orlando a entraîné une augmentation de sa sensibilité.

Quand elle touche le bois de la table, elle sent l'arbre dont il est issu. Quand elle empoigne sa fourchette, elle sent la montagne dont est extrait le minerai qui a servi à la fabriquer. Quand elle caresse sa veste, elle sent le mouton qui a fourni la laine. Elle sent aussi comme l'animal a eu froid quand on lui a enlevé sa toison.

Le cuir de ses chaussures lui évoque la vache à qui on a arraché la peau.

Toutes ces aventures ont élevé mon niveau de perception. Mais, du coup, je suis devenue plus fragile. Je vais tout ressentir plus fort. Le bon comme le mauvais.

Sa montre à probabilité indique 17 %.

Mon frère a dû vivre la même expérience, ses sensations se sont décuplées, il a pensé plus loin, plus vite... au point de lui donner envie de cesser de vivre. Il faut être sacrément bien préparé pour supporter une conscience élargie.

– Finalement, on a tous eu ce qu'on souhaitait, constate Kim. Le Vicomte voulait savoir s'il était capable d'être un vrai médecin. Maintenant il le sait, il a sauvé une vie en péril. Cassandre voulait arrêter les attentats, elle l'a fait. La Duchesse voulait être célèbre, elle l'est.

– Comment ça, de quoi tu parles ? questionne l'intéressée.

– Tu n'as pas vu les journaux ? demande Kim.

Il se lève et revient avec son ordinateur portable.

– Ça, c'est la une de ce matin.

Sur le site du journal « Reportage choc », la page du jour affiche une photo, avec un bandeau qui annonce :

« La clocharde avait kidnappé la fille du ministre pour la forcer à voler des sacs à main dans les bibliothèques. »

Sur l'image on distingue Cassandre de dos en train de donner le sac à Esméralda dont le visage est parfaitement reconnaissable.

– Le cliché a dû être pris par un des lecteurs de la bibliothèque durant la bousculade générale. Quoi qu'on fasse, avec les appareils incorporés dans les téléphones portables, il y aura toujours quelqu'un pour prendre une photo et essayer de la placer dans les agences de presse.

– Quand même, dit Esméralda, si je m'attendais à faire la couverture d'un de mes magazines préférés ! Vous avez vu, même le mariage de la chanteuse Julia Watts est inscrit dans un tout petit encadré. On ne voit que moi.

– Ça te fait quoi ?

– Bof. Plus grand-chose finalement.

Elle replace quelques mèches rebelles de son chignon.

– On naît. On pleure. On mange. On rit. On dort. On baise. On souffre. On meurt. Tout le reste n'est qu'« anecdotique ».

Fetnat en recrache son café.

– Alors ça c'est la meilleure, Duchesse. Tu nous as cassé les pieds pendant des années pour devenir célèbre et, maintenant que tu l'es, tu oses nous sortir que tout ça n'est qu'« anecdotique » ? On aura tout entendu.

Ils reprennent du waterzooï et mastiquent en silence les petits os de rat qui craquent sous la dent.

– Et toi, Marquis, en quoi as-tu eu ce que tu voulais ? demande Fetnat.

Kim, après avoir jeté un regard furtif à Cassandre, désigne Charles de Vézelay.

– Avec le Ministère Officieux de la Prospective j'ai trouvé le moyen de faire régner une vraie anarchie sur Terre. Ma devise « Ni dieu ni maître » a trouvé, grâce à Charles, le moyen de se réaliser. J'ai compris que pour éliminer toute forme de gouvernement il fallait d'abord les regrouper en un seul, le Conseil de toutes les nations. Mais un Conseil des nations vraiment efficace, pas comme l'ONU. Une forme de gouvernement mondial, qui aurait sa police et son armée, est la solution pour la sauvegarde de tous dans le futur, pour plusieurs raisons :

1 – La maîtrise de la pollution.
2 – La moralisation des marchés financiers.
3 – La mise au ban des dictateurs mégalomanes.
4 – La répartition des richesses.
5 – La maîtrise de la croissance démographique.

« Et je retiens vos idées sur les avocats de ce Conseil des nations qui représenteront 1) les animaux, 2) les végétaux, 3) les machines, 4) la planète, 5) les générations futures. Oui, vraiment, toutes ces aventures m'ont ouvert les yeux sur une voie honorable d'évolution politique planétaire : la concentration des pouvoirs pour aboutir à la disparition des pouvoirs. Même si ça peut sembler paradoxal.

Charles de Vézelay déguste le ragoût directement dans la marmite.

– C'est quoi ce délice ?
– Du waterzooï de...
– Lapin, coupe Esméralda. Des tout petits lapins.

– C'est exquis. Pour ma part, je ne souhaitais qu'une chose, c'est que ce fragile ministère inventé par votre père continue d'exister. Je dois reconnaître qu'il existe plus que jamais en ce lieu. Et, contrairement à tous les ministères précédents, il ne dépend même pas des changements de président ou des finances publiques. Nous sommes des visionnaires libres et indépendants.

– Et toi, Cassandre ? questionne le sorcier africain.

Moi je voulais juste savoir qui je suis.

– Je crois que je sais où est ta fille, Baron, répond-elle.

Celui-ci est saisi d'une quinte de toux.

– Pardon, Princesse ? lâche-t-il.

Il a très bien entendu mais il n'est pas prêt pour cette révélation.

La jeune fille l'observe et perçoit ses émotions comme si elle était en lui.

Pourquoi, sur une ville comme Paris qui regroupe plus de cinq millions d'habitants, a-t-il pu exister une coïncidence pareille ?

Je veux bien accepter que le chat fugueur du policier soit justement celui qui est venu ici, mais que la pâtissière qui m'a offert ses gâteaux soit la fille d'Orlando, la probabilité, comme dirait mon frère, est incroyablement faible.

À moins que...

Il y a cette théorie des « familles d'âmes » qui se retrouvent et s'attirent sans le savoir. Nous retrouvons dans notre vie nouvelle des gens que nous avons déjà croisés dans nos existences passées et avec qui nous avons des affaires anciennes à régler. Et eux-mêmes sont connectés à leur famille. On a beau être cinq millions à Paris, je croiserai en priorité ceux avec qui j'ai déjà entamé des histoires, bien des vies plus tôt.

– Non, rien. Je disais qu'on devrait te recoudre avec une suture. Pour que ta plaie se referme plus vite.

– Non, ça devrait aller, rétorque le sorcier sénégalais. Allez mangeons. Il a surtout besoin de reprendre des forces.

Le regard de Cassandre s'égare sur la montre à probabilité. À sa grande surprise les chiffres bougent d'un coup « Probabilité de mourir dans les 5 secondes : 57 %. »

581

221.

Je sens que quelqu'un, quelque part, est actuellement en train de comprendre ce que nous faisons. Et ce quelqu'un est en train de déployer sa force pour nous contrer.

C'est une loi physique : « Toute action entraîne une réaction de même intensité. »

C'est presque un miracle que nous ayons pu nous épanouir ainsi, loin du monde, sans qu'on vienne nous mettre des bâtons dans les roues. On nous laissait tranquilles jusqu'à présent car personne ne comprenait ce que nous faisions, ni pourquoi nous le faisions.

Dorénavant, je sens que la situation est en train de changer.

Ce n'est pas comme d'habitude. Un nouvel adversaire vient de surgir.

Je le sais, je le sens.

Le temps de livrer combat est venu.

222.

Ils entendent des détonations au loin, suivies de plusieurs explosions qui s'enchaînent.

– Ça vient de l'est, chez les Albanais, annonce Fetnat.

– Ça, c'est du RPG, indique Orlando en connaisseur.

Nouvelles séries de détonations, à peine moins bruyantes.

– Des grenades.

Nouveaux tirs en rafales.

– Des fusils ultramodernes. Je ne connais pas le modèle, mais au son c'est de la belle mécanique bien huilée. Je dirais du fusil tchèque ou anglais. En tout cas, c'est ni de l'américain ni du russe.

Tandis que les tirs redoublent, ils se bousculent pour sortir de la hutte. Une colonne de fumée noire s'élève à l'est.

– C'est quoi, ce bordel ? s'inquiète Esméralda. Ça a l'air trop gros pour nous.

– J'ai un très mauvais pressentiment, reconnaît Kim Ye Bin.

La montre de Cassandre indique : « Probabilité de mourir dans les 5 secondes : 59 %. »

— Tu penses à quoi ? Les flics ?

— Non. Ils ne possèdent pas ce genre d'armement.

— Peut-être une guerre entre deux factions rivales, suggère Fetnat Wade. Enfin vous voyez ce que je veux dire.

Ils entendent des grognements et des aboiements furieux.

— Les Albanais ont lâché les chiens de combat. Ça veut dire qu'on n'a pas affaire à des gens du dépotoir. Ce sont des visiteurs.

Les aboiements se font de plus en plus enragés puis, à nouveau, des crépitements de mitraillette labourent le silence. Les aboiements enragés se transforment en longs glapissements d'agonie.

— Ils éliminent les chiens un à un.

Les derniers aboiements résonnent au loin, puis tout s'arrête.

— Ils les ont tous tués ! dit Fetnat. Des molosses dressés pour le combat. J'n'arrive pas à le croire.

Suit un long silence. Crevé soudain par des hurlements humains.

— Ils sont en train de torturer les Albanais, murmure Kim d'une voix blanche.

— Ça, ce n'est pas la police, dit Esméralda, ah non…

Ils perçoivent encore des cris puis une voix plus grave hurle des malédictions incompréhensibles.

— C'est Guran, le bras droit de Ismir, signale Fetnat. C'est lui qui a dû prendre la tête des Albanais après son décès.

Une détonation claque encore, puis tous les bruits cessent.

Fetnat retourne dans sa hutte s'occuper d'Orlando, qui insiste pour se lever. Tous les autres se rejoignent dans la cabane de Kim, qui allume d'un coup tous ses écrans et pianote sur son clavier. Les images des caméras de contrôle s'affichent en noir et blanc. On distingue des silhouettes qui se faufilent rapidement entre les carcasses de voitures.

— Ce sont des hommes armés, professionnels, en uniforme de combat, commente le Coréen. J'en compte une trentaine. Ils ont des masques à gaz modernes et ils viennent par ici.

Il effectue quelques réglages et une caméra vidéo se met à zoomer. Ils voient à l'entrée nord six Mercedes noires avec des plaques diplomatiques vertes et orange. Elles sont rangées en épi, pour barrer le passage à d'éventuels renforts.

– Pas de doute, ce sont nos copains de l'ambassade, reconnaît Esméralda.

– Ils sont venus en bande, précise le jeune homme à la mèche bleue en passant sur d'autres caméras de contrôle qui saisissent le passage des silhouettes en treillis. Putain, ils nous ont envoyé un véritable commando !

– Comment ont-ils pu nous retrouver ? lance Esméralda. Il y a forcément un traître parmi nous !

Tous les regards se tournent vers Charles de Vézelay, le dernier arrivé.

– Non, désolé. Je vous jure que ce n'est pas moi. Je ne les connais pas.

– Alors c'est peut-être toi, Princesse. Après tout, avant que tu arrives, nous n'avions pas de problèmes, poursuit Esméralda.

Je n'obtiendrai donc jamais la confiance d'un seul être humain.

Je suis trop différente d'eux pour qu'ils puissent m'intégrer dans leur tribu.

Ils m'admirent quand je prévois le futur mais ils me considèrent quand même comme une bête étrange, différente d'eux.

Je serai toujours pour eux une étrangère. Ils ne m'aiment pas.

C'est peut-être cela dont voulait parler mon frère. Ils ne peuvent pas réussir car ils vivent dans la crainte et l'envie, sans réelle capacité d'empathie ou de confiance.

C'est Orlando qui met fin à cet instant de suspicion. Il débarque à l'entrée de la hutte, appuyé sur Fetnat. Son estomac est entouré d'un pansement souillé de sang.

– Le détonateur, déclare-t-il avec une grimace. J'en suis presque sûr, c'est ce putain de détonateur ! À force de voir qu'on désamorçait leurs bombes, les terroristes ont dû penser à mettre un mouchard dedans.

Ils nous ont eus par notre point faible : l'orgueil. Une fois qu'on a sauvé le monde d'une bombe, il faut tout faire pour effacer les traces de cette victoire. Nous, nous avons voulu garder ces trophées et nous allons payer cher cette erreur.

Le jeune Coréen surveille les écrans.

– Ils ne viennent pas directement dans notre direction. Donc ils savent que leur cible est dans le DOM mais leur détecteur de balise ne doit pas être suffisamment précis pour qu'ils nous trouvent.

– Comme ce sont les Albanais qui sont le plus visibles et qui possèdent les constructions les plus solides, ils ont dû croire que c'était eux, murmure Fetnat.

Esméralda arrache le détonateur, l'écrase sous son talon comme un scorpion, puis le jette dans les flammes. Le boîtier se met à fondre. Prise d'un doute, elle jette de l'eau sur le feu pour l'empêcher de fumer.

– Ils approchent, signale Kim en scrutant les images renvoyées par les caméras de contrôle.

Cassandre pour sa part ne perd pas de vue son bracelet qui indique : « Probabilité de mourir dans les 5 secondes : 63 %. »

– Peut-être que les Albanais leur ont indiqué comment venir ici, risque Esméralda.

– Les Albanais ne savent pas que c'est nous qui avons agi, répond Fetnat.

« Probabilité de mourir dans les 5 secondes : 69 %. »

Sur les écrans de contrôle, le commando progresse rapidement. Orlando, appuyé contre la table, indique où sont rangées les armes. Tous s'équipent rapidement. Cassandre choisit un arc. Kim un nunchaku à fléau d'acier. Charles de Vézelay une machette qu'il fait tourner avec dextérité au bout de son bras. Esméralda récupère un stock de couteaux à lancer. Fetnat empile des sacs de poudre cousus avec des mèches. Orlando saisit une arbalète à crémaillère et une autre plus petite qui s'ajuste à son énorme poing, ainsi que des carquois remplis de carreaux de métal bien aiguisés.

Toutes les caméras sont axées sur les silhouettes qui se déplacent. Kim essaie de tracer leur avancée sur une carte dessinée à la hâte sur un coin de journal.

585

73 %.

Probabilis voit par les yeux des caméras vidéo de Kim. Son réseau est partout.

– Les éclaireurs du commando ne repèrent pas les Champs-Élysées. La montagne de pneus en équilibre instable leur cache Rédemption, signale le Coréen.

– Tu as bien fait d'éteindre le feu, Duchesse, chuchote Fetnat.

La troupe, après les avoir frôlés, poursuit son chemin vers l'ouest. Déployés en éventail, les hommes scrutent chaque carcasse de véhicule susceptible d'abriter un ennemi. Au fur et à mesure de leur avance, ils semblent de plus en plus mal à l'aise sur un territoire qui ne ressemble à rien de ce qu'ils ont connu.

Puis la montre à probabilité indique 49 %, tandis que l'arrière-garde du commando les dépasse sans les détecter. Un soupir de soulagement collectif fuse dans la hutte.

Soudain, des coups de feu suivis d'aboiements furieux viennent bousculer l'étrange silence tombé sur le DOM.

– Ça, ce sont les hordes de chiens sauvages du sud, dit Orlando avec satisfaction. Ils sont vicieux, ils vont leur donner du fil à retordre.

Cassandre devrait se réjouir, pourtant un mauvais pressentiment l'assombrit.

– Merde, ils continuent vers l'ouest, signale Esméralda.

– Les Albanais ont parlé. Ils ont dû estimer que les seuls capables de lutter contre des terroristes étaient les gitans !

Kim superpose une image du Dépotoir prise par Google Earth à l'affichage des caméras.

– Tu as raison, Baron. Ils se dirigent droit vers leur campement. Surtout qu'ils sont faciles à repérer, ils ont toujours un grand feu au centre de leur village. Après les maisons en plaques de béton, leurs cibles logiques sont les caravanes en plastique.

Comme dans la fable des trois petits cochons. Si ce n'est que tout est inversé. Un anti-conte. Se font détruire en premier ceux qui ont les maisons les plus solides, donc les plus visibles, puis ceux qui ont

les caravanes, puis ceux qui ont les huttes. Qui a peur des grands
méchants loups ?

— Il faut avertir Graziella, suggère Esméralda, pleine d'inquiétude.

— Trop dangereux, Duchesse, lui répond Fetnat. De toute
façon on arriverait trop tard.

— J'y vais, dit Orlando en grimaçant sous la douleur de sa blessure.

— Non. Il est déjà trop tard, affirme Fetnat. Et tu as vu dans
quel état tu es ? Tu n'arrives même pas à marcher. Allez assumons notre devise : CHACUN SA MERDE !

Le légionnaire hésite un instant, puis comprend qu'il n'a
aucune chance de sauver à lui seul tous les ferrailleurs gitans
contre une armée de professionnels aguerris et fortement armés.

— Attendez ! dit Cassandre. Charles de Vézelay a un portable
et moi j'ai le numéro de téléphone de Graziella. On va les avertir.

Elle saisit l'appareil, compose le numéro d'une main fébrile
et grince des dents chaque fois que la sonnerie résonne dans le
vide. Dès qu'on décroche, elle annonce :

— Ici Cassandre, il faut…

— Ah, tu t'es enfin décidée à venir travailler avec moi ? Je peux
augmenter ton pourcentage à…

— Vous devez fuir, Graziella ! interrompt l'adolescente. Immédiatement. Sinon vous allez mourir.

— C'est une prédiction ? Je sais bien que la fin du monde est
pour bientôt, mais…

— Ta gueule, connasse ! Tu m'écoutes espèce de bourrique !
Un groupe de tueurs progresse vers vous. Ils sont dans le dépotoir et ils devraient être sur vous dans quelques secondes. Faut
faire vite !

— Qu'est-ce que tu…

La conversation est interrompue par des crépitements de
fusils-mitrailleurs. Le son leur arrive de loin par les airs, relayé
par le micro du portable que Graziella a laissé ouvert. Les
Rédemptionais suivent l'attaque en direct. Cela dure longtemps.

587

– Les gitans résistent mieux que les Albanais, reconnaît Orlando d'un ton professionnel.

Puis les tirs cessent et ils entendent de nouveau les cris de ceux qui se font torturer.

– Il y a un passage dans le grillage sud, signale Cassandre. On n'a qu'à filer par là.

Kim zoome sur les Mercedes noires alignées dans la zone sud, puis, sans un mot, active les caméras qui couvrent les sorties ouest, nord, et est. D'autres Mercedes sont alignées comme des bancs de requins, le capot pointé vers le dépotoir. On devine les silhouettes sombres restées en arrière-garde à bord de chaque véhicule.

– Ils sont venus nombreux, soupire Esméralda.

– Ce sont des fonctionnaires de leur pays d'origine. L'État n'a pas de limite de budget pour engager des tueurs.

Ils réfléchissent à toute vitesse, sans cesser de surveiller les écrans. Le fait de contempler les images en noir et blanc leur donne un faux sentiment de sécurité, comme s'ils regardaient un reportage des actualités en provenance d'un pays lointain. Mais Cassandre sait que le futur les a rattrapés. Et qu'il se rapproche.

– Je sais que ce n'est pas notre style mais on n'a qu'à appeler la police, propose Esméralda. Comme ça on oppose nos fonctionnaires de la violence aux leurs. Je crois que c'est le 17 ou 18. Non, le 18 c'est les pompiers.

– Et on leur dit quoi à la police, Duchesse ?

Sur le haut-parleur du portable de Charles de Vézelay ils entendent une voix suave de femme : « Vous êtes bien connecté sur le central de la police municipale, toutes nos lignes sont actuellement occupées, ne quittez pas s'il vous plaît », puis une petite musique entraînante, « Le Printemps » de Vivaldi.

Le mélange des hurlements des gitans qui se font torturer, de la musique de Vivaldi et de la sensualité de la voix féminine qui répète en boucle son message a quelque chose d'incongru.

Ils restent à attendre, espérant qu'une ligne se libère, mais le seul changement auditif est une rafale de fusil-mitrailleur, suivie de l'arrêt brutal des hurlements. Aussitôt, Orlando coupe le téléphone.

– Ils seront ici dans quelques minutes.

La jeune fille aux grands yeux gris clair examine sa montre. « Probabilité de mourir dans les 5 secondes : 55 %. »

223.

Cette fois, je crois que nous sommes vraiment condamnés.
Je ne vois plus comment on pourrait s'en sortir.

224.

Une brume de poussière et de fumée recouvre le Dépotoir. Quelques corbeaux se disputent en croassant la dépouille d'un rat mort.

Un groupe de cafards aux élytres luisants lance une expédition vers un tas d'ordures. Des moustiques s'ébattent au-dessus d'une flaque grouillante de têtards. Quelques pousses de lilas se frayent lentement un chemin vers la lumière à travers les ronces. La rouille attaque plus lentement encore une carcasse de voiture traitée à l'anti-corrosion garanti trente ans.

Des bottes claquent sur le sol, font éclabousser les flaques. Le commando des hommes en noir avance au trot dans les travées du dépotoir. Derrière eux, du camp gitan s'échappe un nuage de fumée et de cendres.

Soudain une musique ample résonne dans tout le Dépotoir. Le « *Requiem* » de Verdi...

Les hommes du commando s'immobilisent. Puis se dévisagent, hésitants. Loin de les inquiéter, cette musique martiale, ample, formée de centaines de voix humaines soutenues par les cuivres et les cordes, les dope.

Guidés par le *Requiem*, ils arrivent dans une zone en goulet, aux parois formées de voitures encastrées les unes dans les autres. Tandis qu'ils avancent en file indienne, une section de la paroi s'effondre sur eux dans un grondement. Les lourdes carcasses de métal écrasent trois d'entre eux et en blessent deux autres.

À travers le nuage de poussière qui envahit le goulet, les hommes tirent nerveusement sur des silhouettes qui se faufilent au sommet de l'empilement. Puis, après avoir vaguement tenté de secourir les hommes écrasés, ils les abandonnent et se scindent en deux groupes aussitôt lancés à la poursuite des auteurs du guet-apens.

À présent les chœurs de Verdi ne les inspirent plus. Au contraire, la musique les dérange, d'autant plus que sa source s'est complètement déplacée vers le sud. Ils ralentissent, se hèlent d'une colline de détritus à l'autre. Les deux groupes ne progressent pas à la même vitesse. Celui de droite avance à pas prudents au milieu d'un marais de plastique fondu. Celui de gauche progresse plus vite, dans un secteur hérissé de grues squelettiques. Alors qu'ils passent sous une de ces lourdes structures métalliques, un sac s'ouvre et déverse sur eux une masse d'ordures qui les ensevelit. Puis la grue s'effondre à son tour.

Les blessés hurlent au milieu du vacarme.

À nouveau les hommes du commando tirent en direction des grues encore debout, mais ceux qui ont déclenché cette attaque ont déjà disparu. Le chœur de Verdi, poussé à fond, couvre le bruit de leur fuite.

Déjà les hommes en tenue paramilitaire se regroupent et accélèrent le pas en direction de la musique. Ils s'enfoncent en courant dans un nouveau goulet dont le sol est recouvert de cartons et de journaux déchirés. Et qui cède d'un coup sous leurs pas. Les deux hommes de tête basculent dans une fosse hérissée de tôles coupantes, enduites d'une préparation empoisonnée.

La tension monte en même temps que les chœurs de Verdi s'amplifient pour le final lugubre et angoissant du « Dies Irae ».

À la source de la musique, ils découvrent une minichaîne hi-fi reliée à une batterie de voiture et à d'énormes baffles. Le tout est posé sur un caddy. Le chef du commando s'approche, examine le dispositif puis, posément, sort un pistolet de son holster et achève la minichaîne d'une balle à bout portant. Tous les chœurs, les cordes et les cuivres se taisent, laissant un lourd silence à peine troublé par les croassements ironiques des corbeaux.

Finalement, au bout de leur progression dans ce décor étrange, ils découvrent une clairière à peu près ronde avec au milieu un foyer rempli de cendres. Des banquettes de voiture, des tables bancales, des chaises, des assiettes, dévoilent un semblant de vie tribale. Une odeur plus ignoble encore que le reste traverse le filtre de leurs masques à gaz. Ils en trouvent rapidement l'origine : une marmite noircie au fond de laquelle sont mélangés des crânes et des os de chiens, des queues de rats, des ailes de chauves-souris, des carottes, de la crème fraîche, des œufs et des poireaux.

Au sommet d'une hutte, un périscope leur fait comprendre qu'ils ont dû être surveillés de loin. Méthodiquement, les hommes en treillis fouillent, détruisent tout à coups de pied, ouvrent les tiroirs des meubles et les vident à même le sol. Au bout d'un quart d'heure, le chef des terroristes découvre le mât où sont suspendus les détonateurs des attentats du métro et de la Bibliothèque nationale. Il se met alors à parler très vite dans un micro suspendu à son col. Puis un des soldats indique aux autres, par signes, qu'il a trouvé ce qui ressemble à l'entrée d'un souterrain barré d'une trappe d'acier.

Tout autour, ils relèvent des traces fraîches.

Les hommes font sauter la trappe et dévoilent un tunnel d'un mètre de diamètre. L'un après l'autre, ils descendent prudemment sous terre, en tirant d'abord quelques rafales par l'ouverture. Comme le passage est étroit et qu'ils n'ont pas de lampestorches, ils sont obligés d'avancer en file, les uns derrière les autres, en tâtonnant. Celui qui guide la progression utilise son portable pour projeter une faible lueur devant lui.

Alors qu'ils ont parcouru une vingtaine de mètres, les trois premiers sont fauchés par des flèches. Ils reculent précipitamment vers l'entrée. L'un d'eux propose de lancer une grenade mais le chef le retient, en lui faisant comprendre que le tunnel risque de s'effondrer sur eux.

Ils décident alors de s'y prendre autrement. Ils lancent des grenades fumigènes.

225.

On voulait prendre comme symbole le renard, du coup on est enfumés comme eux dans leur terrier. Nous aurons vécu le destin de ces animaux jusqu'au bout.

226.

La fumée leur pique les yeux et les bronches. Les Rédemptionais ont plaqué des mouchoirs humides sur leur visage. Les quelques rats qui traînaient aux alentours déguerpissent.

— Dis donc, Baron, tu n'as pas prévu de plan B ? chuchote Fetnat entre deux quintes de toux.

— Parmi les solutions qui nous restent je vois : 1) se rendre.

— Et donc se faire tuer après avoir subi une bonne séance de torture, complète Fetnat. Je vote contre.

— Ou bien 2) se suicider nous-mêmes pour leur enlever ce plaisir, ajoute Orlando en cherchant sa respiration, une main appuyée sur son ventre.

Une nouvelle grenade fumigène roule jusqu'à eux. Ils toussent et crachent de plus en plus fort. La montre de Cassandre, branchée sur son rythme cardiaque, affiche « Probabilité de mourir dans les 5 secondes : 73 %. »

— Désolée de vous avoir entraînés là-dedans, murmure-t-elle.

Fetnat sort alors de son boubou un collant de femme rempli de poudre noire, qu'il enfonce dans le plafond du tunnel. En explosant, cette grenade improvisée ouvre une brèche suffisante pour leur permettre de ressortir en surface.

— Vite. Par là ! lance Kim en se hissant à l'extérieur.

Les hommes en treillis noir sont déjà derrière eux. Une fois dehors, Fetnat roule sur l'ouverture un bidon rempli de produit corrosif dont il ôte la bonde. Des cris de douleur retentissent aussitôt, suivis d'une rafale de mitraillette.

– Ils vont ressortir de l'autre côté, lance le Sénégalais. On se bouge !

Ils foncent vers le nord en prenant des passages compliqués qu'ils sont seuls à connaître. Le commando lancé à leur poursuite est obligé de progresser beaucoup plus lentement, pour éviter les pièges dissimulés sous les ordures. Orlando surmonte sa douleur pour ne pas ralentir le groupe mais son visage a pris la pâleur de la cire.

L'usine de recyclage ultramoderne apparaît enfin devant eux.

Grâce au couteau suisse du Coréen, ils ouvrent le gros cadenas qui clôt l'entrée de l'incinérateur. Ils pénètrent à l'intérieur du bâtiment et suivent le jeune homme qui semble parfaitement connaître les lieux.

Sur la montre de Cassandre, la probabilité de mourir dans les 5 secondes est à 48 %. Même si elle se sent soulagée d'être passée en dessous des 50 %, la jeune fille n'est guère rassurée.

Ils vont finir par nous retrouver à cause des traces de pas.

Mais Kim Ye Bin a prévu un plan de sauvetage et les guide vers la salle de contrôle de Moloch. Ils débouchent dans une pièce immense dont tous les écrans sont noirs. Lorsque Kim abaisse l'interrupteur principal et lance la procédure de remise en route, tous les voyants des systèmes s'allument, d'abord rouges, puis ambrés, puis verts.

L'usine se remet en marche dans une succession de fracas métalliques.

– C'est quoi ton plan, Marquis ?

– Il faut se battre en terrain familier, qui nous est favorable et où on trouvera des alliés.

– Quels alliés ?

– Un géant d'acier : Moloch en personne. On va laisser cette usine faire ce qu'elle fait le mieux : recycler les déchets.

Kim allume de nouveaux écrans de contrôle et ils repèrent le groupe d'hommes en noir qui pénètre prudemment dans le hall d'accueil. Ils sont beaucoup moins nombreux qu'à l'arrivée et progressent avec appréhension. Lorsqu'ils sont tous entrés, Kim interrompt l'éclairage général.

Grâce aux caméras à infrarouges, les Rédemptionais peuvent suivre les déplacements des hommes en noir. Ils s'éclairent à la lueur de leurs téléphones portables, dans un bâtiment qu'ils ne connaissent pas.

Cassandre n'hésite pas. Serrant son arc et son carquois rempli de flèches contre sa poitrine, elle fonce affronter l'adversaire. Arrivée au bout du couloir principal, elle vise un homme qui avance de profil, son téléphone portable tendu devant lui.

Une cible parfaite.

Elle repense aux images de l'attentat devant la pyramide de Khéops. Les corps désarticulés, les membres éparpillés dans le sable. Ses parents qu'elle reconstitue comme des puzzles macabres, avec des morceaux de corps qui ne sont peut-être pas les leurs.

C'est alors que, grâce à un court-circuit inattendu, la chaîne hi-fi bousculée par quelque rat se remet en marche malgré la balle qui l'a traversée. Au milieu des collines d'ordures, le majestueux *Requiem* résonne à nouveau. Cette fois non plus comme un hymne mais comme une promesse de revanche.

Cassandre vise et tire.

La flèche frappe l'homme en plein cou. Il s'effondre en tressautant, sans même pousser un cri. Son portable roule un peu plus loin.

Et d'un.

Déjà Cassandre, maîtrisant parfaitement sa respiration, s'est déplacée, a réarmé son arc et tient dans sa ligne de mire un autre homme en treillis noir.

La flèche jaillit. Elle le frappe au front, transperçant son crâne, mais il a eu le temps de pousser un cri.

Une rafale de mitraillette arrose le couloir. Bondissant comme une renarde, Cassandre a changé de poste de tir. Kim, qui surveille la scène à distance, déclenche les lumières, les rails, les grues, les roues au moment adéquat pour troubler les membres du commando et avantager la jeune fille.

Elle vise une nouvelle cible. La flèche silencieuse fend l'air pour se planter en vrillant dans la chair. La musique de Verdi résonne toujours au loin. Orlando s'est lui aussi lancé à l'assaut mais, ralenti par sa blessure, il se déplace trop difficilement pour être vraiment efficace, même si ses arbalètes lui permettent de tirer de plus loin. Esméralda, pour sa part, préfère utiliser ses couteaux de jet qu'elle lance avec beaucoup de précision.

Ces armes silencieuses se révèlent plus efficaces que les armes à feu. Trompés par les changements brutaux d'éclairage qui les aveuglent, les terroristes ont l'impression d'affronter une ving-taine d'adversaires.

La montre à probabilité fonctionne parfaitement dans l'usine grâce aux caméras de surveillance ultrasensibles. Cassandre, à chacune de ses attaques, évalue ses chances de survie.

Quand elle indique « Probabilité de mourir dans les 5 secon-des : 59 % », elle renonce à l'attaque qui, à bien y regarder, se serait révélée périlleuse.

Déjà, elle s'est déplacée dans les entrailles du Moloch, avec une nouvelle proie pour cible. L'homme pivote, alerté par le bruit de la corde qui se détend. La flèche rate le cœur et atteint l'épaule. Avec un gémissement rauque, l'homme en noir la met aussitôt en joue mais l'arme lui échappe. La flèche toujours fichée dans sa chair, il dégaine un poignard et fonce sur elle en hurlant, les yeux fous.

La lame du poignard coupe la sangle de son carquois qui tombe à ses pieds. Déjà, le guerrier est prêt pour une nouvelle attaque dans la pénombre. Cassandre bascule en mode de per-ception rapide et il lui semble voir l'attaque de son adversaire au ralenti. Elle se penche en arrière et évite le poignard qui siffle au-dessus de son visage, et dans le même mouvement esquisse un pas de côté pour se glisser sous la garde de son assaillant. N'ayant pas le temps de saisir une flèche, elle lui arrache son masque à gaz et lui lacère le visage de tous ses ongles.

Il secoue la tête pour se débarrasser du sang qui l'aveugle et se jette sur elle. Sous l'effet du choc, Cassandre roule à terre. Le mercenaire lui écarte les poignets d'un revers et tente de l'étrangler.

Elle le regarde et ne perçoit en lui aucune compassion possible.

Il est comme les rats, éduqué pour détruire ce qui ne lui ressemble pas.

L'homme a un rictus triomphant alors qu'il resserre sa prise. Cassandre sait que son corps de jeune fille de dix-sept ans ne pourra jamais venir à bout d'un homme musclé et surentraîné. Frénétiquement, elle cherche dans ses mémoires profondes et trouve un souvenir adapté.

J'ai été renard.

Simultanément, un sentiment nouveau monte en elle.

La rage.

Elle revoit en une seconde toutes les fois où on lui a manqué de respect. Le directeur avec ses attouchements. Les chiens qui ont voulu la mettre en charpie. Les clochards qui ont tenté de la violer. Les rats qui voulaient la mordre sous le pont. Son frère qui l'a abandonnée. Ses parents qui l'ont traitée comme un cobaye de laboratoire.

À tout cela elle a toujours répondu par la fuite, la compréhension et la compassion.

Ma compassion s'arrête ici.

Sa fureur lui envoie une dose d'adrénaline qui dévale ses veines à la vitesse d'un torrent. Elle retrousse les babines. Ses deux canines sont sorties alors que ses narines s'ouvrent pour tenter d'aspirer un peu d'air. Le mercenaire se penche sur elle et elle lui mord la pomme d'Adam, de toute la force de ses mâchoires, jusqu'à ce que le sang gicle dans sa bouche. Entre ses canines et ses incisives, le cartilage craque comme une chips.

Je n'ai plus peur de la colère, ni de la rage. Cette énergie amère que j'ai tout le temps retenue, et que j'accepte désormais, est actuellement ma meilleure amie.

Le goût salé qui envahit sa bouche lui donne un frisson presque agréable. Le soldat relâche sa prise, alors Cassandre agrippe la flèche qui dépasse de son épaule, la tire violemment et enfonce de nouveau ses dents dans le cou offert. L'homme a un soubresaut et s'effondre, la gorge déchiquetée.

Cassandre se dégage déjà et fonce pour récupérer son carquois mais les autres hommes se rapprochent et elle doit renoncer. Désormais seuls ses réflexes de renard pourront la tirer d'affaire.

Elle attaque un autre homme par-derrière en se laissant tomber sur lui depuis l'ouverture d'un conduit de ventilation. À coups de dents et de griffes elle en vient à bout. L'utilisation de ces armes primitives lui donne un avantage certain. Le commando ne s'attend pas à ce qu'une jeune fille aussi frêle puisse être à ce point dangereuse à mains nues.

Et de quatre.

Probabilis semble avoir enregistré ses nouvelles capacités de tueuse, car désormais la probabilité de mourir dépasse rarement les 45 %.

À quelques pas de la salle de contrôle, une silhouette se dresse devant elle. Elle se ramasse déjà, prête à bondir, mais reconnaît à temps Kim. Il a dégainé son nunchaku à fléaux d'acier. D'un geste précis, il assomme un assaillant qui approchait et complète son œuvre d'un coup de pied dans les reins.

Mais, soudain, une voix amplifiée résonne dans tout le bâtiment.

– Rendez-vous, ou on la tue !

Cassandre voit alors que les terroristes tiennent Esméralda. Ils lui ont tordu les bras derrière le dos et le chef s'amuse à enfoncer son revolver dans la profonde vallée de ses seins, en déchirant son corsage au passage.

227.

Bon, au moins on pourra dire qu'on aura essayé de ralentir ces prédateurs. Je me sens fatiguée.

À présent, d'autres héros devront prendre le relais.

597

228.

Les hommes en noir ont rallumé le système de gestion des ordures.

Les Rédemptionais sont attachés avec des lanières de cuir, puis balancés dans une cuve posée sur des rails. Le chef des terroristes a réglé la progression du wagon en direction du broyeur-compacteur à la vitesse minimale. Sans doute pour faire durer le supplice.

Cassandre comprend qu'ils vont subir le même sort que les ordures ménagères.

1 – Broyés.

2 – Compactés.

3 – Aimantés pour trier les parties métalliques.

4 – Incinérés.

La jeune fille aux grands yeux gris clair songe qu'il n'y a pas la moindre chance pour qu'un enquêteur, fût-il expert, arrive à identifier un quelconque fragment de leurs cadavres.

Cet incinérateur industriel ultramoderne est la machine idéale pour commettre un crime sans laisser de traces.

Au-dessus d'eux, les caméras de surveillance sont toujours en activité. La probabilité de mourir dans les 5 secondes a grimpé jusqu'à 63 %. Ils ont beau se démener de leur mieux, ils n'arrivent pas à se détacher. Et le wagon prend de la vitesse en grinçant, tandis que les rires des soldats l'accompagnent.

Finalement ces terroristes ne sont que des gens mal éduqués. À bien y réfléchir, tous les hommes naissent libres et égaux en droit, et partagent le même capital génétique. On trouve autant de gens généreux ou égoïstes chez tous les peuples, dans toutes les cultures, quelle que soit leur couleur de peau. Mais, après la naissance, les éducations diffèrent. Certains sont entraînés pour devenir des soldats, on leur apprend par la propagande à obéir, à tuer, et à ne pas donner leur avis. D'autres reçoivent une éducation tournée vers la capacité d'acquérir des opinions personnelles, d'être créatifs. La matière première est similaire. Ce sont les parents qui sont respon-

sables. Ces types de l'ambassade, ces terroristes, ne sont pas pauvres, ils ne sont pas laids, ils n'ont pas connu de malheurs particuliers. Mais ils n'ont pas connu d'ouverture de conscience. Pour eux, tuer revient à se débarrasser de ce qui est différent d'eux, car tel est leur conditionnement.

Ils ne réfléchissent plus, ils sont conditionnés pour la haine et la mort, comme le serpent de Fetnat. Il est presque impossible de les déconditionner.

Nous ne devons pas les haïr. Juste les plaindre.

Le wagon ralentit un peu. Pourtant, la probabilité de mourir dans les 5 secondes reste de 68 %.

Notre espèce est en évolution. Une minorité de pointe est pionnière, sans savoir encore vers quoi elle se dirige ni ce qu'elle doit affronter. Elle tâtonne, maladroite. Elle doute. Pendant ce temps, la base, que constituent les réactionnaires, tire l'humanité vers le bas en encourageant ses plus noirs instincts. Une base qui, elle, est efficace et sûre de son fait.

Esméralda donne des coups de pied et Orlando gémit lorsqu'un coup de genou heurte son estomac.

Ainsi, je vais mourir sans savoir comment mes parents m'ont trafiqué le cerveau durant ma jeunesse. Je ne saurai pas ce qu'est l'Expérience 24. C'est dommage.

– Vu que je n'ai jamais fait l'amour et que je vais mourir, dismoi comment c'est, murmure-t-elle à l'oreille de Kim, couché en travers d'elle.

– Comment c'est quoi ?

– L'acte charnel de fusion des corps.

– Tu crois vraiment que c'est l'endroit et le moment ?

– Oui.

Orlando, Esméralda, Charles et Fetnat, coincés à l'autre extrémité de la cuve, font semblant de ne pas entendre la conversation. Kim peine à trouver la bonne formule. Le grincement du wagon le déconcentre.

– Tu te souviens quand on a fait l'ouverture des cinq sens ?

– C'est pareil ?

– Non, ce n'est pas du tout comme ça, justement. C'est comme un nouveau sens. Comment décrire le goût du sucre à quelqu'un qui n'a mangé que des aliments salés ? Ou plutôt, comment décrire ce qu'est la lumière à un aveugle ? Ce qu'est une symphonie à un sourd ?

– Alors tu ne peux pas me le dire ?

– Je peux essayer mais je n'y arriverai pas. Tu te souviens de ton plaisir à manger un gâteau quand tu avais si faim ?

– Oui.

Avec Charlotte.

– Là encore ce n'est pas ça.

Il se tait, tandis que la montre continue d'égrener ses chiffres. Le cadran affiche désormais 81 %.

– En fait je t'ai menti, avoue le jeune homme. Je n'ai jamais couché avec une petite amie. Je n'ai eu qu'un seul rapport sexuel. C'était avec une prostituée.

– Et c'était comment ?

– Tu veux vraiment savoir ?

– Oui.

– Pas terrible. J'étais tellement impressionné que je n'arrivais pas à bander.

Il déglutit.

– Je crois qu'à ma manière je suis vierge, moi aussi. Pour faire l'amour la première fois, il vaut mieux qu'il y ait un sentiment.

– Tout ça pour en arriver là, ricane Esméralda. Ils sont vierges ! À dix-sept ans. Tous les deux.

– C'est beau, soupire Orlando en grimaçant à cause de sa blessure.

La cuve sur roues continue sa lente progression.

– Bon, écoute : je t'ai détestée. J'ai voulu te tuer. Je t'ai sauvée. Tu m'as énervée. Mais, puisque tout semble fini, je dois te dire que je t'aime. Embrasse-moi.

Un temps de flottement.

Celui qui a prononcé cette phrase est Fetnat Wade.

Il se penche et Esméralda accepte sans protester le contact de ses lèvres. Le baiser dure longtemps.

– Tu sais, Duchesse, je t'ai toujours aimée en silence, avoue le Sénégalais, mais j'étais persuadé que tu étais faite pour Orlando. Et que tu n'aimais pas les Noirs et les vieux. Et je suis les deux. Enfin tu vois ce que je veux dire…

– Tu es fou. J'étais trop intimidée pour te le dire mais j'ai toujours été secrètement amoureuse de toi, Vicomte.

– C'est touchant, reconnaît le légionnaire de plus en plus pâle.

– C'est un peu tard, regrette Kim.

– Quand on comprend enfin, c'est toujours trop tard. C'est le problème de toute l'humanité. On ne sait comment vivre avec une femme que lorsqu'on est vieux et que le corps n'assure plus, poursuit Orlando dans une grimace.

Cassandre est inquiète. Leur probabilité de mourir est désormais de 91 %. D'ailleurs, les terroristes sont déjà en train de quitter le bâtiment pour rejoindre les voitures qui les attendent.

– Ce n'est que de la prévision, essaie de la rassurer Kim. Cette montre n'est qu'une machine à faire des spéculations. Et toi qui aimes l'étymologie, tu sais ce que veut dire ce mot ?

Elle secoue la tête.

– Je l'ai cherché pour toi dans mon ordinateur.

Il cite de mémoire :

– Il vient de speculus, un mot qui en latin signifie : miroir. Spéculer sur le futur c'est « regarder dans un miroir ».

Le miroir.

Il a raison. Il est génial.

Bon sang ! Le miroir c'est la clef de tout. Le monde se réduit ou s'ouvre par les miroirs.

Je me souviens avoir vu un documentaire sur les enfants et les miroirs. Quand on leur disait d'aller attendre dans une pièce fermée où il y avait des bonbons, ils volaient les bonbons. Mais s'il y avait dans cette pièce des miroirs, les trois quarts d'entre eux… ne touchaient pas aux bonbons.

Le miroir est l'outil de la prise de conscience de nos actes.

– Merci, Marquis.

Kim ferme les yeux et approche lentement sa bouche de la sienne. Mais soudain Esméralda s'exclame :

– Regardez !

Elle désigne la montre à probabilité, qui est redescendue à 55 %.

Le chariot continue pourtant d'avancer.

53 %.

Ils entendent les grincements des broyeurs de l'autre côté des portes massives.

Nous sommes en train d'être sauvés mais nous ne savons pas comment, ni par quoi.

À ce moment surgit un renard qui court le long du rail derrière eux avant de sauter dans le wagon.

– C'est Yin Yang ! Ils ne l'ont pas tué.

Probabilis s'est trompé, songe Cassandre. Il a analysé l'arrivée d'une présence étrangère susceptible de nous sauver. Mais c'était un renard. Il n'a pas su faire la distinction.

L'animal essaie de mordre leurs liens mais les sangles spéciales résistent à ses canines.

Brave Yin Yang, il a senti qu'on avait besoin d'aide. Il est connecté à nos esprits. Il a abandonné sa femelle pour tenter de nous sauver.

Même si le renard ne parvient pas à les libérer, les chiffres de la montre à probabilité poursuivent leur lente descente.

51 %.

Il se passe quelque chose en notre faveur, mais quoi ?

Même quand la montre passe sous la barre des 50 %, le wagon continue d'avancer vers les broyeurs.

Quelle angoisse de voir notre sauvegarde dépendre de quelque chose dont on ignore tout ! J'ai connu la peur d'un danger proche que je ne parvenais pas à identifier.

Je connais désormais l'angoisse inverse : être sauvée par quelque chose d'inconnu.

« Probabilité de mourir dans les 5 secondes : 48 %. »

Cassandre ferme les yeux.

229.

Quel est ce Dieu qui joue en permanence avec mes nerfs, me tirant d'affaire pour mieux me faire chuter ? Et ensuite me sauvant de nouveau au dernier moment.

Un Dieu enfant qui joue avec nous comme on s'amuserait avec des hamsters. Un coup dans un labyrinthe, un coup dans une machine à broyer.

Je vais faire la grève du spectacle.

Je veux juste dormir. Je veux juste me diluer dans le monde et n'être plus moi.

C'est quand je cesserai de n'être que l'âme de Cassandre Katzenberg que je pourrai retrouver ma dimension illimitée.

230.

La cuve-wagon continue de rouler.

Quand ils attaquent le dernier tronçon qui mène aux broyeurs, un homme se dresse soudain sur la voie. Il renverse une traverse de métal sur les rails et bloque les roues. Le choc manque de les faire dérailler.

Puis leur sauveur les aide à s'extraire un par un de leur prison de métal. Il a un masque à gaz sur le nez mais ce n'est pas un homme du commando. Il ne porte pas d'uniforme, pas d'arme, mais un costume bien coupé ainsi que des chaussures de ville souillées par la boue du Dépotoir.

– Merci, mais qui êtes-vous ? demande Esméralda, quand il tranche ses liens avec un couteau de poche.

– Vous êtes de la police ? questionne Fetnat, méfiant.

Sans répondre, l'homme enlève son masque à gaz.

Lui !

– Bonjour Cassandre, bonjour Kim. Je crois que la voie est libre. Que diriez-vous de sortir d'ici ?

Il pousse la courtoisie jusqu'à soutenir Orlando, qui peine à avancer. Une fois dehors, l'homme qui les a sauvés reçoit de plein fouet l'odeur du Dépotoir. Après avoir plusieurs fois dégluti, il préfère remettre son masque.

— Et vous êtes qui, au fait ? demande Orlando en grimaçant de douleur, alors que sa blessure s'est remise à saigner.

— C'est mon pire ennemi, explique Cassandre. C'est à cause de lui, pour le fuir, que je vous ai rejoints.

— En effet. Elle a raison. Je suis le directeur de l'école des Hirondelles, reconnaît simplement l'homme au masque à gaz.

— Comment nous avez-vous retrouvés ? demande Fetnat, qui s'est rapproché d'Esméralda.

— On m'a appelé.

Charles de Vézelay intervient :

— « On » c'est moi. Pendant que vous vous battiez contre les terroristes, j'ai utilisé mon téléphone portable et je lui ai expliqué la situation.

— J'ai hésité à appeler l'inspecteur Pélissier, poursuit Papadakis, mais je me suis dit qu'il valait mieux préserver votre clandestinité pour l'instant. Je n'avais pas envie de perdre du temps en explications. Donc je me suis juste arrêté dans une armurerie pour acheter le masque à gaz. On vend de tout là-bas. Ensuite, j'ai attendu que les tueurs s'en aillent pour passer à l'action.

Ils retournent à Rédemption en soutenant à tour de rôle Orlando dont la blessure s'est rouverte.

— Après l'incendie je vous ai détestée, lance-t-il d'une voix nasillarde. J'étais bien décidé à vous faire emprisonner et à ne plus jamais entendre parler de vous. Et puis j'ai réfléchi.

— Je suis un directeur d'école. Je n'ai pas à entrer en conflit avec mes élèves.

Il a changé. Il a modifié sa manière d'être et de penser. Ainsi certains qui semblent les plus bornés peuvent changer.

— Surtout si cette élève est peut-être la plus douée de toutes. Chez les chevaux c'est la même chose : les meilleurs sont les plus sauvages et difficiles à dresser. J'ai essayé de vous dompter et j'ai échoué. Vous restez un esprit exceptionnel, unique et ô combien utile au reste du monde. Moi seul le sais. Je le sais même mieux que vous. Donc, ayant ravalé mon orgueil et ma rancune, j'ai décidé de vous aider. Et, quand j'ai compris que vous étiez en grand danger, je n'ai pas hésité à venir à la rescousse.

Au fur et à mesure qu'ils approchent de Rédemption ils distinguent une troisième colonne de fumée.

Le *Requiem* joue en boucle. Arrivés sur place, ils constatent que leur village est en flammes. Les terroristes ont voulu éliminer toute trace de leurs actions. À l'odeur abominable du Dépotoir s'ajoute la puanteur du plastique fondu.

Ainsi Troie est en flammes. L'antique Cassandre, elle aussi, a dû assister à un tel spectacle, mais à une autre échelle.

Fetnat Wade est le premier à exprimer son opinion d'une manière extrêmement simple.

— J'n'aime pas les incendies.

— J'n'aime pas ces terroristes, ajoute Esméralda. Ils ont une petite mentalité mesquine.

— J'n'aime pas les dirigeants des pays qui les ont envoyés, surrenchérit Kim.

— J'n'aime pas le feu, conclut Orlando.

Philippe Papadakis ne peut s'empêcher de murmurer dans son masque, comme une revanche :

— Qui vit par le feu périt par le feu.

— Ici on n'aime pas les proverbes, répond aussitôt Kim. On pense que leur contraire fonctionne mieux.

— Ouais, reprend Orlando. On n'aime pas les proverbes.

— Mais on aime bien ceux qui viennent nous sauver, rectifie aussitôt Cassandre.

Ils crachent tous à tour de rôle.

— Nous n'avons plus qu'à reconstruire, déclare le légionnaire.

— En mieux, précise Fetnat.

— Ça tombe bien, j'aurais besoin d'un lit plus grand, signale Esméralda.

Kim Ye Bin regarde sa hutte d'où s'échappe une épaisse fumée grise.

– Par chance, j'avais sauvegardé toutes nos données sur un site hébergeur gratuit. Je pourrai tout récupérer avec mon code d'entrée.

Fetnat Wade ramasse sa pipe et tente de la rallumer avec un bout de chaise enflammé.

– On n'arrête pas aussi facilement les Rédemptionais.

– Si nos idées faisaient peur ou provoquaient la méfiance des internautes, déclare Kim, c'est parce que notre site était mal présenté. Nous allons faire renaître cet Arbre des Possibles. Et le futur ne sera plus comme avant.

– Ouais, j'aime bien ce site où l'on pose des idées rigolotes, reconnaît Fetnat Wade.

– J'aimerais bien qu'on reconstruise le village, dit Esméralda. J'aime bien cet endroit.

– J'aime bien qu'on sauve l'humanité, affirme Orlando. J'aime bien notre commando de choc.

Cassandre s'assoit par terre, sans cesser de fixer le village en feu.

– Je ne sais pas si j'y crois encore, laisse-t-elle tomber. Mon frère avait peut-être raison. Ils sont sans doute trop cons, on ne peut plus les sauver.

– Tu veux quoi ? Baisser les bras ? demande Kim.

– Non, je veux juste ne plus penser au futur. J'ai envie du présent. J'ai envie de vivre chaque instant plus fort.

– Ouais, eh bien dans le présent on a un petit souci.

Comme il n'y a pas d'eau pour éteindre l'incendie, ils s'assoient à l'écart et se contentent d'attendre que le feu s'arrête de lui-même.

Maintenant je veux savoir. Je dois savoir qu'est-ce vraiment que...

– ... L'Expérience 24 ? questionne la jeune fille.

Le directeur de l'école des Hirondelles la regarde, puis baisse la tête.

– Ah Cassandre... Cassandre... Cassandre... Nous avons parlé de ton prénom. Mais nous avons oublié de parler de la seconde étiquette qui vous caractérise. Votre nom.

– Katzenberg ?

– Katzenberg. Littéralement, ce nom d'origine allemande signifie « Montagne du Chat ». Nous allons donc parler du gros matou caché derrière toute cette affaire, à savoir…

– Mon père ?

– Non. Quelqu'un d'autre.

– Qui ?

– Son frère, votre oncle. Isidore Katzenberg. Du peu que m'en a dit votre mère, c'est un ancien journaliste scientifique devenu libre-penseur. Un être un peu extravagant. Il est enfermé dans un château d'eau en banlieue parisienne. Il vit au milieu d'une piscine remplie de dauphins. C'est lui qui a eu l'idée de tout ça.

Cette fois, je sens que l'on approche de la vérité. Dans quelques secondes je saurai enfin…

Mais le directeur ne semble pas pressé.

– Ah, la puissance des idées ! Il n'y a rien, puis une simple connexion entre deux neurones crée soudain un enchaînement de concepts. D'infimes courants électriques circulent dans les synapses et l'idée apparaît, elle est mémorisée et se matérialise sous forme de protéine. Chaque idée devient de la matière. Ainsi, l'idée d'Isidore Katzenberg est devenue une protéine dans son cerveau.

– Quelle idée ? Qu'a-t-il fait ? s'impatiente Cassandre.

– Il en a discuté avec son frère, et leur projet s'est incarné sous la forme d'un être complet. L'incarnation de cette idée.

– Quoi ?

– Toi.

Moi ?

Esméralda et Fetnat fixent leurs huttes en flammes en se tenant la main. Les autres écoutent la voix nasillarde de Papadakis, à qui le masque à gaz fait un nez cylindrique.

– L'idée d'Isidore Katzenberg était particulièrement originale. Elle est même issue d'un concept de la Kabbale. Le nouveau-né sait tout, mais ce savoir étant gênant, un ange envoyé par Dieu vient lui parler juste avant sa naissance et lui fait tout oublier.

L'empreinte du doigt de l'ange reste visible sous le nez de tout être humain.

Oui je sais, où veut-il en venir ? Pourquoi ne parle-t-il pas plus vite ? C'est insupportable.

— L'idée d'Isidore Katzenberg était que cette métaphore en cachait une autre. Selon lui, ce qui fait tout oublier c'est… la parole. Dès qu'un enfant prononce un mot, il commence à mettre sa pensée en prison, à l'enfermer derrière les grilles du langage.

Kim se redresse, intrigué.

— Au XIIIᵉ siècle, le roi Frédéric II, qui parlait neuf langues, voulut connaître la « langue naturelle » de l'être humain. Il installa donc six bébés dans une pouponnière et ordonna aux nourrices de les alimenter, de les endormir, de les baigner, mais surtout de ne jamais prononcer devant eux la moindre parole. Il voulait savoir quelle langue ils choisiraient sans influence extérieure. Il pensait que ce serait le latin, le grec ou l'hébreu, seules langues essentielles à ses yeux. Mais non seulement les six bébés ne se mirent pas à parler du tout, mais ils dépérirent et finirent tous par mourir en bas âge.

— Ce qui montre que la communication est indispensable à la survie, remarque Charles de Vézelay.

Voyant que le feu commence à décroître, Esméralda va chercher une serviette et bat les flammes de sa hutte. Elle essaye de sauver ses brosses à cheveux et quelques bijoux qu'elle ramène brûlants et à moitié fondus.

— Est-ce que c'est cela, l'Expérience 24 ? demande Cassandre.

Philippe Papadakis tousse dans son masque à gaz et de la buée se dépose sur la vitre. On ne voit plus ses yeux.

— Votre oncle Isidore et votre mère ont beaucoup discuté de cette expérience de Frédéric II de Prusse. Isidore a dû dire quelque chose comme « Un poison peut devenir un médicament, selon son dosage. »

Fetnat hoche la tête en signe d'assentiment.

— ARRÊTEZ AVEC CES CONNERIES ! le bouscule soudain Cassandre. QU'EST-CE QU'ILS M'ONT FAIT ?

La jeune fille aux grands yeux gris clair a saisi Philippe Papadakis à la gorge. Celui-ci a du mal à desserrer l'étreinte. Il secoue la tête pour se dégager :

– Ils vous ont privée de parole, avoue-t-il.

Cassandre le lâche et laisse ses mains retomber sur ses genoux.

– Jusqu'à l'âge de 7 ans pour votre frère. Jusqu'à l'âge de 9 ans pour vous. Ainsi vous étiez… « purs », non souillés par les mots.

Non tyrannisés par notre cerveau gauche.

Cassandre se souvient vaguement des phrases lues dans le bureau de sa mère.

– Comme je vous l'ai dit, jusqu'à neuf mois le bébé ne voit pas de différence entre lui et le reste du monde. Après vient le « deuil du bébé », c'est la bascule, lorsque l'entité qu'il croyait être lui-même et qui s'avère autre chose s'en va et que l'enfant a peur qu'elle ne revienne jamais. Comme si son bras partait. Il s'aperçoit qu'il ne peut pas décider du moment de son retour. Et puis il nomme cette entité qui était lui et qui n'est plus lui.

Maman.

– Maman. Dès qu'elle est nommée elle devient étrangère. Voilà où commence la première fermeture d'esprit. Cette énergie d'amour, cette odeur, ce parfum, cette merveille de douceur, ce ne serait que ça : un être étranger à soi-même, une… maman. Ces cinq lettres et cette sonorité semblent tellement limitées pour décrire un phénomène aussi vaste qu'une mère. Puis l'autre silhouette répond à l'étiquette « papa ». Puis vient le reflet dans le miroir et à nouveau le monde se restreint.

– Alors apparaît le « Moi ».

Oui, je sais aussi cela. Moi est une restriction de la conscience. Ainsi un jour j'ai appris que je n'étais pas tout, je n'étais « que » moi. Ma pensée n'était pas illimitée, elle hante une caverne qui s'appelle « mon crâne » et elle est prisonnière d'un espace de peau étanche qui s'appelle « mon corps ».

– Moi est différent des autres. Moi est limité. Moi est attaquable. Moi se défend contre le monde qui le menace. Voilà où commencent les restrictions de l'esprit.

Philippe Papadakis poursuit sa pensée :

– Après « maman », « papa », « moi », le monde n'en finissait pas de se réduire au fur et à mesure qu'il était étiqueté et rangé derrière des mots. C'était la grande découverte de votre oncle, puis de votre mère. L'homme a voulu contrôler le monde au moyen des mots mais, en fait, il l'a juste « vidé de sens ». Les mots ont pris plus d'importance que ce qu'ils réprésentent. Mais c'était nier le réel. Le mot tigre ne mord pas. Le mot poids n'est pas lourd. Le mot soleil ne brille pas.

Le regard de Cassandre sur son directeur change complètement, elle le perçoit non plus comme un ennemi mais comme un révélateur.

– Avec les mots, les hommes ont pris le pouvoir. Ils ont défini les territoires. Ils ont classifié les animaux. Comme il est écrit dans la Bible « Dieu fit venir les animaux un par un devant Adam et celui-ci fut autorisé à les nommer. Et parce qu'il les avait nommés ceux-ci se soumirent à lui. »

Pendant que Cassandre digère ces informations, elle s'efforce de respirer le plus profondément possible. Le directeur de l'école des Hirondelles ajoute :

– « *Nomen est omen* » c'est-à-dire « Nommer, c'est s'approprier. » Voilà le secret entretenu par des générations d'entomologistes qui ont piqué des étiquettes dans le cœur des papillons pour les identifier à coups de mots latins compliqués. « Cette beauté fragile n'est pas un papillon, c'est un *monarchus advantis simplex.* »

Et moi je ne suis pas un être vivant et pensant, je suis « Cassandre Katzenberg, dix-sept ans, française, 52 kilos, fille du ministre de la Prospective, orpheline autiste recherchée par la police pour fugue, destruction volontaire de son école et assassinat de son frère ». Tous ces mots, en me définissant, m'emprisonnent et me réduisent.

Ma mère avait compris cela et elle a voulu me libérer de cette chape de plomb.

– Vous souvenez-vous maintenant de ce temps où vous avez vécu sans mots ? De zéro à neuf ans…

Ça y est, je commence à recevoir des images floues de mon album de photos niché dans mon esprit. Le vent, les animaux, les plantes, mes parents, et tout cela était « moi ». L'univers était moi.

Quand je tenais une fleur, mes doigts s'allongeaient jusqu'à devenir cette fleur.

Quand je regardais les nuages, les nuages me regardaient en retour et je voyais le monde depuis leur altitude.

J'étais l'orage et je me souviens avoir été flash lumineux électrique.

J'étais la pluie. Je me souviens avoir été multitude de gouttes frappant le sol et les arbres.

J'étais la rivière, je ressentais les graviers et les galets que je roulais et les truites qui me parcouraient.

J'étais les algues battues par le courant.

J'étais les arbres et je ressentais les racines qui cherchaient l'eau et les feuilles qui se régalaient de la lumière du soleil. J'étais l'araignée qui tissait sa toile dans les branches. J'étais la fourmi qui portait une brindille. J'étais acarien, bactérie, microbe.

J'existais dans toutes les dimensions. Dans toutes les profondeurs. J'avais le souvenir de toutes mes vies précédentes en remontant jusqu'aux hommes préhistoriques. Et maintenant je sais que je peux encore élargir cette conscience.

Jadis, avant d'être restreinte par les mots, j'étais TOUT.

J'étais toute-puissante car je gardais dans mon cœur le souvenir de la naissance de l'univers. J'ai été le big-bang et j'ai été toutes les formes de matière et de vie qui en sont sorties.

J'ai été sans limites.

– Cependant, l'absence de mots étant un poison mortel, comme l'avait signalé Isidore Katzenberg, vos parents ont compensé l'absence de paroles par trois choses : la musique, la nature et… leur amour. Vous aviez tout ce dont les enfants ont besoin, sauf les mots.

Le venin du serpent dilué dans le lait.

Kim Ye Bin a du mal à saisir la portée de ce qu'il vient d'entendre. Mais Cassandre est prise d'un irrépressible frisson.

– Que s'est-il passé quand j'ai eu neuf ans ?

– Ils vous ont appris à parler. Chaque mot prenait à vos oreilles une importance énorme.

C'est pour cela que j'aime tant les dictionnaires. Et que je veux connaître l'origine, le sens profond de chaque mot. Leurs racines. Ce sont aussi les miennes.

– Votre cerveau recevait chaque association de lettres formant un mot comme un trésor.

Comme un homme assoiffé qui a longtemps marché dans le désert et qui reçoit l'eau au goutte à goutte. Chacune acquiert une saveur extraordinaire.

– Après « Maman », « Papa », et « Moi », ils vous ont appris les noms des objets, des animaux, des végétaux puis, bien plus tard, les notions abstraites. Tout se rangeait proprement dans votre cerveau. Dans l'ordre. Lentement. Sûrement. En profondeur.

Ça y est, je m'en souviens. Chaque mot était un bijou précieux. Il était placé dans un écrin et rangé sur une étagère, classé par thème dans ma mémoire.

Les mots pour les sentiments.

Les mots pour les actions.

Les mots pour les réflexions.

– Votre cerveau avait connu la liberté. L'hémisphère gauche ne pouvait plus tyranniser l'hémisphère droit. Du coup, votre esprit était beaucoup plus sensible, affûté, imaginatif. Vous étiez une artiste parfaite car votre esprit, pendant neuf ans, était resté non seulement ouvert mais connecté à tout : les autres, la nature, l'univers. Et c'est là qu'intervient votre père.

Mon père ?

– Là encore, c'est votre oncle Isidore, lui aussi passionné de futurologie, qui l'avait présenté à votre mère. Ensemble, ils avaient parlé de l'Arbre des Possibles. En fait, le concept même d'Arbre des Possibles a été inventé par Isidore Katzenberg.

Mais oui, ça y est je m'en souviens, c'est lui l'auteur ! L'Arbre des Possibles c'est l'écrivain Isidore Katzenberg qui l'a écrit.

– Votre oncle et votre père considéraient que ce qui manquait le plus au monde c'étaient les visionnaires. Il avait l'impression que notre civilisation devenait aveugle, ignorante du futur, repliée peureusement sur son présent et sur l'avenir à très court terme.

– Il n'avait pas tort, reconnaît Kim en relevant sa mèche bleue.

– Il disait que les politiciens avaient renoncé à changer le futur. Les religieux, les philosophes et même les scientifiques n'osaient plus évoquer l'avenir, de peur de se tromper ou d'avoir l'air ridicule. Du coup, c'était comme si la notion même de futur commençait à disparaître. Tous deux ont discuté avec votre mère, ils l'ont convaincue d'utiliser les deux cerveaux encore vierges et hypersensibles de leurs enfants pour devenir des…

– Astrologues ? suggère Kim Ye Bin.

– Des visionnaires ! rectifie Philippe Papadakis.

– Subtil. Mais le don de divination ne peut pas s'apprendre.

– Tout peut s'apprendre. Tout peut se conditionner. On arrive même à apprendre à des souris à compter, et à des plantes à aimer la musique rock. Pourquoi pas entraîner des hommes à voir le futur ? intervient Charles de Vézelay.

– Comment ont-ils fait pour orienter mon cerveau vers le futur ? questionne la jeune fille.

– Par les livres et les films. C'est le choix particulier de vos nourritures spirituelles qui vous a conditionnée.

Cassandre se souvient de la découverte de la chambre de son frère qui ne contenait que des livres de science-fiction.

– Cette littérature spécialisée, qui est un vaste laboratoire expérimental où se fait le travail de prévision de l'avenir, exerçait votre cerveau à réfléchir au futur.

Je me souviens de cet afflux ininterrompu d'images. Je me souviens de tous ces mondes artificiels.

Je me souviens d'avoir vu le monde de Dune *de Frank Herbert, la flotte de* Fondation *d'Isaac Asimov, la planète* Hyperion *de Dan Simmons, les* Colonies de l'espace *d'Orson Scott Card.*

Je me souviens d'avoir vécu dans le vaisseau de Star Trek.

Je connais Le Meilleur des mondes d'Aldous Huxley et j'ai été ter-rifié par l'univers de 1984 de George Orwell.

Je me souviens des univers parallèles d'Ubik de Philip K. Dick, et de son Los Angeles futuriste du film Bladerunner.

C'est de là que me vient ma capacité à voir loin dans l'avenir. J'y ai baigné toute mon enfance. Ces éventails de futurs font partie de mes souvenirs.

– Sept ans de silence pour Daniel. Neuf ans de silence pour vous, Cassandre. Vous étiez comme des ressorts qu'on compresse et retient pour les lâcher ensuite.

... Dans la futurologie.

– Mais ce que vos parents n'avaient pas prévu, c'est qu'il y avait un prix à payer pour ces performances hors normes. « Tout ce qui est en plus s'équilibre avec un moins. » Et le moins c'est que vous étiez, comment dire ? « Sensibles » ? Non, le mot n'est pas assez fort. « Ultrasensibles », « écorchés vifs ». Pas encore ça. « Paranoïaques ? » Non, mais on s'en rapproche.

– « Psychotiques », complète d'elle-même Cassandre.

Il approuve.

– Effectivement. C'est le mot. Dès 7 ans, votre frère a montré des phases d'enthousiasme exubérant suivies de périodes de pro-fond abattement. Il s'est précipité sur les livres de science-fiction qu'on lui proposait mais il est devenu cassant et méprisant envers les gens qui lui adressaient la parole. Il ne supportait rien. Il piquait des crises de rage pour des broutilles. Il tolérait mal qu'on le touche. Tout l'agaçait. Tout l'insupportait. Il était en révolte permanente. Ses accès de joie ou de rage étaient suivis de phases de déprime, puis de dépression. Juste après, il se mettait à écrire des formules mathématiques, et en particulier des lois de proba-bilités. Il n'avait aucune patience.

Pauvre Daniel. Il n'a pas choisi. On ne lui a pas demandé son avis.

– À treize ans il a fugué. La police l'a récupéré au bout de quatre mois, tout maigre, extrêmement affaibli. Il se cachait dans une cave dont il ne sortait pratiquement jamais. Vos parents ont pensé qu'il lui fallait un établissement spécialisé et ils l'ont intégré dans l'école créée par votre mère.

– Le CREAS... Centre de Recherche sur les Enfants Autistes Surdoués, complète le Coréen.

– Il y est resté jusqu'à ce que ses talents de mathématicien probabiliste soient détectés. Il s'est mis à intéresser le monde de la finance. Il a été engagé avec un salaire important par une boîte d'assurances.

– Et là, il a inventé Probabilis.

Cassandre regarde sa montre qui indique un tranquille 13 %.

– Tout allait bien jusqu'au moment où...

– ... Il a voulu tester le saut dans le vide du haut de la tour Montparnasse. Débile.

– Trois morts. Cinq blessés.

L'expérience de trop.

– Plutôt que de s'expliquer, il a encore préféré fuir.

– C'est là qu'il a été intégré au ministère de la Prospective de mon père.

– C'était la seule manière de le récupérer. Mais le ministère avait beaucoup perdu de son influence. Quand Daniel a rencontré les experts et les énarques censés prévoir le futur, il s'est moqué d'eux. Votre frère avait tellement de mépris pour les autres. Quand je discutais avec lui il me disait que le « manque de courage » et la « pensée au ralenti de ses contemporains » l'horripilaient.

Cassandre relève ses mèches brunes mouillées de sueur.

– Et il s'est suicidé, dit-elle.

– C'est le principal problème avec les psychotiques. Ils ne supportent rien. Ils sont comme des écorchés vifs dans un monde qui les blessent en permanence. Du coup, beaucoup ont tendance à utiliser cette solution extrême pour mettre fin à leur douleur.

Cassandre contemple sa hutte qui finit de brûler. Elle n'a pas envie de sauver les poupées qui sont à l'intérieur.

– Et moi ? demande-t-elle.

– Vous êtes née alors que votre frère avait treize ans. Vous aviez quelques semaines à peine quand il est entré à l'école des Hirondelles comme pensionnaire permanent.

Cela explique qu'il me soit étranger.

– Vos parents considéraient que Daniel était une sorte de « première ébauche mal dégrossie ». Ils étaient conscients qu'il n'était pas au point. Ils ne voulaient pas vous perturber, ils ne vous ont pas parlé de lui.

Quel dommage !

– Et puis votre expérience était plus ambitieuse. Neuf ans de silence. Donc un cerveau encore plus libre, encore plus hypersensible, encore plus puissant.

Philippe Papadakis joue avec sa bague à tête de cheval. Puis, sans y prendre garde, il tutoie à nouveau la jeune fille.

– Ton père m'a tenu au courant de tout dans les moindres détails. Nous étions très amis, sais-tu ? Je peux te parler de cette période. Avant de connaître les mots tu étais plongée dans une jouissance permanente. Tu étais un être pur, sauvage et libre. Et puis, au bout de neuf ans, tout s'est achevé.

J'ai quitté le paradis.

– Tu as entendu des mots et on te les a expliqués. Toutefois, tu t'es révélée un enfant-roi tout-puissant. Tu étais, excuse-moi de te le dire, prétentieuse, capricieuse, sans la moindre compassion. Tu donnais des ordres à tes parents, tu les menaçais. Tu avais compris le pouvoir de la parole et tu l'utilisais comme arme pour faire souffrir.

– Elle en explorait les limites, suggère Kim.

– Par la terreur. Un jour, ton père m'a confié : « C'est la pire des enfants gâtées. »

Moi ? La pire des enfants gâtées !

– Et il a même ajouté : « Par moments, je me demande si notre expérience n'a pas engendré un monstre. »

– Qu'ai-je fait pour terroriser mes parents ? questionne-t-elle à voix basse.

616

— Tout d'abord, tu t'es servie de la nourriture. Un jour, tu as refusé de manger un plat de viande. Ils ont pensé que c'était un dégoût du bœuf. Mais tu ne voulais plus rien manger. Tes parents se sont inquiétés. Tu as perçu cette angoisse et tu as décidé d'en jouer. Moins tu mangeais, plus ils étaient embarrassés, plus ils s'occupaient de toi.

Et moins je mangeais, plus les rares aliments qui entraient dans ma bouche étaient source d'extase. L'économie des mots magnifie les mots. L'économie de nourriture magnifie les sensations gustatives.

— Tu es devenue maigre. Vraiment maigre. Tes parents ne savaient plus quoi faire pour te donner envie d'ingérer des aliments.

Philippe Papadakis la fixe.

— Un fils fugueur, une fille anorexique, voilà le résultat de leurs expériences 23 et 24.

On ne peut pas jouer impunément avec les cerveaux des enfants. Mon frère et moi n'avions rien demandé.

— Quand tu sentais tes parents à bout, tu te nourrissais un peu. Jusqu'à la prochaine crise. Tu avais vraiment inversé les rôles, c'était toi qui, par ton comportement alimentaire, récompensais ou punissais tes parents. Et eux t'aimaient de plus en plus. Il faut reconnaître qu'ils avaient terriblement peur pour ta survie.

Et ils se sentaient forcément responsables de ma différence.

— Et, plus ils t'aimaient, plus tu devenais autoritaire. Tu passais tes journées à lire de la science-fiction, à vivre dans la nature, à réfléchir en secret. Le déjeuner et le dîner étaient des instants de domptage de tes parents. Tu découvrais ton pouvoir sur eux. Ah ! tu étais cruelle. Très cruelle.

À présent, je me souviens un peu de ces instants.

— Mais il restait un domaine qui t'apaisait. Un seul : la musique d'opéra. Tu étais devenue spécialiste en chant lyrique. Tu connaissais chaque musicien, chaque chanteur, chaque interprétation. Quand tu as entendu parler du *Nabucco* de Verdi donné devant les pyramides, tu as insisté pour y aller. Tes parents n'aimaient pas l'opéra, encore moins les voyages. C'était compliqué à organiser. Mais, une fois de plus, tu as fait pression sur eux, à ta manière. Tu as cessé de manger jusqu'à ce qu'ils craquent. C'était ton dernier caprice : Verdi en Égypte.

Elle abaisse les paupières.

Bon sang. Ils sont morts à cause de moi !

D'un coup, toute sa vie de zéro à treize ans lui revient. Les scènes dans la maison familiale. Les visages lisses de son rêve reçoivent des yeux, un nez, et un sourire.

Papa. Maman. « L'ancienne moi ».

Elle se revoit à neuf ans, entend les premiers mots.

Elle se revoit avec l'assiette pleine devant leurs regards craintifs.

Je les tenais.

Elle se revoit dans la villa entourée de barbelés.

Elle se revoit dans la nature avoisinante avec sa sensibilité exacerbée.

J'étais la reine du monde et mes parents étaient mes esclaves. Mon cerveau pouvait beaucoup de choses à cette époque. Je ne subissais pas le monde, je le dirigeais.

Des images plus précises s'invitent dans son album intérieur.

Elle se revoit écoutant la musique.

Elle se revoit désignant l'opéra de Verdi.

Elle se revoit passant la douane et embarquant dans l'avion pour l'Égypte.

Elle revoit l'atterrissage, le taxi qui mène à l'hôtel, les vêtements chics pour aller au concert.

La pyramide de Khéops.

Tout le monde s'assoit, le chef d'orchestre salue, se tourne vers ses musiciens, et le *Nabucco* démarre, ample, terrible, annonciateur de drames.

Les trompettes résonnent.

Les chœurs chantent.

Dans cette musique, la tragédie était déjà annoncée et dans mon aveuglement et mon égoïsme je ne voyais cela que comme une œuvre d'art alors que c'était un signe. Toute cette furie musicale ne faisait que m'avertir de l'arrivée imminente de la mort.

Elle grimace.

Et comprend la raison de ce brusque accès d'amnésie.

La culpabilité de les avoir amenés à l'endroit où ils ont été tués.

Ne pouvant supporter un tel poids de responsabilité, j'ai préféré oublier tout ce qui s'était passé avant cet instant.

En voulant venger ses parents, son cerveau tourné vers le futur s'est focalisé sur ce qui avait tué sa famille : les attentats terroristes.

Voilà, maintenant toutes les pièces du puzzle sont en place.

Cassandre respire de plus en plus fort, puis commence à haleter. Son corps se révèle à nouveau un gestionnaire de mémoire. Elle est prise de nausées qui tordent ses entrailles et la retournent de l'intérieur. C'est comme si tout ce passé immonde qu'elle avait voulu étouffer se réveillait d'un coup.

Je suis responsable de la mort de mes parents pour un caprice. Un opéra devant les pyramides.

Elle se met à genoux et laisse sortir tout ce qu'il y a dans ses tripes. Le Dépotoir semble l'endroit idéal pour ça. Tout ce qu'elle a accumulé et transporté avec elle doit désormais être expulsé. Mais elle ne pensait pas que ce serait aussi douloureux.

– Je suis un monstre, répète-t-elle entre deux vomissements, un monstre.

– Non, dit Kim. Tu es juste comme nous. Un être avec du bon et du mauvais. Tu n'es pas responsable de ce que tes parents ont tenté sur toi et sur ton frère. Ce sont eux qui ont décidé de jouer avec le feu. Et ils s'y sont brûlés.

Elle a encore un haut-le-cœur qui la déchire. Philippe Papadakis la regarde avec compassion.

– Tu voulais savoir qui tu étais. Maintenant tu sais.

Je suis un monstre. Je ne mérite pas de vivre.

619

Tous pourront connaître leur Rédemption, sauf moi.
Car mon crime est impardonnable.

– Ça va, Princesse ? demande Kim Ye Bin avec une pointe d'inquiétude.

Elle respire à fond, les paupières serrées. Un mot jaillit dans son esprit. Elle le prononce sans réfléchir :
– Pardon.
– Quoi ?

C'est le seul mot capable d'apaiser les tensions qui existent en moi. Pardon. Je pardonne à mes parents de m'avoir rendue diffé-rente des autres en tentant une expérience scientifique sans me demander mon avis. Je pardonne à mon frère de m'avoir abandon-née. Je me pardonne à moi-même d'avoir amené mes parents dans le lieu où ils se sont fait assassiner. Voilà, il fallait que je prononce ce mot qui me manquait. Maintenant, les nœuds sont dénoués. Par-don, mille fois pardon.

Autour d'eux, la fumée monte, formant en s'effilochant une sorte d'arborescence plate.

Philippe Papadakis enlève son masque et s'efforce de suppor-ter la puanteur. Quand il parvient à respirer, il articule :
– J'ai un cadeau pour toi, Cassandre.

231.

Je veux dormir.
Je me sens fatiguée, tellement fatiguée.
Je voudrais hiberner comme lorsque j'étais renard.
Trois mois dans un terrier douillet, sans bouger, à digérer l'année.
Trois mois pour me pardonner à moi-même tout le mal que j'ai semé.

232.

C'est un paquet avec un ruban rouge.
Je crains les Grecs et leurs cadeaux.

La jeune fille hésite, puis elle prend le paquet, et lentement défait le nœud. Elle dégage le papier d'emballage, ouvre la boîte en carton.

À l'intérieur, une montre, assez similaire à sa montre de probabilité.

– Celle-ci aussi est spéciale. Très, très spéciale.

Cassandre examine l'objet sous tous les angles.

Philippe Papadakis hoche la tête.

– Elle fournit une information précieuse… l'heure qu'il est à l'instant précis où on la regarde.

La jeune fille observe le cadran qui indique 12:12, une heure normale qui ne lui signale même pas si elle risque de mourir dans les secondes qui viennent.

– Pour tout dire, depuis que je te connais, Cassandre, j'ai l'impression que tu n'as pas de réelle conscience du temps qui passe.

Que je n'ai pas de réelle conscience du temps qui passe ! ?

Elle serre les paupières, revoit en flashes rapides la scène où elle était dans le wagon qui avançait vers le broyeur de Moloch, celle où elle se battait avec son arc et ses flèches. Sa perception du temps s'étant brusquement inversée, elle voit ses flèches sortir de la chair de ses ennemis pour venir se replacer entre ses doigts, puis dans son carquois. Elle revoit tout à l'envers.

La scène dans les Catacombes subit le même sort. Les squelettes de Denfert-Rochereau qu'elle a dérangés se reconstituent avec des cliquetis pendant qu'elle s'enfonce à reculons dans les couloirs souterrains.

L'instant où elle a vu son frère mourir resurgit. Il est un pantin désarticulé, puis se reconstitue et remonte, comme aspiré, vers le sommet de la tour Montparnasse, la tête en bas et les pieds battant follement au-dessus de lui.

Le film continue de se dérouler en marche arrière. Elle revoit, dans le désordre :

La scène de son rêve d'un Paris écologiste, où elle se baignait nue dans la Seine au milieu des poissons volants orange et bleu qui nagent en arrière.

La scène où elle était sauvée par Yin Yang pour ressortir de la Montagne des poupées.

La scène où sa hutte était construite. Les éléments posés sont retirés les uns après les autres en marche arrière, jusqu'au moment où les quatre voitures servant de piliers sont arrachées du sol.

La scène où elle est encerclée par les chiens féroces qui tous s'éloignent. L'instant où elle se faufile en marche arrière dans l'orifice du grillage pour se retrouver dans l'avenue Jean-Jaurès.

La scène où elle court à reculons avec la voiture de police qui s'éloigne. Les gouttes de pluie partent du sol pour rejoindre les nuages noirs.

Cassandre revoit sa fuite de l'école des Hirondelles. Elle revoit la nuit où elle a révélé l'explosion de l'usine EFAP.

... et je n'aurais pas de réelle conscience du temps qui passe ! ?

Elle revoit l'attentat devant la pyramide de Khéops. Les corps se reconstituent alors que la boule de feu de la bombe se réduit pour aller s'enfouir dans un sac. La musique de Verdi se met à résonner à ses oreilles, jouée à l'envers.

Cassandre Katzenberg revoit la villa de ses parents. Elle se contemple à neuf ans, à l'instant où les objets et les êtres ont acquis des noms. Ces noms sont arrachés les uns après les autres et les choses, dénuées d'étiquette, se mettent à exister sous la forme de couleurs, de volumes, de sons, de chants, d'odeurs.

Jusqu'à ce que l'être nommé Maman devienne une entité aimée sans nom. Jusqu'à ce que l'être qui apparaissait dans les miroirs lui semble inconnu.

Elle revoit sa naissance, tandis qu'elle retourne en marche arrière dans le vagin de sa mère pour s'enfoncer et se blottir dans cet abri...

Elle se revoit diminuer de taille pour devenir une simple cellule rose. Puis elle se revoit homme, étendu dans un lit à Saint-Pétersbourg. De malade agonisant, elle redevient adulte en pleine possession de ses moyens. Puis jeune homme, puis adolescent puis bébé. Nouveau retour dans un vagin et nouvelle régression à l'état de simple cellule.

Elle revoit toutes ses vies antérieures, samouraï japonais, archer parthe, marchande de légumes sur un marché phénicien. Elle remonte aux hommes préhistoriques, à ses autres existences en tant que mammifère, poisson, ou simple paramécie.

... pas de réelle conscience du temps qui passe !!! ?

Elle regarde autour d'elle avec des yeux neufs, écarquillés.

C'est alors que le monde lui semble bouger. C'est une sensation très étrange, presque désagréable. À la place de l'homme qui se tient face à elle, une étiquette flotte dans l'air où est inscrit : « Philippe Papadakis, directeur d'école, cheveux argentés, yeux bleus, chevalière à tête de cheval. »

À la place du Coréen une autre étiquette flotte : « Kim Ye Bin, jeune homme de dix-sept ans, mèche bleue ». À ses pieds, une étiquette : « Yin Yang, renard mâle », plus loin des étiquettes se déplacent rapidement : « Rat numéro 103 683 ». Face à elle une large étiquette : « Tas d'ordures recouvertes d'essence en train de brûler » et au-dessus « Fumée puante ».

Les êtres et les choses sont remplacés par leurs noms ! Je peux basculer de l'un à l'autre. Grâce à cette aventure, ma conscience vient d'acquérir ce pouvoir :

JE PEUX DISSOCIER LES CHOSES ET LES ÊTRES DE LEURS NOMS !!

Quel pouvoir fabuleux.

Je ne suis plus que moi.

Kim n'est plus que lui.

Ce monde ne tient plus dans les mots qui le désignent.

C'est comme s'il révélait sa nouvelle profondeur.

Bien « au-delà » de tous les mots qui servent à le cloisonner, le couper, le ranger, le limiter.

J'ai acquis une nouvelle perception infiniment précieuse. Et Philippe Papadakis a dit quoi ?

JE N'AURAIS PAS DE RÉELLE CONSCIENCE DU TEMPS QUI PASSE ? J'ai tellement plus !

Alors c'est comme si toute la pression accumulée se relâchait d'un coup.

Elle éclate de rire. D'un rire énorme. D'un rire dément, incongru, qui inquiète toutes les personnes présentes. Elle baisse la tête pour cacher son visage dans ses mains et sent ses longs cheveux noirs les caresser.

Et ce qu'elle ressent en cet instant libérateur, c'est une nouvelle émotion.

Parce qu'elle a connu la colère, elle peut connaître la joie.

Elle est heureuse d'être vivante.

Elle est heureuse d'être avec ses amis.

Elle est heureuse de savoir enfin ce qui lui est arrivé dans sa jeunesse.

Elle est heureuse d'avoir à elle seule un grand projet pour sauver l'humanité.

Elle est heureuse que les étiquettes qui flottent dans l'air soient remplacées par les vraies personnes et les objets tangibles de sa réalité.

Tout va bien. Je suis de retour dans le jeu. La vie est belle.

Ses veines, après avoir charrié le torrent d'adrénaline de sa colère, voient passer la cascade d'endorphines qui fait pétiller son cerveau.

Les autres l'observent, inquiets. Lorsqu'elle relève son visage face à Rédemption en cendres, ses yeux se voilent doucement de larmes surgies non plus de sa tristesse mais de sa pure allégresse.

Et cette lumière liquide crée un miroir dans lequel se reflète le monde.

233.

Et maintenant que va-t-il se passer ?

234.

Le jeune homme et la jeune fille franchissent la porte de fer. Ils s'avancent et se tiennent debout au sommet de la tour Montparnasse, deux cent dix mètres au-dessus de la rue. Il fait nuit, les étoiles palpitent, les bourrasques sont froides et très bruyantes à cette altitude. Cassandre se penche.

En bas, au-delà des ténèbres, les voitures qui circulent ressemblent à des colonnes d'insectes lumineux et impatients.

Vertige glacé.

Sur le cadran de sa montre-bracelet « Probabilité de mourir dans les 5 secondes : 63 %. »

La sueur coule sur son front et dégouline dans son dos. Elle saisit la main de Kim. Et reste là de longues minutes, sans rien dire, à fermer les yeux et à écouter.

— Pourquoi voulais-tu m'amener ici, Princesse ? demande son compagnon, légèrement inquiet.

— C'est ici qu'est mort mon frère.

— Tu viens en pèlerinage ?

Elle examine l'endroit.

Soudain quelque chose attire son attention. Un petit bout de papier est accroché au câble d'acier par une ficelle.

« … alors son attention fut attirée par un petit bout de papier qui voletait, accroché au câble par une ficelle. Cassandre reconnut l'écriture de son frère et lut un texte qui était précisément en train de raconter ce qu'elle faisait à ce moment même, alors elle se dit que… »

— Daniel avait prévu ce qui est arrivé. Et il a voulu que tout se passe ainsi. Comme dans les chansons maya.

Le jeune Coréen à la mèche bleue ne répond pas.

— Mon frère était comme moi. Son cerveau était libre, mais inadapté au monde des autres humains, dont le cerveau est conditionné pour en faire des esclaves peureux.

Kim lit le papier et le lui tend avec un haussement d'épaules.

— Ce n'est pas Charles de Vézelay qui…

— Il a été déposé par mon frère.

Les éclairs tracent dans le ciel un arbre argenté, fluorescent. À nouveau la pluie tombe en biais. Les deux jeunes Rédemptionais ne bronchent pas.

– Tu sais, Marquis, je t'avais dit que si j'avais le sentiment de devenir folle je préférerais mourir. Ne crois-tu pas que ce serait le bon moment ?

Cassandre le prend fermement par la main et se penche au-dessus du vide.

– Arrête, Princesse, c'est dangereux !

La montre normale indique minuit pile. L'autre annonce 66 %.

– On fait l'ouverture des cinq sens ? Moi, je sens ici et maintenant…

Elle ferme les yeux.

Quand je ferme les yeux, je te vois encore.

La phrase la fait sourire.

Et si aimer ce n'était pas regarder ensemble dans la même direction, mais plutôt fermer les yeux et continuer de se voir ?

– Tu sens quoi ? murmure Kim.

– … L'odeur de la pluie. J'entends l'orage qui tonne. Les gouttes qui frappent le sol.

À ce moment le jeune homme glisse sa main dans sa poche et déclenche un lecteur de musique digitale. Aussitôt elle reconnaît les chœurs, les cuivres, les tambours qui interprètent une mélodie débordante de puissance.

– … j'entends le *Requiem* de Verdi.

Puis elle ouvre les yeux et désigne du menton les points lumineux blancs et rouges qui avancent en troupeau serré dans la rue à ses pieds.

– … je vois la civilisation, des humains qui grouillent et s'agitent en tout sens en faisant du bruit, de la lumière et de la fumée. Mais je vois bien plus que ça.

Ce monde est tellement riche d'informations diverses avec ses chiffres, ses lettres, ses mots, ses émotions, ses phrases, ses insultes, ses proverbes, ses antiproverbes, ses poésies, ses livres, de science-fiction ou autres, ses films américains ou français, ses musiques, ses opéras, La Callas, Verdi, ses chips, son Nutella, ses pâtisseries, ses tartes au citron, toutes ses plantes, ses chardons, ses rats, ses souris,

626

ses renards, ses décors vertigineux, ses tyrans, ses saints, ses anges, ses diables, Fetnat Wade, Esméralda Piccolini, Orlando Van de Putte, Charles de Vézelay, Donald Sutherland, Rod Steiger, Merryl Streep, Jacky Chan, Morgan Freeman, Jennifer Connelly, Charlton Heston, William Hurt, les dictateurs libyens, les présidents français, les commandos terroristes en noir, les policiers, la mythologie grecque, Cassandre, Albert Einstein, les gitans, les Albanais, les chiens, les chats, les morts, les vivants, les poupées, les nouveau-nés. Combien de temps mes parents m'ont-ils privée, affamée, tenue à l'écart du monde pour que je puisse à ce point l'apprécier dans ses moindres nuances ? Ce festival de stimuli, couleurs, odeurs, sons, contacts, histoires, rêves, est pour moi une fête permanente qui a lieu à l'intérieur de ma cervelle.

Je suis vivante ! Je suis vivante et tellement consciente ! Et j'apprécie ce monde dans tout ce qu'il a de fabuleux et d'inquiétant. C'est pour cela que je peux le comprendre et peut-être le changer. Oui, pour le changer, il faut commencer par l'aimer dans tous ses détails et tous ses paradoxes.

Elle respire amplement, les yeux toujours clos. Le *Requiem* ne cesse de monter et la pluie de battre la mesure.

Le jeune homme à la mèche bleue s'inquiète de son long silence.

– Tu vois quoi ?

– Je vois l'Arbre du Temps qui pousse avec toutes ses possibilités de futur en bourgeons. Je sens que je suis un sac de particules lui-même compris dans un sac encore plus grand de particules qu'on appelle la Terre, lui-même compris dans un sac encore plus grand qu'on appelle l'univers. Je sens les sacs de particules en moi. Cellules. Molécules. Atomes. Quarks.

– Quoi encore ?

– Je sens ta main. Je sens que tu as peur. Si on saute, on va vivre un présent très fort, vraiment très fort. Tellement fort durant quelques secondes qu'on oubliera tout le passé et tout le futur. Juste quelques secondes d'intense conscience du présent. Si mes calculs sont bons, le saut devrait durer exactement

6,54 secondes. Cela dépend un peu du vent et de la pluie pour les centièmes de secondes.

Kim Ye Bin attend, résigné. Cassandre se penche un peu plus, il ne la retient pas. Elle repense à la carte de Tarot de la Tour Dieu, l'arcane XVI, avec les deux silhouettes qui tombent.

– ... et puis non, décide-t-elle.

– Qu'est-ce qu'il y a, pourquoi tu ne sautes pas ?

– Et toi, le futur, tu le vois comment ?

– Je le vois avec toi, répond le jeune homme.

La jeune fille aux grands yeux gris clair regarde sa montre qui affiche « Probabilité de mourir dans les 5 secondes : 09 %. »

Record de bien-être battu.

– Tu te rappelles, je te disais que toi et moi on était un oxymore. Deux entités qui n'ont rien à faire ensemble. Je crois que, finalement, nous sommes devenus autre chose. Des synonymes. Deux entités qui veulent dire la même chose mais avec des mots différents. Toi tu es Cassandre et je suis Kim, mais nous signifions la même chose.

Alors la jeune fille approche ses lèvres. Elle l'embrasse sur la bouche, d'un baiser qui lui semble traverser les heures. Et, durant cet instant, elle pense :

235.

À la question « Peut-on voir le futur ? » la réponse est : « Probablement pas. »

Mais, en revanche, rien ne nous empêche de l'inventer dès maintenant.

« On peut faire des prévisions sur tout, y compris sur l'avenir. »

Kim Ye BIN.

« Au Pays des Aveugles les borgnes font ce qu'ils peuvent. »

Orlando Van de PUTTE.

« Et l'ange dépose son doigt sur le front du vieillard et, juste avant qu'il meure, lui dit : "Rappelle-toi bien cette vie écoulée afin qu'elle t'instruise pour ta vie prochaine." »

Cassandre KATZENBERG.

Ce livre m'a été inspiré par plusieurs événements réellement vécus :
Une expérience involontaire de clochardisation à l'âge de 18 ans, aux États-Unis, après que mon ami Eric Le Dreau et moi nous nous sommes fait détrousser de toutes nos économies à New York. Nous avons cherché du travail sans en trouver (il était breton et nous espérions trouver des places de serveurs dans les restaurants français, mais n'ayant pas la carte verte nous étions systématiquement dénoncés donc obligés de fuir). Deux mois à tenir avec quelques dizaines de dollars en poche, en dormant sur les bancs des gares ou dans des YMCA parfois douteux dont les portes ne fermaient pas et dont les pièces étaient envahies de cafards. Cela ne nous a pas empêchés d'aller de la côte Est à la côte Ouest.

La deuxième expérience a été une conférence que j'ai donnée pour les clochards à Paris en 1997, grâce à l'association La Chouette (ou Le Hibou je ne me souviens plus exactement). Là j'ai pu discuter avec plusieurs d'entre eux. Un échange difficile car je me rendais bien compte du fossé qui nous séparait. Et c'est là que j'ai entendu le directeur de cette association me raconter son invention du « fêtage d'anniversaire » qui remettait les clochards dans leur temps personnel.

Je me suis également servi de plusieurs enquêtes que j'ai menées sur le recyclage des déchets et sur les communautés vivant sur les dépôts d'ordures, à l'époque où j'étais journaliste scientifique. Ainsi qu'une enquête sur les probabilités mathématiques d'arrivée des catastrophes.

La visite des Catacombes du sud de Paris, je l'ai effectuée en compagnie d'une dizaine de cataphiles en 2003. (Un conseil : n'y allez pas, c'est vraiment dangereux.) Nous étions partis d'un endroit secret porte Brancion et nous avons pataugé toute la journée dans la boue, à travers des kilomètres de tunnels souterrains où nous progressions parfois à quatre pattes, armés de lampes de poche, alors qu'à quelques mètres au-dessus de nos têtes, les gens vivaient normalement. La pluie tombait à verse en surface et l'eau ne cessait de monter dans les tunnels où nous nous déplacions. Nous avancions par endroits avec de l'eau jusqu'au menton. Nous avons eu beaucoup de mal à retrouver l'unique sortie inscrite sur le plan (la police a soudé toutes les plaques pour éviter précisément que les gens y descendent) et à mesure que le temps passait, certains d'entre nous paniquaient à l'idée de rester coincés sous terre avec des lampes de poche qui finiraient par s'éteindre.

Le procès de Cassandre, jugée par des bébés pour n'avoir pas tenté de sauver la planète, m'a été inspiré par un rêve qui m'a réellement visité le 21 décembre 2008. Je m'imaginais cryogénisé et me réveillant dans un monde du futur que j'avais oublié de sauver, me sentant incapable de le faire. L'accusé que j'étais subissait alors le tribunal des bébés.

Enfin l'association « Arbre des Possibles » existe vraiment avec une représentation sur la toile depuis 2001 : www.arbredespossibles.com. À ce jour ce site a été visité par 1 800 000 curieux dont 8 500 ont laissé des scénarios transformés en feuilles de l'arbre des futurs possibles, posées et liées dans le court, le moyen et le long terme. Sylvain Timsit en est le gardien et le jardinier virtuel. Cela fera probablement bien rire nos petits-enfants lorsqu'ils verront ce qu'on imaginait pour eux au début des années 2000...

P.-S. de dernière minute. Mardi 23 juin 2009, vers 12 h 45, pratiquement à la minute où je tapais le point final de ce roman, un jeune homme d'une trentaine d'années, se faisant passer pour journaliste, a pu être autorisé par les pompiers de la tour Montparnasse à passer la porte en fer de 2,50 mètres.

Il s'est jeté dans le vide.

MUSIQUES ÉCOUTÉES DURANT L'ÉCRITURE DE CE ROMAN :

Nabucco, de Giuseppe Verdi.
Requiem, de Giuseppe Verdi.
Requiem, de Wolfgang Amadeus Mozart.
La Symphonie pastorale, de Beethoven.
Concerto pour Mandoline et flûte Piccolo, d'Antonio Vivaldi.
Symphonie des planètes, de Gustav Holst.
Black in Black, de ACDC.
Somewhere in time, de Iron Maiden.

REMERCIEMENTS

Gilles Malençon, Boris Cyrulnik, Jonathan Werber, Jerôme Marchand, Sébastien Tesquet et Mélanie Lajoinie, Sylvain Timsit, Aurore Bernard, Sarah Aubourg, Patrick Bauwen, Frédéric Saldman, Jean-François Prevost.

Autant d'amis qui m'ont raconté des histoires inspirantes ou qui ont eu la gentillesse de lire ce roman à un stade « premier jet » et de me donner des conseils pour l'améliorer. Ou, tout simplement, qui m'ont laissé leur raconter des morceaux de ce récit à haute voix, pour tester leurs réactions.

Remerciements à Richard Ducousset, mon éditeur, ainsi qu'à Reine Silbert, Jean-Claude Dunyach, Muguette Miele-Vivian, Françoise Chaffanel qui m'ont aidé à corriger le texte.

Composition: Nord Compo
Impression: Firmin-Didot, septembre 2009
Éditions Albin Michel
22, rue Huyghens, 75014 Paris
www.albin-michel.fr
ISBN: 978-2-226-19402-2
N° d'édition: 25977 –
Dépôt légal: octobre 2009
Imprimé au Canada